JN097329

人質の法廷

里見蘭

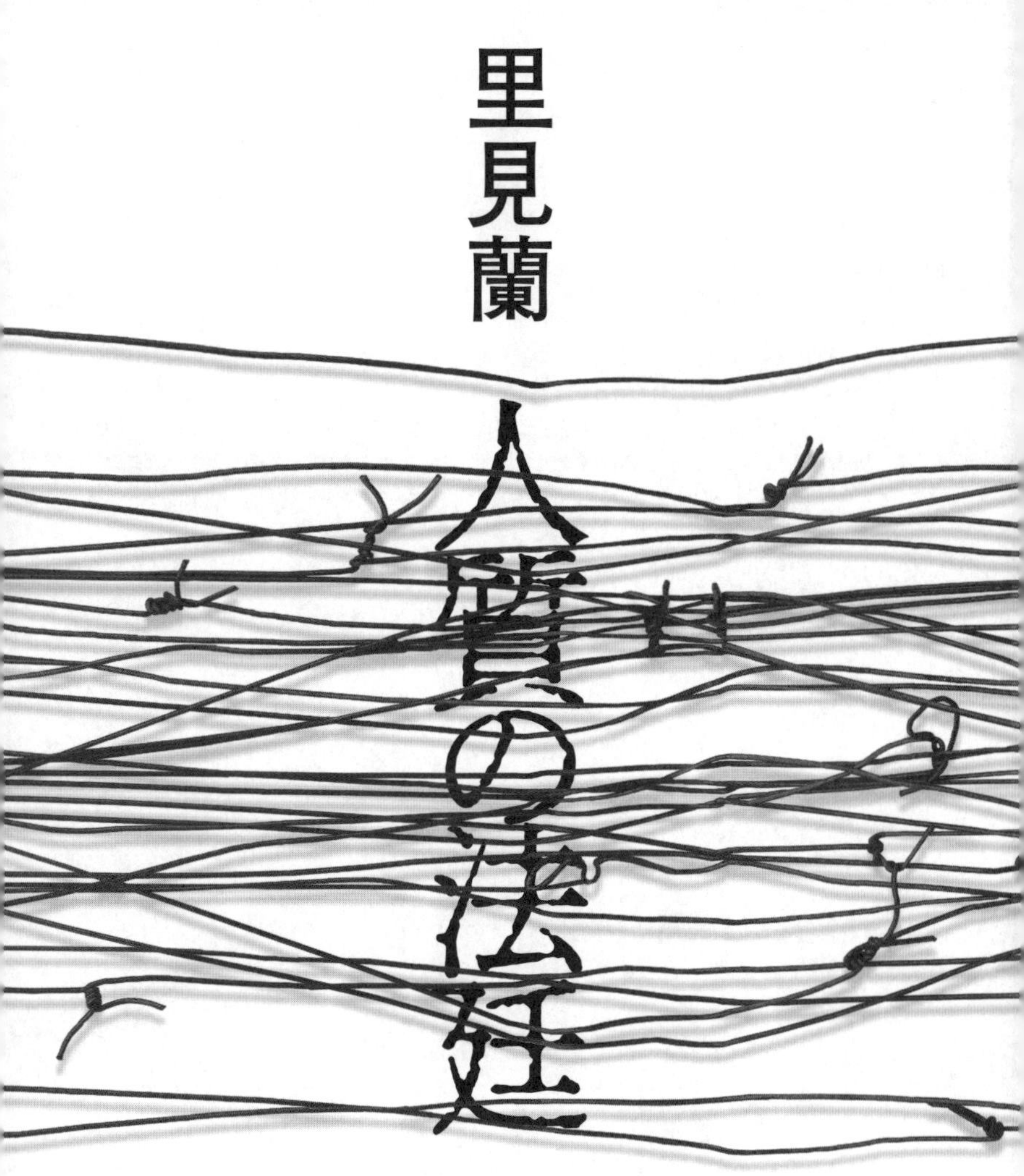

小学館

人質の法廷

ブックデザイン　鈴木成一デザイン室

目次

主な登場人物

川村志鶴（かわむらしづる）　公設事務所弁護士。星野沙羅・増山淳彦担当
田口　司（たぐちつかさ）　同右。増山淳彦担当
野呂加津子（のろかつこ）　同所長
森元逸美（もりもといつみ）　同パラリーガル
都築賢造（つづきけんぞう）　弁護士。増山淳彦担当
増山淳彦（ますやまあつひこ）　新聞販売店員。荒川女子中学生連続殺人事件被告
増山文子（ますやまふみこ）　淳彦の母
浅見萌愛（あさみもあ）　荒川女子中学生連続殺人事件被害者
後藤（ごとう）みくる　浅見萌愛の友人
綿貫絵里香（わたぬきえりか）　荒川女子中学生連続殺人事件被害者
永江　誠（ながえまこと）　弁護士。被害者家族（浅見奈那）代理人
天宮（あまみや）ロラン翔子（しょうこ）　弁護士。被害者家族（綿貫麻里）代理人
岩切正剛（いわきりせいごう）　東京地検刑事部検事
北　竜彦（きたたつひこ）　警視庁捜査一課警部
柳井貞一（やないていいち）　足立南署刑事課強行犯係係長
久世正臣（くぜまさおみ）　足立南署巡査部長
灰原弘道（はいばらひろみち）　足立南署巡査長

能城武満（のしろたけみつ）　荒川女子中学生連続殺人事件（以下、増山裁判）裁判長
世良義照（せらよしてる）　東京地検公判部検事増山裁判検察官
蟇目繁治（ひきめしげはる）　東京地検公判部検事増山裁判検察官
青葉　薫（あおばかおる）　東京地検公判部検事増山裁判検察官
鴇田音嗣（ときたおとつぐ）　ガーデンデザイナー
星野沙羅（ほしのさら）　「パラディーソ」勤務。来栖学死亡案件裁判（以下、来栖裁判）被告
来栖　学（くるすまなぶ）　「パラディーソ」客（死亡）
来栖未央（くるすみお）　学の妻
酒井夏希（さかいなつき）　星野沙羅の同僚・友人
寺越（てらこし）　東京高裁裁判官来栖裁判控訴審裁判長
篠原　尊（しのはらたける）　志鶴のバンド仲間
小池（こいけ）　弁護士。篠原尊の冤罪事件国賠訴訟を担当

序章　予震

「弁護人、最終弁論をどうぞ」

静まりかえった法廷に裁判長の声が響く。

「はい」

答えた川村志鶴（かわむらしづる）は、弁護人席正面の検察官席の背後に置かれた椅子に座っている、自分と同い年の女性の視線に気づいた。

彼女の目はまっすぐ志鶴に向けられている。

公判が始まってから、審理の最終日に当たる今日で九日目を数える。彼女は初日からずっとそこに座って、ほぼすべての時間を被告人、あるいは志鶴を見ることに費やしていた。

黒いワンピース姿。髪の毛は肩に届くか届かないかの長さで、ほんのわずかにブラウンがかっている。ほとんどメイクをしていない清楚さを感じさせる顔立ち。同性の志鶴の目から見ても、守ってあげたくなるようなかわいらしい女性だ。

死亡した「被害者」の妻。被害者参加制度を利用して関係者として裁判に参加した彼女は、審理のほとんどの過程において気丈に振る舞っていた。裁判官や裁判員、傍聴席に座る満席の傍聴人、マスコミの記者たちに対し、けなげささえ感じさせていたとしても不思議ではない。

刑事訴訟法では、被告人や傍聴席から見えないように、遮蔽（しゃへい）措置を講じることも認められている。が、彼女はそうせず、弁護人席と向き合った当事者席に着いている間、その視線で常に志鶴と志鶴が弁護する被告人に、静かな圧力をかけ続けていた。

来栖未央（くるすみお）という。

結婚してわずか三年。一年と少し前に第一子を授かったばかり。友人の紹介で知り合って結婚した夫は消防署に勤める消防士で、同僚からの信望も篤（あつ）かった。

真面目な消防士がキャバクラに勤務する女性と交際し、彼に妻子があるのを知って激情に駆られた女性に殺害された、痴情のもつれによる殺人事件。それが冒頭陳述で検察官が示した事件への見立て（ストーリー）だ。求刑は懲役十三年。

志鶴は未婚で子供もいない。が、来栖未央が幸福の只中（ただなか）にあったろうことは想像に難くない――不倫相手のマンションで、夫が「不倫相手に刺されて亡くなった」と知らされるまでは。同じ二十七歳の女性として、夜中の三時に警察からの電話で起こされ、そう聞かされたときの彼女の衝撃と絶望を、志鶴には他人事（ひとごと）でなく思い描くことができる。

彼女のことを「被害者の妻」とは、ほんの一ミリも思っていないが。

被告人を弁護する弁護人という立場もある。が、それだけではない。無罪を主張する裁判に「被害者」は存在しない。

志鶴は、判例を引くのでもないかぎり、自らの依頼者を法廷で決して「被告人」とは呼ばない。

星野沙羅（ほしのさら）。それが、志鶴の隣に、刑務官に付き添われて座る「依頼人」の名だ。

殺人の罪で起訴されたが、無罪を訴えて争っている否認事件。自らの命運がかかっている彼女にとって、当事者のみならず多くの人の前でプライバシーを赤裸々に暴かれ、裁きを受ける公判期日の法廷は針の筵（むしろ）そのものだろう。

来栖未央の無言の、けれど絶え間ない断罪の視線は、星野沙羅の消耗した精神をさらに削り取っている。休廷している間も志鶴は力づけるよう言葉をかけているが、彼女の全身を覆う空気はどんどん重さを増し、物理的にもじわじわと沙羅を押し潰していっているかのように見えた。

二十四歳。未央の魅力を表す言葉が清楚なら、沙羅は対照的にセクシーという形容がふさわしい。彼女のような職業はただでさえ偏見の目で見られがちだ。とくに女性裁判員の反感を買うことを志鶴は懸念していた。逮捕時に明るくカラーリングをしていた髪の毛は色が落ち、拘置所で短く切られていたし、公判では志鶴が拘置所に差し入れたグレーのスーツを着てノーメイクだが、それでも目を引くどこかエキゾチックな魅力は隠せない。

高校を卒業してから自活しているという彼女には、話していると、年上である自分より成熟している部分もあり、しっかりしている女性という印象を志鶴は受けた。殺人事件の被疑者として警察官や検察官の過酷な取調べに対して否認や黙秘を貫いてきた彼女でも、忍耐が臨界点を迎えつつあるのだ。

無理もない。

公判期日を通じて、「被害者の妻」の存在感は日に日に増すばかりだった。

被害者参加人として出廷し、当事者席に座っていただけではない。検察側の情状証人として尋問を受け、自分たちの夫婦関係が円満であったこと、来栖学(まなぶ)が夫としても父としてもしっかり責任を果たしていたよき家庭人であったこと、夫を愛し、一人の人間としても消防士としても尊敬していたこと、夫を突然奪われたことによって、心身および生活に痛烈な打撃を被(こうむ)ったことを証言した。

被告人質問では自らも質問者として立ち、夫の死に対して責任を感じているかという、どちらに答えても被告人が不利となる質問をぶつけて沙羅を口ごもらせたうえ、「感じていないことはないです」という答えを引き出し、裁判員らに彼女が有責であるという印象を与えるのにおそらく成功した。

それだけではない。

被告人質問が終わると、被害者による心情等の意見陳述制度を使って胸の内を自由に語った。被告人を自らの夫を殺した殺人犯と断定したうえで。

不倫によって精神的に夫を奪われていただけでも甚大なショックだというのに、今度は殺人によって夫を肉体的にも社会的にも奪われたことは妻として到底受け入れがたく、被告人を許すことは断じてできない。せめて正直に罪を認めて償って欲しい。検察官の求刑は十三年だが、自分としては無期懲役でも納得できないくらいである。本当は極刑を求めたいくらいだ。と、涙をこらえつつ震える声で訴えた。

六人の裁判員は、彼女から目をそらさず話に聞き入っていた。五十代とおぼしき主婦は神妙な顔でうなずき、四十代既婚の女性会社員は同情に満ちた表情を浮かべ、六十代の男性嘱託社員の目にはうっすらと涙が光っているのを志鶴は見て取った。

裁判員は選任手続の過程を経て、百人程度の中から絞り込まれてゆく。弁護人が知らされるのは氏名と性別のみ。しかし、インターネットで検索をかけると、ＳＮＳ等でヒットしてそれ以上の情報が得られることもある。志鶴がそうして属性を知った三人が、未央の言葉に心を動かされたのは疑いなかった。

　被害者による心情等の意見陳述に対して弁護側が反対尋問をすることは許されていない。彼女の思いの丈は、「被害者の意見」として一方的に法廷に提出され、それに対して被告人は防御するすべを持たないのだ。

　事実認定者たちの反応を見ながら、志鶴は内心歯噛みする思いだった。

　沙羅は、被疑者段階から一貫して、自分は来栖学に殺されそうになったので身を守ったと訴えていた。国選弁護人として選任された志鶴は、処分保留で不起訴になるよう正当防衛を主張させ、以降は黙秘を貫かせたが努力の甲斐なく起訴されてしまった。

　公判期日に先立つ公判前整理手続で、死亡した消防士の遺族を被害者参加させると請求した検察官に対し、志鶴は強く抗議した。が、四十代の押しの強い男性検察官に対して弱腰な、まだ若い女性裁判長は志鶴の抗議を却下したのだ。

　沙羅に視線を向ける。目を落とした彼女の顔はこわばり、肌は色を失っていた。闘う気力を失いかけているかに見える。

「大丈夫」志鶴は彼女に小さく声をかけた。「あくまで参考だから」

　被害者による心情等の意見陳述を犯罪事実認定の証拠とすることはできない。刑事訴訟法でそう決められている。量刑を決める資料とすることはできると解されているが、志鶴はあえて口にしなかった。

　水際で食い止められなかった「被害者」遺族による公判廷の侵食は、だがまだそれで終わりではなかった。

　審理の最終日である今日。検察側による論告求刑のあと、来栖未央は被害者参加制度で認められた弁論としての意見陳述を行った。「被害者」遺族としての立場から、権利をフルに行使して裁判に関与したことになる。

　未央の存在とその発言は、証拠裁判主義という近代裁判の大原則を骨抜きにしかねない勢いで事実認定者たちの心証をめきめきと形成していっている。志鶴は、法廷内で今まさに醸成されつつあるその圧倒的な空気を肌で感じ取っていた。

　職業的な法律家である裁判官はさておいても、裁判員たちの心証は七割方、いや八割はクロに傾いているのではないか。

最終弁論を前に、志鶴自身も重圧に押し潰されそうになっていた。

このあと、被告人による最終陳述が控えているが、それによって心証が形成されることはまずないし、志鶴も、最小限にとどめるようアドバイスしてある。最終弁論は、被告人に残された、最後の防御の機会と言っていい。

土壇場の崖っぷち。そこに踏ん張って星野沙羅を守ってやれる人間は、この世にもはや自分しかいないのだ。自らの弁論によって、この圧倒的な劣勢を一気に覆す。それが弁護人としての志鶴に課された使命だった。

——呑まれるな。

胸の中で、ひるみそうな自分を叱咤し、もはやこの世にはいない相手に声をかける。

——やるよ。見てて、尊。

志鶴のスーツの上着のポケットにはお守り代わりのシリコン製のリストバンドが入っている。いつもならそれに触れるところだが、あいにく今は素手ではない。

最終弁論に備え、志鶴はついさっき、あらかじめ用意してあったドライビンググローブを机の下で、周囲から見えないよう両手に装着していた。

リストバンドに触れる代わりにその両手をぐっと握り締めて自分に気合いを入れると、席を立った。

両手をネイビーのスーツの背中に回して法廷の中央へ向かう。

法廷の奥を向いて立ち止まり、書記官席越しに正面の法壇を見上げる。

中央に黒い法服を着た裁判官が三人、その左右にそれぞれ三人の裁判員。志鶴は彼らに少し近づくと、いきなり、背中に隠していた両手を勢いよく上げた。顔の両側で手の平を裁判官たちに向けて思いきり広げ、くわっと目を見開く。肝試しの脅かし役が参加者をびっくりさせる要領だ。

裁判員の中に、はっとした様子でわずかに口を開けたり、のけぞったりする反応があった。背後の傍聴席にも軽いざわめき。狙いどおりだ。

検察官は三人。主導権を握るのは、最年長で押しの強い世良という検察官だ。世良が口を開けたのを視界の左端で捉える。異議か。来るなら来い。志鶴の両手にあるのは、木綿製でポリ塩化ビニルのドットの滑り止めがついたベージュのドライビンググローブ。死亡時に来栖学が身につけていた証拠物そのものではないが同製品で、公判期日前に視覚資料として提示する許可を裁判官から得てある。当然検察側も同意済みだ――こうした使われ方は想定していなかったろうが。

互いに見交わし合った三人の検察官たちがタイミングを逸して言葉を呑み込むのを感じ取ってから、志鶴は芝居がかった表情を消し、両手は下げたが胸の高さに保持した。事実認定者たちに引き続きグローブの存在感、むしろ違和感を印象づける。

「亡くなった来栖学氏は、なぜ沙羅さんのマンションの部屋に入ってからも、両手に、指先までを覆うドライビンググローブを嵌めていたのでしょう？　その前に沙羅さんのスマホに送ったＬＩＮＥのメッセージの記録には、〈わかった。別れる。でも最後にちゃんと謝らせて。今から行く〉とあったのを皆さんもご記憶のはずです。来栖氏が倒れていたリビングは、玄関から廊下を通ってドアを抜けたところ。来栖氏は、玄関ではきちんとスニーカーの靴紐をほどいて部屋に上がっています。すぐ車に戻るならともかく、これから訪問先の相手にきちんと謝罪するつもりでいる人が、廊下を通ってリビングに入っても手袋を外さなかったというのは、自然な行動と言えるでしょうか？」

志鶴は、事実認定者たちの目と意識にドライビンググローブを焼き付けたのを確信して告げる。

「弁護人はこれから、三つの証拠によって、検察官が有罪の証明に失敗したことを明らかにします」

弁護士席に戻るとグローブを外し、代わりに、用意してあった書面を取った。証言台の上に設置された書画カメラの台に載せる。

法廷ＩＴシステム。Ａ４サイズの紙にカラー印刷された画像が、裁判官、検察官、被告人や被害者参加人も座る弁護人席といった当事者席と裁判員席のモニター、そして傍聴席近くの壁の左右両側にかかった大型モニターにも映し出される。大型モニターをチェックしながら、志鶴は書画カメラのズームレバーを調整して画像を拡大した。

来栖学が亡くなった晩、殺人事件の被疑者となった星野沙羅が警察で撮られた写真だ。首に、赤から紫へと変色しつつある小さな点状の痣が、左右に四つずつ、縦に並んでいる。警察官によって事務的に撮影された写真ならではの酷薄なリアリズムが、かえってその生々しさを際立たせていた。

「一つ目の証拠です。事件が起きた直後、星野さんの首には、来栖氏に両手で首を絞められたときについた痣が残っていました――」

「異議あり！」検察官席で、世良が立ち上がった。「弁護人は、弁論で再度の証拠調べをしようとしています。弁論で証拠そのものを引用することは、許されない」

　大柄で、胸と肩が男性的に強調されたスーツを、アグレッシブなビジネスマンのように着こなしている。ツーブロックにしたショートの髪型もその印象を強めていた。声は太く張りもあって、法廷によく響いた。本人にもそれを多分に意識しているふしがある。大ぶりなゼスチャーを効果的に使い、自らの言葉に力強い説得力を与えていた。

　検察官や弁護人にとって、公判廷は舞台（ステージ）である。法廷で世良は、事実認定者や傍聴人らを前に、演技者としての素質をいかんなく発揮して、正義の代弁者を体現してみせていた。手強（てごわ）い相手だ。

「弁護人、ご意見は？」裁判長が志鶴を見た。

　志鶴は一つ呼吸をした。突き放すように答える。

「ただいまの弁論は、証拠の議論をしているに過ぎません。適法です。検察官の異議には理由がないと考えます」

　裁判長が小さくうなずいた。

「異議を棄却します。弁護人は続けてください」

　志鶴はうなずく。

　公判前整理手続で検察側はいやがったが、さすがにこの写真を証拠として採用することに同意しないわけにはいかなかった。異議は想定内。効いている証拠だ。

「検察官は、この痣を、星野さんに殺されると思った来栖氏が、とっさに身を守ろうとして抵抗した結果だと主張しています。来栖氏が殺されると思ったのは、星野さんが凶器を手にしていたから、とも。しかし、おかしな話です。まず、検察官が『鋭利な刃物状の金属製の凶器』としているのは、リビングの床の上に、他のメイク道具と一緒に落ちていた、星野さんがふだんから使っている爪やすりです。これを、殺意を持った人間が選んだ凶器とする時点で無理があります。それだけではありません。両手で、それも首に痣がはっきりと残るほどしっかり相手の首を絞めれば、当然、腕から下は無防備になります。相手が刃物を持っていて危険を感じているという人が、わざわざ相手に近づいて、お腹など体の柔らかい部分を無防備にさらすでしょうか？」

　志鶴はそこで言葉を切った。

「しかも来栖氏は、主治医だった先生に証人尋問で証言いただいたとおり、ＩＴＰ――特発性血小板減少性紫斑病という病気にかかり、治療中でした。普通の人より出血しやすく、出血した血が止まりにくくなる病気です。そのような持病がある人なら、なおさらそんなことをするとは考えにくい」

　来栖学の主治医は、志鶴が尋問することを請求した弁護側証人だ。

「次に、二つ目の証拠を示します」

　志鶴は、検察側が証拠として請求した、来栖学の死体の損傷状況をイラストにした書面を書画カメラで提示した。

「来栖氏の体には、爪やすりによる傷がありました。腹部の他、左上腕部の内側に。検察側はこの傷を『防御(ぼうぎょ)創(そう)』だと説明しています。防御創というのは、たとえば相手に刃物で攻撃され、自分の身を守るため、手で刃物を防ごうとしたときにできる傷のことです」

　志鶴はそこで左手を挙げ、自分の右手の指で該当部分を示して、事実認定者たちに見せた。

「しかし、傷がついていた場所は、この辺りですよ、ここ。ほとんど腋(わき)の下と言ってもいいくらいの位置です。うーん、不思議ですね」

　志鶴は、大げさに首をかしげて見せた。

「こんな場所に、一体どうやったら防御創がつくんでしょうか」

「異議あり！」検察官席から声が飛んできた。席を立った世良がこちらをにらんでいる。「ただいまの弁護人の発言は不正確で、事実認定者に誤った先入観を与えるものです」

　裁判長がこちらを見る。

「異議を認めます。弁護人は発言を訂正してください」

「わかりました」

　すでに目的は達している。志鶴はあっさり引き下がり、自分の腕を指さすのをやめた。声のトーンを変え、抑え気味に話す。

「先日、この法廷で、法医学の専門家の先生が証言してくださいました。防御創のほとんどは、前腕か手に認められるということでした。わかりやすく言えば、肘よりも手に近い部分です。これが圧倒的に多い、と。これまで先生が診断してきた七十症例以上の防御創のうち、上腕部にあったものは、わずか一件のみ。それも、どちらかといえば肘に近いところで、しかも体の外側に向いた場所だった。先生が見てきた中で、検察側が防御創として説明した、内側の位置に認められた防御創は一件もなかった。そういう証言内容でした」

その法医学者を鑑定証人として尋問することを請求したのも、志鶴だった。検察側が異議を唱えたくてじりじりしているのを志鶴は肌で感じた。

「ここで来栖氏と星野さんの体格差を思い出してみましょう。来栖氏の身長は百八十二センチで、星野さんの身長は、百四十九センチ。腕の長さも十センチ以上違うという検証結果が出ました。もちろん、来栖氏の方が長い。爪やすりの全体の長さはわずか十五センチで、やすり部分の長さに至っては八・五センチしかありません。左上腕部内側についた傷の角度と深さを考えると、星野さんが来栖氏の二の腕の内側、腋の下に近い部分に同じ傷をつけようとするには、完全に来栖氏の懐に入っていなくてはなりません。来栖氏は剣道三段、柔道初段を有するスポーツマンで、消防士という仕事柄、ふだんからトレーニングを欠かさず、当日はアルコールも摂取していませんでした。もし彼が本当に、刃物を持った星野さんから身を守ろうとしたなら、こんな場所に防御創がつくはずはありません」

「異議があります！」世良がまた立ち上がった。「弁護人は、何ら証拠に基づかない弁論をしています」

「弁護人のご意見は？」裁判長が志鶴に問う。

「証拠に基づいた弁論であるのは明らかです。常識を持った人間であれば、誰でも推測できることです。検察官の異議には理由がありません」

裁判長は少し考えてから、

「異議を棄却します。弁護人は続けてください」と言った。

志鶴は法壇に向かって語りかける。

「来栖氏の上腕部内側の傷は防御創ではありません。では、どのようにできたのか。星野沙羅さんが一貫して証言してきたとおりのことが起きたのです」

星野沙羅が、勤務するキャバクラ店に客として訪れた来栖学と親密な男女関係になったのは、一年ほど前。来栖学は既婚であることを彼女に隠したまま交際していたが、SNSがきっかけとなって、その約五ヵ月後、沙羅は彼に妻子がいることを知る。不倫関係をよしとしない彼女が別れを切り出したところ、来栖が拒んだうえストーカー化した。

別れるなら死ぬと言ってみたり、一緒に死のうと彼女に迫ったりした。沙羅としてはできれば穏便に済ませたかったが、困った末、友人などに相談すると、それではらちが明かないのではないかというアドバイスを得た。警察に行くべきだという意見も出たが、そこまでする必要はないだろうと感じた。彼女がこれまで知り合った人間の中で、消防士ほどきちんとした仕事に就いている人間はそういない。それに、話し合いで解決できると思っていた——結果的には大きな誤算だったが。沙羅は、比較的穏当な助言に従い、来栖に、別れてくれないなら、彼の妻か職場に相談する、と切り出した。

来栖は沙羅をなだめたりすかしたりして思いとどまらせようとしたが、彼女の気が変わらないことがわかると、LINEを使ってメッセージを寄越(よこ)した。〈わかった。別れる。でも最後にちゃんと謝らせて。今から行く〉と。

沙羅は信じた。そして、想像することさえできなかった最悪の形で裏切られたのだ。

事件のあった夜、彼女の部屋に入ってきた来栖は、クッションの上に座っていた沙羅と向き合って床に座ると、いきなり、ドライビンググローブを嵌めた両手で彼女の首をつかみ、絞め上げた。力を込めた来栖がのしかかるようになった結果、沙羅は背中から床に倒れた。このとき、彼女の手がぶつかって、床に置いていたネイルグッズを収納するネイルボックスが倒れて中身が散らばった。

彼女は来栖の手を振りほどこうと必死で抵抗したが、無理な話だった。体重四十五キロの女性が、八十キロの筋骨隆々の男性にのしかかられ、両手で首を絞められたら、到底かなわない。そのままなら間違いなく窒息死していただろう。だが、奇跡が起きた。喉を締め付けられて呼吸もできず、苦しみもがいた彼女の右手に、ネイルボックスからこぼれた爪やすりが触れたのだ。

沙羅はほとんど本能的にそれをつかみ、無我夢中で振るった。気が遠くなりかけていたので、どこかを狙うなど、そんなことを考える余裕はなかった。結果的に、爪やすりの鋭い金属の先端は、来栖の左上腕部内側、腋の下に近い辺りに突き刺さった。

痛みに襲われた来栖の左手が引かれて沙羅の喉から離れた。次の瞬間、バランスを崩した来栖が彼女の上に倒れ込んできた。その肋骨(ろっこつ)の下、左側の腹部の柔らかな部分に、沙羅がまだ右手につかんでいた爪やすりの上を向いた先端が、やすり部分のほとんどが埋まるほど深く突き刺さった。来栖は声をあげ、体を起こした。

沙羅の首から彼の手が離れ、彼女は涙ぐみながら激しく咳き込んで呼吸した。これもほとんど本能的に、自分よりはるかに大きな男の下から逃れる。どうにか立ち上がり、リビングを出ようとした。来栖が獣のような叫び声をあげて立ち上がり、彼女を追おうとする。そのとき、クッションを踏んで足を滑らせ、体勢を崩して転び、壁際の収納家具に頭から突っ込んでぶつかると、そのまま床に倒れ込んだ。

　沙羅は恐怖に駆られるままリビングを飛び出し、さらに玄関を出て、マンションの内廊下をしばらく走ったところで背後を振り返り、玄関のドアから来栖が飛び出してきていないのを確かめ、足を止めた。そこで、自分が履き物を履いていないことに気づく。が、そのまましばらく動けずにいた。どうしたらいいかわからなかった。

　助けを求めたい。だがほとんど交渉がないマンションの他の住民にそうしようという気にはならなかった。スマホ。しかし部屋に残してきてしまった。

　自分の部屋の玄関ドアを凝視する沙羅の目からは涙があふれ、激しく痛む喉は空気を求めてぜいぜいとあえいだ。

　どれくらいそうしていただろうか。来栖が姿を見せないことに勇気づけられ、彼女は玄関の方へと進み、ドアの前で足を止め、中の気配をうかがってからノブを回してドアを開けた。来栖学の姿はない。廊下を進んでリビングのドアを開けると、いた。部屋を出るときに見たのと同じ位置にうつ伏せに倒れている。動かない。腹の下から血が広がっていた。

　沙羅は、彼から目を離さず、反対側からゆっくりとローテーブルに近づくと、その上にあった自分のスマホを取った。

　倒れている男とできるだけ離れた場所に立って、彼女はまず、酒井夏希という友人女性に電話して今自分が置かれている状況を話し、友人の助言を受けてそのあとすぐ救急車を呼ぶため１１９番へ通報した。

　救急車は平均的なレスポンスタイムで現場に到着し、意識を取り戻さない来栖を病院へ運んだ。迎え入れた病院ではすぐに輸血と救急手術を施して腹部の傷を処置したが、手術後ほどなく来栖学は心肺停止し、そのまま還らぬ人となった。

　一方、救急隊員の連絡を受けた警察は沙羅のマンションに駆けつけ、ろくに話も聞かぬまま、傷害の容疑で彼女を逮捕し、身柄を確保した。

その夜起きた出来事について、星野沙羅は逮捕後からずっとそのように供述しており、弁護人として話を聞いた志鶴も、弁護人としての立場を越えて彼女の言葉を信じていた。冒頭陳述では、検察側のストーリーにぶつける形で弁護側のストーリーを事実認定者たちに開示してあった。

弁論は、これまで証人尋問などで法廷に提示してきた証拠によってそのストーリーを論証し、揺るぎなく純度の高い結晶として構築して見せる場だ。

「来栖氏の上腕部内側の傷、腹部の傷とも、弁護側が作成した検証動画と図で示したとおり、星野さんの供述を裏付けるものでした」

志鶴は続ける。

「検察側が主張する『防御創』のおかしさについてはすでに説明しました。検察側は、来栖氏の腹部の傷について、星野さんが、立った状態で殺意を持って突き刺してできたものだと主張しています。しかし、その主張も、検察側による強引なこじつけに過ぎないことも、同じ検証動画と、法医学の専門家による証言によって示しました。星野さんの体格では、検察側が主張するような状況で、つまり、立ったまま、来栖氏のような体格の人に首を絞められた状態で、来栖氏の腹部にあったような場所へ、同じような向きから、同じような力で突き刺すことはほとんど不可能なのです。来栖氏の体にあった傷から、星野さんに殺意があったとする検察官の主張は、成立しません」

志鶴は、裁判員たちを見て、彼らが自分の話についてきていることを確信する。三十代とおぼしき男性が、メモを取りながら、かすかにうなずくのも見えた。

「三つ目。最後の証拠は、死因に関するものです」

志鶴は、司法解剖を担当した医師による鑑定書を書画カメラで提示した。

「検察側は、来栖氏の死因を、腹部の傷口からの出血による、出血性ショックとしています。救急手術を担当した医師による死亡診断書にも死因はそう記載されていました。司法解剖を担当した医師による鑑定書も、それに追従する内容でした。しかし、司法解剖では、死亡診断書には記されていなかった重大な事実も発見されています。リビングにあった収納家具に頭をぶつけた来栖氏の頭蓋骨にはひびが入っていたこと、そして、死亡の直前に、急性硬膜下血腫が生じていたと思われるという二点です」

志鶴は、鑑定書の該当する部分を、赤ペンで囲った。

モニターにもその様子が映る。

頭部に外傷を受けると、頭蓋骨のすぐ内側にあって脳を覆っている硬膜内部に出血が起こって血腫化することがある。これが急性硬膜下血腫だ。手術によって血腫を除去すれば回復することもあるが、場合によっては死に至る原因ともなる。

「この法廷で、法医学の専門家は、来栖氏の死因が、出血性ショックではなく、腹部の救急手術を担当した医師には見逃されていた急性硬膜下血腫であった可能性が高い、と証言していました。来栖学氏の腸には爪やすりによる傷があり、もちろんそこからの出血もありました。しかし、傷は小さく、救急手術によって適切に縫合され、その間、輸血も行われています。検察側は、来栖氏の持病である特発性血小板減少性紫斑病が多量の出血を促したと主張していますが、手術の途中で出血は止まっていた。手術は成功したのです。それでも来栖氏が亡くなったのは、急性硬膜下血腫が原因と考えるべきです」

裁判員たちはみな、志鶴を注視している。四十代既婚の女性会社員が、考え込むように口をすぼめた。

「解剖してみると、脳内には、死亡に至ってもおかしくない大きさの血腫ができていました。確かに、来栖氏の持病である特発性血小板減少性紫斑病は、彼の死に影響を及ぼしました――脳からの出血を促すという形で。来栖学氏は、出血性ショックではなく、急性硬膜下血腫によって亡くなったのです。星野さんが持っていた爪やすりによる傷は、来栖氏の直接の死因ではありません」

志鶴はそこで言葉を切り、裁判員と裁判官を見回した。

一度形成された有罪心証を覆すのは困難だ。それは理性だけでなく感情とも強く結びつくものだし、たいていの場合、感情は理性より強い。しかし、彼らが自分の話を理解してくれているのであれば――志鶴はそう信じていたが――検察の主張に少なくとも疑念を差し挟まずにはいられなくなっているはずだ。

「星野沙羅さんの首についていた、来栖氏によって絞められた痕、来栖氏の体の、爪やすりによってできた二ヵ所の傷、そして、来栖さんの死因。以上三つの証拠により、検察側の主張はすべて成り立たないことがわかりました。星野さんに殺意はなく、爪やすりによる傷も直接の死因ではないので、殺人罪は成立しません。星野さんは、生命や体に対する危険が迫った緊急状態にあり、やむを得ず来栖氏に抵抗したのです。それは、検察官が主張するような、殺意を持った攻撃とはほど遠い行為でした」

ここから先はこれまで以上に細心を要する。法律を守って真面目に生きている市民が、犯罪者であっても味方をすることが前提である刑事弁護士に好意を抱くのは難しい。法廷における弁護人は、常にアウェーで闘うアスリートのようなものだ。ニュートラルな事実を述べてさえ反感を抱かれることを覚悟しなければならない。それ以上にデリケートな事柄へと分け入ってゆくのなら――技術はむろんのこと、薄氷を踏む手術(オペ)に臨む外科医のような胆力が不可欠だ。

書画カメラを離れ、証言台の前へ進んだ志鶴は、来栖未央のものだけでなく、背後にも、自分の背中を刺すように見つめているはずの視線を感じる。

傍聴席の最前列。白いカバーがかかった決まった席に、公判期日の間いつも座っているのは、亡くなった来栖学の母親だ。寡婦である彼女も被害者参加制度を使って当事者として法廷に入りたいと、被害者参加弁護士と検察官を通じて申し入れがあったが、志鶴はどうにか阻止した。

初日から、彼女は、裁判所が彼女のために用意した席に座っていた。

来栖の母親も、来栖未央と同じように、いやある意味息子の妻以上に険しい視線を、公判の間、沙羅や志鶴に向けていた。

時に人の憎しみを買う覚悟はあるつもりだ。針に糸を通す慎重さで、事実認定者に対する自分の表情や声音をコントロールするよう心がける。

「天から授かった命を守り、全うする権利は、われわれすべての人間に与えられたものです。もし抵抗しなければ、いや、抵抗していたとしても、あのとき爪やすりを手にするという奇跡が起きなければ、圧倒的な力の差の下にあって、星野さんの命は来栖学氏によって奪われていたでしょう。星野沙羅さんは、被害者です。殺意を持って星野さんを攻撃したのは、亡くなった来栖学氏の方でした」

冒頭陳述でもすでに述べたことだが、事実認定者にとってショッキングな事実であるのは変わりない。故人を非難するトーンにならぬよう志鶴は神経を使った。もとよりそれは意図するところではない。

来栖がなぜ、沙羅を殺そうとしたのか。

彼女に、職場や妻に相談すると突きつけられ、自らの社会的地位を守るため、口封じしようとした。志鶴はそう推測している。どこまでも身勝手な話だが、残念ながらそうした動機で殺人を犯す人間もいる。

　被告人質問の主尋問で、沙羅と来栖のトークの記録を証拠として提示し、彼が彼女に思いとどまらせようと懇願したり、いくらか脅し気味に制止したりする文言を示した。それを見れば誰でも、不倫という事実を職場や家庭に隠しておこうとしたことは推察できる。志鶴は、動機についてはそれ以上深追いしなかった。

　しかし、言うべきことははっきり言わねばならない。

「なぜ彼は、星野さんの部屋に上がっても、ドライビンググローブを外さずにいたのか？　素手で人を絞め殺すと、被害者の皮膚には指紋が残り、鑑識によって検出されることがあります。また、被害者の抵抗により、首を絞めた人間の手の組織が被害者の爪のなかに残ることもあります。救急隊員として変死体を扱った経験もある来栖学氏がその事実を知っていたとしても、不思議ではありません——」

「異議あり！」世良が立ち上がった。「ただ今の弁論は、根拠のない弁護人の憶測です」

「弁護人、ご意見は？」裁判長が志鶴に訊（たず）ねる。

「証拠に基づいた正当な議論です。検察官の異議こそ根拠がありません」

　裁判長は左右に座る陪席の裁判官たちと小声で協議をしてから、検察官を見た。

「異議を棄却します。弁護人は続けてください」

　異議によって中断はされたが、裁判員や裁判官は皆、真剣な顔つきで自分の言葉に耳を傾けている。志鶴は、自分の弁論が今まさにこの瞬間、彼らの心証に食い込んでいるという手応えを感じていた。

　静かに呼吸をし、事実認定者の一人一人に向かって、語りかけるように最後の訴えにかかる。

「本来、来栖学氏の殺人未遂行為を立証するのは、検察側の仕事です。冒頭陳述で裁判員の皆さんにお話ししたとおり、問題となっている犯罪について立証する責任を負うのは、検察官です。彼らの主張に合理的疑いの余地があることさえ示せれば、法的には十分事足りる。弁護人は、無罪を勝ち取るための責務を果たしたと言えます。にもかかわらず、弁護人があえてここまで踏み込んだ議論をしているのは、星野さんがそれだけ困難な立場に置かれていると考えるからです」

　自分の言葉は事実認定者たちに届いているはずだ。志鶴はそう願い、信じながら話す。

「私たちは、一人の善良な市民として、消防士のような、日頃から市民のために献身する、本来正義をなすべき職業の人が凶悪な犯罪を犯すと考えることに非常な抵抗を感じます。それは、治安がよいとされる日本に暮らす人間にとって、自然な感情です。しかし、その感情が判決に影響を与えるようなことがあってはなりません。星野さんは、抵抗しなければ自らの命を奪われるという差し迫った危険に対し、身を守るため、やむを得ず、その場にあった爪やすりを手にしたのです。もし私が星野さんが追い込まれたような立場に置かれたとしたら、生きるため、きっと同じことをするでしょう。皆さんは、自分ならそんなことはしない、とお考えでしょうか？」

詰問調にならぬよう注意して問いを投げかけてから、裁判員たちに考える時間を与えた。そして、彼らがまさにそうしていると感じる。

志鶴はここに、被告人である星野沙羅のために立っているが、今、巧みな言辞を弄して事実認定者たちを丸め込もうとしているわけではない。星野沙羅から話を聞き、検察の訴えを検討し、数々の証拠と照らし合わせて矛盾のない事実と信じることを示しているのだ。

裁判官も裁判員も、きっとそれをわかってくれている。九人の顔を見ながら、志鶴はそう感じることができた。あとは、彼らの背中をもう一押ししてやるだけだ。

「自分の身を守るために星野さんがした行為は、法律によっても権利が認められています。すなわち、正当防衛です。もし、星野さんがしたことが正当防衛でないのなら、正当防衛という制度が定められた意味なんてありません。そんな制度、いっそ廃止してしまえばいい！」

志鶴はここで息を吸うと、信念を持って断じた。

「――星野沙羅さんは、無罪です」

その言葉が事実認定者たちに浸透するのを待って、口を開く。

「私の弁論はこれで終わります。皆さんが今日、この法廷にいらっしゃるのは、常識にしたがって自由な意見を述べるためです。私は、皆さんの常識と良識を信じています。ありがとうございました」

法壇に向かって一礼する。

ぴんと張り詰めた空気を感じる。

顔を上げ、弁護人席へ戻る。やりきったという感触と共に。

星野沙羅と目が合った。真っ赤だ。口がわなわなと震えている。顔中が涙にまみれていた。

「ありがとう……ございました……」美しい顔をくしゃくしゃにして志鶴に言った。

志鶴はうなずきかけて、自らの席についた。続いては、被告人による最終陳述だ。裁判長に促され、星野沙羅が証言台に立った。彼女はまだ泣いていたが、大きく息を吸うと、話し始めた。

「……私は、来栖学さんを殺すつもりなんて、ありませんでした。あのときは、ただ、自分の身を守ろうと無我夢中で……」

嗚咽で、彼女の言葉は途切れた。

「すみません……私からは、以上です」

彼女は法壇に向かって頭を下げた。

それでいい。十分だ。星野沙羅の言葉は少なかったが、真実にあふれていた。事実認定者たちの心証は今、はっきりとシロの方へと傾いている。

終わった——志鶴が思ったそのとき、検察官席の世良が立ち上がり、裁判長の方へと歩み寄った。志鶴も反射的に席を立つ。世良が何事か裁判長に言い、裁判長がこちらを見た。志鶴も裁判長の方へ向かう。

「被害者遺族の方から、最後にもう一度陳述がしたいという申出がたった今ありました。弁護人、いかがお考えですか」

公判期日の間、終始穏やかな表情を浮かべている裁判長は、やはり穏やかな表情のまま、信じがたい言葉を口にした。

「同意できません！」志鶴はすかさず抗議する。「刑事訴訟規則第２１７条の36。〝法第３１６条の38第１項の規定による意見の陳述は、法第２９３条第1項の規定による検察官の意見の陳述の後速やかに、これをしなければならない〟。——すでに検察官の論告のあと、弁護人による最終弁論と被告人による最終陳述まで終わっています。被害者の意見陳述は許されません。異議を申し立てます」

「いや」と世良が口を挟む。「同じ刑訴規則第２１７条の37に、裁判長は、被害者の意見陳述に充てる時間を定めることができるとあります。これを拡張解釈すれば問題ないでしょう」

裁判長は、左右の裁判官と話し合ってから、志鶴と検察官を見た。

「弁護人の異議を棄却します。被害者遺族の意見陳述を認めます」

「納得できません」志鶴は食い下がった。「刑事訴訟法第２９２条の2第5項。被害者等の陳述がすでにした陳述と重複するとき、裁判長は制限することができる。裁判長、陳述を制限してください」

裁判長は志鶴のその言葉には応えず、曖昧な笑みを浮かべた。

「弁護人は席に戻ってください」

志鶴は唇を嚙んだ。

「――証拠とならない旨、改めて注意してください」

裁判長と検察官をにらみつけてから、弁護人席へ戻った。

「えー、被害者遺族の方から、最後にもう一度意見陳述をしたいという申出がありましたので、許可します。裁判員の方々に注意します。こちらの陳述を事実認定に関する証拠とすることはできません。被害者遺族の方、どうぞ」

裁判長が法廷内に向かって言った。

来栖未央が立ち上がり、証言台の前まで歩いた。法壇に向かう。口を開いた。

「私には、被告人の弁護士さんのように上手に話すことはできません。法律のことも、詳しくないです。でも、一つだけ言わせてください」

そこで言葉を切った。

「学君……来栖が亡くなったのは、被告人が凶器で刺した傷が原因です――」

志鶴は立ち上がりながら声をあげた。

「異議があります！　ただいまの陳述は、犯罪の成否に関する事実関係についての意見で、認められていません。刑事訴訟法第２９２条の2第1項に反します」

「そうですね」と裁判長。「被害者遺族の方は、発言を訂正してください」

「――わかりました」来栖未央はうつむいて考えるようなそぶりを見せ、顔を上げた。「人が――一人の人間が死んでいるんです。私の夫です……いえ、夫でした。頑張って、仕事でたくさんの人を救いたい、って、いつも言ってました……でも、もうできません。あっていいんですか。人が死んでいるのに、お腹を刺されたのに……被害者がいるのに、被告人が一切責任を問われないなんてこと……」

言葉を詰まらせた。嗚咽がこみ上げる。これまでにも、感情の波に襲われたことはあったように見えた。が、今度はもう、彼女は我慢しようとはしなかった。肩を震わせ、唇を引き結んで涙をこぼした。

法廷内が一気に沈痛な空気に染まる。

裁判員たちの顔に、共感と同情の表情が浮かんだ。四十代既婚の女性会社員が眉を曇らせた。六十代男性が眼鏡を外し、指で涙を拭う。ぐすん、と鼻をすする音がして志鶴が目を向けると、初日からもう一人と交代で書記官席についていた書記官のまだ若い女性が、眼鏡の奥の目を真っ赤にしていた。

これまで懸命に感情を抑えてきた来栖学の妻の痛切なすすり泣きは、どんな言辞より雄弁だった。まずい。何とかしなくては。

志鶴は、裁判長に陳述を終わらせるべく進言しようと立ち上がった。

その瞬間——まるで雄叫びのついたような泣き声が法廷の空気を切り裂いた。傍聴席の最前列、来栖の母親だ。

「悔しいよねえ、学。みんなの前で人殺しみたいに言われて」

泣きながら彼女は、わざわざ周囲に聞かせるように大声で言い放った。六十代の前半だろうか。とても品のよい女性である彼女が、これまで法廷で声をあげたことはなかった。が、息子の妻と同様、もはや感情を抑えようとはせず、むしろそれを積極的にぶちまけにかかっている。

「殺されたのは、あなたの方なのにねえ」

志鶴は立ち上がった。

「裁判長！　傍聴人の不規則発言を直ちに止めてください」

すると、裁判長が応じる前に来栖学の母親が、きっと志鶴をにらみつけ、口を開いた。

「ずっと我慢してきましたけどね、あんな真面目で親孝行だった息子のこと、よくもまあ人殺し呼ばわりしてくれましたね。あの子が死んで反論できないのをいいことに。弁護士だからって、何を言ってもいいんですか。私——あなたのこと、絶対許せない！」

そう叫ぶと彼女はまた、声をあげて泣き始めた。来栖未央の泣き声もいっそう大きくなり、重なって、法廷全体に膨れ上がった。

第一章 自白

1

「どうしたの。全然食べてないじゃない」

森元逸美(もりもといつみ)が志鶴(しづる)に言った。

志鶴は目を落とす。職場近くのワインバル。テーブルには、料理が盛られた皿が並んでいる。砂肝のコンフィを使ったサラダ。鯖(さば)のリエット。レンズ豆とソーセージのケーク・サレ。志鶴はそのいずれにも手をつけていなかった。

「……星野(ほしの)さんは食べられないんですよね」

星野沙羅(さら)の事件。公判審理最終日の十日後に下されたのは実刑の有罪判決だった。求刑どおり懲役十三年。裁判長が読み上げる主文を聞いた直後、沙羅はショックのあまり自らの足で立っていられなくなり、付き添いの刑務官に抱えられた。志鶴自身、建物の床が抜けたように感じた。必死で気を取り直して彼女に控訴を勧め、励ました。が、言葉が届いている様子はなかった。

それが三日前のこと。志鶴は拘置所に足を運んで接見し、沙羅を説得して、すぐにでも控訴の申立てをすることと、引き続き自分を弁護人として選任してくれるよう説得し、了承の言質を引き出したが、彼女の目は死んだようにうつろなままだった。

接見室のアクリル板越しに見たその目がずっと志鶴の脳裏に焼き付いて離れない。

「……志鶴ちゃんはベストを尽くしたと思うよ」森元が言った。

森元は志鶴が所属する法律事務所で弁護士を補佐する事務員（パラリーガル）だ。四十代だが色白で若く見える。お互い気が合って、下の名で呼び合う間柄だ。

志鶴は唇を噛（か）み締める。

「――勝てると思ったのに……今度こそ……」

星野沙羅の案件の前に、志鶴は二件の否認事件を担当し、いずれも敗訴した。業務上過失致傷事件と強盗致傷事件だ。沙羅の案件は中でも一番重い求刑だったが、負ける気はしなかった。依頼者である沙羅には一切非はない。志鶴はそう確信していたのだ。

「わかってるつもりでした……刑事弁護士が圧倒的に勝てないってこと。でも、依頼人のために、入手できる限りの証拠を入手して、検察官とも闘って、やれることは全部やって、検察側の主張をしっかり切り崩せたと思ったのに、それでも駄目なんて……」

自らが懸命に弁護した依頼人が、無実の罪を科され、十三年という年月、身柄を拘束されることが言い渡されたのだ。何よりの衝撃は、星野沙羅が世間的に「人殺し」と呼ばれる身となるのをむざむざ許してしまったことだ。

冤罪（えんざい）という言葉について、志鶴はおそらく大多数の日本人よりもずっと身近なものとして認識しているはずだ。けれどそれは何の防壁にもならなかった。刑事弁護士が仕事を通じて背負うものの重さを、初めて本当に思い知らされた。

「弁護人が全力を尽くして闘えば、依頼者には伝わる。星野さんも、だから志鶴ちゃんを引き続き選任したんじゃない？」

志鶴はうなずいた。

「……落ち込んでる場合じゃないですよね、逸美さん」

「彼女はきっと今こそあなたを必要としてるはずだと思う」

2

翌日、自宅で朝食を食べながらテレビをつけると、ワイドショーで、〈未解決　荒川女子中学生連続殺人事件の謎〉というテロップが画面の右上に固定されていた。

半年前、足立（あだち）区の荒川河川敷で女子中学生の死体が衣服をつけない状態で発見された。扼殺（やくさつ）されたとみられる遺体には漂白剤を撒（ま）かれた痕があった。少女と呼べる年代の被害者の尊厳を奪われた遺体の状況に、世間の多くの人は激しい憤りを感じたと思う。マスコミによる報道がそれを煽(あお)った。

警察も威信を懸け、大規模な捜査態勢を敷いて臨んだが、捜査は長引くばかりで犯人逮捕には至っていない。そんな中、三週間ほど前に、同じ荒川の河川敷で、またしても女子中学生の死体が発見された。最初の発見現場との距離は、わずか五メートルだったという。ほぼ同じ場所だったと言っていい。

半年前の事件でのマスコミの報道は、世間の多くの人の関心や被害者への同情、犯行への義憤を反映してだろう、過熱したものだった。死体の発見場所は東京都の二十三区内で、被害者はまだ人間関係が限られる十四歳。防犯カメラ等から被疑者はすぐに捕まるのではないか。志鶴はそう思っていた。同じように考えていた人は少なくなかったのではないか。

が、そうしたニュースが流れることはなく時間が経過し、マスコミがこの事件を報じる回数も尺も減っていった。残酷な話だが、当事者や関係者にとってどんなに深刻な事件でも、それ以外の大多数にとってニュースとは消費財なのだ。志鶴自身、ほとんど思い出すことはなくなっていた。

半年前と同じ場所で、またも女子中学生の死体が三週間前に発見されたというニュースは、半年前の事件との共鳴によってインパクトを倍増、あるいはむしろ相乗させている感があった。死体遺棄場所と被害者の属性が一致していたというだけで十分すぎるほど特異だが、一致していたのはそれだけではない。今度は何らかの凶器で刺し殺され、衣服は身につけたままの状態だったが、漂白剤が撒かれた痕がある点も同じだったのだ。

たんなる遺棄にとどまらぬ遺体への毀損(きそん)行為は犯人の冷酷さと事件の猟奇性を際立たせた。マスコミが事件を報じる時間と熱量は沸点に達したかのようだった。

遺体について詳しくは報道されていないが、一件目の事件での発見状況から、同一犯が性的な目的で被害者たちを襲い、その帰結として殺したと考えている人は多いはずだ。そう公言するワイドショーのコメンテーターを何人も見た。職業柄なるべく予断を抱かないようにしている志鶴も、そのような印象に傾きがちだった。

被害者はどちらも中学二年生だった。

ワイドショーでは、亡くなった二人が、もし生きていれば今日、中学二年生として三学期最後の日を迎えるはずだったと、視聴者の情緒に訴えかける映像とナレーションを流していた。

そのあと、スタジオに画面が切り替わると、犯罪心理学者の肩書きを持つ中年男性のコメンテーターによる、犯人像のプロファイリングが行われた。

『あくまで、現時点での報道によって得られる情報に基づいて、という前提になってしまうことを、あらかじめお断りしておきます。まず、リンク分析というものによって、共通する犯罪手口などから、二件の事件が同一犯による犯行であると推定できます。この二つを前提にすると、犯罪発生地点の分布に、犯罪パターン理論というものが適用できると思います。簡単に言いますと、これは、ほとんどの犯罪者は、犯行場所を行き当たりばったりに選んでいるわけではなく、自分にとってある程度慣れ親しんでいる地域を選択している、という理論です』

『それは、いわゆる、土地鑑、というものでしょうか？』パーソナリティの女性が訊ねた。

『はい』犯罪心理学者がうなずく。『人はそれぞれ、個人的な経験から、自分だけの地図を作っていきます。ふだんその人が日常的に訪れる場所と、その場所を訪れるルートによって構成される活動空間、それに、一度も訪れたことはなくても、テレビなどでよく目にして知っている場所も含まれます。これを、意識空間、と呼びますが、犯罪というのは、犯罪者の意識空間に、犯罪者が適当とみなした犯行対象の存在が重なり合う場所で起こることが多いのです。今おっしゃられた土地鑑、というものを、プロファイリングの視点から説明すると、そのようになります』

犯罪心理学者は、彼の言葉が簡潔にまとめられたフリップボードを示した。

『つまり、この二件の死体遺棄事件が同一犯によって行われた犯行と考えると、犯人は二件の現場の近くに住んでいる、ということですか？』

パーソナリティがわかりやすくまとめようとする。

『それ、単純に近いとも言い切れないんですね』と犯罪心理学者。『プロファイリングの世界には「円仮説」というモデルがあります。犯行領域内、つまり、複数の犯行地点のうち、一番距離が遠い二点が内側に含まれる円の中に、犯人の住居がある、という仮説です。別の言い方をすると、「拠点犯行型」と言います』

犯罪心理学者は、新しいフリップボードを前に出した。

「円仮説」「拠点犯行型」「通勤犯行型」というキーワー

ドが目を引いた。

『この場合ですと、犯人は二つの現場近くに住んでいる、と考えられます。一方、「拠点犯行型」と並ぶ概念として、「通勤犯行型」というものがあります。犯行領域は犯人の居住地から離れた場所にあり、犯人はまるで通勤するようにそこへたびたび訪れている、というパターン。実際の事件を参考にすると、確率としては前者が高い。しかし、後者の可能性も否定することは、現段階ではできません』

『なるほど。離れた場所に住んでいたとしても、犯行現場付近は、犯人にとって、たとえば通勤先のように土地鑑がありえる、ということですね』

『おっしゃるとおりです』

『では、プロファイリングから浮かび上がる犯人像は？』

『はい。犯人像は以下のように推定できます』

犯罪心理学者は、フリップボードを新しいものと入れ替えた。

『まず、ＦＢＩが性的殺人犯の分類に用いる、「秩序型」、「無秩序型」というモデルを適用すると、この犯人は秩序型と言えるかと思います。これを前提とします。社会的には成熟しており、異性に対して魅力的に振る舞うことができる、二十代から五十代の男性。都内あるいは隣接する県に住み、車を持っている。仕事があるとすれば、自営業、おそらく、職人のような、集団ではなく一人でやる仕事です。衝動性だけでなく、計画的、論理的にも行動できる性質を持つ人物。知能は比較的高く、自分を賢い人間だと考えている。一件目の殺人はある程度偶発的だったかもしれないが、二件目ではより計画的に行動している。一件目の捜査が難航していることで全能感――自分がすごい、という感覚が生じ、二件目ではより大胆になっている。また、一件目の犯行で人を殺すことへの快楽に目覚めた可能性も高い――』

もし同一犯だったとして、この犯人を自分ならどう弁護するだろう。もちろん、被疑者が逮捕されるまでは判断できないが、難易度が極めて高いことだけは確かだろう。

『漂白剤には、ＤＮＡを破壊する作用があります。犯人がそれを知っていて、証拠となるような自らの遺留物を隠滅するために撒いた可能性が高いですね』

銀行強盗を主人公とするアメリカ映画で、銀行を襲ったあと、強盗団が犯行に使った車を遺棄する際、内部に漂白剤を撒いている場面を、志鶴も観た記憶がある。

検察側は、計画的で悪質な犯行であると主張するだろうし、それに対して、心神喪失による無罪や心神耗弱による減刑を訴えるのは困難だろう。

一件目では殺人でなく傷害致死を抗弁できるかもしれない。あとは基本的に情状弁護となるのではないか。しかしそれも厳しそうだ。

そして――こちらの訴えが退けられれば、ほぼ確実に死刑になる。

志鶴は、星野沙羅に判決が言い渡された瞬間の、足下が抜けて地面に呑み込まれるような底知れぬ落下感を思い出し、めまいを覚えた。

二件目の事件の死体遺棄の「容疑者」が自白したというニュースが放たれたのは、その数時間後のことだった。

「しっかし、世間の感覚ってわからないよね」

芸能人の不倫を報じるワイドショーを眺めながら、森元逸美が言った。

「犯罪でもなんでもないタレントの不倫が、まるで人でも殺したみたいに盛大にバッシングされるんだもんねえ。不倫なんてみんなやってるでしょうに」

志鶴も含めて二十人の弁護士が所属するオフィスにはいくつか会議室があり、依頼人との打合せその他に使われている。志鶴と森元は、今の時間帯空いている一つで、ランチをとっていた。

「いや逸美さん、みんなはしてないでしょう、みんなは」

そのときだった。印象的な電子音が鳴り、

「ねえ、志鶴ちゃん」森元が真顔になってテレビを目で示した。

志鶴も目を向ける。〈ニュース速報〉というテロップが飛び込んできた。続いて、〈荒川女子中学生死体遺棄事件　近くに住む男を逮捕〉という文言。電子音は、速報を告げるものだった。

それまで二人で観ていたワイドショーの画面が、スタジオから報道局のフロアに切り替わった。

『――たった今入ってきたニュースです』

手元の原稿を読む男性アナウンサーの声は、緊張をはらんでいる。

『先月の二十一日、東京都足立区の河川敷で、私立星栄中学二年生の綿貫絵里香さんの遺体が見つかった事件で、警視庁は、近くに住む四十四歳の男を死体遺棄の疑いで逮捕しました――』

画面が切り替わって、ヘリコプターからの空撮映像になった。荒川とおぼしき河川敷の上空。青い制服に帽子をかぶった警視庁の鑑識課員たちが、一部をブルーシートで覆い、さらに周辺をロープで囲った一帯を捜索する様子が映っている。遺体発見直後に撮られたニュース映像だろう。

そこにいくつかのテロップが表示された。〈東京都足立区　午前十一時半ごろ〉〈逮捕（死体遺棄の疑い）東京都足立区　増山淳彦容疑者（44）〉。

ナレーターの声がかぶさる。

『この事件は、先月の二十日の夜から行方がわからなくなっていた中学二年生の綿貫絵里香さんが、同月二十一日、東京都足立区の河川敷で、遺体で見つかったものです――』

テロップが切り替わって、二件目の事件の被害者の写真と名前が映し出される。

『警視庁は、重要参考人の一人として、昨日から増山淳彦容疑者に任意で事情を聴取していたところ、今日になって、死体遺棄について認める供述をしたということです――』

志鶴の目はテレビの画面に釘付けになる。

ナレーターはそれから、事件についてこれまでに判明している――警察がマスコミに報道を許している――ことをおさらいし始めた。志鶴には既知のことばかりだ。「重要参考人」も「容疑者」もマスコミが大衆向けに作った用語で法曹に携わる人間は口にしない。「重要参考人」から「容疑者」へと転じた人物の顔写真は出ていない。任意の事情聴取からの逮捕なので、被疑者が車で連行される映像もない。

志鶴は時計を確かめる。十二時四十五分。逮捕から一時間ちょっと。マスコミもまだ被疑者について、警察発表以上の情報を入手できずにいるのだ。被疑者がどこの警察署に留置されているかも報道されていない。

画面がふたたびワイドショーのスタジオへ切り替わった。パーソナリティが速報を受けて番組を回すが、新たな情報が入る様子はない。

「志鶴ちゃん、あなた今日――」

森元が言いかけたとき、テーブルに置いてあった志鶴のスマホが振動した。志鶴が所属する弁護士会の刑事弁護委員会。志鶴は、ソースがついていた指を紙ナプキンで拭って電話に出た。

「川村です――」

相手の女性が名乗った。刑事弁護委員会の委員だった。

『委員会派遣制度による当番弁護士の出動要請です』

どくん、と鼓動が跳ね上がった。

当番弁護士制度は、被疑者弁護の充実化のため、弁護士会が独自に運営している制度だ。よく混同されるが、国が弁護費用を負担する国選弁護とは異なり、弁護士会が手弁当で切り盛りしている。

所属弁護士会の当番弁護士名簿に登録すると担当日が割り当てられ、その日の当番として待機する。出動するのは普通、被疑者、被告人、あるいはその家族などの依頼に応じてだ。だが、依頼がなくても、弁護士会が報道などから早期に弁護士を選任すべき重大事件と判断して弁護士を派遣する場合がある。それが、委員会派遣制度だ。

『配点表はＦＡＸしておきますが、まずは口頭で』相手の声は落ち着いている。『被疑者の氏名は、増山淳彦。被疑罪名は、死体遺棄。所轄警察署及び身体拘束場所は共に足立南署――』

やはり、まさに今報道されている事件だ。勾留先まで押さえている弁護士会の対応の早さに驚く。スマホを握り締めていた。

「――了解しました。留置先に確認して、すぐ行きます！」考えるでもなく言っていた。

『よろしくお願いします』

相手も無駄なことは一切口にせず、通話が終わった。

立ち上がった志鶴は森元を見る。彼女もこちらを見ていた。

「逸美さん、足立南署！」

「任せて」森元が自分のスマホを手に取った。

部屋を出、受付を通り過ぎ、弁護士たちのデスクが並ぶスペースへ向かいながら、スマホで警視庁足立南警察署の番号を呼び出し、身分を名乗って留置管理課につないでもらう。逮捕した警察署と留置場所が異なっている場合もあるからだ。

電話に出た留置場管理官は女性だった。増山淳彦の身柄について問うと、『いいえ、まだこちらには留置されていません』という返事が返ってきた。

「現在取調べ中ということですね？」志鶴は訊ねる。

『はい』

「取調べが終わったら、留置先はそちらになりますよね？」

『たぶんそうなると思います』

足立南署で取調べ中。それがわかれば十分だ。礼を言って電話を切る。顔を上げると、田口司が彼のデスクに向かっていた。新人である志鶴の指導係だ。

五十代前半。痩せて長身で、いつもグレーのスーツを着ている。髪の毛をきっちり七三に分け、銀縁の眼鏡をかけている。書類か本に目を落としているようだ。

「田口さん。当番弁護の接見に行ってきます」

声をかけるとこちらを向いた。が、眼鏡の奥で視線が焦点を結んだかどうかは定かでない。

「そう」小さくうなずくと、すぐに視線を戻した。

そっけないとも言える態度。志鶴は慣れっこになっていた。

初対面の頃から、田口の距離感は変わらない。こちらから質問しなければ何も教えてくれなかった。志鶴の指導係という自覚がどこまであるのか疑問だ。嫌われているのだろうかと思ったが、ほどなく、田口のそうした振る舞いが特別なものではないことに気づいた。

志鶴が所属する秋葉原の公設事務所の報酬は給与制だが、弁護士は一人一人が独立国のようなものだ。公設事務所には、一般企業や、ビジネスローヤーの世界とも異なり、出世という概念も存在しないので、人事考課に気をもむこともない。同僚との軋轢さえ気にしなければ、協調性やコミュニケーション能力といったものは引き出しに入れておいても職を失うことはないのだ。

もっとも、入所してほどなくすると、志鶴自身、彼から積極的に何かを学ぼうとする意欲をなくしていた。弁護士としての田口の姿勢を疑問に思う出来事があったからだ。以来、志鶴もできる限り彼とは距離を置くようにしている。

パーティションで仕切られた自分のデスクに着くと、女性用だが大容量のビジネスバッグに手早く荷物をまとめた。初回接見は一刻を争う。刑事弁護士として自らにたたき込んだ原則に忠実に志鶴はほとんど反射的に動いていた。

「――志鶴ちゃん」

会議室を出てきた森元がこちらに向かって歩きながら、志鶴に向かって声をかけてきた。

「秋葉原から日比谷線で西新井、徒歩五分！　ドアツードアで三十分」

「了解。逸美さん、ありがとう。ニュース番組の録画予約もお願いします」

「合点！」森元が親指を立てて見せた。

志鶴はオフィスを飛び出した。

3

初回接見が時間との戦いとなるのは、弁護士の到着が遅れる間に違法な取調べが行われ、それによって自白調書が取られてしまうおそれがあるからだ。

報道によれば被疑者はすでに自白をしているが、だからといって遅れていいわけではない。累犯者ならともかく、被疑者となった人の多くは自らに認められている防御権も知らずに取調べを受け、捜査官にとって都合のよい供述を取られて調書化されてしまうのだ。そして、ひとたびそのような調書が作られてしまえば、あとになって裁判で覆すのは絶望的になる。

足立南警察署へ向かう電車の中で、志鶴は初回接見でなすべきことを、常備しているチェックリストで確認した。それからスマホを取り出し、ネット上で事件と被疑者に関する情報を可能な限り収集する。被疑者の名前で検索するとこの事件のニュースがらみの情報は出てくるものの、志鶴が調べた範囲では、それ以外の結果はヒットしなかった。SNSのアカウントも。

西新井駅の改札を飛び出すと、地図アプリを見ながら警察署へ急いだ。足立南警察署は見通しのよい道路に面して建つまだ新しさを感じさせる大きなビルで、五分もかからず着いた。エントランスドアを抜けると、こぎれいなロビー。受付は左手だ。カウンターの向こうの制服姿の男性事務職員をつかまえ、身分と目的を告げる。

彼が内線で留置管理課に連絡してくれた結果は、「今まだ取調べ中だそうです」。

「では刑事課に取り次いでください」志鶴は言った。

彼が今度は刑事課に連絡し、受話器を置くと志鶴に「担当の刑事が来るまで、お待ちください」と言った。

志鶴は重いバッグを肩にかけたまま、ロビーに置かれたソファには座らず立って待った。

一分、二分、三分、四分……志鶴が事務職員に催促しようとしたところで、階段を降りてきたスーツ姿の男性が、こちらに近づいてきた。志鶴を見、カウンターの中に目を向けると、取り次いでくれた職員が彼に気づいて、志鶴を手で示した。私服警官が志鶴の前で立ち止まる。

三十歳くらいだろうか。志鶴を見て、スーツの襟元の弁護士バッジに目を向け、ふたたび視線を合わせた。

「弁護士さん?」

　疑っているわけではないが、値踏みする口ぶりだった。志鶴は年齢より上に見られた経験がない。まだ新しい弁護士バッジが彼の目に初心者マークのように映ったとしても不思議はなかった。

「弁護士会の委員会派遣制度による当番弁護で来ました」氏名と所属事務所を告げる。「増山淳彦さんに接見させてください」

「なるほど、なるほど」と繰り返す彼も、刑事としてはまだ若い方なのかもしれない。「しかし、ずいぶん早いんですね。弁護士さんって、テレビの前にへばりついてる暇あるんだ」

　皮肉をまぶした様子見のジャブを繰り出してきた。

「世間の注目が集まる事件では、警察の勇み足による不当逮捕も行われがちですから」

　志鶴の挑発的な応答は刑事には意外だったらしく、鼻白むような顔をした。

　刑事弁護士が警察署で歓迎されることはない。常日頃、最前線で犯罪被害者に接し、犯罪者と対峙(たいじ)している彼らにしてみれば、天敵か、よくても疫病神のようなものだろう。志鶴としては、舐(な)められるよりは敵視される方がずっといい。

　刑事は、無防備な反応を悔いるかのような渋い顔になり、それから、気を取り直すように芝居がかった表情へと転じた。

「うーん、困ったね。まだ取調べの真っ最中なんだよね」丁寧語の手間は省くことにしたらしい。

「では、即刻取調べを中断してください」

「いやね、そういうわけにはいかないでしょ」相手の顔に狼狽(ろうばい)の色がにじむのを志鶴は見逃さなかった。「これだけの事件の取調べなんだから」

　そう。特別捜査本部が立った重大事件だから、取調べを主導するのはそれなりの経験を積んだ、責任ある立場に就く捜査官、彼にとっては上長に当たる刑事だろう。警視庁(ホンチョウ)から派遣されている可能性も高い。弁護士に取調べの邪魔立てをさせるなという命を受けて降りてきたなら上との板挟みということになる。

　ここで押し問答する間にも被疑者にとって不利な供述がどんどん引き出されてしまう。選択肢は二つ。協力して共に問題解決の道を探るか、力ずくでぶち破るかだ。

　目の前の刑事はおそらく、大学卒かもしれないがノンキャリアで地域警察からの叩(たた)き上げだ。交番勤務などでたちの悪い酔っ払いの相手を何度もしてきたろうし、凶悪犯の一人や二人は検挙してきたからこそ交番勤務を卒業して私服組になったはず。しかし、まだ若い女ながらかわいげのかけらもない、喧嘩腰の弁護士を扱った経験はどれだけあるだろうか。確かめてみる価値はありそうだ。

「関係ないですね」意識的に腹に力を込めて声の音量を上げる。「即刻取調べを中断し、増山淳彦さんと接見させてください」

カウンターの中にいる事務職員らの注意がこちらに向くのを感じる。わずかにひるんだ刑事の目がすぐ怒りに光ったかと思うと、彼のプロフェッショナリズムが要請する狷介さへと淀んだ。

「ちょっと。なに大声出してるの。弁護士さんだからって、あんまり無茶言わないでよ」

「無茶でも何でもありません。接見交通権は、被疑者に与えられた正当な権利です」

「だから言ってるじゃない。今取調べの最中なんだって」

「最高裁判例平成十二年六月十三日――」志鶴は音量を落とさず、だが平坦にまくし立てる。

「〝弁護人を選任することができる者の依頼により弁護人となろうとする者から被疑者の逮捕直後に初回の接見の申出を受けた捜査機関は、即時又は近接した時点での接見を認めても接見の時間を指定すれば捜査に顕著な支障が生じるのを避けることが可能なときは、留置施設の管理運営上支障があるなど特段の事情のない限り、被疑者の引致後直ちに行うべきものとされている手続及びそれに引き続く指紋採取、写真撮影等所要の手続を終えた後、たとい比較的短時間であっても、時間を指定した上で即時又は近接した時点での接見を認める措置を採るべきである〟」

刑事が目を見開いている。面食らっているのだろう。志鶴はいったん言葉を切って、速度を緩める。

「〝したがって、捜査機関は、弁護人等から被疑者との接見等の申出があったときは、原則としていつでも接見等の機会を与えなければならない〟――接見妨害をなさるおつもりでしたら、所属部署とお名前を教えてください。当職から即刻こちらの署長に抗議します」

刑事は苦いものでも嚙んだような顔になっている。刑事になる前に受けるという捜査専科講習でこうした事柄は習わないのだろうか。あるいは、忘れてしまっているのか。いずれにせよこうしたシチュエーションには不慣れなようだ。

「――上の人に相談した方がよくないですかね」志鶴はさらに押した。「ご存じですよね。接見妨害されている間に作成された調書は、あとになって公判で証拠能力が否定されることがある。あなただけでその責任が取れるんですか」

　当番弁護士が被疑者から弁護人として選任されるとは限らないが、言った内容は事実だ。

　刑事の眉がぴくりと上がる。志鶴はこれ見よがしに壁時計に目を向けた。

「今、十三時二十一分ですね。記録します」と、スマホを取り出す。

「――ちょっと待って」刑事の声は、志鶴に対する個人的な憤りでざらついていた。「今、確認するから」

　刑事はカウンターの中へ入り、志鶴から一番遠い固定電話を使って内線をかけた。声は聞こえない。何度か志鶴の方へちらっと目を向けたが、感情の読み取りづらい警官の顔をしている。数分で電話を終え、カウンターの中から出てきた。志鶴の前に立つと、小さく息を吐く。

「責任者が来るから、少し待ってください」

「わかりました」

　志鶴と刑事が立ったまま向き合っていると、エレベーターのドアが開いて、スーツ姿の男性が現れた。こちらを見て、慌てる様子もなく近づいてくる。

　五十代前半くらいか。背はそれほど高くないが、がっしりした体型。茶系統でまとめているがメリハリのついたスーツとシャツ、ネクタイの着こなしは、さりげなくお洒落だ。柔らかそうで色の薄い髪の毛は短くカットされている。若い頃は強面で鳴らしたに違いないと思える骨張った顔立ちで、穏やかな表情をたたえていても奥底に胆力を感じさせる。二重まぶたの下の眠たげにも見える目には、隠せない鋭さがきらめいていた。かすかに煙草の匂い。

　志鶴を見ると、わずかに顔の筋肉を緩めた。自然に愛嬌を出し入れできるらしい。志鶴は警戒心を解かなかった。

「増山淳彦に接見をされたいという弁護士さんですね」柔らかな響きの声だった。

「はい」志鶴は答えた。

「私は、北と言います。所属は警視庁捜査一課で、階級は警部。この事件のために足立南署に専従として派遣されてきました。増山淳彦の取調べを担当する者です。失礼ですが？」

「川村です」志鶴は所属する法律事務所の名も告げた。

「川村さん。あなたにも弁護士としての使命があるのはわかります。しかし、こちらにも市民を守る警察官としての使命がある。今、増山淳彦の取調べは重要な段階です。今日の取調べは六時には終わります。それまで待ってもらえませんか」

　まずは直球で正論を投げてきた。公僕としての慎ましさを失わず、なおかつ背後に自然に権威を浮かび上がらせる、説得力のある口ぶりだ。だからといっておとなしく説得されるいわれもない。

「待てません。すぐに接見させてください」

　北警部は表情を変えなかった。

「彼は犯行を自供している。接見を急ぐこともないんじゃないですか」

　戦法を変えてきた。増山淳彦が認めているのは、巷間（こうかん）で連続殺人事件と思われている二件目の事件の死体遺棄についてのみ。警察にしてみれば、とば口に過ぎないだろう。まずは被疑者が比較的認めやすい死体遺棄について自白を取り、それから殺人についても自供させるのは常套（じょうとう）手段だ。被疑者の防御が一刻を争うことに変わりはない。反論したくなったが、思いとどまる。相手のペースに乗っては駄目だ。

「接見妨害ということでよろしいでしょうか」

　すると北警部は口元を緩めた。

「あなたはさっき、こちらの彼に最高裁の判例を引用したそうですね。ではこちらも、最高裁判例平成三年五月十日――〝したがって、捜査機関は、弁護人等から被疑者との接見等の申出があったときは、原則としていつでも接見等の機会を与えなければならないのであり、これを認めると捜査の中断による支障が顕著な場合には、弁護人等と協議してできる限り速やかな接見等のための日時等を指定し、被疑者が弁護人等と防御の準備をすることができるような措置を採るべきである〟」

　急ぐこともなく、けれど淀みなくそらんじてみせた。

「さらに続きを読みましょうか――〝そして、右にいう捜査の中断による支障が顕著な場合には、捜査機関が、弁護人等の接見等の申出を受けた時に、現に被疑者を取調べ中であるとか、実況見分、検証等に立ち会わせているというような場合だけでなく、間近い時に右取調べ等をする確実な予定があって、弁護人等の必要とする接見等を認めたのでは、右取調べ等が予定どおり開始できなくなるおそれがある場合も含むものと解すべきである〟」

北警部は言葉を切った。今やフロア中の人間が注目しているのが志鶴には感じられた。エントランスから入ってきて、何らかの用件でカウンターへ向かう一般人らしき中年女性が、通りすがりに何事かという目を投げかけてきた。

「私はまさに、〝捜査の中断による支障が顕著な場合〟だと申し上げている。犯罪者を捕まえておしまいなら、警察の仕事も楽なもんです。残念ながら、検察送致という重いお役目もしょわされてる。先生もご存じのはずですよ。日本の刑事訴訟法では、被疑者の供述によらなければ立証困難な主観的要素が構成要件として多く定められている。強制捜査もまず許されない。取調べこそ、国家刑罰権を適正に実現する肝心要だ。これを接見妨害と言われては、警察官は事件の解決なんてできなくなってしまう。先ほどの判例は、接見を許可しなかった弁護人に対し、検察官が、〝接見交通を害しないような方法により接見等の日時等を指定する義務〟を怠ったことが問題視された。そうですね？　だから私は川村さん、あなたに日時を指定した。本日の午後六時と。これが接見妨害の要件を満たしますかな」

思いがけぬことに、こちらのフィールドで正面から反撃してきた。そのことを楽しんでいるようにさえ見える。最初に応対した若い刑事の目に感嘆の光。

志鶴はショルダーバッグから、小型のデジタルビデオカメラを取り出した。スイッチを入れ、壁にかかった時計を写してから、北警部にレンズを向ける。若い刑事が「おい」と声をあげたが、北警部はまったく動じなかった。

「二〇二×年三月十三日、十三時三十分――」志鶴は記録のためマイクに吹き込んだ。「警視庁捜査一課の北警部は、捜査の中断による支障が顕著だとして、被疑者である増山淳彦さんへの弁護人川村の速やかな接見を認めず、取調べが終わる午後六時まで待つようにと要請しました」

液晶ディスプレイを確認した志鶴は、北警部に目を向ける。

「法的根拠については伺いました。北警部、これが接見妨害でないとおっしゃるなら、被疑者である増山さんの意志を確かめてください。直ちに当番弁護士への接見を求めるかどうか」

「――いいでしょう」北警部は落ち着いた様子で答えた。

「現在の日時は確認しました。あなたがちゃんと訊いてくださったかどうか、あとで記録を確認します」

北警部の目元が緩んだように見えた。引き込まれそうな深みのある笑みだった。だが油断してはいけない。裁判員裁判の対象事件では、警察でも検察でも取調べは全面可視化され、つまりは録画されている。しかし、死体遺棄事件はその対象外で、警察での取調べは可視化に至っていない。その気になれば北警部は自分に都合のいいように時間を操ることができる——そう考えるべきだ。

「まだ被疑者から弁護人として選任されるかどうかはわからない。それでも、今の時点でやるべきことを尽くす。失礼だが、お若いのに、しっかりした弁護士さんですな」と言って、最初に応対した若い刑事に顔を向ける。

「灰原君、川村先生をご案内して」

「わかりました」灰原と呼ばれた若い刑事が固い声で答えた。

志鶴はビデオカメラをしまう。その場から動かない北警部に見送られ、灰原に促されて、エレベーターに乗る。彼は、「留置管理課」と館内表示に記載されていた階のボタンを押した。刑事に付き添われて接見室へ向かうのは、初めてだ。お互い無言のままの何秒かが過ぎる。エレベーターを降りると、通路の奥のドアに、「留置事務室」とプレートがあり、無言で志鶴を先導していた灰原はノックして開けた。

奥に長い、窓のない部屋。面積と比してドアが多い。ここにもカウンターがあり、その向こうに留置場管理官が二人いた。男性と女性が一人ずつ。

「接見希望の弁護士さんです」

灰原が言うと、定年間近の年齢に見える、眼鏡をかけた男性が立ち上がり、近づいてきた。

「被疑者は今取調べ中ですから、刑事課から連れてきます」灰原が彼に言った。

「ああ。さっきの電話の」志鶴を見て男性留置官がうなずく。電話を受けた女性から聞いていたのだろう。

「よろしくお願いします」

灰原はそう言い残すと、志鶴には目もくれず、事務室を出て行った。屈辱を与えてしまったのだろうか、といくらか共感的な考えが浮かび、いや、そもそもここはアウェーなのだ、と気を引き締め直す。

「では、必要な書類を記入してください」

男性は、カウンターの上に書類と筆記具を置いた。

志鶴が記入していると、

「それから、カメラとかＩＣレコーダーがあったら、置いていくように」

志鶴は手を止めて顔を上げた。

「どうしてですか？」

「書いてあるでしょ」と留置官が横の壁に貼られた紙を指さす。「〝接見室での撮影・録音は禁止されています〟って」

「納得できません」志鶴は即答した。

「え？」

「撮影や録音が禁止されている法的根拠は何ですか」

留置官が顔をしかめた。

「何よ法的根拠って。根拠も何も、うちでそう決まってるんだから従ってもらわないと」

「従えません」

「何言ってるのかね、この人は」留置官が不興げに口をすぼめる。「それじゃ接見できないけど、いいの？」

志鶴はまた、ビデオカメラを取り出してスイッチを入れ、彼に向けた。彼は、体を引いて口を開けた。

「今の発言、もう一度おっしゃってください。接見妨害の証拠になります」

「あ——あんたねえ！」男性が声を荒らげた。

「井上さん」部屋の奥で机に向かっていた、もう一人の留置官が彼に声をかけながら立ち上がった。志鶴が電話で確認した際、応対した女性だろう。志鶴と同年配に見える。近づいてきた。志鶴に向かって軽く会釈する。

「施設管理権というものがありまして」冷静な口調だ。「警察署の留置施設ですから、当然、他の施設よりルールは厳しくなりますよね。他の弁護士さんにも、ルールを守っていただいていますよ」

「他の弁護士さんは関係ないですね」志鶴は彼女にも反論する。「ていうか、そんなルールに従ってる方がおかしいです。被疑者の防御権と弁護人の弁護権を同時に侵害する、不当きわまりない一方的な強制ですよ。制約を受けるいわれはありません。そもそも、刑事収容施設及び被収容者等の処遇に関する法律75条3項では、刑事施設内における所持品検査の対象から弁護人等を除外しているんですよ。所持品を預けろなんて、検査より無法な話です」

男性留置官と女性留置官が顔を見合わせた。困惑と苛立ちを目線で交わし合っているように見える。主導権を握ったのは、女性だ。

「私たちだけでは判断しかねます」彼女が言った。「上に確認してみるので、書類を書いて、待合室でお待ちいただけますか」

「わかりました」志鶴はビデオカメラのスイッチを切り、書類の記入に戻った。

カウンターのこちら側には、さっき入ってきたドアの他、二つの出入り口があった。一つは頑丈そうな金属製の格子戸で、留置場への出入り口。記入した書類をカウンターに残した志鶴はもう一つ、背後にある「待合室」というプレートがついたドアを開け、中へ入った。窓のない狭い部屋だ。簡素なソファとテーブルがあり、ローテーブルには内線電話も置いてあった。

ソファへ腰掛ける。じりじりしながら十五分ほど待っていると、ドアが開いて、女性留置官が顔を出した。

「所持品を預ける必要はないとのことです」彼女は言った。

「増山淳彦さんは？」

「まだ、来てません」

「どうしてこんなに時間がかかってるんでしょうか」

女性留置官は、苦笑いをした。

「さあ、それは」

「刑事課に問い合わせてもらえませんか？　北警部に」

「いや、それは私どもの仕事ではありませんから」拒否できるのを喜んでいるようだ。

「では、裁判になったら、警視庁捜査一課の北警部が接見妨害をしたことについての証人として出廷していただけますか？　氏名と所属を教えてください」

彼女の顔色が変わり、志鶴をにらむと待合室を出て行った。十五分ほどして戻ってきた。薄笑いを浮かべているように見える。

「取り調べは中断されました。でも今、接見室は他の被留置人の接見に使われているので終わるまで待ってください」

取りつく島もない感じで言い捨てると、女性留置官は後ろ手にドアを閉めて去った。

くそ――思わず胸の内で毒づいていた。

こうなれば腹をくくるしかない。志鶴はスマホから森元逸美宛に現状を知らせる簡単なメールを送り、彼女が退勤するまでにもし何かあればスマホにメールするよう依頼した。そして改めて接見の準備を整え、それが終わると、今抱えている複数の案件のうち、ｐｄｆファイル化して保存してある事件記録に目を通し始めた。

待合室のドアが開いたのは、それから一時間ほど経った午後三時過ぎのことだった。

4

「接見室へどうぞ」女性留置官は、表情を消し去って事務的に告げた。

接見室のドアは、事務室のカウンターの内側にある。無言の二人の留置官を残して中へ入る。接見室はどこもよく似ている。もとより創造性が求められる空間ではない。

一度に接見できる被疑者あるいは被告人は、一人だ。そのため部屋は狭い。分厚いアクリル板で仕切られた空間には圧迫感がある。閉所恐怖症の気味のある志鶴にとって、接見室は息が詰まる場所だ。どこも同じように空気が淀んでいるように思え、どこも独特の、気が滅入るような臭気を感じる。

しかし、設計思想にヒューマニズムという言葉が介在する余地がおそらくなく、むしろ、性悪説に基づく最小限の機能のみを許された、おそらく何らかの規格によって画一化されているこの部屋こそ、身柄事件となって拘束された被疑者にとっては唯一の、外部へ向けて開かれた窓なのだ。


志鶴はアクリル板の手前に座り、カウンターの上にノートと筆記用具、その他必要なものを置いて待った。しばらくすると、アクリル板の向こうでドアが開いた。

戸口の隙間に男性が見えた。立ち止まり、背後をうかがう。制服を着た男性の留置官の姿が覗いた。事務室にいた男性とは別で、もっと若い。留置官は、男性に顎をしゃくって促した。男性が、視線を落とし、おずおずという感じで接見室に入ってくる。

大柄で肉付きもいい。丸顔で、ほとんど首がないように見える。白地に淡い灰色のざっくりしたチェック柄のシャツと、その上に着た黒いジャンパーを米俵のように膨らませているのは、筋肉というよりは脂肪のようだ。シャツの裾の下から、ゆったりしているにもかかわらず型崩れした、白っぽいくすんだ色のパンツが見える。

真ん中で分けた髪の毛は黒々としていて、狭い額の下に、両端が下がって見える薄い眉毛、そこから離れて、一重の小さな目があった。充血している。鼻は大きく、口角の下がった口の、ぼってりして皹割れた唇は、困惑を表すかのようにすぼまっている。感情が読み取りづらい顔だ。口の周りにあまり長くない無精ひげが、ぽつぽつと生えている。下に落とされたままの視線は落ち着きなく揺らいでいた。

「そこ座って」彼の背後で男性留置官が言ってから部屋を出た。

増山淳彦は、目の前の椅子をちらと見て、アクリル板ごしに志鶴の存在を確かめたようだが、目は合わせなかった。ぎこちない動きで、いくらか乱暴に腰を落とした椅子が、ぎいっ、ときしんだ。

アクリル板の顔の位置には、会話ができるよう、小さな穴がいくつも空けられている。その穴を通じて、針のようなものさえ受け渡しができないようにだろう、この部分のアクリル板は二重になっており、それぞれの板の穴はずらした位置に開けられている。板と板との隙間と穴を通じて、かろうじて彼我の音声をやりとりできる仕組みだ。にもかかわらず、そのわずかな間隙を縫って、すえた汗の臭いが志鶴の鼻孔を刺した。

外見はその人物について多くを物語る。志鶴は少し意外に感じた。テレビで観た犯罪学者のプロファイリングから、もう少し——何というか、社会性が高そうな人物を想像していたからだ。

留置官が外からドアを閉めた。アクリル板ごしだが増山淳彦と二人きりになる。

志鶴は目の前の人物に目を戻し、精神的障害の可能性を排除せずにおくよう注意喚起する。被疑者を見下す意図ではない。差別ではなく現実として、そうした人たちの中には犯罪を繰り返してしまう累犯障害者も存在する。同時に、その障害を弁護士に看過(みす)ごされてしまい、十分な弁護活動を受けられないことも多いのだ。

「増山淳彦さんですね」志鶴は、快活さを心がけて声をかけた。「こんにちは。初めまして、弁護士の川村志鶴と言います。よろしくお願いします」

笑顔を作ったが、増山は、わずかに眉をひそめただけで顔を上げなかった。志鶴は、日弁連が作成した、障害の有無を確認するためのチェックリストを脳裏に呼び出す。目線が合わない、はそのリストの一番上にあった。

「なぜ私が来たか、わかりますか？」非礼を覚悟で確認する。

増山は、二度、三度と目をしばたたくと、ためらいがちに声を発した。

「……あの」体つきから想像するよりは高い声だ。かすかなわななき。

しばらく間が開いた。志鶴は相づちをこらえて彼の言葉の続きを待つ。

「……今日はもう、取調べは終わり、って」

　四十四歳という年齢よりは幼く聞こえる口調である。が、極度のストレス下では、人はふだんの自分を保てなくなるのが普通だ。世間を騒がせている死体遺棄事件の被疑者として取調べを受けることにストレスを覚えない人間がいるだろうか。

　志鶴は笑顔を作った。

「私は、警察の人間じゃないですよ、増山さん」

　増山の眉がひそめられ、口がさらに開いた。ゆっくりと顔が上がる。恐る恐るといった感じで志鶴と目を合わせた。

「え、じゃあ……？」

「私は、弁護士です。増山さんの味方です」

　増山が、ぱちぱちとまばたきした。

「弁護士……」当惑しているが、志鶴の言葉を理解しようと努めているように見える。「もしかして、母ちゃんが……？」

　彼には、彼のために弁護士を呼んでくれるかもしれないと思える母親がいる——志鶴は心に留めた。

「お母様がいらっしゃるんですね」志鶴は答えた。「あとで連絡先を教えてください。でも、私がここへ来たのは、お母様にお願いされたからではないです」

　増山の眉がいぶかしげに動く。

「当番弁護士制度というものがあります」できる限りわかりやすい言葉を選んで説明する。「増山さんのように、困った立場になってしまった人のために、弁護士の集まりである弁護士会が、弁護士を派遣するんです。私は、増山さんを助けるためにここに来ました」

　彼は上半身を起こして、アクリル板ごしに志鶴のことをまじまじと見た。話が通じた、と思った。意思の疎通は可能だ。増山が口を大きく開ける。腰を浮かせたかと思ったら、両手のひらをアクリル板にばん！　とつけて、志鶴の方に顔を近づけてきた。

「た——助けてくれ！」顔をゆがめて叫んだ。歯並びが悪く、茶色がかった歯が剝き出され、アクリル板に唾が飛び散った。「家に帰る。ここから出してくれ！」

　彼の背後のドアが開いた。中を覗いた留置官が飛び込んできて、増山の両肩を後ろからつかんだ。

「座れ！　接見中止にするぞ」

　留置官の脚に当たって倒れた椅子が、床にぶつかってがちゃんと音をたてる。

　志鶴には初めての経験だ。不覚にも反応が遅れた。自分で自分を叱咤（しった）する。これくらいで動揺してどうする。恐慌に陥っているのは、頑丈なアクリル板の向こうに抑留されている被疑者の方ではないか。

「増山さん、落ち着いてください」志鶴はどうにか笑顔をこしらえた。「大丈夫ですよー。とりあえず、座りましょう」

両手を挙げ、それをゆっくり振り下ろす動作を繰り返す。

留置官に背後から羽交い締めにされると、増山は抵抗もせずアクリル板から引き離され、すぐにおとなしくなった。表情が固まっている。

「また暴れたら接見中止にするぞ」留置官が耳元にしては大きな声で宣告する。「わかったか」

増山はびくっと身を縮こまらせてから、力なくうなずいた。

留置官は、相手の様子を確かめながら、ゆっくりと腕をほどいた。すぐそばで、彼がまた暴れないかというようにじっと見つめる。

「椅子、倒れてるよ」それから、顎をしゃくった。

増山は、倒れている椅子を起こすと、そのまま立ちすくんだ。

「いいよ、座って」

留置官に促され、増山はおずおずと椅子に腰を下ろした。体は正面を向いておらず、顔はうつむいている。怯（おび）えているようだ。留置官が彼の肩をつかんだとき、彼が身をこわばらせたのを志鶴は見ていた。体こそ大きいものの、暴力への耐性は低いタイプではないか。毛穴が黒ずんだ鼻に汗の粒が浮かんでいる。

留置官は、彼から目を離さず後じさると、ドアの前に立った。

「増山さん」目は合っていないが、志鶴はにっこりと笑いかける。「パニックになるのはわかります。ていうか当然です。警察の人って、なんかみんな、おっかない顔してますもんねえ」

努めてくだけた口調で言ってみた。が、増山の体の緊張はまだ解けない。

「留置官さん」志鶴は奥の警官に声をかける。「増山さんはさっき、暴れたわけじゃありません。動揺して、自分を見失っただけ。たんなる拘禁反応です。増山さんはもうしないって意思表示されてます。接見室の外に出てください」

刑事訴訟法の第39条は、弁護人は被疑者と立会人なしに接見できることを規定している。赤ら顔で、柔道をやっていそうな留置官は志鶴を無視したが、部屋を出て行きドアを閉めた。

志鶴は増山に視線を戻す。体が、さっきまでより少し志鶴の方へ向いている。留置官の先ほどの制止にまだ怯え、自らが置かれている環境に混乱しているようだ。だが——志鶴には、知的あるいは精神的な障害を持っているようにも思えなかった。それを確かめるためにもコミュニケーションが必要だ。初回接見で被疑者から聞いておくべきこと、こちらから伝えておくべきことは少なくない。しかし、チェックリストの一番上から順番に訊いていくようなやり方では、目的の何割が達せられるだろうか。

「増山さん——お母さんのことを、教えてください」

反応があった。増山が顔を上げたのだ。視線が合う。志鶴は安心させるよう、うなずきかけた。

「落ち着いて聞いてください。残念ですが、増山さんは、すぐにここを出るのは難しいと思います。それに、もしお母さんがこの警察署へいらしても、警察の人はおそらく、少なくとも三日間は増山さんへの面会の許可を与えない可能性が高いです」

彼の顔にまた、パニックの予兆のような表情がよぎった。志鶴は続ける。

「私がここに通してもらえて、増山さんとお話しできるのは、弁護士だからです。私なら、お母さんに会って、増山さんの今の状況をお伝えすることができます。今、それができるのは、弁護士である私だけです」

増山が、まじまじと志鶴を見つめる。

「おわかりですか？」

増山が——ゆっくりとうなずいた。志鶴もうなずき返す。おそらく彼は累犯者ではない。これは、彼にとって初めての経験だ。

「たぶん、増山さんは、今ご自分がどんな立場に置かれているか、これからどんなことが起こるか、よく理解できていないんじゃないかと思います。私がここへ来たのは、増山さんのお力になるためです。わからないことがあったら、何でも訊いてください。心配なことがあれば、何でも話してください。私には、増山さんから聞いたお話の秘密を守る義務があります。お母さんに伝えたいことがあれば、それはお伝えしますからね」

彼は、志鶴を見つめたまま、黙って聞いていた。少し冷静になったようだ。

「増山さんに適切なアドバイスができるよう、まず、私の方からいくつかお訊ねしなくてはなりません。大丈夫ですか？」

　増山がかすかに顎を引く。積極的にそうしたいと思っているわけではないが、自分の置かれている状況は把握しつつあるようだ。

　今後の弁護方針を決めるために、話しづらいことも話してもらわなければならない。大事なのは、彼がどんな人間であれ、どんな行為を働いていたとしても、弁護士まで取調べを行った刑事と同じ側に立たないことだ。

　こうした状況でいつも思い出す言葉がある。

　——判断しない、ということ。

　志鶴には師と仰ぐ、都築（つづき）という弁護士がいる。ロースクール生時代にインターンで彼の事務所に世話になった。弁護士にとって一番大切なことは何かと訊ねた志鶴に彼が答えたのが、この言葉だったのだ。

　犯罪の被疑者とされたときから、その人はあらゆる人間から判断の対象とされる。被害者及び関係者はもちろんのこと、警察官、検察官、裁判官、マスメディア——そして、報道によって彼あるいは彼女を知った大衆。被疑者が起訴されて被告人となり、裁判の結果犯罪者とされれば、彼あるいは彼女に対して判断を下す人たちはその依（よ）って立つところをどんどん強固にしてゆくだろう。法の裁きだけが断罪ではない。

　だからこそ。

　弁護士だけは判断してはいけない。

　志鶴が師と仰ぐ弁護士はそう語った。以来志鶴は、六法全書に記載されたどんな条文より、この言葉を己の金科玉条として胸に刻んでいる。

　増山淳彦は今、パニック寸前まで追い詰められている。彼の力になるために、まず彼の警戒を解き、信頼を勝ち取らなくてはならない。

「取調べ、おつかれさまでした」志鶴は頭を下げる。「大変でしたね。今日は、朝からずっと取調べだったんですか？」

　増山が、しばらく考えてから、うなずいた。

「増山さんは、今朝、初めてこの警察署に連れてこられたんですか？」

　彼が首を横に振る。

「では、いつ？」

「……昨日」

　志鶴はノートに書きつける。

「時間とか、覚えてますか？」

「……時間は覚えていないけど、朝」

本当は、できるだけオープンに、つまり自由に答えられる質問を投げる方がいい。しかし、寡黙なタイプでは、イエスかノーかで答えるクローズドな質問を重ねて言葉を引き出すしかない場合もある。

「警察の人は、そのとき——」

「寝てたの」増山は志鶴の言葉を遮った。「朝の配達終わって、帰って飯食ってから寝てたら、母ちゃんが起こすから何かと思ったら、警察だって。何でって思ったけど、母ちゃんもわかんないし、仕方なく起きたら本当に警察来てて。話聞きたいから来てくんないかって」

話し始めると、饒舌とまでは言わないにしても、増山の言葉は滞ることなく流れた。が、そこで途切れた。

〝朝の配達のあと〟と志鶴は書きつける。流れを断ち切らぬよう、あらかじめ考えていた質問を修正する。

「配達のあとだったんですね。配達、って——」

「新聞」

「そうか。増山さんは、新聞配達をされてるんですね」

志鶴はノートに記す。「ご実家が販売店なんですか？」

「違う。通い」

志鶴はそれも書き込んだ。志鶴が知る限り、彼の職業についての報道はまだされていない。

「何でって思った、っていうことは、昨日より前に、警察の人が来たことはなかったんですね？」

「うん……あ、いや、来てた。けど、母ちゃんに話聞いただけで帰ったんだ。何か怪しいやつとか見なかったかって」

デリケートな領域にさしかかっているのを感じる。

「ええと、それって、いつごろだか覚えてますか？」

彼の表情が曇った。

「……あの事件があったあとじゃない？　二件目の」いくらか突き放すようなニュアンスがあった。直視したくない気持ちがあるのかもしれない。

あの事件。二件目の。彼が死体遺棄の罪に問われている綿貫絵里香の死体遺棄事件で間違いないだろう。

「三週間くらい前、ですかね」志鶴は事務的に受けた。

「うん」

「警察は昨日、その事件のことで増山さんに話を聞きたいと、来たんですか？」

「……そう」口が重くなっている。

ノートを取りながら頭を回転させる。

性犯罪がらみの殺人事件捜査では、被害者の関係者、死体発見現場を含めた近隣住民に対し、いわばローラー的に聞き込みを行うはずだ。増山淳彦の住所は、死体発見現場と同じ荒川区。警察が彼を参考人とみなしたのは、ローラー作戦で引っかかったからなのか、それとも、何かの情報を元に、ピンポイントでピックアップしたのか。

いずれにせよ、任意とはいえ、事情聴取のために同行を求めた根拠は何なのだろう。

「警察の人は、なぜ増山さんから話を聞きたいか、言ってましたか？」

「ううん」増山は首を横に振る。「それは言ってない。言ってなかった……そのときは」

そのときは？

志鶴は高速で考える。

自白だけを証拠に人を有罪にすることはできない。

〝何人（なんぴと）も、自己に不利益な唯一の証拠が本人の自白である場合には、有罪とされ、又は刑罰を科せられない〟。――日本国憲法第38条第3項。刑事訴訟法では、こうなる――〝被告人は、公判廷における自白であると否とを問わず、その自白が自己に不利益な唯一の証拠である場合には、有罪とされない〟。第３１９条第2項。いわゆる補強法則だ。

自白がそれだけでは証拠として弱いからではない。その逆だ。中世において「証拠の女王」と形容されたほど、自白は強力な証拠であり、それだけに過大に評価されがちだ。刑訴法の３１８条には自由心証主義が定められている――〝証拠の証明力は、裁判官の自由な判断に委ねる〟。自白は、ひとたび採取されると偏重される危険があり、捜査機関による強要や拷問といった人権侵害にもつながりかねないため、有罪とするためには他の証拠、すなわち補強証拠によってそれを証明しなければならないという、自由心証主義の例外が設けられたのだ。

これだけの大事件で、警察が、有罪にできるという確たる見込みもなく被疑者を逮捕し、その情報を公開するとは考えにくい。補強する証拠が他にあると前提しておくべきだ。

たとえばＤＮＡ。

遺棄された遺体から、鑑定可能な犯人の遺留物が発見されたかどうかはまだ報道されていない。警察がマスメディアにも知らせていないか、規制をかけているかだろう。こうした事件では、警察は参考人から事情を聴く前に、まずＤＮＡ型鑑定をするのではないか。

再審で無罪が確定し冤罪が明らかになった足利事件では、警察は、連続幼女誘拐殺人事件の被疑者として浮かんだ男性が捨てたゴミを押収し、そこから試料となるDNAを採取して鑑定した。その鑑定結果は後に間違いだったことが判明するのだが、いずれにせよ、現代ではその方法での採取は裁判で違法捜査とみなされるリスクが高い。もしそれを根拠として事情聴取するのであれば、その前に増山淳彦にはっきりそう告げてDNA型鑑定を行っていると考えるべきだろう。

性犯罪がらみの殺人事件では、ローラー作戦の過程で、聞き込みを行った対象にDNAの提供を求めることもあるようだが、増山の話を聞く限り、彼のケースでは当てはまらない。それに、もしそうした物証が存在するなら、逮捕と共に公表しているのではないか、とも思える。

「そのときは」示していなかったが、その後に取調官が示した根拠は何だ？　問い詰めたくなるが、まずは話を進めることにする。ここで流れを断ち切るようなことはしたくなかった。

「それで――増山さんは、言われたとおりにしたんですね」

増山がうなずく。

「警察では、どんなことを訊かれました？」

彼は、背後のドアの方をちらっと振り向いてから、まぶたを閉じた。話したくないようだ。被疑事実の認否については必ず聞いておく必要がある。そのためになるべく抵抗が少なそうなところから話を運ぼうとしたが、らちが明かないかもしれない。

「俺が――やったんじゃないか、って……」

「――何をですか」

「し――死体、死体捨てただろうって」早口になった。

「……それで、増山さんは、何て？」

彼は、目を閉じたまま、息を吸った。それから、やはり目を閉じたまま、息を吐いた。そしてまた、息を吸った。

「……やってません、って」

疑問が口をついて出そうになる。が、こらえた。

『やってません』――増山さんはそう答えたんですね。そしたら警察の人は、何て言ったんですか」

紅潮した増山の額に汗の粒が浮かんでいる。まぶたを開いた。志鶴と視線を合わせず、どこか上の方を見ている。充血した目が潤んでいる。

「……やっただろ、って。何度も何度もしつこく――」

顔をゆがめて大きく息を吸った。いったん斜め後ろ、留置官が背後に控えているドアに目を向け、顔を戻した。

「昨日は、そんなに怖くなくて、結構優しく訊いてくれたんだけど、今日になったら――」

言葉を切り、呼吸をした。

「『やったんだろ……！　お前がやったんだろ！　お前が本当のこと言わなきゃ、死んだ子も成仏できないよ、お前は被害者に申し訳ないと思わないのか！』って――」

片手でおでこを押さえた。片方の鼻の穴から鼻水が垂れた。ぐすっという音をたて、鼻をすすった。涙がにじんでいる。

「一日中、何度も何度もおんなじこと訊かれて、怒鳴られて――」

ぐう、という声と共に、嗚咽を漏らした。口の端からよだれが垂れる。

過去、長時間の取調べが問題となり、最近では被疑者の取調べをできる時間は一日に八時間までと制限されている。警察は昨日、初回ということもあり、増山の様子を見ながら時間をかけて事情聴取したのだろう。そのうえで、今日は最初から一気に圧迫を強めたのだ。そして――彼らのやり方は、彼らの目的達成に功を奏した。

「ちょっと待ってください。一つ確認していいですか。昨日の取調べが終わったあと、増山さんはご自宅に帰してもらえましたか？」

警察は、逮捕状が発される前の取調べで参考人の身柄を強制的に拘束することはできない。任意の事情聴取なら、被疑者にはいつでも自由に帰る権利が保障されているということだが、警察としてみれば、犯人ではないかと疑いをかけている相手に自由にされるのは不都合だ。逃亡される危険があるのはもちろんだが、もう一つ大事なことがある。

警察は、被疑者を世間から隔絶し、自らの管理下に置いた方が自白が取りやすいのだ。任意の事情聴取と言いながら、被疑者を家に帰さず、捜査員たちの監視下でビジネスホテルに宿泊させ、連日取調べを続けたということも過去には起きている。事実上の身体拘束と言っていいだろう。

増山は、志鶴の質問の意図を図りかねたのかしばらく考えるような間があったが、「帰った」と答えた。

「けど大変だった。……夕刊の配達は代わってもらって、店長かんかんだし、生活のリズム狂ってんのに翌朝も配達して。そんでまた今朝で」

まだ志鶴とまともに目を合わせていないが、不満が舌の滑りをよくしているようだ。核心に触れる部分ではないということも大きいかもしれない。

「大変でしたね」志鶴は彼の言葉を肯定する。「取調べで、警察の人は、黙秘権について増山さんにきちんと説明してくれましたか？」

彼は思い出そうとするように頭を下げ、それから、「言ってたかも」と答えた。

「警察の人から暴力を振るわれたりしたことはありましたか？」

増山は、首を横に振った。

「耳元で怒鳴られたり、机を叩かれたりとかは？」

彼はうなずいた。「今日は」

「次からは、一度でもそういうことがあったら、すぐ弁護士に面会を求めてください。捜査員が乱暴な取調べをするのは、絶対に許されないことなんです。今日は、増山さんから話を聞くことにした理由を警察の人は言っていましたか？」

すぐには返事がない。増山の頭が落ちる。かたかたと音がした。右膝を小刻みに揺すっている。感情の起伏が激しく、変化の予兆のようなものをほとんど感じさせないタイプのようだ。自分でもコントロールするのが上手ではないのだろう。今の質問が負荷をかけたのだ。

やはり取調官は証拠を突きつけたに違いない。そしてそれは、増山にとっては触れたくないことなのだ。

「それで、増山さんは——？」

口を開きかけた増山は、充血して潤んだ目を志鶴に向けた。が、すぐにまたまぶたを閉ざした。さっきよりもきつく。閉じた口がぷくっと膨らんだ。と思ったら、まぶたと同時にはじけた。

「——だって、認めないと、許してもらえないだろっ！」

また唾がアクリル板に飛び散った。志鶴はまばたきもせず、彼を見つめた。

「……警察の人にしつこく言われたから、増山さんは、死体を捨てたと認めたんですか」

増山がうなだれた。うなずいたようにも見えた。

「——増山さん、答えづらいかもしれないことをお訊きします。私は増山さんの味方ですが、増山さんの力になるためには、本当のことを話してもらう必要があるんです。増山さんは、警察に言われたように、被害者——綿貫絵里香さんの死体を捨てたんですか？」

相手は、うなだれたまま顔を上げない。呼吸をすると、両肩が大きく上がって、落ちた。二度、三度。鼻と口から音をたてて空気を吸い込み、口から音をたてて吐き出した。それから、動きが止まった。ぜえっ、という音が志鶴を驚かせた。

「んぐっ。ひうう——」声にならない音が口と鼻から発せられた。うつむいた顔から大きな滴がぼたぼたっと落ちる。

「……やってない」小さいが振り絞るような声。そしてまた泣き出す。

「やってない——増山さんは、綿貫絵里香さんの遺体を遺棄していないんですね」

顔を伏せたまま泣きながら小刻みにうなずく増山淳彦を、志鶴はいくらか呆然としながら見つめた。

本人に嘘をつくつもりがなかったとしても、犯罪を犯してしまったという重い事実を受け入れることができず、自分の味方となるはずの弁護士に対してさえ否認してしまうことはありうる。被疑者が犯行を否定する言葉を簡単に鵜呑みにはできない。

判断しない、というのは、被疑者の話を妄信することは意味しない。けれど——志鶴には今、増山の言葉の真偽の推定はつかなかった。

「増山さん。さっき、『そのときは』って言ってましたよね？　私が、警察の人がなぜ増山さんから話を聞きたいか、とお訊きしたとき。家に来たときは言ってなかったけれど、そのあと、取調べでは言ってたんじゃないんですか」

答えはなかった。

「増山さんはおっしゃいました。警察の人が、増山さんが綿貫さんの遺体を遺棄したんだろうとしつこく言った、と。そこまで詰め寄るからには、警察には、何か増山さんを疑う理由があったはずなんです。増山さんもそれを聞かされたんじゃないですか。何て言われたか、教えてくれませんか」

増山は、今はただ呼吸をしている。志鶴は、自分がニュートラルな状態にあるのを確認した。彼が、自分にとって都合の悪いことを隠すようであれば、犯行への否認に対する信憑性は低く見積もらなくてはならなくなる。

増山がわずかに顔を上げた。が、表情がはっきり見えるほどではなかった。また、うつむく。

ここで押し問答をしても仕方がない。志鶴は切り口を変えることにした。

「増山さん。被害者――綿貫絵里香さんのことを、生前、知っていましたか？」

　わずかな間があって、増山はぶるぶると首を横に振った。

「警察の人に言われていないことでも、何か法に触れることをしていますか」

　余罪の有無も、初回接見で確かめておくべきことの一つだ。彼はまた首を横に振った。

「では、前科はありますか」

　こんもりした肩に力が入った。かすかに目を見開く。

「あるんですか……？」

　累犯者ではない、という推測は間違いだったのだろうか。増山は一瞬志鶴を見、すぐに目をそらした。それから、首を横に振った。

「……ない」

　言いづらいことを言わずにいるように見えた。彼の言葉をどこまで信じてよいものか、いよいよ決めあぐねる。だがそれは増山淳彦という一個人の個性として片づけて済むという問題では決してない。

「容疑者」が犯行を自白した――マスコミがそう報道した時点で世間の大多数の人は「容疑者」を犯人だと考える。だが弁護士、とくに刑事を志す弁護士だけはその例外でなければならないし、事実そうなる。捜査員が被疑者に自白を強要することは、一般の人が考えているよりはるかに多く起こっていると知っているからだ。

　マスメディアが大々的に報道するような大きな事件では自白強要はないと考えるのはある意味自然だろう。しかしよき刑事弁護士たらんとする者は、事実がその自然な感情と合致しないことを否応なく、それもかなり早い段階で学ぶことになる。むしろ、その知見あるいは体験が刑事弁護士を志すきっかけとなることも多いのではないか。他ならぬ志鶴自身がその一人だ。

　判断しない、という言葉の重みは、その実感の裏付けなしに知ることができなかっただろう。

「増山さん――顔を上げてください」腹に力を込めて言った。

　大きな体の動揺は少し弱まっていた。志鶴が待っていると、彼は顔を上げた。涙と鼻水とでぐちゃぐちゃになっていた。口は力なく開いているが、小さな目が、初めて志鶴の視線としっかり交錯した。

「増山さんは、何をお望みですか」

志鶴の質問に、増山は眉を下げた。趣旨が呑み込めていないようだ。

「増山さんは、死体遺棄事件の犯人ではない。そうおっしゃいましたよね？」

志鶴の言葉に、彼はうなずいた。

「増山さん、声に出して言ってください。あなたがこれからどうしたいかを」

増山は息を吸った。

「――帰りたい。家に」

その言葉には切実さがこもっているように感じられた。

「増山さんは、これからご自分の身に何が起こるのか、よくわからなくて心配されていると思います。まず、それを簡単に説明します。そのうえで、今後、増山さんがどうするべきか、アドバイスさせてください。いいですか？」

途方に暮れたような顔だが、うなずいた。

「まず、増山さんは、綿貫絵里香さんの遺体を捨てた、死体遺棄の犯罪の疑いのある人として、警察から取調べを受けます。増山さんが今置かれている立場にあるような人のことを、法律用語で、被疑者、と呼びます。たとえ増山さんが本当には犯行を犯していなくても、一度認めてしまったので、警察は増山さんを逮捕しました。こうなると、簡単には解放してもらえません」

志鶴は注意してゆっくりと話す。

「一度逮捕されたら、少なくとも二十三日間は身柄が拘束されると考えてください。増山さん、検察官っておわかりになりますか？　警察官ではなく、けんさつかん」

彼が眉をひそめる。

「聞いたことはあるけど……」

「警察官は、犯罪を犯した疑いのある人を捕まえるのが仕事です。逮捕された人のほとんどは、裁判にかけられて罪を問われ、有罪なら罰を科せられる。逮捕された人を調べて、裁判にかけるべきかどうかを決めるのは、警察官ではなく、検察官の仕事です。ですから、増山さんは、これから、警察の人だけでなく、検察官からも取調べを受けることになります」

ごくり、と唾を飲むのが見えた。昨日と今日、二日間の、警察官による取調べだけで十分に疲弊しているに違いない。

「逮捕されてから三日以内に、検察官が増山さんの取調べを始めます。検察官は取調べのため、増山さんの身柄を勾留するよう裁判所に請求します。勾留が認められる期間は最大二十日間。この間、検察官や警察官からの取調べが続きます。取調べの結果、検察官が増山さんを裁判にかけるべきと判断したら、増山さんは起訴されることになります。起訴されると、保釈と言って釈放してもらうよう申し出ることができるようになりますが、増山さんが罪を問われているような事件では、認められるのは難しいでしょう。つまり、取調べが終わってからも、裁判が終わるまで、身柄が拘束されたままでいる可能性が高いです」

ここで、安心させるために甘い見通しを述べても彼の助けになることはない。シビアに事実を告げた。

彼が息を吸った。顔が青ざめている。志鶴を見た。また視線が結び合う。空気を求めてあえいでいるように見える目だ、と思った。

「お――俺、どうしたら……?」

「長く苦しい戦いになる、ということをまず認識してください。その覚悟がないと、絶対に勝てません」

「……マジかよ」こめかみから汗が滴り落ちる。

「警察は増山さんのことを犯人だと思っています。マスコミにも、犯行を自供した、と発表しました。こうなると、検察官も増山さんを犯人とする方向で取調べをするでしょう」

彼の顎が、わずかに落ちる。

「罪を認めたから取調べがそれで終わりかというと、違います。起訴された人を被告人と言いますが、裁判で被告人を有罪にするためには、証拠が必要となります。警察や検察は取調べの内容を文書にします。供述調書ですね。増山さんも、昨日と今日、取調べのあとで供述調書に署名と押印をさせられませんでしたか?」

増山はうなずいた。

「調書は、裁判の重要な証拠となる。少しでも強力な証拠を得るため、警察も検察も増山さんを今後も厳しく取調べて、自分たちに有利な、つまり有罪につながる供述を引き出そうとするでしょう」

彼の顔がゆがんだ。

「さらに悪い見通しがあります」志鶴は言った。「増山さんは、綿貫絵里香さんの死体遺棄について認めました。警察は、次に、殺人の罪についても増山さんに自白させようとするかもしれません」

増山は目と口を開き、

「だ、だけど俺――やってない……」

少なくとも志鶴の目には、彼が嘘をついているようには見えなかった。

「何度もしつこく責められたからつい言っちゃっただけで、ほんとは違うし……どうしよう」

愕然(がくぜん)とした顔で視線を落とした。

「今お話ししたのは、考えられる最悪の流れです。弁護士は、その流れをどこかで断ち切るために最善を尽くします」

最悪という言葉はたぶん正確とは言えない。マスコミは、綿貫絵里香の殺人死体遺棄事件を同一犯による「二件目の犯行」という線で報じている。警察もそう考えている可能性が高い。けれど今、そこまで断じることはできないし、増山淳彦も、自分が置かれている状況の過酷さは理解できたはずだ。

「しかし――弁護士が増山さんのために闘うのはもちろんですが、無実を訴えるのであれば、増山さんご自身も、警察や検察の攻撃から自分を守らなくてはなりません」

「守るって、どうやって……」

「増山さんには、警察や検察と闘うための武器があります」

「武器――?」

「法律です。今、増山さんは外部から隔離されて自由を奪われ、たった一人で、一日何時間も、何人もの警察官や検察官の追及を受けなければならない。圧倒的に不利な立場です。でも、警察官や検察官も、好きなように増山さんを責め立てられるわけではありません。彼らも、刑事訴訟法という法律に縛られています」

問いかけるような目が志鶴を見ている。

「犯罪の犯人を明らかにして裁判にかけ、判決を出すまでを刑事手続と呼びます。その、刑事手続について定めた法律が、刑事訴訟法です。逮捕から三日以内に検察官が取調べをすることや、そこからの勾留期間が最大二十日間、ということも刑事訴訟法に定められています。それだけではありません。被疑者や被告人の権利もそこで保障されているんです」

「……権利って?」

「まずは黙秘権です。さっき、警察官も説明したとおっしゃってましたよね?」

増山が曖昧にうなずいた。

「黙秘権は、刑事訴訟法だけでなく、日本国憲法でも認められている大事な権利です。取調べを受けたからといって、警察官や検察官の質問に答える義務はないんです。逆に、増山さんには、彼らに対して黙っている権利がある。法律で保障された権利です。それが、増山さんにとっての最大の武器になります」

増山が考え込むような顔になった。

「抵抗があるのは当然です。まず私たちはふだん、相手からしつこく話しかけられてるのを無視するなんてこと、しませんよね、普通。それに、質問に答えなかったら、相手を怒らせてひどい目に遭わされるんじゃないかと、心配になるのも当然です。でも、憲法で保障されている権利を侵害することは許されません。もし取調官が取調べで、黙秘していると不利になるぞとか、脅すようなことを言ったら、すぐ弁護士を呼ぶよう言ってください」

「……本当はやってないって言ったら、わかってもらえるんじゃ――」

どう答えるべきか頭の中で組み立てをして、数瞬の間が空いた。

「今日の自白を撤回して今後は否認する、という方向ですね。そういう選択肢も考えられないことはありません。増山さんが警察や検察と闘うには、三つの方法が考えられます。一つ目は、黙秘権を行使して質問には答えない。二つ目は、供述はするけれど署名はしない。署名・押印を拒否する権利も、刑事訴訟法で認められています。三つ目は、供述して、誤りのない調書には署名する」

最初の一つ目は情報も証拠も与えないという方針であり、後者二つは情報も証拠も与える方針である。以前であれば、署名押印をしなければ供述調書は証拠たりえなかったが、たとえ署名をしなかったとしても、取調べの録音・録画が行われると、録画映像そのものが証拠として用いられる可能性が高い。現時点では録音・録画がされていないにしても、今後はわからない。容疑が殺人に切り替われば、確実にそうなる。

「増山さんのお考えはわかりますが、自白を撤回する方針は、言い換えると、相手に対して情報を与えるということになります。自分を守るつもりでも、もっと不利な情報を与えてしまうおそれもある。相手はプロですから、そういう方向で供述調書を作成し、増山さんに署名させるように誘導するでしょう」

被疑事実を認めない否認事件では、供述調書を一通も作成させない覚悟で臨むべし、というのが大原則だ。残念ながら本件ではすでに調書を取られてしまっているが、それでも今後は一通も作成させない方向で戦うべきだろう。

それだけではない。増山淳彦が志鶴に真実を語っているという保証はない。いや――彼はほぼ確実に、何か重要な事実を志鶴に明かさずにいる。本当は死体遺棄をしているという可能性も現時点では否定できないのだ。無実を訴えたいために自分に不利な事実を隠したり、虚偽を述べたりして、それが、捜査機関が握っている証拠と矛盾していたら、それこそ最悪の結果を招くことになる。

「増山さんが本当に無実なら、今後、取調べで警察官や検察官に話をするメリットはまったくありません。ですから、私としては、黙秘することを強くお勧めします。質問には一切答えず、雑談にも応じない。答えるとしても『黙秘します』とだけ繰り返す」

　増山が黙り込んだ。

「不安はお察しします。同じ立場に置かれたら誰だってそうなるんです。これが、増山さんを守ってくれる『盾』になってくれるかもしれません」

　志鶴は、カウンターに置いてあった一冊のノートを持ち上げて、彼に表紙を向けた。

「『被疑者ノート』です」

　増山がアクリル板ごしにノートに目を向ける。

　A4サイズ。タン色の紙を使った表紙には「被疑者ノート　取調べの記録」というタイトルが印刷されている。記録を開始し、終了した日付や弁護士名を書き込むスペースもある。重要なのは、その下の、四角い線で囲ってある部分だ。

> 警察・検察の方へ
>
> 　このノートは、弁護人が、接見の際に見ながら取調べ状況の説明を受けると共に、後日返却を受け、弁護活動に役立てることを予定して、被疑者に差し入れ、記録を要請するものですので、その記録内容については、憲法に由来する秘密交通権の保障を受けます。

という文言が書かれている。

　表紙の一番下に「日本弁護士連合会」と表記されているように、七十ページあまりのこのノートを作成し、配布しているのは日弁連だ。留置場に差し入れられるよう、ステープラーを使わず製本してある。

「私がこのノートを増山さんに差し入れします。明日からは、取調べが終わったら留置場で、取調官がどんなことを言ったか、何をしたか、ノートに記入するようにしてください」

「……これが、なんで、盾になるわけ?」顔に、疑念が浮かんでいる。

志鶴は微笑んだ。よくぞ訊いてくれたという気持ちである。

「被疑者を怒鳴りつけたり、脅したりする取調べは違法です。もちろん取調官もよくわかっています。でも、黙秘していると裁判で不利になるぞ、とか、罪が重くなるぞ、と脅すことは少なくありません。もし彼らがそういうことを言ったら、ノートにそう記録しておく。私もすぐ抗議しますし、違法な取調べの証拠になります」

志鶴の言葉を聞いた増山は、かすかに口を開け、志鶴がアクリル板にくっつけている被疑者ノートにまた視線を向けた。

「ペンを差し入れることはできませんが、留置官に言えば貸してもらえます。私からもお願いしておきますね。大変かもしれませんが、もしこれから最大二十三日間の勾留期間中、黙秘を貫くことができれば、相手はこれ以上増山さんから有利な証拠を取れないまま裁判を迎えることになる。そうなれば、有罪を立証するのは難しくなります」

志鶴はそこで口をつぐんだ。星野沙羅の顔が浮かぶ。楽観的な見通しは厳禁だ。ゆっくりと息を吸う。そろそろ、これは志鶴にとって核心に触れる部分に言及しなくてはならない。口を開いた。

「増山さん――私を弁護人として選ばれますか?」

増山淳彦が不思議そうな顔をした。

「私は、弁護士会が派遣する当番弁護士として今日、ここへ来ました。今後も弁護を続けるのであれば、弁護人として選任していただく必要があります。弁護費用もかかります。これについては、援助制度も利用できる可能性があります」

勾留決定後には国選弁護制度も利用できる。

「増山さんに、もし他に弁護を依頼したい弁護士さんがいらっしゃるなら、私からその方に連絡します。そういう弁護士さんはいらっしゃいますか?」

すると、彼は首を横に振った。

「――私を弁護人として選任されますか?」

増山は視線をそらし、「できれば」とつぶやくように言った。

志鶴が所属する弁護士会には、こうした場合の受任義務が定められている。当番弁護で派遣され、被疑者あるいは被告から選任されたら、断れない決まりだ。だが、そうでなかったとしても、弁護士になったときから、志鶴は、刑事事件では、どんな人物からの依頼であろうと、どんな事件であろうと、弁護を拒まないことをモットーとしてきた。

ぎゅっと、胃袋がつかまれるような感覚。血の気を失った星野沙羅の顔。なぜ私が——という疑問が浮かびそうになったが、迷いはない。

「わかりました」志鶴は答えた。「では、受任します」

引き返せない一線を越えてしまったように感じたのは、弁護士になって初めてのことだ。見えない重みがずしりと両肩にのしかかり、内臓まで圧迫されているかに感じる。重力に抗(あらが)ってこのとき志鶴を動かしたのは、理念や信条ではなく、弁護士として体に叩き込んできたルーティンだった。


弁護人として、やるべきことをする。

依頼人となった増山淳彦に改めて弁護人の役割と守秘義務について説明し、刑事手続の流れと今後の見通しについて補足して被疑者ノートの記入の仕方を教える。

そして、住所や生活状況について訊ねたところ、足立区内で母親と二人暮らしをしているという答えが返ってきた。志鶴は、この接見が終わったらすぐ彼女に会いに行くと約束した。生活上の急を要することはないか訊ねると、新聞販売店に連絡して欲しいとのことで、店主へのメッセージも言付かる。

「私から、二点、注意してほしいことがあります。一つ目は、もしかすると、警官や検察官が、取調べの際、弁護士と面会で何を話したんだ、などと訊いてくることがあるかもしれませんが、一切答える必要はありません。増山さんと私がここで話している内容を秘密にすることも、法律で保障された権利です」

依頼人は真剣な顔つきで聞いている。

「二つ目は——留置場で同房になった人に、事件について聞かれても、話さないようにしてください。その人が、警察のスパイだという可能性もあります」

留置場で、同房者同士が自らの事件について話すことは留置官に禁じられる。が、それとは裏腹に、警察や検察が、被疑者の同房者をスパイとして使い、取調べで得られない情報を入手しようとすることがある。

最近、日本でも、日本型司法取引制度が施行されたが、それ以前にも、スパイ役の被疑者に罪の軽減という報酬をちらつかせるという行為は行われていた。そうした事実が発覚し、警察が入手した証拠が、裁判では違法な捜査を理由に無効とされる事件も過去には起きている。スパイ役の人物が、警察に取り入ろうと、被疑者にとって不利な嘘をつくことさえ考えられる。用心に越したことはない。

増山淳彦にはそこまでイメージできないだろう。だが、自分が注意喚起したことは記憶のどこかにとどまるはず。とりあえず、初回接見でなすべきことは果たした。

志鶴は自分の側の留置官を呼び、自ら署名押印をしてある弁護人選任届を渡した。依頼人の背後のドアが開き、そちら側の留置官が、弁護人選任届と筆記具、朱肉を持って現れた。増山が署名し、指印を押す。留置官に、それが彼自身の指印であることを証明する指印証明の署名をもらう。

「増山さん」志鶴は最後に彼と目を合わせた。「これから、私か、もし私がどうしても来られない場合は代わりの弁護士が、毎日接見に来ます。取調べの最中でも、弁護士に会いたいと思ったら、いつでも取調官にそう要求してください。あなたを一人にはさせません。われわれ弁護人も一緒に闘います」

増山淳彦はかすかに口を開けて志鶴を見ていたが、小さくうなずいたように見えた。

5

被疑者段階での弁護人選任届の提出先は警察署だ。接見室を出た志鶴は弁護人選任届を提出した。

志鶴はスマホを取り出し、増山淳彦に教わった、彼の自宅の固定電話を呼び出した。発信音がしない。いったん切り、今度は母親の携帯にかける。圏外か電源が切られているという機械的なメッセージが返ってきた。

足立南署を出ると、日が暮れていた。時刻は五時過ぎ。二時間近く接見していたことになる。

出入り口の前に、大きなカメラをかついだ人や、マイクを持ったリポーターとおぼしき人たちの姿が目についた。マスコミに違いない。志鶴に目を向ける人はいなかったので足早にすり抜ける。

依頼人の家は同じ足立区の綾瀬（あやせ）にある。タクシーを呼び止め、スマホで呼び出した地図を見せる。運転手が納得した様子でうなずき、車を出した。

事務所に電話すると、森元逸美はまだいた。

『おつかれさま。どんな感じ？』彼女が言った。

「今タクシーなので、詳しいことは明日話します。選任されたことだけお知らせしようと思って」

受話器の向こうで彼女が息を吸う音がした。

『そっか。わかった。野呂所長に報告しておいた方がよさそうだね』

「お願いします。それから、今日は戻りが遅くなります」

『ご家族にお会いする？』

「そうです」

『了解。頑張って』

「ありがとうございます」

志鶴は通話を終えた。

タクシーは、西新井から、右手を流れているはずの荒川の流れに沿うように東南方向へ向かう。

土地鑑があるというほどではないが、この辺り、志鶴にとってあながち無縁な場所でもない。荒川沿いの道路に一角を接して東京拘置所の広大な敷地があり、最寄りの東武線の小菅駅を使って何度も足を運んでいるからだ。

東京拘置所の東側には、綾瀬川という細い川が北を上流に南北に走っている。ちょうど東京拘置所を過ぎた辺りで土手を挟んで荒川と並行に南東へと流れを変え、しばらくすると中川という川と合流する。中川はさらにその下流、河口付近で荒川と合流する。

綾瀬は、この綾瀬川の東側に接し、南北に延びる一地区だ。綾瀬川を渡り、幹線道路を外れると、一車線の道路に低層の住宅が並ぶ一角に入った。

「そこを右折してしばらく行った辺りでお願いします」

スマホの地図アプリで確認していた志鶴は運転手に言った。タクシーが一方通行路から別の一方通行路へと右折し、志鶴が顔を上げるのと運転手が「何だろ」と言うのが同時だった。

前方十メートルほど先を斜めに右に入った道は、地図によれば突き当たりになっている。斜めの細い道はおそらく私道だろう。住所を聞いて確認した際、増山はその突き当たりに彼の家があると言っていた。

その斜めの道から人と光があふれている。

スーツを着てスマホを耳に当てている男性。同じくスーツ姿でそれよりもカジュアルな服装をした男性と話している女性。脚立の上にまたがって片手にカメラを持ち、煙草を吸っている髭面に野球帽の男性。私道の中にもさらに多くの人がいる気配がある。

私道への入り口の近くには、三台の車が路肩に停まっている。一台にはテレビ会社のロゴが入っていた。

「あ、もしかしてあれか！　女の子殺した犯人の家。それでマスコミが押しかけてんのか。ひょっとしてお客さんも――？」

「ここで降ろしてください」

運転手の言葉には答えず志鶴はそう告げ、料金を支払ってタクシーを降りた。

思ったとおり、私道の中にはさらに多くの人がいた。いくつも三脚が立てられ、カメラマンとおぼしき人間が何人も待機している。テレビのリポーターとおぼしきマイクを手にした男女にカメラを向けている者もいる。その他にも、ディレクターや記者とおぼしき人たちが大勢いて、左右に二軒の一戸建てが並ぶ私道はごった返している。光は、撮影用の照明機材によるものだった。

志鶴は人をかき分けるようにして奥へと進んだ。

突き当たりの正面には、二階建ての小ぶりな木造家屋があった。灰がかったベージュ色の壁に、くすんだ茶色の屋根。築二十年、いや三十年以上に見える。

「増山さーん！　いるんでしょ！　出てきなさいよ」

「息子さんのしたことに責任持つのは、親として当然でしょう！　いつまでも隠れていられると思ったら間違いだよ」

「そうそう。そうやって逃げてると、ご近所にも迷惑でしょう！」

前方から複数の人間の声が聞こえてきた。

いくつかの照明で照らされた突き当たりの家の手前にはブロック塀があり、左手に背の低い茶色いステンレスの門扉があった。そのすぐ奥に茶色い玄関ドア。塀の門扉の横のところにインターホンが設置されている。いずれも年月を感じさせた。

そのすぐ前にいる記者やリポーターらしき男女が、インターホンも使わず、塀ごしに家に向かって声を投げかけていた。

志鶴は「すみません」と断って彼らの間を抜けてインターホンの前に出、玄関ドアの横に「増山」と書かれた表札があるのを確認する。彼らの視線が集まった。

「おい。あんた何？」

スーツ姿の中年男性が志鶴を呼び止めた。両手をポケットに突っ込み、目を怒らせている。この場を取り仕切っているかのような態度だ。全国紙の記者かもしれない。

志鶴は無視してインターホンのボタンを押した。

「出ねえよ」背中から男性の声がした。

呼び出し音は聞こえたが、応答はなかった。周囲の人たちの言動からすると、増山淳彦の母親は家の中にいるのだろう。現行犯ではなく、今回のように任意での事情聴取から逮捕という流れになった際、とくに重大な事件では、マスコミが殺到することを見越して、警察から、逮捕を公表する前に家族に事前に通知があったという話も聞いたことがある。今回、そのような計らいはなかったのだろうか。

玄関の右側の壁や二階には窓がある。いずれも雨戸が閉ざされていたが、志鶴はインターホンを使わず、じかに呼びかけようと口を開いた。

そのとき、玄関のドアが開いた。おおっ、という声があがり、周囲の人間たちがざわめいた。中から現れたのは、志鶴にとって意外なことに、女性ではなく男性だった。背後から人がわっと押し寄せてくる。志鶴の背中が押され、門扉との間に挟まれる恰好となった。

バシャバシャッという乾いた音がそこら中で弾けて視界が白く飛んだ。カメラのシャッターと連動してフラッシュが焚かれたのだ。後ろ手にドアを閉めた男性が、右手を挙げて自分の視界を遮る。しばらくすると、フラッシュの猛攻が弱まった。男性が顔の前から手を下ろし、目をしばたたきながら押し寄せた取材陣と対峙した。

五十代後半ぐらいか。背は高くない。緑色のジャケットにベージュのチノパンツ。ボタンダウンシャツにニットタイ。猫背で、額の上の方で平らに切りそろえた髪の毛は皮膚というより頭蓋骨にぴったり張り付いている。眉毛が薄く、目は細く、鼻は丸い。色白の顔に、額と口の横の皺が目立つ。目が上向きの弧を、口が下向きの弧を描いており、顎の先がいくらか突き出ているので薄笑いを浮かべているように見えたが、それがふだんの表情なのかもしれない。

増山淳彦は母親と二人暮らしと言っていた。何者だろう。

「増山淳彦さんのご家族ですか？」

「淳彦さんとはどういうご関係で？」

「今回の事件についてお話を聞かせてください！」

取材陣から口々に声が飛んだ。

「あー、はいはい。皆さーん、ちょっと静かにしてくださいねー」男性が両手を挙げ、大声を出した。大きな声だが、とげとげしくはない。「私は被疑者の家族じゃありません。代理人で弁護士の永江です」

志鶴は驚いた。言われてみれば、ジャケットの襟には弁護士バッジがついている。取材陣も虚を突かれたようで、すぐには質問が飛ばなかった。

「えー、増山さんのお母さん――文子さんと言いますが――今回の事件で、大変精神的に消耗してます」代理人だという男性が続ける。「皆さんがこうして家の前で待ち構えていると、ものすごいストレスがかかります。ご近所にも迷惑になるので、帰ってください」

「それじゃ仕事になんないんだよ！」

「息子さんがこれだけの事件を起こしてるんですよ。なのにコメントしないって、そんな無責任が通ると思ってるんですか？」

「われわれは国民の知る権利を代表してここにいるの。増山さんにはそれに応える義務があるの。わかってる？」

取材陣からさまざまな声を浴びせられても、永江と名乗る男性に動じる様子はなく、出てきたときと同じ表情のまま、何度もうなずいた。

「皆さんの立場もわかります。ですから、それについては、改めて、ちゃんとそういう場を設けてお答えします」

「そういう場って何ですか？　記者会見？」

「はい」一人の質問を永江はあっさり肯定した。

取材陣がどっと沸き立ち、質問が重なり、フラッシュが瞬いて騒然とする。志鶴は自分が耳にしたことをまだ信じられずにいる。永江という男が弁護士なのは確かなようだが、一体どういう立場でここにいるのだ。

「はーい、皆さん！」永江が手を叩く。「逃げも隠れもしない証拠に、私の名刺あげます。あとで記者会見の連絡するから、それ受け取ったらひとまず帰ってくださいねー」

永江は門扉を開けて外に出てきた。取材陣がさらに殺到し、志鶴は中心から押しのけられ、押しのけられた方向から来た人たちに押されて圧迫された。満員の通勤列車のようだ。首を向けると、永江が、もみくちゃにされながら、チラシでもまくかのように取材陣に名刺を配っている様子がかろうじて見えた。

しばらくすると、ラッシュはピークを越えた。どうやら名刺が行き渡ったようだ。名刺を受け取って帰った者もいたが、それは少数で、八割方の人間はその場にとどまっていた。

「皆さーん、帰っていただく約束ですよー」永江が声をかけた。

「記者会見はいつどこで開くんですか？」取材陣の一人

が訊ねた。

「それはまだ未定です。あ、まだ未定、って、重言か」

永江が、薄笑いのような表情を深めると、口がさらに横に広がって顔が縦にくしゃっと縮んだように見えた。

「えーとですね、未定ですが、なるべく早くやる予定です」

「容疑者の母親も同席するんですよね?」別の誰かが言った。

「それはちょっとわかりませんが」と永江が目をしばたたく。「増山さんと相談してみます。あと、容疑者じゃなく、被疑者ですね被疑者」

「いや、それじゃこっちは帰れないぞ」と言ったのは、志鶴に声をかけたスーツの男性だ。「あんた、その場しのぎを言って俺たちを追い払おうとしてるだけじゃないか」

「そうそう。ガキの使いじゃないんだからさ」別の誰かが言った。「押し問答してもきりがないって。いいから増山さんを出しなさいよ」

「まあとりあえず、記者会見で」

永江は取り合わず、中へ戻ろうと門扉に手をかけた。

志鶴は彼に近づき、「待ってください」と呼びかけた。永江が振り向く。

「弁護士の川村です」志鶴は自分の弁護士バッジを示し、所属する弁護士会を名乗った。「先ほど、増山淳彦さんに接見をしてきました。お母様とお話をさせてください」

また取材陣の注目が集まるのを感じた。

「あ、そう」永江が細い目をさらに細くして志鶴を見ると腕組みをして上を向いた。「うーん……ま、いいかな。じゃ、入ってください」

門扉を開けて中へ入ると永江は志鶴に向かって手招きをした。志鶴も門扉の中へ入る。背後でふたたびフラッシュが猛然と焚かれた。志鶴は門扉を閉め、永江に続いて玄関に入ると素早くドアを閉めて施錠した。

玄関の照明は薄暗く、入ってすぐにニコチンの臭いがした。煙草の煙の刺激臭ではなく、壁や家具に沈潜して、もはや家の一部となったそれだ。壁も照明も茶色がかって見える。玄関は家の左端にあった。奥に上へ続く階段が見える。その手前に右へと続く廊下、さらに手前に引き戸があった。開いたままの引き戸から女性が顔を覗かせた。

中肉の女性だ。七十代くらいに見える。膝までの長さのある半袖の柄物のチュニックの下に黒いパンツという姿で、和柄の五本指のソックスを履いている。ボリュームのない髪の毛を後ろにまとめて額を出し、茶色い縁の眼鏡をかけていた。厚みのあるレンズの奥の小さな一重の目は増山淳彦に似ている気がした。母親に違いない。人目を引くようなところのない、一見して遠慮がちな印象を受ける女性だ。その目には当惑の色が浮かび、視線は落ち着かずに上下した。かすかに樟脳（しょうのう）の匂い。

「あの、その方は？」

彼女が、すでに靴を脱いで框（かまち）に上がっている永江に向かって言った。怯えているようだ。

「ああ、大丈夫ですよ、お母さん」永江が言った。「同業者です、僕の。淳彦さんに接見してきたそうですよ」

「せっけん、って……」彼女がはっとした様子で志鶴に目を向けた。「会ったんですか、淳彦に？」

「はい」

志鶴の返事を聞くと、レンズの中で彼女の目が見開かれた。彼女は、引き戸を出て志鶴の方へ近づいてきた。

「どうでした、淳彦は？　何て言ってました？」

大きな声ではなかったが、懸命な気持ちが伝わってくる。

「私は弁護士の川村志鶴と申します。弁護士会に当番弁護士として派遣され、足立南署に留置されている増山淳彦さんにお会いしてきました。失礼ですが、増山淳彦さんのお母様、文子さんでよろしいでしょうか？」

目の前の女性が何度も首を縦に振った。

「はい。そうです、私、増山淳彦の母親です。あの子は——淳彦は大丈夫なんでしょうか？」

おとなしそうな女性が、今にも志鶴にすがりつかんばかりに勢い込んで訊ねる。

「まあ、お母さん」とりなすように言ったのは永江だった。「立ち話もなんだから、こっちで座って話しましょうか」

「——はい。どうぞ、お上がりください」増山文子が我に返ったように志鶴に促した。

「失礼します」

引き戸の向こうは畳の上にカーペットを敷いた八畳ほどの広さの居間だった。茶色い合皮のソファとローテーブル、壁際に大きなテレビ、昭和を感じさせる置物や手芸品らしき和紙の人形などが飾られたローチェストがあった。固定電話が置かれていたが、モジュラーケーブルが外されている。その隅には小ぶりの仏壇。男性の遺影が見える。増山淳彦の父親だろうか。部屋の壁はクロスではなく茶色のベニヤ張りだった。テレビは消されている。

ローテーブルには、中央に、レースのテーブルセンターの上に造花の花瓶があり、茶碗（ちゃわん）も一つ置かれていた。永江はその茶碗の前、一人がけのソファに腰を下ろした。増山文子は志鶴にもう一つの一人がけのソファを勧め、自分は三人がけのソファの端に座った。

志鶴はバッグを開いて名刺入れから名刺を取り出すと、腰を浮かせて文子に渡した。彼女はそれを両手で持って、顔に近づけてまじまじと見た。

「あ、名刺交換しましょうか」永江が言って座ったまま志鶴に片手で自分の名刺を差し出した。

志鶴はその名刺を受け取り、自分の名刺を渡した。

「……へえ、公設事務所なんだ」永江が志鶴の名刺を見て言った。「どう、案外儲（もう）かってたりするの？　公設事務所って良心価格のイメージあるじゃない。依頼者にしてみると、敷居が低いよね。今時は薄利多売型が正解なのかもなあ」

へらへら、と形容したくなる表情を浮かべている。返答に窮すると同時に、志鶴の中で永江に対する違和感が不信感へと育った。名刺によると、永江のフルネームは永江誠（まこと）。自分の名を冠した個人事務所を構えている。住所はこのすぐ近くのようだ。「弁護士」という表記の前に「債務整理ならおまかせあれ！」というコピーがPOP体で躍っている。文子は永江の方に目を向けようとしなかった。

「あ――いやあ、お母さんが落ち込んでるから冗談言ってみたけど、なんかかえっておかしな空気になっちゃったみたいだな。失礼しました」

永江は、この場の状況のみならず、見た目から推測される年齢からしても不釣り合いに軽い口調で言いながらはっきり笑い声をあげ、右手で頭をかくしぐさをした。

「失礼ですが」志鶴は永江に向き合った。「さっき、永江さんは、代理人という言葉を使われました。どなたの代理人という意味だったんですか？」

「うん。いや、お母さんとお話ししてね、淳彦君の代理人を引き受けるっていうことになったんだよね」

「代理人……？」

「あ、民事じゃなく刑事事件だから、代理人じゃなく弁護人だね。まあやることは同じだと思うけど」

志鶴は文子に目を向けた。

「増山さんは、永江さんのことをご存じだったんですか？」

　すると文子は首を横に振った。

「ではどうして、永江さんが――」

「そりゃご近所だからだよ」と口を挟んできたのは永江だ。「昼のニュースを観て、足立区の増山淳彦って名前が出たら、妻がすぐわかってね。彼女の弟が淳彦さんと中学校の同級生だったんで、こちらのお宅も知ってた。それじゃあご家族もお困りだろうからと、すぐ駆けつけたんだよね。こういう事件では、フットワークの軽さが何より大事じゃない」

　つまり、ニュースで事件を知り、勝手にここに押しかけてきたということか。

「増山さん――」志鶴は永江を無視して文子に語りかける。「永江さんと、何か契約を交わしましたか？」

「……いいえ」また首を横に振ると、顔を上げ、「それより、淳彦は――？」

「待ってください」志鶴は彼女を制して永江を見た。

「永江さん、お引き取りいただけませんでしょうか？」

「え、どうして？」永江が眉を持ち上げた。

　眉を上げてても目の開き方はそう変わらなかったが、薄笑いには見えない、不本意と挑発とを同時に感じさせる顔になっている。

「部外者のいる前で淳彦さんのことをお話しできません」

「部外者って――」と永江は何がおかしいのか、首を揺らしてにやにや笑う。志鶴の名刺を取って、「えーと……川村さん。心配しなくても、僕も同じ弁護士ですよ。守秘義務くらい承知してるって」

　志鶴はバッグを開け、足立南署で受付印を押してもらった弁護人選任届の写しを取り出すと、永江に向けた。

「私は増山淳彦さんに正式に選任された弁護人です。永江さん、お帰りください」

「まあそう慌てないで」永江が志鶴をなだめるように両手を挙げる。「川村さん、あなた司法試験受かったばかりでしょう？　一年生？　二年生？　駆け出しの雇われ弁護士（イソベン）じゃイメージできないんだろうけど、こんな大事件、弁護団作らなきゃ無理無理。僕も手伝うよって話をしてるのね。そうなる見込みが高いだろうけど、情状を争うとなったら、裁判官に圧力かけるためにも世間の注目を集めるのは大事だろうし」

　志鶴は、自分でも驚くほどの怒りが込み上げてくるのを感じ、永江をにらみつける。

「――お帰りください」

永江は志鶴の真意を測ろうとするようにしばらく無言でいたが、「ははっ」と愉快そうに笑った。

「川村さん、面白いね。若いっていいなあ。自分が駆け出しだった頃を思い出すよ。でもね、経験が少ないとどうしても視野が狭くなる。まさか自分がこんなこと言う年になるとは思わなかったけど、ちょっとは先輩の意見も参考にした方がいいからね」

永江は、今までになく真剣な顔つきと口調で言った。怒っているのかもしれない。であるならこちらの本気が伝わったということだ。

「お母さん、そんなわけだからひとまず帰るけど、何かあったらいつでも連絡ください。やっぱり、いざってときすぐ駆けつけられる弁護士の方がいいと思いますよ。ああいう連中」と玄関の方を顔の動きで示し、「の相手もしなきゃいけないし。そういうのは経験が必要だからじゃ」

永江は、自分のバッグを持って居間を出て行った。文子は席を立ち、彼を追おうとした。

「玄関の鍵は私が」

志鶴が制すると、彼女は足を止めた。志鶴は廊下へ出た。靴を履いた永江は、志鶴の存在は感知していたはずだが、振り返らず、ドアを開けた。とたんに表がざわつき、フラッシュの閃光(せんこう)が炸裂(さくれつ)した。ストッキングのまま三和土(たたき)へ降りた志鶴は、永江が外に出ると、ドアノブをつかんでドアを閉め、施錠した。錠がかかっているのを確かめてから、ドアノブを放す。

「どうしたんですか？」

「さっきの彼女は？」

「どうなったのか事情を訊かせてください」

ドア越しに、取材陣の高ぶった声が聞こえた。

「まあまあ、落ち着いて。説明しますから」永江が応える声も。

何を話すのか気になったが、それどころではないので居間に戻り、増山文子を促して自分もソファに座った。

「淳彦はどうしていましたか？」依頼人の母親がすがるような目で志鶴を見る。

志鶴は頭の中を手早く整理する。

「――最初は少しパニックになっているようでした。当然の反応だと思います。でも、最後には、だいぶ落ち着かれていました」

文子の顔が歪んだ。

「なんで親の私は会わせてもらえないんですか？　他人

の弁護士さんは会えるのに」

「それは――」と説明しかけて気づく。「連絡されたんですか、足立南署に？」

「行ったんです」意外な答えだった。「今朝、あの子が連れて行かれたあと、何時間かして警察の人から電話があって……淳彦が……逮捕されるって。マスコミが来るかもしれないから、少しの間でも、どこかへ行った方がいいって……」

声が震えている。

「信じられますか……？　私、何かの間違いだと思って、警察署へ行ったんです。そしたら、朝、淳彦を連れて行った刑事さんが降りてきて――ほんとだって……」

声を途切れさす。

「どういうことですか……？　私、何度も何度も確かめたんですが、淳彦が逮捕されたのは嘘じゃないって……だから会わせてくださいってお願いしたら、駄目だって……法律で禁じられてるからって……そうなんですか？」

彼女が志鶴を見た。

「そうですね……しばらくの間、お母様は淳彦さんに接見できないと思います。犯罪の証拠を隠滅――隠したりするおそれがある、という理由で」

「犯罪、って……？　淳彦が死体を捨てたっていうんですか？」

楽しさやおかしさでなく、むしろ憤りに起因するであろう笑いの表情。質問の形を取った否定だ。

「警察はそう思っています。それに――淳彦さんが自供されたのも事実です」

文子の下顎ががっくりと落ちた。

「……あの子が……いえ、まさか、そんな」と首を横に振る。

「本当はやっていない、とおっしゃってました――私と二人のときには」

「じゃあなんで――？」

「何人もの警官に長時間、やっただろうと言われ続けて、認めてしまった、と」

「そんな……」彼女は眉をひそめ、上を向いた。目が潤んでいる。

依頼人の母親は、息子の無実を心から信じている。志鶴はそう感じた。とすれば衝撃は察して余りある。家族が犯罪の容疑を受けて逮捕された人が皆、こうした反応をするわけではない。ああやっぱり、と受け止める者も少なからず存在するのだ。

「残念ですが、そういうことは珍しくありません」

「――あの子は、淳彦はどうなるんですか？」

「おそらく裁判で罪を問われることになると思います」

文子が息を呑んだ。

「それまで、淳彦さんの身柄は拘束される可能性が高いです。そして、今後も、警察官や検察官からの取調べは続きます」

「だって……やってないのに」困惑している顔だ。

「増山さん。私が淳彦さんの弁護人を務めるということで、お母様もご異存ありませんか？」

文子の眉尻が下がり、視線が泳いだ。

「私……こんなこと、初めてで……どうしたらいいか」

「淳彦さんは裁判で無実を訴えると決意されました。私もお力になるつもりです。でも、正直簡単ではないでしょうし、長い闘いになります」

「闘いって……でも、証拠がないなら、裁判官が無罪にしてくれるんじゃないんですか」

日本の刑事裁判の実態を知らなければ、そう考えるのも不思議ではない。

「本来はそうです。ただ、現実にはそうならないことも多いんです。ほとんどの刑事事件で有罪判決が下っているのが実情です。無罪になるのは、ほんのわずか。それに――自白というのは、とても強力な証拠なんです。警察が他に証拠を握っている可能性も高いと思います」

テレビが観たいと思った。事件に関する続報があるのではないかと思ったのだ。だがそれは後回しだ。文子の顔は青ざめている。

「脅かすようで申し訳ありません。今後の見通しが淳彦さんにとって非常に厳しいということをご理解いただきたいんです。闘わずして無罪を勝ち取れることは、ありえない――そう思ってください」

文子が眉根を寄せる。

「一番苦しいのはもちろん淳彦さんですが、無罪を勝ち取るためにはお母様の協力も欠かせません。お母様も大変だと思いますが、淳彦さんと一緒になって闘う覚悟を決めていただきたいんです。私もできる限りお助けします。淳彦さんの弁護人として、認めていただけますか――？」

年配で小柄の女性は無言で、志鶴をじっと見つめた。不安や逡巡といった感情がその目の中で交錯するのが見て取れた。瞳の奥底からかすかなきらめきが浮上してきて視線が定まり、彼女はいったん口を閉ざし、そして言った。

「お願いします」頭を下げた。

「ありがとうございます」志鶴も頭を下げる。「では、今後の見通しと、対応についてお話しさせてください」

志鶴は、逮捕後に考えられる処遇、裁判に至るまでの警察や検察の動きについてざっと説明し、それに対して増山に可能な限り黙秘を貫くよう勧めたこととその理由を話した。彼女は真剣な顔で耳を傾けていた。

「お母様は当分の間、接見が許されないと思います。その間は私がお母様との連絡役を務めます。私は裁判所に掛け合って、できるだけ早くお母様が淳彦さんに接見できるよう求めるつもりです。たった一人で何日間も取調べを受け続けるのは精神的にも肉体的にもつらいし、まして、そこで黙秘を貫こうとすると重圧がすごいです。時間の許す限り接見に行って、淳彦さんを励ますのが大切です」

文子は志鶴の言葉に何度もうなずいた。質問があるか訊ねると、彼女は、差し入れのことなど、拘束されている息子が置かれている状況についていくつかの問いを投げてきたので返答する。弁護費用についても質問があり、志鶴はバッグから事務所の料金表を取り出して渡し、被疑者国選弁護制度についても補足した。一定の要件を満たせば、国が弁護費用を負担する。

「ありがたいです」と彼女は言った。「亡くなった夫と自分の年金で細々とやっておりますので」

「もし何かお困りのことがあれば、ご相談ください。マスコミも当分の間、お母様を追いかけるでしょうし――ご近所や、知らない人からも嫌がらせを受けるおそれもあります。あまりひどい場合には、法的な対策を講じることも考えますので」

雨戸が閉ざされた窓にはカーテンがかかっている。文子はそこに不安そうな目を向けた。すぐ向こうに取材陣の気配があった。

「――まさか本当にあんなに大勢の人が来るなんて」

彼女は、自分の息子が逮捕されたことさえ事実だと思わなかったのだ。家に取材陣が押し寄せることも現実とは思えなかったのだろう。だから、足立南署で接見を断られたあと、ここへ帰ってきたのだ。

「……私、きょうだいもいなくて、親戚付き合いもあまりしてないんです。親しいお友達には帰ってすぐ電話したんですけど、関わり合いになりたくないみたいで……

電話をかけてくるのは興味本位な人ばかり……世間ってこんなに冷たいものなんですね。テレビも事件のことばかりで、この家も映ってて、怖くて消してしまいました」

悲しみと憤りが目に浮かんでいる。

「……それで電話の電源も切られてたんですね」

「あ、電話いただいたんですか。ごめんなさい……」

「いいえ。でも、携帯で連絡を取れるようにしていただけると助かります」

彼女が持っていたのは二つ折りの携帯電話だった。電源を入れる。志鶴が迷惑電話を着信拒否する方法を教えると、彼女は二つの番号を着信拒否にした。パソコンは持っていないとのことだったので、携帯のメールアドレスを教えてもらう。

「あまり迷惑電話がひどい場合は、携帯の番号を変えることも考えましょう」志鶴は提案した。「それと、外出する際、取材陣に何を訊かれても、一切無視してください。何も答える必要はありません」

すると、文子がうなだれて、肩を震わせた。

「……情けないです。七十年も生きてきて、こんなとき、どうしていいかわからず、助けてくれる人もいなくて」

それであの永江という弁護士を家に入れたのだろう。志鶴に対してキャリアを誇って見せた彼の目的が金なのか、マスコミが注目する事件を手がけたい功名心なのかは知らない。が、弁護士一年目の自分にも、永江がこれまで刑事弁護に真剣に取り組んできていないことは想像がつく。

「増山さん。淳彦さんも、お母様も、一人にはしません。私が一緒に闘います」

文子が顔を上げた。

「ありがとうございます――」目が潤んでいるようだ。

孤独な被疑者が闘うために、家族の支援は欠かせない。その家族を支えるのも刑事弁護士の仕事の範疇(はんちゅう)であると志鶴は考えている。互いに信頼し合えるのが理想だ。そのために確認しなければならないことがある。

「増山さん。淳彦さんがなぜ警察に連れて行かれたのか、思い当たることはありますか？」

文子がはっとしたような顔になる。

「言ってませんでしたか……あの子は？」

志鶴は首を横に振った。やはり思い当たる節があるのだ。

文子が視線を落とす。それから、顔を上げた。

「あの子……ずっと前に、星栄中学校に入って警察に捕まったことがあるんです……」

私立星栄中学校。綿貫絵里香が通っていた学校だ。警察にはそのときの記録が残っており、綿貫絵里香の死体遺棄事件について捜査する過程で、その情報が浮かび上がった。それで増山淳彦に事情聴取の白羽の矢が立った。理屈は通る。その記録を見つけた捜査員の興奮まで想像できる気がした。増山本人が志鶴に話すのを躊躇したのも理解できる。

「……お恥ずかしい話です。そのとき、校庭でソフトボールの部活をしていたそうなんです……女の子の。淳彦は、それを見ているうち、何かおかしな気持ちになったようで、ふらふらと校舎の中へ入ったんです。……どこかに女の子たちの着替えた制服があるかもしれないと思った、って、あとで警察の人から……」

彼女がまたうなだれる。

ソフトボールの部活、という言葉に志鶴の記憶が反応する。「二人目の被害者」とされる綿貫絵里香についての報道で、彼女がソフトボール部でレギュラーとして活躍している、という情報を目にした覚えがあった。

「警察に捕まった、というのは、逮捕された、ということですか？」

文子がうなずいた。

「学校の警備員さんに見つかって、捕まって、警察を呼ばれて……でも、犯罪にはならなかったんです。初めてだったし、何も盗んだりしていなかったので。何ですか、不起訴処分……？　それになって」

事件性が軽いとして起訴されなかったのだ。前科はついていない。

「何年くらい前か、覚えていらっしゃいますか？」

「ええと……十五、いや、十六年前でした」

「他には何かありますか？」志鶴は訊ねた。

「いえ」文子が首を横に振る。「あの子は、昔から、やんちゃなところのない、喧嘩もできないようなおとなしい子なんです。警察沙汰になるような事件を起こしたのは、その一回だけです。それだって、ものすごく反省してました。もう星栄中には近づかない、って約束してくれたんです」

「ありがとうございます。淳彦さんにとって不利になるかもしれないと思われることでも、正直に話していただけると助かります。裁判になると、検察側はそういうところを攻撃してきます。あらかじめ知っておけば、対策もできますから。今後も、お母様にとって話しづらいこともお訊きするかもしれませんが、ご協力ください」

　文子がうなずいた。

　志鶴は彼女に許可を取ってその場で、増山が勤める新聞販売店に電話をした。中年男性とおぼしき店長が出、志鶴が身分を告げると、増山のせいで店や自分がいかに迷惑を被っているか、怒声で志鶴に語った。彼の仕事の穴埋めを他の人間がこれから交代でしなければならず、彼らの負担も大きいうえ、顧客にもしわ寄せが行くことになる。マスコミも押し寄せ、迷惑電話もかかってくるようになっている。さっさと損害賠償を寄越せとも主張した。

　志鶴が、依頼人から謝罪と、解放されたらすぐ職場に復帰したいことを言付かっている旨を話すと、今井という店長は激昂した。

『誰が中学生の女の子を殺すような変態を雇うと思ってんだよ？　うちの従業員の中じゃ、前から噂になってたんだよな、あいつはロリコンだって』

「どうしてですか？」志鶴は訊ねた。

『どうして、って……増山のやつ、なんか、小学生とか中学生の女の子が水着になるようなＤＶＤを買ったりしてるって、いつか言ってたらしいんだよ、うちの若いのに』

　これも心に留めておいた方がいい、増山に関する新事実かもしれない。

『四十過ぎの男がだぞ？　トロいけど仕事は一応真面目にやってるから使ってたけど、とんでもねえ裏切りだよな。平気で職場復帰するつもりでいるなんて、人を殺すような人間は一体どんな神経してるんだよ』

「増山さんを犯人と決めつけるのはやめていただけないでしょうか」そう応えながら、志鶴は自分の心臓が高鳴るのを感じる。「裁判で有罪判決が出ない限り、増山さんは無罪です」

『それでもうちが被害者なのは変わらんだろうが。冗談じゃなく、損害賠償、頼みますよ、女の先生』

　志鶴が答える前に、向こうが電話を切った。

　増山文子が心配そうにこちらを見ている。

「店長さん、怒ってたみたいですね」

「ええ……増山さん。淳彦さんに何かお伝えすることはありますか？」

「はい……」文子が志鶴と目を合わせる。「私は、淳彦のことを信じてるよ、って伝えてください。つらいだろうけど、絶対無実だってわかってもらえる日が来るから、頑張ってね、負けないでね、って」

言葉を切った。

「わかりました」志鶴は請け合う。

「あ、それと――アニメ番組、ちゃんと録画したからねって」

「アニメ番組、ですか……？」

「今朝、刑事さんたちに連れて行かれる前に、あの子から頼まれたんです。午後にテレビで放送するアニメの……特番？　の再放送を録画しとくように。予約するのを忘れてたって」

志鶴は、雷に打たれたような衝撃を感じた。

自分の中に自然に湧き上がったものを、もはや無視することはできなかった。

――増山淳彦は、やっていない。

理性が導き出した論理的帰結というよりは、直感に近い。だがそれだけに確信は深かった。

増山は、今日、事情聴取に連れて行かれる前、母親にテレビ番組の録画を頼んだ。すぐに解放されると思っていたからだ。なぜか？　身に覚えがないからだ。勤務先である新聞販売店に「平気で職場復帰するつもり」でいたのも、同じ理由だ。

異論の余地はある。たとえば、周囲がそう考えることを見越したうえで、あえて帰れると計画的に告げているという可能性だ。しかし、増山淳彦がそうした狡猾(こうかつ)さを備えているとは、志鶴には思えなかった。

体の中心に、かっと火がついたような感覚。未知のものではない。自分を刑事弁護へと突き動かしてきた炎だ。

「必ずお伝えします」志鶴は増山文子に約束した。

6

増山家を出るとき、文子の顔が外で待ち構えているマスコミの目に触れぬよう、ドアを開けるのを最小限にとどめた。素早くドアを閉め、文子が中から施錠するのを確かめてから、志鶴は手を離す。

フラッシュの嵐の中、門扉を押して開け、外側から押して閉める。人が押し寄せてきた。

「増山容疑者の弁護士さんなんですよね？　話を聞かせてもらえませんか」

「増山容疑者のお母さんは何と言ってました？」

「中でどんなお話をされたんですか」

あちこちからマイクやICレコーダーが突き出される。志鶴は取材陣の言葉を一切無視して足早に歩いた。それでもまだ十人ほどが志鶴を取り囲んでついてくる。

「記者会見やるんですよね？　いつですか？」

「逃げないでちゃんと答えて！」

「通ります！　通してください」志鶴はそれだけ言って公道へ向かう。

公道へ出、常磐線の綾瀬駅がある方向へと進む。ついてくる人間は一人また一人と減っていき、やがていなくなった。

「俺たち無視して後悔しないといいけどな」

最後の一人となった男性は、志鶴に向かってそう捨て台詞を吐いた。

綾瀬駅に着いた。改札を通ってホームに上がり、誰もついてきていないことを確認すると、とたんに、バッグがずしりと重みを増した。志鶴は大きく息をつく。午後七時三十五分。食欲はないが、ひどく喉が渇いている。下のコンコースにあった自販機で買ったペットボトルの緑茶を、リップメイクも気にせずじかに口をつけて飲む。冷涼が喉に染み渡り、生き返るような心地がした。気力が蘇る。

警察が増山淳彦を参考人としてピックアップした根拠――それが十六年前、綿貫絵里香が通っていたのと同じ中学校へ侵入した事件なら、戦える余地はある。

増山は四十四歳。十六年前は二十八歳。その年で中学生の女子に対して性的欲望を抱くのは世間一般には不健全とみなされるだろう。これだけの大事件で何が何でも犯人を逮捕したい警察が彼を疑うのは至って自然だ。

だがそれは証拠にはならない。志鶴がそうさせないからだ。

訴追対象外非行、すなわち、訴追の対象となっていない犯罪や非行を検察側が犯人識別証拠とすることに、弁護人は極めて厳格な態度で臨むべきだというのが志鶴の立場だ。被告人の犯罪事実を立証するため、前科や類似した犯罪事実を示す証拠を提出すること――悪性格の立証――は原則として許されない。事実認定者に不当な予断や偏見、さらには敵意までをも容易に生じさせうるものだからだ。

たとえば、過去に七件の放火の前科を持つ被告人がいたとする。彼または彼女が、今また放火の罪を問われ、被告人として法廷に立たされていれば、事実認定者たちが、「どうせまたやったに違いない」と考えるのは、ある意味至って自然ではないだろうか。だがその、至って自然に思える、つまりは強固な先入観こそ、過去いくつもの冤罪を生む温床となってきたことは、疑うまでもなく、火を見るより明らかなのだ。

綿貫絵里香の事件で、捜査員は十六年前、私立星栄中学校に侵入した増山淳彦の存在を知り、参考人として事情聴取をしたところ、増山が犯行を認める自供をした。この時点で警察は、彼が死体遺棄の犯人であることを確信している。そこで、彼を逮捕した事実を公表した――現時点までの状況をそう仮定する。

さらに思う。

これだけの大事件で、不起訴処分や、あるいは公判で無罪判決が出るような事態はあってはならない。警察はそう考える。であればこそ公表には慎重になるはず。自供だけでなく、確たる物証が出るまで裏付け捜査を行ってから発表するべきとするのが原則的な立場ではないだろうか。

だが――これだけの大事件だからこそ、公表を急いだという可能性もある。世間の耳目を集める事件には、警察の威信がかかる。警察という組織は犯人検挙のプレッシャーに常にさらされているし、その巨大な組織を構成しているのは生身の人間だ。功名心と保身とは熾烈(しれつ)な競争にさらされるエリートを駆り立てる動機の裏表である。

自供に加え、過去の訴追対象外非行という事実があれば、起訴は可能だ。訴追対象外非行を証拠にできれば、それだけで有罪にする線も見えてくる。今後の取調べと捜査により、さらなる物証が出てくれば――そしてそれはほぼ確実視されているだろう――少々フライング気味の公表も、問題ではなくなる。

現時点ではすべて憶測だ。が、憶測どおり、警察が増山淳彦の過去の訴追対象外非行のみを補強証拠として逮捕・公表に踏み切ったのであり、確たる物証をつかんでいないなら、増山淳彦と志鶴には十分に戦える余地がある。

電車がホームに滑り込んできた。

志鶴は乗り込んで空席に腰を下ろし、ペットボトルをバッグに入れ、スマホを取り出す。ニュースサイトをチェックして、思わず声をあげそうになった。目に飛び込んできたのは、こんなヘッドラインだった。

死体遺棄事件の容疑者、被害者女子のソフトボールの試合で目撃親指がニュースの本文をたぐり寄せる。

十三日、足立区の荒川河川敷に綿貫絵里香さん（14）の死体を遺棄した疑いで逮捕された増山淳彦容疑者（44）が、遺体が発見される十日ほど前、絵里香さんが出場したソフトボール部の対外試合の場で目撃されていたと、警視庁が発表した。増山容疑者の姿は、当日試合会場となった私立星栄中学校のグラウンドの外で目撃され、絵里香さんが所属していた同校ソフトボール部が撮影していたビデオ映像に映っていたという。

速報だからだろう、全国紙の名が発信元になっているその記事は短いものだった。記事が発信された時刻は、志鶴が増山と接見している最中だった。

他のニュースサイト、発信元が異なる記事でも同じ内容が報じられている。

訴追対象外非行だけではない。警察は自白を補強する情況証拠——増山と被害者との接点——を持っていた。だから逮捕を公表したのだ。増山にもその事実を突きつけていたはずだ。

記事に書かれているのが事実なら、映像を証拠として採用されるのを阻止するのは難しい。ほんのついさっき仮定した前提が一瞬で崩された。増山は、生前の綿貫絵里香を知らないと言った。あれは嘘だったのか。体から力が抜けそうになる。

志鶴は、ジャケットのポケットに手を入れ、シリコン製のリストバンドをつかんだ。

レインボーカラーの側面には黒字で「RAIN&BOZE」というロゴがプリントされている。レインアンドボウズ。志鶴が高校生の頃組んでいたバンドの名前だ。シリコンバンドはそのバンド仲間で作ったオリジナルだった。

スマホと耳をイヤホンでつなぎ、メディアプレーヤーを起ち上げると、ミュージックライブラリのトム・ロビンソン・バンドのアルバムから、「2-4-6-8 MOTORWAY」という曲を呼び出して再生する。レインアンドボウズでカバーして、一番多く演奏した、志鶴たちのバンドの聖歌（アンセム）とも言うべき曲だ。

志鶴が生まれるはるか以前、一九七六年に結成されたバンドのデビュー曲。レインアンドボウズを起（た）ち上げた同級生の篠原尊（しのはらたける）と知り合わなければ出会うこともなかっただろう。だが、もはや歴史の彼方に思える、ロンドンのパンク・ムーヴメントの中で生まれたストレートなロックンロール曲は、今では志鶴を作り上げる細胞の一部になっている。

両手の指の筋肉が、反射的にベースラインを走ろうとする。力強い十六ビートに乗ったトム・ロビンソンのてらいのないヴォーカルを聴くうち、志鶴は自分の心がチューンされてゆくのを感じた。

北千住で日比谷線に乗り換えて秋葉原へ出、事務所へ直行する。時刻は八時過ぎ。オフィスに残っている人間は多くない。森元逸美も帰宅している。

「川村さん」

自分のデスクへ向かう志鶴を呼び止めたのは、所長の野呂加津子（かつこ）だった。

総白髪の髪の毛を肩までの長さにそろえ、メイクもごくうっすらとしかしていないが、七十歳前後の女性としてその年代の女性ならではの美しさを感じさせる。いつでも背筋をぴんと伸ばし、実用的だが体のラインに合ったスーツを着ている。

彼女には威厳が備わっていた——志鶴はそれを、生まれ持った尊厳を、刀鍛冶（かたなかじ）が鋼鉄を鍛えるように自ら鍛え上げてきた結晶だとイメージしていた。全共闘最後の生き残りであり、キャリアの核を形成しているのが左翼の活動家や死刑囚の弁護であるという筋金入りの人権派弁護士だ。

「話は森元さんから聞いたわ。どんな状況？」前置きなしで訊いてきた。

「自供はしてしまったが、本人はやっていないと。黙秘を勧めました」

「そう」野呂はうなずいた。「ざっと続報をチェックしたけど、自供の他には情況証拠しか報道されてない。他に何かありそう？」

「——過去に、訴追対象外の非行があります」

志鶴は、十六年前の事件を説明した。野呂の表情は一切揺らがなかった。

「これから物証も出てくるかもしれない。一人では難しそうね。田口君と組んで」

「……え？」

志鶴の指導係である田口が担当している案件の大多数は民事事件だ。野呂に任じられない限り、積極的に刑事事件を引き受けるのを見たことがない。

志鶴が入所したばかりの頃、忘れられない出来事があった。事務所に依頼のあった痴漢事件を野呂加津子が彼に割り振り、志鶴も勉強のため警察の留置場へ接見に同行したときのことだ。

依頼者は、四十代の男性会社員。朝の出勤途中の列車で、二十代の女性会社員に痴漢の疑いをかけられた。

彼は事実無根だと訴えたが聞き入れられず、周囲にいた男性たちに取り囲まれ、駆けつけた駅員らに駅事務室に連れて行かれた。そこで誤解を解こうと試みたがやはり聞き入れられることはなく、やってきた警察官に逮捕され警察署へ連行されたのだという。

話を聞き終えると、田口は、「なるほど」と、低い声で言った。

「選択肢は二つ。あくまで無実を訴えて裁判で争うか、あるいは、被害を訴えている相手方に示談を持ちかけるか」

感情を感じさせない平板な口調。

清潔感があって温厚そうな風貌の依頼人男性は、アクリル板の向こうでぽかんと口を開けた。

「で、でも……やってないんですよ？」

「やってない、と。なるほど。『それでもボクはやってない』っていう映画、観たことは？」

「いえ。映画はあまり観ないので――」依頼人は面食らったようだ。「でも、どうして……？」

「二〇〇七年公開。監督・脚本は周防正行。痴漢の冤罪事件に巻き込まれたフリーターが主人公です。警察に逮捕・勾留され、無罪を主張して裁判で争うという話ですが、本職の人間から見ても、とてもよくできている。司法研修所で教材にされることもある」

田口の言っていることは事実だ。志鶴も観ている。日本の刑事司法の現状についてあれほどリアルに描出したフィクションは他に知らない。だが――なぜ今ここでその作品を持ち出すのか。

「映画の教訓は一つ。冤罪でも、痴漢を裁判で争うことの代償がいかに大きいか。映画の中で、主人公は四ヵ月もの長期間身柄を拘束され、ようやく保釈が認められても、二百万円という高額の保釈金を支払わされる。しかも、その後の長い裁判を闘ったあとで裁判長に言い渡されるのは、有罪判決です」

依頼人の顔に驚愕の色が浮かぶ。田口が無表情に続ける。

「最近では、弁護士がきちんと働きかければ痴漢事件では身柄が解放される確率も高まっている。しかし、起訴されればほぼ確実に有罪となる現実に変わりはない。結果、有罪判決が出れば、現在の仕事はもちろん、今の生活そのものを失ううえ、前科もつく」

依頼人の顔がこわばる。

「万が一、無罪判決が出ても、メリットはさほどありません。相手方に補償を求めるなら、民事で、名誉毀損の損害賠償請求訴訟を新たに起こす必要がある。手間と時間、それに費用がさらにかかる。そして——痴漢被害者に対する損害賠償請求は否定される確率が高い」

依頼人の目が泳いだ。

「痴漢で罰せられるのは、基本的に男性です。女性による申告だけで、物証もなく有罪となるケースも数多い。そうなると、最悪、法的罰則のみならず、仕事を失うという厳しい社会的制裁を受けることもある。つまり裁判で争うにはデメリットしかない。では、もう一つの選択肢はどうか。痴漢の示談金は、今回の件では、五十万円を越えることはないでしょう。相手方と話がついて不起訴になれば、身柄もすぐ解放される。会社やご家族に内密にすることも可能だし、前科もつかない。裁判で争う場合との社会的・金銭的・時間的なリスクと比べた場合、どちらを選ぶのが得策か、ということになるんじゃないですかね」

依頼人がうなだれる。懊悩（おうのう）が見て取れた。

「人間というのは厄介なもので、損得勘定だけでは割り切れないことだってある。やってもいない罪を認め、あまつさえ、自分を不当に糾弾した相手に対して金銭を支払うなんてとんでもない。そう考えるのも極めて自然なことだ。しかし——痴漢冤罪事件では、正義を求めるコストは、それを諦めた場合と比べると、有意に高くつく。いい悪いの問題でなく、それがこの現代日本の、まごうかたなき現実です」

田口はそこで言葉を切ってから、依頼人の名を呼びかける。

「ご結婚は？」

依頼人は、無言のまま、うなずいた。

「なるほど。お子さんは？」

依頼人は、顔をゆがめて、二度、うなずいた。

「どちらを選ぶのかは、あなたの自由です」

田口が突き放すように言った。彼自身にそうした意図があったのかは不明だが、志鶴は、病気と闘おうとする患者を断念させ、安楽死を選ばせようとする医師を連想した。アクリル板の向こうから、押し殺した嗚咽が漏れてきた。

「では、委任状に署名を」

田口は事務的に告げ、カウンターに置いていたクリアフォルダから書類を抜き出した。

痴漢被害を訴える女性との示談交渉はスムーズに運んだが、釈放された依頼人の顔に喜びの表情はなかった。

依頼人と別れたあと、田口が「コーヒーでも飲むか」と言い、志鶴と二人でセルフサービスのカフェへ入った。田口は、自分のブレンドコーヒーを運んでさっさと奥のソファ席に座ると、アイスカフェオレを買った志鶴を前に、放心したように黙り込んだ。

ケーススタディを期待していた志鶴ははぐらかされた気持ちになった。

「……あの」こちらから切り出すことにした。

田口が視線だけを返す。

「さっきの接見なんですが――」返事がないので続ける。「あれではまるで誘導尋問だと思いました。最初から示談しかないと勧めているみたいで」

田口は、ポーションミルクを慎重に半分だけコーヒーに入れると、長い指でつまんだスプーンで神経質そうにかき混ぜた。

「――それで？」目を落としたまま言った。

意を決して口を開く。

「私なら、示談は勧めませんでした」

田口が目を上げる。カップを持ち上げ、コーヒーに薄い唇をつけた。

「裁判をけしかけるわけか」

「冤罪事件なんですよ？」挑発だと認識する前に、感情的に反応してしまった。

田口がカップをソーサーに戻す。目線も下げる。

「弁護士の鑑だな」わずかに頬を緩めたように見えた。

「弁護士でなければ、誰が冤罪に苦しむ人を救えるんですか？」

皮肉とわかっていても、反発せずにはいられなかった。

「救う？」田口の眉間に皺が寄った。それが、狷介さを保ったまま、ゆっくりほどけてゆく。「面白い認識だな。そんな言葉を使っていいのは、腕のいい外科医くらいじゃないのか。あんまり自分の仕事を過大評価しない方がいい。そのうちわかってくるだろうが、現実が理念と乖離しているのが刑事弁護の世界だ」

「法律を武器に被疑者や被告人を守ることができるのは、この世で弁護士だけです。田口さんこそ、ご自身の仕事を過小評価してませんか？」

田口が上目遣いに志鶴をにらみつけた。静かに息を吐く。

「――若さというのが法で裁かれる罪でなくて幸いだな。せいぜい頑張るといい」

その声には、たんに冷ややかなだけでない、奥深い悪意がこもっているように感じられた。若輩者が生意気を言った。そう判断されても仕方がない。ようやく彼から引き出せた人間味がネガティブなものであったのは残念だが、自責の念も後悔も感じなかった。

入所したばかりの志鶴の目に、彼は事務所で孤立しているように見えた。淡泊、というよりむしろ酷薄な性格に起因するものかと思ったが、どうやらそれだけではなさそうだ。弁護士として彼から何かを学べるとは思えなかった。

「田口さんが、否認事件に協力してくれますかね……？」

暗に辞退の意図を込めて野呂加津子に疑問を呈した。

「やってもらうわ」彼女はあっさり志鶴の願望を断ち切る。

一国一城の主ばかりが軒を借りているようなこの事務所の秩序を保っている柱は、彼女の強力なリーダーシップだ。

「でも、どうして……？」

「誰にでも盲点はある。それが理由よ。弁護士としての彼の姿勢が気に入らない、でしょう？　だからこそ組む意味がある。警察と検察は、死体遺棄だけじゃなく、増山淳彦さんから殺人の自供も引き出そうとするはず。まずは、何としてもそれを防ぐことね」

野呂は、志鶴の肩をぽんと叩くと、コーヒーサーバーの方へと歩き出した。

志鶴は、自分のデスクにバッグを置くと、ノートパソコンを持って会議室の一つへ向かった。

志鶴は会議室に入ると、ＨＤＤレコーダーが接続されたテレビでワイドショーとニュース番組の録画をチェックした。出かけるとき森元逸美に録画を頼んでおいたものだ。

事件に関係する部分だけを拾い見する。最初のニュースで、増山淳彦が綿貫絵里香が出場したソフトボールの試合で目撃されたことが報じられていた。

『本日、綿貫絵里香さんの死体遺棄の疑いで逮捕された増山淳彦容疑者が、遺体が発見される十日ほど前、絵里香さんが出場していたソフトボールの試合で目撃されていたことが、警視庁の発表でわかりました』

夕方六時台のニュース。女性アナウンサーが真剣な顔でカメラに目線をくれた。テロップが情報を補強し、画面が切り替わる。

カメラの映像をアップにしたものらしい。左下に日時と時刻を示すカウンターが表示されているようだが、ぼかし処理が施されていて、判別できない。手前に土のグラウンド、奥にフェンスが映っている。グラウンドは校庭のようだ。フェンスで囲まれた敷地内の右手奥に、プールらしき設備が映っている。ソフトボールの試合を、ホームベースの右斜め後ろの位置から、おそらくは三脚を使用して撮影したものだった。

ユニフォーム姿でグローブをつけた、女子らしき人影が映っている。守備に就いているピッチャー、セカンド、ライト、ショート、センター、三塁手、キャッチャー。それに、右打席に立って構えている相手チームのバッター。彼女たちの顔と、チーム名が記されているとおぼしい、ユニフォームの胸の部分にはぼかしが入っている。

『この映像は、絵里香さんが通っていた中学校で行われた、ソフトボール部の対外試合を録画したものです』

アナウンサーの説明が映像にかぶる。

マウンドのピッチャーがボールを投げ、バッターがスイングした。バットに当たったボールが三塁方向へ飛んだ。音声はミュートされているようだ。

カメラアングルが切り替わる。

今度は、一塁とホームの間からグラウンドを移す位置だ。三塁へ飛んだボールを、三塁手が捕球して、一塁へ投げる。バッターが一塁へ達する前に、一塁手がベースを踏んだままキャッチした。バッターは一塁の手前で足を止める。手持ちカメラらしく、映像にはブレがあった。ソフトボールの試合は、少なくとも二台のカメラで撮影され、編集されていたらしい。

ここで、手持ちカメラの映像だけが、リピート再生される。

このカメラからは、三塁側のファウルラインに沿ったフェンスがほぼ正面に見えている。ホームの右斜め後ろにあったカメラでは見えなかった、ホーム寄りのフェンスの外が映し出されている。

校庭の向こうはどうやら二車線の道路らしく、すぐ背後にビルやマンションが建っているのが見える。コインパーキングの看板も。その手前、画面右手に、フェンスに寄せる形で白いバンが停まっている。バンの前方二メートルほどの位置、画面左手に、スクーターの傍らに立っている人影が見えた。

ズーム。元の映像がズームしているのではなく、その人影を大きく見せるため、トリミングしているようだ。映像はいくらか粗くなったが、それでも、その人物の容姿はメッシュフェンス越しにも判別できないわけではなかった。スクーターの傍らで、グラウンドの方を見て煙草を喫っているのは、志鶴の依頼人である増山淳彦だ。

左手の指に煙草を挟み、右手はパンツのポケットに突っ込んでグラウンドを凝視している。

『フェンスの外に立っているこの人物が増山容疑者であり、捜査員が確認したところ、増山容疑者本人も認めているということです』

アナウンサーの言葉は予期していたものだが、それでも志鶴は落胆を禁じえない。

テロップ――〈綿貫絵里香さんのソフトボール部の試合で目撃された、増山淳彦容疑者（44）〉

映像の中の増山が、煙草の吸い殻を無造作に道路に捨てた。そこで映像が静止する。

『また、同じく警視庁の発表によりますと、増山容疑者は、十六年前、女子生徒の制服を盗む目的でこの中学校に侵入し、逮捕された過去があるということです』

テロップが変わる――〈増山容疑者は、16年前にも、女性生徒の制服の盗難目的で校舎に侵入し、逮捕された〉

ついに訴追対象外非行についても報じられた。志鶴は唇を嚙む。録画分をチェックしたが、それ以上の新たな情報は得られなかった。

ちょうど九時になったので、その時間から始まるニュース番組にチャンネルを合わせる。トップニュースは増山淳彦が逮捕された事件だった。

これまで報道されたことの他に、新たな情報もあった。テレビ局が独自取材で入手したらしき、増山の職業と顔写真だ。職業は「新聞配達員」と記されるようになった。

顔写真は高校の卒業アルバムから採られたものらしく、今の彼よりは当然ずっと若い。今より痩せていて、頭髪も豊かだが、面影はちゃんとあった。増山文子が語っていたように、内向的でおとなしそうな印象を受ける。

さらに、足立南署の外観が映し出された。

警察から新たに公表された情報はないようだ。アナウンサーの『今後、犯行の詳細や動機などについて、警察は慎重に取調べを続けてゆくとのことです』という言葉で締めくくられ、次のニュースへと移った。

推測を組み立て直す。

十六年前に侵入事件を起こした増山淳彦を調べたところ、遺体発見の十日ほど前に撮影されたソフトボールの試合映像に映っていた怪しい男と一致した。事情聴取したところ、自供した。捜査はそのように進んだのではないか。

見通しは厳しい。依頼人がすべてを正直に話してくれなかったことで、不確定要素も増した。だが、明日以降の具体的な方針に変わりはない。増山には黙秘を貫かせ、自分は可能な限りそれを支える。

志鶴はパソコンを開き、スケジュール管理ソフトを起ち上げて増山淳彦専用のカレンダーを作成した。今日の日付のスペースに「逮捕」と入力し、その後の勾留期間中のイベント——「勾留請求」「勾留決定」「勾留満期の処分」等——を記入していく。さらに、彼を身体拘束から解放するため、こちらから起こせるアクション——「裁判官面会・意見書提出」「勾留に対する準抗告」等——も日程に従って打ち込んだ。最後のイベントは「勾留延長満期日」だ。

抱えている案件は一つだけではない。勾留カレンダーを作成しないと、こうしたイベントの日付を間違えてしまうミスが起こりやすくなる。カレンダーの内容をスケジュールの中に組み込んだところで、十時前になっていた。志鶴はリモコンを取って、この時間に放映を開始する報道番組へとチャンネルを変えた。

番組が始まる。トップニュースはやはり増山淳彦の事件だった。これまでの報道をなぞったあとで、この番組では、独自取材をした一般人のコメントを映し始めた。

増山の高校時代の同級生という男性。大きな車の中で、シートに座ってのインタビューだった。顔は映していない。ダウンジャケットにジーンズという姿。大柄で贅肉を感じさせる体型だ。

『高校のとき、一時期一緒に遊んでました。お互い漫画とかアニメが好きで、よくそんな話で盛り上がってました。とくに彼が好きだったのは、かわいい女の子が出てくるような漫画やアニメですね――』

男性にしては高い声で、少し早口だ。

『彼は、ストーリーっていうか完全にキャラクター重視で。その辺で意見が分かれることもあって、ときどき口論みたいになっちゃったんですけど。ふだんはおとなしいんですが、そういうときは結構本気でキレて、怖いな、って思うこともありました。頭に血が上ると、自分でも訳わかんなくなっちゃうタイプなのかなとは思います。ただまあ、こんな大それたことをするとは思ってませんでしたが』

テロップ――〈かわいい女の子が出てくる漫画やアニメが好き〉〈頭に血が上ると、自分でも訳がわからなくなるタイプ〉

そこで彼のコメント場面が終わった。

来たぞ、と思う。

どちらのコメントにも、日本の犯罪報道において前提となってしまっている、ある慣性が働いている。

すなわち――有罪推定の原則。

本来、そのような言葉は存在しない。あるのは、無罪推定の原則だ。「何人も有罪と宣告されるまでは無罪と推定される」と説明される近代法の基本原則である。裁判が終わるまで、あらゆる被疑者、あらゆる被告人はこの原則により無罪と推定されるのが法に則った考えなのだ。

ところが現実はそうなっていない。

マスコミは「容疑者」が逮捕された時点で、その人物をほぼ百パーセント犯人扱いする。その人物が犯行を行ったという前提で報道し、あるいはコメントする。有責を推認しているも同然だ。

死体遺棄事件の被害者が中学二年生の女子で、被疑者として逮捕されたのが四十代の中年男性。その二つの点と点を結んだ延長線上に、多くの人はおそらく似たような輪郭の物語を思い描く。元同級生のコメントは、その物語を構成するパズルの一ピースとして十分に機能する。番組制作者もそう判断して、その認知バイアスを是正しようとするのではなくむしろ積極的に強化する形で視聴者の前に投げ出してみせた。

志鶴には、無罪推定の原則への蹂躙（じゅうりん）の駄目押し、自らの依頼者に対する攻撃としか感じられなかった。初めての感覚ではない。星野沙羅を弁護したときにも経験した。弁護士になる、はるか以前にも。

時計を見ると十時半だった。このあとの時間帯の報道番組を録画予約して、志鶴は会議室を出た。

第二章 窒息

1

『先月十一日の日曜日。中学校の校庭で行われた、女子中学生のソフトボールの試合を、フェンスの外から執拗に見つめている、この男――』

映像が停止し、増山の顔がズームされる。

『死体遺棄の疑いで逮捕された、増山淳彦容疑者四十四歳です。東京都足立区で、先月二十一日、十四歳の綿貫絵里香さんが遺体となって発見されたこの事件、発覚から二十日、昨日、急展開を迎えました』

画面が切り替わる。

テロップ――〈足立南署　昨日午後三時過ぎ〉〈警視庁の会見〉

何本ものマイクが立つデスクに向かって座っているのは、制服に身を包んだ足立南署の署長だ。

『殺人・死体遺棄事件について、本日、被疑者を死体遺棄で通常逮捕しました――』

画面がまた切り替わる。生中継のスタジオで、デスクに向かう女性キャスターが映った。

『一夜明けた今も、容疑者逮捕の衝撃が広がっています。増山容疑者の自宅と、絵里香さんが通っていた中学校は、直線距離にして、およそ千五百メートル。先月二十日午後六時半頃、絵里香さんは、部活を終え、いつものように自転車で下校したあと、行方がわからなくなりました』

増山の自宅や、被害者が通っていた中学校の位置関係を示す地図が映し出される。

『その翌日、絵里香さんの自宅とは反対方向に位置する荒川河川敷で遺体を発見——』

河川敷の映像に替わった。背中に「警視庁」とロゴのある制服を着た四人の鑑識課員が、白い手袋で握った長い木の棒を、深い草のなかに突き立てている。

『増山容疑者が捜査線上に浮上したきっかけ——それは、絵里香さんの部活の試合を撮影したビデオ映像でした。さらに、十六年前にも、増山容疑者は、絵里香さんが通っていた中学校に、彼女と同じソフトボール部に所属する女子生徒の制服を盗む目的で侵入し、逮捕されていたことがわかりました』

足立区内にある被害者の実家が裕福で、父親、祖父とともにメガバンクに勤務していることも報じていた。

『警察は今回、絵里香さんの部活の映像に映っていた増山容疑者が、取調べで、絵里香さんの遺体を遺棄したことを認める供述をしたことから、逮捕に踏み切り、絵里香さんの殺害についても知っているとみて、動機の解明とともに、絵里香さんの殺害についても調べを進めています——』

今朝早く、増山文子(ふみこ)から、警察が家宅捜索に来たと連絡があった。違法な捜索はなかったようだ。それ以外に何か新しい情報はないかと、志鶴(しづる)は朝食を食べながら、テレビのワイドショーに注意を向けていた。

『——天宮(あまみや)さん、どう思われますか?』

テレビで、キャスターがコメンテーターの一人に話を向けた。

『はい』と答えたのは、志鶴にはとても手の届かないブランドのブラウスに身を包んだ、大人の華やかさを湛(たた)えた女性だった。〈天宮ロラン翔子(しょうこ)・弁護士〉というテロップ。

『この事件につきましては、まだ容疑者段階ですので、立ち入ったコメントは控えますが、私から申し上げたいのは、日本の社会にはこうした犯罪を生み出す構造が存在する、ということです』

『構造、と言いますと?』

『日本には、大人の男性が堂々と少女を性的な対象とみなす文化があります。これほど少女への性的加害に無自覚な国は海外には存在しません。そもそも欧米では、成熟した女性に魅力を感じるのが正常な大人の男性であるというのが共通の社会認識です。未成熟な少女に性的な関心を抱くこと自体が異常とされる。日本の男性には当たり前の、女性は若ければ若いほどいい、という価値観自体、先進国ではまず考えられないことなのです』

艶やかだが理知的な語り口が、嫌みなく洗練された物腰と相まって彼女の言葉に説得力を与えていた。

『なるほど。そうした背景が、今度のような事件を育む土壌になっている、と。われわれも社会の一員として、今回のような事件を防ぐにはどうしたらいいか、ということも考える必要がありそうですね。天宮さん、ありがとうございます』

志鶴は、カップスープをすする。

天宮ロラン翔子。司法試験に合格後、アメリカへ留学して社会学の博士号を取得し、国連職員を経て日本国内で開業した、極めて異色の経歴を持つ弁護士だ。私生活では国際的に活躍するフランス人の建築家と結婚して二児の母となった。日本語、英語、フランス語の他に中国語と韓国語も堪能。才色兼備という言葉が服を着て歩いているような女性で、女性誌では「セレブ」扱いで読者モデルもしている。それがテレビ出演のきっかけとなり、今ではコメンテーターとしてもひっぱりだこだ。複数の政党から熱心な出馬のオファーを受けているという噂もある。

志鶴がそこまで知っているのは、ちょうど仕事で関わっていたからだ。

離婚事件。夫から精神的暴力を振るわれたとして家庭裁判所に離婚と慰謝料請求を訴え出た妻の代理人が天宮で、志鶴は、訴えられた夫の依頼を受け、夫側代理人となった。夫は、暴力の事実はないと語っており、志鶴も彼の言い分を信じていた。

夫婦間におけるＤＶの冤罪事件は最近増えている。訴えられるのはほぼ百パーセント夫側だ。日本では、ＤＶは男性が女性に対して行うもの、という先入観がいまだに根強い。訴状を読む限り、天宮は、その先入観を積極的に利用して志鶴の依頼人を糾弾していた。

天宮は、たぶんそれと知らず、民事のみならず刑事でも志鶴の依頼人を攻撃していた。それも痛烈に。

だがそのことは、志鶴の闘志をかき立てた。昨日もタフな一日だったが、一晩寝て気力が回復した。新たな依頼人のため、やるべきことはたくさんある。

2

「虚偽自白？」森元逸美が言った。

大きな作業デスクに椅子を配した共有スペースでの、朝一番の打合せ。メインとなるのは増山の案件だ。

「ええ」志鶴は答える。「否認事件になります」

「そっかあ――また、ガチンコが始まるわけだ。それも、とびっきり手ごわそうなやつが」

森元は、自分に活を入れるかのように、手の先でデスクをぽんと打った。

「そうと決まれば、やるっきゃないね。刑事手続は待ったなし！　まずは、PとJの面会のアポ取り？」

「順送先での接見の手配もお願いします」

Pは検事、Jは裁判官を示す隠語だ。それぞれ英語のProsecutor、Judgeの頭文字を取っている。同じ並びで弁護士はイギリスの法廷弁護士を指すBarristerのB。だが、法曹三者でない警察は英語だと検事のPとかぶるのもあるからだろう、ローマ字由来のKだ。

「新件は明日だと思いますが、今日の接見の在監確認も頼みます」

「オッケー」

検事による取調べの初回を新件と呼ぶ。東京では、被疑者の身柄が検察官送致されるのは、逮捕の翌日あるいは翌々日というのが一般的な運用となっている。増山の所在は確認しておきたい。

さらに、マスコミからの取材は一切シャットアウトするようにとも頼む。

「それと――田口さんに協力をお願いします」

「え……？」森元が、信じられないという顔をした。

「……所長命令で」

「うん、そうか。でも、大丈夫なのかなあ、田口先生――」

そこで、志鶴の背後を見た森元が、はっとしたように口をつぐんだ。

振り向くと、田口司が立っていた。氷点下の視線に見下ろされる。共同受任を拒まれるのではないかと思った。志鶴としてはその方がありがたい。たしかに増山の案件は、一人ではとても無理だ。他の弁護士に協力を仰ぐつもりではいたが、田口の顔は浮かびもしなかった。

「今、時間あるか？」

志鶴は森元を見た。彼女は「こっちはもう大丈夫」と言った。田口に目を戻す。

「はい」

「打合せだ」会議室の方へ、顎をしゃくった。

「あの、それって――」

「所長命令」不機嫌さも露（あら）わに言った。


空いていた会議室のホワイトボードを使い、志鶴は、増山の案件についてこれまでわかっていることを説明した。その間、椅子に座った田口は腕組みをし、険しい顔をしていた。

「――増山さんご自身は、死体遺棄についてその事実はないと否定。虚偽自白を強要されたとのこと。今後の方針としては、否認事件として争う方向で進めるつもりです。増山さんには完全黙秘（カンモク）を勧めました。現時点では、以上です。ご意見はありますか？」

志鶴も腰を下ろす。田口が目を上げた。

「危うい。その一言に尽きる」

「危うい……？」

「たった一回の接見で否認一本に絞るのは危険だと言っている。話を聞く限り、被疑者が接見で事実を話したと推認できる根拠もない。十六年前の訴追外非行のみならず、生前の被害者との接点についても隠していた。被疑者の言葉を鵜呑（うの）みにして弁護方針を固めるのは入れ込みすぎだ。彼と心中するつもりなら、それでもいいだろうが」

「別に私は、鵜呑みにしているわけじゃ――」

「被疑者が事実を語っていることを前提にした、極めて脆弱（ぜいじゃく）性の高い方針である。そう言い換えてやらないと理解できないか？」

悔しいが一理ある。増山の無実への確信は、接見後に新たな事実を知っても揺らいでいない。その確信が、徹底的に争うという以外の選択肢を見えなくさせていることも否定できない。

「……田口さんなら、どうしますか？」

「これだけの事件だ。警察も、死体遺棄で逮捕した以上、殺人での起訴まで持っていくつもりでいるのは間違いない。半年前の事件まで視野に入れ、二件の殺人容疑での起訴まで見据えた弁護方針を立てるのが現実的だろう。責任能力あるいは殺意を争って認定落ちを狙う」

耳を疑った。

犯行時に責任能力がなかった、あるいは限定的だったと認められれば、無罪あるいは減刑となる。殺意がなかったと認められれば殺人ではなく傷害致死となって罪は軽くなる。

「殺人について、外形的行為まで認めるのを前提とする、ということですか?」

信じられない思いで口にする。

田口が、感情の読めない目で志鶴の視線を受け止めた。

「そうだ」

「どうして――?」

「逆に訊こう。殺人で起訴されて、全面否認して勝てる見込みは?」

「それは――今の時点では、判断できません」

「違うな」田口はすかさず否定した。

「……違うって?」

「勝てる見込みはゼロパーセント。皆無だ。自分でもわかっているんじゃないか」

田口の視線が錐のように志鶴を貫く。

「今の時点では判断できない――そんなの自己欺瞞にすぎん。起訴されれば、まず間違いなく有罪になる。殺人は法治国家の根幹を揺るがしかねない凶悪重大事件、というのが権力側の認識。これほど世間の注目度が高い重大案件で無罪判決が出ることなどありえない。それが日本の刑事司法だ」

唇を引き結んだ。田口の言うとおりだ。わかっている。弁護士一年目の自分でさえ、つい最近も痛い経験をして思い知らされている。

「――だからって」声を出した。「不当な求刑を認めることは許されません」

「許されない? 誰にだ」

「この国にです。日本国憲法第31条――〝何人も、法律の定める手続によらなければ、その生命若しくは自由を奪はれ、又はその他の刑罰を科せられない〟。その『法律』の一つである刑事訴訟法第1条――〝この法律は、刑事事件につき、公共の福祉の維持と個人の基本的人権の保障とを全うしつつ、事案の真相を明らかにし、刑罰法令を適正且つ迅速に適用実現することを目的とする〟。――犯罪を犯していない者を罰することは、日本の法律が許しません」

田口の眉が上がった。

「口述試験の会場だったかな、ここは」冗談の口調ではない。

「弁護人の誠実義務にも反します。ありえません」

「犯情や被害者の属性を考えれば、一人への殺人に対する求刑でも極刑の可能性は十分ある。この案件で突っ張って負ければ、増山淳彦は死ぬということだ」

「――何より大切なのは、被疑者の自己決定権です。増山さんご本人が、犯行を否認し、被疑事実を争うと意思表示しています」

眼鏡の奥で田口の目が光った。

「星野沙羅もそうだった。違うか？」

息が止まった。

「……それは別件です」どうにか答えた。「関係ありません」

「別件。なるほどな。星野沙羅に、少なくとも命の心配がなかったのは確かだ」

田口をにらみつけた。意思に反し、目元が熱を帯びる。視界がぼやけそうになる。奥歯を嚙み締めた。

「いずれにせよ、現時点で方針を絞るのは拙速にすぎる。情報も圧倒的に不足している。私の意見は、以上だ」

田口は席を立ち、会議室を出て行った。

志鶴は大きく息を吐いた。顔を上に向け、鼻をすすってまばたきする。

田口がすんなり協力してくれるとはみじんも思っていなかったが、ここまで敵対的な態度を取られることも想定していなかった。弁護士倫理にもとる助言もだ。所長の野呂に訴えるべきか。本音としては、冗談でなく懲戒請求してやりたいくらいの気持ちになっている。

ひとまず田口には期待せず自分一人で進めるが、田口の他に共同受任してくれる弁護士を見つけるべきだ。どうせ助力を仰ぐなら、自分が一番信頼できる相手を選ぼう。

席を立ち、会議室を出た。

3

志鶴は今、民事と刑事、合わせて三十近い案件を抱えていた。午前中を費やして、派遣先にパワハラを訴えたら雇い止めにされ、派遣元に対して損害賠償請求訴訟を起こす女性のための準備書面を起案した。

午後には打合せが一件入っていた。志鶴は、昼食を抜いてキーボードを叩いたが、最初の打合せまでに起案は終わらず、中断せざるを得なかった。

打合せは、天宮ロラン翔子を相手方代理人とする離婚事件だ。

依頼人からの事実聴取によれば、別居中の妻が家を出て行ったきっかけは、妻が相手を間違って送信したとおぼしきメールについて問い詰めたところ、不倫の事実を認めたことだという。しかしその後、妻は自分が不倫をしていたことも、その事実を認めていたことも否定するようになり、関係修復を望む依頼人を相手取り、離婚調停を申し立てた。

調停が不成立に終わると、妻から訴状が送られてきた。妻の代理人である天宮は、離婚事由として依頼人の妻に対する暴言などによる精神的なＤＶを挙げ、心療内科が発行したＰＴＳＤの診断書を証拠として提示していた。依頼人は仰天した。まったく心当たりがなかったからだ。

志鶴には、依頼人が嘘を言っているようには思えなかった。診断書の発行日は、訴状が出される少し前。依頼人の妻は、天宮の助言を受けて取得したのではないか。肉体的なＤＶを訴える場合、刑事事件となる可能性もあり、証拠のハードルは高くなる。精神的ＤＶを主張するリスクは低い。天宮の狡猾な戦術である疑いが濃厚だ。

依頼人からの聴取を元に、訴状への反論を組み立てた。具体的な準備書面の作成はこれからになる。依頼人を事務所の入り口で見送って自席に戻ると、中断していた起案を仕上げ、さらに、星野沙羅の控訴審に向けた準備作業をした。

今日はこのあと接見を二件、予定している。星野と増山だ。支度を終えた志鶴が立ち上がると、森元逸美が近づいてきた。

「ＰとＪの面会のアポ、取ったよ。接見も調整した。カレンダー確認しといて」

「了解です」

「増山さんの在監も確認。足立南署にいる。それと、マスコミの取材、電話も来所もぜーんぶ撃退したからね」

「ありがとうございます」

森元は立ち去らず、志鶴を見つめる。

「頑張って、志鶴ちゃん。私は味方だから。困ったことがあったら、何でも言って」

自分からは何も話していないが、田口との協働を案じてくれているらしい。

「はい！」

「前にもお話ししましたが、控訴審では、控訴趣意書という書類の審査で、結論がほとんど決まってしまいます」

東京拘置所の接見室で、アクリル板の向こうに座る星野沙羅に向かって説明する。

「一審で検察にした反撃だけでは不十分。今度は原審の判決の弱点を見つけ、そこを突かないと勝てません。新たに採用させる証拠を見つける必要もあるかもしれない。じっくり作戦を練り上げるために、申立書を提出したあと、時間稼ぎではありませんが、まずは控訴趣意書の提出期限の延長を請求しようと思います」

星野がうなずく。判決直後よりも顔色はよくなっている。

「他の弁護士さんに手伝ってもらうことも考えています。全国冤罪事件弁護団連絡協議会という団体があって、そこに協力を仰ぐつもりです。何かとバックアップしてもらえる可能性も高いし、星野さんもその方が心強いと思いますので……」

「私、今でも心強いですよ」

星野の言葉に、志鶴は耳を疑った。

「あの判決のあとは、信じられなくて頭が真っ白になったけど、いくら考えても、判決を下した裁判官がおかしいとしか思えません。川村先生は、私のために、最高の弁護をしてくれたと思います。傍聴していた親友の酒井夏希さんも、先生の弁護に感動したって。控訴審も、先生がいてくれれば怖くない。私、信じてます、川村先生のこと」

彼女は、アクリル板ごしに志鶴に微笑みかけた。

一瞬、胸が詰まって言葉が出てこなかった。

4

足立南署に着いたのは、午後七時過ぎ。被留置者の夕食が済んでいるはずの時間だ。接見まではスムーズに運んだ。昨日と同じ女性留置官は、志鶴を機械的にあしらうという方針を固めたらしかった。

接見室で待っていると、ほどなく、アクリル板の向こう側に増山淳彦が姿を見せた。昨日とは着衣が違う。グレーのスエットの上下で、袖は短く、時々お腹が覗く。足下はサンダルだ。

留置場に入れられる際、所持品はリスト作成の上で警察の管理下に置かれ、衣服をすべて脱いだ状態で身体検査される。自殺防止のため、ベルトや靴紐のたぐいは取り上げられる。逮捕時、ベルトなどが必要な服装をしていた場合、それらを警察が預かる代わりに、ジャージやスエットなどの衣類が貸し出される。増山もそうして着替えさせられたのだろう。サンダル履きは強制だ。

昨日より疲弊して見える。だが、緊張はやわらいでいるようだ。背後で金属製のドアが閉まると、わずかに首が伸びた。こちらを見る目つきが険しくなった。腹を突き出すように歩いてくる。

志鶴はアクリル板越しに笑顔を向け、「こんにちは、増山さん」と声をかけたが、増山は無視して、パイプ椅子に乱暴に尻を載せると、のけぞった。

「母ちゃんは？」

「はい。昨夜、ご自宅でお会いしてきました」

「じゃなくて。何で来てくんないの？」

「——昨日もお話ししましたが、お母様にはしばらく会えません」

「何で？」

「警察が認めないからです」

「何だよー」目を伏せ、口をゆがめた。「何て言ってた、昨日？」

増山文子から言付かった言葉を彼の前で繰り返した。聞き終えると、「それだけ？」と増山は言った。

「頼まれたアニメ番組も、ちゃんと録画してるからって」

増山が唸るようにため息を吐いた。

なぜ昨日、十六年前の侵入事件について話してくれなかったのだ——そう問い詰めたい気持ちを抑える。まだ信頼関係を構築できていない。彼自身、自分が置かれている状況をちゃんと理解できていない可能性も高い。昨日の不足をしっかりとリカバリーして、本来、初回接見で獲得すべき成果を得る。それが今日の接見の目標だ。

こちらから伝えるべきことは、弁護人の役割、今後の見通しと対応。相手から聞き出すべきことは、容疑をかけられていることについての事実と、取調べの内容だ。そのための大前提が、信頼関係の構築。まずは、ラポール——話しやすい雰囲気——の形成から。「……今日も、朝から取調べでしたか？」

増山が鼻の付け根に皺を寄せた。

「もうさあ、疲れたから出してくんない？」

「残念ですが、今すぐには難しいです」

「あれは、保釈？　芸能人、クスリとかで捕まっても大体保釈されてるじゃん」

「そういう制度があるのは事実です。でも、請求できるのは起訴後と決まっています。増山さんはまだ起訴されていないので、請求することはできません」

増山の顔が険しくなる。

「じゃあ何しに来てんだよ。弁護士の意味ねえじゃん」

答える前に一呼吸置いた。

「増山さん——ご自分が、なぜ今ここにいるか、わかりますか？」

増山の下唇が下がった。まばたきをした。

「俺……警察が何か勘違いしてて、俺のこと犯人だと思ってるからだろ？　女の子の死体を捨てたって。勘違いだから、それを説明してさっさと出してくれっつってんじゃん！　それが弁護士の仕事だろ？」

志鶴が反応せずにいると、興奮の山を越えた増山が不安の谷へと下りはじめるのがわかった。口をつぐんで、志鶴の様子をうかがっている。

昨日ここでした話は、ほとんど増山の頭に入っていない。

失われた時間を思う。無駄にしてしまったのは、増山の持ち時間だ。刑事手続は待ったなし。刻々と減ってゆく一分一秒の価値は計り知れない。

最大の問題は、増山が自分の置かれている状況を理解していない、あるいは受け入れるのを拒んでいることだ。いくらこちらが法的助言を投げかけても、このままでは右から左へ素通りしてしまう。

刑事弁護の世界では誰もが知るベテラン弁護士が、弁護人はただ座っているのが理想の接見の在り方だと語ったことがあるそうだ。弁護士が質問を重ねて聞き出すのではなく、依頼人に自発的に語ってもらうのが一番よいという意味だろう。自由報告。接見ではこれを中核とすべし、というのは実際、刑事弁護のセオリーとなっている。

だが、それだけを守っていてもこの局面は打開できない。何よりまず、彼自身に認識を一新してもらうことが必要だ。

思い切った手を打つべきかもしれない。逡巡する。劇薬に副作用はつきものだ。悪い方の目が出れば、増山の信頼を失いかねない。

息を吸って、吐いた。

「——警察は、勘違いなんて思ってませんよ、増山さん」

突き放すように告げた。増山が口を開く。志鶴は続ける。

「それに、もしそれに気づいたとしても、絶対に認めようとしないでしょうね」

「え、じゃあ……」

「増山さんは、綿貫絵里香さんの死体を捨てたという容疑で逮捕された。そのことはわかりますよね？」

増山がうなずいた。

「その瞬間から、増山さんは目的地へ向かって走る列車に乗せられたんです」

「列車……？」

「そうです。想像してみてください。増山さんは、逮捕された瞬間から、警察官たちの手で、自分の意思に反して強引に列車に乗せられ、ドアを閉められた。同時に、増山さんだけを乗せた列車は、ものすごいスピードで走り出す。降りたくても、ドアには鍵がかかっていて、降りられない。いくら出してくれと叫んでも、ドアを叩いても、無駄。列車を止めたくても、増山さんの力では不可能です。このままだと列車は、終点に向かってまっしぐらに走り続けるでしょう。その終点がどこか、わかりますか？」

アクリル板のどちら側にも窓のない空間で、増山が首を横に振る。

「目的地に到着した列車が止まると、ドアが開けられ、増山さんはまた警察官たちの手で列車から下ろされます。終点に着いたにもかかわらず、増山さんの身が自由になることはありません。なぜなら——その終点は、刑務所だからです」

現実には、極刑の判決が下されれば拘置所という可能性もあるが。

増山は動揺している。つまり、志鶴の話を理解しているということだ。

自分は今、依頼人を脅かしている。良心の呵責(かしゃく)が胸を刺す。弁護人の誠実義務について田口に大上段から論ずる資格があるだろうか。

「冤罪、って言葉、知ってますよね？」志鶴は続けた。「犯罪を犯していなくても、逮捕され、裁判で有罪になって、犯罪者にされてしまうことです。どうして冤罪が起こるかわかります？」

増山がまた首を横に振った。

「真犯人を見つけ出し、逮捕して有罪にする。それが警察の仕事のはず。ところが、警察は、疑わしい人を逮捕した時点で、逮捕したその人を有罪にすることに全力を注ぐ——鳥の雛(ひな)が初めて見た動くものを母親と思い込むように、警察にとって、逮捕した人こそ真犯人になってしまうんです。検察官も同じ。増山さんの身柄を拘束し、自由を奪って取調べをする人たちは一人残らず、増山さんを有罪にして刑務所に叩き込むことに全身全霊を捧げている。彼ら以外にも大勢の警察官が、増山さんを有罪にするための証拠を、この瞬間も血眼になって探し集めています。――わかりましたか？　それが今、増山さんが置かれている状況なんですよ」

　増山の顔から血の気が引いてゆくのが見えた。

「わかりましたか？」志鶴はくり返した。

　増山が、こくん、とうなずいた。

　今度こそ理解してもらえたのではないか。そう感じた。

「増山さんはさっき、私に、何しに来たのか、と訊ねました。改めて自己紹介をさせてください」

　表面を向こうに向け、アクリル板に立てかけていた名刺を、増山の目の高さに持ち上げた。増山の目が追った。

「川村です。川村志鶴。よろしくお願いします」

　名刺を元に戻して頭を下げた。

「私は弁護士です。このバッジがその証拠です」

　スーツの襟元に安全ピンで留めた――ねじ止め式の男性用とはアタッチメントが異なる――弁護士記章を見せた。

「弁護士は、増山さんを有罪にしようとする警察官でも検察官でもありません。裁判になったら増山さんに有罪判決を下すかもしれない裁判官でもありません。弁護士は、増山さんのように逮捕されてしまった人の味方です。私は、増山さんの味方です」

　手で自分の胸を叩く。

「昨夜、お母様の文子さんともお会いして、増山さんの弁護人として認めていただきました。――お母様から増山さんに、差し入れも預かってきています」

　昨夜、文子から言付かった、現金二万円が入った封筒をバッグから取り出した。

　留置場では最初に洗面具一式を、警察が保管する所持金――領置金――から購入させられる。他にも最小限の日用品や便せん等の文具、通常の食事とは別の、自弁と呼ばれる弁当や飲料等も、被留置人は自分の領置金から購入することができる。

　昨日の接見で、志鶴は逮捕時の増山の所持金が数千円だったことを聞いていた。増山にとって一番役立つ差し入れは、と訊かれ、まずは現金ではないかと答えた。すると文子はすぐ財布からありったけとも思える紙幣を取り出して封筒に入れ、志鶴に預けたのだ。衣類については、ベルトやボタン、紐がついているものは制限されている。差し戻しされぬよう注意点を伝え、ひとまず現金だけを持って志鶴は家を辞したのだった。

「あとで担当さんに領置金として差し入れしておきますね」

増山は返答しなかったが、細められた目が潤んだように見えた。

「弁護士である私がここにいるのは、増山さんを手助けするためです。差し入れもしますが、それよりもっと大事な手助けもします。味方である証拠として、増山さんの秘密を守ることを約束します。私は、ここで増山さんから聞いた話を、増山さんの許しなしに他の誰かに話したりしません。その相手が、警察官でも検察官でも裁判官でも、たとえ増山さんのお母様であったとしても。弁護士にはそうする義務があるからです。だから私には――私にだけは本当のことを話してもらって大丈夫です。私から増山さんに質問することもあります。が、それは、増山さんを手助けする目的のためです。ですから、刑事さんや検事さんが訊くのとはまったく意味が違う、正反対です。わかりますか？」

増山は、うなずいた。

「ありがとうございます」笑顔を作った。ゆっくり呼吸する。今日は、増山を置き去りにして、一人で先走ってはいない。大丈夫だ。

「増山さん。今日の接見では、三つのことをテーマにします。一つ目は、増山さんから、これまでの取調べについて、お話を聞かせてもらう。二つ目は、私から、今後の見通しについてお話しさせてもらう。三つ目は、増山さんを手助けするために、これからどうしたらいいかを相談する。よろしいですか？」

増山がまた、うなずく。志鶴も笑顔でうなずき返した。相手と同じ動作を返すミラーリング。ラポール形成のための基本的な技術の一つだが、自然にそうしていた。

「お話を聞かせてもらう前に、一つ、お願いしたいことがあります」

クリアファイルから一枚の紙を取り出し、増山に向けアクリル板につけた。

大きな文字だけがプリントされたA４紙だ。タイトルは「接見室での四つのお願い」。

「この接見室での、私からのお願い事です。刑事さんや検事さん相手には、守る必要ないですからね」

タイトルの下に、四つの項目が並んでいる。
①うそは言わないでください。

②思い出したことはすべて話してください。
③わからないことは、わからない、と言ってください。
④おぼえていないことは、おぼえていない、と言ってください。

耳にも印象づけるよう、四項目をゆっくり読み上げた。

「大丈夫ですかね？」

増山は、喉の奥から、「ああ」と「おお」の中間のような音を発した。

志鶴は、剝がしやすいテープで、書面をアクリル板に貼りつけた。さらに、増山に断って、ＩＣレコーダーをカウンターに置いて録音を開始する。

「では、お願いします。これまでの取調べについて、お話を聞かせてください」

開いたノートの上でペンを構えた。

依頼人との接見では、情報収集のためのグランドルールをまず設定する。志鶴が作成した「接見室での四つのお願い」がそれだ。次に、被疑者の自由報告を受けてから、焦点化質問によって曖昧な部分を明確にしていく――といった手順だ。


自由報告にプライオリティが置かれているのには意味がある。弁護人との一問一答よりも依頼人の話す内容の自由度が高く、依頼人の記憶に従った、生に近い情報を得ることができる。また、弁護人の質問という選択による制約がないため、情報量が多くなることも期待できる。

弁護人はつい、自分が重要だと思う点について掘り下げた質問をしてしまいがちだが、それによりその周辺の情報が抜け落ちてしまう危険もあるのだ。依頼人の中には、弁護人に訊かれたことしか話してはいけないのだと思い込む人もいる。この二つが重なると、たとえば、公判を迎えてから実は重要だったと判明した点について、弁護人が依頼人から聞き取りをしていなかった、という致命的なミスも生じうる。増山に対して前のめりに質問を浴びせてしまった昨日のやり方への自戒も込めて、その基本を思い返す。

増山は自由報告で、初回の取調べから語った。取調官は比較的穏やかに増山の身辺について訊ねてから、綿貫絵里香の名前を出し、彼女を知っているか質問したという。知らないと答えた増山に対し、死体遺棄事件のことは知っているのではないか、と取調官は指摘した。増山はそれを認め、知らないという回答を訂正させられた。

すると取調官は、今度は、生前の彼女を知っていなかったか、と質問を切り替えた。増山は知らないと答えた。取調官は、綿貫絵里香が通っていた星栄中に行ったことはないかとも訊ね、増山はこれを否定した。そのような質疑応答が、他の質問を間に挟みながら何度もくり返され、初日は終わった。

増山は、それで済んだと思い、ほっとしたという。が、警察は翌朝も増山の自宅を訪れ、聴取に応じるよう求めた。取調官たちは前日と同じ顔ぶれだったが、初日よりもその態度が強硬になったと増山は感じた。変わったのは態度だけではない。初回とは異なり、たんなる質問ではなく、綿貫絵里香のことを生前から知っていたのではないか、と詰問口調になったという。

「知らないって言い続けてたら、いきなり、十六年前の話になって……」

増山の表情が硬くなった。

「俺さ、十六年前、星栄中に入っちゃったんだよね。なんで、って訊かれるとちょっと困るんだけど……ていうか、今になってみると、自分でもよくわかんねえんだよな。馬鹿なことしたなって。まあ、人並みの好奇心っていうか……」

落ち着かない様子になる。口元に引きつったような笑みが浮かんだ。

「あ、ほらいたじゃん？　元お笑い芸人で、軽トラか何かで全国回って二十年もＪＫの制服盗みまくってたやつ。ああいう変態とは一緒にしてほしくないんだよな」

ＪＫとは、女子高校生の略語だろう。

「俺、そういうんじゃねえし。わかるよね？　えーと……かわむら、さん」増山は、志鶴の名刺を覗き込んでから顔を上げ、すぐ志鶴から目をそらした。「何か中学校とか懐かしくなったしね。校舎とかずいぶん久々だったし。ちょっと入ってみたいな、って。なんで星栄中にしたのかっていうと、ちょうどそのとき、バイクで通りかかった校庭でソフトボールの部活やってたんだよね。へえ、ソフトボールの部活とかあるんだ、女子の、とか思って。それで、どんな学校なのかな、見てみたいな、って。あ、犯罪とか、そういうヤバいことじゃ全然なくてさ。それでこっそり入ってみたら、すぐ警備員に見つかって、警察呼ばれちゃって……今思うと、運が悪かったっていうか、ツキがなかったっていうか。けど、前科はついてないからね。何か、そんときの検事？　が許してくれたんだよね。起訴はしないでおきますって。起訴猶予処分だったかな。でも当然じゃん。何も盗んだりしてないし。な？」

早口になっていたが、そこで少しトーンが落ちた。

「……刑事たちは、何で星栄中に侵入したの？　って訊くようになった。俺が、わかんないとか、忘れたとか答えても、許してくれなくて。しまいには、そのときの調書、持ってきて読みはじめてさ。俺が……ソフトボール部の女子の制服を盗んでみたくなった、って言ったって書いてあるって。そんな記憶ないのに、刑事に見せられたら、本当にそう書いてあった。で、女子中学生に性的な興味があったんじゃない？　って訊かれた。そんなことないです、って答えたら、『ここにはっきり書いてあるけど？』ってまた調書を見せられた。そしたら本当にそう書いてあって……俺が、女子中学生に性的な興味があったから星栄中に入りました、って自分で言うまで、何度もそう質問された」

悔しげな顔になった。

「まあ、十六年も前の話だし、今度の事件には関係ないから、認めてもいいかな、って思ったんだけど。でもそしたら今度は、生きていた頃の綿貫絵里香を見たことがあったんじゃないか、って訊かれるようになった。俺が、見てません、って答えたら、本当？　ってニヤニヤしながら言われた。何か知ってて隠してるみたいな感じで。嫌な予感がしたんだよね。だから俺、わかりません、ひょっとしたら見たかもしんないけど、覚えてません、って答えた。そしたら、『覚えてるでしょ、だって、わざわざ彼女の学校まで行ってるんだから』って……」

言葉を切った。

「実はさ、俺……行ってるんだよ。最近も、星栄中に」

目を落とした。

質問をしたい気持ちをぐっとこらえ、続きを待った。増山は、昨日とは打って変わって滑らかに話している。できる限り邪魔はしたくない。

増山が口を開いた。

「今年の初めに、エリア変えがあったんだよね。新聞配達の。それまで俺、四号線の東側が担当だったんだけど、何かお客さん——購読者が減ったとかでエリアの線引きが変わって、西側も少し受け持つことになったの。そしたら星栄中の横も通るコースでさ。店長知らないわけ、十六年前の事件のこと。俺、あれ以来、星栄中になるべく近づかないようにしてたんだよね。母ちゃんも心配するし……近づかないって約束したからさ。でも仕事じゃ仕方ないじゃん。配達して、久々に星栄中の横を通るようになったわけ。そしたら、夕刊の時間に、ソフトボール部が練習してて」

思い出そうとするように中空を見つめてから、ふいに顔を歪め、「ああーっ」と声をあげた。

「考えてみたら、全部店長のせいじゃん！　店長がエリア変えなかったら、逮捕なんかされてねえじゃんか。くそっ――」

片手で頭をかきむしった。ほどなく興奮が収まったようで、だらんと手を下ろした。

「気になっちゃうじゃん、そんなの見たら。コースだって勝手に変えられないし。ほとんど毎日練習見てたら、もっとゆっくり見たくなって……行ってみたんだよ、日曜の休みに。そしたら試合やってて。でも結局、煙草二本喫ったただけですぐ帰った。そんな、一人一人の顔なんかちゃんと見てないって。名前だって知るわけないし」

増山は非常に重要な話をしている。志鶴はきちんとメモに残した。

「だから……行ってない、って答えちゃったんだよね。嘘ついた俺も悪かったのかもしれないけど――ビビるじゃん。二人目に殺された子が、星栄中のソフトボール部って知ったときは俺だってびっくりしたよ。でもそんなの偶然じゃん。まさか警察で、試合観[み]に行ったかなんて訊かれるとは思わないし。パニクってつい、行ってないって――」

助けを求めるようにこちらを見たので、志鶴は黙ってうなずいた。

「そしたら、刑事が、パソコンでビデオ映像を見せてきた。ソフトボールの試合の録画で……俺、撮られてた」

増山のこめかみの辺りに、汗の粒が浮かんでいるのが見えた。

「警察も汚えよな。証拠あるんだったら、隠さず最初から言ってくれって。さすがにあれ見せられたら、否定できないじゃん。認めるしかないって。だから、すみません、本当は行きました、って答えたら、今度は、『なぜ嘘ついたの』、ってしつこく訊かれはじめた。『何か後ろめたいことがあるんじゃないの？』って。いやそうじゃなくて、つい……って答えても納得してくれないし、そのうち『他にも隠してることがあるんでしょ？』とか言ってくるし。だんだんこっちも、否定し続けるの、疲れてくるじゃん。どんだけ違うって言っても信じてくれないんだから、本当のこと言っても無駄だっていう気持ちになって。そのうち刑事が、『知ってたんだよね、絵里香さんのこと?』って言ったとき、うなずいちまった。すぐに違うって言おうとしたけど、もう聞いてくれなくて……だんだんこっちもめんどくさくなって、『死体、捨てたのあなただよね?』って質問にも、はい、って言っちゃった——」

大きく息を吐いた。

「どうしよう……俺、やってないのに」目が潤んでいる。顔を上げた。「俺——どうしたらいい?」

「大丈夫です。あとで一緒に考えましょう」志鶴は答えた。「その前に、もう少しお話を聞かせてください。取調べでは、他にどんなことがありましたか?」

志鶴がクローズドな質問を重ねた昨日と、今日の自由報告とで、取調べの内容に関する増山の話はだいぶ印象が異なっている。

増山はいったん上を見てから、

「はい、って答えたら、『綿貫絵里香さんの死体を遺棄したことを認めるってこと?』って訊かれた。もうさ、刑事たちが何人も、ものすごい目で俺のこと見てて、今さら違いますって言える空気じゃないわけよ。嘘がバレた時点で、こっちも頭パニックで、認めたら、許してもらえるのかな、とかも思っちゃったし。だから、『認めます』って答えた。そしたら、また空気が変わって……刑事たちが何人か外へ出てった。しばらくして戻ってきて、『死体遺棄の容疑で逮捕する』って手錠をかけられて、そのときの時間も言われた。『これからあなたは、被疑者として取調べを受けることになります』、って言われて、手錠は外された。あ……黙秘権がどうとかも言ってたかな。それからまた取調べが始まった。また地獄の始まりだよ——」

片手で顔を上から下へ拭った。

「……今度は、『じゃあ、そのときのことを話してもらえる?』って。死体を捨てた状況について訊いてきた。知るわけねえじゃん、そんなの。やってないんだし。そしたら——『もしかして、こういうことだったんじゃない?』とか、『こんなふうにしたんじゃないかな』とか、こっちが言ってもないことをぶつけてくるようになった。ほんとよく、次から次へと思いつくよ。昨日はいったん終わったけど、今日になったらまた朝から同じことを何度も訊かれて、ほんとしんどい。こっちもだんだん、訳わかんなくなってきて、途中から、そうかもしれません、とか答えてた。——なんかもうね、疲れたっつーの、マジで」

放心したように口を開いていたが、志鶴に向かって、「そんな感じ。取調べは」と言った。

5

「ありがとうございます。参考になります。私から、いくつか、確認のための質問をさせてもらっていいですか？」

起訴前の弁護であっても、弁護方針は、公判を見据えて検討しなくてはならない。それはつまり、検察側の立証計画に対抗する、こちらの主張を考えるということだ。

刑事裁判では立証責任は検察側にある。弁護側は、検察側の主張に合理的疑いを差し挟む余地があることを示せばよい。だが、闇雲に主張の粗探しをしても効果的ではない。現実には、被告人がなぜ無罪なのか、一貫性を持って論理的に説明することができなければ、検察側の主張に疑問を差し挟むことができたとはみなされない。勝つために、ケース・セオリー（道筋）が不可欠なのだ。

これを構築するためには、できるだけ早い段階で、捜査機関が持つ証拠同士の結びつき――証拠構造を把握することが望ましい。被疑者がすでにした供述は重要な証拠である。

推測できる現時点での捜査機関の証拠構造は、綿貫絵里香の死体遺棄を認める増山の自白という直接証拠を、生前の彼女が出場した試合を増山が観ていたという情況証拠で補強する、というものだ。

重要な証拠採取が行われていたこともわかった。ＤＮＡだ。

留置場に入れられる時点で採取される指紋と異なり、本来、ＤＮＡの採取には令状が必要だ。もしなければ被疑者には断る権利がある。普通の人がそれを知らないのを利用して、警察が令状なしに任意で採取することはよくある。増山は、事情聴取の初日に、取調官に言われるまま応じてしまったという。初回接見でも助言するには遅かったとはいえ、悔いは残る。

さらに、違法な取調べが行われていないかも確認する。昨日の接見で、増山は、取調官に耳元で大声を出されたりしたと言っていた。昨日、弁護士選任届を渡す際、北警部に口頭では抗議していた。

北は否定したが、もし今日も同様のことが行われているなら、警察庁が二〇〇八年に自ら定めた「警察捜査における取調べ適正化指針」に則って、苦情申出書を送付するつもりだ。

「——俺、そこまで言ってたっけ、昨日？」確認すると、増山はそう答えた。「うーん……今になってみると、そこまでじゃなかったかも。プレッシャーはすげえかけられたけど」

昨日、増山は今日よりもっと混乱していた。志鶴自身も今日より余裕がなかった。そんな空気のなかで、志鶴に誘導されてしまったのかもしれない。

「増山さんはプレッシャーは感じたけれど、警察官から耳元で怒鳴られたり、机を叩かれたりしたことはなかった——そういうことですか？」

「うん」

いずれにせよ、取調べの録画映像で確認できるはずだ。確認すべき旨をノートに記録する。

「今後、もしそのようなことがあったら、教えてください」

被疑者ノートを使ったかどうかも確認するが、増山は存在すら覚えていなかった。黙秘もできていなかったようだし、昨日の自分の助言は生かされていないと評価せざるをえない。

増山は責められない。被疑者ノートはさておき、現代の日本で黙秘権を行使するのは非常に困難なのだ。ある弁護士はかつてその著作で、「大多数の被疑者にとって、黙秘権は架空の権利であり、捜査官による黙秘権の告知は、供述を始める前のおまじないの言葉にすぎない」とさえ書いた。出版当時の日本で、この言葉は誇張でも何でもなかっただろう。取調室という密室で、取調官と孤立無援の被疑者との間には、今もなお圧倒的な力の差が存在する。

「——増山さん、取調べは録画されていましたか？」

「あ、うん。カメラがあって、録画するけどかまわないか、って刑事に言われた」

「増山さんは、断らなかったんですね」

「うん。断っていいの？」

「そうすることもできますが、断らないようにしてください」

最近まで、取調室という密室で行われた取調べの内容を弁護人が知る手立ては、依頼人からの聴取と、警察や検察が作成した供述調書しかなかった。弁護人にとって取調室はブラックボックスであり、違法・不当な取調べにより冤罪を生み出す元凶とみなされていた。違法な取調べによる自白の強要を避けるためには、諸外国のように弁護人が取調室で立会うことが不可欠であると考える刑事弁護士は多い。

二〇一六年に成立した改正刑事訴訟法は、裁判員裁判対象事件等について、身体拘束下にある被疑者の取調べの全過程の録音・録画を義務づけた。

取調べの全過程の可視化は大きな一歩だった。

公判になれば、依頼人にとって大きなリスクも見越される。その意味では諸刃の剣と言っていい。しかし、今の時点ではメリットの方を信じるべきだ。

さらに、昨日きちんと訊いていなかった確認も行う。

増山が、自身にかけられた容疑に対し、何を否認しているかだ。死体の遺棄をした覚えはないが、生前の被害者に暴力を振るった事実は認めるということもありうる。綿貫絵里香の死体遺棄事件について、自分が関係していると思い当たることが他にあるかと訊ねたが、増山はないと答えた。

綿貫絵里香が行方不明になった二月二十日の夜から遺体が発見された翌二十一日朝までの行動も訊ねたが、それについては記憶にないとのことだった。

増山は、交友関係も狭く、生活パターンに変化は乏しいようだ。どちらも平日で、ふだんどおりだったとするとこうなる。二十日は、夕刊の配達を午後五時頃までに終わらせると帰宅し、母親の作った夕食を共にして、テレビやインターネットを見たあと、午後十時頃までに就寝。翌日は午前二時半に新聞販売店に出勤し、朝刊の仕分けをし、配達をした。六時までには配達を済ませ、帰宅して、母親が作った朝食を食べるとすぐ寝た。起きるのは十時頃。取調官にも同じように答えたという。

公判を想定すると、事件発生の前後の行動――いわゆる前足・後足――については、こちらでも調査したうえで増山からもう少し詳しく聴取する必要がある。だが今日はここまででいいだろう。

「ありがとうございます。次は私から、改めて今後の見通しを」

ファイルから、針なしのステープラーでA4のプリントを数枚綴じた書面を取り出した。表紙には「身体を拘束されている方に」と書かれている。東京三弁護士会刑事弁護センターがひな型を作った資料だ。

表紙をめくると「1　逮捕後の手続について」という文字と、シンプルなフローチャートが見える。増山の方に向け、アクリル板に押し当てた。チャートは、「逮捕」で始まり、次のページで、「判決」を経て「有罪」だった場合の「執行猶予（釈放）」「実刑」で終わっている。その右側には文章による補足が書かれている。

チャートを見せながら、流れを簡潔に説明する。

「この書類は、あとで差し入れておきます。もし気になるようでしたら、担当さんにお願いして読ませてもらってください」

書面をカウンターに置いた。

「さて、これで今日の三つのテーマが二つ終わりました。最後のテーマ——増山さんを手助けするために、これからどうしたらいいかを相談しましょう。増山さんのお考えはありますか？」

増山は腕組みをして下を向いた。しばらくして顔を上げた。

「やっぱり……本当はやってません、って言った方がいいんじゃないかな」

あまり確信は持てずにいるようだ。

「なるほど。そういう考えもあるかもしれませんね」

「——川村さんは、どう思うわけ？」

「私の意見を言う前に、私と増山さんの間で、目指すべき勝利を決めたいんですが、いいですか？」

「勝利……？」

「さっき、刑事手続を列車にたとえて話しましたよね？このまま行けば、増山さんは、列車を降りられないまま裁判にかけられ、有罪にされてしまう可能性が高い。それが日本の現実です。でも、増山さんは身に覚えがない。自白してしまったけれど、それは取調官に強引に言わされたから。罪を認めるつもりはないし、一刻も早くお母様の待つ家に帰りたい。ですよね？」

増山はうなずいた。

「であれば、昨日も言ったと思いますが、闘って勝利を勝ち取るしか道はありません」

「闘うって……誰と？」

「国家権力です。具体的には、刑事司法を担う警察、検察、裁判所。この三つの組織が、すべて増山さんと弁護人を打ち負かそうとする敵になります」

増山は、口を丸くした。戸惑っているようだ。

「お母様の待つ家に帰るために、釈放されて自由の身になる。それを、私と増山さんとで目指す、究極の勝利にしたいと思います。どうですか？」

増山がまたうなずく。

「そのためには、増山さんを乗せて走り出した列車から脱出しなければなりません。さて、どうすれば脱出できるでしょう?」

カウンターから先ほどの書面を取ると、フローチャートの二枚目のページを増山に見せた。

「今、列車は、警察が決めた『実刑』という終点に向かって、ルートに沿って走っている。その途中には、いくつかポイント——分岐点が設けられています。そのポイントをうまく切り替えることができれば、『実刑』にたどり着く前に、別の終点に列車を向かわせることができる。『実刑』以外には三つの終点があります。その三つの終点のどこに列車がたどり着いても、増山さんは釈放されて自由の身になることができる」

いったん書面をカウンターに置き、ペンでチャートの項目のうち三つを丸く囲った。書面をまた増山に向ける。増山は、アクリル板に顔を近づけて、書面を覗き込んだ。

「一つ目は、『不起訴』。二つ目は、『無罪』。三つ目は『執行猶予』。最初の一つは、裁判の前。他の二つは、裁判のあと。まず大きなポイントは、起訴と不起訴の分岐点です。十六年前、増山さんは、星栄中に侵入して警察に逮捕されたが、検事が起訴しなかったため、裁判にかけられることもなく、釈放されて自由の身となった。でも、今度はそうならない可能性が高い。起訴されることを前提に、裁判を決戦の場と決め、そこで無罪を勝ち取ることを最大の目標にして行動すべきだと思います」

チャートの「無罪」の部分を指で示した。

増山がアクリル板から顔を離す。志鶴を見る目に不信の色がよぎる。

「……おかしくねえ?　本当にやったときは不起訴になったのに、やってないときは起訴される、って」

「事件の重大さが違います。十六年前の事件は、窃盗も未遂ですし、被害が少なかった。増山さんの態度や境遇なども考慮して、検察官が起訴を猶予したんでしょう。でも、今回の事件では、増山さんを裁判にかけても犯人として立証するのは難しいと判断できない限り、増山さんを起訴しなければならないというのが検察官の立場です。増山さんは、自分がやったと捜査官に対して認めてしまった。自白という証拠になります。絵里香さんの試合のビデオ映像に映っていたという間接証拠も存在する。これだけ証拠があれば、裁判でも増山さんを犯人と立証できる。検察官としては、そう考えるでしょう」

増山の眉間に皺が寄った。

「それを何とかするのが弁護士じゃないの？」

「もちろん努力はします。私も検察官に会って、増山さんを起訴させないために交渉します。しかし、増山さんは、あくまで主戦場は裁判だということを忘れないようにしてください」

否認事件の捜査段階での弁護で目指すべき目標は、嫌疑不十分、あるいは嫌疑なしでの不起訴である。冤罪を防ぐためにもこれが大原則となる。志鶴ももちろんそのために全力を尽くすつもりでいた。

しかし——増山の事件では難しいと言わざるをえない。

通常であれば、事件発生と同時に警察から検察へ報告が入り、捜査の担当となった検察官が現場に出向いて死体や現場を見分し、警察に指示を与えるという流れになる。事件の捜査能力は、警察が人的にも質的にも勝っている。それでも刑事訴訟法で検察官に警察に対する指示が認められているのは、捜査終了後の起訴、公判の維持・遂行までの刑事手続に責任を持たねばならないからだ。

増山についても、取調べでの自白のあと、取調官が担当検察官に報告し、協議のうえで逮捕が行われたに違いない。起訴後の公判も維持できると判断したからこそ、検察官は逮捕に合意したのだ。

その検察官——岩切正剛の名を、志鶴は聞き知っていた。東京地検の刑事部を代表するエース検事だ。不起訴はありえない。

「具体的な作戦の話に移りましょう。昨日も言いましたが、増山さんには取調べで黙秘をしていただくのがベストだと考えます」

被疑事実を争わない事件では、起訴猶予や略式請求（罰金）という処分を狙って供述調書を作らせるという戦術もありうるし、否認事件でも、嫌疑不十分による不起訴を得るために、否認供述を行わせる弁護士もいる。

だが、志鶴の考えは逆だ。

否認事件では、検察側がどんな証拠構造の上に立証計画を立てているかが最も重要となる。だが、捜査段階で、弁護人にはそのすべてを知ることはできない。依頼人の供述が証拠構造のなかでいかなる意味を持つのかが不確定な状況で、相手側に証拠や情報を与えることは言うまでもなく危険だ。

増山が自分に不利な事実を他にも隠していて、それが捜査機関の手元にある証拠と矛盾していたりしたら、大変なことになる。こちらのケース・セオリーが固まらないうちに増山の言質を取られてしまうことにより、公判で不自由な闘いを余儀なくされるリスクもある。

公判で公訴事実を争う場合、検察側に被告人を弾劾する材料を与えぬよう、否認であろうが何であろうが、供述は一切するべきでない。否認事件では、黙秘権の行使一択。それが志鶴の考えだった。

増山が顔をしかめた。

「できっこねえじゃん」

想定内の反応だ。笑顔を向けると、増山が怪訝そうな顔になった。

「明日何があるか、ご存じですか？」

「……何？」

「あとで担当さんからも言われると思いますが、検察庁での検察官の取調べです。十六年前も、経験されたと思いますが」

「あれか……検事調べってやつ？　それがどうしたの」

「ここの取調室とは環境が変わります。これまでのことは忘れて、やってみませんか、黙秘」

ハードルを上げてしまった昨日とは逆に、軽く言ってみる。

「取調べするのも、検察官一人ですし。とりあえず、まず明日の取調べで一回お試ししてもらえないでしょうか？」

「お試し、って……そんな簡単に」

「実際、やることはそんなに難しくないんですよ。取調べの最初に『黙秘します』って言って、あとは何も言わない。それだけです」

増山の反応は鈍い。

「増山さん。黙秘について不安なことがあったら、言ってください」

「……無視してたら、怒られない？」

「まあ、内心は怒るかもしれませんね。彼らも人間ですから。何とかして増山さんから不利な情報を引き出して有罪にしたい。でも、増山さんが話してくれなければ、情報を手に入れられない。だから腹が立つわけですよね。だったら、こうも考えられませんか？　取調べをする人たちが怒れば怒るほど、増山さんにとっては無罪を勝ち取るチャンスが増える、って」

「だけど……しつこいじゃん、あいつら」

志鶴はうなずいた。

法解釈上争点となっているが、警察や検察は、身柄を拘束した被疑者について取調受忍義務——被疑者が取調べに応じるべき法的義務――を実務上認めている。黙秘権は憲法で保障された権利だが、これを行使しようとする被疑者に対しては、「強要」にならなければ黙秘を解除して供述するよう「説得」することは許されるという見解だ。

「たしかに、増山さんが黙秘の態度を示したからといって、取調官が『はいそうですか』と取調べを中断することはありえません。でも、考えてみてください。黙秘をしている増山さんに向かって、一時間も二時間も質問に答えるよう説得を続けていたら、その様子は、逮捕後にはカメラに録画されて記録に残るんです。裁判になって、裁判官や裁判員がそれを見たら、黙秘権を侵害していると思われても仕方ないと思いませんか？　違法な捜査で得た証拠は、裁判では証拠として認められません。取調官だって、それは承知しています」

　志鶴を見る増山の目が、少し見開かれた。

「どうです、できそうな気がしてきませんか？」

「……少し」

「よかった。じゃあ、ちょっと練習してみましょう」

「えっ」

「リハーサルです。私を取調官だと思って、『黙秘します』と言ってみてください」

　席を立ち、いかめしい顔を作ってアクリル板の向こうの増山を見下ろした。増山は、当惑気味にこちらを見上げる。

「始めますよ――増山さん、あなた、綿貫絵里香さんのこと、知らなかったって嘘ついてましたよね？　本当は、絵里香さんが亡くなったときのことも、知ってるんじゃないですか？」

　増山は、口を開けたまま、ぱちぱちとまばたきした。

志鶴は続ける。

「なぜ黙ってるの？　話すと都合悪いことでもあるんですか？」

「……え。あ、いや」

「増山さん」取調官役から、素に戻る。「駄目ですよ、返事をしたら」

「あ、そうか」

「まず、言ってみてください。『黙秘します』って」

　増山はためらったが、

「――黙秘します」前を向いたまま言った。

「んー。何でいきなり黙秘しはじめたのかな。やましいことがなければ、黙秘なんかする必要ないよね。理解できないなあ」

中腰になり、アクリル板越しに増山の顔を覗き込む。

「増山さん、黙秘するのはわかりました。わかったけど、一つだけ教えてもらえない？　昨日までちゃんと質問に答えてたのに、どうして突然黙秘するなんて言いはじめたの？」

増山の目が、小刻みに動いた。

「そ、それは、あの――あ」慌てた様子で口をつぐむ。

志鶴は椅子に座り、微笑みかけた。

「いいですよ。今みたいな調子です。最後の質問、ありましたよね？　もしあんなふうに訊かれたら、『弁護士にそうしろと言われた』と答えちゃってかまいません。困ったら、全部私のせいにしてください」

増山が、驚いたような顔をした。

「一つ予言しましょう。そのうち、取調官は私の悪口を言ってくるはずです。弁護士なんて、どうせ金のためにやってるだけだ、新人弁護士でしょ、大丈夫？　とか。増山さんと私の関係を壊して、増山さんを孤立させるためです。そうすれば、自分たちに都合のいい供述をいくらでも引き出せるからです。だから、もし取調官が私のことを悪く言ったら、今の私の言葉を思い出してください」

増山は、うなずいた。

「まずは明日の検察官の取調べ、頑張ってみてください。明日、私も検察庁へ行きます。そこで増山さんと接見できるよう手配します。もし検察官との取調べで不安に感じたり、疑問に思うことがあったら、全部、そのあとの接見で私にぶつけてくれてかまいません。だから、何とかそこまで我慢してみてください」

増山は志鶴を見つめ、ゆっくりとうなずいた。その目には、昨日は見られなかった光が浮かんでいた。

6

接見を終え、差し入れを担当留置官に預けて足立南署を出ると、署の前の歩道にカメラを持った人が大勢いた。脚立も並んでいる。プロの報道カメラマンだ。道路を挟んだ向かいにもいる。

まだ午後九時過ぎ。だが、明日の朝、検察官送致のため護送される増山を撮影しようと場所取りがもう始まっていた。志鶴は彼らの間を抜け、タクシーを捕まえると増山の実家へ向かった。家の周りには、昨日ほどではなかったがまだ多くのマスコミ関係者がいた。志鶴に気づいて殺到してきた者たちを無言でかわし、玄関にたどり着く。

「どうでしたか、淳彦は？」

志鶴を居間に通すと、文子は待ちかねた様子で訊ねた。

「昨日よりは落ち着かれていました。差し入れも喜んで、お母様に、ありがとう、って」

「……そうですか」感極まったようにまばたきをする。

まず、増山との接見の内容を報告した。増山の許可を得ている取調べの内容についても話す。文子は、今年から増山が星栄中の横を通るエリアを担当するようになったことも、増山が綿貫絵里香が出場したソフトボールの試合を観ていたことも知らず、驚いていた。

「そんなことが……だからあの子が疑われたんですね。淳彦は昔から、要領が悪いというか、かわいそうに、運が悪い子なんです。よりによって、何でそんな偶然が」

眼鏡の奥の目が潤んでいた。

「起きてしまったことは、どうにもなりません」志鶴は言った。「大事なのは、これからです」

「……あの子は、これからどうなるんですか」

針なしステープラーで綴じた「身体を拘束されている方に」の資料を文子にも見せ、増山にしたのと同様の説明をした。

「今回は、不起訴にはならないんですか。……でも、裁判になれば、裁判官が無実の罪を晴らして、助けてくれますよね？　あの子はやってないんですから」

「残念ですが、それは期待できません」

「どうしてですか」

「ドラマなんかを観ていると、裁判というのは、犯罪の真相がすべて明らかにされて一件落着する場所という印象を持たれるかもしれません。が、実際には、そんなことは起こりません」

「え、じゃあ……何をするんです？」

「検察官が被告人を攻撃し、弁護人が防御する——言葉を使った戦争と思ってください。その勝敗を判定するのが裁判官です。裁判官は、名探偵でも神様でもありません。真実を見通す神通力を持っているわけではありませんし、被告人のために無実の罪を晴らすこともない。検察側と弁護側、どちらの言い分の方が正しそうに見えるか、という判断を下すだけ。たとえ淳彦さんが無実でも、検察側の主張が正しいと思ったら、おかまいなしに有罪にする。それが裁判官です」

「そんな――」文子が絶句する。

日本の刑事司法の実態を知らなければ、ショックを受けて当然だ。志鶴もかつて、彼女と同じように考えていた。

「九九・九パーセントが有罪になる。それが日本の刑事裁判です。裁判官に期待をしても何にもなりません。防御するだけでなく、検察側の主張をすべて叩き潰してやっと同じ土俵に立てる。最初から、それくらい圧倒的なハンデが課された闘いです。不可能を可能にするくらいでないと、裁判に勝って増山さんを救うことはできません」

「でも……できるんですか、そんなこと？」

不安のどん底のような顔だ。すがるような目を見つめ返して言う。

「――そのために闘うのが弁護人です。全力を尽くすことを約束します」

「わ――私も！　私にできることがあれば、何でもします。言ってください」

彼女は立ち上がり、固定電話の横から紙の束と鉛筆を持ってきた。裏が白いチラシを切って束ねたメモのようだ。

「ありがとうございます。まずは、事件の前後の増山さんの行動について、お母様の思い出せる限りで教えてください」

捜査段階では、弁護人は捜査機関が収集・作成した資料を見ることができない。問い合わせても捜査の進捗や内容を教えてもらえるわけでもない。彼我の間には、圧倒的な情報量の差がある。弁護人は探偵ではないし、事件の真相を明らかにする義務もない。が、この不利な状況下で一刻も早くケース・セオリーを構築するためには、積極的な調査も必要だ。

文子から、現時点で思いつく限りの事実聴取をすると、午後十一時近くになっていた。が、明日、検察官との対決に備えて、まだやるべきことがある。どうやら今夜は事務所で泊まりになりそうだ。

7

目の前の男は、志鶴の名が記された弁護人選任届の写しを一瞥（いちべつ）すると、テーブルに放った。

「で？」

黒縁眼鏡の奥の目には、錐のような鋭さがあった。

岩切正剛。東京地検刑事部に所属する検事だ。白髪混じりのオールバックの前髪が一筋、額にかかっていた。五十歳前後だろうか。生えかけた無精ひげと皺だらけのダークスーツは、徹夜明けを思わせた。

中肉中背ながら、応接セットで向き合っていてさえ、執務室全体に及ぶほどの威圧感を放っている。警察官に腰縄を打たれてパイプ椅子で取調べを受ける被疑者の圧迫感は、いかばかりだろう。

カタカタ……カタ……。ドアに向く岩切の重厚な木製机に横付けされた立会事務官のグレーのデスクから、男性事務官がパソコンを打つ音が響く。

「増山淳彦さんの勾留を請求しないよう申し入れます」

書面を差し出した。増山文子の供述調書と身元引受書を添えた勾留請求に対する意見書だ。

増山に、逮捕後の流れを列車にたとえた。線路に当たるのは、刑事訴訟法によって定められた刑事手続だ。警察官も検察官も裁判官も、そのレールを外れることはできない。ダイヤグラムではないが、時間制限も設けられている。一般的に「持ち時間」などと呼ばれるものだ。

こうした言葉が生まれるのも、起訴前の被疑者に保釈を請求する権利がない日本ならではのことだった。志鶴のような弁護士にとって認めがたい実務がまかり通っていることの証左だが、さておき、増山に発付された逮捕状が執行された瞬間、時計は動き出した。

逮捕後の警察の持ち時間は、四十八時間。その間は被疑者を留め置ける。さらに身柄を拘束するためには、検察官の請求に基づいて裁判官が発する勾留状が必要となるので、警察は制限時間内に事件を検察庁へ送る。警察から事件を受け取った検察の持ち時間は二十四時間。起訴前の被疑者を勾留するために、検察官はこの間に、裁判所に対し勾留請求を行う。

それを防ぐため、志鶴は朝一番、増山の身柄が送られてくる前に東京地検へ乗り込んできたのだ。

岩切は微動だにしなかった。書面に目もくれない。志鶴は不安になった。

「あの――」

「本気か」岩切がさえぎった。

「……え？」

「それ」と、顎の先で書面を示す。

「もちろんです」

「誰がボスだ？」

「ボス弁――所長は野呂と言いますが」

「帰って言ってくれ。ペーペーの練習台にする事件は選べって。オンザジョブトレーニングか何か知らないが、お宅の事務所は、本部係の検事に鉄砲玉を使い走りに寄越すのか、とな」

「使い走りって……増山淳彦さんに選任された弁護人は、私です」

「自分の手は汚さない主義ってわけか」何が面白いのか表情を緩めた。圧力は減らなかった。

「――本件は、勾留要件を満たしていません」

反応はなかった。

「増山さんには、逃亡すると疑うに足りる相当な理由も、罪証隠滅すると疑うに足りる正当な理由もありません。同居しているお母様が身元引受人です。増山さんは、近所の新聞販売店にもう七年も真面目に勤続しています。そもそも犯罪の嫌疑をかけられている本件には一切関わっていないので、罪証隠滅をする必要も――」

岩切が、待て、というように右手を挙げた。

「何をしている？」

「増山さんを解放するべき理由を説明しています」

岩切は間を取るように目を伏せた。

「お嬢ちゃん、ロースクールを出たんだよな？」

「川村です」

「何でもいい。ロースクール、出たのか出ないのか？」

声の圧が高まった。

「……出ました」

「司法制度改革とやらの賜物だ。俺たちの時代にはそんなものなかった」

上目遣いにこちらを見る岩切の目に、見下すような色が浮かんでいた。

「俺は現場で泥にまみれてる人間だ。お偉い連中の考えはわからんが、臭うんだよなロースクール出は――お勉強の延長で法曹やってる素人臭が。お嬢ちゃん、殺人ってのは、学生気分で触っていい事件じゃないんだよ。仕事の邪魔は困る。わかったら出てってくれ」

岩切はテーブルを両手で押すようにして立ち上がった。

不倶戴天の敵。弁護人にとっては検察官がそれだ。

日本の刑事訴訟は当事者主義を採る。訴訟において主導権を持つのは当事者である被告人や検察官、弁護士であるとする方針だ。法廷で、弁護人は被告人と共に当事者として――千戦のうち九百九十九は負け戦となるが

――検察官と闘う。

裁判のはるか前から闘いは始まっている。

国家が振るう権力のなかで最も暴力的なのは、犯罪者を処罰する刑罰権だろう。検察官は、捜査の過程でこれを行使すべきかどうかの判断を委ねられる。日本では私人が刑事事件を起訴することは法律で許されていない。国家訴追主義――公による訴追(公訴)を提起するかどうかを決定する権限は検察官だけに付与されている。

司法修習生は司法研修所で検察教官の講義を受ける。そこで使う参考書は検察官が作ったものだ。そこにこんな文章があった――「国家刑罰権の実現の主導権は検察官が掌握している」。

当事者主義は当事者対等主義と理解されることもあり、「武器対等の原則」が前提とされている。だが実際には、弁護人にとって検察官は、対敵というよりは眼前に立ちはだかる権力の壁そのものだ。

「――待ってください」声を出した。

立ち上がった岩切がこちらを見下ろす。

「仕事、って何ですか?」

岩切が眉を上げげた。

「今、おっしゃいましたよね。『仕事の邪魔は困る』って。教えてください、検事の仕事って、何ですか」

わずかな沈黙のあと、岩切はまた、ソファに腰を落とした。

「こうも言ったつもりだ――ここは学校じゃない」

「二〇一〇年、いわゆる『大阪地検特捜部主任検事証拠改ざん事件』が起きた――」

無視して切り出すと、岩切が、何を言いたいのかという顔になった。

二〇〇九年、大阪地検特捜部は、郵便制度の不正利用に関する嫌疑で当時の厚生労働省局長を逮捕したが、裁判で無罪となった。世間を騒がせた冤罪事件だ。捜査を担当した主任検事が証拠の改ざんを行っていたという嫌疑で、その上司であった特捜部長と特捜副部長がその事実を知りながら隠していたという嫌疑で逮捕されたのが、二〇一〇年。翌二〇一一年から一二年には、三人に、証拠隠滅や犯人隠避の有罪判決が言い渡された。日本中が衝撃を受けた検察史上に残る巨大な汚点だ。

「それを受け、検察庁が二〇一一年の九月に策定し、公表したのが、『検察の理念』です。そこに、こうあります――〝基本的人権を尊重し、刑事手続の適正を確保するとともに、刑事手続における裁判官及び弁護人の担う役割を十分理解しつつ、自らの職責を果たす〟。弁護人の意見を聞くことも、検事の仕事。違いますか？」

　それが世間向けのパフォーマンスにすぎないのであれば、目の前の男に打ち込むくさびとしてなおさら有用だ。鼻であしらえる相手だと思われたままでは、壁にひびすら入れてやれない。だが、返ってきたのは想像以上の反応だった。

「ふざけるなッ――！」

　耳をつんざく怒号。全身の毛が逆立った。

「こっちは、命削って捜査してんだよ。ケツの青い小娘の弁護士ごっこに付き合ってられるか！」

　権威者として怒りを武器にすることに慣れているようだ。頭でこそ分析できたものの、体は硬直した。半ば麻(ま)痺(ひ)した鼓膜が、さっきまでと変わらぬペースでキーボードが打たれる音を拾った。立会事務官には日常茶飯事なのかもしれない。

　努めて意識をそらした。検事の執務室に書類が山積しているのは珍しい光景ではないが、この部屋には他にも大量の書籍が書棚をはみ出して床にまで積み上げられ、応接スペースまで迫っている。意外なことに、志鶴も読んだことのある『無罪の発見――証拠の分析と判断基準』という本まであった。法律関係書以外にも、化学や物理学、生物学の専門書らしきものも目についた。壁には「百折不撓(ひゃくせつふとう)」としたためた書額。応接セットのテーブルには将棋の駒の形をした置物が飾られており、そこには「法灯明」と彫られていた。たしか禅語で、仏が示した真理を灯(ともしび)――よすがとすべし、という教えを表すものではなかったか。

　刑事部などの部がある大きな検察庁を部制庁と呼ぶ。部制庁では捜査を担当する捜査担当検事と起訴後の裁判を担当する公判担当検事は分かれている。捜査検事には暴力、少年、財政経済といった、ある分野の事件の中心となる係検事と呼ばれる存在がいる。岩切は、殺人など、警察が捜査本部を設置する凶悪重大な本部事件を受け持つ本部係検事だ。

「司法解剖からじゃない、俺は、遺棄現場に臨場するところからこの事件の捜査の指揮を執ってるんだ。増山が自白したとき、足立南署に詰めて捜査官に逮捕の指示を出したのも俺だ。事情聴取のずっと前から、大の男が何百人も駆けずり回って内偵重ねたうえでワッパかけてんだよ。こんな紙っぺら一丁で、この俺がかわいい事件を潰すとでも思ってんのか？」

書類を叩くと、空気がびりびり震えた。

　岩切は、これまでに数々の重大凶悪事件の犯人を起訴してきた。本部係検事となってから「立てた」（起訴した）事案は、これまで公判ですべて有罪判決が下っている。警察で「割れなかった」（自白させられなかった）被疑者を、自ら取り調べて何人も割っている。検察や警察の関係者から「鬼の岩切」を縮めて「鬼岩」と呼ばれる東京地検刑事部のエースだ。

　係検事のなかでも、発生からすぐ事件に関わるのは本部係検事だけであり、いつでも警察から連絡を受けられるよう、本部携帯と呼ばれる専用の携帯を持たされている。ひとたび事件が認知されればプライベートな時間は吹っ飛ぶ。妻帯していないのもそのためだという。

　そうした話を、志鶴は弁護士仲間から聞いていた。それほど知られた人物だった。

　検察官は、犯罪を捜査する捜査機関として、警察官と共にその一翼を担う。だがその関係は対等ではない。検察官には、警察官を指示し指揮する指示権と指揮権があると法に明文化されている。秩序を維持する「公益の代表者」を自任する検察官は、志鶴が知る限りみな強烈なプライドの持ち主だが、おそろしく強大な権限こそその背骨となっているに違いない。

　それが捜査検事ではさらにかさ上げされる。検察内にはかつて「公判部は記録の運び屋」という言葉が存在したらしい。裁判員裁判が始まる前は、公判で、いわゆる「2号書面」――捜査担当の検察官が被疑者から取った調書――に沿って証人尋問をするだけで、極言すれば誰が立ち会っても九九・九パーセント有罪立証ができたという実情を踏まえればうなずける話だが、捜査重視、公判軽視の「伝統」の理由はそれだけではなかろう。

　日本の法制度は、明治維新以降、フランス、次いでドイツ、第二次大戦の敗戦を経てアメリカの影響を受けて変遷してきたが、フランスでもドイツでも、検察官が関係者の取調べを行うことはほとんどないし、アメリカの検察官は、犯罪の事実を解明することはもとより証拠を収集することとすらしない。公訴を提起する訴追官、訴訟を遂行する原告官のみならず捜査官の顔も持つ、というのは日本の検察官の特色なのだ。

　とはいえ、取調べのみならず、熱心に現場に出る捜査検事は少数派だ。岩切から発せられる圧力の震源には、地道な捜査をいとわない昔気質（むかしかたぎ）の職人じみた矜持（きょうじ）があるのだろう。

「学校で何を教わったか知らんが、教科書に書いてあることが現場で通じると思ったら大間違いだ。こんな紙っぺら、何枚あっても無駄なんだよ」

意見書をこちらへ放った。

「――意見書の受け取りを拒否する、ということでよろしいですか」

志鶴は意見書を持ち上げた。よし、声は出る。

「事務官さん、しかるべき場所で証言をお願いできますか。岩切検事が、私が提出しようとした意見書の受け取りを拒否したと」

打鍵の音が止まった。事務官が、とまどうようにこちらを見て、すぐに視線をそらした。

「おい、いい加減にしろよ！」

だん！　と岩切が手をテーブルに叩きつけた。体がすくんで、書面が手を離れた。恫喝を繰り返すのは、それでこちらが引き下がると思っているからだろう。暴力の危機を感じた肉体に逃走反応が生じるのを、志鶴も止められない。

ジャケットのポケットに右手を入れ、シリコンバンドを握り締める。

――イケてないよな、今どき昔のロックとか。

脳裏に、篠原尊の声が蘇った。

「でも、俺、そういうイケてないとこも含めて、昔のロックが好きなんだよね」

放課後の屋上で、尊は言った。

「なんつーか――駄目なやつでも、そのままでいいじゃん、って言ってくれるようなユルさを感じるっつーか。イケてるとかイケてないとか、そういうのがどうでもよくなる感じ？

国境とか人種とか権力や金のあるなしとか、そういう人と人の間の壁をとっぱらって、『人類みな平等』みたいな気持ちにさせてくれるっつーか……」

そこで尊は、きょとんとしている志鶴たちに気づき、たはっと笑って頭をかいた。

「やっべー。俺、今カッコよかった？」

人類みな平等。

現実が不平等だからこそ謳われる絵空事だ。だが――絵空事を信じて何が悪い？

ポケットのなかでリストバンドを放して、岩切をにらみ返す。

「増山さんの勾留請求をやめ、身体拘束を解いてください」

「見かけによらずしつこいな。俺は、若い女だからって甘やかすような男じゃねえぞ」

「その発言、セクハラです」

岩切がぎろりと目を剝く。

「くだらんな。訴えるか？　検事総長にでも抗議するか」

検察官は総称であり検事総長をトップに次長検事、検事長、検事、副検事という職階がある。個々の検察官が自ら国家意思を決定して表示する権限を持つため、その一人一人が「独任制官庁」とも呼ばれ、その権限の性質上強力に身分が保障されている。検察庁の上部組織である法務省の大臣はもちろん、内閣でさえ容易に検察官を罷免することはできない。

「適正な刑事手続に則らない違法捜査があれば、速やかに国家賠償訴訟を提訴します」

「コクバイと来たか。なるほど、人権派のセンセイってわけだな」

面倒なのが来た——そう思い始めているなら好都合だ。

「〝この法律は、刑事事件につき、公共の福祉の維持と個人の基本的人権の保障とを全うしつつ、事案の真相を明らかにし、刑罰法令を適正且つ迅速に適用実現することを目的とする〟——刑事訴訟法第1条。増山さんの逮捕と勾留は不当で、人権を侵害するものです。増山さんを解放してください」

岩切の目が暗く淀んだ。視線が粘性を帯びる。

「……まだ十四歳の、男遊びをしたこともないような真面目な女の子が刺し殺され、寒空の下、河川敷にゴミ同然に捨てられた。ただ捨てられただけじゃない。体中に漂白剤をかけられてだ。化学熱傷って知ってるか？　想像できんだろうな、見たことのない人間には。むごいなんて言葉でも生ぬるい姿だよ。俺は、今でも夢に見る」

眉間の皺が深くなった。

「彼女はそのうえ、解剖台の上で切り刻まれる辱めを受けなきゃならなかった。もうこれ以上苦しまなくていい——救いがあるとすればそれだけだ。だが、遺された肉親にとっては、生き地獄の始まりだ。あんたも司法修習で、司法解剖には立ち会ったな？　でも聞いたことはないだろう。無残に殺された娘の遺体と対面した母親の喉から絞り出される、とても人間の声とは思えないような痛ましい叫びは」

想像してしまう。解剖台の上に横たえられている少女の肉体。

「命を奪うだけじゃない。殺人は、被害者と、その遺族の尊厳も破壊する行為だ。手を下した人間を捕まえても、命も尊厳も返ってこない。ご遺族の無念を晴らせるなんてうぬぼれちゃいねえ。それでも、犯人をきっちり裁けば、この国に正義があると示すことはできる。この仕事をしていれば、普通の人たちが一生かかっても出会わないような悲惨なものを何度も見ることになる。だがこの事件の犯人は、俺たちでもめったにお目にかかることのない、胸糞が悪くなるような外道中の外道だ。絶対に許すわけにはいかねえ。あんたらが六法を振りかざしてわめき立てるのは勝手だがな、背負ってるものが違うんだよ、俺たちは」

岩切の言葉には重みがあった。正義の実現のために真実を追究する。それが検察庁の掲げる理念だ。同期の修習生を見ても、検察官を志す者たちはみな正義感が強かった。岩切を突き動かしているのもきっとそれだ。

「こいつは受け取っておく」書面を見ずに指さした。「が、期待しても無駄だ」

話は終わったというニュアンスだ。岩切が起訴に踏み切れば、公判を担当する検察官は、岩切のメンツを守るためにも増山を何としても有罪にしようと必死になる。冤罪へと一直線に暴走する巨大な力に歯止めをかけるため、できることは何でもするべきだ。

「無実の人に対する勾留請求は無駄じゃないんですか？」

志鶴を見る岩切の顔にどす黒い影が差した。

先ほどの恫喝を思い出し体がすくんだが、すぐに開き直った。

「無実？　何の話だ」

「増山さんのことです」

「あんたにはそう言ってるのか」

「それ以前に、証拠が弱すぎます」

岩切の眉が上がった。「自白が弱い証拠だと？　ロースクールじゃそんなこと教えてんのか」

「冤罪の最大の元凶は自白の強要です。確たる物証がないから取調官が自白の強要に走る。物証があればとっくに報道されているはずだし、性被害があれば遺体に物証が残らないはずがない。この案件は、典型的な冤罪の構造を持っています」

「性被害なんてどこが書いた？」岩切の目が光る。「増山が言ったんだな」

「違います。増山さんは、事件に無関係です」
岩切が見透かそうとするかのように志鶴を凝視した。浅知恵にもほどがある――挑発すれば手の内を明かすとでも思ったか。

「挑発すれば手の内を明かすとでも思ったか。浅知恵にもほどがある」

かまをかけたことを見抜かれていた。

「やはり物証はないんですね」

岩切の頰がかすかに緩んだように見えた。

「こわもての捜査官の前では嘘はつけないが、あんたみたいな若い女が相手なら、増山のやつも好きに与太を飛ばせる。楽な商売だな人権派のセンセイも。記録も見ずに、依頼人の弁解を鵜呑みして検事に突っかかってりゃいいんだから。事件には無関係――増山があんたにそう言ってるなら、弁護士として舐められてるってことだ」

挑発の返礼。こちらの目的が勾留請求の阻止と捜査の進捗状況を知ることなら、岩切の目的は、増山が取調べで語らず、志鶴だけに語った供述内容だ。

岩切に渡した意見書には、増山から志鶴が聞き取った内容は記していない。増山に黙秘を勧めているのと同じ理由からだ。この場で志鶴の口から増山が無実だと主張するのも、情報コントロールという観点でリスクがある。

「起訴前に捜査記録を開示してもらえない以上、依頼人の言葉が最大の判断材料となるのは当然です。この事件の犯人への検事のお怒りは察します。ですが、私は国家権力へ反抗するためだけに増山さんの解放を求めているわけではありません。冤罪を阻止するためあらゆる手を尽くすつもりです。冷静に証拠を検討したうえで判断することをお勧めします、岩切検事」

また怒鳴られる覚悟をしていたが、志鶴を見る岩切の目に激情の色はなかった。

「あったらどうするつもりだ」

「――何がです?」

「物証。ないないとシュプレヒコールみたいに叫んでいるが、そいつが出たらどうするんだ」

「……あるんですか?」

岩切は志鶴を見つめたまま、口をつぐんだ。答える気はない。

あれば報道されているはず。違うのか? 岩切の沈黙には不穏な含蓄が感じられた。DNA? ひょっとして、これまでの家宅捜索で何か見つかっていたのだろうか。そんなはずは――。

「最近じゃ、裁判所の自白の証拠評価も厳しくなってる。俺たちが、被疑者が認めてるってだけで起訴すると思ってるのか？」

「『割れ、立てろ』——それが鉄の掟では？」

「基準の話をしてるんだよ」岩切の切り返しには余裕が感じられた。「アメリカみたいにガバガバな国と違って、日本の検察官は、有罪の確信なしに起訴したりはしない。無罪率が低いのは伊達じゃねえんだ」

検察官は有罪率ではなく無罪率という言葉を好む。

日本で検察制度が始まった当初、起訴率も無罪率も今よりはるかに高かった。検察官が関係者に取調べを行い調書を作成することが一般的でなかったのが原因とされ、無実の人を起訴する危険や真犯人を証拠不十分で罰せられないことへの反省から、検察官自ら被疑者や参考人を取り調べるようになった。起訴率と無罪率が下がったのはその結果である。

弁護士にとって冤罪の温床と思える九九・九パーセントの有罪率は、検察官にとっては自らの判断の正しさを証明する勲章なのだ。実際、日本と比べ有罪率の低いアメリカ合衆国で、公訴提起に求められる確信の程度は「罪を犯したと疑うに足りる相当な嫌疑」が存在するという水準であり、有罪を決する段階で求められる「合理的な疑いを超えて立証されること」より低い。

日本の組織自体に高い無罪率を忌避する強迫観念が刻み込まれているようにも思えるが、有罪率が高いのは起訴するためのハードルが高いからであるというのが日本の検察の立場だ。司法修習生時代、検察教官の一人は、「世間では有罪率九九・九パーセントを高い高いと言っているが、われわれ検察官はむしろ百パーセントでないとおかしいと考えている。これだけしっかり捜査したうえで起訴しているのだから」とまで言い切っていた。

「何か見つかったんですか？」

岩切の目に満足げな光。翻弄しているのだ。もう挑発にも乗ってこないだろう。

「——増山さんは、取調べの録音録画を希望のうえ、黙秘します。私がそのように助言しています。自白の強要はくれぐれもお控えください」

話を終えるつもりで言った。

「おいおい、被疑者には黙秘させるが不起訴にしろってか。ずいぶん虫のいい話だな」

「正当な権利です」

「勘違いしているかもしれないが、俺たちも何が何でも被疑者を起訴しようとしてるわけじゃない。真実を明らかにして適正に被疑者を処分するのが第一義だ。起訴さえできれば真相はどうでもいいとはならねえんだよ。黙秘されちゃ、それもかなわん。弁護士にだって真実義務はあるはずだ」

「いいえ。弁護士には独立した司法機関の一員としての地位はありませんし。刑事司法の適正手続に協力する任務はありますが、被疑者に対する誠実義務こそが弁護人の義務であり、裁判所や検察官の真実発見に協力する義務はない。増山さんに黙秘権の行使を助言することこそ、弁護人としての私の義務です」

岩切が言ったように、弁護士にも司法機関として「実体的真実」の発見に協力すべき義務があると考えられた時代もあったらしい。そうではないとする見解が出てきたのは一九九〇年代以降だと言われている。志鶴には無縁の話だ。

岩切が目をすがめた。

「それは、本当に増山のためになるのか。本当にやつのことを考えた行動なのか」

「依頼人に最善の防御を実現させるのが刑事弁護の目的。文句なしのイエスが答えです」

「いいや、そうじゃないね」岩切が首を振る。「あんたが考えてるのは、自分——『かっこいい刑事弁護士のアタシ』のことだけだ。刑事手続のあとも増山の人生は続く。犯罪者の矯正や保護の現場じゃ、自白をしていない人間は自白して刑に服した人間と比べて社会復帰が難しいってのは常識だ。自白こそ被疑者の更生の第一歩なんだよ。あんたは目先のこと、自分のことだけを考えて、やつの今後の人生を台無しにしようとしてるんだ」

「——増山さんは、無実です」

岩切が志鶴をにらんだ。志鶴も目をそらさなかった。

「他に言いたいことは?」岩切が沈黙を破った。

「今日のところは、以上です」

志鶴は答え、席を立った。

8

「聞き違いか、私の」銀縁の眼鏡の奥で田口の目が細くなった。「捜査検事に向かって、被疑者の無実を主張した、そう聞こえたが」

会議室。増山との接見が午後からなのでいったん秋葉原の事務所に戻った志鶴に報告を求めたのは、田口だ。

志鶴が増山と母・文子の了承を得、田口も弁護人選任届を提出して正式に相弁護人となっていた。

「そう言いました」

「私の意見は完全に無視か」

「一刻も早く依頼人の身体拘束を解くのは刑事弁護の基本です」

「ありがたい講釈がまた始まったな」

　昆虫を見るかのようなまなざし。検察庁での岩切との折衝とは異なる、胃がきりきりするようなストレスを感じる。

　弁護士一年生である自分が生意気に、あるいは身の程知らずに思われているのは百も承知だ。斟酌するつもりはない。

「この案件を受任したのは私です」

「だから自分の弁護方針に従えと？」

「田口先生のご意見は参考にします。ですが私は、増山さんを冤罪から救うために最善の防御を尽くすつもりです」

「この時点でなぜ冤罪と言い切れる？」

「物証がありません」

「これから出たらどうするんだ？」

「検察官みたいな質問ですね。もちろん、警察による捏造を疑います」

　田口が、害虫を見るような目になった。

「野呂所長が私に協力を命じた意味がわかっていないようだな」

「一人では盲点ができる、と。ですが、田口先生は、一番大事な弁護方針さえ同意してくださらない。盲点以前の話です」

「弁護方針に盲点があるとは考えない、その暴走を野呂所長は案じたのだとは思わないか」

「たとえ所長の意見でも、弁護方針を変えるつもりはありません」

「相手が国家権力でも一歩も退かない正義の味方か。いくらでも威勢のいいことを言えるだろうな、懸かっているのが他人の命なら」

　ぐっと歯を食い縛る。

「命が懸かっているかもしれないからこそ、です。命令で仕方なく協力してくださっている先生より、責任は感じているつもりですが」

「引き受けた以上、全力は尽くす。ずいぶん舐められたものだな」

　田口の表情や口調から真意を推測するのは難しい。むしろそれが本心でない方がありがたかった。こんな押し問答こそ不毛だ。

「私の弁護方針に同意してもらえないなら、協力していただかなくて結構です」

「さぞやご立派な先生なのだろうと思ってはいたが、ついに所長より偉くなったというわけか」

思わず拳を握り締める。席を立つと会議室を飛び出した。受付の前を通り抜けて奥へと向かい、デスクのパソコンに向かう野呂加津子を見つけて歩み寄った。彼女が顔を上げ、何事かという目で見た。

「増山さんの案件、田口さんを相弁護人から外してください」

「なぜ？」

「弁護方針が一致しません」

野呂の目が光った。「そうなることを私が予想できなかったとでも？」

「――え」

「弁護士を説得できずに、どうして検察官を論破して事実判定者を納得させられると思う？」

「その命題、論理的には矛盾しません。ところで、所長の命令が強制力を持つ法的根拠は？」

上目遣いに志鶴を見る野呂の視線の圧が増した。

「あなた、勝ちたいんでしょう、川村さん？」

「はい」目的語も確認せずに答えていた。

「増山さんの案件、獅子身中の虫と斬り合いつつ正面の敵とも丁々発止に渡り合う。その程度の芸当がこなせるようにならなきゃ、勝てないわよ。田口君を、刀の切れ味を上げる砥石くらいに思えないようじゃ、まず見込みはないわね」

志鶴と野呂はしばし無言でにらみ合った。修羅場をくぐってきた人間の持つ凄み――彼女にはそれがあった。

「そういうことでしたら――砥石がもっと必要だと考えます」

「いい心がけね」

「お時間頂戴して失礼しました」頭を下げた。

「はい。頑張って」

野呂に背を向け、会議室へ向かう。要求を取り下げたのは言いくるめられたからではない。彼女の、闘いの年季、ともいうべきものに敬意を表してだ。

「急にどうした？　腹でも下したか」会議室に戻ると田口が言った。

「いえ。田口先生を相弁護人から外してもらうよう、所長に交渉してきました」

「……時間を無駄にしてくれたな」

肩をすくめるだけで応じて椅子に着く。仕切り直しだ。

「責任能力を争って認定落ちを狙う。それが田口先生の方針なら、捜査機関への供述態度について、増山さんにどう助言しますか？」

「――依頼人の通院歴は？」

「中学生の頃、いじめで不登校になり、心療内科へ通ったことはあります。が、軽いうつが認められた程度。その他に精神科への通院歴はありません」

「知的な障害は？」

「認知されていません」

手元の書類から、増山文子から聞き取った内容をまとめたプロファイルを田口に渡した。

一人っ子の増山淳彦は、幼い頃から内気で友達は少ないタイプだった。小学校から高校までを通じて勉強も運動も苦手だった。不登校にもなったが中学は卒業し、偏差値三十台の私立高校へ入った。就職活動に失敗し、卒業後はフリーターになる。食品工場でのパート、警備員、コンビニ店員、倉庫作業員などさまざまな非正規職を経験。今の新聞配達員が一番長く続いている。

田口は素早く目を通し、顔を上げた。

「いい年をして親元を離れたことがなく、無職の時期も何度かある。父親の死後は母親が世帯主。自立できていないのは成育歴に問題があったからでは？」

「たとえばどんな？」

「肉親による虐待」

「おそらくないと思いますが、もしそういう事実があったとしても、精神鑑定ではなく情状鑑定の対象になるのがせいぜいでは？　減刑は期待できないと思いますが」

「不幸な生い立ちも、自ら獲得した大黒柱として守るべき生殖家族も、誇るべき社会貢献もない。報道を見て、彼を庇護すべき弱者と同情する者もいまい。むしろ誰もが当然のように厳罰を望むだろうタイプだ。責任能力を争えないとなればそうする他ないだろうが、情状弁護には最悪の属性を煮詰めたような男だな」

田口は、嫌悪感もあらわに書類を投げ出した。

「精神鑑定の余地はあるだろう。見過ごされがちな知的障害や発達障害の線ならな。簡易鑑定は？」

「行われていません」

起訴前に捜査機関が通常の勾留期間中に行う鑑定のことだ。病院施設での留置を含む鑑定は起訴前本鑑定と呼ばれる。

「いずれにせよ起訴後に当事者鑑定をして発達障害の診断を取る。それが基本方針だ」

起訴前に被疑者の精神鑑定を請求できるのは検察官だけだ。弁護人が請求できるのは起訴後となる。弁護側で独自に精神科医に依頼する私的な鑑定を当事者鑑定と呼ぶ。志鶴としては避けたい事態だ。

「捜査機関への供述態度について、その線で増山さんにどう助言します？」

田口は鼻を鳴らした。「――そちらの期待どおりだ。完全黙秘が最善手となる」

「その点は一致しましたね」望みどおりの言質を引き出すことができた。「では、今日の接見でもその線でアドバイスします」

志鶴が書類をまとめて顔を上げると、田口がドアの前に立ってこちらを見ていた。

「まあ、無理だろうな」無感動に言うと、出ていった。

志鶴は、少し考えてスマホを取り出し、電話をかけた。田口の他の弁護士にも助力を仰ぐ。所長の野呂もそれについては否定しなかった。しかし――発信音に続いて聞こえてきたのは、留守電のメッセージだった。用件だけを手短かに残して電話を切った。

東京地検での接見は厳しい制限下で許される。事前予約時に指定された接見開始時刻は午後三時。接見室と同じ地下二階護送フロアにある待合室で待つ間、志鶴の脳裏に岩切の恫喝や田口の捨て台詞が何度も再生された。

担当官に呼ばれて接見室に入ると、アクリル板の向こうのドアが開いて、スエット姿の増山淳彦が現れた。

志鶴を見て目をそらし、腹を突き出すように歩いてくると、パイプ椅子に乱暴に腰を落とした。

「こんにちは、増山さん」

増山は目を合わせず、「お」と言うような音を発してから、

「久しぶりだから忘れてたけど、硬いよなあ、ここの待合の椅子、ってか木のベンチ？　狭いし。ケツと腰、めちゃ痛え」と言った。

被留置者たちは管轄下の各警察署から護送バスでルートごとにまとめて東京地検へと移送される。一日一往復が基本なので、手錠をロープで数珠つなぎにされた彼らはバスの同乗者すべての取調べが終わるまで、木製のベンチが向き合った待合室に詰め込まれ、身動きもできず

私語厳禁のまま、待たされる。

事務所で昼食を摂りながら昼のワイドショーをチェックしたところ、重大事件の被疑者である増山は、護送バスではなく警察署のバンで個別護送されていたが、他の被留置者たちと同様に待合室に入れられたのだろう。

愚痴とはいえ軽口を叩くだけの余裕があるということか？　それとも、核心に触れられたくない心理の表れなのか？

「……どうでした、検事調べは？」

制限時間は二十分。単刀直入に切り出した。

増山が、もったいぶるかのようにため息をつく。

「できましたか――黙秘は？」

増山が志鶴の目を見た。

「ていうかさあ……おたくの言ってること、違うじゃん。検事さんの言ってることと」

「――え」

「黙秘なんかしたら、不起訴にしてもらえないじゃんか、やっぱり」

「そう言われたんですか、岩切検事に？」

思わずクローズドな質問をぶつけてしまった。

「いや……そういう言い方じゃなかったかもしれないけど」

「検事調べで何があったか、教えてください」

「……言っちゃったんだよね、俺が黙秘するって？　検事さんにいきなりそう言われてビビったんだけど」

「自白を強要させないための注意です」

「検事さん、叱るかと思ったけど、黙秘をしたいならそれでもいい、って。ただ、十六年前のことを思い出してほしい、あのときの検事が俺を不起訴にしたのは、俺が正直に話して罪を認めたからだ、って。黙秘権は認めるけど、検察官としては、俺の話をしっかり聞いてからじゃないと、起訴するかどうか決めるのは難しい――俺が本当に犯人じゃないのか、それとも真犯人が嘘をついているのか、俺の弁解を聞いて判断したい、きちんと裏付けを取るためにも、俺の言い分も大事な判断材料だ、って」

増山の話をさえぎりたい気持ちをこらえる。

「当たり前だけど、無実の人間を起訴したい検察官なんていない。俺の話を聞いて、無実だと思ったらしない。真犯人だと思ったら起訴するけど、無実だと思ったらしない。黙秘したままでも起訴しようと思えばできる。できるけど、自分としては、できるだけ真実を追求したいから、被疑者に正直に話してもらいたいんだ、って。それに、もし俺が無実なら、自分がやってないことをちゃんと説明して、警察に裏付け捜査をさせた方が得なんじゃないかって。検事さんも、実際に、逮捕したあとアリバイを主張した被疑者がいて、警察に調べさせたら本当で、釈放したことがあるってさ——」

目の前が暗くなってくる。

「あとこんなことも言ってた……起訴猶予処分するには、被疑者が自白しているかどうかが重要だ、被疑者が自白してないと、よほど特別な事情がないと起訴猶予にはできないって」

増山はそこで言葉を切った。

「……それからどうしたんですか？」志鶴は水を向けた。

「それで——そういうわけだから、俺としては増山さんの言い分を聞かせてほしい、って。だから、俺、自分はやってないです、って言った」

「黙秘は、しなかったんですね？」感情を表に出さないよう努める。

「だって、黙秘したら、不起訴になんかしてもらえないじゃん」増山は小鼻をふくらませた。

「……増山さんは、どんなことを検察官に話したんですか」

「だから、本当はやってません、って。ならどうして警察官に死体遺棄をしたと話したのかって訊かれたから、昨日おたくに言ったみたいなことを説明した。検事さん、俺の話、ちゃんと聞いてくれた。でも、綿貫絵里香のソフトボールの試合を観てたのは事実だよね、なぜあそこへ行ったのかな、って。新聞配達の担当エリアが変わって、あの学校の横を通るようになって気になったから、って答えたら、『たしかに、そんなエリアを担当させられたら、気になるよね』って納得してくれた。『十六年前も、ソフトボールの試合を観て中学校に侵入したって記録にあるけど、中学生くらいの女の子に興味があるの？』って。べつに、そういうわけじゃないと思います、って答えたら、検事さん、こう言ってくれた——『人間っていうのは、自分にないものに憧れる。いい年をした男が中学生の女の子に興味があっても、私は恥ずかしいこととは思わない。江戸時代なんか、女の子が十四歳くらいで結婚して子供を産むのも当たり前だった。生物としても、哺乳類のオスが若いメスを求めるのは至って自然なんだよ。私の前では、自分の好みについて恥ずかしく思う必要はない。むしろ、中学生の女の子が好きです、って堂々と胸を張るくらいでいなさい』って——あの検事さんなら、わかってくれるんじゃない？　黙秘しなくていいよね」

増山の目が輝いている。

恫喝すれすれの高圧的な取調べを警戒していたが、岩切の武器はそれだけではなかったのだ。

「——増山さん。あなたにそう思わせるのも岩切検事の手なんです。信じてはいけません」

増山が目をしばたたいた。

「いや、今話したじゃん。検事さん、俺の話を聞かなきゃ不起訴にするかどうか判断できないんだって」

「本当は最初から不起訴にするつもりはないのに、増山さんに黙秘させないために不起訴をちらつかせているんです」

「な、何でそんなことわかるんだよ？」

「岩切検事は、増山さんを犯人だと思っています。私にはっきりそう言いました。私が増山さんを解放するよう求める書類を出しても、無駄だとはねつけられました」

増山が口を開いたまま、目を泳がせる。

「そ、そんな——おたくの態度が悪かったからじゃないの？　検事さん言ってたよ、おたくはきっと俺に、検察官が弁護士の悪口を言うって予言しただろう、って。中には依頼人の意思を無視して暴走する弁護士もいるって。当たってたじゃん」

「そう思わせるのも、岩切検事の計算なんです。乗せられては駄目です」

「黙秘して、何か得あるわけ？　刑事はともかく、検事さんは不起訴にする力を持ってるじゃん」

反論しかけて思いとどまる。貴重な時間を無駄にしている。深呼吸した。

「他に、岩切検事にどんなことを話しました？」

増山の眉が寄った。

「——だって、しゃべっちゃいけないんだろ？」

「私としては、黙秘をお勧めします。でも弁護人として、増山さんが検事に話した内容は知っておきたいんです」

増山が大きく息をついて、椅子の上で脱力した。

「……ソフトボールの試合を観て、綿貫絵里香に興味を持ったんじゃないかって訊かれたから、そのときは彼女のことは知らなかった、って答えた。名前は知らなかったけど、顔はわかってたんじゃないのって訊かれて、それも知らなかったって。そしたら質問を変えて、死体遺棄の現場には行ったことがあるかって、地図と写真を見せられた。西新井のグラウンド近くの場所だったから、ありますって。最近ではいつ行ったかって訊かれて、大人になってから、その辺にはほとんど行ったことないと思います、って答えた。最後に行ったのはいつかって訊かれたけど、思い出せなかった。チャリンコ乗ってた高校生くらいまでは河川敷ぶらぶらしたりしたけど、原チャリは入れないから、行かないんだよね。検事さんにもそう話した」

　増山は自宅から勤務先の新聞販売店まで、自分のスクーターで通っている。新聞もそのスクーターで配達している。増山の母親から聞いていた。

「スクーターは、河川敷には入れないんですか？」

「入り口の柵に鍵かかってて、車も進入禁止になってる」

「なるほど」メモを取った。「それから、どんな話を？」

「でも、仕事場への行き帰りでは、荒川を通ってるよね、って言われた。そのとおりだから、はい、って。今度は、俺の家から販売店まで、俺が通ってるルートを地図に書けってペンを渡されたから、書いた」

　志鶴はスマホを取り出して地図アプリを起(た)ち上げ、増山の家の周辺を表示させた。画面を増山に向け、細かく操作して、綾瀬にある家から千住にある新聞販売店までの増山の通勤ルートを確認し、記録する。

　同じ足立区内でも、家と職場の間は荒川で隔てられている。細かな道は気分しだいで変えることもあるが、川を渡るのに千住新橋という橋を通ることは決めているという。

「そのあと、検事さんに、いつも仕事場への行き帰りに渡ってる橋と死体遺棄現場は近いね、って言われた。橋の上から見える場所だよね、って」

　地図アプリで確かめると、千住新橋から増山の言うグラウンドまでの距離は、四、五百メートルくらいに見える。

「俺は、そうですね、って答えた。そしたら、本当に最近、グラウンドの方まで行ってないの、って訊かれた。スクーターを降りたら、すぐ入れるでしょう、って。そうですけど、めんどくさいし、降りる理由もないので行ってません、って答えた。じゃあ、グラウンドの近くじゃなくてもいいから、河川敷に出たことは？　って訊かれて、それもありません、て答えたら、本当だね、って念を押された。えーと……あとは、ソフトボールの試合を観て、また、十六年前と同じように——ムラムラ？　したりしなかったの、って」

増山の顔に不自然な笑みが浮かんだ。

「さっきも言ったけど、それは男として健康な証拠だから、恥ずかしがらなくていいんだよ、俺には正直に話してよ、って。だから……ちょっとそうなったかもしれないです、って答えた」

増山がまばたきした。

「まあ、そんな感じになったからって、十六年前とは違って、学校に入ったりしようとか、何かしようとは思いませんでした、ってすぐフォローしたけどさ。実際、すぐ家に帰ったし、検事さんにもそう言った。そしたら、その日はすぐ帰った、でも、他の日に、星栄中の近くで、ソフトボール部の部員が出てくるのを待っていなかったか、って訊かれた。そんなことしてないから、してません、って答えた――」

増山の背後で鉄扉が開いて、制服警官が現れた。

「足立南37号。時間だ」

増山は振り返り、「はい」と答えながら立ち上がった。

「ちょっと待ってください」慌てて声をあげる。「話はまだ――増山さん！」

増山がこちらに顔を向ける。

「明日は裁判所で裁判官から話を聞かれることになると思います。忘れないでください、基本は黙秘です。それと――検察官は味方じゃない、敵です！」

増山が顔をゆがめ、そむけた。そのまま警察官が待つドアへと向かうと、鉄扉のなかに吸い込まれた。

9

地上へ出ても解放感とは程遠い気分だった。

岩切は志鶴の想像よりはるかに上手(うわて)だった。不安はあったが、ここまで見事に黙秘を切り崩されるとは。志鶴には真似(まね)できない男性ならではのやり方で、増山の懐に入り込んだのだ。想定外の痛手だった。

気持ちを切り替えるため、カフェにでも入って一服しようと思ったとき、スマホが鳴った。事務所で留守電にメッセージを残した相手だ。歩道の端に寄り、応答ボタンを押した。

「はい――」

『やあやあ、川村君、都築(つづき)です！　電話もらってたんだね。気づかず失礼した』

スピーカーごしに、深い響きの声が耳に飛び込んでくる。

「都築先生、こんにちは」

『こっちはもう、こんばんは、だな』

「こっちって――？」

『ニュージーランドだよ。なかなかまとまった休みが取れずにいたが、トラウトのベストシーズンにぎりぎり間に合った！　大物をじゃんじゃん釣り上げたよ。帰国したら川村君にも写真を見せてあげよう。ところで――仕事の話だがね、もちろん返事はイエスだ』

「あの、留守電では依頼人について何もお話ししていませんでしたが……？」

『おいおい、何を言ってる？　この僕が、志ある後輩の頼みを断るわけないだろう。それに他ならぬ君が助力を求めてくるんだぞ、やりがいのある事件に決まってる。違うかね？』

「都築先生――」言葉に詰まる。

『落ち込んでいるのかな。世界で一番かっこいい仕事は何かね、川村君？　そう、もちろん刑事弁護士だ。なぜかっこいいのか？　絶望的な状況のなかで勇気と希望を持って困難に立ち向かうからだ。顔を上げたまえ。僕が味方になったからには、戦車にでも乗ったつもりでいればいい。クールなプロフェッショナルなら、仕事を楽しまなきゃ嘘だ。そうだろう、川村君？　しあさって日本に帰る。必要な情報は、メールしてもらえるかな。目を通しておくよ。帰国したらすぐ、打合せしよう』

「は、はい――ありがとうございます！」

　電話を終えると、胸が広がったような感覚を覚えた。

都築賢造（けんぞう）。学生時代、刑事法廷弁護に関する著者として彼を知り、ロースクール生になるとインターン先として彼の事務所を希望した。米国留学で培（つちか）った理論に裏打ちされた刑事弁護を実践し、いくつもの価値ある無罪判決を勝ち得てきた、日本でも指折りの刑事弁護士だ。後進の指導にも積極的で、法廷の内外での弁護人としての彼から学ぶことは実に多かったが、一人の人間としても魅力的な人物だった。

　依頼人のためにできることはすべてやる。勾留請求の回避もその一環だ。が、回避できないことも想定の内だ。失点は失点として受け止め、やるべきことにフォーカスしよう。

　検察官が勾留請求を出すと、それが妥当かどうかを判断するため、裁判官が被疑者を呼び出して事情を聴く勾留質問という手続が行われる。明日、増山は今度は東京地裁へと順送されるはずだ。志鶴も、裁判官に会うつもりでいた。

事務所へ戻ると、森元逸美が「おつかれさま」と声をかけてきた。共有スペースでコーヒーを飲みながら情報を共有する。森元の報告を聞いたあとで、志鶴は検事面接と増山との接見について簡単に話した。

「敵もさるもの、ってやつね。志鶴ちゃん、昨日も事務所に泊まりだったし、増山さんにももうちょっと頑張ってほしいねえ」

森元にそう言ってもらうだけで少し気持ちが軽くなった。

「でも、いいニュースもあります。都築先生にも手伝っていただけることになりました」

「都築先生、ってあの——やったね！　百人力だわ」森元は周囲を見回すと声をひそめ、「こんなこと言ったらあれだけど、田口先生だけだとどうなるか、正直不安だったの」

志鶴は安心させるようにうなずいた。

岩切検事は増山の身柄の勾留請求をする。請求先である裁判官との折衝のための書面を作成し、増山文子に電話で接見の報告をして都築へのメールを書くと、いつもより早く退所した。

法衣を着ていない、スーツ姿の裁判官のほとんどは、検察官よりもはるかに役人らしく見える。志鶴の目の前に座る男性判事もその一人だった。

「こちらが陳述書ですね——」

志鶴が差し出した書面に、判事は黙って目を通しはじめた。

東京地裁刑事第14部。志鶴は、起訴前の被疑者に関する手続等を専門に担当する令状部と呼ばれる部署にいた。刑訴法上、第一回公判が始まるまでは、公判を担当する裁判所は被疑者の身柄を扱えない。被疑者の勾留に関する手続はこの令状部で、公判を担当しない裁判官によって行われる。

岩切は増山の勾留を請求していた。今日、増山は留置場からこの東京地裁へ順送され、勾留を担当する裁判官から質問を受ける。裁判官が弁護人との面接に応じるのはその前まで。志鶴にとっては朝一番の仕事となる。

本当は増山の母親にも同行してもらい、直接訴えを聞いてもらいたいところだったが、増山の勾留担当裁判官は、弁護人以外の面接を受け付けない方針ということだった。

「――で、こちらが、被疑者の母親の供述調書と、身元引受書、と」

増山の担当判事は、指で示しながらそれらの書類も確認した。

「はい、たしかに受領しました」

「内容については？」

「書式については問題ないかと」

「納得いただけましたか？」志鶴は訊ねた。

「ご主張については理解できたかと思います」

「では、勾留請求を却下していただけますね」

判事がまばたきする。「同意したという意味では……」

「なぜ同意できないのか説明してもらえますか。私は書面の中で、増山さんが住居不定でないこと、逃亡すると疑うに足りる相当な理由も、罪証隠滅すると疑うに足りる正当な理由もない、つまり、刑訴法60条1項に定められた勾留要件を満たさないことを示しています。反論がなければ勾留請求を却下してください」

それまでちゃんと目を合わせなかった判事が志鶴を見た。無表情で光のない目だ。物として見られているように感じた。

「被疑者に質問をしてから判断するつもりです」

「増山さんには私から完全黙秘を勧めています。増山さんのお母様の同席を許可していただけなかったのですから、その書面で判断してください」

「追って通知いたします」

典型的なお役所言葉だ。下手に出てみることにする。

「今後の弁護方針にも関わることですので、せめて見通しだけでもご教示いただけませんか」

検察官の執務室とは異なり、この部屋には他にも裁判官がいた。判事は、最小限の動きで同僚や書記官たちを気にするようなそぶりをしてから、自分と志鶴の間にある虚空を見た。

「見通し、といったものをここで申し上げるつもりはありません。ですが、異なる解釈も存在しうるという可能性を提示することならできるでしょう」

「異なる解釈というのは、何についてですか」

「罪証隠滅、逃亡するおそれ、その双方についてです」

「具体的には？　増山さんが逃亡すると考える理由を教えてください」

「検事によれば、被疑者は被疑事実について警察の取調官に対しいったんは認めたが、検事調べにおいてそれを撤回し、否認に転じたということです。であれば、逃亡すると疑うに足る理由があると考えられます」

「では、罪証隠滅については？　すでに家宅捜索も行われているんですよ。このうえどうやって罪証隠滅するんです？」

「家宅捜索をしたからといって罪証隠滅のおそれがなくなるわけではありません。家以外のどこかに凶器や遺留品を遺棄している可能性も考えられます」

「――つまり、結論は出てるってことじゃないですか！」思わず声が大きくなった。

部屋にいた他の裁判官や書記官の視線が集まるのを感じた。

「――なるほど。これが、悪名高い日本の『人質司法』ってやつですね」

担当判事の目が、ぴくっと動いて一瞬志鶴と目が合った。

「勾留要件を規定する刑訴法60条1項のどこにも、取調べ目的で被疑者の身体拘束をしていいなんて書いてない。にもかかわらず、日本の警察も検察も、当然のようにその目的で被疑者の身体を拘束している。なぜか？　この国ではずっと、被疑者の供述を取ることが捜査の柱だったからです。被疑事実を認めるまで、被疑者の身体を拘束し、執拗に取り調べる。被疑者の『自白』さえ取れれば事件は一件落着、めでたしめでたし――昔の刑事ドラマなんかでも、クライマックスが取調べで被疑者の口を割る場面っていうパターン、結構多かったみたいですよね。ドラマだけじゃない、こんな運用が現実でもまかり通っていた――いや、今でもまかり通っている。被疑者自身の身柄を『人質』に取って自供を強引に引き出そうとするのはもちろん、取調べを行う警察官あるいは検察官です。しかし、日本の数多くの冤罪の温床となったこの『人質司法』の真の黒幕は、彼らじゃない――あなたたち令状部の裁判官です！」

担当判事が目をしばたたく。他の裁判官や書記官が、何事かとこちらに目を向けている。志鶴は彼らを逆ににらみ返してやると、声のボリュームを上げた。

「われわれ弁護士の間で、あなた方令状部裁判官がどう呼ばれてるか知ってます？　『令状の自動発券機』です。何でかわかりますよね。検察官がボタンを押せば、自動的に令状を出すっていう意味です――」

彼らの顔に動揺が浮かぶのを、志鶴は見逃さなかった。怒りのままに立ち上がる。

「根拠となるデータを挙げましょうか？　二〇一七年、逮捕後の被疑者約十万人について検察官が裁判所に勾留請求を行い、却下された割合は？　わずか約三・八五パーセント！　勾留請求された百件のうちおよそ九十六件に勾留が許可されている計算です。自動令状発付マシーン呼ばわりされても仕方ない、そう思いませんか？　私が知る限り、刑事弁護士の誰一人として、刑訴法60条1項の勾留要件について、あなた方がちゃんと検討していると思っていません。とくに2号〝被告人が罪証を隠滅すると疑うに足りる相当な理由があるとき〟——私よりはるかに刑事弁護の経験豊富な先輩が『罪証隠滅のおそれがない』と言った裁判官なんて見たことがないと語っていましたが、まったく同感です。なぜか。日本の裁判官が、『相当な理由』について、いくらでも自由に拡大して解釈しているからです。こんな緩い運用では、『罪証隠滅のおそれがない』ことを示すために、被疑者被告人は罪を認めて自白するしかないのが現実です。被疑者が黙秘か否認をしていた場合、あなた方は、この該当性について具体的、実質的な判断をすることなく、馬鹿の一つ覚えのように『罪証隠滅のおそれがある』として、検察官に求められるまま機械的に勾留状を発付する。これこそ、この国の非人道的な刑事司法の象徴である人質司法を生み出すメカニズム——あなた方裁判官が、この、世上まれに見る重大凶悪な人権侵害の主犯です！」

裁判官や書記官たちは、正気を失った人間を見る目で志鶴を見ていた。さっさと排除したいが関わるのは願い下げという気持ちがありありと透けて見える。彼らは非難の矛先を、志鶴の目の前に座る同僚へと向けつつあった。その判事は中腰になり、「あの、大声は困ります」と志鶴を制止しようとした。

「反論があればどうぞ！」志鶴は彼に言った。「こっちにはまだ数字がありますよ。二〇一七年の検察統計、被疑者の勾留期間。十日以内と二十日以内を比較すると、十日以内が約三五・七パーセントに対し、二十日以内は約六四・二パーセント。おかしいですよね？　刑訴法208条に定められた勾留期間は十日。期間の延長ができるのは『やむを得ない事由』があるときに限っているのに、どうしてそっちの方が多いのか。しかも、この期間延長率、その後も増加の一途をたどってます。これ、期間の延長が当たり前になっているという証拠以外の何ですか？」

言葉を切ると、部屋に重苦しい沈黙が満ちた。

志鶴はふたたび腰を下ろすと、中腰のままの増山の担当判事の視線を捉えた。

「増山さんは、被疑事実を犯していません。私は、何でも欧米が進んでいるような論調にくみする者ではありません。ですが、日本の刑事司法は世界標準の人権をはっきり侵害していると思います。いくら自白を取るために身柄を拘束しようとする検察官がいても、あなた方が認めさえしなければ、人質司法なんて言葉、この国から一瞬でなくなるんです。お願いします——一人の人間として、増山さんの勾留要件について、現実的に、具体的に検討して、冤罪の防波堤となってください!」

志鶴は、担当判事に向かって深々と頭を下げた。

「……何か、あっという間に終わったんだけど」

東京地裁の地下にある接見室。アクリル板の向こうで椅子に座った増山は、当惑しているようだった。

勾留質問は、まるで流れ作業のように極めて事務的に行われる。検事調べのように時間がかかることはない。ほとんどの裁判官は、逮捕状に書かれている被疑事実を淡々と読み上げ、「この容疑についてあなたの意見は?」等と訊ねるものの、それに対する被疑者の応答にコメントすることはない。勾留請求が認められたか否かは、被疑者が待合室で待つ間に刑務官を通じて知らされることが多い。

「どんな感じでした?」一応、オープンクエスチョンを投げてみる。

「『何か言いたいことはありますか?』って訊かれたから、やってません、って答えた。そしたら、『あれ、黙秘するんじゃないんですか?』って。『あなたの弁護士さん、そう言ってましたけど。まあ、どっちにしても同じなんですけどね。検察官の勾留請求を認めます』って——何かうれしそうだったんだけど」

志鶴は黙ってうなずいた。あの担当判事は、増山に自分の口から十日間の勾留を宣告することを選んだのだ。自動令状発付マシーンにも、感情はあったらしい。

「俺……まだ十日も留置場から出られないの?」増山の目が泳ぐ。「てことは……まだ不起訴になってないってこと? あの検事さんにお願いすればいいのかな。おたく、頼んでくれない?」

「昨日の検事調べで、増山さんは岩切検事に綿貫絵里香さんの事件とは関係がないとお話しされたんですよね?二月にソフトボールの試合を観た理由も、それでもその後、綿貫さんとは接触していないし、荒川河川敷の死体遺棄現場にも大人になってからは行った覚えがないということも」

増山がうなずいた。

「事件について、増山さんは、自分が知っていることはすべて正直に話した。ですよね？」

「うん」

「つまり、岩切検事は、事件について増山さんから聞くべきことはすべて聞いた。そういうことになりませんか？」

「だと思う」

志鶴はそこで間を空けた。増山が、じわじわと身を乗り出してくる。

「――だったら、どうして岩切検事は、増山さんの身柄を勾留する許可を裁判官に求めたんでしょうね？」

増山の体の動きが止まった。目だけがゆっくりと回転して上方を向いた。視線がまた志鶴に戻ってくる。

「……わかんない。何で？」

「私の考えは、昨日も東京地検でお話ししました。今も変わっていません」

増山が口をつぐんだ。今度は視線が下を向く。それがしばらく小刻みに動いてから、上がった。ごくり、と喉が鳴った。

「俺……不起訴にならないの？」

「岩切検事にそうする気はありません」

増山がまた目を落とした。口がわなないている。

「……じゃあどうしたらいいんだよ」目が潤んでいた。

「母ちゃんに会いたい……」

ぐすんと洟をすする様子は、幼い男児のようだった。

「何で言っちゃったんだろう……やりました、なんて……何で……」

うつむいた増山が丸めた肩を震わせる。

志鶴は口を開く。

「警察官も検察官も裁判官も、みんな、増山さんが綿貫絵里香さんの死体を遺棄した犯人だと思っています。テレビや新聞の報道で事件を知った人たちも。でも、少なくとも二人、あなたの無実を信じている人間がいます。増山さんのお母さんと、私です」

増山が、また、ゆっくりと顔を上げた。口で息をしている。涙が目からこぼれ落ちた。

志鶴は増山に微笑みかけた。

「増山さん、法律って、何のためにあるか知ってますか？」

　増山が、涙にまみれた顔のまま、首を振った。

「力の強い人たちが、好き勝手できないように、です。考えてみてください。もし法律がなかったら、暴力的な人や、ずる賢い人が自分より弱い人たちを好き放題にできて、誰もそれを止められない、野生そのままの弱肉強食の世界になってると思いませんか？　ところが、人間は法律という約束事を作った。どんなに力が強い人間でも暴力を振るえば罪になるし、どんなにずる賢い人間でも人を騙したり盗んだりすれば罪になる。法律があるおかげで、われわれ力の弱い人間でも、四六時中不条理な侵害行為におびえることなく生きていける社会が成り立っているんです」

　増山は黙って志鶴の話に耳を傾けていた。

「増山さん、今、自分は最悪の状況にいる、そう思ってますよね？　案外そうでもないんですよ。昨日もお話ししたとおり、警察官も検察官も裁判官も、日本という国の法律である刑事訴訟法に則って、増山さんの身柄を扱っている。もしその法律がなかったら？　こうした手続をすべてすっ飛ばして、権力者の命令一つで増山さんは刑務所に入れられていたかもしれません」

　志鶴はそこで言葉を切った。

「今この瞬間も増山さんを拘束している法律は、増山さんを守ってくれてもいるんです。増山さんのこれまでの人生からすると、最悪な状況にいると思えるかもしれません。でも、絶望するのは早い。国家という大きな力の前でわれわれ個人は無力でちっぽけですが、法律という武器を使えば、やられる一方ではなく、自分を守るために闘うことができるんです。わかりますか？」

　志鶴を見る増山の目は、落ち着きなく揺れ動いた。

「――簡単には納得できませんよね。ですが、本当のことです。取調室で増山さんを守るのは、増山さんご自身しかいません。そして、たった一人の増山さんに使える唯一の武器――それが法律なんです」

「けど、俺、法律なんて知らないし――」口を開いた増山が、そこではっとする。「もしかして、その武器って……？」

　志鶴が答えようとしたとき、増山の背後で鉄扉が開き、警察官が彼を呼んだ。

第三章

物証

1

翌朝、秋葉原の事務所に出向くと他に数人の同僚が出勤していた。志鶴（しづる）も仕事にかかる。優先度のトップは増山（ますやま）の案件だ。

検事の岩切（いわきり）が勾留を請求し、身柄を扱う刑事部の裁判官がそれを認めて令状を発付した。これで増山はさらに十日間勾留されることになる。

勾留満期日までにやるべき重要な仕事は勾留に対する準抗告だ。準抗告とは不服申し立ての手段の一つで裁判所に対して行う。捜査段階で裁判官の命令や捜査機関の処分に対抗できる、弁護人にとっての有用な武器だ。

勾留決定と同時に接見等禁止決定が出されていればその取消を求める準抗告もする。接見等禁止決定の謄本は、東京地裁の管轄内では被疑者にのみ送付される。今日このあとの増山との接見でその有無と内容を確認する必要があった。

他の案件に移ると増山の件の打合せ日程について都築（つづき）賢造（けんぞう）からメールが届いた。帰国予定は明日の夜なので月曜日以降でお願いしたいと複数の候補日時が提示されていた。相弁護人の田口司（たぐちつかさ）と調整すると返信したうえで、候補となる日時を田口にメールで投げかけた。

足立南署へ着いたのは午後四時半。別の被留置者の家族との接見が終わるのを待ったため、志鶴が接見室へ入ったのは午後五時を回ったところだった。

アクリル板の向こうでドアが開き、上下スエット姿の増山が入ってきた。ドアの前で足を止め、志鶴を見た。背後でドアが閉められると、ゆっくりと、いつもより大股にこちらに近づいてきた。

「こんにちは」

　声をかけると増山は軽く顎を突き出して応じ、パイプ椅子にのけぞるように座った。腹の上で両手を組み、顔を斜めに引いて志鶴の首の辺りを見た。頬が紅潮し、口がうっすら開いて不揃いな前歯が覗く。

　昨日、裁判所の接見室で別れたときとはだいぶ様子が違う。これまでに見たことのない増山だ。

「今日も取調べだったんですか、こちらで？」志鶴は訊ねた。

「……うん」広がった鼻の穴から息が抜けて、「ふん」というようにも聞こえた。

「おつかれさまでした。……どんな感じでしたか、今日は？」

「起訴は？」増山が言った。

「はい？」

「起訴は？　岩切検事は俺のこと起訴したの？」

「……今日明日は休みだから、動きがあるとしたら明後日以降だと思います」

「そっか……」口を尖らす。目を上げた。「したよ、黙秘」

「──え？」

「だからぁ！」語気が強まる。「したって、黙秘」

　思わずまばたきした。

　増山の眉間に皺が寄っている。

「……本当ですか」

　大きく息を吸った。心の奥では、増山に黙秘ができると信じていなかったのだと気づく。ゆっくりと息を吐く。

「今日の取調べ、ですか？　ここでの」

　すると増山は、こくっと首を縦に振った。

「──すごい。やりましたね、増山さん」

　増山は目を合わせずに、ふんっ、と鼻を鳴らした。頬の肉が盛り上がった。

「おたくが昨日裁判所で言いかけた、俺が使える唯一の武器って黙秘権のことだったんだろ？　それくらいわかるって」

　高揚しているらしい増山とは逆に、志鶴は慎重になった。

「その黙秘の状況も含めて、今日の取調べがどんなだったか、聞かせてもらえますか」

ノートを広げ、ペンを手にする。

「どんなって――最初に『黙秘します』つって。そしたら、刑事たち、びっくりした感じで見合ってた。で、おたくが練習んとき言ってきたみたいに、『なぜいきなり黙秘するんですか？　昨日までちゃんと話してくれたのに。訊(き)かれたらまずいこととかあるのかな』とか言ってきた。それでも黙ってたら、『綿貫絵里香(わたぬきえりか)さんの死体を遺棄したこと、認めてたよね？　それ、今から否認しようってこと？』って。思わず返事しちゃいそうになったけど我慢した。『わかんないなあ。なぜいきなり黙っちゃうかなあ。ひょっとして、弁護士さんに何か言われた？　黙秘しろとか』って言われたから、『はい』って答えたら、刑事たちが取調室を出たり入ったりしてた。何か外で相談してたっぽい」

　練習、というのは先日接見で行った黙秘のリハーサルのことだろう。

「そのあと、しつこく『どうして心を閉ざしちゃうかなあ。本当のこと話してもらわないと困るなあ』とか、『裁判になったとき、心証っていうのがあるんだけど、正直に話さないと裁判官や裁判員の心証は悪くなるよ』とか言ってきた。それでも黙ってると、全然関係ない世間話とかするようになったけど、それも無視してやった。どうせ罠(わな)じゃん。見え見えだっつーの」

　声が大きくなった。

「それで、そのあとは？」

「ん？　今日は何か早く終わった。意外と簡単じゃん、黙秘」

　なぜだろう。喜んでしかるべき状況のはずなのに、かえって不安を覚えた。

「取調べはこれまでより短い時間で終わった。そういうことですか？」

「うん。あきらめたんじゃねえの、刑事たちも」

　願望を込めてそう語っているのかもしれないが、志鶴は増山のようには楽観できなかった。それでも立派な戦果であるのは間違いない。

「増山さん、頑張りましたね。今後もその調子で黙秘を続けてください」

　すると増山が志鶴を見た。

「冗談じゃねえよ。こんなとこ、もううんざりだよ。さっさと出してくれよ。同房のやつらも俺のことからかってきたりするし、うんこもおちおちしてらんねえし。なあ、おたくが態度改めて岩切検事に謝ったら不起訴にしてもらえるんじゃないの？」

「――落ち着いてください、増山さん。辛いのはわかります。が、今後の見通しについては、これまでお話ししたとおり。裁判で無罪を勝ち取ることに焦点を定め、じっくり腰を据えて闘っていくしかありません」

「母ちゃんは何て言ってるんだよ？」

「お母様も同意してくださっています」

「本人の口から聞かなきゃわかんねえし」

「わかりました。手紙を書いていただきます」

「じゃなくて。会わせてくれっつってんの」

「……裁判所から来てませんか、通知？」

「通知……？　あ、届いたかも」

「接見等禁止決定の謄本、ですよね？」

「たしかそんなだった」

　ちょうどいいタイミングだ。留置官に頼んで見せてもらう。半ば予期していたとおり弁護士以外との接見はすべて禁止という内容だった。

「なんで会えないんだよ」

「私も理不尽だと思います。増山さんとお母様が会えるよう抗議します。ですが、この命令が一部でも解除されない限り、お母様が増山さんに接見することは許されません」

　増山がため息をついてうなだれた。

「勾留そのものへの抗議も引き続きします。増山さん、黙秘できたのは大きな一歩です。自信を持ってください。この調子で粘り強く闘っていきましょう」

　増山は喉から唸り声を発すると、顔をしかめて片手で頭皮をかきむしった。

「もう……何の役に立ってんだよ、弁護士」

　志鶴はペンを持っていない左手の拳を握り締める。

「――まったく。ふざけんな、って話ですよね」

　増山が、けげんそうな目をこちらに向けた。

「接見禁止って本来は、共犯者に証拠を隠させないとか犯罪組織の人間が仲間に被害者を脅迫させないようにするとかっていう目的のためにあるはずなんです。増山さん、自宅へ帰っても逃げる気なんてありませんよね？」

　増山が当惑げにうなずいた。

「お母様に証拠を隠すよう頼むつもりはありますか？」

「……証拠って。だって俺やってないし」

「なのに家に帰ることは許されないどころか、家族が増山さんに会いにくることさえ禁じられる。人質司法っていうんですよ、こういうの」

「人質司法……？」

「警察や検察それに裁判所は、被疑者である増山さん自身の身柄を人質にして、自分たちに都合のいい自白を取ろうとしてるんです。代用監獄と呼ばれる留置場に勾留し、家族にも会わせず外部と接触させないことで精神的に追い詰める。拷問をやってた江戸時代と根っこは何も変わらない。二十一世紀にもなって、この国にはまだ人権が存在しないのかよって思いますよ――ふざけんじゃねえよ、って」

増山の口がかすかに開いている。

「増山さんがムカつくのも、ごもっともなんです。私だってすぐにでも増山さんの身柄を解放させたいし、お母様にも会えるようにしたい。お母様に手紙を書いていただくようお願いします。衣類の差し入れも準備してもらってると思うので、持ってきます。他に困ってること、ありますか？　読みたい本とか雑誌とかあれば言ってください」

増山は少し考えてから、ためらった様子で口を開いた。

「あ、あのさ……カードケースとかでもいいの？」

「カードケース？」

「うん。〝カルプリ〟の」

「カルプリ……？」

「『マジカルアイドルプリンセス』っていうゲーム。アニメにもなってるじゃん。知らないのかよ」

早口になった。

「それって……もしかして小さな女の子向けのですか？」

「大人でもハマってる人たくさんいるんだけど」増山がむっとする。「俺のデータカードが無事か、確かめたいんだよ。家宅捜索で持ってかれてたらいやじゃん」

「そのカードケースを差し入れしてほしいということですね？」

「うん……いや、差し入れはいい。担当さんに預けたら何されるかわかんないし、留置場に他のやつらもいるし。ここへ持ってきて、見せてくれない？　俺の部屋の本棚にあるはずだから」

「わかりました」

増山と事件に直接関係のない話をするのは初めてではないだろうか。メモを取りながら、逮捕から五日目、増山がついに黙秘に成功したことがようやく実感された。

2

都築賢造を交えた最初の打合せは月曜日の午後、志鶴と田口司が所属する事務所の会議室で持たれた。弁護団に都築が加わることについては、志鶴に田口と組むよう命じた所長の野呂(のろ)にも話を通してある。

志鶴は二人にこれまでの経緯や疑問点、弁護方針についてまとめたレジュメを配り、ブリーフィングを行った。

「――土曜日に引き続き、増山さんは昨日も足立南署での取調べで黙秘を貫きました。今後も続けると言ってくれています。ここまでで何かご質問はありますか？」

「マスコミでは依頼人が黙秘に転じたという報道はないが」田口が言った。「依頼人が嘘(うそ)をついている可能性は？」

「まずないと思います」志鶴は答えた。「取調官に対して虚偽の自白をしてしまった状況についても報道との矛盾はありませんし、増山さんが私に対して迎合的な態度を取っているとは思えませんので。報道については、警察がマスコミに情報を与えていないだけかと」

「私からは以上だ」

志鶴は都築に目を向けた。

短く刈り込んだ半白髪に、やはり半白髪の口髭(くちひげ)と顎鬚(あごひげ)。六十代後半だが大きな目にはどこか少年のような輝きがあった。若い頃レスリングをしていたというがっしりした体をブリティッシュトラッドなスリーピースに包んでいる。座っていても大きな存在感を放っている。

「僕は川村君の話が最後まで終わってから質問します」都築が言った。

「では、ここから今後の話を。まず現時点で捜査機関は、死体遺棄をしたという増山さんの自白以外、状況証拠しかつかんでいないと推測されます。岩切検事との面会の感触からすると、物証がないままでも死体遺棄のみならず殺人でも起訴する可能性が高い。私としては依頼人である増山さんの意向を汲(く)んで、裁判で否認して無罪を勝ち取ることを目標にしたいと思います。その方向でケース・セオリーを構築するための調査と、増山さんを身体拘束から解放するための活動を並行して進めてゆくべきと考えます。この点について、お二人のご意見をお聞かせください」

「では、私から」と言ったのは田口だ。

「ケース・セオリーについては、やはり現時点で否認一本に絞るのは危険だという意見だ。川村先生が捜査機関側に物証がないと前提していることが私には非常に危険に思える。認定落ちを狙う選択肢は残しておくべきだ。依頼人の身体拘束については、これだけの事件で裁判所が勾留を解くことも接見禁止を解くこともないだろうから、やるだけ無駄だ。その時間と労力を他に向けた方がいい」

そこで田口は都築の方を見た。

「都築先生のご意見は？」

「依頼人が否認しているなら、その線で弁護方針を立てるべきというのが僕の意見です」都築が言った。「弁護人はあくまで依頼人の自己決定権を尊重するのが大原則。誠実義務に忠実であるべきです」

「しかし、すでに一度犯行を認める自白をしてしまった以上、裁判で不合理な否認とみなされ、依頼人にとって不利に働くおそれがあるのでは？」

「そんなことがあってはいけないんですよ、田口先生」都築がすかさず応じる。「それを認めてしまえば、個人の尊重という憲法13条の発露でもある黙秘権、つまり個人の尊厳そのものを否定することになる。そのような不利益推認は断じて許されない」

穏やかだが力強い口調。都築には権威や組織を後ろ盾としない、一人の人間としての自然な威厳が備わっていた。

「法解釈や理念について議論しているんじゃない。現実に即した対策を打つべきだと申し上げている」

二人は今日が初対面だが、二十期近い先輩である都築相手に、田口はみじんも斟酌するつもりはないようだった。

「それは妥協、いや、依頼人のための最善の防御の敗北そのものじゃないかね、田口先生。作家の村上春樹は文学賞のスピーチで『高くて固い壁と、壁にぶつかって割れてしまう卵があるときには、私は常に卵の側に立つ』と語ったが、依頼人という卵のため、現実という高くて固い壁に向かって法の理念というハンマーを振るうのがわれわれ弁護人の仕事だろう」

都築の方も一歩も譲る気はなさそうだ。

「この先、物証が出てきたらどうするつもりです？」

「それこそ、その局面に即してケース・セオリーを立て直すだけのこと」

「依頼人が嘘をついていたら？」

「取調官に強要された虚偽自白のことなら、弾劾する。

それ以外については――何度でも言おう、弁護人は依頼人の自己決定権を尊重すべきであると」

田口が皮肉な目を志鶴に向けた。

「頼もしい援軍だな」

「では、否認の線で進めるということでよろしいですか？」志鶴は言った。

「二対一で勝ち目があるのか？」

遺恨を残してしまうかもしれない。が、そもそも田口は志鶴と志を同じくして相弁護人になったわけではない。大切なのは依頼人である増山の権利を守ることだ。

「具体的な作業の分担は？」都築が言った。

「増山さんへの日々の接見とご家族との連絡、身体拘束からの解放に向けた活動については私が担当します」志鶴は答えた。「起訴が避けられないという前提で、お二人には公判前整理手続以降の調査、ケース・セオリーの構築、そして公判での法廷弁護のご助力をいただきたいと思います」

「うーん。大丈夫かね、川村君の負担は？」

「今持っている被疑者事件は増山さんの案件だけなので何とかなります」

「そうか。もちろん僕も接見は可能な限りするつもりだが、正直、この日本で捜査段階の弁護活動のモチベーションを保つのは難しい。結局、捜査弁護というのは身体の拘束問題――一刻も早く勾留を終わらせることと、取調べで不本意な自白をさせないこと――に尽きる。個々の弁護人の能力うんぬんではなく、個人の自由を抑圧する日本の刑事司法のシステム自体の問題だ。日本の刑事弁護の参考書では捜査弁護に大きくページが割かれているけれど、アメリカの場合、依頼人には『黙秘せよ』、捜査官には『自分の依頼人を取り調べるな』――これだけ言っておけばいいとしか書いてない。若い頃はそれでも頑張って闘ったもんだが。すまんが川村君、そこはお願いできると大いに助かる」

その後、田口の口から否定的な意見が出ることもなく、三人体制となって最初の打合せが終わった。

「増山さんによろしく」荷物をまとめながら都築が志鶴に言った。「僕も調整がつき次第行きます」

「今から接見か？」と言ってきたのは田口だ。

「ええ」

「私も行こう」

「えっ――」

「何を驚いてる？」

「あ、いや、べつに」

「田口先生、よろしく頼みます」都築が田口に言った。

　これまでその意志を見せなかった田口が急に接見に積極的になったことに懐疑の念を抱かずにはいられなかった。とはいえ断る道理はない。都築を事務所の入り口まで見送って支度し、田口と共に事務所を出た。田口は志鶴を気にする様子もなく先に立って秋葉原の駅へと歩いた。追いつくために志鶴が小走りになるペースだった。志鶴は彼の背中にぶつかりそうになりながら立ち止まった。

　駅には着いていないし交差点でもない。一体何を考えているのだといぶかしんだが、すぐその理由がわかった。二人の前方、駅前のビルの壁面に設置された大型ビジョンに、テレビのニュース映像が映し出されている。スタジオでカメラに向かう男性アナウンサーの声は聞き取れないが、テロップが目に飛び込んできた。

〈速報　荒川女子中学生遺体遺棄現場の煙草の吸い殻から、容疑者のＤＮＡ検出〉

　膝から力が抜けそうになる。よく似た別の事件の話ではないのか。挿入される映像が志鶴の現実離れした期待をかき消したが、あり得ないという思いは消えなかった。

　肩越しに振り向く田口の視線に気づく。眼鏡の奥の目に満足げな色が浮かんでいるように見えたのは気のせいだろうか。

「どうした？　顔色が悪いようだが」

「いえ。ですが気になります。急ぎましょう」

　西新井へ向かう日比谷線の車内、志鶴はスマホで情報収集に努めた。通信社や新聞社による速報はいずれも短文で内容も大同小異だった。綿貫絵里香の遺体発見現場で煙草（タバコ）の吸い殻を採取。そこから検出されたＤＮＡが増山のものと一致した——警視庁が今日の午後三時頃そう発表したというものだ。

　何度読み返してもやはり信じられなかった。

　足立南署の前の報道陣は活気づいていた。中継映像を撮影しているらしき者たちも見えた。志鶴と田口は彼らにつかまることなく警察署へ入り、接見室へ向かった。

　アクリル板の向こうに現れた増山は昨日や一昨日とは様子が違い、見るからにおどおどしていた。志鶴を見ると一瞬目の焦点が合ったが、隣に座る田口を見てその目が泳いだ。

「こんにちは、増山さん」志鶴は声をかけた。「こちら、田口先生です」

「田口です」田口が簡潔に言った。

増山は田口を直視せず曖昧に会釈すると、パイプ椅子に座り視線を落とした。連日接見してきた志鶴には、増山が緊張しているのがわかった。

「増山さん。今日も取調べでしたか？」

「……ああ」ため息のような声だった。

「どんな取調べでした？」

増山が、今度ははっきり長いため息をついた。志鶴の心臓が高鳴る。

「訳わかんねえ……」

「訳がわからない——何がですか？」

増山が口をつぐんだ。眉間に皺が寄る。

「俺……絶対あんなとこで煙草喫ってない」

「煙草、ですか」

増山が顔を上げた。

「俺が喫った煙草の吸い殻が、死体があったのと同じ場所で見つかったたって」

目を見開いた顔に困惑と恐怖が浮かんでいる。


志鶴は思わずまぶたを閉じていた。報道は何かの間違いではないかというわずかな希望は完全に打ち砕かれた。まぶたを開く。

「——なぜ増山さんが喫った煙草とわかったか、取調官は言っていましたか？」

「ディ、DNAが一致したって。ここに連れて来られた日に採ったやつと。そんなはず、ない——たしかに俺が喫ってるのと同じ銘柄だけど、俺、あんな場所行ってないし」

「あんな場所というのは——」

「こないだ言っただろ！　西新井のグラウンド。ていうか俺、もうずっと河川敷なんて降りてないって」

忘れるはずがない。綿貫絵里香の遺体が発見されたのは荒川河川敷の西新井にある野球グラウンド近くで、岩切に訊かれた増山はその付近はもちろん、そもそも大人になってからは河川敷そのものに足を踏み入れていないと答えた。増山が通勤で使っている千住新橋は現場から五百メートルほど離れている。たとえその上から吸い殻を投げ捨てたとしても、とても届くとは思えない距離だ。

「——本当なのかね？」質問を発したのは田口だった。

増山がはっとしたように彼に目を向ける。

「あなたが検事に語ったことは事実なのかと訊いている」

　増山が狼狽(ろうばい)した様子でまばたきをした。

「おかしいじゃないか。行ったことのない場所で吸い殻が発見されるなんて」

「で、でも……」

「あなたが喫っている銘柄の煙草の吸い殻が遺体遺棄現場で発見された。その吸い殻から採取されたＤＮＡがあなたのものと一致した。すでにマスコミでも報道されている。検察側が裁判でこの強力な物証を持ち出してあなたの有罪を求めるのは間違いない。増山さん、それでもあなたは、そんな場所には行っていないと訴えるのか？」

　完全に詰問口調だ。口ごもる増山の呼吸が荒くなり、顔が紅潮してきた。

「田口先生」志鶴は口を出す。「やめてください、そんな言い方で増山さんを追い詰めるのは」

「裁判になればこんなものでは済まない。現場には行っていないのでなぜ自分の吸い殻が発見されたのかさっぱりわかりません――そんな証言を信じる裁判官や裁判員がいると思うか？」

「増山さんがびっくりされています。落ち着いてください」

「それはこちらの台詞(せりふ)だ。増山氏の話は客観的な証拠と大きく矛盾した不合理極まりない否認だ。可能性は三つ。増山氏が嘘をついているか、増山氏の記憶が誤っているか、証拠が間違っているか。増山氏は何年も現場に近づいていないと言っている以上、記憶の誤りとは考えにくい。捜査機関の誤りか虚偽でないなら、増山氏が嘘をついているということになる。検察側がこの物証を根拠として起訴するのがほぼ確実な以上、対策を固めておくのは必須であり急務だ」

　田口は増山を見た。

「増山さん。もし嘘をついているなら、すぐ撤回して正直に話してください。本当は最近、遺体遺棄現場に行ったのではないですか？」

「お、お、俺、俺は――」増山は田口を見て口をぱくぱくさせた。

「行ったんですね？」

　増山の顔が歪む。体を震わせ、首を横に振った。

「勘違いしないでほしいのだが」田口が言う。「私はあなたの味方だ、増山さん。裁判になれば証拠について検察官や裁判官に徹底的に説明を求められる。今のあなたを見る限り、嘘をついているならその厳しい追及に耐えられるとはとても思えない。これだけの証拠が出て、否認を貫いて無罪を勝ち取れる見込みは絶望的だ。こちらの彼女が何を言ったか知らないが、否認だけが選択肢ではない。いったん犯行事実を認めたうえで責任能力を争ったり、罪を軽くするよう働きかけるという闘い方もある——」

「ちょっと、田口さん！」志鶴は叫んだ。「増山さんを惑わすようなこと言わないでください。方針については、さっき決まったばかりじゃないですか」

「私が納得したと言ったか？」田口が冷ややかな目を向け、増山に視線を戻した。「増山さん。こちらの川村弁護士は弁護士になってまだ一年目の新人です。私は彼女より二十年以上も先輩で、事務所では彼女の指導係をしている。熱心だがいかんせん経験不足。暴走して自分の思い込みに増山さんを巻き込んでいる。私はそう危惧してあなたに助言するために来た」

増山が田口と志鶴とをせわしなく見比べた。

「増山さん、聞いては駄目です。私を信じてください」志鶴は必死で訴えた。

「彼女がまだ言っていないことがあります」田口が言った。「この事件であなたには裁判で死刑を求刑される可能性がある」

増山がはっと息を吞み、志鶴を見た。何か言うべきだと思ったが言葉が出てこなかった。

「今ならまだ引き返せる」田口が続ける。「忘れないように。懸かっているのは弁護士である私や川村ではなく、あなた自身の命なんです」

増山は呆然とした顔のまま、ゆっくりとうなだれた。完全に生気を失っている。

「増山さん」声をかけた。「私と決めた究極の勝利を思い出してください。無罪を勝ち取ってお母様が待つ家に帰ることを」

増山は両手で顔を覆った。

彼の背後のドアが開き、留置官が顔を出した。

「37番、もうすぐ夕食だ」男性留置官が告げた。

「——増山さん、もう少しお話ししましょう」

声でつなぎ留められるならそうしたかった。が、増山は両手を下ろすと、のろのろと立ち上がった。

「増山さん。どんなに状況が変わっても黙秘が最高の武器であることに変わりはありません。私は明日も接見に来ます。どうかそれまで頑張って黙秘を続けてください

「――！」

増山は、志鶴の声に振り返ることも足を止めることもなく、鉄製のドアの向こうへ吸い込まれていった。

ドアがふたたび閉ざされた。

志鶴は田口をにらみつけた。

「――なぜあんなことを言ったんですか？」

「自分に選択の余地があることを知る権利が彼にはある。自己決定権というなら、最善の防御を選ぶのは増山氏本人であるべきだ。弁護人ではなく」

「増山さんはすでに決定していたんです。せっかくできた黙秘を危うくするような助言は許せない」

「物証が出たら警察による捏造を疑う。そう言ったな？DNAでもか」

「証拠開示されてからの話ですが。採取した場所の偽装、鑑定不正、いくらでも可能性はあります」

「裁判でそう主張して、裁判員や裁判官が納得すると思うか？」

「増山さんが否認するなら、証拠を弾劾する。それだけです」

「玉砕覚悟というわけか。増山氏は一度取調官に遺体遺棄を認める自白をしてしまったあと岩切検事に、遺体遺棄現場にはもう何年も足を踏み入れていないと否認する供述をした。現場で発見された吸い殻から増山氏のDNAが採取された今、たとえば増山氏が現場に向かったことを示す防犯カメラ映像が出たら、弾劾どころではないだろうからな」

悔しいが反論するのは難しい。依頼人に否認ではなく黙秘を勧めるのもこうした危険があるからなのだ。

「ところで――増山氏は今日も黙秘できたのか？」

はっとする。確認していなかった。

「身体拘束されているのは法律には素人の生身の人間。理念どおりに動くなどと考えるのは弁護人の傲慢だ」

田口は自分のバッグをつかむと立ち上がった。

3

翌日。

午前中から民事訴訟の口頭弁論と別件の調停に立ち会い、いったん事務所に戻って打合せや起案を済ませ、増山の案件で勾留と接見禁止に対する準抗告を行うため東京地裁の事件係という部署へ乗り込んだ。準抗告を判断するのは、勾留決定等を行うのとは別の裁判官三人による合議体だ。その一人の女性が志鶴の相手をした。

「――せめて増山さんのお母様の接見禁止だけでも解除してもらえませんか？」

志鶴が訴えると裁判官は視線を落とし、片手を口に当て「うーん」と唸った。

「それは何のために？」

「何のためって――家族だからです」

「なるほど。会いたい……個人的な感情ですね。ただ、わからないな。そうする必要はあるんですかね？」

「必要――？」声が大きくなった。「必要がなくても会いたいのが家族じゃないんですか？」

裁判官は「なるほど」と言ったが、納得している様子は皆無だった。そのとき彼女の背後から女性の書記官が近づいてきて、「判事。14部からお電話です」と声をかけた。

裁判官が志鶴を見た。

「失礼。ちょっとよろしいですか？」

胸騒ぎと共に「どうぞ」と答えていた。裁判官がソファから立ち上がって自席へ戻る。受話器を持った彼女が何を話しているのかは聞き取れなかったが、通話を終えるまで志鶴は目を離すことができなかった。裁判官が戻ってくるとソファに腰を下ろした。志鶴が彼女の言葉を待つ間に十秒ほど沈黙が流れた。裁判官は彫像のように動かなかった。

「……あの」志鶴は口を開いた。「今の電話、14部からだと？」

「ええ」裁判官が答え、口を閉ざす。

「もしかして、増山淳彦(あつひこ)さんの身柄についてですか？」

「そうです」それからまた口を閉ざした。

わざと気を持たせているのかもしれないと気づく。

「何と――？」

「警察が被疑者を再逮捕するそうです。殺人の疑いで」

腹に力を込めて受け止める。

「どういたしまして」裁判官が言った。

意味がわからない志鶴に、恩着せがましく続ける。

「本来こうした情報を弁護士に教える義務はないんですよね、裁判所には」

「……ありがとうございます」仕方なく言った。

「これも親切で教えてあげますが、殺人についても認める自供をしたそうですよ、増山さん」

「――え」

想定しているつもりだったが、頭の中が真っ白になる。

　これまで目を合わせようとしなかった裁判官が、表情を変えないまま志鶴の反応をじっと観察していた。

「そういえば先日、14部で何か熱弁されたそうですね？　そう——自動令状発付マシーンだ。大変遺憾です。裁判所は、検察からの請求一件一件を精査したうえで令状発付の判断をしています。検察官に請求されたからといって何でも令状を発付しているわけではありません。えーと、勾留と接見禁止への準抗告でしたよね？」

　彼女は他の二人の裁判官と何やら小声で話し合うと、すぐ志鶴と向き直った。

「合議の結果、準抗告は却下という結論になりました」


　裁判所を出た志鶴は足立南署に電話して増山の在監確認をした。今日は検察庁での取調べに出ているという返事だった。岩切による検事調べが行われたのだ。そこで自白してしまったのだろう。

　東京地検の合同庁舎はすぐ斜め向かいにある。志鶴は地上の通路から受付へ駆け込んで身分を告げ接見を申し入れたが、本日の接見時間は終わったということだった。せめて護送フロアで増山の顔を見て声をかけたいと訴えたが、すでに各警察署への被留置者の逆送が始まっていると断られた。

　東京地検を飛び出すとスマホに着信があった。都築からだ。昨日の増山との接見の内容についてはメールで報告済みだ。

「川村です」

『都築です。今いいかね？』

「はい」

『たった今ニュースで観た。増山さん、殺人についても認める自白をしてしまったと。殺人の容疑で再逮捕された』

「私も今、東京地裁で聞いたところです。今日は岩切検事の取調べがあったと」

『ふむ。昨日のDNA鑑定の報道を考えると、予期してしかるべきだったか……。スケジュールが調整できたので、これから足立南署へ接見に行こうと思う』

「私も行きます」

『今、東京地裁かね？』

「すぐそばです」

『では一緒に行こう。迎えに行く。十分待ってもらえるかな』

指定された場所で立っていると、十分後、都築が運転する車が志鶴の前で停(と)まった。４ＷＤのイギリス車。タフな機能性を備えているようだが外見はエレガントだ。

「お待たせ」運転席で都築が言った。

　今日はグレーのジャケットに黒いタートルネックシャツ、ジーンズにハンチング帽という至ってカジュアルな恰好(かっこう)だ。

「お願いします」志鶴は助手席に乗り込んだ。

　都築が車を出す。カーナビにルートが表示されていた。

「裁判所はどうだった？」前を向いたまま都築が訊ねた。

「準抗告はどちらも通りませんでした」

「そうか。ご苦労だったね」

「それより増山さんが気がかりです」

「うん、そうだ。やっと黙秘ができたと安心したところへ、ＤＮＡという強力なカードを切られて気持ちをへし折られてしまったのだろう」

　志鶴としては、それに加えて昨日の接見での田口の言動もマイナスの影響を与えたのではないかと思っていた。

「もうこれ以上、捜査機関に都合のいい供述はひと言たりとも取らせるわけにはいかない。増山さんに捜査機関に抵抗する気力を取り戻してもらう。それが今日の接見でのミッションだ。いいかね、川村君」

「――はい！」

　返事はしたものの、昨日の増山の様子を思うと不安は拭いきれなかった。自分自身まだ衝撃を消化できていない。


　都築の車が増山を乗せた護送車よりも早く着いたのか、志鶴と都築は待合室で三十分ほど待たされた。その間、都築は出版社の依頼で翻訳中だというアメリカの法廷弁護技術書の内容について語った。志鶴はしばし、自分がいる場所も忘れて都築の話に聞き入った。

　留置官が呼びに来ると、都築は「よし、行こう」と立ち上がり、先に接見室に入った。

　アクリル板の向こうでドアが開き、増山が姿を見せると都築は立ち上がった。志鶴もそうする。

「増山さん、初めまして。弁護士の都築賢造です」帽子を取って都築が言った。「川村弁護士や田口弁護士と共に、あなたの弁護をします。残念ながらこんなものがあるから――」アクリル板を指の背でこんこんと打った。

「握手はできませんが、よろしくお願いします」

　都築が会釈すると、ドアの前で立ち止まっていた増山が当惑した様子ながらも頭を下げた。

「さ、どうぞ」都築がパイプ椅子を手で示し、増山が腰を下ろしてから自分も座った。

志鶴も同じようにする。

増山の顔は青白く、目は真っ赤に充血していたが、その目は都築に向けられていた。都築は帽子を台の脇に置いている。

「話はこちらの川村君から聞いています。いやあ、とんだ目に遭っちゃいましたねえ、増山さん。僕の知り合いのヤクザが、ここの警察署の自弁は他と比べて美味しいなんて言ってたけど、それにしたってさぞやご不自由でしょう。被疑者の身柄をいつまでも警察が管理する施設に拘束するなんて、先進国では本来考えられない野蛮な制度なんですよ。代用監獄なんていつまでも許してちゃいけないんだ。増山さん、あなたをこんな目に遭わせて申し訳ない——」

都築は頭を下げた。増山が彼を見てまぶたをしばたたいた。都築が頭を上げる。

「弁護士の一人として、こういう現状を変えなければいけないと思ってます。これからまたお話を聞かせてもらうわけですが、その前に少し、僕自身の話をしてもかまいませんか?」

増山はうなずいた。

「ありがとうございます。僕は子供の頃にアメリカの弁護士ドラマを観てこの仕事を志すようになった。法廷で雄弁を振るったり、反対尋問で検察側の証人の嘘を暴いたりする姿に憧れてね。ところが弁護士になってショックを受けたんです。日本の刑事裁判って、裁判官が証人の証言や弁護士の弁論を聴いて判断するわけじゃなかったんです。じゃあどうやっていたかというと、増山さんも今取られている供述調書、ああいう書類を家に持ち帰って読んで判決を書いていた。教科書にはそんなこと書いてなかったんです。訴訟というのは法律家同士が法廷で証人を尋問して、最終弁論をするとあったのに」

都築はあきれたように両手を広げるゼスチャーをした。

「今警察や検察が増山さんの身柄を何日も拘束して、その拘束下で連日取調べを行っているでしょう? どうしてか。取調べで作った供述調書、紙切れの証拠がずっと裁判を支配していたからです。増山さんもよくご承知のとおり、供述調書っていうのは増山さんが話した内容をそのまま記録したものではない。警察官や検察官が増山さんになり代わって『私増山は何月何日何時、かくかくしかじかの理由で、何々をしました』みたいに文章を作成したものです。言ってもいないことだってさも増山さんが語ったかのように勝手に書いて、こうだったんだろ？　って言ってサインを迫る。警察官や検察官による創作――作文調書とはよく言ったものです。この国では明治の初めまで、取調べで捜査官が被疑者に対して拷問をすることが法で認められていた。拷問に耐えられず自白すれば真犯人の証拠とされていたんです。じつに野蛮で非科学的だ。しかし、それほど自白をありがたがる警察や検察の本質は現代もあまり変わっていません」

　増山は都築を見つめて話に聞き入っている様子だ。

　志鶴がインターンとして都築の事務所で修習を受けていた頃、彼が弁護を担当する否認事件の公判を傍聴したことがある。公判期日のスケジュールを決める際、都築は裁判官に最終弁論として九十分という時間を求めた。裁判官は三十分に制限しようとしたが都築はその要求を退け、公判では予定どおり九十分かけて最終弁論を行った。メモの類は一切なしだった。その場にいた関係者――裁判官、裁判員、検察官、依頼人――はもちろん、書記官や刑務官、満員の傍聴席に座っている傍聴人の一人に至るまで誰もが都築に注目し、居眠りなどすることもなく彼の言葉に最後まで集中して耳を傾けていた。この事件で都築は被告人の無罪を勝ち取り、検察側が控訴することなく判決が確定した。

「僕が弁護士になったのは四十年ほど前で、警察や検察の取調べも、今よりもっと強引で非人道的、被疑者を眠らせないとか、取調官による恫喝や暴力も当たり前だった。そんな現状に納得できない弁護士は僕以外にもいて、そういう仲間たちと何とか日本の刑事裁判を変えようと努力してきた。実際、少しずつ変わってきたんです。逮捕された増山さんのところへすぐ川村君が駆けつけた当番弁護士制度も、僕らの仲間で作った仕組みです」

　増山が、はっとしたように志鶴に目を向けた。都築が続ける。

「捜査機関が勝手に作文した調書を裁判の証拠にさせないため、被疑者に署名や捺印を拒否してもらうという当時としては過激な戦略も僕らが始めたものです。黙秘権は憲法でも保障されている権利ですが、日本の人質司法の制度下で行使するのは現実にはほとんど不可能だから、その代わりの対抗策として考えた。これは効果がありました。他の弁護士たちもこうした手法を用いるようになり、それまでのように好き勝手に作文した調書を裁判で証拠として提出することができなくなった検察官は困った。その結果、増山さんもご存じの『取調べの可視化』――取調べの録音録画が実施されるようになったんです。さらに、われわれにとって念願だった裁判員制度も始まったことで、日本の調書裁判も少しずつ変わってきた」

都築の目がしっかりと増山の目を捉えた。

「増山さんが今、苦しい思いをしているのは当然のことでも、仕方のないことでもない。増山さんは間違った制度の犠牲者なんです。われわれ弁護士はこの日本の刑事司法のシステムそのものと闘って変えていかなくてはならないし、現に闘い続けています。ですが――制度が正されるまで事件は待ってくれません。この間違った現状の中で歯を食い縛り、依頼人のためにベストを尽くすしかないというのも日々の現実です。こちらの川村弁護士――」

都築は手で志鶴を示した。

「彼女は弁護士になってまだ一年目ですが、とんでもなく優秀で、依頼人のために権力を敵に回して闘うガッツの持ち主です。つい先日も増山さんのご実家に押しかけた取材陣にこう啖呵（たんか）を切った――『依頼人のためなら、世界のすべてを敵に回しても闘うのが弁護人の務めです。これ以上、私の依頼人への犯人視報道はやめてください』ってね。僕はテレビで観たけど、いやあ、かっこよかったですねえ」

増山がびっくりしたような目を志鶴に向けた。とっさのことで志鶴はどんな顔をしてよいかわからなかった。

「増山さん、そうは思えないでしょうが、あなたは非常にラッキーだった。当番弁護士で彼女のように頼もしい弁護士が来てくれることなんて、残念ながらそうあることじゃない。彼女は一人でも十分に増山さんのために素晴らしい弁護活動をしてくれるはずです。それでも田口弁護士や僕という人間に協力を求めた。なぜか。最高の弁護活動で増山さんを守るためです。これはすごいことですよ。増山さん、アニメがお好きなんですよね。僕は昔のアニメしか知らないから、ドラゴンボールもガンダムもよくわからないけど……そう、アメリカンコミックスのスーパーヒーローにたとえると、ワンダーウーマンがバットマンとスーパーマンを従えて闘うような感じ、と言ったらわかってもらえませんか」

意外なことに、都築の飛躍した形容に増山はうなずいた。

「増山さん。どうかわれわれを信じてください。間違った制度により、増山さんは無実の罪を問われ、孤独のどん底に叩き落とされ、大勢の取調官によってたかって連日厳しく責め立てられている。国家という強大な力が増山さんという個人を圧し潰そうとしているんだ。どんなに強い人間でもどんなに賢い人間でも一人で抗うことは不可能です。ですが、増山さんにはわれわれ最高の弁護士チームがついている。希望を見失わないでください。勇気を持ってください。今後も壁にぶつかることはあるでしょうが、僕たち弁護士を信じてくれれば、増山さんもご自身が持っている力にきっと気づくはず。われわれ弁護士と増山さんが心を一つにすれば、裁判で無罪を勝ち取るのは不可能や絵空事ではなくなるんです」

都築の言葉を聞くうち、増山の目がしだいに見開かれ、小鼻がふくらんできた。

「よかった。どうやらご理解いただけたようだ」都築が微笑んだ。「では、昨日と今日の取調べについてお話を聞かせてください」

増山の話はほぼ志鶴や都築が想像したとおりだった。

土曜日曜と黙秘ができていくらか気が緩んでいたところへ、警察署での取調べでDNAという証拠を突きつけられて動揺し混乱した。そして今日、検察庁で岩切の硬軟取り混ぜた巧妙な取調べに追い詰められ、絶望のなかで耐え切れず犯していない罪を認めてしまった——まとめるとそうなる。そして殺人の疑いで再逮捕された。

悔しさからだろう。話しながら増山は嗚咽し、鼻水を垂らした。

「辛かったでしょう」話を聞き終えると都築が言った。「よく話してくれました。増山さん、ここで一番してはいけないことが何かわかりますか？ 自分を責めることです。増山さんのような状況に置かれれば、やってもいないことをやったと認めてしまう可能性は誰にでもある。起こってしまったことは変えられません。今この状況での最善策を考えましょう」

涙で顔を濡らしたまま増山がうなずいた。

「まず敵の狙いから。検察官は綿貫絵里香さんの事件で増山さんに死体遺棄を認めさせてから、殺人まで認める自白をさせた。しばらくはこの件について詳しく訊いてくるでしょう。訊いてくる、というのは、自分たちが作った犯行のストーリーに沿った証言を引き出そうとするという意味です。そして、この事件の追及だけで終わるとは考えにくい。次には、半年前に同じ場所で起きた死体遺棄事件についても自白を迫ってくるに違いありません。最終的な目的は、綿貫さんと半年前の被害者、二人について増山さんに殺人の罪を問うことです。わかりますか？」

「お、俺……やってません」

「もちろんです。ただ、検察官は増山さんを逮捕してから今日の再逮捕までが狙いどおりになったことでいわば味を占めてしまった。二匹目のどじょうを狙ってくるのは確実です。捜査機関のやり口はこうです。まずは綿貫さんの事件について、勾留期間をできる限り延長して増山さんを責め立てる。そして勾留期間が切れかかったところ、あるいはちょうど切れたところで今度は半年前の事件について死体遺棄の容疑で再逮捕し、ふたたび勾留を開始する。増山さんの気持ちをくじき、精神的に追い詰めて弱らせ、自分たちに都合のいい供述を引き出そうという作戦です」

増山が眉を曇らせた。

「国家機関が法を盾にこんな卑怯な戦術を恥ずかしげもなく繰り返すのだから、嘆かわしい限り。アメリカだったら取調べに弁護士が立ち会って被疑者に黙秘させ、すぐ保釈されますよ。ひどい話がありましてね——日本で裁判員裁判が始まって数年の内に、裁判員裁判の対象になる重罪事件が起訴される件数が大幅に減ったんです。そして無罪率もわずかに下がった。どういうことかというと、検察官がそれまでなら殺人未遂で起訴していた事件を傷害の罪で、強盗致傷で起訴していた事件を窃盗と傷害の罪で起訴するといったように、公訴事実を軽くするようになったからです。どうしてか。凶悪事件を凶悪事件として起訴すると裁判員裁判になる。そうなると裁判官だけが裁いていたときよりも無罪の判決が下る可能性が高いかもしれないと及び腰になったからです」

都築の声は憤りを帯びている。

「検察官は自分が起訴した事件で無罪判決が出ると、上の人間から叱られ、世間からも叩かれる。それが怖いんだ。重大事件の起訴率が下がったのは一見するといいことみたいですが、それも有罪率の高さを検察官の胸三寸で維持するため、結局は自分の保身のためだなんて、こんなの法治国家じゃないですよ。検察官は、犯罪者を逮捕して有罪にし、処罰する自分たちこそ刑事司法の支配者だと威張っているくせに、勝てる喧嘩でなければケツをまくって逃げを打つような腰抜けなんだってことです。われわれでぎゃふんと言わせてやろうと思いませんか？」

　都築の軽口に、増山の口の両端がわずかに上がった。

「その方法ですが――裁判のことを考えると、どんな場合でも最善の防御は黙秘です。どうです、気持ちを切り替えて、チャレンジし直してみようと思えますか？」

　増山は首をかしげて考えた。

「もし難しいようなら、こういう手もあります。さっきお話ししたように、供述調書を取られてしまっても、署名捺印は拒否する。これで捜査機関は増山さんの供述調書を証拠にすることはできなくなる。どうです、これならできそうですか？」

　増山は、少し考えてからうなずいた。

「よろしい。ではそれをやってみてください。それと捜査機関の供述調書に対抗するため、取調官に強要されてではなく、増山さんがわれわれ弁護人にここで自由に語ってくれるお話を書面にして残すようにします。弁面調書っていうんですけどね。これは増山さんが今後黙秘に成功した場合にも、弁護側の重要な証拠になります。よろしいですか？」

　増山は「はい」と答えた。

「少し元気が出たようだ。その調子です。今もお話ししたとおり、検察官はできるだけ長く増山さんを勾留しようとするでしょう。こちらの川村弁護士はそうさせないためにあらゆる手を打っているし、これからも頑張ってくれます。しかし現実には増山さんの勾留や接見禁止を解くのは非常に難しい。これも日本の刑事司法システムのおかしなところで、そうしたことを決定する裁判所が検察官の言いなりだからです。われわれはこれに二つの対抗策を打ち出します。一つ目。勾留については、留置場という警察管理下の代用監獄から拘置所に移送してもらうよう働きかけます。二つ目。接見禁止を解くのは難しいでしょうが、一つお約束します。今日から一週間以内には、増山さんがお母さんに会えるようにします」

「ど……どうやって？」増山の目に光が浮かんだ。

4

　足立南署を出た二人は都築の車で増山の実家へ向かった。増山文子（ふみこ）には電話でアポイントメントを取ってあった。近くのコインパーキングに車を停め、都築と一緒に歩いていくと増山の家の周囲の取材陣がまた増えていた。

移動の間にスマホでざっとチェックしていたが、増山の再逮捕はトップニュースになっていた。彼らをかき分け玄関に向かうと「あれ、都築弁護士じゃない？」という声が聞こえた。

文子にドアを開けてもらい、素早く中へ入る。志鶴は都築を紹介し、都築も自ら文子に挨拶した。志鶴は三日前の土曜日にも増山への手紙を書いてもらうためこの家を訪れていたが、増山の黙秘を喜んだそのときと比べて文子はぐっと老け込んで見えた。ただでさえ猫背気味の背中がさらに丸くなっているし、眼鏡の奥の目には泣きはらしたような跡があり、落ちくぼんでいる。

居間のローテーブルを見て志鶴はぎょっとした。大量の封筒や折り目のついた便箋が積み上げられていた。

「川村先生は開けずに保管だけしておけ、っておっしゃったけど、つい……」

志鶴の視線に気づいた文子が言った。

「ほう」都築が言ってテーブルに近づき、「ちょっといいですか」と葉書の一枚を手に取った。

「『ロリコンの変態は死刑！』だって……ハハ」

都築はその葉書を志鶴に見せた。都築が言った言葉がボールペンで何回もなぞったらしき荒々しい文字で書きなぐられている。文言だけでなく字面も暴力的だ。

都築は葉書を置いて便箋に手を伸ばした。

「なになに――『あなたの息子は人間ではありません。人の皮をかぶった怪物です。母親であるあなたにも化け物を生んで育て世に放った責任がある。生きたまま串刺しにされ地獄の業火に焼かれてしまえ』……はっはっは。なかなかの文才じゃありませんか、お母さん」

乾いた笑い声と裏腹に、都築はにこりともせず言った。文子の顔は青ざめている。都築は便箋を放った。

「僕もね、刑事弁護を専門にやってきたのでこういう手紙はたくさんもらってきました。この手紙と逆のパターンで、お前のような外道の親の顔が見てみたい、とかね。お前の家族も被害者と同じような目に遭えばいいとか。ありませんでした、そういう内容？」

「……ありました」

「でしょう？」都築は愉快そうに言った。「結局、こういう手紙や電話を寄越してくるような人間の発想は貧弱、ワンパターンなんです。まあこれくらいの量ならいいかもしれないけど、そのうち飽きてきますよ。スーパーのチラシを見てる方がよっぽど退屈しない。昔なら集めて焼き芋の焚きつけくらいにはできたんだけど、今は環境問題があるからゴミにしかならない。時間つぶしにしたってあんまりお勧めしないなあ」

　文子はうなだれたままだ。

「お母さん。こういう連中がなぜこんな手紙を送ってきたりするか、わかりますか？」

「……いえ、私には」

「川村君、君はわかるかね？」

「――歪んだ正義感、でしょうか」

「違う。暇なんだよ。というより、自分の人生を生きていないと言った方がいいかな。充実した人生を送っている人間に、こんなことをする動機や費やす時間があると思うかい？　こういうことをする人の胸にはぽっかり大きな穴が開いていて常に満たされない気持ちに苛まれている。自分の人生をみじめだと思っているから、他の人も同じようにみじめな目に遭わせれば少しは楽になれると錯覚してるんだよ。だからね、お母さん。こういう連中にとって犯罪がどうとか社会正義がどうとかっていうのは関係ないんです。攻撃できる相手だと思えば何にだって食いつく。腹を空かせた鮫みたいなもんで見境なんてないんだ。気の毒な人たちかもしれないが、生きるために仕方なく犯罪に手を染めてしまう人間の方が個人的にはよほど同情に値する。こんなものをいちいち気にしていたら、体がいくつあっても足りません」

　文子はその励ましにも反応しなかった。よほど意気消沈したのだろう。

「お母さん。淳彦さんの部屋を見せてもらってもいいですか？」

「……はい」

　増山の部屋は二階にあった。煙草の臭いが染みついた六畳の和室だ。家具は、パイプベッドと小学生が使うような学習机、合板の組み立て式本棚と箪笥。少女を描いたアニメのポスターが壁やふすまに貼られ、目を引く。ベッドの上には、水着姿のアニメの少女が描かれた抱き枕が二本載っていた。本棚には漫画の単行本や雑誌、アニメの美少女をモチーフにしたフィギュアが並んでいる。胸が強調されていたり、スカートから下着が覗いていたりする。先日も増山に頼まれたカードケースを取りに来たので今日が二度目だが、自分が女性だからか、それでも志鶴は落ち着かない気分になった。

「……お恥ずかしいです。四十四歳にもなって、こんな」文子が言った。「私もふだんは入れてもらえなくて、こんな風になっていたとは」

「警察が家宅捜索に入ったんですよね」都築が言った。

「ええ。大体の物は返ってきたんですが、ＤＶＤとパソコンは証拠に使うからって。……家宅捜索のとき、びっくりしました。家にお金も入れないで、あんなＤＶＤを買い込んでたなんて。やっぱり私が甘やかしたのがいけなかったんでしょうか……」

「いけなかった？　淳彦さんの何がいけないんです？」

「だって。いい大人になっても自立できず、あんなアニメや女の子のＤＶＤばっかり観て……。中学生の女の子に興味を持ったりするから、こんな目に。自業自得ですよね。あの子をそんな人間にしてしまったのは、親である私や死んだ夫の責任です」

　情報収集の目的でＳＮＳをチェックした際、文子が今口にしたような意見も多数見かけた。

「お母さん」都築が彼女の目を見て穏やかに語りかけた。

「それは違う。自業自得なんてことはありません。淳彦さんは被害者です。おかしいのは誤って淳彦さんを逮捕して起訴しそれを許した警察や検察や裁判所であり、逮捕されたというだけで淳彦さんを犯罪者扱いするマスコミやそれを鵜呑みにする世間の方なんですよ。淳彦さんは過去に中学校に侵入した。これは違法ということになっている。その行為について批判が起きるのは仕方ないでしょう。しかし、今回の件に関して彼は犯罪行為を犯していないとご本人がおっしゃっている。たしかに、淳彦さんのような年齢の男が中学生の女の子に興味を持つのは今の一般常識からすれば顰蹙を買うことかもしれない。でも人間は、どんなに立場がある人でも、世間に眉をひそめられるような部分を必ず持っている。それが当たり前なんです」

　増山と同様、文子も都築の話に引き込まれているようだった。

「われわれ人間は、社会的な生き物です。いわゆる常識を共有するのは社会を維持するため。常識という鋳型があってその型に合わせて人間が生まれてくるわけじゃない。個々の人間の存在がその社会で共有されている常識からはみ出すのは自然なこと、人間なんて不道徳であるのが健全なんですよ。そしてまたこの『常識』は時に暴走してちっぽけな個人を蹂躙してしまうおそろしいものでもある。法律というのは、その暴走を防ぐために創り出された約束事、人類の理性の結晶なんです。日本の司法が依って立つ近代法では、裁判で有罪判決が出されるまで疑いをかけられた人を無罪として扱うという無罪推定を基本原則としています。つまり法律という観点から見れば、異常であり、おぞましく、恥ずべきなのは、無実の人を平気で犯人扱いしているこの国の圧倒的大多数の人間の方ということになる。わかりますか、お母さん。法の理念という光に照らせば、間違っているのは世間の方なんだ」

文子の顔に驚きが波のように広がった。

「お母さん。淳彦さんを悪者扱いするのは世間の連中に任せましょう。こんなに厳しい身体拘束を受け、接見まで禁止されて、裁判を受ける前に淳彦さんはすでに罪人として懲罰を受けているんです。せめてわれわれだけは彼を裁くのはやめようじゃありませんか。淳彦さんは、ありのままで不当極まりない扱いに抗議して日常を取り戻す権利を持っている。法がそう定めているんです」

文子の目がまばたき、唇が震えた。「う、うう……」という声が漏れ、落ちくぼんだ目から涙があふれて頬を伝った。

「わ、私……辛いのは、あの子の方なのに……手紙じゃなく、淳彦の顔をひと目でも見て声をかけてやれればとは思います……」

「わかります。接見禁止を解くのは難しいですが、それについてはわれわれに一つ考えがあります。先ほど接見で淳彦さんにもお話ししたことですが」

「考え、ですか……?」

増山の実家を出た二人は、都築の運転で都心へ向かう途中に見つけたファミリーレストランで遅い夕食を摂った。

「今日はありがとうございました」志鶴は言った。「私一人ではとてもあんな風には」

増山も文子も精神状態がどん底まで落ち込んでいたのに、都築の言葉で生気が蘇る(よみがえ)のを志鶴は目の当たりにした。自分を卑下する気はないが、やはり都築は弁護士としての格が違う。

「そんなことはないさ」都築が言った。「状況がまったく予断を許さないのも変わりない。物証について現時点でどう評価する?」

志鶴は周囲を見回してから、

「——正直、ショックです」

片手を額に当てる。田口や増山の前では出せなかった本音だ。

「証拠開示されてみなくては何とも言えませんが……増

山さんの供述と完全に食い違っていて。一体どう考えていいか――」

「証拠が開示されたところで後手に回らぬよう、今からイメージだけでもしておくべきだ。考えられる可能性は？」

志鶴は顔を上げた。

「……まずふた通り。警察が発見したという煙草の吸い殻が本当に増山さんの物である場合と、そうでない場合。後者には警察による意図的な捏造あるいは鑑定不正あるいは鑑定ミスの三つが考えられます」

「前者の場合、なぜ増山さんが行っていないはずの現場で発見された？」

「別の場所で発見されたかあるいは意図的に入手したものを警察がその場所で発見されたかのように偽装した。あるいは、他の何らかの偶然でその場所に移動した。たとえば――通勤途中に千住新橋の上で喫って投げ捨てた吸い殻が、現場まで風に飛ばされたとか。でも、五百メートル近く離れた場所ですし、その可能性は限りなく低そうですね」

「つまりこういうことかな。増山さんが嘘をついていたり、記憶が誤ったりしていない限り――われわれはそう前提しているわけだが――捜査機関による証拠物の捏造、収集方法・発見場所についての虚偽報告という違法な捜査、もしくは鑑定ミスである蓋然性が高い、と」

「そうなると思います」

「こちらの対抗策は？」

「まず弁護人による現場調査と記録化。それと――公判でDNA鑑定の専門家証人を立てて証人尋問で証拠を弾劾し、かつ、検察側が立てるであろう専門家証人を反対尋問で潰す」

都築が微笑んだ。

「対策が決まれば、もはやそこに頭脳の貴重なリソースを無駄に割く必要はない」

二人が注文した料理が運ばれてきた。

「ほう。なかなか本格的なステーキじゃないか」

ナイフとフォークを手に取ると、都築は残念そうな顔でこう付け加えた。

「アメリカなら、車でもワインの一杯くらい飲めるんだけどなあ」

5

翌朝、志鶴は少し早く家を出て最寄り駅のいつもとは反対のホームに立った。乗り換えて向かったのは横浜、東横線の白楽駅だ。

十分ほど坂を上ると寺に隣接する墓地に出た。仏花や線香も売る休憩所はもう開いていたが寄らずになかへ進む。志鶴が足を止めたのは「篠原家」と彫られた墓石の前だった。

水鉢にはまだ新しい仏花が生けてあり、香炉には燃え尽きた線香が残っていた。尊の家族が来たのだろう。示し合わすことはないが志鶴も彼岸には欠かさず来るようにしている。今年はこれが初めてだった。

輸入食品を扱う店で買っておいたチェリーコークの缶を墓前に供えて手を合わせる。風が起きて墓の横に植えられているコデマリの葉がそよいだ。墓誌の最後には尊の戒名と俗名、没年月日に続いてこう刻まれていた——

「行年　十七歳」。

「——現時点で田口先生にお願いしたい作業は以上です」

その日の午後、秋葉原の事務所の会議室で、志鶴は増山の案件について田口と打合せをしていた。書類をまとめていると、田口が口を開いた。

「一つ訊いていいか？」

「……何ですか」

「志望動機だ。川村先生はなぜ弁護士を志した？」

増山の弁護方針について難癖をつけられるのかと思ったら違った。

「少し長い話になりますが、いいですか？」

「ああ」どうやら本気のようだ。

「高校生の時、バンドを組んでいた仲間が亡くなったんです。バイクに乗っていて——」

高校二年生の夏休み。第一報はテレビのニュースだった。午前十時半頃、近畿地方のX県で走行中の県警白バイの進路に対向車線から原付バイクが飛び出してきて正面衝突した。白バイと原付バイクの運転手は病院に搬送され、どちらも重傷。県警では原付バイクを運転していた「十七歳の少年」を自動車運転過失傷害の疑いで調べているとの報道だった。

胸騒ぎがした。

篠原尊は三日前から一人で旅行に出ている。愛車——五十ccのホンダ・スーパーカブ——に荷物を積み、東京からフェリーで大阪へ向かい、そこから近畿地方をツーリングしてまたフェリーで帰ってくるという旅程だ。

篠原は今朝、一番親しくしているバンド仲間のメーリングリストにX県入りしたと報告していた。志鶴たちメンバーはそれぞれ現地の名物である食べ物を挙げ、無言のうちに土産としてねだる大喜利が始まった。『全部は無理（笑）。てかお前らレインアンドボウズの仲間には俺が何かとっておきを探してやるって』という返信の後、メーリングリストに篠原からの送信はない。

志鶴の胸騒ぎは的中した。「十七歳の少年」は彼だったのだ。

篠原は緊急手術を受けたが、意識を取り戻さないまま翌朝早くに亡くなった。肝臓破裂が死因だという。白バイ隊員は骨折などで全治二ヵ月と診断されたが、命に別状はなかった。

志鶴だけでなく他のメンバーも誘ってバンドを起ち上げ、「RAIN&BOZE」——虹を意味するレインボーにかけた名前をつけたのは篠原だった。レインボーカラーが多様性を象徴しているというのが大きな理由だった。

事故の翌日、篠原は自動車運転過失傷害被疑事件の被疑者として書類送検され、被疑者死亡のまま家裁に送致されることなく終結した。ラブ&ピースという自らのモットーに馬鹿正直に生きていた篠原は暴力や違法行為とは無縁だった。彼を知る誰もがそう思っていたはずだ。その篠原が人を傷つけた罪で事実上有罪となった。

事故が発生したのはX県の国道。現場付近は標高二百メートルほどの山間を走る最高速度五十キロの区間で片側一車線。白バイの進行方向左側に向かってカーブしており、左手が山側の傾斜になっている。白バイの前方に対向車線を走る原付バイクが見えた。白バイが車線中央を走っていたところへ、センターラインをはみ出した原付バイクが突っ込んできてよけきれず衝突した。

報道でわかるのはそこまでだった。

納得できなかった篠原の両親は、息子の死の真実を知ろうとX県警に何度も説明を求めたが答えてもらえず、弁護士に相談した。

三十代半ばの小池という男性弁護士の助言を受け、実況見分調書の精査を交通事故鑑定の専門家に依頼したところ、調書には決定的な疑問点が存在すると鑑定人は結論づけた。

「実況見分調書には白バイはスーパーカブとの衝突後に転倒したとありますが、それではこんな角度で刻印が転写されるはずがない。この刻印の角度から導き出されるのは、スーパーカブと衝突したときにはすでに白バイは転倒していたという推論です」

「そんな――警察の言い分はまるっきり嘘ってことじゃないですか」篠原の父親は信じられない思いで言った。

「私の鑑定結果ではそうなります。尊さんは何らかの理由でスーパーカブをガードレール近くの路肩に停めていた。そこへ対向車線から白バイが走ってきた。白バイはおそらく制御を失って転倒し、尊さんのスーパーカブに突っ込んだ。実況見分調書を通じて警察が提示した状況説明とは反対に、事故の過失は尊さんではなく白バイ隊員の方にあった。それが鑑定によって導き出される結論です」

「尊は――あの子は本当は被害者だったのに犯罪者に仕立てられたってことですか？　まさか警察がそんなこと……」

篠原の母親が絶句する。

「残念ながらあり得ないとは言えません」小池弁護士が言った。「もし事実が今の鑑定どおりなら、自動車運転過失致死で罪を問われるべきは白バイ隊員です。それを認めれば彼個人のみならず警察組織そのものが世間に糾弾されるでしょう。日頃市民のために働く警察が事実の歪曲や隠蔽などの不正を行う一番の動機は、自分たちの組織を守るためです」

「冤罪……ですか？」篠原の父親が言った。

「警察に殺されたうえ、やってもいない罪を着せられて犯罪者にされるなんて、このままじゃ尊が不憫すぎる。どうにかできないんですか。X県警を刑事告訴するとか」

「国家賠償請求訴訟を起こすべきだと考えます。国賠なら警察や検察を否応なく土俵に引きずり出せる。形式上慰謝料を請求しますが裁判の過程で現在警察が応じていない捜査記録もすべて開示させ、間違いや虚偽を指弾することが最大の目的です」

篠原の両親は、X県を相手取り、約六千万円の国家賠償請求訴訟を提起した。

X県で開かれた国賠訴訟の公判を、十七歳の志鶴は初めて傍聴した。原告側の証人と、被告である白バイ隊員への尋問が行われた日だ。

原告側の証人は当時事故現場付近にいた老人で、事故発生直後、現場に駆けつけたところ、路面に白バイのブレーキ痕があったと証言していた。が、事故の直後、現場の道路は新たに舗装されており、それを裏づける物証は存在しない。さらに彼は、ガードレール付近で倒れていた篠原の上から、篠原の体を圧し潰していた原付バイクをどけたとも証言している。しかしX県側の攻撃的な代理人は、原付バイクから証人の指紋は検出されなかったと主張し、証人が嘘をついているかのように印象づけた。

午後には白バイ隊員が出廷した。二十七歳の颯爽(さっそう)とした男性だった。主尋問ではこれまでの報道どおりに篠原が事故の原因を起こしたとする警察側のストーリーをなぞった。

志鶴にはにわかに信じられなかった。警察官が裁判で平然と嘘を証言している——篠原の両親から事故の鑑定結果を聞いていた志鶴にはそうとしか思えなかったのだ。目の前で起こっていることはこれまでの常識を超えていた。

反対尋問になった。小池弁護士は事故当時X県警が緊急走行の訓練を公道で行っていた事実を示し、白バイ隊員がサイレンを鳴らさずに時速百キロ近いスピードで現場道路を走っていたのではないかと追及した。さらに、交通事故鑑定人の鑑定結果も活用して白バイ警官の証言に矛盾があることを示そうとした。素人である志鶴には効果的な反撃だと思えた。

が、肝心のところで相手方の代理人がヒステリックに異議を発し、裁判長はそれを認めて小池弁護士の追及の手を止めた。返答に困る白バイ警官に助け舟さえ出した。裁判長は公平ではなく、明らかにX県、X県警側の味方をしている——これも志鶴の常識を超える出来事だった。

その後下された判決で原告側は敗訴した。

「なるほど」志鶴の話を聞き終えた田口が言った。「筋金入りの刑事弁護士が誕生するきっかけとして納得できるエピソードだな」

揶揄しているのかそうでないのか判断しがたい言い方だった。

「誉め言葉として受け取っておくことにします」志鶴は書類とノートパソコンを持って会議室を出た。

田口にした話には、まだ続きがある。

事故のあとＸ県警から両親の元へ返された篠原尊の遺品の中に携帯電話があった。路面に落ちていたものだという。挿入されていた記録媒体であるＳＤカードは無事だったものの、本体は衝突時か路面への落下時の破損によって起動できなくなっていた。両親は何軒かの修理業者を当たったがどこも直すことができないと返され、修理を諦めたが大事な息子の遺品として捨てることはしなかった。

九年後の昨年。二人でテレビを観ているとニュース番組の特集コーナーで「携帯の修理王」と呼ばれる男性が取り上げられていた。携帯電話の修理業者を営むその人物は、他の業者には修理ができないほどひどく破損した携帯も彼ならではのノウハウと技術によって修理することができる。同じ修理業者の間でも、彼に直せなければその携帯を直すのは不可能だと言われるほどのエキスパートだ。

篠原夫妻が考えたのは同じことだった。修理王の情報を控えた二人はすぐ彼に連絡を取り、保管してあった息子の携帯を持って修理店を訪ね、預けた。三日後、修理王から修理に成功したという連絡が入った。

ふたたび店を訪れた二人は、数年ぶりで復活した息子の携帯の中身を確かめ、何年もの間ずっと脳裏を離れなかった疑問——意味がないとわかっていても、不運な事故により子供を喪った親として考えずにはいられなかった問いかけに対する答えを見つけた。

起動した携帯には、尊が最後に操作した状態が再現されていた。篠原尊が最後に行った操作はメールを書くことだった。両親はまだ書きかけの文章を読むことができた。データはＳＤカードではなく携帯本体に保存されていたので両親が目にするのはこれが初めてだった。

『見つけたぞ、愛しきレインアンドボウズのお前らへのお土産！　言っただろ、とっておきを探し』

メールの本文はそこで途切れていた。尊が送信しようとしていたのはバンド仲間のメーリングリストだった。

結局送られることのなかったそのメールには画像が添付されていた。それを開いたとき、篠原夫妻は息を呑んだ。

携帯に内蔵されたカメラで撮影された写真に写っていたのは山間の風景だった。高い場所から下界に広がる平地を写した構図だ。篠原夫妻にはそれがどこから撮影したものかすぐにわかった。

Ｘ県の国道。事故が起きた現場——尊が圧し潰されたガードレールのすぐ手前ではないか。

尊はなぜよりによってあんな場所にバイクを停めてしまったのか？

篠原夫妻があの事故からずっと、互いに口には出さないようにしていたが何度も何度も胸のなかで繰り返した問いかけへの答えが、亡くなる直前まで打たれていたメールに添付されていたその画像だった。

標高二百メートルほどの山間の国道から平地を見下ろしたその光景の空には、雨上がりの大きな虹が鮮やかな七色に輝いてかかっていた。

断章 増山

1

朝食後、淳彦の居室の前に留置官が現れ、立ち止まった。

「37番、調べッ——！」

「調べ」とは取調べのことだ。第六居室のドアが外から開けられ、淳彦は鉄格子のドアの脇に置かれていた、「37」と書かれた茶色いサンダルを履いた。留置官がドアを閉め、淳彦に手錠と腰縄をつけた。全身が鉛のように重たくなる感覚。手足は冷たくなっているのに、じっとり汗が出た。

廊下の先に、留置場から外へ通じるものものしい鉄のドアが見える。留置官に付き添われてドアに近づくにつれ、動悸が高まり息が苦しくなった。留置官はドアの前で立ち止まると、鉄格子で保護された細長い覗き窓から向こうを確認し、解錠してドアを開けた。外にはいつものように取調官が二人、立っていた。ここに留置されてから淳彦が目にした警察官はみな男だ。取調官は留置官と違ってどちらもスーツ姿。二人とも全身からヤクザのようなすごみを放っている。

「よお」と言ったのは、茶色いスーツを着た年配の男。背は低いががっしりしている。どうやら取調官では一番偉い立場にあるようだった。留置官も取調官も淳彦の前では決して自分たちの名前を口にしない。淳彦はこの年配の刑事を心の中で勝手に「ボス」と呼んでいた。

ボスの隣にいるのは若く背の高い、淳彦が「ノッポ」

と呼んでいる刑事だ。

「つらいよなぁ」ボスがささやくように言った。「お前が毎日こんなつらい思いしてるのに、あの女弁護士の先生は娑婆でぬくぬく自由に暮らしてる。誰にも命令されず好きな時間に起きて好きな服を着て好きな物を食べ、好きな場所へ行く。恋人ともよろしくやってるかもしれん。お前のおふくろさんが払った弁護費用で優雅な生活をエンジョイしてるんだよ。気楽な商売だよな。自分は安全な場所にいて、自由を奪われて苦しんでるお前には偉そうに黙秘しろだの、供述調書に署名はするなだの、上から目線で好き勝手言うだけで金になるんだから」

淳彦は外の世界で自由に過ごす川村弁護士の姿を想像し、うらめしい気持ちになった。

「お前はあの女弁護士のくだらん入れ知恵を馬鹿正直に真に受けて黙秘した。で、どうなった？　お前が死体遺棄現場にいた証拠を突きつけられ、正直に罪を認めるしかなくなった。死体遺棄だけじゃなく殺しもな。黙秘した分、お前の留置場暮らしは長引くことになり、おふくろさんにも会えなくなった。自分で自分の首を絞めたんだよ。わかるか？　素直に話さないことで損をするのも苦しむのも、お前の他には誰もいないんだよ、増山」

ここへ来て何度目だろうか。淳彦の脳内に「何で俺がこんな目に」という言葉がぐるぐると反響した。

2

淳彦が警察の恐ろしさを思い知ったのは、初日の事情聴取に続き、翌日、足立南署の取調室へと刑事たちに同行したときだった。朝早くに自宅に迎えに来た五人の刑事たちは明らかに昨日よりテンションが高かった。みな目をぎらつかせ、署へ向かうバンの車内では淳彦そっちのけで軽口を叩き合い、ぎっちり淳彦を挟んで座る一人は鼻歌さえ歌っていた。淳彦は不安になった。

取調室では床に固定された中央の机に向かって座るボスと、壁際の机でノートパソコンを前にしたノッポが待っていた。迎えに来た刑事たちのうち二人が取調室に残った。

一人はよれよれのスーツを着た痩せて骨ばった男で、年齢はボスの次くらいだろうか。刑事の一人が一度だけ「係長」と呼ぶのを淳彦は聞いていた。

もう一人は体の大きな坊主刈りの男で、淳彦が「イガグリ」と呼んでいる刑事だ。淳彦の隣で鼻歌を歌っていたのはこの男だった。

　淳彦はドアに近い側、ボスと机を挟んだ正面のパイプ椅子に座らされた。ここまでは昨日と同じだった。だが異なることもあった。昨日は取調室のドアは開けたままストッパーで固定され、その外をパーティションで目隠ししていた。が、今日はそのドアを係長がぴったり閉めたのだ。係長はこちらに戻り、淳彦の斜め前に立つと、いきなりしゃがれ声を張り上げた。

「増山あ——！」

　淳彦は椅子の上でびくっとした。昨日係長は「増山さん」と呼び、こんなふうに声を荒らげることはなかった。

「お前、もう金輪際逃がさねえからな。昨日平気で指紋とDNA採取に応じたのは警察舐めてるからか、おお？」係長は淳彦の顔を覗き込んできた。ぎょろっと大きな、爬虫類を思わせる目。「きっちりカタにハメて死ぬほど後悔させてやるから、覚悟しろ」

　その言葉に嘘はなかった。昨日は生前の綿貫絵里香を知っていなかったかと何度も訊かれた。今日も同じ質問がくり返されたが、淳彦が否定すると係長がそのたびに暴言を浴びせてきた。「とぼけてんじゃねえぞコラ！」「嘘をつくな嘘を！」「わかってないのか。お前はもう終わりなんだよ終わり」

　淳彦は縮みあがるばかりだった。前日との激しいギャップで困惑する。何が起きているのか理解が追いつかない。

「増山ちゃんさあ」しばらくすると、ボスを挟んで係長と反対側に立っていたイガグリが係長に代わって話しかけてきた。昨日と違ってなれなれしい口調だ。「本当はヤバいと思ってるんじゃないの？　身に覚え、あるもんね？」

　イガグリは色白で、ピンク色の唇がぬめぬめと光っている。

「あるんじゃない、身に覚えが？」そう言ってにやりと笑った。

「……ないです」

「そうかあ。本当に？」

「本当です」

「じゃあこの事件のことはいったん措いておくよ。それはそれとして、好きだよね、ジュニアアイドル？」

「えっ——」

「なぜ知ってる？　って思ったよね今」イガグリがにた

にたする。「警察ってね、捜査するのが仕事なの。増山ちゃん、中学生くらいの女の子にすごく性的な興味あるよね？」

淳彦は黙り込んだ。

「でしょう？　もっと言うと、星栄中学校の女子に」

淳彦は首を振ろうとした。

「あれれっ、これ何だろう？」イガグリは机の上にあったファイルを手に取って開いた。「おや、これ、十六年前の逮捕記録だ。何なに、星栄中学校に侵入して捕まった変態男がいたって。名前は——あれれえっ、増山淳彦だって」

氷のように固まった淳彦を見て、イガグリは満面の笑みを浮かべた。

「そう。記録残ってるよ、ちゃんと。認めるよね、十六年前、星栄中学校に侵入したこと」

うなずくしかなかった。

「何で侵入したんだっけ？」

「……わかりません」

「いや理由なしに犯罪は犯さないよね。あったはずだよお、侵入した理由」

「……覚えてないです」

「女子中学生に性的な興味があったんじゃない？」

「……い、いえ」

「本当？」

「はい」

「そっか。じゃあ仕方ないね——とはならないんだなあ」イガグリはノッポの方を振り返った。

ノッポがノートパソコンの横から何かを取って立ち上がり、イガグリに渡した。これもファイルだった。

「これ、十六年前、増山ちゃんを逮捕したとき担当の刑事が取った調書——」イガグリはふせんがついたページを開いた。「ここにはっきり書いてあるけど？『私が星栄中学校に侵入したのは、もともと女子中学生に性的な興味があり、ソフトボール部の練習を見ているうち、むらむらして、彼女たちの制服を盗んでみたくなったからです』って。見てごらん」

イガグリは淳彦にそのページを見せ、淳彦の言葉だという部分を指で示した。確かにそう書いてあった。イガグリはページをめくり、淳彦に見せた。

「確かに増山ちゃんの言葉だっていう証拠に、ここに増山ちゃんの署名と指印があるよね？」

イガグリが指で示した先を見て、淳彦はうなずいた。

イガグリがファイルを閉じた。

「増山ちゃん、女子中学生に性的な興味があったから星栄中学校に侵入したんだよね？」

「……お、覚えてないです」

「女子中学生に性的な興味あったから星栄中学校に侵入した。そうだよね？」

「……覚えてない」

「女子中学生に性的な興味あったから星栄中学校に侵入した。だって自分でそう言ってて記録にも残ってるじゃん。今確かめたよね、自分の目で？」

淳彦はうなずいた。

「じゃあ認めなきゃ嘘つきになっちゃうよ。言ってごらん、『女子中学生に性的な興味があったから星栄中学校に侵入しました』って。本当のことなんだから抵抗ないじゃん」

抵抗はあった。が、イガグリが何度も迫るので抗いきれず、言われたとおりに繰り返した。

「中学生の女の子に欲情するロリコンの変態野郎だってことを認めるんだよな？」するとすかさず係長が言った。「十六年前の盗みは未遂に終わったが、お前は執念深くそのときのイカ臭い性欲を溜め続け、今回の犯行に及んだ。そうだな？」

「ち、ち、違います――」必死で否定する。「こ、今回の事件とは関係ない……」

ばあん――！　係長が淳彦の目の前の机を手で叩いた。淳彦は硬直する。

「言ったろう、金輪際逃がさないって」係長がまた顔を近づけてきた。胃が悪そうな口臭がした。「お前の嘘なんかお見通しなんだよ。だからしょっぴいてんだ」

係長は淳彦のすぐ目の前に手を伸ばし、指を曲げた。淳彦はのけぞった。

「何ビビッてんだ？　お前に殺された絵里香ちゃんはもっと怖かっただろうよ。手前それ見て楽しんだんだろうが」

殺人の疑いまでかけられている。淳彦は驚きと共に首を振った。取調室は狭い。鉄格子が嵌まった窓は淳彦の背中側だ。空気が欲しいと思った。

係長が声を低める。「お前、綿貫絵里香ちゃんのこと、知ってたよな？」

淳彦はぶるぶると首を振った。

「ちゃんと答えろ」

「し、知りません……」

「ニュースで観て知った。昨日はそう言ってたよな？　でもあれは嘘だ。お前はその前から絵里香ちゃんを知っていた。そうだな？」

「い、いえ……」

「お前はニュースで観る前から絵里香ちゃんのことを知っていた。そうだな？」

「……いえ」

「じゃあいつ知った？」

「だ、だからニュースで」

「何月何日？」

「……そ、それは、わからないけど」

「何月何日何時のニュースだ？」

「わかりません……覚えてません」

「覚えてなくて当たり前だ、嘘なんだから。お前はニュースなんかよりずっと前に、絵里香ちゃんのことを知っていた。死体遺棄をした張本人だから当然だ。そうだよな？」

「ち、違います」

「死体遺棄だけじゃない、彼女を無理やり犯して、殺した。鬼畜だよお前は。やったんだよな？」

「やってません」

「今回の事件には関係ないと？」

「は、はい」

「絵里香ちゃんのことも知らなかった？」

「はい」勢い込んでうなずいた。

「違うだろ。増山、貴様は、ニュースになる前から絵里香ちゃんを知っていたんだ。認めろ」

「……知らないです」

「脳味噌の代わりにラード詰まってんのか⁉　馬鹿の一つ覚えみたいに知らない知らないって。そうじゃねえ。お前は、ニュースになる前から絵里香ちゃんを知っていた。絵里香ちゃんを犯して殺した犯人だからだ。そうだな？」

　汗が滲んで淳彦は目をしばたたいた。どうすればわかってもらえるのだ。淳彦には信じられないことに、ここにいる刑事たちはみな、淳彦が綿貫絵里香を殺したにもかかわらず嘘をついていると信じ込んでいるらしい。淳彦には彼らが正気とは思えなかった。

「お、俺——やってない。この事件には関係ないです」

必死で訴えた。

「じゃあいったん殺しの話は措いておくぞ。お前はニュースで観る前から絵里香ちゃんを知っていたよな。まずそのことだけ認めろ」

「知らなかったです」

「知っていた」

「知りません」

「認めろ。まずはそこだけ認めろ。お前は絵里香ちゃんを知ってた」

淳彦は首を振った。また汗が目に入って手で拭った。手の平にも汗。

「何で認めない？　絵里香ちゃんを知ってた人間は大勢いる。犯人じゃないなら認めても問題ないだろうが。普通の人間なら素直に認める。認めないのはお前が犯人だからだ。そうだよな？」

頭が混乱した。

「ち、ちが――」

「じゃあ認めろよ。お前はニュースで観る前から絵里香ちゃんを知っていた。そうだな？」

「いえ――」

「認めないのか」

「はい」

「犯人だからだな」

「違います」

「犯人だから認めない。そういうことだな」

「……違います」声が震えた。

帰りたかった。昨日の事情聴取が終わり、帰宅して、インターネットで少し調べてみた。参考人として話を聞かれる事情聴取は任意――強制ではないらしい。帰ろうと思えば帰してもらえるはずだ。

「帰れねえぞ」すると、淳彦の考えを読んだかのように係長が言った。「昨日お前はまだ参考人だったが、今日は被疑者だ。お前が逃げようとしたら、俺たちはいつでも逮捕できる。お前はここから出られない――自分が犯した罪をきちんと認めるまではな」

愕然（がくぜん）とする。意味がわからない。自分の身に何が起きているのか理解できなかった。母親と話をしたい。だが、スマホは取調べの前に預けてしまっていた。昨日の事情聴取で刑事が「携帯は預かることになってます」と言い、淳彦はスマホを渡していた。今日もそうしてしまったのだ。

淳彦は係長ではなくボスを見た。

「か――母ちゃんと話したいです」

が、ボスは平然と淳彦を無視した。答えたのは係長だった。「なぜだ。何で話したい？」

淳彦は言葉に詰まる。

「証拠隠滅を頼むつもりか。そんなことさせると思ってんのか。駄目に決まってんだろ」

「違います……」

「じゃあ話す必要ないだろ。それとも何か。『おかあちゃん、助けて～』って泣きつくつもりか」

図星だった。

「自分がやったことを認めない限り、お前は絶対にここから出られない」

首を絞められているかのように息苦しくなった。気が遠くなりそうだ。

「助けてほしいか？」

訊かれて、うなずいた。

「だったら簡単だ。本当のことを話せばいい。簡単だろ？　嘘をつく方がよっぽど面倒だ。普通の人間はな。お前は違うのか？」

どう答えてよいかわからなかった。

「いいか増山。お前が正直に話せば、俺はお前を最低限人間扱いしてやる。だが嘘をつく限り、極悪の犯罪者とみなし、本当のことを白状するまで徹底的に追及する。それが俺の、殺された絵里香ちゃんへの警察官としての使命だからだ」

係長の目は血走っていた。

「お前は、ニュースで観る前から、綿貫絵里香ちゃんを知っていた」ゆっくり言葉を並べた。「そうだな？」

淳彦は大きく息を吸った。吸おうとした。が、うまく吸えなかった。めまいがした。もう答えたくなかった。帰りたかった。ボスを見た。

「あ、あの……」

「質問に答えろ！」係長が耳元で叫んだ。

ボスは係長を片手で制すと、淳彦に向かって、「どうした？」と言った。

「た、煙草(タバコ)……喫(す)わせてください」

昨日の事情聴取では、途中ボスが淳彦を誘い、喫煙所で一服した。完全にニコチン切れだ。煙草を喫わないと頭が働かない。少しでもこの部屋の外へ出たかった。ボスならわかってくれるかもしれない。

するとボスは、昨日は出さなかったような野太い声で淳彦を打った。

「勘違いしてるんじゃねえか、増山——！」さっきまでとは別人のように険しい目で淳彦を見据えている。「お前、警察署に客にでも呼ばれてるつもりか？　甘ったれるんじゃない！　今日は事情聴取じゃなく取調べだ。俺たちはな、この仕事に命張ってんだよ。見くびるのもたいがいにしておけ。質問の答えはどうした」

　淳彦は呆然として唾を飲んだ。脳味噌がフリーズしたみたいに考えがまとまらなかった。懸命に振り絞る。

「け、けど……俺、やってないんです。本当にやってないんです」

「――お前には選ぶことができる」係長が低い声で言った。「二つの道から一つをな。一つは正直な人間の道。もう一つは極悪な外道の道。どちらを選ぶかは、質問に対するお前の答え次第だ。では訊くぞ。お前は、ニュースで観る前から、綿貫絵里香ちゃんのことを知っていた。そうだな、増山？」

　生温かい涙がこぼれて落ちる。「……知らない。知りませんでした」

　係長が息を吸う音が聞こえた。

「つまりそれが答えってわけだ。言っとくが選んだのは貴様自身だぞ、増山淳彦。俺が与えてやった最後のチャンスを踏みにじってな」

　係長が机を離れ、一歩、二歩と歩いて淳彦を振り返った。

「お前は、絵里香ちゃんの事件には関係ないと言った。だよな？」

「はい」

「そして、彼女の遺体が発見されたニュースを観るまで、絵里香ちゃんのことは知らなかったとも言った。そうだな？」

「は、はい」

「つまりこういうことだな。もしお前が絵里香ちゃんを知らなかったというのが嘘だったら、事件に関係ないという言葉も嘘だってことになる」

　そうだろうか。よくわからない。

「考えるようなことか」係長が嘲るような笑みを浮かべた。「小学生でもわかる理屈だ。そもそもお前は嘘をついてないんだろ？　だったらそれで問題ないだろ。違うか」

　淳彦はうなずいてしまった。

「増山ちゃん」またイガグリが手綱を取り、淳彦の目を覗き込んできた。「訊き方変えようか。いい、質問するよ――増山ちゃん、まだ生きている頃の綿貫絵里香ちゃん、見たことはある？」

　淳彦は言葉に詰まった。

笑った。

「本当？」イガグリは淳彦の顔のすぐ近くでにたあっと笑った。

「み、見てません」

「見たんじゃない？」

「あ――ありません」


嫌な感じだ。動悸が高まった。

「……わ、わかりません。ひょっとしたら見たかもしれないけど、覚えてません」

「いやいや、覚えてるでしょ、だって、わざわざ彼女の学校まで行ってるんだから」

淳彦は息を呑む。なぜそれを――警察にそんなことがわかるはずが。でも、もしかしたら――頭の中がさまざまな考えで混濁する。

「い――行ってない、です」

「行ってない？　ファイナルアンサー？」

「……はい」

「そっかあ」

イガグリは大きく息を吸うと体を起こして壁の方を見た。左右の壁の一方は、刑事もののドラマで観たようにマジックミラーになっている。そちらの方をだ。するとしばらくして、取調室のドアに外からノックがあった。


イガグリが近づいてドアを開け、ノックした者から何かを受け取るとドアを閉めた。イガグリが持っていたのはノートパソコンだった。イガグリは淳彦の目の前にノートパソコンを置き、その画面を向けた。

――あっ、と声が出そうになった。

画面いっぱいに映し出されているのは、ソフトボールの試合を撮影した映像だった。星栄中学校のグラウンドで、守備をしているのは星栄のユニフォームを着た女子たちだった。そして――三塁側のファウルラインに沿ったフェンスの外に、煙草を片手に見学している淳彦自身の姿が。

椅子に座っていたが、両膝が馬鹿みたいにがくがくと震えた。失禁しそうになったが漏らさずにすんだ。全身の血の気がさーっと引いていく感覚。

「これ、増山ちゃんだよね？」イガグリが画面の淳彦を指さして言った。

淳彦は答えようとしたが、口がぱくぱく動くだけで声が出なかった。

まさか警察がこんなものを持っていたとは。

「ここに映ってるの、あなただよね、増山ちゃん？」イガグリがまた訊いた。

淳彦はうなずいた。

「ちゃんと自分の言葉で認めてごらん」

「……すみません。本当は行きました」

「さっき言ったよね。今回の事件とは関係ない、ニュースで観るまで絵里香ちゃんのことは知らなかった、生前の絵里香ちゃんを見たことはない、って。じゃあこれは何なんだろうね。ここ見て。日付は二月十一日。絵里香ちゃんの遺体が発見されてニュースになる十日前。そして――」イガグリはキーボードを操作して映像を一時停止させた。「増山ちゃんの視線の先で、ショートを守ってるこの子、誰だかわかるよね？」

「わ、綿貫絵里香……ですか？」

「当然知ってるよね。なぜ嘘ついたの？」

「い、いや――そのときは知りませんでした」

「それはおかしいなあ。この映像を解析して、増山ちゃんが誰に注目しているか時間を計って集計してみたんだよね。結果はどうなったと思う？　星栄と相手チームを合わせて、守備でも打撃側でも、増山ちゃんが一番長い時間目を向けていたのは、綿貫絵里香ちゃんなんだよねえ」

淳彦の脇の下を冷たい汗が素早くしたたり落ちた。


「何で嘘ついた？」

「だ、だから、そのときは知らなくて」

「何か後ろめたいことがあるんじゃないの？」

「い、いや、そうじゃなくて、つい――」

「他にも隠してることがあるんでしょ？」

淳彦は懸命に首を振った。

「増山あ！」すると係長が大声で割り込んできた。「お前はこの試合で、絵里香ちゃんに目をつけていた。そうだな？」

淳彦の全身の細胞がフリーズする。

「お前はこの試合で、綿貫絵里香ちゃんに目をつけていた。そうだな、増山？」

返事ができなかった。

「答えられないってことは、認めたってことだよなあ？」係長が淳彦の顔を覗き込んできた。

喉はひくついているが、声は出てこない。

偶然だ。すべては恐ろしい偶然の産物だった。

たしかに十六年前、星栄中学校に侵入したのは、ソフトボール部の練習を見るうちにムラムラして、彼女たちの制服を手に入れたくなったからだ。今回の事件の前、ソフトボール部の試合を観ようと思ったのも、性的な興味からだった。

母親以外の女は絶滅してほしいと思っている。中学時代にいじめを受け不登校になって以来、高校時代も社会に出てからも、淳彦の周囲にいた女たちは淳彦に嫌悪の目を向け「キモい」「ブタ」「近寄るな」「死ね」などの罵声を浴びせ、平然と、公然と、罪悪感のかけらもなくいやがらせをした。自分たちが「キモい」とみなした男に対してはどんなひどい差別をしてもいいと思っている残酷極まりない生き物、それが女だ。淳彦は高校生以上の女から好意を向けられたことはおろか、人並みに扱ってもらった記憶すらない。

淳彦にとって許すことができるのは、自分が不登校になった頃の年齢以下の穢れのない少女だけだった。中学時代に淳彦をいじめたのは男子だけで、当時の同級生女子に抱いていた淡い憧憬は大人になった淳彦の心からも消えていなかった。

十六年前、性欲にのぼせたような状態でふらふらと星栄中学校に侵入し、制服を盗む前に警備員に見つかり、捕まった。警察も呼ばれたが不起訴になり、解放されたが、母親を悲しませたこともあり、淳彦は星栄中学校に近づかないようにしていた。

だが、今年の初め、勤め先の新聞販売所で自分が担当する新聞配達のコースが変わったことで、十六年ぶりに星栄中学校の横を通ることになった。夕刊の配達で通った際、グラウンドでソフトボール部が練習していた。それを見てまた興味が湧き、日曜日に出向いて試合を観戦した。年を取ったせいか十六年前のように興奮することはなかったが、淳彦はその中の一人の女子に目を惹かれ、動きを追っていた。はつらつとして表情が明るく、チームメイトに向ける目や声に優しさが感じられた。女という生物のおぞましさとは無縁の、心のきれいな少女のように見えた。

だが十六年分年を取った淳彦の空想は以前のようには続かなかった。自分の人生が、穢れのない少女に愛されることなど一度もなく終わっていくだろうという身も蓋もない現実の重みの方がはるかに勝ってしまっている。

煙草を二本ほど喫い終えた頃だろうか、不意に、怒りと虚しさと惨めさが混じり合った感情が込み上げてきた。あのかわいらしい少女も、どうせいずれは中学校の頃自分をいじめていたようなろくでもないヤンキー男と付き合って、他の女どものように精液まみれの不潔なメスに堕ちてゆくのだ——そう思うと、先ほどまでの好意は憎悪に変わった。

その場にいるのが耐えがたくなり、原付バイクに乗って家に帰った。その後は新聞配達の最中に通りかかっても、グラウンドの方はわざと見ないようにしていた。

試合からしばらくして、テレビのニュースで綿貫絵里香の遺体発見が報じられたとき、生前の写真を見た淳彦はあっと思った。試合で自分が目を惹かれた少女であるとわかったからだ。だがそれはたんなる偶然だ。警察が家を訪ねてきたとき、まさかソフトボール部の試合を観ていたことが問題になるとは思わなかった。もちろん警察で自分からは言わないよう気をつけていた。そんなことで余計な疑いを買うのは馬鹿らしい。

今――自分が隠していたことを、思いもよらぬ形で目の前に突きつけられ、頭の中が真っ白になった。

「テレビのニュースで観るまで、絵里香ちゃんのことは知らなかった――お前のその言葉は嘘だった」係長が言う。「つまり、今回の事件に関係ないという言葉も、嘘ってことだ。だよなあ増山？」

「ち――違います」

「何が違うんだよ！」係長が耳元で吠えた。「お前がついさっき認めたんじゃないか。もしお前が絵里香ちゃんを知らなかったというのが嘘だったら、事件に関係ないという言葉も嘘だってことになるってな」そこで係長が壁際の机に向かうノッポを見た。「おい、ちゃんと記録したよな、増山が言った言葉？」

ノッポが振り返り、うなずいた。「記録してあります！」

「ほら見ろお」係長が淳彦に向き直る。「お前はニュースで観る前から絵里香ちゃんを知っていた。にもかかわらず知らなかったと嘘をついた。つまりこの事件には関係ないと言ってるのも嘘ってことだ」

「ぐ、偶然なんです――」

「何が偶然だ」

「た、たまたま試合を観て、でもそのときは彼女だって知らなくて……そのあとニュースを観て、もしかしたらって」

係長が淳彦を見た。また怒鳴られるのではないかとすくんだが、係長は穏やかに言った。

「じゃあ何で隠してた？」

「……え」

「お前、証拠見せるまで、星栄中学校にソフトボール部の試合観に行ったこと、黙ってたよな。何で隠してた？

何度も訊いたよな。生前の綿貫絵里香さんを見たことなかったかって」

「な、名前知らなかったから」

「ニュースで観て知ってるって言ってたろうが」

「ソフトボールの試合のときは知りませんでした」

「でも今は知ってる。なのになぜソフトボールの試合で絵里香ちゃんを見たことを隠したんだっつってんだよ」

　絶句する。試合のときはまだ、自分が目を惹かれた子が綿貫絵里香だと知らなかった。だが試合のことを話さなかった理由はそれだけではない。

「……怪しまれると思ったから」小さな声になった。

「今何つった？　もう一回言ってみろ」

「怪しまれると思って」

「後ろめたいから隠した。そういうことだな？」

　淳彦はうなずいてしまった。

「まあ当然だよな。お前は十六年前の事件についても、俺たちが言うまで隠していた。人間、隠し事をするのはやましいことがあるからだ。お前は自分にやましいことがあるから十六年前の事件も、ソフトボール部の試合を観に行ったことも隠した。さすがにそれは認めるよな？」

　淳彦は少し考え、押し切られるようにうなずいていた。

「で、でも、やってないんです」

　係長は淳彦の言葉にまったく反応しなかった。

「ジュニアアイドルか？　お前は小学生や中学生の女の子の半裸でマスをかく忌まわしい変質者だ。十六年前、星栄中学校に侵入したのは性的な欲望に駆られ、ソフトボール部の女の子たちの制服を盗むのが目的だった。記録にもそうあったし、お前もそれを認めた。今回ソフトボール部の試合を観に行ったのも性欲からだ。だよな？」

　淳彦は言葉に詰まった。その代わりに目から涙がこぼれた。

「その試合でお前は絵里香ちゃんに目をつけた。何がよかったんだ？　顔か？　体か？　黙ってちゃわかんねえよ。ちゃんと答えろ。四十男のお前が、まだ中学生の彼女のどこに欲情してにやつきながら目で追い回してた？　言えよ、増山あ！」

「増山ちゃん」イガグリが言った。「嘘をつくと辛いのは自分だよ。まず一つ認めちゃおうか。知ってたんだよね、絵里香さんのこと？」

　淳彦はうなずいた。

「お前の嘘ははっきりした」間髪を入れず係長が言った。「お前はニュースで観る前、遺体が発見される十日前から綿貫絵里香ちゃんを知っていたばかりでなく、彼女を性的な目で追い回していた。その事実を隠していたのは、お前自身が認めたとおり、お前が絵里香ちゃんの死体遺棄に関係しているからだ。さて、絵里香ちゃんが行方不明になった二月二十日のお前の行動について、改めてじっくり訊いていくぞ。二月二十日午後五時半頃、お前は何をしていた？」

昨日も何度となく繰り返された質問だ。脳味噌がぴくりとも動かない。煙草が喫いたい。ここから逃げ出したい。

「……わかりません」どうにか答えた。

「何でわからない？」

「覚えてません」

三週間以上前のことなど覚えていない。が、淳彦は決まりきった生活を送っている。その日もいつものように夕刊の配達を終えるとまっすぐ帰宅し、母親が作った夕飯を食べていたと思う。しかし昨日何度そう答えても刑事たちは納得せず、「その証拠は？」と問い詰めてきた。淳彦には答えられなかった。

昨日、事情聴取が終わり帰宅してから、淳彦は警察に訊かれたことを母親の文子(ふみこ)に話した。文子も事件が起きた夜のことを思い出そうとしたが、できなかった。二人とも日記のようなものはつけていない。文子にはカレンダーに予定を書き入れる習慣があったが、二月の分は捨ててもうなかった。

覚えていない。そう答えるしかなかった。

「お前はその頃、星栄中学校のグラウンドの外で、ソフトボール部の練習を観ていた」係長が決めつけた。

「違います」それだけは確信を持って言える。

「じゃあ何をしていた？」

「……たぶん、家にいました」

「それを証明できるのか？」

まただ。淳彦は口ごもった。

「証明できないアリバイに意味はねえんだよ！　ソフトボール部の練習が終わったのは、午後五時半頃。その頃お前は何をしていた？」

「……わかりません」

「とぼけるのもいい加減にしろ。新聞配達を終え、販売所を出たお前は原付バイクでまっすぐ星栄中学校に向かい、校門付近で、練習を終えて着替えた綿貫絵里香ちゃんが出てくるのを待ち伏せていた。違うというなら証明してみろ。証明できるのか」

「コ、コンビニで煙草買ってたかも……」

「証拠は？」

黙るしかなかった。

「二月二十日の行動について、お前には否定や反論ができないってことだ。午後五時半頃、お前は星栄中学校の校門付近で、絵里香ちゃんを待ち伏せていた。そうだな？」

違うと言いたかったが、その言葉は封じ込められてしまった。

「その後お前は、自転車に乗って帰宅する絵里香ちゃんのあとを原付でつけた。そうだな？」

「してない――」

「証拠は？」

淳彦はまた口ごもる。堂々巡りだ。

「ないなら黙ってろ！　その後お前は、何らかの方法で絵里香ちゃんを荒川河川敷に誘い出し、人気（ひとけ）のない場所まで連れて行った。そうだな？」

淳彦は黙って首だけを振った。係長は無視した。

「そこでお前は絵里香ちゃんを強いて姦淫（かんいん）、つまり強姦（ごうかん）した。そうだな？」

淳彦はうなだれた。どうすればいいのだ。

「その後お前は絵里香ちゃんを刃物で刺して殺した。そうだな？」

耳をふさぎたくてもできない。涙がこぼれた。

「そしてお前はその場に絵里香ちゃんの遺体を遺棄し、凶器を持って立ち去った。そうだな？」

「……ごめんなさい。もう許してください」口からよだれがこぼれた。

「罪を認めなきゃ反省にならんだろうが。おい」と係長は壁際のノッポに声をかけた。「今の内容で調書作ってくれ」

「はい」ノッポが答え、ノートパソコンのキーボードを打つ音がした。

何でこんなことになってしまったのだろう。悪夢の中にいるみたいだ。夢なら早く覚めてほしい。淳彦は自分で自分の太ももをつねった。痛みを感じた。淳彦は顔を上げた。係長は立ち上がり、ノッポのノートパソコンを見ている。ボスは正面で表情を変えずに淳彦を見ていた。

淳彦は心身ともに疲れ果てていた。こんなに疲れたのは四十年以上生きてきて初めてではないか。こうしてそっとしておかれているだけでありがたかった。早くここを出て家に帰りたい。頭にあるのはそれだけだった。

しばらくすると、壁際の机の上の小型のプリンターが作動する音がし、係長がコピー紙を何枚か持ってきて席に着いた。

「供述調書を読み聞かせる」係長が淳彦に言った。「確認しろ」

そして手にしている紙を読みはじめた。まず「供述調書」と言い、続いて、淳彦の本籍、住居（地）、職業、氏名と生年月日、年齢を読み上げた。

『上記の者に対する殺人、死体遺棄被疑事件につき、令和×年三月十三日、警視庁足立南警察署において、本職は、あらかじめ被疑者に対し、自己の意思に反して供述する必要がない旨を告げて取り調べたところ、任意次のとおり供述した。

一．今回の事件を起こしたときの状況について話します。私は、令和×年二月二十日午後五時半頃、威迫の上、強いて姦淫し、その後は口封じのため殺害する目的を持って、私立星栄中学校の校門付近で、同中学校のソフトボール部に所属する綿貫絵里香さんを待ち伏せしていました。このとき私は、性的に興奮した状態にあったことをよく覚えています。

私はもともと、中学生くらいの年齢の女子に対して性的欲望を感じる、いわゆるロリータコンプレックスという性的嗜好を持つ人間、少女性愛者です。私が綿貫絵里香さんに目をつけたのは、令和×年二月十一日、星栄中学校のグラウンドで行われたソフトボール部の試合を、隣接する道路上から見学していたときのことでした。十六年前も、私は、同校でのソフトボール部の練習中、校内に侵入して部員たちの制服を盗もうとして逮捕されたことがあります。同校の女子生徒、とりわけソフトボール部員に対する、性欲を伴う執着は、十六年前から温存され続け、発酵し、膨れ上がっておりました。私は、爆発寸前のその妄執と欲望のはけ口として、綿貫絵里香さんに狙いを定めたのです。

二．二十分ほど隠れて待っていた頃でしょうか、着替えをすませた綿貫さんが、部活の仲間と思われる数人と共に校門を出てきました。私は、自らの原付バイクで彼女らを尾行し、綿貫さんが、友達と別れて一人になるのを見計らい、声をかけて彼女に自転車を停めさせることに成功しました。

　このとき私は、あらかじめ綿貫さんをそれでもって威迫・殺害する目的で用意していた刃物を携帯しておりました。綿貫さんに刃物を突きつけ、言うことをきかないと殺すぞと脅すと、綿貫さんは怯えた様子で「わかりました。言うとおりにします」と答えました。私はこれに勇気を得、大胆な気持ちになって、綿貫さんを伴い、荒川河川敷に向かうと、あらかじめそこと見当をつけていた、人気がなく、周囲から見えづらい場所まで連れて行きました。

三．当該現場に到着すると、私は綿貫さんに刃物を突きつけて脅し、彼女を強いて姦淫しました。そのうえで、かねて計画していたとおり、口封じのため、所持していた刃物で綿貫さんを刺突し、死に至らしめました。私はまた、証拠を隠滅する目的で、漂白剤も用意しておりました。綿貫さんの殺害後、その漂白剤を綿貫さんの体や衣類にまき、証拠の隠滅を図りました。

四．私は、自らの計画どおり、目をつけていた綿貫絵里香さんを強いて姦淫し、殺害したのです。これが今回の事件を起こしたときの状況です。』」

　係長はそこで読み聞かせを終えた。淳彦は思わず口を開けていた。よくわからないところもあったが、書かれていることのほとんどすべてがでたらめだということくらいは見当がつく。事実とかけ離れているばかりか、自分が言ってもいないことを言ったように書かれている。そもそも自分はあんなしゃべり方はしない。

「確認したな」係長が言って、書面を淳彦の前に置いた。「そこに署名して、指印を押せ」

　ノッポがボールペンと朱肉を持ってきて書面の横に置いた。

　淳彦は係長を見、ボスを見た。二人は厳しい目で見返してきた。本当にそうしなくてはいけないのか？　これは自分が殺人を犯したと認める書類なのでは？　淳彦は混乱する。

「署名しろ」係長がペンを取り、淳彦の手に無理やり握らせた。

「……書いたら、帰してもらえますか？」淳彦は訊いた。

「言ったよな」係長が冷ややかに答えた。「金輪際お前を逃がさないって。この強姦魔の人殺しが」

　淳彦の体が硬直する。たった今起きていることは淳彦の理解も忍耐も完全に超えていた。何が何だかわからず、どうしてよいか見当もつかなかった。言われたとおり署名しようとしたが、ペンを握る手が勝手にぶるぶると震え、ついにはペンを落としてしまった。ぼたぼたぼたっと大粒の涙も机に落ちる。鼻水とよだれもだ。

「う……ごめんなさい……もう勘弁してください……」淳彦は口からそう声が出た。あとはもう言葉にならず、淳彦は幼児のように泣きじゃくっていた。

「この野郎――」係長が唸った。「泣けば許してもらえるとでも思ってんのか！　警察舐めるのもいい加減にしろよ」

だが淳彦には泣くことしかできなかった。するとボスが係長に向かって片手をさっと挙げた。係長が口をつぐむ。

「増山あ」ボスが淳彦に声をかけた。「どうした。辛いか？」

さっきまでより優しい声音だ。淳彦はうなずいた。するとボスは破顔した。

「はっはっは。素直じゃないか。そう、人間は素直が一番だ。ここから解放されて家に帰りたい。そうだよな？」

淳彦はうなずく。

「だけど殺人の罪は認めたくない。そうだな？」

淳彦は一瞬係長を見てから、用心深くうなずく。

「まあそうだろうな。お前の立場なら誰だってそう考える。だが俺たちの立場ってもんもあるぞ。警察は何もあてずっぽうでお前をここに連れてきたわけじゃない。捜査をして疑うに足りると判断したからだ。それはわかるよな？」

どうだろうか。だが淳彦はうなずいていた。ひょっとしたらボスは自分に助け船を出そうとしてくれているのかもしれない。ここで機嫌を損ねるような真似はしたくなかった。

「お前が一部でも罪を認めない限り、お前をここから帰すわけにはいかない。それがわれわれ警察の立場だ。わかるか？」

わからなかったが、うなずいた。

「われわれはお前がやったと信じている。だがお前はやっていないとあくまで言い張る。このままだと永遠に平行線だ。まあ、俺たちはそれでもかまわん。仕事だからな。だが増山、お前もそれでいいのか？」

淳彦は慌てて首を振った。

「ふむ。とすれば解決策は一つしかないな。聞きたいか？」

「──聞きたいです」必死で答えた。

「その答えはな、裁判だ」

「裁判……」

「ああ。われわれはお前を有罪だと思ってる。だがお前は無実を訴えてる。それをここで延々やり合っててもらちは明かない。どちらが正しいか客観的に判断を下すけりをつけることができるのは裁判官だけだ。わかるか？」

淳彦はうなずいた。

「増山、お前、無実なんだよな？」

淳彦は勢い込んでうなずく。

「だったら、堂々と裁判官にそう訴えればいい。お前の主張が正しいと思えば裁判官は無罪の判決を下してくれる。そうなればお前は晴れて自由の身だ」

淳彦は想像した。

「どうだ。ここまでの話、理解できるか？」

「……はい」

「だったら、ここで罪を認めて何の問題になるんだ？ここで認めても裁判で裁判官に向かって否定すればいいだけの話だろう。私は本当はやっていません、って。そうだろ？」

考える淳彦に向かって、ボスが続ける。

「お前があくまで全面的に否定するっていうなら、俺たちは、なるほど、なら徹底的に取調べをやってやろう、としかならんわな。こっちはいくらでも人数がいるし、いくら時間をかけたっていい。それで困るのはお前じゃないか、増山？」

淳彦は恐怖と共にうなずいた。

「でも、今のお前はまだ、この書面に署名するのには抵抗がある」ボスは係長が読み上げた調書を示した。「そういうことだよな？」

「はい」

「せっかく二人がかりで労力かけて作って、わざわざ国民の血税で買った紙を使ってプリントまでしてくれた。それでもか？」

淳彦はこちらをにらんでいる係長を見て、すぐ目をそらした。「……すみません」

ボスが腕組みをし、天井を仰いだ。何かを考えているようだ。しばらくすると大きく息を吐き、視線を戻した。

「──わかった。じゃあこうしよう。二人には悪いが、もう一度調書を作り直してもらう。内容も変えてな。殺人は外して死体遺棄だけにする。文章も最小限に」

「ちょっと待った」と声をあげたのは係長だ。「そんな甘いこと言っていいんですか？　絶対調子に乗ってつけ上がりますよ、こいつは」

「今回だけだ」ボスはたしなめるように言って、「今回だけの特別措置として被疑事実をうんと軽くしたものに書き直す。殺人と比べたら死体遺棄なんてしょんべん同然だ。本当はしないが、今回だけ特別に大まけしてやる。それならどうだ、増山？」

淳彦は考えた。ボスの言うとおりにすれば、とりあえず殺人の罪を認めなくてすむ。言うとおりにしなければ一年も二年もここに閉じ込められて取調べを受けるしかない。とすれば——答えは決まっている。

淳彦はうなずいた。

「よし」ボスは係長を見た。「すまんが、調書を作り直してくれ」

「今回だけ特別、ですよね？」係長が不満げに念を押す。

ボスは淳彦を見た。

「お前のために調書を書き直すのは今回だけ。それでいいな、増山？」

「はい」淳彦は答えた。

「死体遺棄について認めるな？」

淳彦はためらった。

「楽になりたいんだろ、増山ちゃん」イガグリが言った。

淳彦はうなずいた。

「じゃあとりあえず認めちゃえって。死体、捨てたのあなただよね？」

「……はい」目の前の苦しみから逃れたい。その一心でそう言っていた。

「——仕方ない。わかりました」係長は立ち上がり、ノッポの方へ向かった。

書き直された調書は、ボスの言葉どおり、さっきとは打って変わって簡略なものだった。

「『今回の事件を起こしたときの状況について話します。私は、令和×年二月二十日の夜、綿貫絵里香さんの遺体を荒川河川敷に遺棄しました。』」プリントされた紙を見ながら、係長がまた読み上げた。「『これが今回の事件を起こしたときの状況です。』」

係長は淳彦の前にその紙を置くと、「ここに署名。ここに指印」と機械的に示した。

淳彦はペンを取り——今度はさっきのように手が震え

ることはなかった——指示された場所に氏名を記すと、ペンを置き、朱肉につけた右手の親指で指印を押した。

ボスが手を伸ばし、淳彦の前から調書を取り上げた。淳彦が顔を上げると、ボスと係長とイガグリが互いにがっちり見交わしていた。その瞬間、淳彦は何かとてつもなく不吉な予感を覚えた。ボスはマジックミラーの方に目を向けると調書を持ったまま立ち上がり、ドアを開け外へ出た。席を立ったノッポがドアの前に移動した。係長とイガグリは立ったまま淳彦をじっと見ている。淳彦を不安が襲った。胃がぎゅーっと縮こまる。自分の心臓の音だけが聞こえた。

どれくらい待っただろうか。ふたたびドアが開いたとき、ボスは、手錠とロープを持った二人の刑事を従えていた。

「時間は？」ボスが言うと、その一人が腕時計を見て時刻を叫んだ。

ボスは淳彦に近づき、手にしていた一枚の紙を向けた。

「逮捕状だ。増山淳彦、お前を、死体遺棄の容疑で逮捕する」

何となく、あの書面に署名押印すればここから出してもらえるようなつもりになっていた。あぜんとする淳彦に、手錠と腰縄を持った刑事たちが靴音を鳴らして左右から迫ってきた。

3

それからは毎日地獄だった。淳彦の取調べは他の同房者たちより長く、回数も多かった。検事調べや裁判官による留置質問の日は刑事たちの追及から解放されたが、検察庁や裁判所で、短い取調べや質問を受けるため、狭い部屋に他の被疑者たちと押し込められ、硬い木の椅子で何時間も無言のまま待機させられた。

唯一の救いは川村という女弁護士との接見だった。最初は、留置官に連れていかれた接見室でアクリル板の向こうに座る彼女を、警察の一員かと思った。弁護士と聞いても、何しに来たのかよくわからなかった。彼女を信じていいか確信すら持てなかった。

翌日また接見に来てくれ、彼女が自分の味方をしようとしてくれていることは理解できた。彼女はまた、淳彦が憎む女でありながら、他の女たちとは異なり、淳彦を人間扱いし、励ましてくれた。

残念ながら彼女は淳彦を留置場から助け出してはくれなかったし、母親の文子とも会わせてくれなかった。検察官の取調べを受けたとき、ひょっとしたらこの人なら自分を助けて不起訴にしてくれるかもしれないと期待した。が、裁判所での調べで、検察官がさらに淳彦を勾留する許可を求め裁判官が認めるのを聞いたとき、川村弁護士から検察官は不起訴にするつもりがないのだと言われて、そうかもしれないと思うようになった。

その翌日、ここ足立南署での取調べで、彼女にさんざん勧められた黙秘をやってみようと思えたのは、絶望のどん底で半ばやけくそになっていたからだ。

逮捕された直後、淳彦はそれまでとは別の取調室に移された。大きな違いは、机の位置だ。最初の部屋では中央付近に設置されていたが、移された先の部屋では入って左奥、二面の壁に近い位置に固定されていた。もう一つの違いは、天井についたプラスチックの黒い半球だ。

「カメラだ」と逮捕された日、係長が言った。「これからお前の取調べの様子はあのカメラで撮影して録画する。裁判ではそれも証拠になる。顔が見えなくなるから、下を向くんじゃねえぞ」

以来、足立南署での取調べはこの部屋で行われている。

この取調室では一対一で取調べが行われる。その日の朝、机の奥側に座らされた淳彦の正面に着座したのは、係長でもボスでもなくノッポだった。

防犯カメラのような半球型のカメラは左斜め上から淳彦を見下ろしている。ノッポの背後の床には黄色いカラーテープが貼られている。撮影中、取調べをしていない刑事たちはその向こうにいて、こちらにはなるべく入らないようにしていた。ボスと係長とイガグリは、さらにその奥で椅子に座って淳彦を見ている。

手錠は外されていたが、淳彦は腰縄で自分が座るパイプ椅子に縛りつけられていた。裸に剝かれ、体が小さくなったような気がした。だが、ノッポによる取調べが始まると、開き直って川村弁護士の助言どおりこう口にすることができた――「黙秘します」と。

するとノッポは驚いた様子で、後ろにいる係長やボスの方を見た。係長やボスは彼に険しい表情を返した。ノッポは慌てて淳彦に向き直り、なぜいきなり黙秘するのか、とか、訊かれたらまずいことでもあるのか、とか、死体遺棄を一度は認めたのに今から否認に転じるのか、などと言ってきた。が、淳彦は、川村弁護士と練習したとおり、その質問にも答えないようにした。ただ、弁護士に言われてそうしているのか、と訊かれたときだけは彼女のアドバイスに従って「はい」と答えた。

ノッポは振り向いた。係長が手招きした。ノッポは席を立ち、彼らの方へ向かった。開いたままのドアの外、パーティションの向こうから別の刑事が入ってきた。その刑事とノートパソコンで記録している刑事を残し、ボスと係長とイガグリ、ノッポの四人がパーティションの向こうへ消えた。

新たに入ってきた刑事と、ノートパソコンの前の刑事が淳彦を見張る。しばらくすると出て行った四人が戻り、入れ替わりに、新たに入ってきた刑事が出て行った。

ノッポがまた淳彦の正面に座った。取調べを再開する前に、淳彦をにらみつけた。カメラの死角を利用して威圧をかけているのだろう。そして口を開いた。

「どうして心を閉ざしちゃうかなあ。本当のこと話してもらわないと困るなあ」苛立ちが隠せていなかった。

淳彦は黙っていた。

「弁護士の言いなりでいいの？　あなた自身の意思はどうなの？　本当にそれでいい？　亡くなった絵里香さんに悪いと思わないの？」

その質問にも答えなかった。ノッポはさらに、間を置きながら言葉を重ねた。

「裁判になったとき、心証っていうのがあるんだけど、正直に話さないと裁判官や裁判員の心証は悪くなるよ。当然罪も重くなる」「何か意味があると思ってるようだけど、はっきり言ってこんなことしても無駄だよ。警察はきちんと捜査して、証拠があるからあなたを逮捕したの。黙ってても、犯した罪から逃げられないよ」「黙秘するってことはさ、反省してないってことだよね？　そんな態度でお母さんに顔向けできる？」「勘違いしてるかもしれないけど、取調べっていうのは、あなたのためでもあるわけ。そっちの言い分を言ってもらわなきゃ、こっちだってあなたに協力してあげることはできないよね？」「きちんと話せば罪も軽くなる。黙秘なんかしてたら最悪死刑もあるよ――」

だが淳彦は黙秘を続けた。これまでの係長やボスの追及と比べればまだ耐えることができたし、否認して罵倒されるより、黙秘すると言って何も答えずにいる方が消耗もしなかった。初めてこの取調室で息がつけたような気がした。

どれくらい時間が経ったろうか。ノッポが口をつぐみ、さっと後ろを振り返った。腕組みしてこちらを見ていたボスが、ノッポに向かって厳しい顔でうなずいた。ノッポが向き直り、淳彦をいまいましげににらみつけ、言った。

「──今日の取調べはここまでにする」

淳彦は留置場に戻された。

夕方、留置官がやってきて自分の番号を呼んだとき、また取調べかと不安になった。だがそれは川村弁護士による接見の呼び出しだった。接見室で彼女に黙秘できたことを話したとき、やっと成功を実感できた。

しかし喜べたのは一瞬だけで、淳彦は自分を助け出してくれない彼女への怒りを蘇らせ、溜まっていたうっぷんをアクリル板越しにぶつけていた。

翌朝、ボスは留置場に淳彦を迎えに来なかった。迎えに来たのはノッポとイガグリだった。刑事たちは淳彦を事務的に取調室へ連れて行った。取調室に係長はいたが、ボスの姿はなかった。

この日の取調べもノッポが行った。淳彦は昨日と同じように「黙秘します」と告げ、あとは黙っていた。ノッポも昨日と同じように、だが昨日ほど焦った様子はなく、淳彦に向かって黙秘をやめさせようと働きかけた。淳彦は昨日と同じように、彼の言葉を受け流した。この日の取調べも午前中で終わった。

日曜日なので昨日と同様、ここでの唯一の楽しみである自弁はない。その代わり紙パック入りのジュースと菓子を自費で購入できる。昼食の食パンを食べたあと、淳彦は購入したカフェオレとロールケーキを勝利の喜びと共に味わった。

午後の接見では、川村弁護士が昨日の淳彦の頼みを受け実家から持ってきた、『マジカルアイドルプリンセス』という美少女たちが活躍するゲームのデータカードケースを見せてくれた。警察に没収されていないか心配だったのだ。母親との接見が禁じられていることはつらかったが、この調子なら黙秘を続けられるかもしれない

──そう思えた。

月曜日の朝。留置場に迎えに来たのはボスとノッポだった。

「昨日は俺が休んで寂しかったか？」それがボスの第一声だった。

「黙秘すれば不利になるのはお前だ。お前の場合、このまま黙秘を続けて有罪になれば間違いなく死刑だ。だが

お前に死刑判決が下っても、お前の弁護士はへっちゃらだろうよ。自分のことじゃないんだから。いや、むしろその方が都合がいいんじゃないか」

どういう意味だろう。ボスは淳彦の内心を読んだかのように、

「知らなかったか？　あの弁護士は死刑制度に反対して活動もしてる。お前に死刑判決が下ればそれにかこつけてこれ幸いと死刑制度を批判して世間の注目を集め、お仲間相手にポイントも稼げるって寸法だ。お前の死刑が執行されてもな。案外、それが狙いでお前に黙秘なんて無謀なことをさせてるのかもなあ」

ボスはにやりと歯を見せた。

「一つ言えるのは、あの女弁護士の口車に乗せられたお前が無理筋の黙秘を続けた結果、どんなにひどい判決を言い渡されても、彼女自身は痛くもかゆくもないばかりか、お前のおふくろさんから受け取った報酬を返したりしないってことだ」

ボスの言っていることは本当のように思えた。

川村弁護士のことを信用しはじめていた淳彦の気持ちが大きく揺らいだ。ボスが真顔で淳彦を見つめた。

「本当に黙秘でいいのか、増山？　どんなにきれいごと言ってても弁護士にとって依頼人の苦しみなんてしょせん他人事（ひとごと）、飯の種にすぎんのだぞ。他人の不幸で飯を食ってる人間の薄汚い金儲（かねもう）けの道具にされて死んでもいい——お前が本当に自分でそう決心したなら止めはせん。

だが、あの女弁護士にお前と心中するつもりはさらさらないってことだけはお前のために言っておくぞ」

淳彦はボスを見つめた。今この瞬間、彼はこれまでのように怖い人には見えなかった。本当に自分を気にかけてくれているように感じた。

「それともう一つ」ボスが言う。「お前の女弁護士はおそらく、警察や検察がお前の自白頼みで突き進んでると思ってるはずだ。肝心な物証がないなら、黙秘してれば何とかなる——そうたかをくくってる。だろう？　だがそれは大間違いだ。たとえお前がこれから完黙を貫くことができたとして、俺たちにはお前を有罪にできる材料がある」

淳彦は息を呑む。材料とは何だ？

「まあ、すぐにわかる」ボスが穏やかに言った。「今日もお互い紳士的にいこうじゃないか」

その日最初に取調べを行ったのは係長だった。淳彦の正面に座ると、しばらくじっと淳彦をにらみつけてきた。

淳彦は目をそらした。それでも係長が「取調べを始める」と言ったとき、「も、黙秘します」と答えることはできた。

「三月十三日——」係長がまったく意に介す様子もなく言った。「君は、綿貫絵里香さんの死体遺棄についてやったと認め、そう記された供述調書にも署名、押印した。一度は認めたのに黙秘する理由は何だ？」

淳彦は答えなかった。

「事件の真相究明のための捜査に協力するつもりも、自分がした行為について反省するつもりもない。そういうことでいいか？　この取調べの録画映像は裁判で証拠として採用されるかもしれない。裁判員や裁判官が観る可能性も高い。黙秘を続けるということは、今私が言ったことを認めるということでいいんだな？」

否定したくなったがこらえる。

「われわれの経験から言うと、一度は犯行を認めたにもかかわらず、その後黙秘に転じた被疑者は、自分がした犯罪行為の重大さを思い知り、罰を受けるのを恐れてそうする場合がほとんどだ。今になって君が黙秘に転じたのもそれだろう。綿貫絵里香さんの死体遺棄のみならず、君は、彼女の殺害も行った。君が黙秘を続ける以上、われわれとしてはそう考えるしかない。これも経験上、単独犯による殺人事件で死体遺棄を行った者はほぼ百パーセント殺人犯本人だ。いいんだな、それでも？」

淳彦の心が波立ったが、どうにかこらえた。

係長は淳彦を見つめ、大きくうなずいた。

「——わかった。それでまったく問題ない、という返答は確かに受け取った。君の沈黙は、君が絵里香さんの殺人にも関係しているという意味だとな。君は弁護士さんの助言に従って黙秘していると言った。おそらくその弁護士は、今の時点で警察が発表した証拠——つまり、君が絵里香さんのソフトボールの試合を観ている映像という情況証拠と、君が死体遺棄について認めた自白——だけなら、殺人について有罪にならないかもしれないという見込みでそう助言したに違いない。そうだろう？」

淳彦は答えなかった。

「死体遺棄については認めてしまった。だが、弁護士に、まだ殺人の罪まで認めていないなら、黙秘すれば何とかなります——そう助言された。違うか、増山？　物証がなければ、黙ってとぼけていれば何とかやり過ごせるかもしれません——そんなようなことを言われた。そうだろう、増山？」

黙っていたが、自分の呼吸が速くなるのが淳彦にはわかった。

係長がまた、大きくうなずいた。

「黙っているということは、イエスと答えたということだ。弁護士の助言を聞いて、君も物証が存在しない方に賭けてみる気になった。そう。黙秘しているのは、イチかバチかの賭けだ——殺人の罪から逃れるための」

係長はここで言葉を切った。淳彦は思わず彼の言葉を待った。

「われわれ警察官は機械じゃない。血の通った人間だ。殺された絵里香さんが感じたはずの恐怖や苦痛、無念を思うと、君のように卑怯(ひきょう)極まりない人間は絶対に許すことができない。だが君の罪を裁き、罰するのは法律だ。その法律は、自白と情況証拠だけでも君を有罪にすることができる。君や君の弁護士は賢いやり方と思ってるかもしれないが、だから本当は全然賢くないんだよ。そして、君と君の弁護士はもっと大きな、決定的な間違いを犯した——物証はないだろう、そうたかをくくったことだ——！」

係長がいきなり声を強め、淳彦の心臓がばくばくした。


係長は、机の上に置かれた青い薄いファイルを手に取ると開き、淳彦の前に置いた。A4のポケットファイルで、開かれたページには見開きで二枚のプリントが並んでいた。

左のページには、下半分に大きくカラー画像が見えた。地面を写した写真のようだ。コンクリートと土の境目、土の部分には雑草が生い茂っている。コンクリートの際に、煙草の吸い殻が二本、落ちているのが見えた。ページの上には小さな文字で「現場遺留物を撮影したもの」とあった。

「左のページは、絵里香さんの遺体発見現場で、彼女のご遺体が見つかった二月二十一日に採証活動を行った鑑識課員が作成した『写真撮影報告書』の一部だ」係長が説明する。「煙草の吸い殻が二本写っている。そうだな？」

淳彦はうなずいてしまった。

「で、次のページは科捜研が作成した『指紋対照に関する鑑定書』の一部だ。ここに、絵里香さんの遺体発見現場で採取された二本の煙草の吸い殻についた指紋と、事情聴取の際、君から任意で採取した指紋とが多くの点で一致し、同一人物のものである可能性が極めて高いと書かれている」

そのプリントは、いくつかの指紋の画像と文章で構成されている。係長が示したのは蛍光ペンで塗られた文章部分で、淳彦には読みづらい文章だが、彼が言ったようなことが書かれているように思えた。

驚く淳彦の前で、係長がさらにページをめくる。

「そして次。こちらもやはり科捜研作成による『ＤＮＡ対照鑑定結果に関する一致確率算定の報告書』の一部だ。遺体発見現場で採取された二本の煙草の吸い殻から検出されたＤＮＡと、事情聴取の際、君から任意で採取したＤＮＡとがほぼ完全に一致し、同一人物のものである可能性が極めて高いと書かれている」

こちらの書面でも係長が示した文章は蛍光ペンで塗られている。同じように専門的で難しそうな言葉が並んでいたが、係長が言ったようなことが書いてあるように見えた。

あり得ない。自分はもう何年も荒川の河川敷には行っていない。少なくとも今年に入ってからは一度も。綿貫絵里香の死体が発見された現場に、自分が喫った煙草の吸い殻が落ちているはずがなかった。

「ちなみに、遺体発見現場で採取された煙草の銘柄はラプラス。そして、足立南署に君が留置される際作成された『被留置者金品出納簿』によれば、逮捕時に君が所持していた私用の煙草の銘柄も、同じくラプラスだ。われわれは君の行きつけのコンビニを当たり、君がふだん購入しているのがやはりラプラスであるという証言も取っている。わかるか、増山。われわれは、君が犯行現場にいたことを裏づける物証をつかんでるんだよ――！」

係長が勝ち誇ったような顔をした。

「けどそんなはず――」と言ってから、慌てて口をつぐむ。

「そんなはず――何だ？」係長が聞きとがめた。

淳彦は黙って首だけを横に振った。

「これだけの動かぬ証拠を突きつけられ、それでも君はまだ黙秘などという、人間の風上にも置けない卑劣な手段を弄して逃げを打ち続けるつもりか、増山。なるほどそれは憲法にも保障された権利かもしれない。だが君は、まだ十四歳だった罪のない綿貫絵里香さんの権利を尊重するどころか、人間離れした残忍至極なやり方で蹂躙(じゅうりん)した。違うか――⁉ 違うなら違うと自分の口で否定してみろ――」

この日の取調べは午前中だけで終わり、淳彦はどうにか黙秘に成功したが、内心ではパニック寸前だった。ボスの脅しは嘘やはったりではなかったのだ。本当にこのまま黙秘を続けて平気なのか不安になった。

いつものように川村弁護士が接見に来てくれたので相談しようと思ったが、この日は共同で弁護に当たるという田口(たぐち)という男の弁護士が一緒だった。吸い殻のＤＮＡの話をすると、田口弁護士はいきなり、淳彦が嘘をついているのではないかと問い詰めてきた。まるで取調官のような態度に淳彦は動揺し、うまく話せなくなってしまった。

田口弁護士はさらに、川村弁護士がまだ新人で暴走していると彼女を非難し、これ以上黙秘を続けると最悪死刑になるかもしれないというようなことを淳彦に言った。川村弁護士とのあまりの違いに淳彦は混乱し、取調べでのショックとあいまって混乱に陥った。

ろくに相談もできぬまま、刑務官が夕食だと告げに来たとき、淳彦は逃げるように席を立ち接見室を出た。

死刑。取調官も何度も口にした言葉だが、淳彦にはまったくリアリティがなかった。何もしていない自分が死刑になるなんて想像もできない。だが田口弁護士はその可能性があるとはっきり言った。ということは——川村弁護士は間違っているのかも。いや——今朝ボスが言ったとおり、自分を死刑にするためにわざと無理な黙秘をさせているのかもしれない。淳彦は足下に空いた穴に吸い込まれてゆく錯覚を覚えた。

その晩、淳彦はなかなか寝つけず、わずかな眠りもいつも以上に浅かった。

翌日は二度目の検事調べで検察庁へ送られた。岩切(いわきり)検事は前回、刑事たちとは違い、自分の話に親身に耳を傾けてくれた。手錠と腰縄をつけられ、制服警官に連れられて検事の執務室へ向かう淳彦の胸にはまた、もしかしたら岩切検事なら助けてくれるかもしれないという一縷(いちる)の希望が芽生えていた。

腰縄を打たれたままパイプ椅子に腰かける淳彦を、机を挟んで向き合った岩切検事はじっと見つめていた。黒縁眼鏡に前髪がかかり、わずかに無精ひげがある。ネクタイを少し緩めていた。

「取調べを始める前に、少し雑談をしようか」岩切検事は穏やかに話しはじめた。「俺はね、増山、一度は君に感心したんだよ。ほら、綿貫絵里香さんの死体遺棄を認めただろ。あのとき俺は足立南署の取調室のすぐ隣にいて、マジックミラー越しに君を見ていたんだ。偉いと思ったね。自分が犯した罪を認めるのは難しいが、君は立派にやってのけた。そうだろ？」

どう反応していいかわからず、首を傾(かし)げた。

「だがそのあとのことは感心しなかったな。弁護士の入れ知恵で黙秘なんかしちまったことだ。最初に感動したぶん、今度は大きく幻滅した。心底がっかりさせられたよ、君には。増山」

胸がちくちくするような感覚があった。なぜか申し訳ない気持ちになる。

「今日ここでも黙秘するつもりか？」岩切検事が眼鏡のレンズ越しに鋭い視線を刺してきた。

淳彦は怯(ひる)んだ。

「今日ここでも黙秘するつもりかッ、増山ッ――!?」

岩切検事がいきなり声を張り上げ、淳彦の鼓膜がびりびり震えた。椅子の上でびくっと身がすくんだ。隣に座っていた警官も驚いたようだ。きーんという耳鳴りがする。その様子を見て、岩切検事がまた口を開いた。

「――びっくりしたろう。俺は検事仲間から『鬼の岩切』を縮めて『鬼岩』って呼び名をつけられてる。なんでかわかるか？　若い頃は毎回、被疑者が口から泡を吹いて倒れるまで取調べしたからだ。今みたいな大声で七時間でも八時間でも被疑者を怒鳴りつけてやった。フロアじゅうどころか、他の階にまで声が届くって有名だったんだ。今でもできる。カメラが回ってても関係ない。なぜかわかるか？」

わからないので首を振った。

「人間はな、悪いやつがこらしめられるのを見るのが大好きだからだよ。自分にできるならそうしたいくらいだ。中世っていう野蛮な時代じゃ、庶民にとって一番の娯楽は公開処刑だった。池袋で暴走事故を起こしたときに、九十歳近かった人物に厳罰を求める署名活動があった。どれだけ集まったと思う？　三十九万人分だ。ご遺族など被害を受けた人たちは本当に気の毒だと思うし、その人たちが抱く憤りや処罰感情は検察官としてだけでなく、個人的にも痛いほど理解できる。だが、うがった見方をすれば、自分が直接被害を受けたわけでもない何十万人もの人間が――もちろん被害者やご遺族への同情が大きいだろうが――結果的に、事故を起こしたが、まだ起訴すらされていない段階の老人にできるだけひどい罰を与えてやりたいと意思表示した、とも言えるわけだ。俺にはあの出来事が、残念ながら人間の本質というのは時代が進んでもそう変わらないことを示しているように思える。あちらは逮捕されないことへの抗議だったから今回と状況は違うが、裁判官も裁判員も、俺がお前を何時間も怒鳴りつける映像を見ても、もっとやれとしか思わないだろう。どうしてか？　みんな貴様を絵里香ちゃん殺しの犯人だと信じてるからだ」

想像したら寒気がした。

「今日は貴様のためにたっぷり時間を取ってある。どうだ、鬼の岩切の真骨頂、久々に見せてやろうか？」すごみのある笑みを浮かべた。

淳彦は必死で首を振った。

岩切検事が身を乗り出し、上目遣いに見据える。「黙秘なんて馬鹿なまねはしないな？」

淳彦は、押し切られるように顎を下げた。

「——よし。では取調べを始めよう」岩切検事が事務官を見た。「カメラ、いいぞ」

カメラが回りはじめると、岩切検事は目の前に積み上げられた書類を開き、じっくり目を通した。しばらくして目を上げ、こちらを見た。

「増山、君は綿貫絵里香さんの死体を遺棄したことをはっきり認めた。そうだな？」

うなずかざるを得なかった。首筋が引きつった。

「だが、死体を遺棄する前、彼女を殺害したことは認めていない。そうだな？」

「……はい」

「どうしてだ？」

「……やってない、からです」刑事たちの取調べがトラウマとなって、自然声が小さくなる。

岩切検事がゆっくりと息を吐いた。

「悪人正機という言葉がある。知っているか？」

「……いえ」

「仏教の言葉で、自分を悪人だと自覚した人間こそ阿弥陀仏に救われるという意味だ。人間は大なり小なり罪を犯さずには生きていけない。だがそれを自覚し、反省することのできる唯一の生き物でもある。どんな犯罪者だって、心の底では自分の犯した罪から救われたいと願っている。そのための第一歩が犯した罪を認めることだ。君たち犯罪者に捜査段階から寄り添い、裁判でも罪を問うて、最終的な刑事処罰まで携わることができるのは、われわれ検察官だけだ。君たちに、自分のした罪を自覚させ、救済する。それこそがこの日本の司法における検察官の唯一無二にして崇高な使命であると私は自負している。その証拠に、これまで私がここで口を割らせてきた犯罪者たちは一人の例外もなく、最後には涙を流して心が洗われたようにすがすがしい表情になったよ。泣きながら私に感謝する者もたくさんいた。どうか私に、君のことも救済させてくれたまえよ、増山淳彦君」

言葉の意味はそれなりに理解できたが、岩切検事が何を考えているのかはまったく理解できなかった。

「君にはなかなか素直なところがあると私は思っているよ」岩切検事が続ける。「中学生くらいの女の子が好きだとはっきり認めたし、中学時代にひどいいじめに遭って、それが原因でその後の人生も思うようにならなかったとも言っていたね。検察官という仕事の経験から私が学んだのは、犯罪を犯してしまう人間は運が悪いということだ。環境とか人間関係とか、心身の病気とか、そうした理由によってふとしたことから、自分でもどうしようもなく一線を踏み越えてしまう。そういう人間をたくさん見てきたよ。君もそうなんだよな、増山？」

淳彦を見る岩切検事の目には、慈悲を感じさせる光があった。

「中学時代ひどいいじめに遭った君は、中学高校と、一番いい時期に異性と触れ合う経験を持てないまま大人になった。いつまでも中学生の女の子に執着するのはその欠落感からなんだよな。その年頃の女の子と付き合うことができれば、胸のなかにぽっかり空いた大きな穴を埋めることができる、同世代と比べて惨めな自分の人生も、ひょっとしたら好転するかもしれない。自分を馬鹿にしていた連中を見返してやることさえできるかもしれない。そう考えるのも無理はない。君がそう思わざるを得なくなった事情について、むしろ私は大いに同情しているのだよ」

驚いた。岩切検事の言葉には、自分の心を言い当てている部分もあったからだ。

「今日君は、黙秘はしないと私に約束してくれた。君に何か弁解があれば聞こうじゃないか、増山淳彦。弁解というと言い訳のようだが、そうじゃなく本当のことを語ってくれてもいいんだよ」

岩切検事はそう言って、まっすぐに淳彦の視線を捉えた。

息を吸った。ひょっとしたら——ひょっとしたら、やはりこの人なら自分の言い分に耳を傾けてくれるかもしれない。そんな気がした。どうやったらわかってもらえるだろう？　自分の頭の悪さがもどかしく、大人の男の前では萎縮してうまく話せなくなってしまう小心さがうらめしかった。

「俺――」考えもまとまらないままに口を開いていた。「そもそも行ってないんです、まずあの河川敷に。もう何年も」

　岩切検事がじっとこちらを見る。

「それが君の弁解か？」

「はい」

「そうか――それは残念だ」岩切検事の表情が暗くなった。「君は荒川河川敷の現場に、綿貫絵里香さんの遺体を遺棄した事実を認めた。これは揺るぎない真実だ。さらに現場で君のＤＮＡと一致する煙草の吸い殻が発見されている。これも最新科学に裏づけられた絶対的な真実。であるにもかかわらず、君はその現場へ行ったことはないと主張する。君が今しているのは、まったく道理の通らない、不合理極まりない否認ということになる。百人いれば百人がそう思うだろう。私には無知無責任としか思えない弁護士が何を考えて助言したか知らないが、断言する。君の主張を筋が通っていると納得する裁判官も裁判員も一人もいないだろう。むしろ、そこまでごり押しの否認をしなければならないことこそ真犯人である証拠だという確信を強める」

　心臓がどきどきする。岩切検事の言っているとおりだとしか思えないからだ。一体なぜこんなことに？

「つまり今になって否認することには何のメリットもないばかりか、悪いことしかないということだ。そして君は、たった一人の肉親であるおふくろさんのことは考えているか？」

　淳彦はうなずいた。彼女のことを考えない日はない。

「本当かな？　今、日本じゅうの人は、君こそが綿貫絵里香さんを殺して死体を遺棄した犯人だと考えている。何十人ものマスコミ陣が君の家に押し寄せ、おふくろさんを取り囲んで質問責めにし、二十四時間監視している。ニュースには君の家もおふくろさんも何度も映っている。集団心理として、世間の人たちの怒りは、君のおふくろさんにも向かう。実際、家の周りには野次馬が押しかけているし、中には君のおふくろさんに心ない誹謗（ひぼう）や中傷を投げかける者もいれば、いやがらせの電話をかけたり手紙を送ったりする者もいるらしいじゃないか」

　唾を飲んだ。そのことはあまり考えていなかった。川村弁護士も話してくれなかった。胸がきりきりしてきた。

思わず目を閉じていた。

「増山、君はおふくろさんなんかちっとも心配せず、どうにか法律の抜け穴を探して罪を逃れようとする親不孝の極道息子だ」

そう語る岩切検事の目は潤んでいた。

血管に無数の虫でも入ったかのように、全身がいてもたってもいられないほどムズムズする感覚に襲われる。母親のことを思うと、焦燥感や申し訳なさや会いたい気持ちなどいろいろな感情がぐるぐると渦巻き、気がつくと口から「うあああああああ」という声が漏れ出していた。

「おいっ、騒ぐな!」隣で腰縄を持っていた警察官が怒鳴った。

淳彦は下を向き、懸命に口を閉ざした。腹の底からあふれてくる声を完全に止めることはできなかった。

もう駄目だ。壊れてしまう。ガチャガチャガチャガチャガチャ……という音がして、自分の全身が震えてパイプ椅子が鳴っていることに気づいた。我慢しようとしたが「うああっ」という声が漏れてしまう。

「おいっ!」警察官がまた怒鳴り、腰縄を引いた。

「いいんだ」すかさず岩切検事が手を挙げ、こちらを見た。「苦しいんだよな、増山?」

淳彦は歯を食い縛ったままうなずいた。

「それはお前が人間だという証拠だよ。人間らしい感情があるから、犯した罪に対して罪悪感を感じることができる。君にはまだ更生の余地があるということだ――」

耳をふさぎたいが手錠でできない。

「うあああああ――」また声が出た。

「その声。その声こそ君のなかにまだ残っている良心の叫びなんだ! 増山、帰ってこい、人間の世界に。しっかり自分の罪を受け止めて、認めてしまえ。良心の声に従うんだ!」

――駄目だ。

暴れたかった。逃げ出したい。だが動けなかった。

絶望のなかで淳彦は悟る。

どれだけ頑張って黙秘しようが、どれだけ必死に否認しようが、そんなことは一切無意味だ。警察官も検察官も一度逮捕した自分を本気で犯人だと信じ込んでいて、こっちの言い分などこれっぽっちも聞く気はない。

係長が言ったように、逃げ場はない。留置場では留置官に四六時中監視され、自殺という逃避すら許されない。留置場から出ているあらゆる時間は手錠や腰縄でがんじがらめにされ、警察官に見張られる。

　終わったのだ。死体遺棄を認めてしまったあの瞬間、自分の人間としての自由は完全に奪われてしまった。拘束されているのは体だけじゃない。取調べの場で本当のことを話す心の自由もだ。

　どうすればいい？　どうすればこの生き地獄から抜け出せる？　考えようとしてみたが、頭の中には靄がかかったようで何も浮かんでこなかった。脳の回線が焼き切れてしまったようだ。口から落ちたよだれが手にかかった。

「大丈夫だ、増山」岩切検事が声をかけている。「俺が君を助けてやる。どうだ、この岩切のこと、信じてくれるのか？」

　もうろうとした意識のなかで、それでもわらにでもすがるように、淳彦はうなずいていた。

「じゃあ認めるんだ、自分のため、おふくろさんのために――自分が犯した罪を。綿貫絵里香さんの殺人についても認める。それでいいな？」

　もう抵抗する気力などどこにもなかった。やけくそですらない。淳彦はごく自然にうなずいていた。

「……いいぞ」岩切検事は励ますようにうなずいて、「ちゃんと自分の言葉で言ってみろ。『綿貫絵里香さんを殺したのは、私、増山淳彦です』って」

「わ……綿貫絵里香さん、を……殺したのは……私、増山淳彦です……」その言葉が淳彦にはどこか遠くから聞こえるような気がした。

「――よし！」岩切検事は事務官の方を見て「すぐに調書を作れ！」と命じると、淳彦に目を戻した。「それでいい。よく言ったぞ、増山。大丈夫だ、君にはまだちゃんと人間の心が残っていた。〝善人なほもて往生をとぐ、いはんや悪人をや〟。わかるか増山、今君は、仏への道に向かって大いなる一歩を踏み出したんだ――！」

　その言葉を聞いて、淳彦の体が勝手に反応した。笑い声とも泣き声ともつかぬものが喉から絞り出され、同時に、涙がぼろぼろとびっくりするほどの量、次から次へとあふれて、ぼたぼたぼたっと落ちた。どうしてそんなことになったのか、淳彦にはさっぱり見当がつかない。このとき淳彦の心の中にあったのは、ただ一つの思いだけだった。事実に反することを自分がやったと認めたとき、こう感じていたのだ――これでやっと楽になれる。

　それが昨日のことだった。

カメラを背にしたボスは、正面に座ると淳彦に向かって微笑みかけた。

「では今日の取調べを開始する」ボスが口を開いた。「まず、綿貫絵里香さんを星栄中学校の前で待ち伏せし、荒川河川敷に連れて行くところまでの状況について聞かせてもらう。いいな？」

「……はい」淳彦は答えた。

「うん、いい返事だ」ボスが満足そうに言う。「販売所の店長は、二月二十日は通常どおり五時過ぎには夕方の作業が終わり、君も退勤したと証言してる。そうだよな？」

「はい」

「そのあとはどうした？」

「え、ええと、販売所を出て、自分の原チャリに乗って……」いったん言葉を切って、舌で唇を湿した。「せ、星栄中学校の方へ――」

　取調官に強要されるまま罪を認めてしまえば楽になる――その一心で死体遺棄に続いて殺人までやったと自白した。

　だが――それで終わりではなかった。今度は、ではどうやって犯行に及んだのかとしつこく追及される。

　もちろん本当はやっていないのだから、淳彦がそれを知るはずがない。思い出せと言われても、記憶の大本となる肝心の経験がないのだ。それでもうっかり「わかりません」と正直に答えようものなら、取調官たちは淳彦がまた否認に戻ったのかと色めき立ち、殺さんばかりの勢いで責め立ててくる。

　心身の限界で淳彦は頭を働かせようと必死だった。どうやら警察は、淳彦がきっとこうして犯行に及んだに違いないという推理というか筋書きを持っているようだ。その筋書きに沿った供述をすれば取調官にすんなり受け入れてもらえる。

　昨日の接見で、川村弁護士は三人目となる共同受任者を連れてきた。都築（つづき）というそのベテラン弁護士は頼りになりそうに思えた。彼の話を聞いていると、やはり川村弁護士は自分のことを助けようとしてくれているのかもしれないとまた少し思えるようになった。

　だがその都築は気になることを言った。警察は、綿貫絵里香だけでなく、半年前同じ場所で死体が発見されたもう一人の女の子の殺人についてまで淳彦に罪を認めさせようとするに違いない、と。そのために勾留も延長し、再逮捕してさらに勾留するだろうと。都築は予想される警察の動きへの対抗策も教えてくれ、さらに一週間以内に母親の文子に会えるようにしてくれると約束してくれた。

淳彦の胸にわずかに希望の光が灯(とも)った。が、それも接見室を出、留置官に手錠と腰縄を打たれた瞬間しぼんでしまった。今の自分にとって一週間は永遠にも思えた。二十四時間警察の支配下にある留置場でこれ以上の抵抗は自分には無理だ。

自分が犯してもいない犯行の状況についていくら訊かれても、さっぱり見当がつかない。だが——やるしかない。昨日のような生き地獄に逆戻りしないためには、犯人になりきって警察が持っている「正解」にたどり着くしかないのだ。

第四章 狼煙

1

「勾留理由開示請求？」田口(たぐち)が聞き返した。

「ええ」志鶴(しづる)は答える。

三月二十一日午後三時過ぎ。秋葉原の事務所の会議室。都築(つづき)を交えた弁護団の打合せの席だった。

「あんな茶番を？」

「茶番でも、です。増山(ますやま)さんの勾留及び接見禁止への準抗告は棄却されました。次の手を打たないと」

勾留されている被疑者は、裁判所に勾留の理由の開示を請求できる。憲法や刑事訴訟法でそう規定されているのは、被疑者が不当な勾留に対して抵抗する権利を守るためと考えるのが自然だろう。ところが実際には、勾留理由開示請求をしても、被疑者の勾留の必要性が見直されたり、身体拘束から解放されたりすることはまずありえない。それどころか、裁判官が被疑者を勾留すべき具体的な理由を開示することさえないのが普通だ。あったとしても、「一件記録によれば、被疑者には逃亡のおそれ、罪証隠滅のおそれがあると認められる」といった定型文を読み上げるだけ。この手続が名ばかりのものであるのは弁護士にとっては常識だ。

「意義はあると思う」都築が言った。「一つは、増山さんに、接見禁止を解かれていないお母さんの顔を見せること。われわれが毎日接見しても、たった一人の血を分けた肉親に代わることはできない。増山さんは精神的に限界を迎えている。このままでは半年前の事件についても、捜査官に強いられて虚偽自白をしてしまう可能性が高い」

「マスコミの報道に燃料をくべてやるつもりですか？」

勾留理由開示は公開の法廷で行われる。被疑者である増山も出廷し、傍聴席には記者席も用意される。

「情報のコントロールという点では無論リスクもある。だが増山さんが不本意な自白をしてしまうことの方が喫緊かつ重大な問題だ。それに、今回は報道を逆手に取るつもりだ」

「というと？」

「それこそ最大の目的だ。被疑者の意見陳述で、増山さんの口から無実を主張してもらう。黙秘の意思が尊重されず、自白を強要されたと」

「マスコミや世間が増山氏の言い分を信じるとでも？」

「マスコミはこれまで一方的に捜査機関の言い分を報道してきた。増山さんもわれわれもやられっぱなしだった。彼らや世間が信じようが信じまいが関係ない。これがわれわれの反撃の狼煙となる」

「陳述の内容は調書として記録化もされます」志鶴は補足した。

「……あなた方の方針が、刑事弁護の理想に沿ったものだということは私にも理解できる」田口の表情は固かった。「理解はできる——が、賛成することはできない」

打合せのあと、志鶴は早速裁判所に勾留理由開示請求書を出した。請求を受けた裁判官は開示期日を定める。請求を受けた日から期日までの間には、原則として五日以上空けることはできない。今日は水曜日で、期日は五日後、週明けの月曜日と決まった。

足立南署の接見室で会った増山には生気がなかった。今日は、綿貫絵里香を待ち伏せ、殺害した状況について、警察の誘導に従って自白してしまったと、涙ながらに語った。

無実の人間が、自分にとって不利となる虚偽の供述をすることは、われわれの常識や直感とは相容れない。その罪を認めることで、死刑など重大な刑罰が下される可能性があるとなればなおさらだ。

だが現実に、無実の被疑者による虚偽自白は起こっている。被疑者にとってみれば、実感できない将来の刑罰より、たった今自分が受けている苦痛の方がはるかに重く感じられるからだ。無実であるからこそ、予想される刑罰に現実味が湧かず、あるいは裁判になればわかってもらえるかもしれないというわずかな望みにすがってしまうこともある。身体を拘束され、孤立無援で受ける取調べがそれだけ過酷だということだ。

「増山さん。辛いと思いますが――」

「助けてくれないじゃん、結局誰も――！」増山が志鶴の言葉を遮った。「何で俺がこんな目に遭わなきゃならないんだよ」

恨みがましい目で志鶴をにらんだ。

憎まれるのも弁護士の仕事のうち。インターンで都築からそう教えられた。相手方の当事者や代理人から憎まれるのは当然だが、自分の依頼人からも憎まれる覚悟をしろ、苦境に陥ってもがき苦しんでいる人は、自分に無関心な人間より、手を差し伸べてくれる人間をより憎むからだ、と。

「都築弁護士の言葉、覚えていますか？」

増山がけげんそうな目をした。

「お母さんに会わせるって」

「……だって、接見禁止は？」

「解除されていません。だから、裏技を使います」わかりやすい言葉を選んだ。

「裏技……？」

志鶴は、勾留理由開示請求について説明した。

「法廷でって……話はできるのかよ」

「残念ながら、会話することは許されていません。でも、顔を見ることはできます」

増山が唇を引き結んだ。

「それだけじゃありません。増山さんも、公開の場で自分の意見を言うことができます」

「……意見？」

「自分は無実だ。黙秘したくても取調官が黙秘させてくれず、嘘の自白を強要された――公の場でそう訴えることができる」

増山の顔がこわばった。「そ、そんなことしたら――」

「そんなことしたら？　何なんです？」

増山が口ごもった。

「怖いんですか、取調官が？」

増山は怯んだ表情になっていた。

「不当な取調べ――暴力を受けたりしているなら、教えてください。私から厳重に抗議します」

増山が、一拍子遅れてうなずいた。「でも……俺、意見なんか言いたくない」

「お母さんのためでも、ですか？」

「え……？」

「マスコミも世間も、綿貫絵里香さんを殺した犯人は、増山さんだと信じている。増山さんのお母さんは、殺人犯の母親だと思われているんです。お母さんは増山さんの無実を信じているからこそ、一層心を痛めている。ご自分の口から、不本意な自白をさせられたことを伝えてあげるチャンスなんです」

増山が目をしばたたいた。

「マスコミは警察や検察の側に立っています。でも、勾留理由開示の場で増山さんが発言すれば、その内容はきっと報道する。それは警察や検察、ひいては現場の取調官に対する牽制として働くはずです。被疑者の声が表に出にくいことも、取調官が密室で好きにできる大きな理由の一つ。取調官が不当な取調べを行っているなら、大っぴらにするべきです――自分の身を守るためにも」

増山の呼吸が荒くなった。

「人前でうまく話せるか不安でも問題ありません。ここで増山さんのお話を聞いて、私が書面を作ります。増山さんは本番で、その書面を読み上げるだけでいい。まずは書面だけでも作成しませんか？」

増山は答えなかった。葛藤しているようだ。

「増山さんは、取調官に無理強いされて不本意な自白をしたんですよね？」

増山がうなずいた。

「裁判で、裁判官や裁判員にそれを認めさせないと、無罪を勝ち取ることは絶対にできません。そのハードルはすごく高い。わかりますよね。裁判になってから、自白が無理強いされたものだったと訴えても遅いんです。取調べを受けている最中の今、その詳しい事情を勾留理由開示の場で話せば、証拠として残る。逆に、それなしに裁判での逆転は限りなく困難です」

増山の顔から血の気が引いた。「……む、無理だ」

いったん強要されるままに虚偽自白してしまうと、被疑者がそれを撤回するのは難しい。取調官は、虚偽自白をした被疑者には上辺だけでも優しく振る舞うようになるからだ。否認に戻れば、取調官にまた連日厳しく追及される。被疑者にしてみれば、生き地獄へ引きずり戻されるに等しい。

生殺与奪の権を握られたにも等しい代用監獄下で苦しむ被疑者の目に、弁護士が、安全な場所から無理難題を吹っかけるお気楽極楽な稼業と映っても不思議ではない。だが、自分は憎まれようが恨まれようがかまわない。増山には勾留理由開示期日の法廷で何としても意見陳述をしてもらう。もうあとがないのだ。

「書面だけでも準備しておきましょう。増山さんも、お母さんの顔を見たら気が変わるかもしれませんよ。その場で増山さんが無実を主張しなかったら、殺人の罪を認めたことになる。お母さんはどう思うでしょうか」

増山が眉根を寄せた。目が泳いだ。「う、う……」

「そのときになって増山さんの気が変わっても困らないよう、書面だけ作っておきましょう。いいですね？」

増山が、おずおずと志鶴を見た。

「いいですね？」

増山が、瞳孔を開いたままうなずいた。

志鶴はペンを取り、書面を作成するためのヒアリングを始めた。


増山の口から、すでに聞いていた以上の取調官による不当な行為を聞き出すことはできなかった。それでも書面を作ることはできる。いずれにせよこのヒアリングは、取調べで強要された自白とは異なる、増山の自由な供述を弁面調書として証拠化するためにも必要だ。

接見を終えた志鶴は足立南署を出、タクシーで増山の実家へ向かった。取材陣の数は昨日と変わらぬようだ。志鶴は電話でアポイントメントを取っていたが、増山家の窓に明かりは見えなかった。不安に思いつつインターホンのボタンを押すと、増山文子の声が応じ、しばらくしてドアが開けられた。やはり室内の照明はついていない。暗がりで、やつれた文子の顔は幽霊のようにも見えた。

「明かり、つけないんですか？」ドアを施錠したあとで志鶴は訊ねた。

すると文子は笑ったように見えた。眼鏡の奥で目が光る。

「暗い方が集中できるから……」

どういう意味だろうと思ったとき、志鶴の耳が物音を捉えた。居間の方からだ。文子が背を向けたので志鶴も靴を脱いで廊下へ上がり、文子に続いて居間へ向かった。

物音の発信源はテレビだった。明かりの消えた部屋で、テレビの画面だけがにぎやかな光を放っていた。映っているのはアニメだ。きらびやかな衣装に身を包んだ少女たちが、ステージの上で激しく踊り、歌っている。

昨夜、嫌がらせの郵便物が積み上げられていたローテーブルの上に、今日はＤＶＤのケースが積み上げてあった。アニメの絵柄が描かれたパッケージばかりだ。

「……『マジカルアイドルプリンセス』っていうんですよ」文子がぼそっと言った。

「え？」

「……息子のこと、一緒に暮らしていながら、何にも知らなかったな、って」文子の眼鏡のグラスにアニメが反射している。「あ、座ってくださいね」

どこか呆けているようにも見えた。

「明かり、つけてもいいですか？」

文子は、テレビの画面に目を奪われたまま、答えなかった。志鶴はもう一度声をかけた。文子がこちらを向いた。

「明かり……？　あ、はいはい。つけますね」文子が照明をつけた。

志鶴はソファに腰を下ろした。「お話、しても大丈夫ですか？」

「ええ……」魂が抜けてしまったような声だ。

志鶴はテレビの画面に目を向けた。その視線に文子が気づく。

「あ……消した方がいいかしら？」

「お願いします」

文子がＤＶＤを停め、テレビを消した。ソファに座った彼女の目が自分の目と合うのを待って口を開く。

「昨日少しお話しした、勾留理由開示請求のこと、覚えていらっしゃいますか？」

「……あ、はい。あの子に会えるって」

「今日請求して、日程が決まりました」

「い、いつですか……？」目に意志の光が戻ってきた。

内心ほっとする。

「来週の月曜日です」

文子が息を吸いながらうなずいた。「あと……五日、ですね。やっと淳彦に」

目が潤んだ。

「気持ちはお察ししますが、安心するのはまだ早いです。淳彦さんにはその場で無実を主張してもらわないといけないのに、できるか不安なようでした」

「そんな――」

「ですから――お母様にもやっていただくことがあります」

2

三月二十六日、月曜日。
スーツ姿の都築が運転してきたイギリス車に自宅近くで拾われ、志鶴はそのまま足立区綾瀬にある増山家へ向かった。車をすぐ近くに停め、志鶴だけが降りて増山文子を迎えに行き、再び車に乗り込んだ。二人を撮影していた取材陣が車の外からもレンズを向けてきた。車を出すのに都築はクラクションを鳴らさなければならなかった。

増山の勾留理由開示期日については昨日から報道されていた。今日十二時四十五分から開かれる期日について、東京地裁のウェブサイトにはすでに昨日の段階で、傍聴券交付情報が発表されていた。

「大丈夫ですか、お母さん？」運転しながら、都築が後部席の文子に声をかけた。

「……昨日はあまりよく眠れなくて」文子はコートを着て帽子をかぶり、眼鏡の他にマスクも着けている。マスコミ対策だ。肩にかけたショルダーバッグのストラップをぎゅっと握り締めている。

「風邪はひいてますか？」都築が訊ねた。

「……いえ」

「声は出ますね？」

「はい」

「だったら大丈夫だ」

東京地裁のある霞が関に着いたのは、十時半過ぎ。予定どおりだ。都築は車を、東京地裁の隣に建つ弁護士会館ビルの地下にある駐車場に停めた。車を降りた三人は、地下一階にいくつかある飲食店の中で空（す）いている店に入り、早めの昼食を摂った。マスコミもここまでは入ってこなかった。何人かの弁護士が都築に会釈したり声をかけたりしてきた。

帽子とマスクを外した文子を見て志鶴ははっとした。いつもより明らかに化粧が濃い。白いファンデーションは首の辺りで地の皮膚との境界線がくっきり際立ち、ルージュの赤は年齢不相応に明るすぎる。よく見れば眼鏡の下にはアイシャドウのラメが光っていた。

食事の間も、裾の長いコートは首元までぴっちりボタンをかけたままだった。コートの裾から、真新しい白いブーツが覗（のぞ）いている。志鶴の目には彼女はどこか上の空のように見えた。

食事のあと、志鶴は二人と別れて弁護士会館を出、東京地裁へ向かった。都築と文子は、弁護士が依頼者などと使うことのできる面談室がある四階へ上がった。二人は面談室で時間まで最後の打合せをすることになっていた。

東京地裁前の歩道にはすでに取材陣が陣取っていた。志鶴に気づいてカメラを向ける者もいた。志鶴はさっさと通り抜けて建物に入り、警備員に身分証を見せ、法曹関係者専用のゲートを抜けた。手続を済ませ、地下の接見室へ向かう。しばらくすると、アクリル板の向こうに増山が現れた。目がうつろだった。

勾留理由開示請求をしてからの五日間、志鶴は土日も含めて毎日増山に接見した。増山は殺人の疑いでまた検察に送致されて岩切検事によって検面調書を取られ、別の日には警察官により綿貫絵里香の死体遺棄現場へ連れて行かれ「引き当たり」もさせられている。虚偽自白を維持したまま、否認に転じることも黙秘もできず、引き当たりでも警察官の誘導のままに虚偽の自白をした。このままでは半年前の事件についても自白を強要されるのは確実だ。そうなれば裁判で無実を勝ち取れる可能性はおそらくゼロになる。

「おはようございます」志鶴は笑顔を作った。「もうすぐお母さんに会えますね」

増山の目の焦点が合った。「……どうだった?」

志鶴は自分のスマホを見た。「まだ連絡はありません」

増山が舌打ちして唸った。

三日前。志鶴は増山に、勾留場所について準抗告を行うことを告げた。

一度は黙秘に成功した増山がふたたび虚偽自白に転じた最大の原因は、取調べを行う警察の管理下にある留置場に勾留されているからに違いない。都築と志鶴はそう判断していた。本来、逮捕された被疑者の身柄は拘置所に移送されなくてはならない。代用監獄はかつての監獄法、現在では刑事収容施設法にもとづく例外的処置のはずだが、日本では当然のように留置場での勾留がまかり通っている。被疑者の身柄が拘置所へ移送されるのは、ほとんどの場合、検察官による起訴が行われたあとだ。捜査機関の思惑や便宜が優先され、裁判所もそれを認めているとしか思えない。

身柄を扱う裁判官には、職権を発動して増山の身柄を拘置所へ移送するようすでに申請していたが、却下されていた。増山の勾留を認め、接見禁止を解除しなかった裁判所が、今回も壁となって立ちはだかったのだ。

だが準抗告を打てば、裁判所は原審の裁判官とは異なる三人の裁判官から成る合議体によって審判しなければならなくなる。もっとも、勾留に対する準抗告が却下されたように、勾留場所についての準抗告審も一筋縄ではいかない。移送を認めさせるために、代用監獄下で増山がいかにひどい圧迫を受けているかを示すことが必要だった。

志鶴は増山から聞き出した内容を元に申立書を作成し、その日のうちに準抗告の申立てを行った。身柄に関わる裁判の場合、夕方以降に申し立てたものの審判がその日のうちに下されることは珍しくない。が、金曜日遅くの申立てに対して、裁判所からは判断を週明けに先送りするという連絡があった。

舌打ちしたいのは志鶴も同じだった。増山は、勾留理由開示法廷での意見陳述に抵抗を感じている。拘置所への移送が決まっていれば、勇気を得たに違いない。

「準抗告のことは、いったん忘れましょう」志鶴は言った。「まずはやるべきことに集中です。法廷で私が書面を渡します。増山さんはそれを、練習したとおり、ゆっくり読み上げてください」

「け、けど……もし拘置所へ行けなかったら？」

「それでもやるしかありません」

増山が渋い顔で黙り込んだ。

「お願いします。お母さんのためにも」

増山は最後までうんと言わなかった。

接見を終えた志鶴は、都築らと落ち合うまでの時間、地裁の中にある喫茶店でコーヒーを飲んだが、味がしなかった。時間になると一階のロビーへ上がった。ほどなく、都築と文子がやって来た。金属探知機と手荷物検査を受け、一般人用のゲートから入ってきた文子は、相変わらずコートを着たままだった。

三人そろってエレベーターに乗り、勾留理由開示期日が開かれる法廷のある階で降りた。すでに法廷の傍聴席の入り口前には傍聴券を手にした人たちの行列ができていた。当事者の家族などの関係者席や司法記者の記者席を除けば、傍聴券があっても席は決まっていない。

志鶴たちに気づくと、ほとんどの者が目を向けてきた。志鶴と都築は彼らの視線から文子を遮る位置に立ち、彼らを通り過ぎ、法廷の前方に当たる当事者用のドアから中へ入った。法廷内には二人しか人がいなかった。男性の事務官と、弁護人席に座る田口だ。

都築は文子に田口を紹介した。田口は珍しく、柔らかな物腰で彼女に挨拶した。弁護人席には椅子が四脚用意してあった。志鶴と都築で文子を挟んで座った。正面の検察官席は空席。勾留理由開示に検察官が立ち会う義務はないが、弁護人の立場から納得のいくものではなかった。

しばらくすると、事務官が傍聴席のドアを開けた。傍聴人が次々入ってきて、席に着く。やがて、記者席を含むすべての席が埋まった。傍聴席の後ろにはカメラマンが二人、立っていた。続き部屋となった事務室から書記官が入ってきて書記官席に着いた。

法壇に近い裁判官控室のドアが開き、法衣を着た女性の裁判官が一人、入ってきた。増山の勾留を認め、志鶴が直接抗議したのとは異なる人物だ。傍聴人が起立し、裁判官に向かって一礼する。裁判官も一礼して裁判官席に座った。

志鶴はすかさず立ち上がった。

「勾留を決定した裁判官による開示を求めます！」

「――その必要はありません」裁判官が無表情に答えた。

「日本国憲法第34条―― 〝何人(なんぴと)も、理由を直ちに告げられ、且つ、直ちに弁護人に依頼する権利を与へられなければ、抑留又は拘禁されない。又、何人も、正当な理由がなければ、拘禁されず、要求があれば、その理由は、直ちに本人及びその弁護人の出席する公開の法廷で示されなければならない〟。身体拘束は重大な人権侵害です。勾留を認めた裁判官がいるべきではありませんか？」

「その必要はありません」裁判官が繰り返した。

「刑事訴訟法第21条―― 〝裁判官が職務の執行から除斥されるべきとき、又は不公平な裁判をする虞(おそれ)があるときは、検察官又は被告人は、これを忌避することができる。弁護人は、被告人のため忌避の申立をすることができる〟。裁判官は不公平な裁判をするおそれがあるので、忌避を申し立てます」

「申立てを却下します。勾留理由開示の手続は裁判ではありません。勾留理由開示手続で不公平な裁判をするおそれがあることを理由として裁判官を忌避するのは不適法です。弁護人は着席するように」

志鶴は都築を見た。都築はうなずいた。志鶴は席に着いた。

次に事務室のドアが開いたとき出てきたのは、手錠腰縄を打たれ、二人の警察官に挟まれた増山淳彦だった。志鶴が差し入れた紺色のスーツと白いシャツを着ている。

ひゅっ、と、文子の呼吸の音が聞こえた。彼女は手を口に当て、増山を見ていた。傍聴人席で、マスメディアに雇われた法廷画家と思われる数人が、スケッチブックと増山を交互に見て素早く手を動かした。

　増山はおどおどした様子で傍聴席に目を向けてから、こちらを見た。文子の姿を認め、目を見開いた。口が開き、足が止まった。警察官に促されまた歩き出したが、目は文子に向けられたままだった。警察官に挟まれたまま、傍聴人席の前の柵を背にした椅子に座った。文子は増山に向かって何度かうなずきかけた。増山の顔が歪(ゆが)んだ。

　裁判官が開廷を宣言し、「被疑者は前に出てください」と言った。警察官が増山の手錠腰縄を解き、増山が立ち上がって証言台の前に進んだ。裁判官が氏名と生年月日、本籍と現住所を増山に訊ねる人定(じんてい)質問をし、増山が答えた。

「被疑者に対する殺人及び死体遺棄被疑事件について、弁護人から勾留理由開示の請求がありましたので、理由を開示します。本件の被疑事実に関しては、一件記録により、被疑者には罪を犯したと疑うに足りる相当の嫌疑が認められ、また、逃亡のおそれ、罪証隠滅のおそれがあると認められる。以上が勾留理由です」

　一件記録とは、裁判所に係属したある事件についての記録をまとめたもの。裁判官の言葉は紋切り型そのものだった。

「では、引き続き意見陳述に入ります」裁判官が言った。

　志鶴は立ち上がった。

「まず弁護人より裁判官に求釈明します。先ほどの答えでは増山さんを勾留する具体的な理由がわかりません。勾留すると判断するに至った具体的な理由を教えてください」

「具体的な内容については、証拠の内容に及ぶので答えられません。これは勾留理由開示であって証拠開示ではありません。答える義務はありません」

　これも、勾留理由開示法廷での裁判官の決まり文句だ。だが勾留理由を追及することはここでの本当の目的ではない。志鶴は文子を見た。

「大丈夫ですか、お母さん？」

　文子が志鶴を見返した。「はい」

「勾留理由開示請求の申立人である増山文子さんが意見を陳述します」志鶴は裁判官に告げ、席に着いた。

　増山がびっくりしたような顔をしている。勾留理由開示は、弁護人のみならず、配偶者や直系の親族でも中立人となって請求することが可能だ。そして、請求者は法廷で意見を述べることができる。志鶴は増山文子を中立人として勾留理由開示請求を行っていた。増山の前で意見陳述してもらうためだ。だがそのことは増山にはあえて隠していた。

文子は抱えていたバッグを開け、中から何かを取り出した。青いウィッグだ。驚く志鶴の前でそれをかぶると、コートを脱いで立ち上がった。

傍聴席にどよめきが生じた。

増山文子は、コートの下に水色のワンピースを着ていた。膝上丈のミニで、裾と手首から白いフリルが覗いている。ウエストには幅広のベルト。どう見ても七十代の女性が着ることを想定して作られた服ではなさそうだ。ミニスカートから膝下までの白いロングブーツの間には、たるんで皺やシミの目立つ脚があらわになっている。青いウィッグとあいまって、文子の全身から強烈な違和感が醸し出されていた。彼女がこんな恰好をするとは志鶴も知らなかった。都築も驚いているようだ。田口も眉を上げていた。志鶴は、衝撃を顔に出さないよう努力する。何でこんな——と思いかけて、一つの可能性に気づいた。

傍聴席から失笑や苦笑とおぼしき声が上がった。増山は自分の母を見て、目と口をあんぐり開けている。両側の警察官は笑いを抑えるのに苦労しているようだ。裁判官は眉根を寄せた。

「……意見を陳述するのに、そのカツラは必要ですか？」

「はい」文子が答えた。顔が上気し、緊張しているように見えるが、彼女は堂々としていた。傍聴席の反応も気にしていないようだ。

志鶴は立ち上がった。「法廷内でのウィッグの着用は禁止されていません。当然の権利です」

裁判官はまだ何か言いたげだったが、「では、どうぞ。十分以内で」と文子に言った。

文子は増山を見て、口を開いた。

「……そこで手錠をされて座っているのは、私の息子です。十三日前、朝ご飯を一緒に食べたあと、事情聴取のため警察に連れて行かれ、その日に逮捕されました。警察から連絡が来て、テレビのニュースでも観ました。でも私には信じられませんでした……というより、何が起きているのかよくわかりませんでした。私の息子、淳彦は、とてもそんな……人殺しなんて、そんなことができる人間ではありません」

話しぶりはしっかりしていたが、ここで彼女の声が震えた。

「淳彦は、中学生のときひどいいじめに遭って、学校へ行けなくなったことがありました。暴力を振るわれても、やり返すこともできなかったんです。勉強も運動も苦手で、人づきあいも得意じゃありませんが、他人に暴力を振るうようなことはしません。体こそ大きいけど、臆病な子なんです。ホラーっていうんですか？　怖い映画がテレビでやってても観られないくらいで。新聞配達の仕事を毎日こつこつ真面目にやって、趣味のアニメを楽しむ。夜遊びをしたりすることもなく、規則正しくおとなしい暮らしを送ってきました。もし……もし、万が一、今疑われているようなことをやっていたら、毎日一緒にいる私がわからないはず、ないんです。事件があったという日の前後も、淳彦の様子はいつもと変わりませんでした。だから、逮捕されたと聞いたとき、私には、何が何やら……」

文子が言葉を詰まらせた。増山の顔が大きく歪んだ。

文子が眼鏡の奥で目をしばたたき、裁判官を向いた。

「弁護士さんから、淳彦が自白してしまったのは、きつい取調べに耐え切れなかったからだって教えてもらって、初めて、淳彦の身に何が起きたのか、わかったような気がしました。いじめられて、やり返すこともできず学校へ行けなくなったような気の弱い子がそのまま大人になったんです。刑事さんたちに囲まれて、お前がやったんだろうって責め立てられたら、やっていないことでも『やりました』って認めてしまっても不思議じゃありません——」

文子が増山を振り向いた。増山が下を向いた。歯を食い縛っているようだ。文子が眉を曇らせた。いったん目を閉じてから、開いた。

「十三日前、一緒に朝ご飯を食べたあと、母親の私は、息子に会っていませんでした。接見を禁止されて、顔を見ることも話をすることもできずにいました。今日やっと……初めて顔を見ることができました……」

鼻声になった。増山は下を向いたまま、肩を震わせている。増山の両側に座る警察官はもう笑っていなかった。傍聴席はしんと静まり返り、法廷画家がペンを走らせる音が聞こえた。彼らは文子も描いているのかもしれない。

「この場でも、言葉を交わしてはいけないそうです。だから私は、息子がなぜ自白してしまったのか、本人の口から聞いていません。それでも私は、信じています。息子は――淳彦は疑われているようなことをやっていません。私の大切な息子は、無実です。無実なのに逮捕され、留置場に入れられ、たった一人の家族にも会えずにいるんです」文子は裁判官を見た。「私は、無実の息子を一刻も早く自由の身にしてもらいたいです。どうか息子を解放してください。お願いします――」文子は裁判官に向かって頭を下げた。

ぐふっ――増山がこらえきれなくなったように声を出した。

「陳述は以上ですか？」裁判官が言った。

「最後にひと言だけ」文子が答える。「私は、息子が逮捕されてから、初めて、淳彦が観ていたアニメを観てみました。淳彦が一番好きな作品は、〝カルプリ〟――『マジカルアイドルプリンセス』です。アニメなんて観たことのなかったおばあさんの私が、気づけば夢中になって観ていました。うちには知らない人からたくさん、いやがらせの手紙が届いていて落ち込んでいたんですが、それを吹き飛ばしてくれるような素晴らしいアニメだったんです」そこで文子が増山の方を見た。「淳彦――負けるな。空美土キアルちゃんも応援してるよ。彼女、言ってたよね――〝信じる心が奇跡を生む、諦めない気持ちは未来を拓く〟って。母さん、あんたのこと信じてるよ！　あんたも、諦めないで未来を拓いて――！」

また、傍聴席がどよめいた。

「被疑者との会話は禁止です！」裁判官が声をあげた。「陳述は中止！」

文子は言われたとおり口をつぐみ、席に着いた。

「弁護人は、申立人の不規則発言に注意してください」裁判官が志鶴をにらみつけた。「次に不規則発言があれば即刻退廷を命じます」

文子と打ち合わせたのは、申立人本人による陳述だった。が、アニメに関する最後の発言は、文子の完全なアドリブだ。だがそれで、文子の服装とウィッグの説明もついた。増山に〝カルプリ〟のカードケースの無事を確認するよう頼まれたとき、そのアニメとゲームについてざっと調べていた。『マジカルアイドルプリンセス』は、魔法の力でアイドルになった少女たちがグループとして活躍し、歌や踊りを通じて世界に平和や希望をもたらすというファンタジーらしい。グループの少女たちにはそれぞれイメージカラーがあり、衣装などはそれで統一されている。文子が言及した空美土キアルのイメージカラーは青。文子のウィッグとワンピースは、空美土キアルをイメージしたコスプレだったのだ。

「おつかれさまでした」志鶴は、ウィッグを外した文子に声をかけた。注意するどころか、グッジョブと言いたいくらいだ。

ぐふふうう——！

法廷に、増山の嗚咽が響いた。うつむいたまま、咆哮のような声をあげ、涙とよだれをぼたぼたと落としている。

志鶴は立ち上がった。「続いて、増山淳彦さんが意見を述べます」

増山が、嗚咽しながら顔を上げた。涙と鼻水でぐしゃぐしゃになっている。その目は文子を見、それから志鶴を見た。まばたきをした。激しい葛藤が見て取れた。

「被疑者は前に出てください」裁判官が言った。

警察官が増山の手錠腰縄を解いた。増山は困惑するようにそれを見ていたが、警察官に促されるように、よろよろと立ち上がった。裁判官と志鶴を見比べ、自分でもなぜそうするのかわからないという顔で証言台に向かって進むと、立ち止まった。

志鶴は増山のために作成した意見書を手に取った。

「——増山さんは、意見書を朗読する形で意見陳述します」

志鶴は席を離れ、増山に歩み寄った。増山が怯えた目をこちらに向ける。近づかないでくれ、と懇願しているようにも見えた。志鶴は増山の横に立って、書面を差し出した。増山はそれに目を落とし、顔を上げて志鶴を見た。それから——弁護人席にいる文子に目を向けた。文子は増山に微笑みかけた。さっきまで気を張っていた反動か、積もり積もった心労が皮膚のたるみや皺となって表情に影を落とし、彼女をふだん以上に老け込ませて見せていた。増山の口から「……母ちゃん」という言葉がかすかに聞こえた。

増山はまたゆっくり志鶴に視線を戻し、書面に目を向けた。右手でそれを取り、両手で持った。志鶴は彼から離れ、弁護人席の横に立った。増山が書面を見て口を開いた。初めのうち、声を出すのが困難なように、口をぱくぱくさせたが、やがて読みはじめた。

「わ、私は……令和×年三月十三日、足立南署で任意の事情聴取を受けたとき、と、取調べを行った警察官から、み——耳元で大声を出され、『もう金輪際逃がさねえからな』『お前がやったのはわかってんだよ』などと脅されました。『お前がやったんだろう』と何度も何度も怒鳴られ続け、私は……」

増山は、言葉を詰まらせた。

「……私は、恐ろしくてたまりませんでした。つらくてたまりませんでした。もう、怒鳴られたくない、責められたくない、そのことしか考えられなくなりました。それで……本当はやっていないのに、やりましたと認めてしまいました」

ぐすっ、と音がした。文子が鼻をすすったのだ。

増山は額や首筋にびっしょり汗をかいていた。涙と汗の入り混じったものが手にしている書面に落ちた。

「わ、私は――無実です。自白は、と、と、取調官に無理強いされたものです。疑いをかけられているようなことは、やっていません。私は不当に勾留されています。勾留を決めた裁判官にはそのことをわかってほしいです。私を一日でも早く解放してもらいたいと思います」

増山は書面から顔を上げた。肩で息をしていた。

「――以上ですか」裁判官が増山に言った。

「あ、お――お願いです。お、俺――やってません。助けてください……！」

文子が「ううっ」と声を漏らし、眼鏡を押し上げてハンカチを目に当てた。

「被疑者は席に戻ってください」裁判官が言った。

志鶴は振り向き、増山にまたうなずきかけた。

増山は目を伏せ、おずおずと席に戻って座った。留置官が荒々しく手錠腰縄をつけた。

「最後に、弁護人が意見陳述します」志鶴は裁判官に言い、証言台の前に進んだ。

「どうぞ」裁判官が言った。

「先ほど増山さんご本人が陳述されたとおり、増山さんに対する逮捕・勾留は完全に不当なものです。増山さんはいわれなき嫌疑をかけられ、参考人としての事情聴取の場で複数の警察官から暴言を吐かれ、威迫され、無実であるにもかかわらず自分がやったと認めてしまった。増山さんは、弁護人の助言を受けて一度は黙秘に成功しました。ですが、代用監獄と呼ばれる留置場に勾留され、二十四時間警察に生殺与奪の権を握られた逃げ場のない状況で圧力をかけられ、黙秘を続けられなくなってまた不本意な自白を強要されてしまった。典型的な冤罪事件の構造です。一度嫌疑をかけた人を犯人だと思い込む警察官や検察官にも問題はあります。が、この冤罪事件の最大の責任は、検察官からの勾留の請求に対し、ろくに事件の精査もしないまま、お金を入れたら商品を出す自動販売機同然に、それを認める勾留状を発付した裁判官にあります。にもかかわらず、その本人は、一人の人間の運命がかかったこの法廷に出席せず、代わりの人間を送り込んで他人事を決め込んでいる。こんなことが許されますか？」

目の前の裁判官は無表情を崩さなかった。

「勾留理由の求釈明にも、テンプレートみたいな言葉を繰り返すだけ。誠実さのかけらも感じられません。日本から人質司法がなくならないのは、あなた方裁判官の傲慢と怠惰が原因です。そもそも私はあなたが一件記録にちゃんと目を通したのかどうかさえ疑問に思っています。これ以上不当な身体拘束を続けて増山さんの人権を侵害することは許されません。即刻増山さんの身柄を解放するよう求めます！」

「以上ですか？」裁判官の声は平板だった。

「以上です」

「以上で、本件勾留理由開示の手続を終了します」裁判官は事務的に告げ、立ち上がって一礼した。

傍聴人も立ち上がり、ほとんどが一礼した。裁判官が控室に戻り、傍聴人たちが出口に並ぶ。留置官に促され、増山が立ち上がった。留置官に挟まれ事務室へ向かう増山に、文子が「淳彦！」と呼ばわった。増山が足を止め、文子を見た。何か言いたげだったが、すぐ視線を落とした。留置官が「立ち止まるな」と命じ、増山が歩き出した。刑場へ連行される死刑囚のようだった。

志鶴のスーツのポケットの中でスマホが鳴った。取り出した。ＬＩＮＥにメッセージの着信。森元逸美からだ――『東京地裁刑事部から連絡。増山さんの勾留場所に対する準抗告、通ったよ！　明日移送するって』。

志鶴は顔を上げ、事務室に入ろうとする増山に向かって、「増山さん！　明日、拘置所行き決定です！」と叫んだ。戸口を抜ける直前、はっとした増山の顔が見え、戸口の向こうへ消えた。

3

志鶴は新聞をテーブルの、新聞の山に置いた。

「おかしいな。取調官の暴言、虚偽自白の強要、ってどこに書いてありますかね？」

「それを報じている社はない」都築が言った。「だが、狼煙は上がった」

勾留理由開示期日の翌日。午後六時過ぎ。新橋にある都築の事務所の会議室。今日は二人での打合せだ。

「増山さんはどうだった？」都築が訊ねた。

増山の身柄は今日、足立南署から、小菅（こすげ）にある東京拘置所へと移送された。志鶴は先ほど接見してきたところだった。

「ほっとした様子でした。雑居房じゃなく独居房だったのもよかったみたいで。ただ、今日は取調べがなかったので、次に取調官に会うのが不安だとは言っていましたが」

増山の供述を受け、足立南署には改めて、増山が取調官から受けた不当な扱いを指摘した抗議文を送ってあった。さらに勾留理由開示法廷の場で公にし、足立南署の警察官もそれを見聞きした以上、取調官も今後は横暴な振る舞いはできないはず。増山にはそう話して安心させた。

「警察も無茶はしてこないだろう」都築も同じ考えだった。

「もしまた何かされたら、すぐ話してもらうよう、増山さんにお願いしておきました」

都築はうなずいた。

「検察は勾留期間を最大限に引き延ばすつもりだろう。そのために半年前の事件についても増山さんを再逮捕する。起訴はそれからだ。今するべきことは？」

「増山さんの供述録取書は作成済み。それ以外の証拠の収集と保全、ですね」

「そのとおり」都築はテーブルの上の書類を取って志鶴に差し出した。「現時点で押さえるべき証拠のリストを作った。データは送ってある。担当を決めてしまおう。田口先生に任せたいものは、あとで打診する」

都築の事務所を出た志鶴は秋葉原にある自分の事務所へ向かった。

電車の中で、東京拘置所で増山の次に接見した星野沙羅（ほしのさら）との会話を思い出した。控訴趣意書の提出期限の延長の申請が認められたこと、全国冤罪事件弁護団連絡協議会に協力を仰いだことはその前に報告していた。差し入れと、今後の方針についての話と、何より彼女の顔を見て励ますためだった。

接見室に入ってきた星野は、席に座る前に、アクリル板越しに志鶴に向かって一礼し、顔を上げるとこう言った。

「昨日はおつかれさまでした」

「……えっ、おつかれさまって？」

「んー、見える……見える……」星野は片目をつぶった。

「川村先生、昨日、法廷で裁判官に喧嘩売ってませんでした？」

「え、何で……」志鶴は驚いた。

「えっへへー」星野がいたずらっぽく笑うと、席に座った。「教えてもらったんですよ、今日、接見に来た友達の酒井夏希さんから。昨日の勾留理由開示公判のこと」

「友達って……まさか傍聴してたの？」

「じゃなくて。ブログで読んだって」

「ブログ……？」意味がわからない。

「いるじゃないですか、裁判の傍聴マニア。そういう人のサイトに、川村先生のことが書いてあったって。前、私の裁判も傍聴して記事にしてたサイトで、友達はずっとチェックしてて。昨日の夜見た記事を、今日プリントして、私に差し入れしてくれたんです」

「そういうこと……びっくりしたあ」頬が緩んだ。

「川村先生、また無実の人のために闘ってるんですね。私のときと同じように」

「――あの事件、知ってた？」

「はい」

「それでも無実だって思える？」

「はい」

「どうして？」

「川村先生、裁判官に言ったんですよね？　増山さんは無実だって」

　志鶴はうなずいた。

「だったら――決まってるじゃないですか、無実に」星野が笑顔になった。「やだ、一瞬、本当はそうじゃないのかって不安になったじゃないですか。変なこと訊かないで、川村先生」

「ごめん、そういうつもりは――」

「頑張ってくださいね、先生。増山さんのことも、助けてあげてください。増山さんも、増山さんのお母さんも、先生のこと、きっと信じてると思うから」

　不意をつかれた。励ますつもりで彼女に励まされてしまった。

第五章　目撃

1

増山淳彦の母・文子が、法廷で美少女アニメのコスプレをして騒然となった勾留理由開示期日の四日後、志鶴は森元逸美と共に、死体遺棄現場付近で聞き込みを始めていた。

起訴前の段階では、警察や検察などの捜査機関がどのような証拠をつかんでいるのか弁護人にはわからず、推測するしかない。捜査機関が捜査して得た証拠の開示を請求できるのは、起訴後になる。

だが、捜査機関が収集している証拠は、基本的に彼らの主張を強化するものだと考えるべきだ。被疑者や被告人にとって有利な証拠は見逃されることが多いし、そもそも弁護側でなければ収集しようと思いつかないものもある。弁護側に立証責任はないが、そうした証拠を積極的に収集しなければ、検察側に対抗するのは難しい。

起訴前の捜査段階であっても、データの保存期間との関係で速やかに動かなくてはならないのが、防犯カメラ映像や携帯電話の履歴だ。とくに防犯カメラ映像は一般に携帯電話履歴より保存期間が短い。一刻も早く取りかかりたいところだったが、抱えているのは増山の案件だけではない。やっと今日時間の算段がついた。

被害者である綿貫絵里香が通っていた星栄中学校から、荒川河川敷の死体遺棄現場まで、荒川を挟んで直線距離で約一キロ。中学校は川の南側にあり、遺棄現場は北側の河川敷だ。遺棄現場は、荒川にかかる二つの橋――西新井橋と千住新橋――の間に位置している。

二月二十日、部活を終えて学校を出たまま行方不明になった彼女のその後の足取りはわかっていない。少なくとも報じられてはいない。

中学校を中心に、半径二百メートル以内にある防犯カメラを見つけ、見せてもらうよう頼む。次に、遺体遺棄現場を中心に半径百メートル以内――背後は川なので、こちらは扇形の範囲となる――の防犯カメラを調べる。そう段取りを決めた。

中学校を起点に、志鶴は西側、森元は東側へ。これまで志鶴は二十軒以上の商店やマンションに交渉したが、収穫はなかった。責任者と連絡がつかない数軒を除くと、一番多かった答えは「データは警察に渡した」、残りのケースは「すでに残っていない」というものだった。

事件発生からひと月半が経とうとしている。防犯カメラ映像のデータは一週間から一ヵ月程度で失われるのが普通だ。予期していたが、見込みは薄そうだった。続いて五軒を当たったところで、森元からスマホに着信があった。

『こっちはひとまず終わったよ。残念ながら、収穫はゼロ。そちらはどんな感じ?』

「駄目ですね。もうすぐ終わります。逸美さん、そろそろお昼にしませんか? どこかお店入っててください」

『了解』

志鶴は残りの持ち分を回ったが、防犯カメラは見当たらなかった。

森元が選んだファミレスでの昼食後、千住新橋で荒川の北側へ渡り、手分けして同じように調べた。民家が多いこちらは防犯カメラが少なく、一時間ほどで調査が終わった。やはり収穫はなかった。

「あとは、責任者と連絡がつかなかった六軒か」森元が言った。

「あまり期待できませんね」志鶴は言った。「防犯カメラ映像は、警察が収集したものを証拠開示請求するしかなさそうです」

「だね。現場、行く?」

志鶴はうなずいた。

この辺りの荒川北岸は、川に沿って片側二車線の道路――都道450号――がずっと東西に走っている。その上をなぞるように、首都高速中央環状線の高架がかかっていた。河川敷に行くには、どこかで都道450号を渡らなくてはならない。千住新橋と西新井橋の間には信号が四つある。志鶴と森元は、遺体遺棄現場に一番近い交差点で信号を待った。

首都高の高架は都道に影を落とし、コンクリートの橋桁は川に近い二車線をまたぐ形で、広い中央分離帯と荒川の堤防に脚を下ろしている。都道の交通量は少なくない。

バッグから小型のデジタルカメラを取り出し、周囲の様子を動画と静止画両方で撮影した。森元も自分のカメラで撮影する。

信号が青になったので、横断歩道を渡った。突き当たりに、堤防へ上がるコンクリートの階段があった。階段を上ると目の前に眺望が開けた。堤防は道路に対してより川に対して高い。どんよりした曇り空の日だったが、対岸の堤防やその向こうの街並みまで見晴らすことができた。

志鶴たちが立っているのは舗装された幅の広い道で、草が生えた斜面を下った先にまた舗装道路が並行して走っている。その先には土をならした広場のような空間が広がり、護岸で川に接していた。

まだ寒さが解けきっていないからだろうか、学校は春休みのはずだが見える範囲に人は少なかった。

左手に目を向けた。広場の向かって左の端は、生け垣のように立ち並ぶ灌木(かんぼく)が区切りになっており、その向こうには水門からの排水路が川へと走っていた。舗装道路は手前でこの排水路を越えてさらに先へと延びており、道沿いには複数の野球グラウンドが広がっていた。

その景色もカメラに収めた。

「あそこだね」森元が、灌木の茂みを見て言った。

遺体遺棄現場については、無意味な現場検証をさせられた増山に地図を見せながら話を聞き、ニュース映像でも確認してあった。随時撮影をしながら近づくと、灌木が二列になっているのがはっきりわかった。舗装道路から右手、川の方へ向かって分岐した舗装路が直角に延びており、灌木はその道路を挟んで左右に平行に茂っているのだ。

分岐した道は、十メートルほど先で終わっている。その周りを、細長いコの字型を描いて、二メートルくらいの高さの灌木が壁のように囲んでいた。一体何のために作られた道路なのだろう。見当がつかなかった。

どん詰まりとなった分岐路の手前には、花束やぬいぐるみや清涼飲料のボトルなどが置かれていた。事件の凄惨さを物語る痕跡は見当たらないが、間違いない、ここが遺体遺棄現場だ。

志鶴と森元は、どちらともなく両手を合わせ、こうべを垂れた。

「じゃ、始めよっか」森元が言った。

「お願いします」

分岐路の内外を念入りに撮影したあと、志鶴と森元は、メジャーを使って分岐路の幅と奥行き、灌木の高さを測った。参考になるよう、志鶴が灌木と並んで立ったところも画像に収める。さらに森元が、クリップボードに挟んだ紙にフリーハンドで寸法入りの見取り図を描いた。

「灌木の間にススキみたいな植物もびっしり生えてるから、この道の中って外からは死角ですよね」志鶴は言った。「まして日が落ちたあとなら」

「それも書いておくね」森元はそう言ってペンを動かした。のちに証拠化するための手控えだ。

「でも、風は通るのか」

もう三月も終わりだが、寒の戻りで今日は気温が低かった。風も冷たい。綿貫絵里香の事件が起きたのは、二月。もっと寒かったはずだ。彼女は殺害される前に性被害を受けていた。警察が増山にそう自白を強いたので間違いないだろう。時間帯は彼女が学校を出た夕方から遺体で発見される翌朝までの間。気温は確実に低かったはずだ。真犯人は寒空の下で彼女を強姦（ごうかん）し、殺したということになる。

志鶴自身には、そのような状況下での性交の経験はない。想像してみたが、自分の意思では絶対にしたくないと思った。だが、女性を強姦するほど性欲をたぎらせた男性にとっては寒さなど問題でないのかもしれない。

いずれにせよ、現場に来ないと気づかないことがあった。

「今日はこのあと接見と打合せだから無理だけど、また日が沈んだあとも来ないとですねえ」

「私もつき合うよ」

「でも、定時外になっちゃうかも」事務方にあまり無理はさせられない。

「この辺って、街灯も少ないし、この時間でも人気（ひとけ）ないし、夜は物騒じゃない？　田口（たぐち）先生はあてにならないし」

森元が露骨に顔をしかめたので、志鶴は笑った。

そのとき、道の向こうで立ち止まっている人影に気づいた。中学生のように見える私服姿の女子が三人。三人とも、色は異なるがスエットの上下を着ている。一人が、花束を手にしていた。三人とも、こちらをじっと見て動かない。

森元が、志鶴の様子に気づいて背後を振り返った。少女たちの緊張が高まるのがわかった。花束を手に、三人の真ん中に立っている少女が、顔を歪め、左右の二人に何か言った。三人が歩き出し、こちらに近づいてきた。

森元は、彼女らのために、分岐路の入り口から離れた。予想どおり、少女たちはそこで立ち止まった。真ん中の少女がかがんで、花束を地面に置いた。立ち上がると志鶴と森元をにらみつけ、

「何見てんだよ！」と、猛犬が唸るように言った。

三人の少女の中で一番大きく、体重も身長も間違いなく志鶴を上回っていそうな子だ。声はまだ幼かったが、啖呵はなかなか堂に入っている。

「もしかして、綿貫絵里香さんのお友達？」志鶴は訊ねた。

「ちげーよ！」大柄な少女が遮った。「てか話しかけてくんじゃねーよ。お前らマスコミにうちらが話すことなんか何もねえんだよ。消えろババア！」

大柄な少女の顔には吹き出物がたくさんあり、口を開くと歯並びの悪さが目についた。


「私たち、マスコミじゃないよ」森元が言った。

大柄な少女が、「はぁ」と眉をひそめた。

「私は弁護士」志鶴が言った。「事件を調べているのは、依頼人のため。お参りの邪魔するつもりはないから安心して」

「あ、あれじゃん？」大柄な少女の右側に立っていた、一番小柄な子が、志鶴を指さして口を開いた。「増山の弁護士じゃね？　テレビで観た」

大柄な少女が、志鶴の上から下まで舐めるように視線を走らせた。「マジかよ」

「あなたたち――浅見萌愛さんのお友達だよね？」

浅見萌愛。綿貫絵里香の遺体が発見されたこの現場で、その約半年前、やはり遺体で発見された、当時中学二年生の少女の名前だ。綿貫絵里香は私立中学に通っていたが、浅見萌愛の中学は公立だったはずだ。

「友達で悪ぃか？　こっちはムカついてんだよ、ダチ殺されて。萌愛やったのも増山だろ？」

勾留理由開示期日のあと、増山の身柄は足立南署から小菅にある東京拘置所へと移された。一般的に留置場から拘置所へ移送されるのは、被疑者が起訴されたあと。それ以降の取調べはないのが普通だ。だが増山はその終

局処分の前に移送されたため、以後の取調べは拘置所で受けている。

増山はまた黙秘に成功していた。勾留理由開示法廷での母・文子のあの、体を張った訴えが増山の心に届き、彼を勇気づけたのだ。増山自身、法廷で警察官の違法な取調べを告発したことで彼らを牽制できたに違いない。警察の管理下にある留置場を脱したことで、精神的にもずっと楽になったと本人も言っていた。

「私は増山さんの無実を信じてる。真犯人は別にいる。今も平気な顔でうろつき回ってる。警察はあてにならない。弁護士は探偵じゃないけど、できるならこの手で真犯人を捕まえてやりたいくらい」

大柄な少女が、簡単には言いくるめられまいとするように、大根のような腕を豊かな胸の前で組んだ。

「ごめんね。どうぞ、お参りして」

志鶴と森元は彼女たちから離れた。

三人の少女が、花束に向かって手を合わせ、お参りを終えた。そのまま去るかと思ったが志鶴の方に近づいてきた。

「あんた、だまされてんじゃね？　増山に」大柄な少女が言った。「女の子二人も犯して殺すようなやつだから、嘘なんて平気でつくっしょ。女だから舐められてんじゃねえの？」

「もしそうなら？」志鶴は彼女の言葉を促した。

「あいつに言ってくれよ。うちらの親友はもうどうやっても帰ってこない。だったらせめて、警察に本当のこと白状して、罰を受けろって」

「あなたたち、いい友達だね。もし増山さんが本当に犯人なら、あなたの言葉を伝えてもいい。でも、増山さんは犯人じゃない」

「だって、やったって自白したじゃん、二人目の子を」

「警察に無理やり認めさせられたの」

「ニュースでやってたかも」一番小柄な少女が言った。

「何かあいつ……本当はやってなかった、とか言ってるみたい」

大柄な少女がいぶかしげな顔をした。

「あなたたち、真犯人を捕まえたいと思わない？」志鶴は切り出してみた。「警察は、いったん逮捕したら、何としてもその人を犯人にしようとする。増山さんを捕まえたから、事件の真相なんかどうでもよくなって、真犯人を探そうともしていない。考えてみて。もし増山さんが無実だったら、本当に萌愛さんを殺した犯人は、自分の代わりに増山さんが罪を問われるのを、大喜びで待ち構えてる。萌愛さんの親友なら、そんなの許せる？」

大柄な少女と小柄な少女が顔を見合わせた。

「弁護士は警察でも探偵でもないけど、普通の人より捜査する能力や権限を持ってる。私はあくまで依頼人である増山さんのために事件を調べる。でももし真犯人を見つけることができれば、それこそさっきあなたが言ったように、殺された萌愛さんも、少しは浮かばれるんじゃない？」

「こいつの言ってること、どう思う、みくる？　萌愛の一番の親友、あんたじゃん」

大柄な少女が、さっきからずっと黙っていた、三人目の少女に声をかけた。

みくる、と呼ばれたのは、猫背で、目の光が弱い少女だった。顎が小さく、口が開き、大きな前歯が覗いていいる。

「んー……」みくるは、表情を変えないまま、首をかしげた。「どうだろ？　わかんね」

「みくるさん、よかったら、萌愛さんのこと、聞かせてもらえないかな？」

「志鶴ちゃん――」森元がとがめた。

法廷で被告人の弁護をするのが弁護士の仕事だ。志鶴も本気で真犯人を見つけられるとは思っていない。少女たちに働きかけたのは、増山にとって少しでも有利な証拠を手に入れたいという思いからだ。だが、どんなに有力な証拠でも、法廷で使えなければ無意味だ。検察側から証人威迫や誘導等のケチをつけられないよう、証拠収集は慎重を期すべし。森元はそれを伝えたいのだ。

志鶴は、わかっている、とうなずき、名刺を取り出すと、ペンで携帯電話の番号を書き足した。

「私のスマホ。もし、萌愛さんのために何か話したくなったら、電話して。言いにくいことでも大丈夫。秘密を守るのも弁護士の仕事。口の固さには自信あるから」

志鶴はその名刺を、みくるに差し出した。みくるは口を開けたまま、名刺に手を伸ばした。

「おい！」大柄な少女が叫んだ。

みくるがびくっとして手を止め、大柄な少女を見た。大柄な少女は「何乗せられてんだよ」と責めた。みくるは志鶴を見て、手を引っ込めた。

「行こうぜ」大柄な少女が声をかけ、志鶴に背を向けた。二人の少女があとに続く。

志鶴と森元は彼女たちの後ろ姿を見送った。

「残念」森元がつぶやいた。

「まあ、駄目元ですから」志鶴は答えた。

そのとき、河川敷の道路を遠ざかっていく少女の一人が、こちらを振り向いた。みくるだ。目が合ったと思った瞬間、彼女はまた前を向いた。そのまま振り向くことなく視界から消えた。

2

アクリル板の向こうで、増山は顔を歪めた。

「何で自白してもない事件まで……許されんのかよ、こんなの」絞り出すような声だった。

志鶴と都築は、東京拘置所の接見室にいた。

二人の手元には、増山の悲痛な嘆きを呼んだ書面がある。本日、五月一日付の起訴状の謄本だ。

綿貫絵里香について、増山は、取調官に強要され一度は殺人まで認める自白をしてしまった。が、その前の浅見萌愛の事件については、何も供述していない。にもかかわらず、志鶴たちが予想したとおり、検察は、綿貫絵里香の殺人容疑の勾留延長満期日に増山を浅見萌愛の死体遺棄及び殺人の容疑で再逮捕し、その勾留満期日である今日、二件について起訴したのだ。

東京拘置所へ移送されてからも、増山は黙秘を堅持し続けていた。志鶴の再三の働きかけにもかかわらず、文子への接見禁止はまだ解かれていない。志鶴には裁判官のいやがらせとしか思えなかった。それでも、彼女の手紙を志鶴が接見室で読み上げ、文子の言葉を増山に伝え続けた結果、増山は二度と取調官に屈することなく自らの権利を守り抜いたのだ。

検察官の岩切は、綿貫絵里香の事件については、増山が強要された虚偽自白の供述を元に公訴事実を書いた。が、浅見萌愛については、増山が言及さえしていない犯罪について、おそらくは捜査機関が握っている証拠を元にゼロから作文している。いかにも権威ぶった書面に、さも事実であるかのように、増山が犯したとする二件の犯行が簡潔とはいえ具体的に記されているのだ。もちろんここに書かれているのは裁判によって確定した事実ではないが、志鶴たちの助言で心積もりしていたとはいえ、増山がショックを受けるのも当然だろう。

起訴状一本主義――予断排除の原則により、起訴状には裁判官に事件に対する予断を抱かせるおそれのある犯罪の動機や原因は記されないし、書類その他を添付することもできない。しかし、お役所らしいそっけない書面が、一人の人間の命運を左右し、最悪の場合にはその生命さえ奪うという、国家権力が個人に振るう最大の暴力の引き金なのだ。

「増山さん、まずはおつかれさまでした」都築は、豊かな半白髪の口髭と顎鬚をたくわえた顔で、にっこり笑った。「検察は二件の死体遺棄と殺人で増山さんを起訴した。もうこれ以上の再逮捕や、取調べはないでしょう。本当によく頑張られました」

「い、いや……」増山は、視線を上げ、都築と志鶴を見てから視線をそらした。「先生たちの……おかげっていうか」

アクリル板ごしに不満やフラストレーションをぶつけられることは何度もあったが、増山が、志鶴に対して感謝の言葉を述べることはこれまでほとんどなかった。ベテランで、懐が深い都築の人間力が引き出したものだろう。それでも、起訴当日にこんな言葉を聞くことができるとは——志鶴は胸に小さな炎が灯るのを感じた。

「増山さんは、一番大変なところを見事乗り切った。あとはわれわれ弁護人が、増山さんのために闘う番です」

「ほ、保釈は……？」

「すぐに手を打ちます」志鶴が答えた。

「ただ、保釈を勝ち取るのは、難しいと思ってください」都築が補足する。

増山が顎を落とした。

「われわれも、増山さんのため、できる限りのことをするお約束はします。増山さんには、裁判が始まるまで、どーんと構えていてもらいたい」

「裁判始まるまで、どれくらい……？」

「そうですね。これだけ大型の否認事件となると、一年はかかるでしょう。場合によってはそれ以上」

増山があんぐり口を開けた。「そんなに……」

志鶴はもちろん、都築でさえ増山にかける言葉が見つからないようだった。人質司法——日本の刑事司法の根底にある問題が解決できない現状に、志鶴たち刑事弁護士も歯噛みする思いでいるのだ。

拘置所を出ると、志鶴と都築は、足立区にある増山の家へタクシーで向かった。

静かになっていた家の周囲には、久しぶりに大勢の取材陣の姿があった。志鶴と都築にカメラを向け、フラッシュを浴びせ、シャッターを切る彼らの間を抜けた。玄関で迎えた文子は無言で二人に向かってうなずきかけた。覚悟の決まった顔だ。

　リビングのソファに座り、増山から受け取った起訴状をテーブルに置いて文子に向ける。

「ご覧のとおり、淳彦さんは二人の被害者――浅見萌愛さんと綿貫絵里香さん――について、それぞれ殺人と死体遺棄の罪を問われています」

「よくもまあ、こんなでたらめをもっともらしく……」

文子が眉を険しくした。書面を持つ指が震えている。

　増山同様、いくら覚悟していたとはいえ、衝撃を抑えきれずにいるようだ。

「お母さんがあきれるのも、もっともです」都築が言った。「普通の人は、警察や検察が間違うことなんてないと思って暮らしている。実際こういう目に遭って初めて、そうじゃないことがわかるんです。国家権力が犯す冤罪ほど恐ろしい犯罪はありません。われわれも、何としても起訴させまいとあらゆる手を打ってきた。でも阻止できなかった。残念です」

「先生――」文子が都築を見つめた。「川村先生と都築先生が、淳彦のためにどれだけ親身になってくださったか、私が一番よく知ってます。先生方は、こうなることも見越してらした。ちゃんと準備してくださってると信じてます」

「任せてください。お母さんは今、気丈に振る舞ってらっしゃるが、内心では、こんなひどい現実を受け入れられないはず。それが自然です。一人息子が、やってもいない殺人の濡れ衣を着せられるなんて。一件でさえ認めがたいのに、まして二件まで。そう思っているはずですね。でも、この最悪な状況にも、一ついい面がある」

「いい面……」

「そう。検察官が、検察のメンツや自分の功名心のため欲張って、綿貫絵里香さんだけでなく、浅見萌愛さんの殺人の罪まで、淳彦さんにかぶせようと起訴したことです」

「それが何で……？」

「端的に言って、公訴事実を増やせば穴が増える、ということです。被告人が犯罪を犯したことを裁判で立証する責任は、検察側にある。公訴事実が増えれば、立証しなければならない事実も増える。弁護側の闘いは、彼らの主張を突き崩すこと。われわれから見ると、公訴事実が多ければ、それだけ攻撃できる敵の急所が多いとも言えるわけです」

　本当はそんなに簡単ではない。文子を安心させるための方便だ。が、あながち嘘でもなかった。志鶴と都築はその点で意見の一致を見ている。

「ここからが本当の闘いになる。お母さんは、気をしっかり持って、淳彦さんを支えてあげてください」

　都築の言葉に、文子は力強くうなずいた。


　増山の家を出た志鶴は都築と分かれ、秋葉原にある公設事務所へ戻った。

「おつかれさま」森元逸美が言った。「いよいよだね、増山さんの事件。テレビでも起訴のニュースやってた」

「逸美さん。改めてアシスト、お願いします」

「任せて。あ、そうだ、留守中電話あったよ」森元がメモを見て、「永江誠って人。弁護士だって」

　永江……どこかで聞いた名だ。思い出した。増山が逮捕された日、当番弁護で彼との接見を終えた志鶴が増山の家に向かうと、文子の他にもう一人男性がいた。自分の妻の弟が増山と同級生だったという理由で、自ら弁護を名乗り出た人物だった。

「折り返し連絡が欲しいって」

「わかりました」

　志鶴はいくつかタスクを片づけたあとで、永江に電話をかけた。

『いつぞやはどうも、永江です』志鶴よりずっと年長だが、言動がへらへらと軽い印象があった。『どう、増山淳彦の弁護の方は？　何か途中から黙秘に転じたみたいだけど、裁判でも否認でいくつもりなの？』

「……お答えできません」弁護士なのに守秘義務という言葉を知らないのか。あきれつつ答えた。「ご用件は？」

『うん。浅見萌愛っているじゃない。最初に殺された方の子。今度さ、あの子の母親の代理人になったから』

「代理人……？」

『そう。だって理不尽でしょう。大事な一人娘を殺されて、泣き寝入りしなきゃならないなんて。法律で救済してやらなきゃ』

「……代理人じゃなく、浅見萌愛さんのご遺族の、被害者参加弁護士を受任した、ということですか？」

『うん。そう打診したら、彼女はぜひお願いしたいって。けど、奈那さん——あ、萌愛さんの母親ね——弁護士雇う金がないって言うんだよな。はっはっは』電話の向こうの笑い声は、心底楽しげに聞こえた。『こっちも、はいそうですかってわけにはいかないじゃない。ボランティアじゃないんだから。なんでこうして川村先生に電話してるわけ』

「どういう意味ですか？」

『わからない？　川村さんもまだまだ若いなあ。経験積んだ弁護士なら、とっくにピンときてるはずなんだけどねえ』

「はっきり言ってください」

『人間の気持ちがわからないと、この仕事は難しいんじゃないかなあ。川村先生、日本語には、魚心あれば水心、っていう言葉があってね――』

「もしかして、示談金の話ですか？」志鶴は永江の言葉をさえぎった。

『まさか裁判でも本気で否認するつもりはないよね？　心神耗弱や心神喪失での認定落ちはなさそうだし、結論から言って情状弁護の一択しかない。そう読んでるんだよね僕は。情状酌量を狙うなら、被害者への示談金は不可欠。それでも普通、示談金をもらっても被害者側が法廷で加害者側に有利な証言をすることはまずない。だよね？』

　何が言いたいのかだんだん見当がついてきた。

『でも、もし法廷で加害者に有利な証言をしてくれる被害者遺族がいたら？　こんな強力な援護射撃はない。だよねえ、川村先生』

　志鶴は答えなかった。

『わかる？　僕なら死んだ萌愛さんの母親に口利きして、普通なら敵性証人に回るのを、増山の味方につけることができる。彼女中卒でさ、シングルマザーでずっと生活苦だったって。弁護費用がないどころか、筋のよくない借金が膨れ上がってる。それ聞いて提案したわけ。僕が、増山の母親から示談金もらえるよう、川村先生に交渉してやるって。交渉の材料として、もし十分な額のお金もらえたら、増山に有利な証言をすることはできる？　そうすれば相手もきっと誠意を見せてくれるだろうし、って――』

　志鶴は書面を読みながら聞き流していたが、永江は一方的に話し続けた。

『泣き出したよ、彼女。そりゃそうだ。何が悲しゅうて、かわいい一人娘を殺したけだものみたいな男のために証言しなけりゃならないんだ。そう思うのが普通だよ。でも僕は言ってやった。そうと約束すれば、向こうも僕に弁護費用を払っても十分お釣りがくるだけの金額を出す気になる。僕が必ずそうなるよう交渉してやるって。今さらいくら増山を糾弾しても、死んだ萌愛ちゃんは帰ってこない。示談金を払うとなれば、増山本人より増山の母親の方が苦しむはず。子供を奪われたあなたの苦しみを相手の母親にも少しでも味わわせてやるチャンスだよ――そうやって二時間も説得して、やっと彼女にうんと言わせてやった。わかる、川村先生？　娘を殺された母親が、殺した張本人の情状を法廷で訴える。これこそ乾坤一擲、死刑判決の回避にはそれしかない。浅見奈那こそ増山の命綱、お釈迦様が地獄に垂らした蜘蛛の糸ってこと』

　興奮しているからか、受話器の向こうの声がどんどん大きくなってきた。志鶴は、増山とは別の案件のファイルを開きつつ訊いた。

「いくらですか？」

『へ……？』

「示談金。いくら渡せば、彼女が情状証人になってくれるんですか？」

『話、わかるじゃん！』永江の声が弾んだ。『……二千万円。登記簿さらったんだけど、増山の家と土地、ローン終わって抵当はずれてるんだよね。上物がゼロ円でも、あの土地なら売ればそれ以上にはなる。それで一人息子の命救えるなら、安いもんでしょう』

　志鶴は黙ってファイルのページをくった。

『わかった。一千万。こっからは一歩も譲れない』

「ではお聞きします。もし私が直接、浅見奈那さんに示談金として一千万円を提示したらどうされるおつもりですか？」

『おっとっと。それ本気で言ってる？　川村さん、そういうこと言う人だったのか。お見それしたなあ』声が低くなった。『僕、あなたの何期先輩かわかる？　われわれの世代にはまだ、弁護士の仁義が残ってるけど、若い人には通じないか。そういうの笑えない冗談っていうんだよ、川村君。冗談でも、まして大先輩には間違っても口にしちゃ駄目』

「本気だったらどうします？」

『わかってねえなあ――！』あきれたような大声。『若いからわかんねえだろうけど、この業界狭いの。そういう弁護士仁義にもとる態度でこの先やっていけると思ってる？　潰されちゃうぜ、芽が出る前に』

　いい加減本気で腹が立ってきた。

「お話、それだけですか？　忙しいんで切りますね、先輩」志鶴はあえて乱暴に受話器を戻した。

その音が注意を引いたのか、こちらを向いた森元逸美と目が合った。物問いたげな表情だ。志鶴がにこっと笑ってみせると、森元が、引きつった笑みで応じた。

世間の大多数のイメージに反して、国家資格の試験でも最難関と言われる司法試験を突破した弁護士には非常識な人間も少なくない。試験に受かる能力さえあれば社会性がなくても資格が得られるのだから、ある意味当然なのかもしれないが。もっとも志鶴自身は人間の価値を社会常識で測ることもないので、その傾向を批判しないようにしている。どんなに気の合った同業者とでも、主義や利益が相反したら法律でとことん殴り合えば済むことだ。

だが、今のはもしかしてやり過ぎだったろうか？

電話を切ってしばらくして、志鶴はそう考えた。実際、浅見萌愛の母親が被害者参加制度で裁判に参加する可能性は大いにある。もちろん、無実を主張する否認事件で示談交渉など論外だが……。

「志鶴ちゃん」森元の声が志鶴の意識を引き戻した。

「天宮（あまみや）先生から電話。出られる？」

天宮ロラン翔子（しょうこ）。アドレナリンが出た。

志鶴は深呼吸をして頭を切り替えた。「出ます」

「二番」

受話器を取った志鶴は、保留ボタンを解除した。「川村です」

『どうも、天宮です』どこか鼻にかかったような響きで言った。『DV訴訟では、骨折り損させてごめんなさいね』

「まず前段、DV訴訟じゃなく、虚偽DVを主張する不当な訴訟ですね」志鶴はすかさず異議を唱えた。「それと後段、その台詞（せりふ）、そっくりお返しします」

『私、このたび、綿貫麻里（わたぬきまり）さんの被害者弁護士として選任されました。増山淳彦に殺された、綿貫絵里香さんのお母さんです』

呼吸が止まる。

志鶴は、自分にとって最大のトラウマとなっている星野沙羅（ほしのさら）の案件を思い出さずにはいられなかった。

さっきの永江などとは比較にならない。法曹でない大多数の人間は法理ではなく感情で動く。裁判員の心証への訴求力という点で、天宮ロラン翔子がおそるべき敵対手となるのは疑う余地がない。志鶴は、胃袋がぎゅっと縮むのを感じた。

「――ご用件はそれだけですか？」何とかそう言った。

『いいえ』天宮の声が太くなった。『増山の弁護人であるあなた方に打てる手は、戦略的に情状弁護しかない。であれば、セオリーとして、被害者遺族に対して示談金を提示してくるはず。ご存じかどうか知らないけど、あいにく綿貫絵里香さんのご家族はこの国のエスタブリッシュメント層。お金にはまったく不自由していない。私は示談交渉には一切応じるなとクライアントから厳命されている――いずれにせよそんな選択肢は考えていませんけどね、もちろん』

そこで天宮は時間を空けた。まるでその空白を味わうかのように。志鶴はどうにか平静を保った。

『私の依頼人は、増山淳彦が地獄に落ちる、それだけを希求している。被告人はもちろん、あなたにも逃げ場はない。それを教えてあげたくて連絡しました――ジュヴザンプリ』

「え……？」

『フランス語で、「どういたしまして」。示談金交渉する手間を省いてくれた私に感謝してるんでしょう、川村先生？』

鼻で笑うと、天宮は電話を切った。

受話器を置いた志鶴は、息を吐いた。

負けられない。

3

三日後。

新橋にある都築の事務所に、増山淳彦の弁護団が顔をそろえた。志鶴、都築、田口の三人だ。

志鶴はまず、まだ目を通していない田口に増山の起訴状を差し出した。田口は、メタルフレームの奥の鋭い目を走らせてから、顔を上げた。

「――綿貫絵里香の事件については、現場に落ちていた増山氏のＤＮＡが採取された煙草（タバコ）の吸い殻という物証があった。浅見萌愛についても物証があって起訴したのでは？」

「であれば、綿貫絵里香の事件と同じように、取調べで増山さんに示して揺さぶりをかけたんじゃないでしょうか」志鶴は答えた。「あるいはマスコミにリークして外堀を固めたか。増山さんに聞いたところ、そのような事実はありませんでした。マスコミ報道も」

田口は懐疑的な表情を崩さなかった。「隠し玉として持っている可能性もある」

「何のために？」

「吸い殻はたんなる見せ球、浅見萌愛の事件ではもっとクリティカルな物証を握っていて、あえて出さなかったのかもしれない」

理由はわからない。が、篠原尊（しのはらたける）の話をしたあと、志鶴に対する田口の態度に変化があった。これまでのように敵対心を剝き出しにすることがなくなったのだ。

増山の弁護に関しても、志鶴と都築の弁護方針に反対することはなくなった。だが慎重な姿勢は変えていない。彼自身の中にも葛藤があるのかもしれない。当初認定落ちを訴えていたのは、たんに志鶴に敵対したりやる気がなかったからではなく、彼なりに増山の身を案じてのことだったのではないか。以前にはなかった人間味を田口に見出した志鶴は、そう考えるようになった。

「証拠については、まさにこれから開示という闘いを始めるべき時だ」都築が割って入る。「ここで議論していてもらちは明かないだろう」

「では、証拠開示を含めた弁護側立証の話を」主任弁護人である志鶴は打合せを進めた。


本来、裁判において立証責任があるのは検察側だ。弁護側は彼らの主張に疑いがあることを示せばよく、無実を立証する責任はない。が、検察側の主張をただ否定するだけで裁判所に弁護側の主張を認めさせることはできない。主張を認めてもらうためには、弁護側も証拠に基づいて主張しなくてはならない。弁護側立証とはその意味だ。

「まず、現時点での弁護側収集証拠について確認します。自白が強要されたものであるとする増山さんの弁面調書と、遺体遺棄現場の現地調査結果はすでに証拠化してあり、いつでも証拠調べに出せる状態です。綿貫絵里香さんの事件についても、浅見萌愛さんの事件についても、現場周辺の防犯カメラ映像は結局入手できませんでした。警察が収集したことがわかった分について足立南署に開示を求めましたが断られたので、証拠保全の請求手続を打ってあります」

証拠保全とは、裁判に向けて証拠を確保すること。とくに刑事事件では、公判の前に限り、被告人や弁護人から裁判官に対して強制処分――押収・捜索など――を請求できる権利を指す。捜査機関と違い被告人や弁護人には捜査権限がないので、裁判で使用する証拠をあらかじめ収集しておくために裁判所を通じて証拠収集することが認められている。

「捜査機関がすでに収集しているのに？」田口が指摘した。

「適切に収集して保管している保証はありません。自分たちに不都合な証拠なら消し去っている可能性もある。保管していたとしても、証拠化する際自分たちに都合のいいようにデータを編集することも考えられます」

裁判所に提出する証拠保全請求書には、証拠保全を必要とする理由としてそうした事情も書き添えた。

「他に、被害者二人及び、増山さんの携帯電話の通話履歴、警察が押収した増山さんのパソコンのログ、警察が現場で採取したという増山さんの煙草の吸い殻、吸い殻から検出されたというDNAについても証拠保全請求手続をしました」志鶴は続けた。

携帯電話会社に弁護士が情報の開示を求めても断られるのが普通なので、証拠保全を利用するのが確実だ。証拠物、鑑定の対象物については、毀損や改竄を防ぐ意味合いがある。

「現時点での証拠収集状況は、以上です。はっきり言って捜査機関がどのような証拠を握っているのか、今の段階ではごくわずかしかわかっていません。公判での弁護方針、ケース・セオリーを固める鍵は、検察に求める証拠開示にあります。類型証拠については、開示を求める証拠のリストを作成しましたので、ご確認ください」

志鶴は、森元に手伝ってもらい作成した書類を二人に配った。

検察側にせよ、弁護側にせよ、裁判で立証を裏づける土台は証拠だ。だが、検察側が裁判で提示する証拠は、当然ながら被告人にとって不利なものばかりだ。その不均衡を是正するため、弁護側にも証拠の開示を求める権利が認められている。類型証拠とは、刑事訴訟法で定められた類型に従って分類される証拠のことだ。具体的にどんな証拠があるかわからなくても、その類型を示すことで、弁護側は証拠の開示を請求することができる。

「類型証拠については該当する可能性のあるすべての証拠物を請求するようリストアップしてあります」

「それでいいと思う」都築が言った。「現時点で打つべき手はすべて打った。次の正念場は公判前整理手続だな」

殺人のような重大な犯罪は裁判員裁判となる。裁判員裁判では、公判に先立ち公判前整理手続が持たれる。検察側、弁護側双方の論点を整理することが目的とされる。

もちろん、どちらも公判で相手を打ち負かすためにここでもしのぎを削る。裁判の前哨戦だ。

「ええ」志鶴は言った。「公判前整理手続の第一回打合せ期日の日取りが先ほど決まりました——一週間後です」

4

書記官に教えられた会議室へ向かうと、前方の角から三人の人影が現れた。東京地裁の入った合同庁舎、刑事部のあるフロアだ。男性が二人、女性が一人。志鶴たちに気づき、立ち止まる。志鶴は都築賢造と田口司を伴っていた。

一番長身の男性を志鶴は知っていた。世良義照。東京地検公判部に属する検察官。四十代、短髪で、さっそうとした印象を受ける外見と物腰の持ち主だ。志鶴が弁護人として依頼者である星野沙羅の無罪——正当防衛——を訴えたが、殺人の有罪判決が下された直近の裁判で、相手方公判検事のリーダー格だった。公判部ではエースと目されていると聞く。

「よくよく貧乏くじを引くのが好きらしいな」志鶴を見下ろし、世良は白い歯を見せて笑った。

「よお、田口！」だみ声をあげたのは最年長に見えるもう一人の男性だった。背が低くがっちりした体つき。禁煙用らしきパイプを黄色い歯で嚙んでいた。「まさかまたお前とやり合う日が来るとはな。刑事からは手を引いたもんだと思ってたが」

志鶴は田口を見た。いつもの酷薄な表情にかすかに亀裂が入り、メタルフレームの眼鏡のつるの下で青白いこめかみがぴくりと引きつった。

「——事務所案件だ」冷ややかに答える。

「だろうな。大方この跳ねっ返りの姉ちゃんのお目付け役ってところか」志鶴を見る下卑たまなざしと物言いからは想像しづらいが、スーツのラペルに秋霜烈日バッジを留めているのを見るとこの男も検察官なのだろう。

無言でにらみ返すと、男は「おー、こわ」とおどけ、三人目の一番若く見える女性に「おい青葉、気合い負けすんなよ」と声をかけた。

「いや蟇目さん何ですかそれ。すぐ精神論に走る非科学的な発想！　これだから昭和生まれは——」

青葉と呼ばれた女性はあきれたように眉をひそめた。やはりバッジをつけていたが、彼女も別の意味で検察官には見えなかった。明るい水色のジャケットに膝丈のフレアスカート、白いブラウスにはフリルがついている。栗色のマッシュルームカット、そばかすが目立つ顔にピンクのチーク、まつ毛にはくるんとカールがかかっていた。

「上役に代わって失礼をお詫びします」彼女は志鶴に頭を下げた。声もしぐさもコケティッシュだ。「もちろん、公判では手加減しませんけどね。あっ私、東京地検公判部の青葉薫です。初めまして、都築先生。私、先生の大ファンです。いつか法廷で先生をやっつけるのが夢で検察官になりました。まさかこんなに早くかなう日が来ちゃうとは」

きらきらした笑顔を向けられた都築は、「それは光栄だね。あいにくその夢はかなえてあげられそうにないが」と穏やかに応じた。

一瞬、三人の弁護士と三人の検察官が無言でにらみ合った。と、誰ともなく動き出し、六人がそろってドアへ向かった。

会議室にはすでに三人の裁判官と書記官たちが、コの字型に配置されたデスクの左右を見渡す辺に並んで座っていた。弁護団と検察官は向き合う位置に着席する。

公判前整理手続も公判と同様、裁判所と当事者などの訴訟関係者が予定された行為を実施することを期日と呼ぶ。今日は正式な公判前期日ではなく、打合せ期日と呼ばれる顔合わせ的なものだ。

「では始めます」三人の真ん中に座っていた裁判官が告げた。

能城武満。東京地裁十一刑事部総括判事。今回の公判では裁判長を務める。

――裁判官の当たりはずれで言えば、最悪のカードを引いてしまったと言えるかもしれない。

裁判長の名を知ったとき、都築は志鶴にそう話した。

五十四歳になる能城は東京大学法学部卒。在学中に司法試験に合格し、最高裁調査官を務めた経験を持つ、いわゆるエリート裁判官だ。法務省の刑事局付だった経歴を持つためか、検察と一体化しているかのような訴訟指揮や判決が目立つという。都築は過去に一度、能城が裁判長を務める公判で弁護人となったが、有罪判決を下されたそうだ。

目の前の能城は、座っていてもそれとわかる長身痩軀で総白髪、猛禽類のくちばしを思わせる特徴的な鼻に小さな眼鏡をかけ、その奥から半眼の視線を中空に向けた、人間味を感じさせない男だった。

「弁護人」能城が都築に視線を向けた。「どのような主張を予定していますか」

「そんなの今答えられるわけがない」都築がぞんざいにつっぱねた。「われわれは、検察官がどんな証拠を根拠に増山さんを起訴したか、わからない。裁判とは何ですか？　証拠を争う場だ。証拠も見ないで主張など決められるはずないでしょう」

「あなた方、捜査段階から被告人の弁護をしていましたよね。勾留理由開示期日で、被告人に自白は強制されたものだったと証言させている。公判でも当然そう主張するんじゃないんですか」

「それをこの場で言うつもりはないと言ってるんだよ」

のっけから喧嘩腰の都築に、能城の左右に座る男女の陪席裁判官や書記官たちは驚いているようだった。が、能城の表情は変わらなかった。

「そういう非協力的な弁護姿勢が被告人のためになると？」顎を上げ都築を見下ろすように言った。

「聞き捨てならんね。今のはどういう意味かな。裁判長のありがたいお言葉に弁護人が従わないなら被告人を有罪にするぞ。そう脅しているとしか解釈できないが」

くすっ――噴き出したのは青葉薫だった。視線が集まったのに気づくと「あ、失礼しました。続けてください」と破顔したまま言った。それを見た蟇目がパイプをくわえたままにたにたした。

裁判員裁判になるような重大事件では、事件の争点や証拠は多くなる傾向があり、それは公判期日の長さにも反映される。公判前整理手続の目的として、「裁判所は、充実した公判の審理を」「計画的かつ迅速に行うことができるよう」「できる限り早期にこれを終結させるように努めなければならない」、という文言が刑事訴訟法３１６条にはある。弁護人も含む「訴訟関係人」は、「裁判所に進んで協力しなければならない」とも。

こうした条文や、裁判員への負担を軽くするために争点や証拠を整理するという建前を盾に、裁判官は、公判前整理手続で、検察官の起訴状に対する弁護側の認否や、公判でする予定の主張を知ろうと迫ってくる。

だが、弁護側にそれに従うメリットはない。むしろこちらの手の内を検察側に知られてしまうデメリットもある。能城の追及に対して都築は徹底的に抵抗した。

「では、公訴事実を争わないと？」何度かの押し問答のあと、能城が言った。

「いい加減にしろよ！」都築が遮るように吠えた。「証拠を見ないうちは何も言うつもりはない。何度もそう言ってるだろう」

「ですよねえ」と青葉が口を挟んで手を挙げた。「裁判長、発言いいですか？」

能城はしばらく青葉を黙って見つめていたが「どうぞ」と答えた。

「都築さんのおっしゃること、もっともだと思うんです。で、提案なんですが。どんな証拠が開示されたら主張されるのか教えてもらえません？　そしたら検察が任意開示しますので」

「不承知です！」志鶴は都築に先んじて異議を発する。「それこそ証拠を見ないと判断できませんね。中途半端に任意開示するくらいなら、いっそ全面開示してもらえませんか」

「それはできないんですよねえ」

「全面開示すれば、検察が、自分たちに都合のいい証拠だけをつまんで増山さんを起訴したことがわかってしまうから、ですよね？　増山さんにとって有利な証拠、あなた方検察官の言う『消極証拠』が隠せなくなる」

一般人の多くは、刑事裁判では弁護士も当然にすべての証拠を見ることができると考えているが、実情はまったく違う。捜査機関が収集したすべての証拠にアクセスできる検察に対し、弁護人は起訴前には接見を通じて依頼者から聞いた話やマスコミ報道しか手がかりはない。起訴後もすべての証拠が開示されるわけではない。

検察側が裁判のために請求する証拠、任意開示する証拠以外は、開示請求をしない限り見ることはできないのだ。検察側は当然、自分たちに都合の悪い証拠はできるだけ隠そうとする。すべての証拠を見ることができない弁護人には、検察側が隠したい、依頼人にとって有利な証拠が何なのか、推測するしか手段がないのだ。

「刑事訴訟規則１８９条の２――〝証拠調べの請求は、証明すべき事実の立証に必要な証拠を厳選して、これをしなければならない〟」青葉が言った。「ベスト・エビデンス原則――要証事実との関係において必要最小限の証拠で証明すべし。捜査機関が収集する証拠は膨大な量になりますが、その中で要証事実と関係する証拠って、どれだけあると思います？　干し草の中から針を見つけ出す感じですよ。全面開示って、証拠漁りしたい弁護士さんの自己満足以外の意味あるんですかね」

「やってみればわかるんじゃないですか。膨大な証拠群を見て自分たちが公正な判断を下しているなら、全面開示しても問題ないはず。証拠を全部見せられないのは、その自信がないからでは？」

「判断のバイアスなら、公益の代表者である検察官より、被告人のハイヤード・ガン（雇われガンマン）である弁護人の方が強いに決まってますよねえ」

「その雇われガンマンにうかつに証拠を見せると、自分たちの主張がひっくり返されるかもしれない。それが心配ってことですか」

志鶴と青葉はどちらも視線をそらさなかった。

「絶景だねえ！　若い姉ちゃんがばちばちやり合ってる眺めは」蟇目が声をあげた。「なあ田口？」

「裁判長」田口は蟇目を無視して能城に言った。「これ以上は押し問答。それこそ時間の無駄です」

「検察官」能城が蟇目に視線を向けた。「請求証拠の開示等はいつ頃になりますか」

「世良」蟇目が顎をしゃくった。

「証明予定事実記載書と請求証拠の開示ですね。一週間後には」世良が答えた。

「弁護人、いかがか」能城が田口に言った。

「結構です」田口が答えた。

「検察官、では五月十八日までに」能城がまた田口を見た。「検察官の任意開示に弁護人から応じない旨の発言もあったが、公訴事実について争わないなら類型証拠開示の請求は必要ないということでよろしいか」

「検察が任意開示だけで、全面開示しないなら類型証拠開示請求するに決まってる――！」都築がまた声を荒らげた。

公判に先立ち、検察は公判で証明する予定の内容を記した証明予定事実記載書と、その事実を証明するための証拠を請求し、弁護側に開示する。その時点で弁護側は、開示された以外の証拠の開示を請求できる。この手続きを類型証拠開示請求という。捜査機関が収集した証拠は、証拠物・鑑定書・供述録取書など類型ごとにまとめられており、弁護側はこの類型に該当する証拠の開示を請求できると刑訴法に定められている。

無罪を争うには不可欠であり、たとえ押し問答を重ねることになろうとも、これだけは絶対に譲れない。

「期限は？」能城が言った。

「少なくともひと月」都築が答えた。

能城が都築を冷ややかに見た。「裁判の迅速化という理念に照らして、類型証拠開示を請求するのにそれほど長い時間を必要とするのはいかがなものか」

「あんたは知らないかもしれんが、五月十八日に検察から開示を受けても、われわれはすぐ検討にかかれるわけじゃないんだよ。東京地検がわれわれ弁護士に開示する証拠の謄写業務を独占的に行っている東京地検謄写センターに、これだけ大きな事件だと十万二十万という高額な費用を払って謄写する。この手続きだけで一週間。われわれ弁護団もこの事件だけを抱えているわけじゃない。精査するには最低限それくらいの時間が必要だ」

「――右京(うきょう)さん」能城は都築を無視して、自分の右隣に座る化粧気のない女性に声をかけた。「次回の期日を決めてください」

「は、はい――」右陪席である彼女は、おそらくは三人の中で能城に次ぐキャリアの持ち主のはずだが、まるで新人のように緊張しているのが志鶴にもわかった。

「自分でやれよ」都築が能城に向かって言ったが、能城は当然のように無反応だった。

結局、都築の主張が受け入れられた形で次回の打合せ期日が決まった。

5

合同庁舎を出ると、新橋の事務所へ戻る都築と、直帰する田口、秋葉原の事務所へ戻る志鶴はその場で別れた。

志鶴が秋葉原へ戻ると、事務所の入ったビルの前に少女が一人立っていた。紺色の地味な制服を着ている。中学生だろうか。スカートから伸びた脚は細く、両脚の間が大きく開いていた。やはり学校指定らしい紺色のバッグを斜めがけにし、口を半開きにしてスマホを見ていた少女が顔を上げ、志鶴ははっとした。

森元逸美と荒川河川敷の死体遺棄現場を調査した際、一人目の被害者である浅見萌愛に花束を供えに来た三人の少女の一人。名前は確か――。

「みくるさん、だよね?」志鶴は彼女に声をかけた。

こくっ、とみくるは口を開けたままうなずいた。

「私に会いに来てくれたの?」

「うん」

周囲を見回したが、この間一緒だった二人の姿は見えなかった。

「浅見萌愛さんのこと?」

みくるがうなずく。

一人で事務所に入る勇気はなく、志鶴が中にいると思い、出てくるのを待っていたのだろう。今日は金曜日。放課後を待って来たのか、あるいは学校をサボったのか。どちらの可能性もある時間帯だった。

「お話、聞かせて」志鶴は彼女に微笑(ほほえ)みかけた。「事務所でもいい？」

みくるを伴いエレベーターに乗った。事務所に入ると、志鶴たちに気づいた森元が目を丸くした。

「逸美さん、飲み物頼みます」志鶴が言うと、「了解」と返した。志鶴はみくるを空いている会議室へ案内して座らせた。

「よくここがわかったね」あのとき志鶴は名刺を差し出したが、みくるは仲間の少女にたしなめられて受け取らないまま帰った。

「ネットで調べた」

「こないだの二人にも話してないことがある？」

みくるがためらいがちにうなずいた。

ドアにノックの音がして、志鶴が応じると森元が入ってきた。デスクに二人分の冷たい麦茶、みくるには小皿に盛った菓子を出した。

「他にお手伝いすることある？」

みくるの話を裁判でも使えるよう証拠化するためには、志鶴一人ではなく森元にも立ち会ってもらった方がいい。検察側に証人威迫や誘導などと揚げ足を取られないためにだ。森元はその要否を問うている。

「――いえ」少し迷ってから答えた。「ありがとうございます」

森元は強くうなずき、部屋を出て行った。

「来てくれてありがとう」志鶴はみくるに言った。「よかったら食べて。今の人、森元逸美さんていうんだけど、コンビニのお菓子選びのセンスはうちの事務所で一番だから」

志鶴が自分のグラスに口をつけると、みくるが皿を見て菓子を一つつまみ、包装紙を解いて食べはじめた。

みくるは生前の萌愛の一番の親友だったらしい。仲のよい他の友人たちにも言えない萌愛についての秘密。彼女が殺害されたときからずっと抱えてきた重荷を手放すためにここへ来たのだろう。だが、いつ気が変わるかわからない。浅見萌愛が殺されてから八ヵ月近く。それだけ堅いみくるの口を開かせるには信頼を勝ち獲(と)る必要がある。焦りは禁物だ。

菓子を一つ食べ終えたみくるは、麦茶を飲んだ。

「どうだった、今の？」

「あ、美味(おい)しかった」

「よかった」

グラスを置くとみくるは鼻をすすった。アレルギー持ちなのかもしれない。

「……あのさ。増山……って人じゃないと思う。多分だけど」

どくん。心臓が跳ね上がった。

「増山さんじゃない……？」

「うん。犯人」

「犯人って……萌愛さんを殺した人ってこと？」

「そう」みくるは、話すときあまり人と目を合わせないタイプなのかもしれない。視線は志鶴の斜め前に焦点を合わせているように見えた。

「――訊いていいかな。何でそう思うのか」慎重に訊ねた。

みくるの視線が下がった。会議室に沈黙が降りる。

「……あのさあ。秘密守るって言ったよね、こないだ？」

「言ったよ」

みくるが志鶴を見た。中学三年生。あどけなさだけではない。大人の汚さを知っている目だ。

「絶対？」

胸の高鳴りが収まらない。一体何を話そうとしているのだ。

「うん、絶対」

「誰にも？」

逡巡(しゅんじゅん)する。都築と田口とは共有すべき内容かもしれない。

「――誰にも言わない」腹をくくった。今は何より話を聞くことが先決だ。それ以上の色気を出すな。

みくるが息を吸い、目を落とす。

「萌愛さ――」と言いかけて、「萌愛んちさ、お母さんと二人暮らしで……萌愛のお母さん、スーパーで働いてて、時給安くていつもお金ないって。あ、何か借金もあるって言ってた」

浅見萌愛の母親の被害者参加弁護士を受任した永江誠の話と一致する。

「萌愛、中学出たら働くつもりだったけど、中学生だとバイトできないじゃん？　それで……お母さん助けるのに、ウリしたって」

「ウリって……男の人からお金をもらう？」

みくるがうなずいた。また沈黙が降りる。

「去年の夏休み、萌愛からサシで相談したいって言われて。インスタブックでサポ希望してＤＭ来た男と会ったら、ヤリ逃げされたって」

ＳＮＳは警察も監視しているため、違法行為では隠語が使われることが多い。「サポ」というのは援助交際を意味する隠語の一つだ。ＤＭは隠語でなくダイレクトメッセージ。ＳＮＳを使った援助交際では一般的なコンタクト方法だ。

「お金くれるって言ったから会ったのに、セックスしたらそいつ金払わなかったって。だけじゃなく……脅された。そいつ、セックスの動画撮ってて、言うこと聞かないとネットでばらまくって萌愛に」

自分の呼吸が速まるのがわかった。気取られないようにする。みくるが、反応を確かめようとするように志鶴を見た。ちゃんと聞いているという意味でうなずいた。

「それで……？」

「そのあと二回ヤラれたって……タダで。一回すれば動画を消すって言ったのに、その約束も破られて。で、うちに相談した。どうしたらいい？　って」

「……みくるさんは何て言ってあげたの？」

「うちもそういうの、どうしたらいいかわかんなくて。ジャスミンに相談した方がいいって言った」

「ジャスミン……？」

「あ、友達。こないだいた。一番大っきなやつ」

思い出す。三人の中で一番大柄な少女は、身長も体重も志鶴をはるかに上回っていそうだった。

「ジャスミン、やんちゃな先輩の知り合いいるから、その人たちに頼めば何とかなるかなって思ったから。けど萌愛、それは絶対いやだって。ジャスミン、ウリとかする子許せないからシメられるかもって」

「そうなの？」

みくるはうなずいた。「ボコられるだけじゃなく、みんなに言いふらされて、ハブにされると思う」

「……お母さんに相談するとか、警察に行くとかは考えなかった？」

みくるは強く首を振った。

「萌愛、お母さんだけには心配かけたくないって。自分がそんなことしてたってこと、絶対知られたくないって。警察行っても同じだよね？　うちも勧めたけど、萌愛にそう言われてそうかなって……」

「結局萌愛さんはどうすることにしたの？」

「うん……最後はうち、萌愛に、だったらもう無視するしかないんじゃん、って言った。そいつがまた脅してきたら、逆に、だったら警察行くってフカシこいてやりなよって。相手おっさんだし、中学生とヤッたら犯罪じゃん？　そしたら『そうだね、そうする』って。けど、その日の夜……ＬＩＮＥ全然つながらなくなって……電話かけてもダメで……したら次の日テレビで――」

元々起伏の少ないみくるの表情はそれほど変わったようには見えなかったが、目から涙があふれてぽたぽたとデスクに落ちた。志鶴はティッシュの箱を彼女の目の前に置いた。

みくるは「ごめん」と言ってティッシュを取り、目と鼻をこすった。志鶴は彼女が落ち着くのを待った。

何度か鼻をすすったあと、みくるは鼻声で「そいつが犯人だと思う」と言った。

志鶴はうなずいた。

「――その人について、萌愛さん他に何か言ってなかった？」

「うん、おっさんだけどサーファーで、タトゥーあったって」

「どんな……？」

「何か……手首に、模様？　みたいな。あ、あと髪の毛チョンマゲにしてたって」

チョンマゲ――まさか時代劇で見るような髪型ではないだろう。サーファーならなおのこと。ポニーテールか。タトゥーといい、外見に際立った特徴がありそうだ。ニュースで増山の顔を見たであろうみくるが別人と思ったのも納得できる。

「何の仕事をしてるかわかる？」まさかプロサーファーだろうか。

「あー、わかんない」

「名前とかは？」

「トキオ」

「え……？」

「トキオ。カタカナで。ＬＩＮＥとインスタブックの名前。それしか知らないって萌愛が」

みくるも言ったとおり、十六歳未満の者との性交渉は不同意性行為等罪に抵触する。本名ではないだろうが重要な手がかりだ。

だが疑問も残る。

重要な証拠となる浅見萌愛のスマホは、彼女を殺した真犯人が現場から持ち去ったとみるべきだ。しかし警察はすぐ携帯キャリア会社に当たって、萌愛の通話通信履歴は調べたはずだ。もし彼女がトキオと通話していれば、彼の番号も記録に残っているに違いない。捜査機関は彼の存在を知っていて被疑者から外したのか。

ＬＩＮＥのやり取りも同様に運営会社に照会すれば連絡を取った相手の情報がわかるはず。ただ、志鶴は別の事件の調査で知ったのだが、ＬＩＮＥのデータの保存期間は最長で三年間。初動捜査で警察は携帯キャリアには間違いなく当たったはずだが、ＬＩＮＥを調べなかった可能性もある。

「萌愛さんはその男とセックスしたって言ったよね。どこでしたとか、そういう話はしてない？」

「車の中」

「車……トキオという人の車かな」

「うん。大っきな車って言ってた。後ろに道具とかも積んであるけど、空いてる場所でやったって」

「道具……サーフィンの？」

「てか何か仕事の道具っぽいって萌愛言ってた。けど詳しくはわかんない」

「車の種類とか、色とかは？」

みくるは眉根を寄せた。「……聞いてない」

「ナンバーとかは……さすがにわからないか」

「あ」みくるが目を見開いた。「言ってた……読めない漢字だって」

「――ナンバーの漢字が難しかった、ってこと？」

「うん」

役に立つだろうか？

「そのトキオって人、どこに住んでるかとかは萌愛さんに話してなかったのかな」

「千葉。千葉から来たって」

有力な情報だ。

「他には何か……？」

「……そんくらい。あのさ……捕まえられるかな？　川村さん、言ったじゃん、真犯人見つけるって。トキオってやつ、見つけられる？」

三人いた女子の中で、一番存在感が薄く、自己主張も弱そうだったみくるの目に、強い光が浮かんでいた。

「できる限り調べる。約束はできないけど」慎重に答えた。

「なんだ……」みくるがうなだれる。

「萌愛さんが亡くなったあと、親友だったみくるさんのところにも警察が来て、いろいろ話を聞いた。だよね？」

「うん」

「でもあなたは、警察には今の話は一切しなかった。そう？」

「ああ」

「どうして？」

「だってあいつら信用なんねーし」みくるの眉間に皺が寄った。「最初完全にうちら疑ってる感じで、モメてたんじゃない？　とか問い詰めてきたからちょームカついた。あんなやつらに萌愛のことぜってー言いたくない」

　志鶴は思わず頬を緩めた。

「よく来てくれたね、みくるさん」微笑んだ。「前にも言ったとおり、弁護士には警察みたいな捜査力はない。もしそのトキオっていう人が萌愛さんを殺した真犯人だったとして、みくるさんが彼を捕まえたいなら、本当は今私にしてくれた話を警察にした方が早いかもしれない――」

　みくるの顔に裏切られたような表情が浮かんだ。

「安心して。私、みくるさんとの約束は守る。みくるさんが萌愛さんのために守った彼女の秘密は警察にも誰にも言わない。でも真犯人は警察に逮捕してほしい。でしょ？」

「うん」

「その過程で警察が萌愛さんの秘密を知る可能性はある。それは納得できる？」

「だって……もう一人の子の事件は知んないけど、このまま増山が犯人ってなったら、本当に萌愛を殺したやつは捕まんないんじゃん？　それってめっちゃムカつくし――萌愛だって悔しいと思うから……」

　みくるの顔が歪んで、また涙がぽろぽろ落ちた。自分でも意識しないまま、志鶴は身を乗り出して彼女を抱き締めていた。みくるが志鶴に身を預け、「うっ……ううっ……」と嗚咽(おえつ)して身を震わせた。

「――頑張ったね、みくるちゃん。大切な友達の名誉を守るために、一人でずっと……孤独だったよね？」

　みくるの嗚咽が大きくなる。

「今日ここに来てくれて、本当に感謝してる。みくるちゃんの勇気、絶対に無駄にしない――」声が詰まった。

　みくるが泣きやむまで、そっと背中を叩(たた)いた。体を離すと、みくるは照れくさそうな顔で「……濡らしちゃった」と志鶴のスーツの肩を指さした。

「大丈夫、安物だし」志鶴は声を低め、「ここの事務所、給料安いから」と軽口を叩いた。

「……え、マジ？」目を丸くしたあと、みくるは初めて笑った。

みくるに往復の電車賃に足りるだけの金を渡して秋葉原の駅まで送ると、志鶴は事務所に戻った。志鶴に物問いたげな顔を向けた森元に歩み寄る。

「あの子、河川敷にいた三人のうちの一人よね？」興味津々という顔だ。

「ええ」フルネームは後藤みくる。連絡先は交換済みだ。「お菓子、瞬殺でした。ありがとうございます」

森元は赤いフレームの眼鏡の奥の目をすぼめ、「わかった。何も訊かない」と両手を挙げ、唇を噛んだ。「これほど守秘義務がうらめしいことはないわあ」

自分のデスクにリーガルパッドを開いてペンを取った。みくるの話を整理する。

①浅見萌愛の家庭はシングルマザーの貧困家庭。母親はスーパーでパートをしており借金がある（※被害者参加弁護士の永江は「筋のよくない借金」と表現。ヤミ金？）。

②萌愛は母親を助けようとして援助交際に手を染めた。SNSで知り合った「トキオ」という男と性交渉したが、約束した金はもらえなかった。トキオは逆に、性交渉の様子を撮影した動画をネタに萌愛をゆすり、さらに二回性交渉を強いた。

③萌愛はその時点で、親友の後藤みくるに相談。みくるは友人、母親、警察に相談することを勧めたが、萌愛はいずれも拒否。みくるは最後に、トキオからの脅しを無視し、もしまた脅してきた際には、逆に警察に訴えるとほのめかすよう助言。萌愛は納得した。

④しかしその夜、みくるは萌愛と連絡がつかなくなる。翌日、萌愛は遺体となって発見された（昨年九月十五日）。

⑤トキオという人物に関する情報：サーファー。手首に模様のタトゥー。髪型は「チョンマゲ」（ポニーテール？）。大きな車に乗っている。車には「仕事の道具」らしきものを積んでいる（職人系？）。インスタブックとLINEのアカウントあり。千葉在

住の可能性が高い（※虚偽の可能性も）。車のナン
バーの地名は難読漢字（?）。

ペンを置いてパソコンを起ち上げる。千葉県のナンバープレートの地名は「千葉」「成田」「習志野（ならしの）」「市川」「船橋」「袖ヶ浦（そでがうら）」「市原」「野田」「柏（かしわ）」「松戸」の十種類。「習志野」「袖ヶ浦」「柏」辺りは知らないと読めないかもしれない。

インスタブックのアカウントで「トキオ」を検索すると、膨大な数が並んでいた。あとで改めてチェックすることにしたが、都合よくそれらしきアカウントを特定できるという気はしなかった。匿名で登録できるインスタブックでは簡単に複数のアカウントを作ることができるし、名前やＩＤの変更も可能だ。トキオがもし浅見萌愛を殺した真犯人なら、足がつきかねないアカウントを萌愛の殺害後も放置しているとは思えなかった。

考える。

弁護士は警察官でも探偵でもない。事件の真相を追及したり真犯人を突き止めるのが仕事ではない。依頼人の無罪を勝ち取るのが最大の目標だ。みくるには萌愛の秘密を守ると約束したが、そのためには必要なら弁護側証人になってもらうようみくるを説得することも視野に入る。もし彼女が応じてくれたら、検察側の主張を突き崩す強力な反証となるだろう。

だが――却下だ。

みくるへの信義もあるが、それだけではない。

検察は増山を被疑者として逮捕し、犯人として起訴した。起訴した捜査検事と公判で有罪主張する公判検事は同一ではないが、公訴提起した以上、検察権力として増山を有罪にしようと全力を注ぐ。ベスト・エビデンスという錦の御旗（みはた）を掲げて自分たちに都合のいい証拠だけを採用するのみならず、そう決まった時点から彼らが言うところの「消極証拠」を隠蔽することにも全精力を傾ける。

みくるを説得でき証人として法廷で証言してもらえたとしよう。増山と利害関係のない彼女の証言は真実性が高いと裁判官や裁判員が心証を形成する可能性は低くないだろう。だがその証言が事実と認定されたとしても、増山の無罪には直結しない。

現実の刑事裁判はドラマのようには進展しない。被告人の他に真犯人が存在する可能性が示されたくらいでは無罪判決を出さないのが日本の裁判官だ。検察と一体化

しているという評される裁判長なら、みくるの証言に一定の真実性を認定しつつ、彼女の証言内容は、増山が浅見萌愛を殺した事実と「矛盾しない」として有罪判決を書くに違いない。

だが現実にはそれすらも楽観的に過ぎる見通しだ。

みくるを証人として法廷で尋問できるよう請求するには、公判前整理手続で「その者が公判期日において供述すると思料する内容が明らかになるもの」の開示が刑事訴訟法に明示され義務づけられている。彼女が志鶴に話した内容をすべてとは言わないまでも公判前に検察側に明かさなければならないのだ。

すると検察はどう動くか。本来なら、みくるが提示した「トキオ」なる人物を見つけるべく補充捜査を開始すべきだが、増山を起訴した検察は何が何でも増山を犯人にするため、浅見萌愛の事件のみならず綿貫絵里香の事件についても、みくるの証言を裏づけるようなありとあらゆる証拠を潰しにかかるだろう。みくるの証言を反証する証人を仕立てあげるかもしれない。彼女が法廷で証言してもその内容の真実性が認められなくなるおそれが強い。

反対に、みくるが言ったトキオなる人物の存在を検察に知られなければ、彼らがトキオに関係する証拠を積極的に潰す動機を与えずにすむ。うまくやれば、捜査機関がその権能とマンパワーで収集した膨大な証拠の中からトキオにつながる証拠を見つけ出すことができるかもしれない。何となれば、検察は萌愛のスマホの通信履歴などからトキオの存在を覚知したが、増山を犯人とするためには邪魔だとしてその証拠を故意に隠していることも考えられるのだ。

結論。

否認事件の通常の防御を徹底しつつ、捜査機関の収集証拠も最大限活用して浅見萌愛殺害の真犯人である可能性が高いトキオを見つけ出す。

みくるとの約束も守る。

狭く険しいが、それこそが増山の無罪を勝ち取り、殺された浅見萌愛の無念を晴らすというはるかな頂きに通じる、もっとも確かな道のはずだ。

6

「へいお待ち！」

森元逸美が志鶴のデスクにA4のクリアフォルダを置いた。一番上の書面に「証明予定事実記載書」というタイトルが読めた。検察側から送付されたものだ。

「ありがとうございます」志鶴は早速書面を手に取った。

作成日はちょうど一週間前の金曜日。被告人として増山の名と「殺人及び死体遺棄」が並記され、その下に「上記被告人に対する頭書被告事件について、検察官が証拠により証明しようとする事実は以下のとおりである。」の一文、日付に続いて「東京地方検察庁　検察官検事　蟇目繁治」とあった。

証明予定事実には二件の殺人と死体遺棄について、「犯行に至る経緯」「犯行状況」「殺意の存在」「犯行後の状況」「その他の立証事項」が記されている。検察側の主張を物語形式でまとめたものだ。

クリアフォルダには他に「証拠等関係カード」も入っていた。検察官が請求した証拠を、裁判所が各証拠ごとに一覧形式でまとめたものだ。

その両方を突き合わせ、メモを取りながら一読する。

検察の証明予定事実は、増山淳彦への起訴状を敷衍する内容だった。対応する証拠は、増山の供述調書の他、警察や検察での取調べ録画映像、実況見分調書、検視やDNAの鑑定書、増山が目撃されたソフトボール部の試合の記録映像、といった想定済みのものの他に、防犯カメラ映像、携帯キャリアの電波状況に関する報告書といった注意すべきものがあった。

志鶴がスマホをつかんだタイミングで着信があった。都築からだ。

「ご覧になりましたか？」

『たった今。川村君もか』

「はい。類型証拠開示請求について打合せ、お願いします」

田口とも調整した結果、弁護団での打合せは翌週の水曜日と決まった。

もう一度手元の書類を読み返す。

現時点で考えられる大きな争点は二つ。増山の供述とDNA鑑定だ。どちらも大筋での対抗策について、志鶴と都築の間では意見の一致を見ている。

防犯カメラ映像、携帯キャリアの電波状況――これらについては証拠を見てみないことには何とも評価しようがない。

志鶴としては、捜査段階からずっと引っかかっているDNAのことがどうしても気になった。これを突き崩せなければ、増山の無罪を勝ち取るのはまず不可能だ。

　綿貫絵里香の死体遺棄現場に落ちていたという煙草の吸い殻から検出されたＤＮＡが増山のものとほぼ一致する。警察は増山の逮捕後早い段階でその情報をメディアに流し、大々的に報道された。が、増山自身は死体遺棄現場付近には足を踏み入れていないと志鶴には一貫して語っている。その矛盾に志鶴は頭を悩まされ続けてきた。

　考えられる可能性としては、捜査機関による捏造、あるいは証拠管理上の誤り、または鑑定の誤り、という線だが、鑑定の不備などで冤罪が発覚した東電ＯＬ殺人事件、足利事件などの重大な不祥事から警察が何も学んでいないと考えるのは、捜査機関への不信感が強い志鶴でも抵抗があった。捜査機関に倫理性を期待しているのではない。さすがにこれほど大きな事件で、ＤＮＡ鑑定の精度も昔と比べてはるかに高くなった今の時代、これほどクリティカルな証拠についてミスを犯すとは考えづらいし、捏造に手を染めるのはあまりにリスクが大きすぎはしないか。

　だが――世間の耳目を集める大きな事件だからこそ、捜査機関には不正を働いてでも犯人を検挙しなければという強力なプレッシャーと動機も生じているはず。

　こと吸い殻のＤＮＡに関して、志鶴の思考は何度も堂々巡りに陥った。

だが――今、いつものどん詰まりの向こうに、何か光がよぎった気がした。無限ループを脱せられそうなかすかな予感。うつむいて自分のスーツが目に入ったとき、後藤みくるの顔が浮かんだ。彼女がここへ来た日から二週間。志鶴はトキオについて調べていたが進展はなかった。検察側への証拠開示請求が突破口になることを期待して、ＬＩＮＥで連絡を取っているみくるにもそう伝えてあった。

トキオ。サーファー。チョンマゲ頭。手首にタトゥー。大きな車――志鶴は大きく息を吸って立ち上がった。

　デスクの横のラックに、志鶴が現在抱えている案件の書面をまとめたＡ４ファイルがぎっちり詰まっている。増山のファイルを引き抜いて開いた。専用のリフィルに収めたブルーレイディスクを取り出すと、デスクトップパソコンのプレーヤーにセットして、イヤホンをつけ再生する。

　増山が逮捕されて以降、テレビの報道は森元逸美に可能な限り録画してもらっている。ハードディスクレコーダーからブルーレイに焼く作業も彼女がやってくれていた。スキップと早送りをくり返し、目当ての映像にたどり着いた。

『――本日、綿貫絵里香さんの死体遺棄の疑いで逮捕された増山淳彦容疑者が、遺体が発見される十日ほど前、絵里香さんが出場していたソフトボールの試合で目撃されていたことが、警視庁の発表でわかりました。この映像は、絵里香さんが通っていた中学校で行われた、ソフトボール部の対外試合を録画したものです』

ぼかし処理が、日付や時刻を示すカウンターや、女子選手たちの顔やユニフォームなどに施されていた。しばらく観ていると、ホーム寄りのフェンスの外に立つ増山の姿が映し出された。校庭の向こうの二車線の道路のグラウンド側にスクーターを停め、試合を観ながら煙草を喫っている。志鶴はそこで映像を停めた。

確認したかったのは増山ではない。増山とスクーターの二メートルほど後方に、目当てのものがはっきり見えた。フェンスに寄せる形で停まっている白いバンだ。フロントウィンドウの向こうが銀色に光っているのは、日よけのシェードだろう。運転席も助手席も見えなかった。こちらから見える側のサイドウィンドウはスモークガラスなのか、やはり中の様子はうかがえない。ナンバープレートは、フェンス下部のブロックに隠れて見えない位置にあった。

志鶴は思わず唇を嚙んでいた。

映像の再生を開始する。

『フェンスの外に立っているこの人物が増山容疑者であり、捜査員が確認したところ、増山容疑者本人も認めているということです』

増山が、喫い終えた煙草の吸い殻を無造作に道路に捨てるのを見たとき、志鶴は声を出しそうになった。そこでビデオカメラ映像が終わり、それ以上試合を記録した映像が流れることはなかった。

他の番組録画もチェックしたが、その試合についての映像はどれもこのニュースのものと変わりなかった。

メモするまでもなく記憶に刻んだ。検察が証拠請求したのはこの映像だろう。もし今のように短く編集されたものなら、その前後も含まれたものを必ず証拠請求する。そこであることに気づき、もう一度ニュース中の試合映像を再生した。やはり白いバンのナンバーは見えない。が、車のフロント部分のエンブレムは、メッシュフェンスごしにも何とか確認できる。銀色の横に長い楕円形――その中にTの字に組まれたやはり二つの楕円。

トミタだ。

静止画面をキャプチャしてからブラウザを起ち上げ、トミタの公式ウェブサイトへ飛んだ。他にも中古車販売会社のサイトなども確認して、白いバンの車種はネオエースのどれかだと見当がついた。車には詳しくないので、それ以上の詳細はわからない。

志鶴はもう一度試合の映像を再生し、それをスマホのカメラで録画した。森元が用意してくれたもう一部の証明予定事実記載書と証拠等関係カードをバッグに入れ、上着を着て事務所を出、小菅にある東京拘置所へ向かった。


接見室のアクリル板の向こうで、増山は落ち着いているように見えた。

母親の文子への接見禁止命令は解かれていないが、唯一の肉親である彼女に会えないことでパニックに陥るようなことはなくなっていた。増山がいるのは複数の被告人がいる雑居房ではなく独居房だ。孤独で精神的に参ってしまう人間もいるが、もともと交友関係が少なく、アニメなどを好む内向的な性格だからか、増山はむしろ一人の方が快適だと語っていた。

志鶴はまず、刑務官を通じて差し入れてもらった二つの書類について、アクリル板ごしに増山に詳しく説明した。増山は静かに説明を聞き、疑問があれば志鶴に訊ねた。志鶴は、こちらが予期していなかったいくつかの証拠について、身に覚えがあるか増山に確認した。増山はいずれも覚えがなかった。これまでも話していたが、今後の見通しについて話したあと、志鶴はもう一つの本題を切り出した。

「増山さん。今の段階になって何だよ、と思うかもしれませんが、検察の証拠を調べていて、ちょっと気になったことがあったんですが、確認していいですか？」

「確認て……？」

「綿貫絵里香さんが出場した、星栄中学校のソフトボールの試合のことです」

増山が眉を曇らせた。警察でも検察でもそのことで捜査官たちにさんざん追及されたので、いい記憶がないのだろう。そもそもあの試合を見学していなければと悔やんでも不思議ではない。

「……いやなこと思い出させちゃってごめんなさい。ニュースで流れた記録映像で、増山さんとスクーターの後ろに車が見えたんです。それがちょっと気になって」

「車……？」増山が眉をひそめた。

「ええ。白いバン、たぶんトミタのネオエース。気づきませんでした？」

「……あ」増山の口が丸くなった。「そういえば……」顔を上に向けまぶたを閉じた。そのままうつむき、片手で額をなでる。まぶたが開いた。「思い出した。俺、にらまれた」

「にらまれた……？」

「ああ。俺がグラウンド行ったとき、白い車が停まってて。あれ、今思うとネオエースだったかも。俺、その後ろで原チャリ止めて、押し歩いてその車の前に出たの。そのとき、窓から運転席見たら、ヤカラっぽい男が乗ってて、俺を見て『何だコラァ』みたいな感じで口だけ動かしてすごんできた。まあ、俺なんか昔からそんなのしょっちゅうだから気にしなかったけど」

「ニュースで観た映像だと、車の前の部分、日よけのシェードで隠れていましたが」

「あったっけ？　じゃ、横から見えたんじゃない？」

「ヤカラっぽい――増山さん、その男の人の顔、覚えてるんですか」

「んー、何かガングロっていうか、日サロ行ってるみたいな感じだった」

日サロとは日焼けサロンのことだろう。「日焼けしてた……？」

「そんで確か、チョンマゲ。わりとムカついたから、覚えてたわ」志鶴の顔を見て、眉を上げげた。「え……関係あんの？　何か」

「まだわかりません。ただ、これから検察官に証拠開示を求めるに当たって、気になることは何でもチェックしようと思って」

「そっか……でもあいつ、俺より前からあそこにいて、俺が帰るときもまだいたよな。昼寝か何かしてるのかと思ったけど、考えてみたら俺のことすぐ気づいたし――え、何か怪しくね？　警察は調べてないの、あいつのこと。調べてもらった方がよくない？　ねえ、川村先生――！」

「落ち着いて、増山さん」志鶴は笑顔を作った。「私が余計なこと言って動揺させたなら謝ります。あれだけの組織力のある警察ですから、その人のこともとっくに調べていると思いますよ。われわれもそこはちゃんとチェックします」

「そっか……」増山は明らかに気落ちしていた。

「検察側がどんな証拠を握っているか、徹底的に追及する。今の質問は、その参考にしました。増山さん、まだ先の長い闘いになります。どうか一喜一憂なさらず、私たちを信じて気を長く持ってください」

志鶴が声をかけて刑務官が増山の背後のドアを開け、増山がその向こうへ消えるまで、ずっと平静を装っていたが、スーツの下で志鶴の心臓は激しく鼓動を打っていた。

断章　鴇田

1

ほのかに潮の香を含んでいるがべたつかない風が、アメリカンカントリー調に植栽された庭の木々の葉をさらさらと鳴らす。日差しは柔らかで、ゆったりした麻のロングシャツを素肌に着るのに完璧な陽気だ。

「そちらのカタログにも書いてありますが、このウッドペレットグリルは幅約二メートル、重さ約八十キロ。メーカーでも最大のサイズになります」

鴇田音嗣は、白茶けたレンガ敷きのテラスで黒く巨大なアウトドア用のバーベキューグリルを示した。千葉県いすみ市の自宅。本業はガーデンデザイナーだが、今日はホームパーティを兼ねてこのグリルをプレゼンする。本業とも無縁ではないし金はいくらあってもいい。

「ごついっすねえ」曲げた指の背でこんこん、とほぼ円筒形のグリル部分の蓋を叩いたのは見込み客の一人、菱折だった。「鋳鉄、分厚っ！　俺ら持ってるのみんなおもちゃじゃん。さすがＵＳＡ、パねえわ」

真っ黒に日焼けし、金髪をベリーショートのツーブロックにしてサングラスをかけた菱折は総合格闘技の格闘家だ。自身のジムの他、焼肉店のチェーンを経営する事業家でもある。

客は他に、一流のファッションモデルや人気芸能人を顧客に持つスタイリスト、医療系コンサルティング会社の経営者とその家族たちだ。

鴇田が日本の代理店として販売しているバーベキュー

グリルについてひととおり説明すると、テラスに面した掃き出し窓からトレイを持ったマダムが出てきた。トレイには料理が載っている。

「みなさん、メシにしましょう」鴇田は声をかけた。

「料理はみなさんご自由にね」セルフサービスのドリンク類が置かれていた長テーブルに料理が盛られた大皿やボウルを並べ、マダムが言った。

鴇田の母・春恵は鴇田が幼い頃からこの辺りの人間からはマダムと呼ばれている。鴇田もそう呼ぶようになった。六十四歳。ほとんど白髪になった髪の毛をポニーテールに結んでいる。

マダムは画家だ。若い頃アメリカの私立のアートカレッジに留学した経験がある。死んだ夫、鴇田の父親ともそこで出会い、帰国して結婚し二十七歳で鴇田を産んだ。父親も絵を学ぶため留学したが道を転じて陶芸家となりここに夫婦のアトリエと窯を構えた。七年前に父親が亡くなってから、一人息子である鴇田はマダムと二人、ここで暮らしている。

客たちが取り皿に料理をよそいはじめた。

鴇田はキッチンへ向かい、調理済みの約五十センチ×三十センチ、一番厚い部分では十センチ近くになる巨大な肉塊が載った木製のカッティングボードを、刃にディンプル加工が施された細長いローストビーフスライサーと共にテラスへ運ぶと長テーブルに載せた。

「おおっ、すげえ！」菱折が声をあげた。「何すか、これ？」

肉の表面は炭化したように黒くなっている。サイズもそうだが、日本のバーベキューシーンではまずお目にかかることのない肉塊だ。

他の客たちも集まってきた。

「テキサススタイルブリスケット」鴇田は説明する。

「ブリスケットは牛の前肢の内側の肩バラ肉とも呼ばれる部位。バーベキューの本場テキサスでバーベキューといえば牛、中でもこのブリスケットが代名詞とされています。スパイス類を表面にまぶして約十二時間スモークしました」

鴇田は使い捨てのポリ手袋を嵌め、左手でスライサーを持ち肉塊を一センチくらいの厚みに切った。表面はカリッとしているが中はしっとり美しいピンク色に仕上がっている。

「どなたか味見を」

「いいですか？」スタイリストが手を挙げた。セレクトショップにカフェも併設している彼女は食へのこだわりも強い。

　鴇田が肉片を差し出すと彼女は顔を近づけてそのままかじりつき、あとは指でつまんで頬張った。

「うん、これは……初めての味。表面は焦げてるみたいだけど、たぶんブラウンシュガーでキャラメリゼされてかりっとした食感になっててスモーキーでスパイシー。ロゼになってるところは驚くほど柔らかくて旨味が凝縮されてる。美味しい……！」

　鴇田は勢いよく差し出された皿に次々と肉を切り分けて載せた。

　ウッドペレットグリルが設定温度に達してから、鴇田はトマホークと呼ばれる骨付きの巨大なリブアイステーキを焼く実演をしたが、その前に見込み客の三人ともグリルの購入を決めていた。

2

　客たちが帰ったあと、鴇田はガレージの地下室へ降りた。

　部屋を満たす紫色の光の源は、二畳ほどのスペースで水耕栽培している大麻を覆うＬＥＤグロウライトだ。種は両親と同じカリフォルニアのアートカレッジへの留学から戻る際持ち帰ったものだった。マリファナは留学で覚えたわけではない。鴇田が幼い頃からマダムと父親がアーティストの友人たちとたしなんでいた。自分やマダムの分を育てる他、鴇田は苗や乾燥させた大麻をネットを通じて販売もしている。逮捕されない限り——そのため細心の注意を払っている——悪くない小遣い稼ぎだ。

　大麻の状態をチェックしてから、ごく短いポニーテールにした髪にタオルを巻き、バーベルと懸垂マシンを使った筋トレで汗を流した。

　中学二年生の頃、他県から来た二人の高校生サーファーにからまれ、二対一で喧嘩した際、一人を叩きのめしたあと鴇田はもう一人を殴り倒してから思いきり股ぐらを蹴り上げ、一撃で睾丸を両方とも潰した。裸足の甲に感じた感触と、その瞬間の高校生の顔は今でも鮮明に覚えている。ちなみにその高校生と親は、鴇田の父親から三百万円を受け取って示談に応じた。相手が貧乏人でなければ警察沙汰になっていたかもしれない。

　地下室を出ると、マダムがダイニングキッチンでフルーツティーを飲みながらテレビを観ていた。ワイドショーだ。

『――ここで速報です』女性のニュースキャスターが原稿を見ながら言った。『荒川河川敷で発見された女子中学生二件の殺人と死体遺棄の容疑で、逮捕されている容疑者・増山淳彦四十四歳が起訴されました。くり返します――』

「やっぱり彼がやったのかしらね、二件とも」マダムが言った。「まあ同一犯の犯行でしょうけど」

「そんなところかな」鴇田はテーブルの上の木製の皿から、マダムが焼いたチョコチップクッキーを一切れつまんだ。

「DNAっていう証拠もあるみたいだし、さすがに間違いないんでしょうね」

クッキーをかじって鴇田はうなずいた。「たしかに。どんなに優秀な弁護人がついても、そこを覆すのは不可能だろうな」

「だとしたら死刑は確実ね。あなた、どう思う？」

「何が？」

「ペドフィリアに人権はあるか否か」

「ある」

「即答ね。なぜ？」

「人権だから。すべての人が持ってる。そういう建前だ。それに、ペドフィリアじゃない」鴇田は言った。

「え？」

「死んだ二人は中学二年生。ペドフィリアの定義は幼児・小児性愛者。小児は普通十歳以下とされている。犯人をペドフィリアと呼ぶのは間違いだよ」

「じゃあロリコンね」

「マダムも知ってるようにそれは和製英語だ。日本ではむしろペドフィリアの意味で使われることが多いが、語源となったウラジーミル・ナボコフの小説『ロリータ』のヒロイン、ドロレスの年齢は作中、主に十二歳から十四歳の時期が描かれている。より正確な造語を考えるならニンフェット・コンプレックスだろうね」

「あら、そうだっけ？　私、読んでないから――でも、大事なのはそこ？」ぎろっと目を剝いた。

マダムは負けず嫌いだ。自分の間違いを認めることはない。絶対に。そんなことより鴇田は浅見萌愛を思い出して充血してきた性器に気が向いたので二階の自室へ上がった。

アンティークの木のデスクに向かって座ると、残りのクッキーを口に放り込んで仕事でも使っているノートパソコンを開いた。引き出しから一テラバイトのポータブルＳＳＤを取り出しＵＳＢ端子にセットして、暗号化したフォルダからさらに「ｍｏａ」と名付けられたフォルダを開く。中には浅見萌愛とのセックス等を撮影した動画ファイルが複数入っている。「moa_final_handy」というファイルを開いた。最後に撮ったこの動画には最低の不快と最高の快とが両方記録されている。何度もくり返し観ているので動画の内容は秒単位で把握している。鴇田は不快な場面を飛ばしてクライマックスの少し前から再生し、パンツからペニスを引っぱり出すと右手でしごいた。

浅見萌愛とのセックスを鴇田はいつも固定したビデオカメラと手持ちの二台で撮影していたが、この動画は後者だ。

鴇田が萌愛を殺す場面にさしかかる。

左手でカメラを構えたまま伸ばした右手で萌愛の喉をわしづかみにした。萌愛の首は細い。大きな鴇田の手の広げた指はほとんど三分の一くらいを覆う形だ。萌愛の目が大きく見開かれ、口がアルファベットのＯになった。鴇田は体重をかけつつ六十五キロの握力を一気に加えた。萌愛の喉からひゅっという音がしてそれきり空気の流れが途絶える。喉仏を圧迫してその下にある気道をふさいだのだ。

ぐぐっ——と、萌愛の筋肉にそれまでなかった力が生じた。まだ性器はつながったまま鴇田にのしかかられ、首を押さえつけられて目の焦点は合っていなかったが、萌愛は華奢（きゃしゃ）な全身の力を振り絞ってあがいた。動かせるのは両手と両脚だけ。カエルのように開いた両脚をいくら動かしても鴇田は痛くもかゆくもなかったが、生存本能なのか意志なのかあるいはその両方か、彼女の両手は首をつかんだ鴇田の右手の手首や甲をつかみ、爪を喰（く）い込ませてほどこうとした。

鴇田の手の皮膚がえぐられ血が出たが、アドレナリンのせいか痛みはまったく感じなかった。さらに力を加えるため、カメラを右手に持ち替え、利き手の左手で萌愛の首の、さっきとは別の部位をつかんだ。喉のどこかの軟骨が折れたような感触。筋肉量も筋力も圧倒的な差がある中、少女の生命が懸命に爆発させる力と動きに興奮し——釣り上げた瞬間、つかんだ魚が手の中でぴくぴくと跳ねる力が強ければ強いほど快が増すあの感覚——さっきまでよりさらにきつく痛いほどに締まる萌愛のヴァギナの括約筋に対抗するように精液にまみれたペニスがふたたび力を取り戻し屹立しどこまでも固く怒張するのを感じた。

すべてを記録しようとハンディカメラのファインダーを観ながら撮影していると、やがて白目を剝いた萌愛の体から力が抜け、両手の動きも止まった。顔はうっ血して赤黒くなっている。自らの手の中で彼女の命が抜けたのがわかった瞬間、鴇田は萌愛の膣内に二度目とは思えぬ勢いで精液をぶちまけた。

動画を観ながらペニスをしごいていた鴇田も頭からほどいたタオルに射精した。

× × ×

地元の高校を卒業後、鴇田は絵を学ぶためアメリカへ留学した。が、父親と同じように画家とは異なる仕事を目指すようになった。きっかけは不倫だった。バーで知り合った、夫が出張で留守にしている裕福なヒスパニックの人妻の家で夜と翌朝セックスをしたあと、太陽の下で見たその家の庭の美しさにはっとしたのだ。

金持ちの家にありがちないかにもという庭ではなく、野趣にあふれつつ、どことなくわびさびを感じさせるような枯れた味わいも持つワイルドガーデンだった。すっかり興味を失っていた人妻に誰が造ったのか訊ねると、オランダ人のガーデンデザイナーだという。スウェーデンへ出張した際、彼女の夫がそのデザイナーの作品である庭を見て一目惚れしたのだ。

アメリカへ来て買ったシボレーの中古のバンで寮に帰ると、鴇田は早速インターネットでオランダ人ガーデンデザイナーのことを調べ、世界的にも有名な人物であるのを知った。それから大学の図書館へ向かい、ガーデンデザインの本を時間も忘れて読み漁った。図書館を出る頃には新たな目標が決まっていた。

アートカレッジは実技の課題も多かったが最低限にして、鴇田は寮に近い小さな造園業者でアルバイトするようになった。社長はビールとアメフトとバーベキューとアメリカ製のピックアップトラックを愛する太った白人で、鴇田が感銘を受けたデザイナーのようにアーティスティックではなかったが、ガーデナーには違いなかった。鴇田は彼の下でガーデニングの基礎を学んだ。

アートカレッジを卒業して帰国してからも鴇田はいくつかの造園会社で働いた。一番長く勤めたのは神奈川県に本拠を、青山にアンテナショップを持つガーデンデザイン会社で、ファッションのハイブランドとのコラボレーションや都市再開発に関わる仕事なども手がけており、鴇田の理想に近いガーデンデザインについても学ぶことができた。

三年前、円満退社して独立した。人のつながりが仕事を呼び、それがまた次につながって最近では大きな仕事も任されるようになっていた。個人宅の庭木の手入れをしているだけではさほど大きな実入りは見込めないが、メディアや広告代理店、ファッションブランドやデベロッパーをクライアントにするようになると入ってくる金も桁が違ってくる。鴇田の人生は公私とも順調だった。

鴇田にとって女たちとのセックスは食事のようなものだった。特別ではないが生きるのに欠かせぬものであり、たんに欲を満たすためだけに行うこともあれば、純度の高い快楽を追求するために精神と五感をフル稼働させて集中し、あらゆる細部に至るまで徹底的に味わい尽くそうとすることもある。

常に新しい出会いを求めて、鴇田は交友関係を広げるだけでなく複数のマッチングアプリとSNSアカウントを登録していた。

浅見萌愛と知り合ったのはその一つ、インスタブックというSNSを通じてだ。ここで鴇田はセックス専用の「トキオ」というアカウントを運用している。

SNS上にはセックス相手を求める女が大勢いて「裏垢女子」などと呼ばれている。メインとは異なる、主にセックス相手を見つけるという目的のために裏のアカウントを持つ女という意味だ。彼女たちの中には「#オフパコ募集」といったハッシュタグを用いて相手を募る者もいる。オフパコとはオフラインで（実際に会って）セックスすることだ。

女たちは欲求不満でがっついている男に魅力を感じない。恋人や結婚相手ではなくセックスの相手に誠実さや一途さを求めることもない。むしろそんなものを感じさせる男は厄介であり危険と考える。彼女たちが安心できるのは女慣れしていてたくさんの女とセックスしている男だ。

鴇田はトキオのタイムラインに、SNSで出会った女たちとのセックスを撮影した動画をアップしていた。彼女たちと自分の顔にはモザイクをかけているが性器は無修正で。もちろん同意を得た相手だけだが、女たちが自分とのセックスで深い快楽を堪能している場面を短くカットして投稿している。

そうしたことを重ねているとオフパコを希望するダイレクトメッセージが女たちから次から次へと入ってきて応じきれないほどになり、固定した投稿のリンク先に応募フォームを設けるようになった。住所地、身長、体重、スリーサイズ、年齢、セックスの経験、どんなセックスが好きかなどを選択させるのだ。こうしてふるいにかけた女たちを相手にするだけでも鴇田のセックスライフは充実していた。

セックスした女のボリュームゾーンは二十代前半だったが女子高校生も少なからずいた。鴇田のテクニックに興味を持つ好奇心旺盛な子から、セックスに自信がないので自信を持てるようになりたいという子、処女を捨てたいという子などだ。女子高生とのセックスは淫行条例で処罰される対象だが鴇田は気にしなかった。金で買っているわけでも強制しているわけでもなかったし、たとえ警察沙汰になったとしてもちゃんとした弁護士をつければ大したことにはならないだろう。それでもサラリーマンや世間体を気にする職業や地位についている者ならダメージを受けるかもしれないが鴇田は違う。金には不自由していないし品行方正を売りに仕事を取っているわけでもない。鴇田を知る人間なら驚いたりもしないだろう。

中学生も一人だけいた。三年生。処女を捨てたいが同級生相手は怖い、という東所沢に住む軽音楽部員。鴇田は彼女をオーガズムに導いたうえで挿入した。最後には彼女は快楽にあえぎながら鴇田の体を強く抱きしめた。

哺乳類のオスは繁殖のため、健康に出産できる可能性が高い若いメスを好むよう本能に組み込まれている。時間が逆戻りしない以上、若さは常に貴重だ。十四歳くらいの女には、年を取ると永遠に失われてしまう独特の甘い匂いとヴァギナの締めつけ、みずみずしく弾力に富む皮膚の質感があった。

高校生までは深く考えることなく中学生とセックスしていたので当時はその価値に気づいていなかった。年齢を重ね、相応にリスクが高まってくると中学生とのセックスが貴重に思えるようになった。

鴇田はペドフィリアではない。小学生以下の女に性的興奮を覚えることはなかった。中学二年生にもなれば肉体においてはセックスを受け入れる準備ができている少女も少なからずいると経験的に知っている。文明が発達するほど、社会のモラルは人間の動物としての本能からかけ離れた空疎なものになっていく。

浅見萌愛と出会ったのは去年の夏だ。インスタブックのアカウント名は「あ〜も」。先に鴇田のアカウントをフォローしてきたのは彼女だった。鴇田はフォロー返しをしなかった。SNSでは、フォロワー数を増やしフォロー数を極力抑えることがアカウントの価値を高める。どんな群れであってもその中で少しでも優位なオスと交尾して優秀な遺伝子を種付けされたいと考えるのがメスの本能だ。

ダイレクトメッセージを送ってきたのも彼女が先だった。

文面までは覚えていないが、中学二年生の処女ですがサポしてもらえませんか、という内容だった。本番で二万円。プロフィールを見た。フォロー数九。フォロワー数七。アイコンはほとんどが鏡に映ったスマホで隠れ、判別しがたい顔の自撮り写真。説明文はなし。投稿は「お金ほしい。。。」という一件のみ。釣りアカウントに見えた。

無視してもよかったが返信してみた。自分は基本サポはしないが、今から十分以内に中学の制服を着て「FOR SALE」と手書きした紙と一緒に顔がはっきりわかるよう自撮りした写真を返信したら考えてもいい、と。

五分で返信があった。

送られてきた写真は鴇田の注文どおりのものだった。制服は公立校のものらしくデザイン性は皆無だったがそれを着ている少女は間違いなく中学生に見えたし——写真に画像加工特有の不自然さはなかった——垢抜けないものの、ルックスの素材は悪くなかった。目はくりっと丸く、ショートカットが似合う全体に愛くるしい印象だ。太ってもいないようだ。

鴇田はなぜ自分を選んだのか訊いてみた。優しくしてくれそうだしセックスが上手そうだからという答えが返ってきた。性欲が高まってきた。少なくとも釣りではない。美人局のたぐいの可能性はあるが、しばらく暴力を振るっていないのでそれならそれで面白い。

子供の頃から喧嘩には自信があった。発育もよく、高校生で身長百八十五センチ、体重七十八キロ、ベンチプレスは百二十キロを上げられるようになっていた。だがそれより大事なのは、相手の肉体を破壊することに一切躊躇しないことだ。

鴇田は翌日、萌愛（彼女はまだ本名は明かしていなかった）に会うために彼女が住むという葛飾区へ車を走らせた。

家の近くは避けたいという彼女が指定した待ち合わせ場所は、隣接した足立区綾瀬にある小さな公園だった。夕方六時。まだ完全には暗くなっていない。私服でベンチに座っていた萌愛に鴇田はすぐ気づいた。公園には他に、萌愛がいたのとは離れたベンチに煙草を喫いながらスマホを見ている六十代くらいの男が一人いるだけだ。美人局のバックだろうか？　だがそれならこんな目につく場所にはいないだろう。

車を停め、スマホを取り出してインスタブックのダイレクトメッセージで着いたことを知らせた。スマホを見た萌愛は顔を上げて視線を巡らせ、車と鴇田に気づいた。フロントウィンドウごしに鴇田がうなずくと、萌愛は立ち上がり近づいてきた。服のセンスは貧乏臭くて最悪だったが、本人は写真より魅力的だった。

助手席のドアを開けると彼女が乗り込んでシートに座り、ドアを閉めた。

「かわいいじゃん」鴇田はほとんどの女たちを安心させる笑顔を向けた。

「そ……そうですか」はにかんで顔を赤らめる。

好感触だ。鴇田は彼女を知らないが、彼女はインスタブックの投稿を通じて鴇田を知ったような気になっている。芸能人に対するように憧れすら抱いているかもしれない。ストリートでのナンパと違い、信頼関係を構築する最初の面倒な手間が省けた。

「シートベルトかけて。じゃ、行こうか」

彼女がシートベルトをかけると、鴇田は車を発進させた。

「ホテル、ですか……？」

「いつもはそうするんだけど、今日は違う」荒川の方へ車を走らせながら答える。「中学生連れじゃさすがに入れないよ」

「じゃあ、どこで……？」

「俺に任せて」

彼女が葛飾区に住んでいると聞いてあることを思いついた。六、七年前、勤務先の造園業者で荒川河川敷の植栽を整備するという仕事を任され、二週間ほど通った。

道具を積んだ車で現場へ入る際、北区にある管理事務所でその都度鍵を借りなくてはならなかった。一般道から河川敷へ、川沿いの道路に入るポイントにことごとく設置された回転式の車止めゲートを開けるためだ。河川敷で作業する業者は現場に出入りするに当たり、いちいちこのゲートを解錠し、施錠しなければならなかった。

最後の日、一日の作業を終えて河川敷を出ようとすると、ゲートが開いたままになっていた。どこかの業者が閉め忘れたのだろう。開ける手間が省けたのをラッキーに思いつつゲートを抜け、車を停めて施錠しようとすると、回転式の太く大きなバーの根元にかける巨大な南京（なんきん）錠（じょう）に鍵がついたままだった。鴇田は周囲を見回した。すっかり暗くなった周辺に、人影も他業者の車も見当たらなかった。ゲートをロックしてその鍵を抜いた鴇田は、管理事務所に借りた鍵を返し、忘れられていた鍵を自分のものにした。確たる理由があったわけではない。盗めるチャンスがあったからそうしただけだ。

その後、管理事務所が鍵の紛失に気づいたかどうかは知らない。現場の河川敷を訪れる機会もなかった。が、盗んだ獲物の存在を忘れたこともない。今日、待ち合わせ場所に来る前、荒川河川敷の記憶にある車止めゲートへ向かい、持って来た鍵を試してみると南京錠が開いた。まだ変えられていなかったのだ。いったん施錠したうえで公園へ向かった。

ラブホテルは警察の指導を受け、事件があったときのために出入り口の防犯カメラで客の顔を録画している。あとで淫行条例などに引っかかった際ばっちり証拠が残ってしまう。

もう一つ。美人局だった場合、ラブホテルだとバックにいる男たちに襲撃や待ち伏せの機会を与えてしまう。戦うにしてもこっちから不利な状況を作ることはない。

鴇田は萌愛を乗せた車を荒川河川敷のゲートの手前に停め、ゲートを開けて車を乗り入れてからまたゲートをロックした。

「え……鍵とかあるんですか？」

「まあね」

「すご……」

鴇田が造園業者の仕事で通ったのも今と同じような季節だった。河川敷のこの辺りは暗くなるとほとんど人影がなかった。近辺は決して治安がいいとは言えない土地柄だ。河川敷と住宅地の間に幹線道路が走っていることもあり、何かあって大声を出しても誰かに聞きつけられるとは思えない。この時間帯にわざわざ歩き回るのはよほどの物好きだろう。

街灯の光もほとんど届かない場所を、鴇田はバックミラーを見ながらゆっくり車を走らせた。つけてくる人や自転車の姿も見えない。

前方右手に、背の高い灌木(かんぼく)が壁のように生い茂るのが見えてきた。念のため最新のグーグルマップで記憶を確認したとおり、その背後に、川の方へ向かって突き出す短い分岐路があった。鴇田はそこへ車をバックで入れ、三メートルほど進んだところで停めた。

美人局だったとしても車は鴇田を追ってここまで入ってくることはできない。バイクもだ。相手がこの場所を突き止め襲撃してきたとしてもドアロックをかけていればすぐに踏み込まれることはない。自転車や徒歩なら、二・八リットルのディーゼルターボエンジンにものを言わせて轢(ひ)いてしまえばいい。

「ここで……ですか……？」萌愛が不安そうな顔を向けてきた。

目は円形に近く、小さな口から覗(のぞ)く前歯が大きめの彼女には小動物のような愛くるしさがあった。鴇田のペニスはすでにパンツを破りそうなほど怒張していた。

「見てごらん」鴇田はシートの背後を指さして、照明のスイッチを入れた。

萌愛が覗き込む。

鴇田は外国車も含めて何台かバンを乗り継いできたが、最後に行き着いたのはトミタが世界に誇るネオエースだった。この車は、ワークユースだけでなくプライベートでのホビー使いもできるよう、ネオエースを専門とするカスタムショップで、エクステリアや足回り、インテリアなどをこれまでに四回カスタマイズしてもらっている。

後部キャビンの片側にステンレスのパンチングボードを使ったシステムラックを設置し、ふだんはガーデナーとして必要な道具類を収納している。ベッドキットも積まれているので、残りのスペースにベッドを展開して車中泊もできる。

天井の数ヵ所に設置した調光式ライトの柔らかな光が、人工スエードとアメリカ製のネイティブアメリカン柄の布地で覆われたフラットベッドを照らし出した。ピラー付近につけたアロマライトはパープルの光とリラクゼーションを誘う香りを放っている。鴇田がオーディオのスイッチを入れると、ゆったりしたチルアウトミュージックのプレイリストがカロッツェリアのスピーカーから流れ出した。

「……すごい」鴇田を上目遣いに見る萌愛の頰にえくぼ

が浮かんだ。

後部のベッドへ移ると、鴇田は、向き合って座る萌愛にそっと手を伸ばし、髪の毛に触れた。癖のない髪は細く柔らかく適度なボリュームがあり——貧困層には珍しいことに——上質のシルクのような滑らかさを持っていた。

彼女は緊張した様子で、鴇田の目を上目がちに見つめていた。

「きれいな髪だね」

すると彼女ははにかむような表情になった。

「あ〜もちゃん、だよね？　学校、地元だろ。公立」髪に触れたまま言う。

「……はい」

「制服ダサいからすぐわかった」

彼女は一瞬目を見開いて、笑った。半分は自分を安心させるためだろう。そう水を向けたのだ。

「ジモ中、周りみんなブスばっかじゃない？」

「え……」困惑している。「そうかな」

「そうだよ。制服見りゃわかるって。あ〜もちゃん、モテそうじゃん、めちゃめちゃ」

目鼻立ちの整った美人ではない。まぶたは一重で鼻は低い。口は大きすぎるし唇は厚ぼったい。だが全体として顔の造作は柔らかに調和しており、華奢だがしなやかに充実した肉づきの肉体とも一体となって、全身から猫科の動物のような愛くるしいオーラが放たれていた。

「……そう、ですか？」頬が赤らんだ。

「コナかけてくるやついないの？」

「うち、地味だから……」

「ジモ中、野郎もセンスのないガキばっかだな。ダサ制服着てないときは、お母さんに買ってもらった服着てんじゃねーの」

彼女がまた笑顔になった。

「こんなにかわいいのに」鴇田は彼女の頭の上に手を置いた。

萌愛はとまどう顔になった。

女にはさまざまな魅力がある。容姿に恵まれ、愛情も金も何不自由なく育ち、健全な自己肯定感を備えた女の幸福な輝きは誰の目にもわかりやすい。萌愛はそうした女たちとは対極にある。貧しく、おそらく成熟した両親からの十分な愛情や保護を受けることなく育ち、ありのままの自己を承認される経験にも乏しく、自尊心を持つどころか確固たる自我すら獲得していない。だが日陰でひっそりと咲く名もなき花にも魅力はある。自分の価値に目覚めていない穢れのなさもその一つだろう。

男女の性的成熟の不均衡により、多くの女が男より早くに自らの性的価値に気づいて相手を値踏みするようになる。中学生にもなれば男より分別がつくのが女という生き物だ。同時に、萌愛の自我よりも深い場所に、ワイルドガーデンのように野趣あふれる生命体の存在を鴇田は感じた。

鴇田は彼女の顔を両手で包み、引き寄せつつ身を乗り出してキスをした。ひんやりした、つぼみのように固い感触。彼女は息を止めていた。鴇田はいったん唇を離した。萌愛はまぶたを閉じていた。頰の赤らみは引いている。鴇田はまたキスをした。舌で萌愛の唇を割り歯をこじ開けて舌をからめた。グミか何かだろうか、ぶどうを思わせる人工的な甘い味。鴇田は反応を見ながら、舌で彼女の舌や歯茎や歯を探った。

萌愛はされるがままになっていたが、反応はほとんどなかった。性的に未開拓でも、むしろそれゆえにディープキスに激しく感応する女も少なくない。萌愛がそのタイプなら話は早かった。つき合っていれば、時間をかけて体よりもまず心を開かせることを考える余地もある。が、そうしてやる義理などない。

「服、脱ごっか」唇を離して言うと、萌愛が目を開いた。

鴇田は萌愛の服と下着を脱がせて全裸にした。均整の取れたみずみずしい肢体が露わになる。萌愛は恥ずかしがったり、胸や股間を手で隠したりはしなかった。鴇田は彼女を仰向けに寝かせ、膝を立てさせ両脚を広げた。陰毛が生えていない性器は全体がつややかに明るいピンク色だった。未発達の大陰唇を指で左右に広げてその中を覗き込む。

顔を上げ、萌愛の顔を見た。「処女って言ったよね？」

「……はい」仰向けのまま、鴇田の方を見て答えた。

「何か運動してる？　部活とか」

「……してないです」不思議そうな顔になった。

「処女膜ないんだけど」

「え……？」意味がわかっていないようだ。

「小学校で習うだろ？　処女なら普通膣内に処女膜がある」

「あ……」顔が赤くなった。

「何で嘘ついたの。バレないと思った？」

「う、嘘じゃない――」

「じゃあ何？　自分でおもちゃ入れたりした？」

萌愛は首を振った。目の周りの筋肉に力が入っている。

「心当たりあるんじゃない？　言ってごらん」

萌愛の呼吸が速くなった。

「……わかんなくて」やがて言った。

「何が？」

萌愛の目に涙が浮かんだ。「覚えてなくて……」

「だから何が？」

すると萌愛は「う……」と言葉を詰まらせた。鴇田は追及を緩めず、すすり泣く萌愛の口から強引に言葉と記憶を引きずり出した。


要領を得ない彼女の言葉をつなぎ合わせると、過去萌愛の身に起きたと思われる出来事が形をなしてきた。

小学四年生の頃、性被害に遭ったらしい。離婚したばかりだった萌愛の母親と萌愛は、困窮したシングルマザーの支援施設にひと月ほど滞在した。その間にだ。相手は施設長の男。入所者たちから――萌愛の母親を含む――人格者として慕われていた中年男だ。母親が外で働いている間に、学校から帰った萌愛の部屋を訪れて彼女を犯した。おそらく二度か三度。萌愛ははっきり覚えていないという。

性的虐待を受けた人間が、自己防衛のため被害の記憶を意識下に抑圧するのは珍しくない。いわゆる解離性健忘だ。

鴇田は興味があってトラウマに関する本を何冊か読んでいるが、かつて多重人格とも呼ばれた解離性同一性障害がそうした機序で発症し、その多くが性的虐待のサバイバーであることは、専門書を読むまでもなく数多くの映画やドラマ、小説などのフィクションでも前提として共有されるほど認知されている。萌愛が、わからない、覚えていないと言ったのは意図的についた嘘ではないだろう。

鴇田が執拗（しつよう）に詰問を重ねた結果、萌愛は股間が痛かったという記憶を蘇（よみがえ）らせたが、当時、母親は娘の身に起きた出来事に気づかなかったようだ。シングルマザーとして娘との生活を支えるのに必死だったことは想像に難くない。だがおそらくそれだけではない。施設長の男は、自らの立場を利用して萌愛の口を封じた。お母さんにこれ以上辛（つら）い思いをさせたくなかったら、心配かけちゃ駄目だ――そんなことを言ったらしい。

萌愛は自分と母親の立場をわきまえて暗い秘密を母親に対して守り、同時に自分の心を守るために意識下へと記憶を沈めたのだ。

鴇田がそうした事情を把握したとき、記憶を強引にこじ開けられトラウマを再体験させられた萌愛は、今も苦痛を感じるかのようにぎゅっと身を縮め、心の血のように涙を流していた。

鴇田は二十代の頃に読んだドストエフスキーの『カラマーゾフの兄弟』をこの頃よく思い出す。長く入り組んだ小説で、もはや話の筋はあまり覚えていないが、登場人物の一人がたしかこんな問いを投げかけていたはずだ——もしこの世に神が存在するのなら、どうして幼い子供たちがひどい目に遭わされ続けるのか？

本質だ。そう感じたので記憶に残っている。十九世紀の作家の言葉は二十一世紀を生きる人間にもぐさりと刺さる。逆に言えば、子供に対する虐待は人類にとってそれほど普遍的ということだ。

圧倒的な力の差を背景に、抵抗できない相手を好きなようにいたぶる——吐き気がするほどの邪悪というものがこの世にあるならまさしくそうに違いないが、同時にその罪は、掃いて捨てるほど凡庸でありふれて空気のように地上に満ちみちているのだ。世界のあちこちから流れてくるヘッドラインを目で追うだけで、この世のどこにも安全な場所などないとわかる。

そんなことを考えながら、鴇田は収納スペースから三脚とビデオカメラ、照明を取り出し、フラットベッドにセットして撮影を開始した。

自分も裸になり——ブリーフを脱ぐとき、ウエストゴムに引っかかったペニスが勢いよくはね返った——まだぐすぐすと泣いている萌愛の上に覆いかぶさる。

汗ばむ季節で、アドレナリンを噴出させたにもかかわらず、彼女の皮膚からはミルクのように甘い香りがした。小ぶりの固い乳房をつかみ、熟していないベリーのような乳首を舌で味わいながらもう片方の手を股間に伸ばし、中指でクリトリスを刺激する。ルーティンに近い機械的な動作だった。

「あ〜もちゃんさ、初体験最悪だったじゃん？」

萌愛が硬直した。しばらくすると、小さくうなずいた。

「そういう子、少なくないから。てか俺何人も知ってる。でもみんなセックス楽しめるようになったよ」

「ほんと、ですか……？」

「うん。てかあ〜もちゃんなんか全然マシな方だって。実の父親とか義理の父親に子供の頃から家の中で何年も犯され続けるとかザラにあるからね？　兄貴とかおじいちゃんとかも。んで妊娠したり。そっちのが最悪だろ？」

萌愛は黙っている。

「レイプでも、車で拉致られて山の中で輪姦（マワ）されて、アキレス腱（けん）切られて放置されたりとか、田舎じゃわりと聞くよ。それからしたらラッキーと思わない？」

本人にしてみればそう簡単に割り切れるはずもないのは承知で言葉を重ねる。空気が変われば会話の内容など何だっていい。女とうまくコミュニケーションを取ろうと思ったらまず真実へのこだわりを捨てることだ。

「さっきさ、無理やりされたときのこと思い出したらすげー辛くなったじゃん？　たんなる記憶なのに。何でかわかる？」

「なんで……ですか？」

「引きずり戻されるから。小学生のときの自分に。怖いし嫌だけど、抵抗できなかった無力な女の子に。今はもう中学生なのに。だろ？」

萌愛がうなずいた。

「だよな。わかるんだよ俺も。そういうことあったから」

「……トキオさんも？」目をしばたたいた。

「レイプとかじゃないけどね」

「何ですか？」萌愛は右ひじを引いて首を上げた。

「興味ある？」

「あ……駄目なら、いいけど」

「いいよ、教えてあげる。大した話じゃないし。俺さ、母親、画家なのね。で、俺もガキの頃、絵の練習とかさせられてさ、母親が自分でヌードモデルをやったわけ。見たくないじゃん、母親の裸とか。けどデッサンするにはちゃんと見なきゃいけないわけ。しかもその場に父親もいるんだぜ？　めっちゃ気まずくて恥ずかしくて、しまいには気持ち悪くていつも吐きそうになってた。それだけじゃなくてさ、うちの母親、逆に俺をヌードモデルにして描いた絵を何枚も売って金儲（かねもう）けしたり、絵の教室で生徒のおばちゃんたちの前で俺にヌードモデルまでさせたんだぜ。今なら完全に児童虐待じゃん。ドン引くだろ？」

鴇田は誘うように笑ったが、萌愛は笑わず、眉を暗くした。また目が潤んでくる。

「何、どした？」

「……わかりません。けど……かわいそう、トキオさん」鴇田を見つめて鼻をぐすんと鳴らした。

めったにないことが鴇田に起きた。戸惑いを覚えたのだ。

マダムとのエピソードを、鴇田は「鉄板」の笑い話として披露することがほとんどだ。男たちはたいてい笑い飛ばしてくれるか、下ネタとして食いついて話を広げてくれる。女たちの過半数は気持ち悪いと感じて鼻白む。腹の底から面白がるのは少数だが、そうでない女にも強烈な印象を残すのは間違いない。

オスとしての優位性を示すのに若い頃のやんちゃ話を披瀝する男はそこら中にいる。幼い頃の性的にきわどい体験談で女の関心を引く男も。だが、鴇田のようにユニークな話をレパートリーに持っている男は見たことがない。

鴇田にとってその過去は、人を退屈させない笑い話に過ぎない。深刻に捉えたことなど――少なくとも初めてセックスを経験して以降は――ない。

そのはずだった。

萌愛の気を深刻なトラウマからそらし、場の空気を変え、スムーズにセックスするために話した。それだけだ。萌愛のリアクションは想定外だった。

鴇田はまた萌愛の上に覆いかぶさり、彼女の頭をベッドにつけた。


「優しいじゃん、あ〜もちゃん」顔に顔を寄せてささやいた。「本名は？」

萌愛は潤んだ目で鴇田を見つめ返した。「……萌愛」

「萌愛ちゃんか。いい名前じゃん。トラウマを乗り越える方法、教えよっか？」

「……できるんですか？」

「できるよ」

「どうやって……？」食いついてきた。

「さっき言ったよな。嫌なこと思い出すと、その頃の自分に引き戻されるって」

萌愛がうなずく。

「辛いのはさ、抵抗できなかったからじゃん？　小さかったし、無力だったから。でも今は違う。その頃より大きくなってるし、強くなってるし、賢くなってる。だろ？」

少し考えてから、うなずいた。

「トラウマを乗り越える方法は、過去を取り戻すこと」

「取り戻す……？」

「ああ。耐えがたいほど辛い経験だからトラウマになる。当然思い出したくない。つまり、過去の一部が自分自身から奪われてるってことだ。それを取り戻して自分のものにできれば、トラウマは乗り越えられる」

萌愛は口を尖らせた。理解できていないようだ。

「おっさんにレイプされたときの自分のこと、どう考えてる？」

萌愛は考えているらしいが、なかなか言葉にならなかった。

「自分が悪かったとか思ってない？　隙があったとか、弱かったとか、馬鹿だったとか、おっさんにいい顔しすぎた、ひょっとして自分が誘ったんじゃなかったかなとか」

萌愛がうなずいた。

「それ全部違うから。萌愛は全然、一ミリも悪くない。悪いのは、一方的に全面的に、小さな子にひどいことしたおっさんの方だ。違うか？」

萌愛はうなずいた。

「萌愛は悪くない。悪くないのに、そのときの自分が許せない。受け入れられない。おかしいだろそんなの？　それがトラウマだ。過去の自分が自分から切り離されたままになってる。だからずっと痛くて心が血を流し続ける。切り離された自分を受け入れ、抱き締めて一つになることができれば、トラウマは乗り越えられる」

萌愛が目を見開き、こくっと息を呑んだ。

「今ちょっとやってみるか？」

「……やってみたい」

「やり方は簡単だ。今ここで、トラウマになってる記憶を思い出す。思い出したくない記憶をちゃんと思い出し、体験し直す。大事なのは、そのとき、ひどい目に遭わされた自分を励まし、受け入れてやること。さっき萌愛、俺に何て言ったか覚えてる？『かわいそう』――そう言ったんだよ。昔の自分にもそう言って、抱き締めてあげるんだ。それができるのは萌愛しかいない」

萌愛がうなずく。

「今ここに、萌愛にひどいことしたおっさんはいない。だよな？　ここは安全だ。萌愛はもう中学生だし、昔のこと思い出しても、マジでそこに引き戻されるわけじゃない。てかもし本当に戻れるなら、俺も一緒に行って、そのおっさんボッコボコにしてちんぽこ踏み潰してやるよ。けどできないじゃん。てことは、おっさんも今の萌愛には何も手出しできない。少なくとも今この場所では。だから萌愛は中学生になった今の自分、この安全な場所で、昔のことを冷静に思い出すことができる。わかるよな？」

萌愛は息を吸った。目が左右に泳ぐ。鴇田を見た。

「……うん」

中学生の少女を裸に剝いて目の前でペニスをおっ立てる、親子ほども年の離れた初対面のおよそ堅気にも見えないだろう中年男を萌愛が信頼しているのは、自分の男としての性的魅力だけが理由ではない。自我が未発達なことに加え——それとも関連して——シングルマザー家庭で、父性に飢えているからだろう。それを利用するのに抵抗はなかった。

「怖いかも……」萌愛がつぶやく。

「こうしてるか？」鴇田は片腕で萌愛を抱き寄せた。

萌愛がまぶたを閉じる。苦しげな表情になり、呼吸が速くなった。「……いや……いやっ……！」と言いながら首を振った。まぶたを開け、鴇田を見ると目を見開き、腕から逃れようと暴れた。パニックに陥っている。

「萌愛、落ち着け——」

萌愛がはっとして動きを止める。

「うち——」

「言えたじゃん、『いや』って。それだけか？　もっと言いたいことあるんじゃないか？」

萌愛の視線が定まる。それまでなかった凶暴な光が浮かび、鼻の付け根に皺（しわ）が刻まれた。鴇田をにらみつけた。

「クソじじい……ふざけんな……！　うち、したくなかった、あんな——あんなこと！　ふざッけんな……！」

身を震わせながらしゃくり上げる。涙がぽろぽろこぼれた。「死ねッ！　死ねッ！　死ね——ッ！」

両拳を振り上げ、意外なほどの力で鴇田の胸や肩や顔面をでたらめに打ってきた。鴇田は黙って受けた。萌愛の中でやり場がなくくすぶっていたエネルギーが出し尽くされるまで、二分もかからなかった。手を止めた萌愛は肩を上下させて息をしながら、呆然（ぼうぜん）と鴇田を見、自分の両手を見た。

「ご……ごめんなさい……」両手と同じく、声も震えている。

「できたじゃん」鴇田は微笑（ほほえ）みかけた。「昔の自分、助けてやったじゃん」

萌愛は大きく口を開いた。目の縁がわなわなと震える。

「あ——あああああああ……あーん……！」子供のように声をあげ、泣き出した。

「頑張ったんだよな」小学生の頃の萌愛と現在の萌愛、二人に声をかける。「偉かったよな、萌愛。かわいそうだったけど、ほんとよく頑張ったじゃん」

萌愛は泣きながらうなずいた。呼吸はまだ荒い。落ち着くまで辛抱強く待ってから「……大丈夫？」と声をかけた。萌愛はうなずいて涙を拭った。

「どうする？　エッチやめとく？　次時間取れるかわかんないけど」

鴇田が予期したとおり萌愛は首を横に振った。

「俺にしてほしい？」

萌愛がうなずいた。

鴇田は萌愛を仰向けにさせると、キスをした。さっきは感じなかった体温を感じた。萌愛の唇が柔らかくなっている。鴇田が唇に力を加えると自分から口を開いた。チャンネルが開いて精神と肉体がつながったのだ。

舌を入れると萌愛はまぶたを閉じて「んっ……」とあえいだ。鴇田は舌を回してさっきより温かい萌愛の口蓋を愛撫し、萌愛の舌を吸った。萌愛の顔が紅潮し、両膝ががくがく震えた。唇を離すと、萌愛がうっすらとまぶたを開けた。とろんとした目で鴇田を見る。

「はえー、めっちゃいい匂いする〜！　萌愛ちゃんたまんなくかわいい〜〜！」

間抜けな顔を作り、感極まったように大げさに言うと、萌愛の頬が緩んだ。鴇田は指で彼女のクリトリスに包皮ごしにそっと触れた。萌愛がきつくまぶたを閉じ、右手で鴇田の肩をつかんだ。だが感覚は遮断していない。

「ん……う……」と声が出た。

挿入の下地はできた。だが鴇田はすぐには挿入せず、また萌愛の股間に顔を埋めた。温かく、濡れていた。鴇田が唇と舌を使うと、萌愛は腰をくねらせた。

「うっ、うっ……」というあえぎ声が「あっ……あっ……」と変わってきた。いけるかもしれないという直感に従い、鴇田が舌の付け根で根気よくクリトリスを刺激していると、やがて萌愛の体が緊張して「あ……あああ――っ！」と声が高まり、びくびくと下半身を痙攣させ、ぴんと脚を伸ばした。

萌愛の体から力が抜けるのを待って、尻と脚を下ろしてやる。萌愛は顔を上気させ、口を開いたまま大きく息をついている。その姿を見下ろして、鴇田は、自らの内に卓越したオスとしての力を感じ、強烈な興奮と満足感を伴う精神的なエクスタシーに達していた。

ペニスも今や鋼鉄のワイヤーが入っているかのように硬くなっている。設置してあるカメラのディスプレイをチェックしてから、萌愛の横に体を横たえる。

「萌愛ちゃん、気持ちよかった？」

萌愛はうっすらと目を開け、口を開けたまま、こくっとうなずいた。

「触ってごらん」鴇田は萌愛の右手を取り、自分のペニスに触れさせた。

すると萌愛は、頭を動かして鴇田のペニスに目を向けた。

「……硬いです。大きくて、熱い」真面目な顔で言った。

「萌愛ちゃんかわいいから、すごいことになってる」

萌愛が恥ずかしそうな、だがまんざらでもなさそうな表情になった。

「口でしてくれる？」鴇田は仰向けになった。

萌愛が体を起こし、座った。当惑したように鴇田のペニスを見る。

「くわえて。歯は立てないでね」

「……あ、はい」萌愛はいったん口を開いて謝罪した。

「ペロペロキャンディだと思って舐めて。舌でレロレロ」

笑うかと思ったが、萌愛は真剣に「はい」と答え、ペニスを口に含むと亀頭の周りに舌を巡らせた。

萌愛は命じられたとおりにした。実際悪くないセンスだ。一生懸命なけなげさもいい。口内でもとりあえず一発目を発射できそうだ。が、それよりヴァギナにぶち込みたくなってきた。

「ありがと。また俺が気持ちよくしてあげる——今度は中を」

鴇田は起き上がり、萌愛を仰向けに寝かせると、右半身を下に添い寝して、左手の中指をゆっくりヴァギナに挿入していった。トラウマが蘇るかもしれないと思ったが、萌愛は膣内でも感じたようで鴇田の腕にしがみついてきた。処女膜が破られているからか痛がる様子もない。鴇田が口で乳首を愛撫しつつ指で丁寧にGスポットを刺激すると、クリトリスに続いて萌愛はここでも達した。

「中でもイケたじゃん」顔を近づけて声をかけると、恥ずかしそうに真っ赤な顔を手で覆って何度もまばたきしながら「うん」と熱っぽい声で認めた。ペニスを挿入した。萌愛の反応を見、痛みがないか確認し、挿入角度を調整しながら慎重に出し入れしたが、萌愛は痛がるどころか、今度は子宮頸部——「奥——奥が気持ちいいッ——！」——でもオーガズムを得た。彼女がイッたあと、鴇田は避妊など気にせず彼女の中に精子をぶちまけた。萌愛の肉体と感度は素晴らしく、これまで同年代の女とした中でも最高のセックスだと断言できた。

服を着たあと、前の座席に移り、鴇田はどこまで送ってほしいか萌愛に訊ねた。待ち合わせた公園でいいと答えてから、萌愛はためらいがちに「あの……お金は？」と言った。

「お金？」

「二万円……サポしてくれるって」

「その話か。駄目だな」

「え？」萌愛が鴇田を見る。「けど、いいって——」

「そのつもりだったよ。でも萌愛、嘘ついてたよな」

「嘘……？」

「中学二年の処女、そう書いてたよな。だからサポするって答えた。でも処女じゃなかったじゃん」

「けど、忘れてて——」

「忘れてても関係ないって。フリマアプリでさ、新品未開封の品です、って書いてあったから買ってみて、開封済みの中古品だったらどう思う？　約束違うじゃん、金返せってなるだろ。難しい言葉で言うと契約不履行。俺に支払う義務はない」

萌愛のトラウマを克服させたばかりか三回もイカせてやったのを思えば、むしろこっちの方が金をもらってもいいくらいだ。しばらく黙り込んだあとで、萌愛は口を開いた。

「うち……うちのお母さん、シングルマザーでお金なくて、借金もあって——」

鴇田は冷ややかな視線で遮った。「その話、俺に関係ある？」

萌愛は絶句した。

鴇田は車を発進させ、入ってきた車止めゲートから荒川河川敷を出、待ち合わせ場所の公園で車を停め、萌愛を降ろした。萌愛はうなだれ、黙りこくったまま車を降りた。

「ドア閉めて」鴇田は冷淡に命じてすぐ車を出した。

二万というはした金を惜しんだのではない。必要のない金はたとえ一円でも払うつもりはない。トラブルの大半が金で解決できるのも事実だが、自らの信義のためにはどんなにもめようが絶対に払ってはいけない金もある。甘やかせばつけ上がるのが人間という生き物だからだ。

萌愛とのセックスは素晴らしかった。トラウマを乗り越え快楽を享受する敏感で貪欲なたくましい生命力。たまらなく魅力的なニンフェット——だが、女を甘やかして優位性を失うなどということはあってはならない。鴇田のような男にとってそれはオスとしての死にも等しい。

女に執着しないことも鉄則だ。

だがあれ以来萌愛のことが頭を離れなくなっていた。仕事中でも気がつくと萌愛のことを考えていたし、暇があれば彼女とのセックスを録画した映像を観ながらペニスをしごいた。

眠っている間の夢の中にまで萌愛が出てきた。中学校の制服姿の彼女は、くわえ煙草の中年男――顔はよくわからなかった――に犯されそうになっていた。鴇田はその中年男に襲いかかり、激しい怒りに任せて暴力を振るった。完全に殺すつもりでやっていたし、夢の中でその男は死んだように思うが、定かではない。萌愛と二人きりになった鴇田は、小学校の中学年くらいに見える。萌愛は少年の鴇田の頭を胸に抱いてこう言った。「かわいそうに。もう大丈夫。大丈夫だよ」

鴇田は胸の内がかつて感じたことがないほど温かくなるのを感じ、その温かさが涙となって目からこぼれ落ちるのを感じた。自室のベッドで目が覚めたとき、鴇田は、自分が現実でも泣いていたことを知り当惑した。

萌愛に会いたくてたまらなくなった。認めるしかない。萌愛が欲しかった。ヤリまくりイカせまくりたかった。ニンフェットの旬は短い。彼女はほどなく穢れなさを喪失してしまう。そうなる前に彼女から搾り出せるみずみずしい果汁を最後の一滴まで味わい尽くしたかった。

一人の女にここまで執着したことはなかった。初体験から年上の女とも無数にセックスし、つき合ったが、娘のような年代の萌愛ほどに安らぎを与えてくれた者はいなかった。ひょっとすると彼女にはニンフェットとしての魅力を超えた何かがあるのかもしれない。

まだ世間を知らなかった思春期以降、女に対して幻想を抱くことなどなくなっていたが、萌愛についてあらぬことを想像するのは楽しかった。彼女には無限の可能性がある。なぜかそう感じる。ちゃんとした教育を施すことができれば、ニンフェットの時期が過ぎてもしなやかな知性を持つ本物のいい女に育てることができるのではないか。彼女が今属している社会階層から引き揚げ、しかるべき環境でしかるべき人間関係を築かせてやることができれば。

そのための金を出してやるのはやぶさかではない。もちろん見返りは必要だ。萌愛を性的その他あらゆる意味で独占する。誰にも渡さない。

鴇田はＬＩＮＥで萌愛に連絡した。彼女との連絡は基本、文字を使ったメッセージだ。会おう。萌愛もそう思っているはずだと確信していたが、返事はいたってそっけない、温度差を感じさせるものだった。

『お金くれるなら会います』

女がミクロのレベルで男より賢いのは、現実的だからだ。女がマクロのレベルで愚かなのも現実的だからだ。女は目先のことしか頭にない。大局観を抱けない。ただ、貧すれば鈍する。はした金に気を取られている人間にまともな判断はできない。

その状況から救い出してやるつもりはあるが、萌愛の自分への絶対服従が最低条件だ。性的虐待のトラウマを克服させ、オーガズムへ導いた鴇田は萌愛にとって唯一無二の特別な男であるのは疑いがない。問題は彼女の目が貧しさで曇っていることだ。だがそれも今は利用できる。

鴇田は萌愛に、金を払うから会おうとメッセージを送った。彼女は応じた。同じ公園で待ち合わせ、荒川河川敷の同じ場所に車を停めた。助手席に座った萌愛はずっと固い表情で黙り込んでいたが、「先にお金ください」と言った。

想像の中の萌愛とのギャップもあり、彼女の頑迷さに苛立ちを覚えた。

「萌愛。お前は何もわかってない。二万なんてちんけな金のことは忘れろ。俺がもっと違う世界を見せてやる」

萌愛が眉をひそめ、まるで鴇田がいかれているとでもいうような目を向けてきた。「……ごまかさないでください」

「こないだよりタフになったな。解離していた自分を統合できたからだ。誰のおかげだ？」

萌愛には意味がわからないようだった。鴇田にとってもそんな話はどうでもよくなっていた。さっきからずっと股間の硬直はパンツを突き破りそうなほどで、体中の血液が集まっているかのようだ。脳味噌がまともに働くはずなどない。鴇田は運転席に座ったまま尻を浮かせ、ショートパンツとブリーフを脱いだ。助手席の萌愛がぎょっとする。

「しゃぶって」鴇田は視線でペニスを示した。

萌愛は顔をしかめ、首を振った。

「金が欲しいんだろ？」

萌愛は考えてから、ためらいがちにうなずいた。

「やるよ。二万なんてはした金じゃなく、もっとだ」

萌愛の眉が上がる。

「けど払うのは俺じゃない。お前が稼ぐのを助けてやる。

無修正ＯＫのネットの有料ライブチャットで俺とのセックスを生配信すれば、五万や十万すぐ稼げる」

「え──」

「生配信じゃなくてもいい。こないだ撮った動画をアダルト動画のコンテンツマーケットで一本いくらで売りに出せば、もっと楽に儲けられる。そっちのがいいか？」

萌愛は慌てて首を振った。

「何でだ？　セックスして金を稼ぎたいんじゃなかったのか」

「だって……それって、みんなに見られるってことじゃん」

「いやなのか？」

うなずいた。

「だったらなぜ俺にコンタクトした？　インスタブックにハメ撮り動画アップしまくってるのに」

答えられなかった。他の数多くの女たちとセックスをしている証拠があったからこそ、萌愛は逆説的に鴇田を信用できたのだ。自分もそこに加わるだけならさほど不安は感じていなかったはずだ。

だが鴇田は女たちとの性交渉の映像をこれまで売ったりはしていない。

「じゃあ顔をボカして動画売ってやるよ」

「いや……です」

「どうして？」

「……怖い」

「知り合いとかにバレるのが？」

うなずいた。鴇田は心の中でほくそ笑んだ。

「べつによくない？　俺の言うこと聞かないとどうせ同じことになるんだし」

萌愛がはっとする。

「俺はべつに金欲しくないから、無料サイトに動画アップするかなあ。いろんなとこに。もちろんボカシ一切なしで」

「けど、他の人にはそんなことしてない……」

「他の女たちは、俺を騙して金を取ろうなんてしてないからな」

萌愛が絶句する。

「わかったか。お前は俺の言うこと聞くしかないんだよ、萌愛」鴇田はスマホを取り出して先日撮影した萌愛との性行為映像を再生し、本人に見せた。「言うことを聞かないならネット中にばらまく。金が欲しいなら他の男にサポさせろよ」

最後のはむろん本心ではない。その場しのぎだがこれ以上舐められないためにはがつんと言うしかなかった。

萌愛は打ちのめされたような顔になっていた。さっきは思いつきで言ったが、顔にボカシをかけて動画をネットで売ってやってもかまわないと、鴇田は思いはじめた。

「萌愛。お前のママは何歳だ？」

「え……」面食らっている。

「いくつんとき萌愛を産んだ？」

「……十五歳」

「マジか。お前と変わんないじゃん。ひょっとして中学生？」

「……高一」あまり愉快な話題ではなさそうだ。

父親も未成年だったのかもしれない。おそらく同じような社会階層。だから中絶せず安直にできちゃった婚を選び、必然のように破局した。珍しくもない話だ。

「再婚しないのか？」

萌愛がけげんそうに鴇田を見る。

「シングルマザーで金に困ってて、借金もある。だろ？再婚した方が楽じゃね」

萌愛は目を落とした。「懲りたって……男に頼るとろくなことにならないって」

「しっかりしてんじゃん。まあ娘が借金心配してサポ希望しちゃってる時点で駄目か。ママのこと助けたいか、萌愛？」

萌愛は前を向いたままうなずいた。

「お前のママ、仕事は？」

「……パート。スーパーで」

時間を切り売りするだけの、雀の涙のような金と引き換えに格差社会の土台を支える典型的労働の一つだ。とくに日本では、求められる労働の強度や精度に反比例して賃金が低い。だが、母娘二人の生活の糧として真面目にその賃労働にしがみついているのなら、萌愛の母親は搾取されてしかるべき愚かな弱者だ。彼女には今の社会階層を抜け出す力がない。このままでは娘もそうなる。

「それだけだと、頑張っても月に手取り十三、四万てとこか。生活保護受けた方がましなレベルだな」

萌愛の表情には貧困層特有の、煤けたような影が差していた。

「俺ならもっとましな仕事をやれる。額面月二十万。手取りざっと十六万。だがパートじゃなく正社員待遇で、社会保険にも加入できる」

萌愛がさっと顔を上げる。「仕事、って……？」

「事務。雑用。俺のサポート」

「それって――えっ？」

「雇い主は俺だ。インスタブックだとセックスかサーフィンしかしてないみたいに見えるだろうが、俺はビジネスも持ってる」

「お母さんが、トキオさんの……？」うつむいて考える。強く首を振った。

「何でだ？　お前とセックスしたことがバラされるとでも？」

　萌愛は固く唇を引き結んだ。鴇田を信用できなくなったのだろう。度し難い愚かさだ。

「あとで落ち着いて考えてみろ。とりあえず今はこっちに集中しようか」鴇田はさっきから引っ張り出したままのペニスを指さした。

　セックスに持ち込めば、今度はまず体を開かせることで心も開かせることができる。鴇田はそう見込んでいた。信頼を礎（いしずえ）にした快楽がその鍵だ。

　だが萌愛がこの前のように心を開くことはなかった。彼女は鴇田の命令に従い鴇田にされるままになったが、鴇田が開発した性感帯を刺激してもエクスタシーに達することはなかった。トラウマを明かす前のように肉体の感覚を心から遮断しているように見えた。だがこの前とは違い、意識してそうなったように感じられた。さながら体温を持ったラブドールだ。射精の用には足りたが、鴇田が求めていたものにははるかに及ばなかった。最低限の性欲を満たすと車を出し、待ち合わせ場所の公園へ向かった。

「ママの仕事の話、マジだからな。考えておけ。悪いようにはしない」萌愛を降ろす前にそれだけ言った。

　嘘ではなかった。鴇田は現在個人でガーデナーの仕事をしており、金銭的にも余裕がある。フルタイムの仕事でひと月の給与が額面二十万というのは少ないと思うが、萌愛の母親の今の待遇よりははるかにいい。

　経済的困窮につけ込んで萌愛の母親を支配すれば、萌愛も支配下に置くことができる。萌愛の母親がよほど醜い女でなければ、そのために再婚するのも選択肢の一つだ。結婚相談所に勤める女から、娘を目的にシングルマザーとの結婚を希望するペドフィリアは少なくないと聞いたことがある。吐き気がするような話だが理にはかなっている。

　萌愛との温度差には裏切られた思いだったが、彼女に対する鴇田の執着は衰えなかった。母親の仕事の件についてLINEで訊ねると、『いいです』と返事があった。断るという方の意味だ。

それでも数日後、時間ができた鴇田が呼びつけるとあの公園に出向いてきた。萌愛の表情は死んだようだった。おそらく心も。これまでと同じように荒川河川敷へ向かい、今度こそ快楽を通じて彼女の肉体と心を開かせるべく鴇田は努めたが、彼女はまた命あるラブドールと化して無反応に受け流した。鴇田にとってはかつて受けたことがないほどの屈辱だった。行為のあと、萌愛は改めて鴇田にサポしてほしいと要求し――今度は頭を下げ「お願いします」と言った――火に油を注いだ。

「よく考えろ、萌愛。お前、今のままでいいと思ってるのか？　目先の金に困って、はした金でサポを頼むような人生で」

「……今はバイトできないし。中学出たら、働きます」

「中卒でまともな仕事に就けると思うか？　今のお前の母親と同じように、クソみたいな金でこき使われるだけだぞ。同じように貧乏な男に捕まって、母親と同じように負け犬の人生を送る。それがお前の夢か？」

「けど……うち馬鹿だし」

「お前が馬鹿なのは、育った環境が悪いからだ。人生なんてな、遺伝子と育った環境で九割方決まっちまうんだよ。もっとましな環境に行けば、お前も馬鹿じゃなくなる」

「はは。そうなんすかね」

「俺がお前の人生を変えてやる」鴇田は萌愛の目を見つめて言った。「俺のものになれ」

萌愛は鴇田を見てかすかに目を見開き、大きく息を吸った。

「……意味、わかんない」警戒する顔で慎重に言った。

萌愛の胸ぐらをつかんで思いきり締め上げ、揺さぶって怒鳴りつけたかったが我慢した。なぜ俺の気持ちがわからない。なぜ俺を信じない。そう問い詰めたかった。だがそれは劣位のオスのムーヴだ。鴇田は黙って車を出し、公園で萌愛を降ろした。

千葉県の自宅へ向かって車を走らせながら考えた。頭を冷やせ。あいつはお前が考えているような女じゃない。最下層で生き、最下層で死んでいくよう定められた、社会の生きた肥料とも言うべき人間の一人だ。

夢の中で見た、どこか聖女じみた萌愛の慈愛に満ちた笑みが脳裏に浮かんだ。

「――くそ」

あれは幻影だ。俺が自分自身で生み出した。忘れろ。現実の萌愛は救いようがないほど愚かな生き物だ。

アクセルを深く踏み過ぎていたのに気づいて緩める。大きく息を吐き、ステアリングを握る腕と肩の力を抜いた。

あと一回。

あと一回だけチャンスをやる。

それで萌愛が自分のものにならなかったら――。

3

鴇田がＬＩＮＥで会おうと連絡すると、既読がついてからいつもより長い時間が経って萌愛から返答があった。

『いやです。お金くれないなら、もう会いません。友達にも相談しました。あんまりしつこいと、警察に行きます。淫行って、犯罪ですよね？』

怒りで目の前が暗くなった。萌愛は、鴇田に対して与えた屈辱の最大値を更新したのだ。これまで女に対して抱いたことのない情動がマグマのように煮え立った。

脅しかそうでないかはさておき、萌愛が警察に鴇田を訴えてもどうということはない。

それでも、もう一度だけチャンスを与えてやるという自らの決断は尊重することにした。

『残念だ。俺は君との関係を年の差を超えた純愛だと信じていた。裏切られた気分だよ。君のお母さんに仕事をあげると言ったのも、本心から君を愛しているからだ。最初はサポしたいと言ってきた君の要求を聞き入れなかったのも、心から愛する君を今の苦境から救い出し人生を変えてあげたかったから。君が十六歳になったら責任を取って結婚し、一生大切にするつもりでいた。てっきり君も同じ気持ちだとばかり思っていた。でも、どうやら俺の勘違いだったみたいだね。まさか君がそこまで思い詰めているとは思いもよらなかった。すまなかった。君がそこまで言うなら、二万円を支払う。でもそれはサポのお金じゃない。君との関係を誤解して、君を傷つけたかもしれないことへの謝罪金だ。それでよければ用意します』

そう返信した。

これまでとはまったく異なる文体とノリ。萌愛は面食らうはずだ。不気味と感じるかもしれない。だが最後には――友達に相談しているならなおのこと――警察を持ち出したことで鴇田がビビッたと結論づけるに違いない。そうなれば金を払うという鴇田の言葉を信じ、ひとまず警察への通報を控えて鴇田に会おうとするはずだ。

案の定、前よりずっと短いタイムラグで鴇田の要求に応じる旨の返信が来た。今夜会えるという。萌愛との関係に今日中に決着をつける。出口は二つ。萌愛が鴇田にふたたび心と体を開き鴇田の庇護を受け入れるか、これまでのように拒むか。後者なら金輪際関係を絶つ。その場合には、ＬＩＮＥに記したように二万円を支払う。サポの代金ではなく、手切れ金としてだ。

九月十四日木曜日。午後七時四十分。

公園の前に停めた鴇田のネオエースの前に、私服姿の萌愛が現れた。「友達」が一緒かと思ったが、周囲にそれらしき人影は見えない。公園には、ベンチに若いカップルが座っているだけだった。

萌愛はいつものようには助手席の側に回らず、運転席の外に立った。鴇田はパワーウィンドウを下げた。

「乗らないのか？」

「お金だけもらいに来ました」萌愛は固い表情で、何度も練習してきたかのようにはっきり言った。

「――そうか」鴇田は財布を開いて一万円札を二枚取り出し、窓から出した。

萌愛が鴇田の顔と万札を見比べ、おずおずと手を伸ばして金をつかむと素早く引いた。二万円は鴇田の手を離れた。萌愛は街灯の光でそれが本物か確かめた。緊張が興奮に転じ、目が輝いて頰が緩んだ。

「あ……ありがとう……」

鴇田の内部で、萌愛に対して感じていた憤りが和らいだ。萌愛にはたしかに他の女にない何かがある。鴇田の感情に化学作用を生じさせる何かが。

「ごめんね、萌愛ちゃん。おじさん、勘違いしちゃって」鴇田は安心させるよう明るく、だが卑屈にならぬよう言った。「萌愛ちゃんマジかわいいし、初めて会ったとき心を開いてくれたと思って。あれも俺の勘違いだった？」

萌愛はじっと鴇田を見て、ゆっくり首を振った。

「――だよね。よかったあ」鴇田は大げさに胸をなで下ろしてみせた。「あ、しまったら、お金？」

鴇田がうながすと、萌愛は肩にかけていたトートバッグから財布を取り出し、二万円を入れるとまたバッグに戻した。

「また、初めてのときみたいにいちゃいちゃしたいな。萌愛ちゃん的にはもうＮＧ？」

萌愛の頬に赤みが差す。はにかんで、「ううん」と首を振った。

「今日、時間ある？　もう遅いかな。お母さん、心配するか」

萌愛は鴇田を見つめ、「……大丈夫。友達に会うって言ってあるから」と答えた。「けど、お金……？」

「わかった。もう二万出す」鴇田は一瞬で方針を転換した。目的を遂げるのが最優先、プロセスは二の次だ。結果を出すためには常に柔軟に対応することだ。

追加の二万を渡すと、萌愛は安心した様子で助手席に乗り込んだ。

いつもの場所に車を停めセックスを始めた。萌愛は最初のときのように心も体も開き、挿入する前に二度エクスタシーに達した。鴇田がフェラチオを要求すると素直にペニスをくわえ、鴇田が命じたとおりに舌と唇と首を使った。この前よりもはっきり上達している。鴇田は萌愛に口に出すと告げ、放出した精子を飲ませた。萌愛は困惑したように笑いながら「苦い」と言った。車載冷蔵庫から冷たい麦茶のペットボトルを出して飲ませているとすぐまた勃起したので萌愛を寝かせ、挿入しようとした。萌愛は首を浮かせて股間の方を見て「あ、避妊して」と言った。

これまでなかった要求だ。知恵がついたのか、鴇田を舐めはじめているのか。

「大丈夫」

「え。だって……」

「妊娠したら産んでいい」

「——え」萌愛の顔が固まった。信じられないという目で鴇田を凝視した。

「マジで言ってる。お前と母親と生まれた子の生活の面倒をみてやる。萌愛が十六歳になったら結婚してもいい」

萌愛が顔を歪ませた。鼻のつけ根に醜い皺が浮かび、上唇の裏側が下品にめくれた。

「やだ。無理——何言ってるかわかんない。てかキモい。避妊して。じゃなきゃしない」

鴇田は信じられない思いで萌愛を見た。萌愛の反応は、どこにでもいる女がどこにでもいる男に対して見せる嫌悪であり侮蔑であり拒絶であった。鴇田がこれまで女たちから向けられた経験のないものだ。鴇田の中で何かが砕けた。

「――そうか」萌愛の上に覆いかぶさっていた上半身を起こし、大きく息を吸って、吐いた。「わかった。もういいよ」

萌愛が体を起こした。向き合って座る形になったところで、鴇田は彼女の顔を左手でパンチした。「へあっ」というような声を出して萌愛がのけぞり、運転席の背部に背中を打ちつけた。

「いったあ――」右手で頰を押さえ、驚きと怯(おび)えと怒りの混じった視線を鴇田へ向ける。

だいぶ手加減をしたつもりだったが、怒りは抑えきれなかった。頰骨は折れたかもしれない。

「残念だが期待外れだった」鴇田は言った。「お前は底辺に生まれ底辺のまま、真の人間らしさを知らぬまま死んでいくよう運命づけられた動物だ。俺にとって性処理玩具――肉でできたオナホール以上の存在ではあり得ない。そういうことでいいんだな？」

萌愛の目が鴇田のあちこちを泳いだ。彼女を支配したのは怯えだった。衝撃は去らず、現状を把握できずにいる。

「俺のものになるつもりはない。そうだな？」

萌愛は身を縮こまらせ、首を振った。

「どっちだ？」

「……な、なります」

「俺の精子が欲しいか？　膣の中にたっぷり出してほしいか？」

萌愛の目に涙が滲(にじ)んだ。泣き笑いのような表情でうなずいた。

「寝ろ。股を開け」

萌愛は言われたとおりにした。鴇田のペニスはいきり立っていた。

左手にカメラを構え、仰向けになった萌愛の顔から手前にレンズを移動させ、ヴァギナにペニスを挿入する場面を撮影する。十分に濡れていない膣の抵抗は大きかったが、スムーズに挿入する手間を省いて強引に沈めた。

「痛ッ――！」萌愛がのけぞって叫び、右手で鴇田の右腕をつかんで押しのけるように力を込めた。

鴇田は構わなかった。膣の抵抗は痛いほどだったが、おかまいなしに腰を打ちつけた。鴇田のものになるという言葉が嘘でなければ、萌愛は心と体を開かなくてはならない。

「い――痛、やめ……」

しかし萌愛はほどなく抵抗をやめた。膣内に愛液が分泌され、ペニスへの抵抗が薄れ、ヴァギナの締めつけそれ自体を味わうことができるようになった。だが――それは萌愛が心を開いたからではなかった。

手持ちカメラを萌愛の顔に向ける。右の頰の痣が赤紫色になっている。まぶたと口は半開きだ。頰を伝った涙は乾きかけている。表情筋が弛緩している。心と体を遮断した萌愛だった。

――くそ。

怒りと失望と、それに矛盾するかのような快感に同時に襲われ、鴇田は、獣のような声をあげ萌愛の中に精子を放った。そのとき――萌愛の顔に表情が戻った。半開きの目が焦点を結び、肉体的な痛みとは別の苦痛――屈辱、悔しさ、怒り――に顔を歪めた。歯を食い縛るようにしたのでまた泣き笑いのような表情になり、唇の両端がひくひくわななないた。

鴇田が萌愛を殺す決意をしたのはその顔を見た瞬間だった。

男を半殺しにしたことは何度かあったが、人を殺したのはこれが初めてだった。

暴力を振るうことはこれまで常に快感だったが、人を殺めることにははるかに巨大なそれがあった。

あまりの恍惚に頭は真っ白になり、腰が抜けたようになって、肩で息をしたまましばらくは動けなかった。全身を潮のように満たした快感はなかなか引かず、鴇田はすべての細胞でそれを味わうことに専念した。

何分くらいそうしていただろう。

「――ははっ」しばらくすると声が出た。「はははっ」

――――最高だ。

世の中に、まだ自分が知らないこれほどの快楽があったとは。なるほど殺人が法で禁じられるわけだ。野放しにすれば際限がなくなる。

十分に余韻を味わったあとで、鴇田はついに生命なきラブドールの肉塊と化した浅見萌愛の膣から精子にまみれたペニスを抜いた。

さて。

後始末をしなくては。

殺人となると淫行とはわけが違ってくる。捕まって有罪にでもなればだいぶ不自由になるだろう。だが大丈夫。暴行や傷害以外にも、たんにスリルを味わうため、窃盗や器物損壊を幼い頃から大人になるまでくり返してきたが、まだそれで逮捕されたことはない。

もう何年も大麻を栽培、所持、使用し、あまつさえネットを通じて不特定多数の人間に売りさばいているが捕まっていない。しっかり頭を働かせれば、官憲は出し抜ける。警察の力の入り方は異なるだろうが殺人も例外ではない。これは自分が得意なゲームだ。

クリアすべき問題は大きく三つ。

①萌愛の死体。

②萌愛と鴇田の接点。

③防犯カメラ映像と目撃者。

①は言わずもがな。死体が発見されなければ死体遺棄あるいは殺人での捜査が開始されることはない。死体を消すことができれば殺人という犯罪も消える。完全犯罪だ。

②。治安のいい日本では、殺人のほとんどは家族など身近な人間関係で起こっている。あるいは近い生活圏内で。警察は普通まずそこから犯人を捜していく。鴇田はそのどちらにも属していないが、接点はある。

③。最近では多くの犯罪が防犯カメラの録画映像を手がかりに解決されている。警察がこれにより萌愛の足取りをトレースし、どこかで鴇田あるいはネオエースとの接点を見つけ、そこから鴇田に肉迫してくる可能性はある。目撃者によって萌愛と鴇田の接点が発覚する可能性も考慮しなくてはならない。

オーケー。なかなか難易度は高そうだ。

萌愛のトートバッグを調べると中にスマホがあった。死んだ萌愛の指で指紋認証をクリアして起動する。念のため暗証番号を鴇田が選んだものに更新しておき、チェックする。

スマホを起動していると最寄りの携帯キャリアの基地局にリアルタイムで通信記録が残る。警察はその記録から生前の萌愛のおおまかな位置をトレースできるし、死んだあとでもスマホが起動していれば同じように大まかな位置を特定できる。萌愛が行方不明になり、捜索が開始されたら警察は携帯キャリアに情報開示を求める。だがそれまでにはまだ時間がある。

ＳＮＳのアプリはインスタブック、チャットアプリはＬＩＮＥだけだった。ＬＩＮＥを見ると、ひんぱんにトークしている母親（浅見奈那）以外の「友だち」は三人。彼女たちと四人での「ズッ友」と名づけられたＬＩＮＥグループもあった。萌愛は友達に相談したと言った。その三人とのトークを、それぞれ鴇田と萌愛が出会った頃の日付までさかのぼって調べたがトキオつまり鴇田についての言及はない。相談したと言ったのが嘘か、電話か直接会って話したかのどちらかだろう。だが後者と考えておいた方がいい。

鴇田との接点はインスタブックでのダイレクトメッセージとＬＩＮＥのトークしかない。この二つは強力な証拠となる。スマホを操作してメッセージやアカウントを削除したり、あるいは端末そのものを捨てたり破壊したりしても、インスタブックとＬＩＮＥのサーバーに残った記録を消すことはできない。

萌愛が相談したという友人がトキオについて話せば、警察はＬＩＮＥやインスタブックを通じて萌愛とトキオの通信記録を入手できる。サポのオファーや待ち合わせ場所と時間についてのやり取り、その後鴇田が萌愛と会うため脅した文言等々。萌愛が殺された日時と照合すれば、情況証拠としてほとんど決定的と言えそうだ。プリントアウトされたデータを見た刑事たちが小便をちびりそうなほど興奮する様すら想像できた。

だが——ここから警察が鴇田を突き止める確率は限りなく低い。

鴇田がインスタブックやそこで知り合った女たちとの連絡に使っているのは、仕事や友人たちとの連絡に使うメインのスマホではない。中古で買った本体にプリペイドＳＩＭを入れたもう一つのスマホだ。プリペイドＳＩＭは現金で買える訪日旅行者向けのもの。鴇田は上野や秋葉原などでツーリストらしき外国人に小遣い稼ぎを持ちかけ、応じた者に代金とギャラを渡して購入させていた。

警察がインスタブックやＬＩＮＥのサーバー記録からトキオを特定し、今度は携帯キャリアに照会すると、プリペイドＳＩＭにたどり着く。しかし、販売会社に記録されている本人確認書類の控えは、鴇田が一度しか会ったことのない外国人旅行者のパスポートがあるだけだ。

鴇田がこの足のつかないスマホを所有し、ＳＩＭを使い捨てては購入し直しているのは、大麻の違法な取り引きのためだ。セックスだけが目的の女たちとの連絡にも使っていたのはトラブルを想定してのことだったが、殺人で役に立つことまでは予期していない。鴇田はトキオのインスタブックのアカウントを消去してそのスマホの電源を切った。警察がプリペイドＳＩＭの携帯キャリアの最寄りの基地局による位置情報をたどれるのはこの時間、この場所まで。このＳＩＭは破棄する。

②は解決だ。

いや――違う。

警察に頭脳とガッツがあれば、インスタブックのサーバーの記録からトキオとやり取りした女たちのアカウントを特定し、携帯キャリアに照会をかけて身元を割り出し、彼女たちからトキオの情報を手に入れようとするはずだ。裏垢女子たちに鴇田についての情報を提供する動機はなく――恨みを買うようなことをした記憶はない――簡単にそうするとも思えないが、世の中にはおかしな女もいるし、日本の警察は甘く見ない方がいい。

殺人が発覚し、被害者が前科持ちの七十代のホームレスだったら警察もそこまで頑張らない。だが被害者が中学二年生の女の子で、死の直前に性交のあとがあったとすれば？　世間もマスコミも沸き立つし、警察は全力を挙げて捜査にかかるだろう。

そこで①の結論が出る。

死体を消す。殺人を事件として認知させない。やはりこれがベストだ。だが――ここでも萌愛の属性が問題となる。日本では毎年、八万人以上の行方不明者届が受理されている。警察がそのすべてを捜査することはない。しかし中学二年生の女子となればマスコミも大々的に報じるし、捜査する動機も優先度も一気に高まる。死体が発見されるのとその点でさほど変わりはないと考えるべきだろう。

そのとき――萌愛のスマホに着信があった。

LINEのメッセージ。文頭がポップアップされる。

後藤(ごとう)みくる『トキオ、どうだった？』

みくるは「ズッ友」の一人。萌愛が相談した相手は彼女だったのだ。

メッセージを未読にしたまま考える。時間稼ぎのために萌愛を装って返信することもできる。だが親友なら違和感から疑いを抱かれてしまう危険もある。電話をかけてこられたら詰む。時間稼ぎどころか自分で自分の首を絞める結果になる。ひとまず無視だ。

死体は単独で処分する。他人を巻き込んでもろくなことにならない。ではどうするか。人気のない山中に埋める。死体をバラバラにしてあちこちに捨てる。さらに細かくして下水に流す。現実的な線として浮かぶアイディアはそんなところか。誰かを殺すつもりならあらかじめ死体の処理についてよく考え、準備しておくのが賢明ということらしい。

また着信音。

後藤みくる『萌愛？』

無視するとほどなく、
後藤みくる『だいじょぶ?』

さらに無視すると、萌愛のスマホからバイブ音と着信音が同時に響き渡った。LINE通話の着信——後藤みくるだ。

無視するしかない。一つ確実になった。どう動くにせよ、時間の猶予はあまりないと考えるべきだ。浅見萌愛の行方不明者届を受けた警察が事件性を認め、緊急配備を敷くことも想定した方がいい。一刻も早くここを離れるべきだ。

鴇田は、萌愛のスマホからインスタブックのアプリと、LINEからトキオのアカウントを削除し——後藤みくるがインスタブックのことを知っていて、警察に話せばまったく無意味だが、そうせずにはいられなかった——萌愛のスマホの電源を落とした。
①について即断しなくては。選択は二つ。車に乗せたままここを離れるか、ここで捨てるか。死体を乗せたまま検問や覆面パトカーに捕まったらアウトだ。今すぐということはないだろう。だが何時間後までなら平気なのか。その時点で安全な場所まで行けるのか。不確定要素が多すぎる。
おそらく実際には緊急配備の網が敷かれる前に圏外へ脱することは可能だろう。だがそれで問題が解決するわけではない。人気のない、すぐには発見されない場所へたどり着き、野生動物に掘り返されたりしないよう、深く穴を掘り死体を埋めるという大仕事が控えている。しかしそれで萌愛の失踪への捜査を未然に防げるというならまだしも、大々的な捜索が見込まれる以上、リスクにメリットが見合っていない。

ここで捨てる、が答えだ。

となれば問題になるのは遺留物だ。萌愛の死体には、精子や唾液など、DNA鑑定で鴇田を特定できる遺留物がそこら中に付着している。そのまま遺棄するのは有罪にしてくれとお願いするようなものだ。

解決策はすぐに浮かんだ。三日前、鴇田は新築時に庭のデザインと施工をした顧客の家に、アフターサービスに出向いていた。レッドシダー材のウッドデッキのメンテナンスだ。一連の作業の中にカビの発生を防ぐため漂白剤を塗る工程があり、そのために用意したアメリカ製の液体漂白剤の残りが車に置いたままだった。漂白剤にはDNAを損傷し、DNA鑑定を無効にする働きがあるという。鴇田は銀行強盗を題材にしたハリウッド映画でその描写を観、化学の専門書でも確認していた。
衣類を身に着けると運転席に移り、車を一メートルほど前進させて止めると外に出た。スライドドアを開けて萌愛の全裸の死体を引っ張り出し、車の背後の地面に横たえた。ネオエースのバックドアを開け、システムラックから医療用ゴム手袋と漂白剤のボトルを取り出し手袋を嵌めマスクを着けた。二リットルのボトルが二本。一本は未開封で、一本には半分ほど残っている。十分な量だろう。

萌愛の死体はまだ体温を失いきっていなかったし、柔らかかった。鴇田のペニスはまた充血して脈打っていた。時間に余裕があれば最後にもう一度犯したいところだが我慢する。半分残った漂白剤のボトルの蓋を開け、萌愛の死体の傍らにかがむと、頭――頭髪、頭皮、顔の皮膚、目、鼻の穴、耳――首、と上から下へ念入りにかけていった。腹の途中で一本目が空になったので、二本目を開ける。

両腕、両手――爪の中には鴇田を引っかいた際にえぐった鴇田の皮膚組織が詰まっているのでそこもしっかり――そして陰部。ここはとくに気をつけなくてはいけない。鴇田は萌愛の片脚をつかんで尻を持ち上げると、漂白剤のボトルの口をヴァギナに突っ込んで中身を、膣口からあふれるまで流し込み、ボトルを置くと、両脚を肩にかけ、指で萌愛の膣口から内部を開いて液体が奥まで浸透するようにした。

さらに両脚と両足に漂白剤をかけると、今度は萌愛をうつ伏せにひっくり返し、背中側にもまんべんなく漂白剤をかけた。二本目の残りをごく少しだけ残して周囲の地面にも振りかけた。しゅわしゅわと揮発するような音がし、萌愛の皮膚のあちこちが白くただれた。先に前面をやっておいて正解だった。

システムラックから大きな懐中電灯を取り出し、何か落としていないかチェックしてから漂白剤の残りを仕事で使うはぎれ布（ウエス）に含ませ、漂白剤のボトルだけをしまうとハッチバックを閉めた。

これで①についてはもう脳のリソースを使う必要はない。

側面のスライドドアを開け、ウエスを運転席の足下に置くと、萌愛が脱ぎ捨てた衣類をまとめてスマホと一緒にトートバッグに詰め込み、ベッドの横に設けた収納部にしまった。

運転席に乗り込むと、ゴム手袋をしたままイグニッションやステアリングを操作する。ヘッドライトは点けず、スモールランプだけを点灯させ、いつもより慎重に車を発進させた。ぴりっとした緊張感の中で運転したが、一番近い車止めゲートに着くまで通行者には出くわさなかった。ゲートを解錠して通り抜けた車をいったん停め、ふたたび施錠したあと、南京錠やゲートの手で触れた部分を漂白剤を含ませたウエスで念入りに拭った。

運転席に戻るとゴム手袋を外して足下に置き、ネオエースを発進させた。

荒川河川敷を出ると、ふだんは聴かないAMラジオをつけ、一時停止や法定速度をきちんと守って車を走らせながら、②と③について再度、思考を巡らせる。

②。警察は、インスタブックを通じてトキオの情報を入手することは可能だ。鴇田は本名を明かしていないが、車種や、場合によってはナンバーまで覚えている女がいるかもしれない。ただ、注意していたので、写真や映像には残っていないはずだ。

③。鴇田と萌愛が一緒にいる映像があるとすれば、公園での待ち合わせ場面を押さえたものだろう。だが、付近に防犯カメラはなかったはずだ。荒川河川敷。こちらも注意していたが、鴇田が使っていた車止めゲート付近や、車を停めた場所の付近には見当たらなかった。

目撃者。萌愛と初めて待ち合わせたとき、公園のベンチには六十代くらいの男が一人いた。二回目のときには公園や周囲に人はいなかったと思う。今日——ベンチには若いカップルがいた。この三人の観察力や記憶力については未知数。警察が彼らにアプローチできるかどうかも。したがって、考えても仕方ない。

鴇田は一般道で足立区から松戸市へ抜け、松戸インターチェンジで外環自動車道に乗り、京葉道路の幕張でいったん降りた。ホテルのカフェに入るためだ。スマホでニュースをチェックしつつ、コーヒーを飲みながら考えた。

夜の十時を回っても、中学二年生の女子生徒が行方不明になったというニュースは流れなかった。荒川河川敷で少女の全裸死体が発見されたというニュースも。

結論。

萌愛の殺人については計画も準備も不十分だった。警察が鴇田にたどり着く可能性はあると考えた方がいい。そして——一番可能性が高いのは、インスタブックでトキオと出会った女たちからの情報だ。しかし漂白剤がちゃんと役目を果たしてくれれば、最悪でも警察が手に入れられるのは情況証拠のみ。それでも法の理念とは裏腹に、「有罪推定」が働いて有罪になってしまうのが日本の司法制度だ。もしケツに火が点きそうになったら国外へ逃亡するという手もある。

警察がインスタブックの女たちに接触したら、その中の何人かは鴇田に事情を聞いてくるのではないか。そうなったらどうするか判断しよう。

結論。これで②、③についても考える必要はなくなった。

コーヒーを飲み干してホテルを出ると、鴇田は千葉県いすみ市の自宅へ向かって車を走らせた。

翌朝、荒川河川敷で、前夜から行方不明になった女子中学生と思われる全裸死体が発見されたというニュースが大々的に報じられた。鴇田はマダムとの朝食の席で、ニュースにいつになくニュースに見入った。興奮のあまり、やったのは自分だとマダムに吹聴(ふいちょう)したくなるのをどうにか我慢したが、最寄りのごみ集積所にスマホ以外の萌愛の所持品のすべてをまとめた袋を他の可燃ごみと出すのは忘れなかった。

4

その後も鴇田は浅見萌愛についての続報をチェックしていた。

インスタブックのアカウントは削除し、古いプリペイドSIMは破棄していつものやり方で新しいものを入手し入れ替えた。鴇田はこれまでどおり仕事を続け、インスタブックでは別のセックス用アカウントを開設した。トキオとは無関係のアカウントにしたのでゼロからのスタートだったが、三ヵ月も経つ頃にはフォロワーは三百人を超え、十五人の女とセックスすることができた。

生活に支障はなかったが警察の捜査がどこまで進展しているのかは気になった。トキオ時代の女たちから連絡がないということは、警察はひょっとして萌愛とトキオの接点をつかんでいないのではないか。そんなことがあるだろうか? 萌愛のスマホがなくなっていても、LINEのアカウントはあると想定して運営会社に照会はかけているはず。トキオとのことを萌愛に訊ねた後藤みくるやり取りも、トーク履歴を調べれば、トキオとののメッセージも見つかるはずだ。

とすると──みくるが、萌愛が「トキオ」と知り合ったのがインスタブックを通じてだったことを知らないか、あるいは知っていて警察に話していないかのどちらかということにならないだろうか？　後者はありそうにない。常識的に考えれば前者の可能性が高い。そして──もしそうだとすれば、警察が鴇田にたどり着く確率は限りなく低い！

年が明け、萌愛を殺した日から四ヵ月が過ぎた。その後、捜査の進展についての報道も、女たちからの鴇田への連絡もなかった。警察は萌愛と鴇田の接点がインスタブックだったことをつかんでいない。そう考えてもいいのでは？

もちろんまだ安心はできない。もしそうだったとしても、③防犯カメラ映像あるいは目撃者から足がつく可能性は残っている。だが、防犯カメラ映像の解析にこれほど時間がかかるだろうか？　目撃者がいて有力な情報（鴇田の車種、あるいはナンバー）を記憶していたなら、特定にこれほど時間がかかるだろうか？　自分は日本の警察の優秀さや熱意を買いかぶっていたのではないか。鴇田はしだいにそう考えるようになり、それは新たな計画へと鴇田を駆り立てる原動力になった。

インスタブックの新しいアカウントで女たちとセックスしながらも、鴇田は浅見萌愛を忘れることができなかった。たんにセックスのみならず、殺人というそれまで知らなかった快感が加わったことにより、彼女は鴇田にとって永遠に特別な存在となった。新しい女たちとセックスをしても、到底萌愛との最後の性交の絶頂には及ばない。一度踏み入れてしまったあの恍惚境にふたたび到達するには、少女を犯して殺すしかない。新しい女たちは鴇田にとって、その妄想をしながらするマスターベーションの道具でしかなかった。

人間には人間を殺すことへのタブーが本能的に組み込まれている。戦場で敵に銃口を向けてもなかなか発砲できない者の方が「普通」なのだ。人を殺したことがトラウマとなりＰＴＳＤに苦しむ帰還兵の話は、現実でもフィクションでもあふれている。

だが鴇田は違う。初めてにもかかわらず浅見萌愛を手にかけるのに一切躊躇（ちゅうちょ）しなかったし、殺すのは快感そのものだった。殺したあともトラウマになるどころか、次の機会を渇望している。

やはり俺は選ばれた人間なのだ。警察の手が及んでいないのもそれが理由だ。もしも神、あるいはそのようなものが存在するなら、次も楽しめというこれはメッセージなのではないか？
鴇田が好んで交際するのは、肉体的、経済的、外見的、さまざまな点で秀でた男たちばかりだが、萌愛を殺したことで自分は彼らより卓越した存在になったという実感があった。それがどれほど素晴らしい、めくるめく体験か教えてやりたくてうずうずした。が、自分だけの胸に秘めることで優越感にひたるのも、それはそれで気分がよかった。

二月になったが、萌愛についての進展はなかった。

足立区にある建築事務所での初めての打合せの帰り、鴇田はある光景を見て車を停めた。たしか往路では人気(ひとけ)のなかった学校の校庭で、ユニフォーム姿の少女たちがソフトボールの試合をしていた。

中学生だ。フェンスごしにも顔や体つきですぐわかった。どちらのチームとも日焼けしてきびきび動いている。垢抜けない子も多かったが、みな弾(はじ)けるような生命力の輝きに満ちていた。同年代だった頃、鴇田がダサいと見向きもしなかったような少女たちだが、今の鴇田にはまぶしかった。中でも一人の少女が目を惹(ひ)いた。

バッターボックスに立った、えんじ色のチームカラーのユニフォームを着た少女だ。左胸に「星栄」の文字が書かれ、背番号は7。ヘルメットをしていても、美しいことがわかる。ぱっちりした二重につぶらな瞳、大人びた鼻のライン、メイクもしていないのに鮮やかなピンクの唇は、自然と口角が上がっている。浅見萌愛とは対照的な、愛情にも経済的にも恵まれ、何不自由なくすくすくと育った少女だ。

体の線をさほど露(あら)わにしないユニフォームの上からでも、痩せすぎず太りすぎず、健康的な肉体は見て取れた。ウエストや足首の引き締まった優美なラインは、同年代には珍しい洗練を感じさせた。彼女は、二つのチームの少女たちから一人だけくっきり浮き上がっているように鴇田には見えた。

カキーンという音と共に二遊間を抜く打球を放った彼女が一塁への出塁を決めたのを見て、鴇田はギアをパーキングに入れた。鴇田の車の前方、斜め奥にホームベースがあり、その背後に三脚が立っていた。三脚の上にはビデオカメラ。その後ろに立っているジャージ姿の中年男は、コーチか何かだろう。試合映像を記録しているのだ。カメラのレンズはこちらを向いている。

鴇田は念のため、ネオエースのナンバーがフェンス下のブロックの陰になりビデオカメラの死角に位置しているのを確かめ、日よけのシェードを取り出すとインパネの上に広げて立てた。カメラが見えなくなった。ドライブレコーダーのカメラを起動して、視界は確保しておく。

　シートをリクラインさせ、顔がスモーク加工された後部のサイドウィンドウに隠れる位置に調整する。向こうからは見えないが鴫田からはグラウンドを眺めることができる。スキニーパンツをブリーフごとずり下ろすと、すでに勃起していたペニスが飛び出した。えんじ色のユニフォームの7番を見ながらしごきはじめると、ネオエースの背後でスクーターのエンジン音がして、停まった。

　パンツを穿き、体を起こす。バックミラーを見ると、だらしなく太った中年男がスクーターを押し歩くのが見えた。鴫田の車の右側を通り抜けるとき、運転席の窓ごしにこちらを覗き込んだ。ヘルメットの中の顔は豚のようだ。鴫田は憤怒に駆られ、思いきり凄んだ顔をして、「何見てんだコラァ！」と唸った。太った男は慌てて顔をそむけたが、ネオエースの前に出ると数メートル先にスクーターを停め、ヘルメットを外すのがドラレコの画面で見えた。どこまでも醜く無様な生き物だった。幼い頃から鴫田が嫌悪感から徹底的にいじめてやったタイプのキモいデブだ。

　キモデブはポケットから煙草を取り出すとくわえ、ライターで火をつけた。左手に持った煙草をくゆらせながらフェンスごしにソフトボールの試合を観ている。キモデブがはっとしたのは一塁に目を向けたときだった。キン、と音がして、バッターが放ったライナーがショートのグラブにぱしっと収まった。

「スリーアウト！　チェンジ」ホームベースの背後で主審が告げ、攻守が入れ替わった。

　えんじ色のチーム——星栄中——の選手たちが持ち場へ散った。7番はショート。鴫田やキモデブに近い側だ。ヘルメットから野球帽になった彼女の顔から鴫田は目を離せなかった。が、神の恩寵を受けた少女はすぐこちらに背を向けてしまった。鴫田が視線を移すと、キモデブも7番に見入っていた。引き締まった尻や太ももをまるで舐めるかのように。鴫田は舌打ちした。まったくいまいましいおっさんだ。リクラインしたシートに倒れた鴫田の勃起は収まっていないが、これではとても集中できない。

　生涯を通じて女に縁のなさそうなキモデブは——四十四、五歳に見えるが、童貞かもしれない——ほとんどよだれを垂らさんばかりに7番を見つめていた。

　彼女はさかんに味方チームに声をかけ、ミスしたサードを「ドンマイ！」と笑顔で励まし、次にサードがゴロをきっちり処理してアウトにすると、「ナイス！」と親指を立てウィンクをした。次の打者の強烈なライナーを胸の前で捕球し、すかさずファーストに投げた。出塁して塁を離れたランナーにタッチしたのは一塁手だが、スリーアウトを決めた立役者は7番だ。天は二物を与える——選ばれた者には。

　キモデブが思わず拍手しそうになり、思いとどまっている。不審に見えることに気づいたのかもしれない。内部の関係者から警察に通報されてもおかしくなかった。キモデブが短くなった煙草を無造作に投げ捨てたとき、鴇田ははっとした。頭の中で火花が散った。鴇田はその一瞬のひらめきを逃さず、とんでもなく愉快なアイディアとして結実させた。しばらくして、二本目の煙草を放り捨てたキモデブがまたスクーターに乗って走り去ったとき、鴇田は確信した。

　あの、キモくて女に縁のなさそうな太った男はいまいましい存在などではない。運命が鴇田のために差し向けてくれた生贄（いけにえ）の豚だ。


　その試合から九日後、鴇田は星栄中ソフトボール部7番の彼女——死体発見後の報道で綿貫絵里香（わたぬきえりか）という名を知った——を犯した上で殺害した。

　試合の翌日から、会員となったカーシェアリングの車を毎回変えて星栄中を見張り、彼女を尾行して自宅と通学ルート、毎日の行動パターンを観察し、計画を立てた。

　平日。ソフトボール部の練習が五時半に終わると、着替えた彼女は部活の仲間数人と一緒に学校を出る。荒川の南側に位置する私立星栄中から、足立区の南東部にある彼女の自宅——地主が多く住む地区で、彼女の家は両親が所有するマンションの最上階だ——まで、絵里香は十五分ほどかけて自転車で通う。やはり自転車通学をする仲間一人と途中で別れてからは一人だ。人通りも街灯も少なく、防犯カメラもない住宅街を通る。

　二月二十日。鴇田はその住宅街の一角、一方通行の道の路肩にネオエースを停め、絵里香を待ち伏せた。車の陰に身を潜め、絵里香の自転車が見えると飛び出し、横ざまにタックルを浴びせて転倒させた。ガシャンという音、驚きと苦痛による絵里香の悲鳴。鴇田は倒れた絵里香に駆け寄ると、制服の襟元を右手でつかみ、恐怖におののく美しい顔の顎を左拳で殴った。絵里香が気絶し、がくっとうなだれる。スライドドアを開け、自転車と絵里香と彼女のリュックをフラットベッドにしたキャビンに運び込む。用意してあったダクトテープで彼女の口をふさぎ、両手首を縛ると運転席に乗り込んで車を出す。

誰にも見られていない。

鴇田はネオエースで荒川河川敷へ向かった。三日前、あの車止めゲートの南京錠が手持ちの鍵で開くことを確認してある。萌愛の事件のあとも交換されていなかったのだ。

鴇田は萌愛を殺したあの場所に車を停めるとキャビンへ移動した。制服のスカートをめくり、ショーツを脱がせている途中で絵里香が目を覚まし、パニック状態になって暴れた。鴇田はサバイバルナイフを見せた。

「暴れたら殺す。おとなしくしろ。抵抗しなければ殺さない。わかったか？」

目を見開いた絵里香は、ダクトテープの下から「ううん、うううん」という泣き声のような声を出し、涙を流しながら何度もうなずいた。

二十分——それが鴇田の持ち時間だ。

規則正しい絵里香の帰宅時間が遅れたら、家族は心配する。絵里香は裕福な家で大事に育てられている娘だ。それだけではない。テレビでは報道されなくなっていたが、この辺りで未成年の娘を持つ親にとって浅見萌愛の事件はまだ現在進行形のはずだ。犯人がまだ捕まっていないのだから。

手っ取り早く犯し、手っ取り早く殺し、手っ取り早く後処理をする。それが鴇田の計画だった。萌愛のときのように余韻にひたっている時間はないだろう。それでも鴇田は、恐怖と苦痛におののく絵里香を、両手首を縛り口をふさいだまま、鴇田自身も服を脱がず、潤滑ゼリーを使って処女を奪って射精する間、三脚に据えたカメラで撮影するのを怠らなかった。

鴇田は手袋とマスクを着け、服の上にビニールのレインコートを着ると、苦痛に震えている絵里香を外へ引きずり出してコンクリートに投げ出し、制服の腹に畳んだバスタオルを載せ、その上からサバイバルナイフで何度も突き刺した（鴇田は激しいエクスタシーに襲われ、ブリーフの中で二度目の射精をした）。この場面も、ぐったりして大量の血を失いながら死んでいく絵里香の姿も、やはりカメラに収めた。

今回は衣類を脱がさず、愛撫をしていないので、膣内やその周辺以外には萌愛のときほど念入りに漂白剤をかける必要はない。絵里香にまだ息があるうちから漂白剤をかけはじめ、かけ終えると撤収作業にかかった。

ダクトテープは外し、貼られていた部分にも漂白剤をかけ、テープは回収する。バスタオルのおかげか返り血は思ったより少なくレインコートはほとんど汚れていなかったが、用意していたビニール袋にバスタオル、ナイフと共に入れ、キャビンの収納部へしまう。絵里香の元に戻り、頸動脈に指を当てて死んでいるのを確認すると、最後の仕上げにかかった。

パンツのポケットからチャックつきの透明なビニール袋を取り出す。中には煙草の吸い殻が二本。九日前、星栄中学でのソフトボールの試合を眺めていたキモデブが捨てたものだ。男が去ったあと、鴇田はネオエースを前に数メートル移動させて止め、ティッシュを数枚抜いて助手席から降りると車体に隠れる恰好でしゃがみ、ティッシュで吸い殻を二本とも回収するとすぐ現場を離れた。

息絶えた絵里香の腹の周囲には血だまりができていた。それを踏まぬよう注意して、二本の吸い殻を血だまりの血にそっと浸してから、血だまりが届かないだろう地面に置いた。

ここまでで十八分。

鴇田はまたスモールランプをつけてネオエースを発進させ、萌愛のときと同様、静かに河川敷を出て、荒川から遠ざかった。

慎重に運転しながら考える。

絵里香の死体を発見した警察は、二本の吸い殻から確実にＤＮＡを検出する。

普通ならこう考える。遺体に付着した遺留物からＤＮＡを検出されぬよう、念入りに漂白剤をかけた注意深い犯人が、現場に吸い殻を残していくことなどあるだろうか？　少しでもミステリー小説を読んでいればすぐわかる。真犯人が別の人間に罪をなすりつけるために行った偽装工作だ、と。

だが現実にはそうならない。

これだけの大事件で、警察は一刻も早く犯人を検挙しなければならないというプレッシャー下にある。現場に被害者の血が付着した吸い殻があり、ＤＮＡが検出されたとなれば喜んで飛びつき、その持ち主こそ犯人だと結論づけるだろう。

そして、同じ場所でほんの数ヵ月前に発見され、同じように膣内に体液の残留物があり、同じように漂白剤で証拠隠滅を図ったとおぼしき痕跡がある、同じ中学二年生の女子を殺したのも、この煙草の吸い殻の主に違いないとも。

あのキモデブは、ソフトボールの試合を記録したビデオの映像にも映っている。警察にしてみれば犯人とするにはそれで十分、いや十分以上なのだ。

萌愛と絵里香。二件の殺人の罪をあの男に押しつけることができれば、鴇田は完全に自由の身になる。警察の捜査が迫るのを案ずる必要もなくなる。つまり――今後もまたゼロの状態からレイプと殺人による快楽を謳歌(おうか)することができるのだ。今後はもう、萌愛のときのような準備不足は起こりえない。きちんと計画して完全犯罪を実行するのだ。

あのキモデブが吸い殻を捨てるのを見たとき、鴇田はそこまで考えていた。萌愛の事件から一刻も早く解放されるためにも、強引な計画を立て、絵里香を殺した。

当分の間は、殺人欲も抑えられそうだった。

いや――警察を出し抜くことに加え、無実の人間に罪を着せることにも並大抵でないスリルがあった。あのキモデブが逮捕されれば、裁判では間違いなく死刑を求刑されるだろう。そして有罪判決が下れば、鴇田は自ら手を下すことなくもう一人の人間の命まで奪うことができるのだ！

世の中にこれほどシビれるゲームがあるだろうか？全能感という意味では、自ら手を下す殺人より勝るかもしれない。

決めた――次に少女をこの手にかける前に、まずはあの生贄の豚に死刑が宣告されるのを見ていよう。

暗い夜道を運転しながら、腹の奥底から黒くて太い笑い声が湧き上がって車内を満たした。

第六章 焦点

1

コンビニのドアが開いて、一人の少女が店内に入ってくる。夏物のカジュアルを着た、中学生くらいに見える華奢（きゃしゃ）な少女だ。彼女は急ぐ様子もなく、店内を見渡して、右手に向かって歩いていき、画面から消えた。

コンビニの入り口付近に設置された防犯カメラの録画映像。映っていた少女は、浅見萌愛（あさみもあ）。検察側はそう主張している。短い映像が終わると、志鶴（しづる）はファイルを閉じ、次のファイルを開いた。

同じコンビニの、レジの後ろに設置されたカメラの映像が再生される。先ほどの少女が店員に商品を差し出し、料金を支払う姿が映し出されていた。買ったのは、キャンディかグミのように見える袋が一つ。彼女がレジを離れると、映像が終わった。

防犯カメラ映像の右下には、日時を示すカウンターが表示されている。彼女がレジを離れたのは、九月十四日の十九時三十一分。

次のデータを開く。

同じコンビニの、入り口付近の防犯カメラ映像。ドアが開いて、太った男性が入ってくる。増山淳彦（ますやまあつひこ）だ。増山は、勝手知ったる様子でまっすぐ進んで画面から見えなくなった。

次のデータ。レジで会計する増山の映像。煙草（タバコ）を二箱買ったようだ。レジを離れ、画面から消える。九月十四日の十九時五十二分。検察が浅見萌愛と主張する少女が出て行ってから、二十一分後。

「――このコンビニは、ファミリーセブン綾瀬店」志鶴は説明する。「増山さんの自宅の最寄りのコンビニです」

志鶴が操作するノートパソコンの画面は、プロジェクターを通じて壁の大きなスクリーンに映し出されている。

「事件があったと思われる晩、被害者の浅見萌愛と増山氏は、彼の自宅の最寄りのコンビニでニアミスしていた。検察にまさかこんな隠し玉があったとは」

田口司が、感心するかのような口ぶりで言った。

「こんなものが隠し玉？」都築賢造が声をあげる。「たんなる偶然。そうだろう、川村先生？」

「ええ」志鶴はうなずく。「増山さんに確認したところ、びっくりされてました」

六月一日。検察官の証明予定事実記載書を入手した一週間後、志鶴が勤務する公設事務所の会議室。増山淳彦の弁護団による打合せだ。

公判に先立ち、検察は、自分たちが法廷で主張する予定の内容と、それを立証する証拠について書面化し、弁護側に開示した。文書については業者を使ってコピーもしているが、志鶴と都築、田口の三人は、検察庁へ出向き、文書を含むすべての開示証拠の原本を閲覧している。

今日の打合せは、検察の主張と証拠を確認し、対策を検討するためのものだ。

浅見萌愛の事件について、検察が公判で調べを請求している証拠は、主に五つに分けられる。

①浅見萌愛の死体の見分調書等
②コンビニの防犯カメラ映像等
③関係者による供述
④増山の押収品のうち、パソコンのウェブ履歴
⑤増山の押収品のうち、ＤＶＤ

①は、浅見萌愛の遺体の首に残された、扼殺の際の圧迫痕から、犯人が左利きと推測されるという鑑定書と、供述等から増山も左利きであることを示し、増山の犯人性を証明するというものだった。
②の主要な証拠が、今再生した映像だ。犯行が起きたと思われる晩、増山が、被害者である浅見萌愛と、約二十分差で同じコンビニ――ファミリーセブン綾瀬店――を利用していることから、増山の犯行可能性を証明する、というのが検察の主張だ。
「増山さんが浅見萌愛と接触している場面とか、待ち伏

せているシーンがあるなら別だが、こんなもので殺人犯扱いされるなら、コンビニの店員さんなんか、みんな犯人にされてしまう」都築は憤慨している。「そもそも、自宅近くなら増山さんがしょっちゅう顔を見せていても、何ら不思議じゃない」

「最低でも週に一度は出向いていたそうです」志鶴は言った。

「被害者の浅見萌愛の自宅だって、この店から遠くない。そうだよな？」

「はい。浅見萌愛の自宅は、足立区ではなく隣接する葛飾区ですが、このコンビニまでは直線で約五百メートルの距離です」

この日の夜、浅見萌愛がファミリーセブン綾瀬店にいたのは、トキオと会うためだ。彼女は、トキオとの待ち合わせ場所として、足立区の公園を指定した。このコンビニのすぐ近くに、小さな公園がある。都築が言ったとおり、彼女が来店した数十分後に増山が訪れているのは、たんなる偶然だろう。

だが、志鶴が知っている事実は誰にも言えない。

③関係者供述。

検察が証拠として使おうとしているのは、増山が勤務していた新聞販売店の店長、今井の供述だ。ポイントは二つ。増山が日頃から「ジュニアアイドル」と呼ばれる小学生や中学生の女子のＤＶＤを好んで鑑賞していたことから、犯人である可能性を証明するというのが一つ。二つ目は、浅見萌愛の事件のあと、しばらくして、増山が、コンビニで購入した漂白剤を持参して新聞販売店に出勤したという証言だ。

「ジュニアアイドルが好きだと、殺人を犯すのかね？」都築が嚙みついた。

「犯人像とは矛盾しないでしょう」田口が応じて志鶴を見る。「漂白剤の話は本当なのか？」

「増山さんに訊いたら、思い出しました。浅見萌愛の事件のあと、母親の文子さんから、漂白剤が切れたから、出勤のついでに買ってきてもらえないか頼まれたと。配達後だと疲れて忘れてしまうかもしれないと、朝刊の配達の出勤の際、コンビニで買い、そのまま職場まで持って行ったそうです」

「苦しい言い訳だな」

「事実です」

「問題は、裁判員がそう考えるかどうかだ」

「漂白剤を買ったのは、最初の事件が起きたあとの話ですが」

「二件目で使うために購入した――そうも考えられる」

田口はあえて検察側に立って想定される攻撃をシミュレーションしている。自らその役を買って出たのだ。

「文子さんへの証人尋問で、漂白剤の件は潰せばいいだろう」都築が言った。「④と⑤はくだらんな」
④は、犯行があったと思われる日の前日及び前々日の増山のパソコンのネット履歴から、増山が中学生の女子との性交渉、とくにレイプに関心を持っていたことを証明しようとするもの。
⑤は、増山が長年にわたり、小学生から中学生にかけての女子に性的関心を持ってきたことを証明しようとするもの。犯人性を示すことを補強する証拠ということだった。捜査機関は、すでにマスメディアへのリークという形で、増山の性的嗜好について世間に印象づけている。公判でもその線で駄目押しするつもりなのだろう。完全に想定の範囲内だ。
「次に、綿貫絵里香の事件――」

志鶴はパソコンを操作して画面を切り替えた。

綿貫絵里香の事件についても、検察官証明予定事実記載書に書かれていた証拠は、主に六つに分類できる。

①死体遺棄現場に残されていた煙草の吸い殻のＤＮＡ鑑定書及び増山のＤＮＡ鑑定書、さらに、吸い殻に付着していた血液のＤＮＡ鑑定書及び被害者のＤＮＡ鑑定書
②増山の供述調書及び取調べ録画映像
③実況見分調書及び引当捜査報告書
④星栄中学校でのソフトボールの試合の録画映像
⑤増山及び綿貫絵里香の携帯キャリアの電波状況に関する報告書
⑥増山が十六年前、星栄中学校に侵入して逮捕された際の警察及び検察の記録

綿貫絵里香の遺体のすぐ近くに、彼女の血が付着した煙草の吸い殻が二本、落ちていた。その吸い殻から検出されたＤＮＡは、増山のＤＮＡとほぼ一致する。このことから増山の有罪を証明するとしたものが①だ。

増山が警察官や検察官に強要され、耐え切れず、自分が犯人だという虚偽自白をしてしまった部分の供述調書や取調べ録画映像を、増山が犯人である証拠として示すというのが②。

③はその延長で、増山が、死体遺棄現場へ連れて行かれ、取調官に対し、彼らに誘導されるまま死体遺棄について虚偽の自白をした供述を証拠としようとするものだ。④は、増山と被害者である綿貫絵里香との接点を証明しようとするもの。生前の被害者が出場したソフトボールの試合を、増山がグラウンドの外から見ていたことが記録されている映像を証拠とする。

検察官の主張を読んでいる間ずっと、志鶴は歯がゆい思いだった。ソフトボールの試合を記録した映像には、増山だけでなく、グラウンドの外に停車した白いバンが映っている。後藤みくるは、生前の浅見萌愛から、トキオが「大っきな車」に乗っていると聞いていた。

この白いバン——トミタのネオエース——の運転席に座っていたのが、トキオである可能性は低くない。浅見萌愛は後藤みくるに、トキオの髪型を「チョンマゲ」だと語った。ネオエースの運転手をウィンドウごしに見た増山も「ヤカラっぽい」というその男性の髪型を「チョンマゲ」と志鶴に証言していた。

もしそうだとすれば、増山が行っていないという死体遺棄現場で、彼のＤＮＡが検出された煙草の吸い殻が発見された、今回の件での最大の謎についても説明がつくかもしれない。

「こっちもろくな証拠がないよなあ」と都築。「②はすでに、勾留理由開示期日でも証拠に残したように、捜査機関による虚偽自白の強要として任意性を争う。⑥は悪性格の立証で話にならん。⑤なんかお粗末極まりないよな。被害者のスマホのＧＰＳ情報を持ち出すのはいいとして、増山さんのスマホの位置情報を示す基準は、最寄りの基地局アンテナだってさ。半径何百メートルある？それで『同時刻に、犯行を行うに矛盾しないほど近くにいたことを証明する』って言われても困っちゃうよなあ。でもまあ、犯行に関する目撃証言や、有力な防犯カメラ映像がないことの裏返しとも考えられる」

「①の現場に残されたＤＮＡは極めて強力な証拠でしょう」

「そう思うかね、田口先生？」都築は挑戦的に目を光らせた。

「昔と違い、現在のＤＮＡ鑑定はほぼ間違いがない。ＤＮＡは絶対的証拠——これが裁判員の常識では？」

「はっはっは、絶対的証拠、ときたか」都築は、デスクの上に用意されたコンビニ菓子を取ると、包装をはがして中身を口に放り込んだ。「田口先生がおっしゃるとおり。みんな『科学的証拠』ってやつを盲信しすぎるんだ。アメリカでは『ＣＳＩエフェクト』って呼ばれてるが、警察の科学捜査班の活躍を描くドラマ『ＣＳＩ』が大ヒットした結果、陪審員が科学的証拠を確実なものとみなして安易に有罪認定してしまう傾向が増したんじゃないかなんて議論がある。中でもとくにＤＮＡ鑑定が絶対視されているとね。それはそれとして、ちょっと考えてみよう。死体遺棄現場で発見された煙草の吸い殻から検出されたＤＮＡが増山さんのものだった。そして、その吸い殻には被害者の血液が付着していた。まずそこまでを事実と仮定する。この証拠は、増山さんが殺人の犯人であるという要証事実を証明する力を持っているだろうか？」

「裁判員なら、十人いれば十人がイエスと答えるでしょう。彼らは司法試験の受験生じゃない」

「そうかな。ではなぜ検察は、煙草の吸い殻なんかじゃなく、被害者の遺体に残留していたはずの犯人のＤＮＡを証拠として請求しない？」

「――マスコミの報道では、遺体に漂白剤が撒（ま）かれていたと。鑑定できる状態のＤＮＡが、遺体から検出できなかったからでは？」

「ほーう、なるほど。漂白剤には、ＤＮＡを損傷する作用がある。これも件（くだん）の『ＣＳＩ』はもちろん、他の海外ドラマや映画でも題材とされ、それを参考に犯罪を犯す人間さえ出たという話だ。漂白剤を含む家庭用洗剤で血液の痕跡を消すと、ＤＮＡの検出が難しくなるという論文もある。ところで、なぜ犯人は遺体に漂白剤を撒いたのだろう？」

「もちろん、現場から自分のＤＮＡが検出されないよう――」そこで田口が言葉を切った。

「現場に自分が犯人であることを示す遺留物を残さぬよう、被害者の遺体に漂白剤を撒いた」都築が引き取る。「犯人はなかなか知的で、慎重な人物のようだ。だがその同じ人物が、たやすくＤＮＡが検出できる煙草の吸い殻を現場に残した？　それも、一本ならまだしも、二本も？　知的どころか、そんな間抜けな犯人が、漂白剤を撒くなんて思いつくはずがない。違うかね、田口先生――？」

都築の声が、法廷で弁論するときのように熱を帯びてきた。志鶴の胸の鼓動が高まる。

「ではなぜ犯行現場に、増山氏の吸い殻が？」

「そこだ」都築は二つ目の菓子を頬張り、ぽりぽり咀（そ）

嚼（しゃく）しながら考えた。「ずっとそこが引っかかっていたんだが、一番しっくりくる考えは、真犯人が偽装工作のため、何らかの方法で手に入れた増山さんの吸い殻を現場に残した、というものだな」

「それこそまるでTVドラマじゃありませんか」

「君はどう思う、川村先生？」都築が志鶴に訊（たず）ねた。

「はい――」都築が打ち出した仮説こそ、志鶴が飛びつきたい推論だった。だからこそ慎重に言葉を選ぶ。「私も、その可能性が高いと思っています。そもそもこの案件、増山さんを被疑者として逮捕・起訴したのは、警察や検察にとって無理筋だった――私はそう考えています」

「無理筋？」

「はい。証明予定事実記載書を見て、その確信を強めました」

「どういう意味だ？」

「田口先生は以前、検察は浅見萌愛の事件についてもクリティカルな物証を握っているかもしれないと懸念されていましたが、とんでもない。貧弱っていうのかな。薄っぺらいんですよ、検察官請求証拠が。普通の殺人事件ならもっとたくさん物証がある。最たるものは凶器です。一件目、浅見萌愛の事件は扼殺。でも、綿貫絵里香は『何らかの凶器で刺し殺され』たと報道されています。増山さんも取調官に、綿貫絵里香を刃物で刺し殺したと供述するよう強要された。ところがその肝心の刃物、凶器が物証として請求されていない。なぜか？　発見されていないからに決まってます。現場付近の大規模な捜索によっても、増山さんの家宅捜索によっても」

「浅見萌愛の衣服もだ」都築が指を立てた。

「そう、それもあります。浅見萌愛は、衣服をつけない状態で発見された。現場まで全裸で歩いて行ったはずがありません。殺害される直前まで、服を着ていたはず。でも検察官は、彼女が着用していたはずの衣服を物証として請求していない。なぜか？　綿貫絵里香殺害の凶器と同じように発見できていないからです――現場付近でも、増山さんの家でも。それだけじゃありません。犯罪の重要な証拠となるはずのスマホ本体も」

「増山氏が、それ以外の場所で処理した――」田口が言う。「検察はそう考えているのかもしれない」

トキオが持ち去ったのだ――「仕事の道具」らしきものも積んでいたという「大っきな車」で。

「どうやって処理したんですか？」志鶴は訊ねた。

「増山氏はスクーターに乗っていた。事件の都度、袋に詰めれば、衣服や凶器やスマホは運べる。捜索が及ばないと考えられる遠くまで」

「なるほど。自転車もですか？」

「自転車――？」

「綿貫絵里香は、自宅から星栄中学校まで自転車通学していた。犯行があったと思われる日も、部活が終わると自転車で学校を後にしている。これは、警察の取調官が増山さんに虚偽自白させる際そう言っていたので、間違いないでしょう。では、その自転車は？　もし捜査機関が入手していれば、間違いなく検察が証拠として請求するはず。しかし、されていない。なぜか？　発見されていないと考えるのが自然です。田口先生、自転車も増山さんがどこかへ運んで処理したとお考えですか――スクーターで？」

田口が黙り込む。

綿貫絵里香の自転車も、トキオが持ち去った。大型のバンなら、自転車を運ぶのも難しくなかったろう。

「二件の殺人について、警察は重要な物証を発見できていません。綿貫絵里香の事件については、増山さんに強要して虚偽自白を引き出した。もし増山さんが真犯人であれば、凶器を処理した場所についても口を割り、警察はその自白を頼りに凶器を見つけられていたはず。ところがそうなっていない。増山さんが真犯人ではないからです。考えてみてください。検察官は、われわれ弁護人と違って、捜査機関が手に入れた証拠をすべて見ることができるし、証明予定事実記載書には、その中から自分たちの主張を補強するのに都合のいいものだけをよりどりみどりに並べることができる。本来必要な手がかりが得られていないにもかかわらず、真犯人が撒いた餌にまんまと食いついて、警察と検察が無理筋の見込み捜査と起訴をしたんです」

トキオの存在を聞いたうえでのこじつけではない。約半年の間を置いて起こった、二件の殺人死体遺棄事件。警察はなかなか被疑者を絞れずにいた。そこへ、被害者の一人が通っていた星栄中学校に十六年前、ソフトボール部の生徒たちの制服目当てに侵入し、逮捕された増山淳彦の名が浮上する。任意同行をかけて事情聴取し、DNAを採取した。そのDNAが、二件目の死体遺棄現場で発見された煙草の吸い殻のものと一致。警察も検察も、すわ増山こそ犯人だと色めき立った。そうなれば増山を有罪にするため、遺体に漂白剤がかけられた矛盾を無視して一直線に突進するのが彼らだ。もし増山が真犯人なら、自白の強要により殺人まで認めてしまった綿貫絵里香の事件で、少なくとも綿貫絵里香の自転車の行方や、凶器について秘密の暴露がないことはおかしいのだ。

　トキオの存在を知る以前から、今回の検察の起訴は増山の虚偽自白とＤＮＡ証拠に依存した無理筋なものだと思っていた。虚偽自白の供述さえない浅見萌愛についてまで起訴したのは、輪をかけて不当だった。後藤みくるの話は、志鶴の疑念を裏づけてくれるものだったのだ。

「私も川村先生と同意見だ」都築が言った。「ケース・セオリーの大筋はそれでいこう。どうかな？」

　展開が想定外に早い。呼吸を整える。それがトキオであるかはさておき、真犯人は増山の他にいる。まずその点を都築と共有できるかどうか。今日の打合せではそれが最大の課題になると思っていた。

「私も——できればその線で行きたいと思っています」

　無罪推定の原則は、弁護人にとって最大の武器だ。が、依頼人の防御のため、他に真犯人が存在すると主張することはそれと矛盾しない。弁護人は真犯人の罪を糾弾し、裁きにかけるわけではない。

　田口は、志鶴と都築とを見比べ、ゆっくりと首を振った。「裁判員や裁判官が、そんな都合のいい話を信じるとでも？」

「それを信じさせるのが、われわれの仕事だろう」都築が答えた。

「正直なところを話してくれ、川村君」

　田口が別の案件で会議室を出ていき、二人きりになると、都築が言った。深みのあるまなざしがまっすぐにこちらの目を覗き込んでくる。志鶴は思わず身構えた。

「煙草の吸い殻は真犯人による偽装工作説、信じてるかね？」

「——はい」

「増山さんがそう主張したという話は聞いていない。世間でそんな話も出ていないようだ。君はなぜそう考えるに至った？」

　見透かされているような気がした。後藤みくるの顔が浮かぶ。

「論理的帰結です。ＤＮＡ以外の証拠については、さっき田口先生に話したとおり。ＤＮＡについても、都築先生と同じ推論の筋道をたどっていました」

「——そうか」

「はい」都築の目を見返す。

「それならいい。自分の推論に穴があったらまずいと思って確かめさせてもらった」

「私が先生に迎合したと思われたのでしたら、不本意です」

「いや悪かった。君がそんな人間じゃないのは、よく知っているつもりだった」

「網を打ちます」志鶴は言った。「漏れがあれば言ってください」

ノートパソコンにワープロソフトを起ち上げ、「1　被告人について」と打ち込んでいく。

　検察の主張を崩すストーリーの大筋が、志鶴と都築との間で一致を見た今、志鶴が欲しいのは、真犯人であるはずのトキオにつながる証拠だ。が、捜査機関がどんな証拠を持っているかわからない以上、この段階で絞り込むのは不可能だ。存在が推定されるあらゆる証拠を網羅するくらいのつもりで開示証拠請求をかける。

　事件に関係する「人・場所・物」をリストアップし、警察の犯罪捜査規範や、司法警察職員捜査書類基本書式例、検察官の事件事務規程といった捜査機関の規程から、捜査過程においてどんな証拠が作成されているかを推定し、証拠類型に当てはめ指定する。

「――とりあえず、検察官予定主張に対応する形で網羅的なリストはできました」志鶴は言った。

「あとは、真犯人をたぐり寄せる証拠だな」都築がコーヒーをすすった。

　星栄中学校で行われたソフトボールの試合を記録した映像は、テレビ報道でそのごく一部を観ただけだ。それ以外の部分に、トキオの車の可能性があるネオエースのナンバーが映っているかもしれない。ひょっとしたら、増山が捨てた煙草の吸い殻を拾うシーンも映っていたりしないだろうか。考えるだけでアドレナリンが湧いた。

「さっき君が田口先生に言ったとおり、証拠物について考えると真犯人は車を使っていた蓋然性が高い」都築が言った。「二件の殺人死体遺棄それぞれについて、警察は現場周辺の防犯カメラ映像を徹底的に調べているはず。もしかしたら怪しい車もあったかもしれない。だが、増山さんが被疑者として浮上した時点で、そうした証拠はすべて消極証拠として無視する方へ舵を切った。どうかな？」

「私も同じように推測しました。捜査機関が、論理的に考えれば当然疑うべきはずの車をある時点で外した理由も想像できます」

「ほう、何だね」

「まず、河川敷の死体遺棄現場周辺には、防犯カメラが設置されていませんでした。さらに、死体遺棄現場となった荒川河川敷は基本的に、一般車両の進入が許されていません。一般道から河川敷の道路の境には回転式の車止めゲートがあり、南京錠で施錠されているんです。イベントがあるときや、グラウンドの駐車場など週末や休日に開放されるゲートもありますが、事件前後の死体遺棄現場付近の河川敷道路、ゲートについては該当しません」

森元逸美を伴い最初に現場調査に臨んだときその事実を知り、インターネットなどで確認した。後藤みくるは、志鶴に会いに来た際、トキオが浅見萌愛と自動車の内部で性行為に及んでいたと話した。その後、志鶴が電話でみくるに確認してみると、車を停めたのは荒川の河川敷だったという。

ノートパソコンに、現場調査で撮影した、荒川河川敷の回転式車止めゲートや、回転軸の下部につけられた南京錠の写真を呼び出した。

「つまり——真犯人は、車止めゲートの鍵を自由にできる人物の可能性が高い、というわけか」

「はい。管轄は、荒川下流河川事務所。現場付近にいくつか出張所もあります」

「出入りの業者もかなりの数に上るだろう。南京錠の鍵なら、複製を作るのも難しくなさそうだな。警察がそこまで調べたかどうかはわからんが」

「請求かけてみます」志鶴はリストに付け加えた。

「それと、防犯カメラ映像。現場に一番近い車止めゲート周辺の防犯カメラ映像を、二件の事件について入手したい。証拠保全はかけたものの、警察には提出を断られた。そうだったな？」

刑事事件では、公判の前に限り、弁護人は裁判官に証拠保全を請求できる。捜査機関と異なり、捜査権限を持たない弁護人が証拠を集めようとしても、たとえば携帯電話会社などからは断られることが多い。証拠保全を請求すると、裁判所はその権限を使って弁護人の代わりに携帯電話会社などに証拠を請求する。警察が保管していると思われる証拠についても同様の手続が認められている。

「はい」しかし、裁判所による証拠保全に、拒否した場合のペナルティは定められていない。

「検察の顔色をうかがったのかもな。まあいい。防犯カメラの場所、ちゃんと教えてもらえるかな」

「一番近い車止めゲートは、左右の二ヵ所です」志鶴は、グーグルマップにゲートの位置を書き加えた作図データを開いた。「千住新橋側のものと、西新井橋側のもの。現場からの距離とアクセスを考慮すると、二ヵ所のゲートに一番近い防犯カメラは、それぞれ、東京都道４５０号新荒川葛西堤防線の、この二つの交差点のものになります」

　現場周辺の防犯カメラは、現場調査の結果をマッピングしてある。志鶴は二つの交差点が書き込まれた作図データを開き、現地で撮影した交差点と防犯カメラの写真も提示した。

　都築が身を乗り出してパソコンのディスプレイを見る。

「そうか。このカメラの位置だと、ゲートそのものは映らない。おそらく他に目撃証言もなかったので、警察も車の線を捨てた、と。だが、ゲートに接する道路を通過した車をチェックできる以上、われわれとしては執着する価値はある」

　志鶴は、二ヵ所の防犯カメラについて映像データその他の証拠をリストに追加する。もし映像が残っていれば、トキオの「大っきな車」――おそらく白いネオエース――は、そのどちらにも捉えられているはずだ。

「あと気になるのは目撃証言だな」都築が言った。「あれだけの大きな事件で大量の捜査員を投入したんだから、事件直後には大量の目撃証言があったはずだ。検察が増山さんに的を絞った時点で消極証拠として捨て去った中に、真犯人の目撃証言があったかもしれない」

「同意見です」キーボードに打ち込む。

「あとは携帯電話の通話履歴か」

「それと、ＬＩＮＥとインスタブックの履歴も。今どきの女子中学生ならアカウントを持っている可能性が高いですし、警察も当然捜査しているはずです」

　浅見萌愛はどちらもやっていた。だが、警察がＬＩＮＥ履歴を調べていたら、トキオの存在を感知していたはずだという疑問も拭えない。綿貫絵里香とトキオの間に同様の接点があったかどうかはわからない。が、ＬＩＮＥの履歴は、真犯人を示す決定的な証拠になりうる――少なくとも浅見萌愛に関しては。

「まずはそんなところか」都築がうなずいた。

　インターンをしていた頃、都築が志鶴に言った。公判前整理手続での類型証拠開示請求は、依頼人の防御のため全力を尽くし神経を研ぎ澄ませれば、圧倒的に不利な状況からも敵をあっと言わせる強力な武器を引き当てることも可能だ、と。

いまだ拘置所に身柄を拘束され、唯一の肉親である母親との面会も禁じられている増山の顔を思い浮かべ、志鶴は猛然とキーボードを叩(たた)いた。

2

「主文——」

静まり返った東京家庭裁判所の法廷に、裁判長の声が響く。

「一．甲事件原告・乙事件被告と甲事件被告・乙事件原告とを離婚する——」

志鶴は、当事者席の反対側、正面に座る天宮(あまみや)ロラン翔(しょう)子(こ)を見た。ハイブランドで身を固めた彼女が、余裕のある表情でこちらを見返す。

「二．甲事件原告のその余の請求を棄却する——」

裁判長の言葉で、天宮の美貌がさっとこわばり、その目が突き刺すように法壇に向いた。

志鶴の隣で、依頼人男性が裁判長と志鶴とを不安そうに見比べた。志鶴は彼に、安心させるよう、うなずきかける。

「三．乙事件原告のその余の請求を棄却する——」裁判長が続けた。

天宮がまたこちらを見、つんと顎を上げた。

裁判長は訴訟費用負担について告げると立ち上がり、さっさと控室に向かい、ドアの向こうへ消えた。

「ちょっと……えっ、どういうこと？」天宮の隣の女性が、動揺して声をあげる。「これってつまり——負けたってこと？　そうですか、天宮先生？」

「人聞きの悪いことおっしゃらないで」天宮が彼女に言う。「乙事件——相手方からのあなたに対する不貞行為による慰謝料請求は退けてみせましたよ」

「け、けど……あいつからの慰謝料は？」志鶴の依頼人を指さした。「財産分与は？　え？　え？　だって、もらえるって……？」

依頼人女性を見下ろす天宮の目が、あからさまに侮蔑をはらんだものになる。

「あなたは二つミスを犯した。一つ——反対尋問で、私に言われたとおりに答えなかった。冷静さを失ってまんまと相手の弁護士に乗せられ、失点した。二つ——係争中だというのに私の言うことを聞かず、欲望に負け、不貞相手との逢瀬に走った。それも一度ならず。私の言うとおりにさえしていれば望んだものを手に入れられたのに。この結果は自業自得——いえ、むしろ幸運だったと思われた方がよろしいわ」

天宮はそう告げると、さっと体を翻し、こつこつとヒールを鳴らして出口へ向かった。

残された女性は志鶴の依頼人をにらみつけ、それから志鶴を見た。三十六歳という年齢よりどこか幼く見える、どちらかといえばおっとりしたタイプの顔が凶悪に歪んだ。

「——お前のせいじゃん、人権ガー弁護士」憎々しげに言った。「女のくせに、女子中学生レイプして殺した男の弁護も平気でできちゃうサイコパスが、汚い手使ってあたしと彼氏パパラッチしたり、反対尋問でハメたりするから——ふざっけんなクソ弁護士！」

面と向かって誹謗中傷されているのに、不思議と気分は悪くない。志鶴は「行きましょっか」と依頼人男性を促し、まだ同じ場所でぶつぶつ言っている相手方女性をあとに、法廷を出た。

自ら不貞行為を働きながら、おそらくは代理人である天宮の入れ知恵で、夫に対し虚偽の精神的ＤＶによる離婚訴訟をしかけてきたのが彼女だ。夫の代理人となった志鶴は、反対に不貞行為で妻を訴えるという戦術を取り、探偵を使って証拠を押さえた。甲事件が妻による訴訟、乙事件が夫による訴訟。二つを併合して審理することになった。

「いっやー、ありがとうございました、川村先生！」エレベーターに乗ると、依頼人が晴れ晴れした表情で言った。「一時はどうなるかと思いましたが、要は痛み分けでチャラ、っていう判決ですよね。裁判官もわかったんだなあ、あいつが嘘つきだって。こっちの訴えは本当だから悔しいっちゃ悔しいけど、最初からべつにあいつから慰謝料取ろうとか考えてなかったし、嘘のＤＶで金取られるのだけは我慢ならなかったんで。あんなひどい女と手切れ金もなくすっぱり別れられて、俺的には超ラッキー。先生のおかげです！」

「いいえ、こちらこそありがとうございます」

志鶴がそう答えると、依頼人は一瞬不思議そうな顔をした。

依頼人の期待に応えることができたのもうれしいが、天宮ロラン翔子にあんな顔をさせてやれたことが個人的に快感だった——とはさすがに口に出せない。

裁判所を出る。朝からの雨は降り続いていた。七月の中旬も終わろうとしているがまだ梅雨が明ける気配はない。依頼人と別れたところでスマホが鳴った。森元逸美からだ。

「増山さんの件、回答出たよ——類型証拠開示請求の」

ブルーレイディスクをトレイに載せデスクトップパソコンに挿入。息をこらして画面を見つめる。星栄中学校で行われたソフトボールの試合映像。三脚で固定されているらしきカメラは、ホームベースの背後からグラウンドを捉えている。

志鶴が注視していたのは画面左手、三塁側ファウルラインに沿ったフェンスの向こう側だ。映像を三倍速で早送りする。何台かの車が道路を行き交ったのち、やがて、ターゲットの車が向こうから走ってきて通り過ぎ、画面から見えなくなった。通常速度に戻して巻き戻す。白いバン。トミタのネオエースだ。

画面に入ってきたところからスロー再生する。運転席のフロントウィンドウごしに男性とおぼしきドライバー——映像を一時停止して目をこらした。面長の男性に見えるが、それ以上は距離と画素の限界もあって判然としない。ふたたびスロー再生。車は、画面の左手へと見えなくなった。その間ずっと、ナンバープレートはフェンス下部のブロックに隠れたままだった。

ソフトボールの試合は、一時間半ほどで終わった。念のため最後までチェックしたが、向こうからこちらへ走ってきたネオエースはさっきの一台きり。ネオエースのしばらくあとに、やはり向こうからこちらへ向けて走ってくるスクーターが映っていた。

ヘルメットをしていたが、体形などから、運転しているのは増山だとわかった。スクーターも画面の左手へ見えなくなった。ホームベースの斜め後ろに設置された固定カメラの映像では、増山も、白いバンもちゃんと確認することはできない。ネオエースと増山のスクーターは画面の外に停まっている。

駄目だ。

結局、ネオエースのナンバープレートを確認することはできなかった。

ディスクを取り出し、別のものと入れ替えた。このディスクにコピーされているのは、同じ試合を別アングルから撮影した手持ちカメラの映像だ。こちらは固定カメラと異なり、試合を通して撮影していない。同じデータの中に何度も中断があり、場面が飛んでいた。星栄中の守備を中心に撮影しているようだ。カメラの位置はホームと一塁の間。同じように三倍速で再生していると、画面に突然ネオエースと、その前に停まったスクーター、そしてその傍らに、ヘルメットを脱いで立つ増山が出現した。再生を停め、巻き戻す。

増山らが突然出現したように見えた理由がわかった。ネオエースも増山のスクーターも、星栄中学校の攻撃中に停車したので手持ちカメラが回っていなかったのだ。ニュース映像で使われ検察が請求した証拠は、この部分の映像だった。

このイニング中に、増山は喫い終えた煙草を一本捨てた。そのあとスリーアウトになり、映像が途切れた。次の部分が始まったとき、増山の姿は消えていた。ネオエースも。前のイニング、星栄中学校の攻撃中にその場を離れたに違いない。

カウンターの時刻を見ながら映像を進めると、志鶴の推理は裏づけられた。くそ——現場を離れる前、トキオは増山が捨てた二本の吸い殻を拾ったはず。だが、その瞬間は記録に収められていなかった。ネオエースのナンバーが映っている映像もなし。トキオの顔もよくわからない。

大きなため息が出た。

映像記録からトキオに迫るのはあきらめるしかなさそうだ。期待が大きかっただけに、落胆も激しかった。

デスクの周囲に積み上げられた段ボール箱を見下ろす。志鶴と都築が請求したものに加え、田口が独自に請求した証拠もある。

類型証拠の開示を受けると、今度は弁護側に、検察官請求証拠に対する意見と公判での予定主張を明示する義務が生じる。膨大な証拠の中から、弁護側のケース・セオリーを成立させるものを選び抜かなければならない。

真っ先に試合映像をチェックしたが、本番はこれからだ。

大半は割り振られた事務所案件だが、民事・刑事合わせて常時三十件近い事件を抱えている。増山の事件だけに時間を割くわけにはいかない。都築の事務所は刑事事件に特化しており、所長である都築は志鶴と違って仕事を選べる立場にある。自分がボトルネックになって弁護活動を遅らせる事態は避けたいが、難しそうだ。

志鶴と都築の間で基本的な戦略は決まった。検察官が請求する証拠は可能な限り法廷に出されないよう防ぐ。それでも顕出された証拠は――すべて弾劾してぶっ潰す。田口にも報告した。

「一番厄介なのはＤＮＡだな」田口が指摘した。

検察官が公判で証拠として請求する予定であるＤＮＡ鑑定書についてはすでに開示を受け、志鶴も目を通していた。

「鑑定試料の管理・保管、鑑定方法、鑑定結果の表示・考察、すべて問題ありません――残念ながら。増山さんは任意で対照試料の採取に応じました」

「証拠収集にも違法性はないと。鑑定人は？」

「警視庁の科捜研の鑑定技術職員。認定書ホルダー」

ほとんどの刑事事件のＤＮＡ型鑑定は科警研か科捜研、つまり警察の機関で行われている。科捜研の鑑定技術職員は、科警研の研修所で所要の研究課程を修了し、ＤＮＡ型鑑定資格認定書の交付を受けた者でなければＤＮＡ型鑑定はできない。鑑定書の鑑定人の欄に認定書を持つ有資格者であることが付記されていた。

「鑑定過程の欠如は？」

「ありません」

「作業メモ」

「ありました」

「検査日時と鑑定嘱託日の整合性は？」

「エレクトロフェログラムの印字日時は、嘱託日の一週間後」

「問題なさそうか」

ＤＮＡ型等の鑑定は一つの試料ごとに現場から鑑定人へ鑑定嘱託がなされる。通常、嘱託から一週間程度で鑑定結果が出るが、冤罪（えんざい）事件では嘱託日から鑑定結果が出るまでに六ヵ月など不自然に長い時間が空いたりする。そうした場合、他の証拠と辻褄（つじつま）を合わせるため様子見をしながら鑑定を行っていたという捜査機関による不正を疑うことができる。

「再鑑定の余地は？」

「残余試料があるから、可能です」

「陽性対照・陰性対照は？」

「実施されてます」

試料を残さず使い切る全量消費では再鑑定を行うことができないので、鑑定結果に求められる再現性の条件が満たされないとして証拠の適正さに異議を唱えることができる。陽性対照・陰性対照は、鑑定試料や機器が汚染されておらず正確に働いているかを確認する作業だ。これを行っていない場合も、鑑定結果に疑義を差し挟む余地がある。

「――弾劾するのは難しそうだな」田口の言うとおりだった。

一人になると、志鶴は開示請求した証拠の確認をした。

類型証拠として検察官に開示請求した証拠のリストと開示された証拠とを突き合わせて漏れがないかを確認し、実際に開示された証拠、該当する証拠なしと回答されたものについてはそれに合わせてリストを修正する。類型証拠開示請求と並行して交付を請求していた検察官保管の証拠一覧表とも突き合わせる。

検証した証拠は、相弁護人である都築賢造ともクラウド上で共有している証拠リストのデータに概略、評価などのコメント欄を各人分設けていた。証拠リストを更新し、田口のコメント欄も追加して、書き込むよう頼んだ。

志鶴は、二件目の事件について、被害者の発見後から捜査機関によって作成される書類等に時系列に沿って目を通しはじめた。

犯罪死体が発見されると警察官は警察署長に速やかに連絡するよう検視規則で定められている。警察署長もその上の警察本部長に連絡することとなっている。管轄する地方検察庁にも通知しなければならない。検察官の権限に属する検視を行うためだ。この段階で検察の事件担当事務官が「変死体発見受理報告書」を作成する。警察から変死体等発見報告書を受理した状況と、それに対する指揮の状況等が記される。

通常の事件では所轄署の刑事などが検視を代行することもあるが、綿貫絵里香の事件では検察官が自ら臨場して警察医立会いの下、検視を行った。東京地検刑事部に所属する捜査検事・岩切正剛（いわきりせいごう）。取調べで増山から綿貫絵里香の殺害について虚偽自白を引きずり出したやり手の検察官だ。志鶴は岩切が作成した「検視調書」を手に取った。

検視を行った日時（二月二十一日午前八時半頃）、立ち会った医師の氏名の他、検視後に明らかになったであろう「死者」綿貫絵里香の氏名住所等も記されている。「推定される死亡年月日時」は二月二十日午後六時から午後十時頃。「所持金品」の欄は「なし」となっていた。「検視時の死体の状況」には、「口唇、両手首、膣（ちつ）内部及び周辺の粘膜、皮膚に化学熱傷と思われる損傷」という文言があった。紙をめくると、現場で撮影されたカラー写真が印刷されたページが現れた。

紺のブレザーとスカート姿で仰向けに倒れている綿貫絵里香の遺体写真だ。ニュースで観た生前の写真の美しい面影とはかけ離れている。胸が締めつけられた。スカートを脱がせて剝き出しにした下半身の写真が現れた。陰部とその周辺の臀部や大腿部、下腹部の皮膚はただれたように赤くなり、腫れているようにも見えた。自分の呼吸が荒くなるのがわかった。いったん視線を上げ深呼吸した。

調書に戻る。医師による「検案の結果による意見」には「死因は、複数箇所への刺器損傷による腹部からの大量出血による失血死と推測される」とあった。

書類を読んでいるだけで息が詰まりそうになる。起訴前、志鶴は一度岩切本人と直接対峙した。岩切はその場で、むごたらしく命と尊厳を踏みにじられた綿貫絵里香の理不尽な死を悼み、犯人への激しい憤りを志鶴にぶつけてきた。この事件の犯人は「俺たちでもめったにお目にかかることのない、胸糞が悪くなるような外道中の外道」だとも。

その義憤は志鶴にも理解できる。だがそれが増山の起訴という結果的に誤った方向へと岩切を駆り立てる原動力になったのも事実だ。

遺体発見現場では岩切による検視と並行して足立南署の警察官による現場見分、鑑識課員による採証活動も行われていた。鑑識課員が足跡や遺体近くにあった煙草の吸い殻二本等の試料を採取したことが最後に書いてあったが、他に、凶器等めぼしい遺留物についての記載はなかった。

「司法解剖に関する鑑定書」には、化学熱傷のため判別できない部分もあったが、綿貫絵里香の遺体には死の直前に性交を行った痕跡があったと書かれていた。

綿貫絵里香は、真犯人と性交渉を持った直後——本人の意思によるかどうかはわからない——衣服の上から鋭利な刃物で複数回腹部を刺され、その傷が原因で死亡した。犯人は彼女を正面から刺した。が、彼女の手や腕に防御創はなかった。鑑定によれば、顔の右側、顎近くについていた痣は「手拳等の鈍器による損傷で生じた内出血」である可能性が高い。血液中から薬物等は検出されていない。犯人は彼女を殴って脳震盪を起こして気絶させ、抵抗する力を奪ったうえで殺害したのかもしれない。

志鶴は、警察が作成した「遺留物・微物の採取報告書」とそれに対応する、科捜研技官が作成した「鑑定書」を調べた。綿貫絵里香の糜爛した部分の皮膚を採取して鑑定したところ「次亜塩素酸ナトリウム」が検出されたとあった。塩素系の漂白剤に含まれる成分だ。浅見萌愛の遺体が発見された当時の報道とも矛盾しない。

消毒にも使用される次亜塩素酸ナトリウムは、二重鎖構造を持つＤＮＡの水素結合を断ち切って組織を分解する。ＤＮＡ鑑定で試料の混入による汚染（コンタミネーション）を防ぐため実験器具の洗浄にも使われる化学物だ。綿貫絵里香と浅見萌愛を殺した真犯人は、その性質を利用して自らのＤＮＡの検出を防ぐため、二人の遺体に漂白剤を撒いたと考えられる。

浅見萌愛の事件で彼女の糜爛した皮膚から検出されたのも次亜塩素酸ナトリウムだった。彼女の膣内残留物も鑑定にかけられている。が、次亜塩素酸ナトリウムに汚染され、ＤＮＡは検出不能という結果だった。

犯人が萌愛の膣内に漂白剤を撒いたのは、そこに自らのＤＮＡが残っていたからという可能性が高い。おそらく殺害する前に彼女と性交渉を持ったのだ。だが全裸で発見された浅見萌愛の皮膚や粘膜には綿貫絵里香よりはるかに広範囲に漂白剤が撒かれており、犯人の遺留ＤＮＡを検出することはできなかった。

そのことを思い出しつつ、綿貫絵里香の事件で作成されたもう一通の鑑定書を手に取って読み進めるうち、志鶴は次第に目を見開いた。「鑑定書」というそっけない表題の鑑定書には、「鑑定資料」として——警察の書類では鑑定対象は「試料」ではなく「資料」と表記される——「1　血液（被害者の遺体から注射器により穿刺して採取したもの）若干」「2　遺留物（被害者の遺体膣内から採取したもの）若干」とあった。ここまでは浅見萌愛の鑑定書と同じ。

だがその先は違う。「鑑定経過及び結果」の項目に「資料1、2について、ＤＮＡを抽出、精製し、アイデンティファイラープラス検査キットを用いてＤＮＡ型鑑定を行ったところ、下表に示すとおりに型検出された」と書かれていたのだ。

息を呑んだ。つまり、綿貫絵里香の膣内残留物から、彼女のものともう一人、別の人間のＤＮＡ型が検出されたということだ。

資料1・綿貫絵里香の血液から採取したＤＮＡからは当然彼女一人分のＤＮＡ型しか検出されていない。一方、資料2・彼女の膣内残留物からは、資料1で検出された彼女自身のＤＮＡと一致するＤＮＡ型の他に、もう一人別の人間のＤＮＡ型も検出された。ＳＴＲローカスの表からも、添付されたエレクトロフェログラムからもその結論が確認できる。二人分のＤＮＡが混在する混合試料ということになる。

つまり――

真犯人のＤＮＡで間違いない。添付写真を見ると試料は白濁した液体状のもの――精液と考えられる。漂白剤によって分解されていない部分が運よく鑑定にかけられ、混在する被害者の膣内液と共に検出されたのだ。

そして――綿貫の膣内から検出された人物のＤＮＡ型は、増山のＤＮＡ型とは一致しない。

志鶴は右手の拳を強く握り締めていた。

ＤＮＡ型鑑定の結果が出たのは、現場に落ちていた吸い殻の方が早い。それでも当初は、被害者の膣内から検出されたＤＮＡ型も捜査機関にとって有力な証拠だったはず。だがその後、増山のＤＮＡ型が煙草の吸い殻のそれと一致した時点で、膣内残留物から検出されたＤＮＡは消極証拠として無視されたのだろう。類型証拠開示請求をかけていなければ、この証拠は闇に埋もれたままだった。

検察の主張に真っ向から対抗できる、とんでもない武器だ。そう確信したとき、スマホが鳴った。都築だ。

「もし――」

『見たかね、川村君、あのＤＮＡ型鑑定書――⁉』都築賢造は高揚していた。『増山さんは潔白だ。真犯人は別にいる！』

「あっ、はいっ、ちょうど今――！」

開示された証拠の謄写一式は都築の事務所にも届いている。早速目を通したのだろう。

『勝てる。われわれは絶対に勝って増山さんを冤罪から救う！　より一層気合い入ったな、川村君？』

「は――はいっ！」

『用件はそれだけだ。君に準備ができ次第、一刻も早く予定主張のすり合わせをしよう。では――！』

3

八月六日。

東京地裁の法廷に、裁判長を始めとする三人の裁判官と書記官、三人の公判担当検事、志鶴、都築賢造、田口司の三人の弁護団の他、被告人である増山淳彦本人も初めて出頭していた。

公判前整理手続期日には被告人も出頭することができる。志鶴は増山の意思を確認したうえ、最初の出頭では人定質問と黙秘権告知がなされることをあらかじめ伝えてあった。増山は不安そうな顔をしたが、取調べのようなことは行われず、基本的に裁判官、検察官とのやり取りは弁護人である自分たちが行うと告げると表情が和らいだ。何より増山を安心させたのは、公判を担当する三人が捜査段階で取り調べた岩切とは異なる検察官であるという事実だった。

被告人が出頭する場合、会議室ではなく法廷で期日が持たれる。拘置所から護送されてきた増山は腰縄を打たれ、二人の刑務官に挟まれて弁護人席の前のベンチに座った。

「では、第一回公判前整理手続期日を始めます」法壇上で裁判長の能城武満（のしろたけみつ）が告げた。

総白髪で、猛禽類（もうきんるい）のくちばしを思わせる鼻にかかった小さな眼鏡の奥の瞳が志鶴たちを冷厳に見下ろしている。

「弁護人、検察官請求証拠について証拠意見を述べるように」

立ち上がった都築の目は正面に向かい合って座る三人の検察官に向けられていた。検察官たちも都築を見返した。がらんとした法廷に緊張感が満ちていく。

「裁判長が今言ったように――」都築が切り出した。「刑訴法316条の16第1項によれば、証明予定事実記載書面が出され、かつ検察官請求証拠及び類型証拠が開示されたあと、被告人又は弁護人は検察官請求証拠について意見を明らかにする義務がある。だがそもそも刑事訴訟法の根本的な目的とは何だろう？ 国家機関による刑事手続の進行を厳格に規律し、個人の基本的人権の侵害を防ぐことだ。その本質に立ち返って検察官に申し入れる――今からでも遅くない、増山さんに対する起訴を取り下げるべきだ」

三人の検察官の顔に驚きが生じた。

「ちょっと感動しました」一番若い青葉薫（あおばかおる）が、栗色のマッシュルームカットの下で目と口を丸く開いた。「公判前整理手続からこうやって揺さぶりをかける。これが〝刑事弁護界のレジェンド〟のやり方ですかー」

苦笑したのは最年長の蟇目繁治（ひきめしげはる）だった。「どうすんだ世良（せら）」

「真面目にやってもらえませんか、都築弁護人」中堅検事の世良義照（よしてる）が颯爽（さっそう）と声を張った。「事案の真相の解明こそ、刑訴法のまず第一の目的だ。適正手続（デュー・プロセス）の保障もそのためのもの。真相解明をないがしろにして適正手続のみを訴えるなど本末転倒。刑訴法の本質を都合よくねじ曲げないでもらいたい」

「──起訴を取り下げるつもりはないと？」都築が言った。

「当然です。われわれ検察官がそんな軽い気持ちで公訴提起していると思われたなら心外極まりない」

「起訴したのはおたくらじゃない。だがもし起訴した検事が間違っていたとしても、あなたたちなら誤りを正すことができる。それとも公判担当検事は捜査担当検事に頭が上がらず、一度起訴されたらどんなに筋悪の案件でも死に物狂いで有罪判決を勝ち取らないとバッシングされるしきたりでもあるのか、検察庁には」

「ひどい侮辱──あっ、これも挑発!?」青葉がはっとしたように手を口に当てる。

「もう一度言います。われわれは起訴を撤回しない」世良が断じた。

都築はゆっくりと相対する三人を眺め渡した。

「そうか。では一つだけ教えてくれ──本気で信じているのか、増山さんが有罪だと？」

検察官たちは沈黙した。

「質問に答えてもらえませんか、世良検察官」都築は世良を見た。

「われわれを挑発して何の意義が？」世良は感じのよい笑みを浮かべた。「被告人へのやってる感アピールですか。無駄な時間稼ぎは逆に苦痛を増すだけだと思いますが」

世良は増山に視線を向けた。増山の顔が紅潮する。

「弁護人──」鋭く発したのは裁判長の能城だ。「ただちに検察官請求証拠について証拠意見を述べなさい！」

「パフォーマンスでも駆け引きでも何でもない」都築は能城を無視して世良に訴える。「弁護人とか検察官とかそういう立場の話じゃなく、同じ法曹の人間の一人として訊いてるんだ。君たちはまさに今自ら冤罪を生み出そうとしている──わからないのか、本当に？」

「弁護人！」能城がさえぎった。

都築と世良がにらみ合う。青葉が都築から志鶴へと視線を移してきた。志鶴は殺気を込めて見返した。青葉の顔に挑発的な笑みが浮かんだ。

都築は書記官に目を向けた。「記録してるか？」

「え……」いきなり水を向けられた男性書記官は動揺した。

「これまでのやり取り、すべてちゃんと記録してるか訊いている」

「は——はいっ」書記官が気圧されたように答えた。

都築がまた検察官の方を向く。その全身から怒りが炎となってゆらめき立っているのが志鶴には見えるような気がした。都築はゆっくりと息を吐いた。

「証拠意見を述べてやる。まず第一の事件。①浅見萌愛さんの死体の見分調書等について——これを証拠とすることに異議を述べる。裁判所に証拠請求の却下を求める」

「その根拠は？」能城が言った。

「自然的関連性——証明しようとする事実の存否を推認させる最小限度の証明力を欠いており、証拠として参加する資格を持たない」

「どの点についてそう判断する？」

「検察官は、被害者の遺体の扼殺の圧迫痕から増山さんの犯人性を立証するとしているが、その根拠として両手の圧迫痕のうち左手の方が強く圧迫されているので犯人は左利きと推測されるとし、同じく左利きである増山さんの犯人性を示そうとしている。それを補助する証拠、たとえば指掌紋は存在しない。左利きの人は世界中で約十パーセント存在すると言われている！」

「検察官の意見は？」

「お答えします」世良が言った。「証明予定事実記載書にも記載したとおり、一件目の事件については直接証拠立証型ではなく間接証拠立証型の証拠構造により有罪を立証しようとしています。犯人が左利きであり、被告人も左利きであるという事実は直接的に犯人性を立証するものではなく、犯人と被告人との特徴が合致することを証明するものです」

「それでもだ」都築が応じた。「犯人が左利きであり、増山さんもそうだという事実は間接証拠としても、間接事実に対して厳格な証明を満たす証拠としての力を到底持ち得ない」

「それはここでなく、裁判官や裁判員に公判廷で判断してもらうべきことでしょう」

「裁判員裁判だからこそ絶対に法廷に出してはいけない証拠なんだ。裁判官は採用せず請求を却下すべきだ」

志鶴はまるで自分が直接世良や能城と対決しているかのように息を詰めていた。

能城は表情を変えずに都築を見下ろしたまましばらく沈黙していたが、口を開いた。「——裁判所は検察官の請求については却下しない」

世良が口の端を上げるのが見えた。

「——ならば不同意だ。関連性がないとして却下を求める」都築が憤然と言った。その他についても都築は請求の却下を求めた。

「弁護人」能城がさえぎった。「何でもかんでも不同意にしておけという態度では、いたずらに公判で尋問すべき証人が増え、裁判を長期化させるおそれがあると注意する」

　検察官が請求した書面や供述証拠に被告人あるいは弁護人が同意すると同意書面となり、法廷に証拠として提示されることになる。しかし不同意とした場合、書面の供述者が公判期日で証人として尋問を受け、書面が真正に作成されたと証言することで証拠として採用されるものもある。

「何か問題でも？」

「わからないのか。職業的裁判官でない裁判員の負担が増す」

「寝ぼけたことを——増山さんは人生がかかってるんだぞ！」都築は増山を手で示した。「あんたら裁判官がほいほい勾留を認め、意地悪く接見禁止を解かないでいるからすでに五ヵ月近く不当に身柄を拘束され、たった一人の肉親であるお母さんにも会えずにいる。このうえまだ彼の人権を踏みにじるつもりか。それとも、人から公正公平な裁判を受ける権利を奪うのが職業的裁判官の仕事だとでも言うつもりか？」

　能城の口の端が緩んだように見えた。

「次、二件目の事件」都築が言う。「①死体遺棄現場に残されていた煙草の吸い殻と増山さんのＤＮＡ型を比較した鑑定書、及び、吸い殻に付着していた血液と被害者の血液のＤＮＡ型を比較した鑑定書。これについては、証拠そのものの自然的関連性は否定しないが、証拠を取り調べることによってその証明力の評価を裁判員に誤らせるおそれがあるので排除を求める」

「検察官、意見は？」能城が世良を見た。

「ちょっとびっくりしています。自然的関連性も否定されるものとばかり思っていたので——」

　世良の軽口に、青葉がにこっと微笑み、藁目が「ぐふふ」と笑った。

「この証拠は、直接証拠型証拠構造を持つ二件目の事件につき、主要事実である犯罪構成要件該当事実と犯人性を立証する直接証拠である自白供述を補助する増強証拠であると同時に、この証拠自体が直接、犯人性を立証する間接事実を証明する情況証拠となっています。弁護人の意見には同意できません」

浅見萌愛の事件で利き手について弁解したときより余裕が感じられた。ＤＮＡ型鑑定は強力な科学的証拠だ。増山の自白という直接証拠を申し分なく補強している。のみならず、増山が犯行現場にいたことを強く推認させる力も持つ、という主張だ。

「裁判所は請求を却下しない」能城が言った。

「なら不同意だ」都築はあっさり応じた。

煙草の吸い殻のＤＮＡ型鑑定書の請求を阻止するのは現実には難しい。法廷に顕出されてしまったことまでを想定して対応策を考えるべきであり、その場合、こちらの切り札である綿貫絵里香の膣内遺留物のＤＮＡ型鑑定書を活かすために最大限利用する方向へ舵を切る——志鶴と都築の意見は一致していた。

「②増山さんの供述調書及び取調べ録画映像。これについては証拠禁止による排除を求める」

「根拠は？」

「適正手続を要請する日本国憲法31条の注意的規定である38条2項——〝強制、拷問若しくは脅迫による自白又は不当に長く抑留若しくは拘禁された後の自白は、これを証拠とすることができない〟及びそれを受けた刑訴法３１９条1項。増山さんが自己に不利益な事実を承認してしまったのは、取調官に抑留・脅迫・強制された結果であり、これを記録した供述調書及び取調べ録画映像は違法収集証拠として排除されるべきである」

「検察官」能城が世良を見た。

「はい。弁護人は今、問題となった証拠に違法収集証拠排除法則を適用しようとしていますが、まさしく弁護人が示したように、憲法及び刑訴法は特別に規定を設けて自白の証拠能力に厳しい規制——自白法則——を設定していることを考えると、自白の証拠能力はその範囲で否定するのが法の趣旨であると解するのが自然であって、それを超えて違法収集証拠排除法則を自白にも適用しその証拠能力を否定できるというのは根拠として不十分であると考えます。もし証拠能力について争うのであれば、自白の任意性を争点とすべきでしょう」

「証拠の内容に立ち入るわけではないが——」能城が引き取った。「当裁判所も自白に違法収集証拠排除法則を適用するのは適当でないとする立場であり、排除法則による証拠禁止は認めがたい。よって、裁判所は検察官による証拠請求の却下はしない」

「裁判所っていうかあんた個人の立場だろう。一人称の使い方からして卑怯なんだよあんたらは。では供述調書については不同意とする。だが、取調べ録画映像記録についてはあくまで請求の却下を求める」

「増山さんの自白部分が映っている取調べ録画映像媒体の証拠調べだけは、公判前整理手続の段階で何としても阻止しておきたい」打合せの席で都築はそう語った。

志鶴は深くうなずいた。

検察側が証拠請求した増山の取調べ録画映像を視聴した。数多くの冤罪を生んだ捜査機関による密室での被疑者・被告人への人権無視の取調べは、その過程が録音・録画されるようになれば改善されると信じていた弁護士は多かった。が、いざ導入されると新たな問題が生まれた。録音・録画記録媒体が実質的に証拠として法廷に出され、裁判官や裁判員がそこでの被疑者・被告人の供述の内容がたとえ強制されたものであっても事実と判断し、有罪心証を形成しやすくなることがあるのだ。

栃木小一女児殺害事件、通称「今市事件」では、別件逮捕され取調べで犯行を自供した被告人は公判では否認に転じ、自白は取調官に強要されたものだと主張したが有罪判決を下された。判決後の会見で裁判員は口々に「取調べ映像で有罪を判断した」と語った。この一審では被告人が犯行を自白する部分を含め約七時間もの取調べ録画映像が証拠として採用され、他に有力な物証が存在しなかったにもかかわらず、それが被告人の自白の任意性を裁判員らに信じさせ、有罪認定させる決定的な証拠となったのだ。弁護団は控訴し、控訴審では一審の判決が破棄されたものの、新たに下された判決も同じく無期懲役だった。

今市事件を冤罪と疑う刑事弁護士は少なくない。志鶴もその一人だった。

「その根拠は？」能城が都築に訊ねた。

「捜査段階の供述により増山さんへの不当な偏見を生じさせるうえ、時間の空費という弊害の方が証拠価値をはるかに上回り、法律的関連性も必要性も欠くものだからだ。あんたは証人尋問に対して裁判員の負担を増すと批判した。だが実質証拠化される取調べ録画映像記録は五時間分以上も請求されているんだぞ。貴重な公判期日の五時間以上、裁判員に取調べ上映会を強いるのは負担じゃないってのか。それで公正な判断をしていると言えるのか。さっきからずっとだんまりの右陪席と左陪席に訊きたい。裁判長のこの態度を公正中立だと思うか？」

　能城の左右に座る男女の裁判官はぎくっとしたように見えた。が、能城ににらみつけられ無言を貫いた。

「なるほど。おっかないボスには逆らえないってか」都築が言った。「ご立派な法服に恥ずかしくないのか、それで。上司の顔色うかがって身過ぎ世過ぎするつもりなら最初から司法試験なんか受けずに会社員にでもなってろよ！」

　右陪席の女性と左陪席の男性の顔が紅潮した。

「かっこいい〜」青葉が冗談とも本気ともつかぬ口調で言い、くるんとカールしたまつげを上下させた。

「裁判長に提案する」都築が発した。「公判で増山さんへの被告人質問を先行させてほしい。そこで供述の存在、内容や経緯を供述してもらえば証拠調べの必要はなくなるはずだ」

「検察官、意見は？」能城は世良に振った。

「もしそうなれば、取調べ録画映像記録を補助記録として取調べ請求します」

「それでも裁判員の心証形成は実質証拠にした場合と何も変わらない！」都築がすかさず今市事件の判例を引用した。

　取調べで被疑者被告人が「自白」する場面さえ裁判員に見せることができれば、検察側が有罪心証を得るのはたやすいという主旨のものだ。

　都築は裁判官を見渡した。

「今市事件控訴審のこの判決文は、被告人質問で自白の存在や概要が明らかになったとして、録音録画記録媒体の取調べの請求を却下した原審の決定に合理性があるという判断を下している。あんたらと同じ裁判官が書いた判決文だ」

　法廷に緊張をはらんだ沈黙が満ちた。じっと能城を見つめる増山の手が——公判前整理手続期日中、手錠は外される——祈るように組み合わされるのを志鶴は見た。

「弁護人の言葉にも一理あることは認めざるを得ない」能城が口を開いた。「取調べ録画映像を五時間以上も再生することは、裁判員にとって大きな負担になる可能性が高い。裁判員のために証拠の整理は必要だろう。検察官、請求する取調べ録画映像、もっと短くすることは可能か？」

「……嘘、だろ」増山が愕然（がくぜん）とつぶやくのが聞こえた。

　世良が他の検察官二人と顔を見合わせてから、うなずいた。「可能だと思います、裁判長！」

「ではその方向で。裁判所は請求を認める。弁護人？」

「――不同意だ」都築が唸るように答えた。

志鶴の両肩は怒りにこわばった。検察官たちの顔には余裕の表情が浮かんでいる。

「弁護人。どうした、続けなさい」能城が都築を促した。

続く二つの証拠に対し都築は不同意とし、その次の証拠に対して請求の却下を求めた。最後は⑥増山が十六年前、星栄中学校に侵入して逮捕された際の警察及び検察の記録。「悪性格の立証」として排除を求めた。

これらの証拠についての採否決定は、公判前整理手続が終結するときに明らかにされるのが普通である。

「では、本日の公判前整理手続を終わります」能城が告げ、裁判官たちはそそくさと背後のドアへ消えていった。

「さすが都築先生、公判前整理手続でも迫真の雄弁、楽しませてもらいました」デスク上の書類を風呂敷包みにまとめながら、青葉が言った。「いやあ、ほんと素敵でした～」

「お前、何でそういう台詞、お世辞でも上司の俺には言わないわけ？」蟇目がからんだ。

「えーとそれ、ガチで答えていい質問ですか？」

青葉に真顔で問われた蟇目は渋い顔で修習同期である田口の方を見た。

「聞いたか？　ったく、今どきの若いやつは、社交辞令ってもんを知らねえから、かわいくないよなあ」

ずっと沈黙を保っていた田口は鼻白んで蟇目の言葉を無視した。

「世良さん！」志鶴は立ち上がって呼ばわった。「さっき都築先生がおっしゃったこと、冗談でも何でもありません。優秀な検察官であるあなたなら、心の底ではわかってるんじゃないですか――岩切検事の起訴は義憤と功名心に目が曇った性急な無理筋だったって？」

世良も青葉も蟇目も志鶴に目を向けた。

「あんな貧弱な証拠で有罪立証はできない」志鶴は続けた。「公判になれば、われわれが徹底的に粉砕します。でもそんなことを望んでるんじゃない。無実の罪で自由を奪われている増山さんの一日も早い解放こそ、われわれの求めることです。もし裁判で増山さんが無罪になれば、『問題判決』として世良さんたち公判担当検事も検察内でつるし上げられる。今ならまだ引き返せますよ」

「川村先生」すでに自分の荷物をまとめてあった世良が言った。「こないだの消防士殺人事件の裁判、なかなかのお手並みだった。闘い甲斐のある貴重な好敵手として敬意を表するのはやぶさかじゃない。でも俺はあいにく、盤外戦は好きじゃないんだ。法廷で存分にやり合おう――正々堂々とな！　さっ行くぞ、青葉、蟇目さんも」

世良は他の二人と連れ立って出て行こうとする。

「ここで踏みとどまって考え直すのは恥でも卑怯でも何でもない――勇気です！」志鶴は食い下がった。「いつでも待ってますよ。公訴取消しの連絡を」

検察官たちが法廷を出て行った。

「うう……」声を漏らしたのは増山だった。今にも泣き出しそうな顔だった。


「増山さん――どうされました」志鶴は声をかけた。

都築も増山に向き合う。

「先生たちが、出た方がいいって言ったから来たけど……」増山が言葉を吐く。「何やっても無駄なんじゃないかって……。取調べの刑事も検事さんも俺の話なんか全然聞いてくれなかった……けど、今日の裁判長……あの人……俺に質問してる間も、最後までずっと……俺のこと、一回も見なかった……一回も……！」

八月だというのに、増山は、まるで一人だけ雪山に放り出されたかのように大きな体をぶるぶると震わせ、真っ青な顔でかちかちと歯を鳴らしていた。

第七章

追跡

1

「やはり、真犯人が偽装工作を行い、増山さんに罪を着せたというストーリーで行くべきと考えます」

　都築賢造の事務所の会議室で、志鶴は都築と田口に向かって言った。

「荒唐無稽、牽強付会、こじつけ——そう思う裁判員がいてもおかしくない」田口が冷静に指摘する。「罪を逃れようとする悪党のために、ぬけぬけと白々しい嘘をつくこの弁護士もまともな人間じゃないと、最悪な心証を持つ者もいるだろう」

「検察官は、増山さんを有罪とするストーリーを打ち出し、それを立証する証拠を裁判所に請求しました」ホワイトボードの前に立って志鶴は続ける。「無罪推定の原則に従えば、そこに合理的な疑いの余地があることを示せばわれわれの仕事は終わり。でも現実は違う。増山さんのスマホはＧＰＳの記録が有効になっておらず、二件の犯行があったと思われる時間帯にアリバイを証言してくれる人もいない。検察官の有罪ストーリーとは異なる無罪のストーリーを示して裁判員を納得させなければ、無罪を勝ち獲ることはできません。その無罪ストーリーは増山さんにとって有利な証拠だけでなく、不利な証拠についても説明できるものでなければならない。現場で発見された被害者の血液及び増山さんの指紋とＤＮＡが検出された煙草の吸い殻に反証するには、真犯人の存在を示すしかありません」

類型証拠開示請求で、二人の被害者のLINE及びインスタブックアカウントの履歴を請求したが、開示された証拠にはどちらもなかった。浅見萌愛は志鶴が真犯人と信じるトキオという男とLINEでやり取りしていた。トークの履歴があれば決定的な証拠になっていたはずだ。が、存在しない以上、他の手段でトキオに迫るしかない。

「どうやって――？」

「田口先生もごらんになっているはずですよ。二人目の被害者である綿貫絵里香さんが出場した、星栄中学校でのソフトボールの試合映像で――グラウンドの外で観戦する増山さんの後ろに停まっていた白いネオエース。あの中にいたはずの人物こそ、二件の殺人事件の真犯人です。Xと呼ぶことにしましょうか。真犯人Xの存在を確認できるのはそこだけじゃない。まずこれ――検察官に開示を請求した防犯カメラ映像です」

志鶴はパソコンで編集した動画を、ホワイトボードの横にあるテレビ画面に映し出した。

「遺体が発見された荒川河川敷へ接する道路の一つ、千住新橋近くの交差点の防犯カメラの映像です。一件目、一人目の被害者である浅見萌愛さんの遺体が発見される前日の夜、午後八時過ぎ。白いネオエースが北側から交差点へ進入し、南へ向かって消える」志鶴はいったん動画を停め、「そのおよそ一時間後、今度は同じネオエースが南側から現れて北側へ消えるのが記録されています。次は、約五ヵ月後。綿貫絵里香さんの捜索願が出された二月二十日の午後六時半頃――白いネオエースが北側から南側へ。その約五十分後、南側から北側へ交差点を渡るネオエースが記録されている」

検察に請求して開示を受けた防犯カメラ映像は、もう一ヵ所、西新井橋近くの交差点のものを合わせて三十時間分以上あった。志鶴はそれをすべて自分の目でチェックし、トキオのネオエースと思われる車を絞り込んだ。

「河川敷の道路に接する部分は映っていない。川村先生が指摘した車両が河川敷へ入ったかどうか、この映像からだけではわからない。ずいぶん粗い画像で光の感度も低いが、車のナンバーは特定できているのか？」

「――いえ」

当該箇所に設置されたカメラは最新型にはほど遠い旧式のもので、田口が指摘したとおり画素数も少なく、照度の低い対象を捉える力も弱かった。民間の法科学鑑定機関に検証を依頼したところ、コンピュータによる映像解析でもナンバーを特定するのは不可能だろうという返答だった。

「そもそもその車両が同一のものかどうかすらわからないと」

　都築に目をやると腕組みしてうなずいている。この映像は証拠として請求しない方がよさそうだ。

「では次。やはり開示請求した証拠から目撃証言を二つ見つけました。一つ目は一人目の被害者について。八月二十三日夕方、遺体発見現場に近い足立区綾瀬の公園で、すぐ前の家に住む六十代のタクシー運転手の男性がベンチでスマホを見ながら煙草を喫っていたところ、公園の前に停まった白いネオエースを目撃しています」膨大な類型証拠の中からこの供述調書を見つけたときは手が震えた。「さらに男性は、このネオエースに中学生くらいの少女が近づき、運転手の男と話したあと彼女が車に乗り込むのを見ています。男性によれば、少女の外見は被害者である浅見萌愛とよく似ていたと」

「彼女の遺体が発見されたのは九月十五日。事件直前ならまだしも、三週間も前の証言に意味は？」

「あります。男性は、運転席に座っていた男の顔も目撃していました。日に焼けていて髪型は『チョンマゲ』だったと――この特徴は、増山さんが、星栄中学校のグラウンドの前に停まっていたネオエースの運転手について語っていたものと完全に一致する」

「――もう一つの目撃証言というのは？」

「こちらは二件目の事件があったと思われる二月二十日の夕方、星栄中と綿貫絵里香さんの自宅を結ぶ道路の途中の住宅に住む、四十代の主婦のものです。外でガシャンという、自転車が倒れるような物音がしたので、しばらくして玄関を開けて見てみたところ、家の前の道路に白い大きな車が停まっているのが見えた、一人の男がスライドドアを閉め、運転席に乗り込んで荒川の方へ車が走り去った、という証言です。この男の髪型についても『チョンマゲみたいだった』と表現されています」

　増山、タクシー運転手、主婦。三人が見たのはいずれもトキオであり、彼のネオエースだったのだ――志鶴はそう確信していた。

「捜査線上に、白いネオエースとそれを運転するチョンマゲの男が浮かんでいたなら――」田口が言う。「警察はさらに周辺道路の防犯カメラ映像などで追跡することができたはず。そうしなかったのは、その人物が犯人ではないと判断したからでは？」

「彼にたどり着く前に、増山さんが捜査線上に浮かんだからと推測できます——それこそXの目論見どおりに。でも、すべてがXの思惑どおりに運んだわけではない。彼の存在を示す決定的な証拠が絵里香さんの遺体の膣内残留物から検出された、彼女以外の人間——男性を示す、かつ増山さんのものではないＤＮＡです」

「なるほど——真犯人が増山氏とは別に存在するという仮説はそれらの証拠と矛盾しない、とは言えそうだな。目の前に被告人である増山氏を見ても、裁判員たちがなおそう判断してくれるかは疑問だが」

あくまで慎重なスタンスを保っている。だが手応えはあった。検察官請求証拠や開示請求した類型証拠、増山の供述などを前提に、検察側のストーリーに対抗する弁護側のストーリーは構築できた。第一関門はクリアだ。

「よし」都築が口を開いた。「このケース・ストーリーで行こう。予定主張に向け完璧にすべく、証拠を固めるぞ」

2

類型証拠開示請求によって入手した目撃者の供述調書は、目撃者の住所の部分が黒くマスキングされていた。その部分について検察に開示を求めると、数日後、事件を担当する検察官の青葉薫から志鶴宛てに電話があった。

『念のため当該の二人に意思確認したところ、一人はオッケー、一人はＮＧという回答でした。なので、一人分だけメールします』

明らかになったのはタクシー運転手——沼田峯男——の住所だった。志鶴は早速彼宛てに聴取を依頼する手紙を書いて投函した。二日後、志鶴の事務所に沼田から電話があった。

『もしもし、川村さん？』はきはきした口調だ。『手紙もらったよ。俺に話訊きたいって？』

「もしお許しいただければ——」

『俺はべつにかまわねえけど、警察にも話したのに話してどうすんの？』

「お手紙でも書きましたが、私、増山さんの裁判を担当することになりまして、事情を知っている人にできるだけお話をうかがうようにしてるんです」

『ふうん。やっぱりあいつがやったの？　俺は最初、公園で見た男が怪しいと思ったんだよな。刑事たちも俺の話聞いたら目の色変えてたんだけど、蓋を開けてみたら逮捕されたのは増山だった。近所に住んでるから本人見かけたことあって、まともな人間には見えなかったし、かあちゃんに近所の評判聞いたら犯人でも不思議じゃねえってから納得したけどさ』
「――増山さんご本人は、無罪を主張してるわけ？　何かドラマみてえだなあ。そういや俺、刑事に訊かれたとき、話してないことがあったんだ。また話聞かせてもらうかもしれませんって言ってたから待ってたけど、連絡こねえから結局話さずじまいで。こっちもべつに警察に借りがあるわけでもないし。よかったらその話もする？』
「――ぜひお願いします！」

沼田の家は、増山の実家ともほど近い、足立区綾瀬の小さな公園に隣接した木造二階建てだった。

「ボロい家だろ。これでも俺が生まれてから一度建て替えてるんだぜ」ステテコ姿で志鶴を迎えると、沼田は言った。「俺は生まれたときからずっとここだから、裏の公園も庭みたいなもんでさ」

痩せた色黒の男で白髪を角刈りにしていた。子供たちは巣立って妻と二人暮らしだと問わず語りに語った。無口だがにこやかな妻は志鶴たちに冷えた麦茶を出すとまた台所へ下がった。

「今日は快く引き受けていただき、ありがとうございます」茶の間の座卓に座ると志鶴は改めて頭を下げた。「念のため、お話は録音させていただきます。よろしいですか？」

「うん、いいよ」

座卓に置いたＩＣレコーダーで録音を開始した。

「煙草、喫う？」沼田が志鶴を見た。

志鶴は首を振る。

「そうか。うち、孫ができてから禁煙になっちまってさ。喫うなら外で――って、そうそう、あの日も、煙草喫いに公園行ったんだった」

「あの日というと――」

「見たんだろ、警察の記録？　八月二十三日じゃなかったか、たしか」

「よく覚えてますね」

「ジジイのくせにってか？　はっはっは。俺は学はねえけどガキの頃から記憶力は自信あるんだよ。もう盆明けだからかれこれ一年か。夕方の六時くらいだったかな。非番の日の晩飯は六時半と決まってて、かあちゃんがその日のつまみは朝採れの枝豆と焼きナスだってから晩酌を楽しみにしてたんだ。日が長いからまだ明るかった。ベンチ座ってスマホで孫の写真やら動画やら観(み)ながら煙草喫ってたら、公園の前に車が停まった。白いネオエースだ。昔は職人の車ってイメージだったけど、最近じゃ改造を楽しむマニアも増えた。その車もそうだった。助手席の窓ごしに運転席の男が見えたけど、チョンマゲみたいな？　そいつも今どきのチャラい感じの兄ちゃんだった。兄ちゃんたってそこそこいい年だと思うけどな。するとすぐ、女の子がその車に近づいてきた。中学生くらいのなかなかかわいらしい子だった。その子は運転席側に回ったんで見えなくなったが、運転席の兄ちゃんと窓ごしに話してるみたいだった。そのあと車が前に出て停まり、チョンマゲの兄ちゃんが助手席のドアを開けると女の子が車に乗り込んで、そのまま走っていった」

　供述調書に書かれた内容と一致する。

「記憶に残ってたのは、あの二人、どういう関係なんだろうな、って気になったからだ。親子くらいの年の差に見えたが、どうもそんな感じじゃない。女の子は初対面みたいな固さだった。何か訳ありの親子なのか、それとも——そのあと晩飯の席でかあちゃんに、あれ、ひょっとしてパパ活ってやつだったりしてな、なんて酒の肴(さかな)にしてたんだ。そのときはそれきりだったが、しばらくして河川敷で女の子の死体が見つかったってニュースが流れて、テレビで顔写真を観て驚いた。公園で見たあの子じゃねえかって。その後刑事が聞き込みに来てその話したら、本当に間違いないですかって半信半疑だったけど、こっちはもう二十年もタクシー運転手やってて、一度見た客の顔は忘れない、まだもうろくしちゃいないって請け合った。今でも自信持って言える。最初に殺されたのは俺があの日公園で見たあの子に間違いない。それで警察で事情聴取っての？　改めて今までの話をした」

　沼田はそこで自分の麦茶を飲んだ。

「で、こっからだ。川村さんに電話でも言ったが、あのとき俺が警察に話しきれなかったことが一つあった。事情聴取で刑事たちは俺に、公園で見たネオエースのナンバーを覚えてるか訊いた。けど俺はそんとき、いやわかりませんって答えた。記憶力がいいっても、事故った相手でもない車のナンバーまでいちいち覚えちゃいねえ。けどじつは、数字までは気にしてなかったが、ネオエースのナンバーの漢字は見てた。刑事に言わなかったのは——恥ずかしい話、読み方を知らなかったからだ」

沼田は苦笑いをした。

「ガキの頃から文字を読むのが得意じゃなくてさ。この年になっても漢字は苦手だ。おかしいだろ、すぐお隣の千葉県の地名だってのに。二十年もタクシー運転手やってるなんてその前にタンカ切っちゃったもんだから、なおさら言えなかった。あんたらみたいな弁護士先生にはわかんないだろうが、俺たちみたく学のない人間には、だからこその妙なプライドってか意地みたいなもんがあるんだよ。で、帰って調べた。チョンマゲの兄ちゃんが乗ってたネオエース——袖ケ浦ナンバーだった。たしか登場したときは、町名がそのままナンバーになったとかで珍しがられたやつだ」

脳内に閃光が走った。生前の浅見萌愛の一番の親友だった後藤みくるが志鶴にだけ話した情報。萌愛はみくるに、トキオは「千葉から来た」と言ったと話した。その車のナンバーは、萌愛には「読めない漢字」だったとも。

志鶴の視線に気づいて沼田が口をつぐむ。

「何だ——どうかしたか？　急におっかない顔して」

「いえ。他に——何か覚えていることは？」

「んー」また麦茶を飲んだ。「まあ、そんなとこだ。悪いな、大した話じゃなくて。俺の方は、警察に言えなかったこと話してすっきりしたけど」

「そんなことないです、とても参考になりました。沼田さん——今のお話、こちらで書類にまとめて、裁判で証拠として出してもかまいませんか？」

「えっ、証拠になんの、こんな話」

「まだわかりません。証拠として使うかどうか決めるのは、弁護士じゃなく裁判官です。でも私は——増山さんの弁護を担当する弁護士として、今のお話、裁判で証拠として出したいと思っています。場合によっては、法廷で証言していただくようお願いするかもしれません」

「……なるほどねえ」沼田は腕組みして志鶴を見た。

「ちょっとヤニ切れだ。つき合ってくんねえか？」

煙草とライターと携帯灰皿を持った沼田が立ち上がり玄関へ向かう。志鶴も荷物を手に立ち上がった。沼田の家は通りに面しており、公園は家の裏手に位置していた。玄関前の道をもう一軒分右へ進んでぶつかる道路を右へ曲がるとその右手に公園の入り口があった。間口十メートル、奥行きはそれより少し長いくらいか。二人がけの木製のベンチが二脚、一人がけの陶器の椅子が四脚、円筒形のトイレ、あとは灌木や花壇があるだけで、今は他に人の姿はない。

「あの日俺はここに座ってた」

沼田は自分が入った入り口に近い方の木製ベンチに腰を下ろすと、紙パックから煙草を抜き出してくわえた。沼田の家がある側のフェンスを背にしたベンチだ。じりじりと炙るような陽射しが照りつけているが、沼田に気にする様子はない。クーラーの効いた室内から炎天下へ出てきた志鶴はスーツの下で汗が噴き出すのを感じた。

「ネオエースはそこ」

沼田とは遠い方の入り口を指で示した。花壇に挟まれた入り口にはコの字型の車止めが二つ並んでいるだけだ。公園の前に停めた車のナンバーは沼田の位置から読めただろう。沼田はライターで煙草に火をつけた。

「さっきの話――いいよ、俺はべつに」ベンチの前に立ったままの志鶴に言う。「生まれ育った土地であんな事件起こしたやつは死刑でも何でも罰が下りゃいいと思ってるし、増山が犯人かもしれねえとも思ってる。けどまあ、警察ってのもたいがいだからな」

笑みと共に紫煙を漏らした。

3

『大きな収穫だな、川村君』電話の向こうで都築が言った。

「沼田さんへの聴取はすぐ証拠化します」志鶴は事務所へ戻ってパソコンの前に座っていた。「それと、23条照会をかけようと思うんですが」

『23条――？』

「沼田さんの話を聞いてひらめきました。Xのネオエースはカスタマイズされている。ネオエースにはカスタムの愛好者が多く、ネオエース専門のカスタムショップも全国に多数あるようです」志鶴はウェブの検索結果を見ながら言った。「その上部組織と思われる自動車の修理・整備・鈑金などに関する業界団体も、一般社団法人日本自動車整備振興会連合会をはじめ複数ある。カスタマイズした袖ヶ浦ナンバーの白いネオエースがないか照会をかけ、車の持ち主の特定を求めようと思います」

弁護士は受任している事件について、役所など公私の団体に照会をかけるよう所属する弁護士会に要求できると弁護士法23条の2に定められている。弁護士会は申出に基づいて相手先へ照会をかける。これが23条照会だ。弁護士会が照会の主体となるため、弁護士個人による照会よりも回答を得やすい。

『公務所等照会と違ってあの裁判長の横槍も入らない。ベストな選択だ』

　裁判所を通じての公務所等照会でも同様の調査は可能だが、必要性がないとして裁判官に却下されるおそれもある。弁護士会の審査はそれより緩いし、23条照会の回答内容は証拠調べを請求する前なら弁護士限りでとどめておくことができる。

「ソフトボールの試合映像に映った車体の映像・画像の添付も考えましたが、証拠の取り扱いがあとで問題になるかもしれないのでやめることにしました」

『賛成だ。こちらの目的も知られないに越したことはない』

「早速手配かけます」


　翌日。

　北千住駅に降り立った志鶴は、住宅地図で見当をつけた家を目指し、住宅地を歩いた。綿貫絵里香の事件で二月二十日にトキオとネオエースを目撃したと思われる主婦を探し当てたのは、十五分後だった。

　低層の木造家屋が建ち並ぶ一角。周囲に防犯カメラは見当たらず、夕方になれば暗くなりそうな一方通行路に面した二階建ての家は灰色のサイディングがまだ新しく見え、国産のファミリーカーが停まる駐車スペースの横に並んだプランターの花はきれいに手入れされていた。表札には「平野」姓の三人の名が記されている。男性一人と女性二人のものと思われた。

　玄関チャイムを鳴らすとインターホンから『はい？』と返事があった。身分を告げ、増山の裁判を担当するので事情を知っている人に話を聞かせてもらっていると切り出すと、ドアが開いて中年女性が顔を覗かせた。

　Tシャツにだぼっとしたジーンズ、髪の毛をひっつめにして黒縁の大きな眼鏡をかけた、化粧っ気のない女性だ。ドアを半開きにしたまま、志鶴を不審そうに見る。

「何の用ですか……？」ぼそっと言った。

　志鶴はインターホンごしにしたのと同じ説明をくり返した。

　彼女は志鶴をあからさまにじろじろ眺めた。「もしかして、検察官に連絡した弁護士さん……？」

「そうです」

「住所教えないようにお願いしたんですけど」

「そのような回答でしたので、自分で探しました」

女性が改めて志鶴の全身を見る。汗ばんでいる衣類が気になった。

「けど……何で今さら？」眼鏡の奥で眉をひそめた。

「裁判に向けて情報を集めてるんです。そのときのことについてお話を聞かせていただけないでしょうか、平野さん」

「だって、あの増山って人、犯人でしょう？」

「ご本人は無実を主張されています」

平野は顔を歪めた。「ＤＮＡが出たのに？　信じられない。よくそんなこと言えますね」

「マスコミの報道がすべてではありません」議論と思われぬよう微笑んだ。「ＤＮＡについても、警察がそう主張しているだけです。それが事実かどうかは裁判で決まります」

「報道されてないことが何かあるんですか？」

「亡くなった綿貫絵里香さんはこの道を通って自転車通学されていた。行方不明になったのは学校の帰りに友達と別れたあとです。翌日の朝、ご遺体が発見されたのは荒川河川敷。ですが、警察が大人数で何日も探したのに、絵里香さんが乗っていた自転車は見つかっていません。自転車が見つかったという報道はありましたか？」

平野が視線を落とした。目を上げる。「増山っていう人、自分が殺したって認めてましたよね？」

「ええ。警察は最初から増山さんを犯人と決めつけ、厳しい取調べをしました。お前がやったんだろうと責め立てられ続け、増山さんは耐え切れず、やってもいないのにやったと認めてしまった。増山さんは車を持っていません。もし増山さんが犯人なら、絵里香さんが乗っていた自転車はせいぜい河川敷の近くにしか隠せなかった。警察がとっくに見つけているはずです」

平野が身を乗り出し、ドアの開きが少し大きくなる。

「犯人が別にいるってこと……？」

「平野さんの他にも、白い大きな車を見たという人の話を警察が記録に取っています」

「嘘……」

「昨日ご本人にお会いして直接お話をお聞きしました。間違いありません。運転していたのは、髪をチョンマゲにしていた男性だったと」

平野の口が開いた。

「お話、聞かせていただけますか、平野さん？」

平野の目が泳いで志鶴の背後を見た。キキーッとブレーキの音がして駐車スペースの前に自転車が滑り込んできた。Tシャツにショートパンツという姿の中学生くらいの眼鏡をかけた少女が乗っていた。

「ただいまー」と平野に向かって言い、志鶴を見ると「こんにちは」と会釈して自転車を降り、自動車の横に停めた。

「お母さん？」平野に声をかけ、首をかしげる。

「お帰り」平野は娘に応じるとドアを開け放った。「入ってて、鈴」

鈴と呼ばれた少女はまた志鶴たちをちらっと見てから、言われたとおり玄関へ入った。

「――日が落ちてからは一人で出かけさせません」平野が口を開いた。「犯人――増山っていう人が捕まってからも。大きな車には気をつけなさい――娘にはそう言ってます。暗くなってたし、はっきり見たわけじゃないけど、ずっと頭に残ってて……あのとき聞いたガシャンていう音は、自転車が倒れた音じゃないか、絵里香さんて子、自転車ごとあの車にさらわれたんじゃないかって――」

平野は娘の自転車に視線を向け、額の汗を手で拭うと志鶴を見た。

「警察にしたのと同じ話しかできないけど、いいですか？」

「暑い中、よく頑張ってもらった。今日は存分にやってくれ」都築はジョッキを掲げた。

志鶴もジョッキを合わせる。

「くぅ～～」きんきんに冷えた生ビールが喉から胃へ染みわたる。

ミディアムレアの熟成肉をナイフで切って嚙み締めると口の中で肉汁と幸福感が溢れた。ニューヨークに本店を持つステーキハウス。平野の聴取を終えたことを報告すると、都築が夕食に誘ってくれた。

「平野君恵さんだっけ？　彼女は綿貫絵里香さんが拉致される瞬間はやはり見てなかったのか」都築が訊ねた。

「ええ」志鶴は答える。「夕食の支度をしていたら、外からガシャンという音が聞こえたような気がした。娘が自転車で出かけていたので心配になり、コンロの火を消してから玄関へ出てドアを開けた。すると、目の前の道路に白い大きな車が停まっているのが見えた。自分から見えない側のスライドドアを閉めたらしき長身の男性が急いで運転席側に回り込んで車に乗り、叩(たた)きつけるようにドアを閉めてすぐ車を発進させた――と」

「供述調書の内容どおりか。だが貴重な目撃者には違いない」都築は髭(ひげ)についた泡を手で拭った。「こっちも収穫があった。専門家二人に鑑定を引き受けてもらうことができた」

　検察側が請求する科学的証拠の証明力を突き崩し、弁護側で請求する証拠の証明力を裏づけるため、志鶴たちは今回二人の専門家に意見を求めた。

　一人は法医学者。浅見萌愛の首に残る圧迫痕から増山の犯人性を証明しようとする主張に対抗する。もう一人はＤＮＡ鑑定の専門家。綿貫絵里香の膣内残留物のＤＮＡから増山の他に真犯人が存在することを主張する。

　どちらも大学教授である二人はその道のエキスパートであり、弁護側証人として法廷に立った経験も少なくない。そのうちの何回かは都築からの依頼によるものだった。

　裁判所を通じた鑑定も可能だが、鑑定人は選べず、弁護側に不利益な結果が出ても裁判に提出されてしまう。被告人や弁護人が直接鑑定人に依頼する当事者鑑定ならコントロールできる。費用もかかるが、勾留決定後は国選弁護に切り替えたので、増山に出せなければ国が負担することになる。

「鑑定書ができるまでには時間がかかる」都築が志鶴に言う。「あの裁判長はさっさと弁護側の予定主張を出せとせっついてくるだろうが、そう言ってつっぱねてやればいい。うまくすれば、その間に23条照会からＸにたどり着くことができるかもしれない。そうなれば盤面はひっくり返る。公判前整理手続が終わったあとは、よほどの事情がない限り証拠調べ請求はできなくなる。増山さんやお母さんには我慢してもらうことになるが、予定主張には準備を尽くして臨もう」

4

十一月中旬。

東京地裁刑事部の会議室に、増山淳彦(あつひこ)と、志鶴をはじめとする三人の弁護団、公判を担当する三人の検察官、三人の裁判官、それに調書を記録する書記官がそろった。

「では、第四回公判前整理手続期日を開始します」裁判長の能城(のしろ)が告げた。「弁護人からは、起訴状に記載された訴因事実のすべてを争うという予定主張が提出されている。検察官が主張する間接事実について、どの点をどのように争う？」

　公判前整理手続は公判の日程など審理計画を決めるために行う。あくまで公判の準備をする場で、公判中心主義という原則に従えば、裁判官がこの段階で心証を形成するようなことがあってはならない。

　だがとくに裁判員裁判では、裁判員の負担を軽減するためとして公判の日程を少しでも短くするべく、証拠や証人を減らそうとする裁判官もいる。彼らはそのため「争点の整理」を弁護人や検察官に求める。

　能城が弁護側に、検察官が主張する間接事実についてそれぞれどう争うか訊いているのは、検察側と弁護側の主張の対立点をすべて並べ出すことで「争点の絞り込み」を図るためだ。だが、すでに検察側が請求する証拠への意見を述べた弁護側に、公判に先立って手の内を明かすメリットはない。さらに、公判前整理手続でした主張と公判での主張が変化した場合、検察側に矛盾を糾弾されるリスクもある。

「公判期日で弁護人は、起訴状や冒頭陳述での検察官の主張に対し認否を明らかにする義務を負っていない。公判前整理手続でも検察官が主張する間接事実のそれぞれについて認否を明らかにする必要はないと考えられる。したがって、間接事実については争うとだけ表明すればよく、どう争うかまでこの場で答える義務はないと考える」

「検察官の証明予定事実記載書面に記載してある、その他の検察官主張事実についての認否は？」

「そちらも同様。争う——が、どう争うかまで述べる義務はない」

「予定主張は以上か？」

「まだあります」志鶴が答えた。「弁護人は、増山さんの自白の任意性を争います。さらに、二件の殺人及び死体遺棄には増山さんとは別に真犯人が存在し、偽装工作を行って増山さんを犯人に仕立て上げようとしたことを主張します」

　向き合って座る検察官たちの表情が変わった。世良義照は大きく息を吸って背筋を伸ばし、青葉薫は挑戦的に目を輝かせ、蟇目繁治はにやにや笑った。

「では、引き続き、今の証明予定事実を証明するために用いる証拠の取調べを請求するように」

「取調べ請求をする証拠についてはそちらの書面のとお

りです」

あらかじめ作成した書面を裁判官と検察官に渡してあった。

「請求証拠の開示をするように」

都築が立ち上がり、弁護側で作成した証拠を検察官に配った。勾留理由開示期日の調書、弁護側で増山から聴取した供述調書及びその様子を撮影した記録媒体、三人の専門家による鑑定書、沼田と平野の聴取書、検察から開示を受けた、被害者二人の遺体から採取された漂白剤の成分分析の鑑定書などだ。

「検察官、請求証拠に対する証拠意見は？」能城が言った。

「次回の公判前整理手続期日で」世良が答えた。

「では、本日の期日を終了する」

「ちょっと待ってください」志鶴は引き留めた。「その前に、弁護側から検察官に対して要請をさせてください」

「――何の要請か」

都築がまた立って、検察官と裁判官に用意した書面を配った。

「そちらの書面にあるとおり、証拠収集要請です。まず、浅見萌愛さん及び綿貫絵里香さんのＬＩＮＥ及びインスタブックの会話履歴。弁護側は裁判所を通じて証拠保全をかけましたが、いずれも開示を拒否されました。検察側に証拠開示請求したところ、捜査機関が入手していないという回答でした。補充捜査を要請します」

検察官たちが顔を見合わせる。

「もう一点」志鶴は続ける。「綿貫絵里香さんが出場したソフトボールの試合映像に映っていた、白いネオエース。われわれはこの車の持ち主こそ、二件の殺人を犯した真犯人であると考えています。目撃証言の一つから、そのネオエースのナンバーの登録地は袖ヶ浦と考えられる。この車について、弁護側は23条照会をかけていますが回答を得られていません。また、検察側に開示請求した証拠からもこの車を特定することはできませんでした。映像に映った、袖ヶ浦ナンバーのネオエースの持ち主を特定するよう補充捜査を要請します」

「検察官」

「ちょっと相談させてください」蟇目が能城に言った。

三人の検察官が席を立ち、こちらに背を向けて話し合った。五分ほどしてまた席に戻った。

「回答します」世良が言った。「相談した結果、検察としては、どちらの要請についても補充捜査の必要はないという結論に達しました」

「犯人を捕まえる気はないんですか――」志鶴は声を張っていた。

「われわれとしては、十分に捜査を尽くしたうえで被疑者を逮捕・起訴したと考えている。訴因事実を立証する証拠も十分だと」

「要請しているのは、増山さんを防御するための証拠です」

「警察及び検察が、被疑者の防御のために捜査を行うという考えはなじまない。捜査活動の意義は犯罪の真相を解明することにある」

「真相を闇に葬ろうとしているじゃないか！」都築が叫んで、うっと呻(うめ)き、手で胸を押さえた。顔が紅潮している。

「――大丈夫ですか？」志鶴が言うと、もう片方の手を挙げ「……大丈夫だ」とうなずいた。

「裁判所も検察官と同意見である」能城が言った。「弁護側の要請は、審理計画の立案をいたずらに遅延させるものでもあろう。弁護側、他に何か？」

志鶴は歯を食い縛った。怒りで体がはちきれそうだ。

「では、本日の期日を終了する」

5

「いやあ、ちょっとこれだけだとわかんないですね」

ソフトボールの試合映像に映っていた白いネオエースをプリントした画像を見て、青いデニムの作業着姿の店長が首を振った。

都内にある、ネオエース専門のカスタムショップ。ウェブで見つけた店の一つだ。電話でアポを取ったうえで志鶴は一人で話を聞きに訪れていた。

「ショップオリジナルのパーツを使ってるとか、そういうのでもなさそうだし……」

三十代半ばくらいだろうか。髪を明るくカラーリングして髭を生やした富岡(とみおか)という店長は、事務所の応接テーブルに置いたプリントを腕組みしてためつすがめつしていたが、「ごめんなさい、わかりません」と言った。

「いえ。お忙しい中、お時間割いていただき恐縮です」

落胆を隠して答える。

「何でこの車探してるんですか？」

「すみません。守秘義務でお答えできないんです」

「弁護士さんも大変だ。あとは、インスタブックとか写真系ＳＮＳのハッシュタグを根気よく探してみるとかかなあ」

「ハッシュタグ？」

「ええ。『#ネオエースカスタム』とか。けっこうアップしてる人、多いですよ。あ、もし何だったら、時間あるとき探してみましょっか？　ボディのこの部分だけ見るとそこまで個性的なカスタマイズじゃないから、絞り込みは難しいかもだけど」

　素人の自分で探すよりプロに見てもらう方が確かだろう。「でも――いいんですか？」

「うちも店のアカウントあるんで、その更新作業するときついでに。時間かかっちゃうかもだけど」

「お願いできると助かります。謝礼は――」ポケットマネーから出すつもりだった。

「だったら――もしうちが何かトラブったとき、川村先生が二時間ほど無料相談に乗ってくれるとかってどうです？　前にちょっとアレな弁護士さんに当たって、ひどい目に遭ったことがあって。もし今度何かあったら、川村先生みたいに熱心な弁護士さんにお願いできたらなって」

　断る理由はなかった。


　三ヵ月以上経つが、23条照会に返答はなかった。報奨金などは出ないので団体や団体の会員にしてみれば答えるインセンティブがないばかりか、顧客の個人情報をさらすデメリットすらある。それでも一縷の望みをかけていたが、やはり難しかったのだろう。だからこそ検察に補充捜査を要請したのに――思い出すとまた腹が立ってくる。

　ウェブで画像をアップして公開捜査することも考えた。が、ネオエースの所有者本人――トキオ――に知られた場合、証拠隠滅などが図られるおそれがあった。

　袖ヶ浦ナンバーの管轄市町村は館山市、木更津市、茂原市、勝浦市、鴨川市等々、千葉県の南房総に広くまたがっている。その情報だけでトキオを特定するのは不可能だ。サーフィンの聖地と言われる釣ヶ崎海岸のある長生郡も含まれるが、管轄内の他の市町村にもサーフィンスポットは数多く存在する。そこからたどるのも難しいだろう。浅見萌愛はトキオが車の後ろに「仕事の道具っぽい」荷物を積んでいると後藤みくるに語っていたが、それも決め手にはほど遠い。

「――くそ」

コーヒーを飲みながら考えを整理していたカフェで思わず声が出た。あと一歩――あと一歩で届きそうなのに。

後藤みくるの顔が浮かぶ。

公判で検察側はおそらく増山に死刑を求刑する。増山を救うには、誰にも話さないという約束を破り、みくるに警察へ出頭してもらって捜査の再開を――。

馬鹿な。

自分の愚かさをなじる。

ドラマとは違う。現実の警察がそれで再捜査に動いたりすることは絶対にない。これだけの大事件で増山を犯人として逮捕し、検察が起訴した以上、そこに歯止めをかけられる警察官など存在しない。警察官にとって警察という組織こそ絶対、法律などよりはるかに上に位置する正義なのだ。

検察官――一人一人が独立官庁たる検察官なら？

同じことだ。彼らもしょせんは役人。組織は絶対だ。これだけの大事件で起訴までして撤回することはあり得ない。それがあり得ない以上再捜査を指示することも絶対にない。

最後の最後に残る手段はやはり後藤みくるに法廷で証言してもらうことだ。だが――親友である浅見萌愛の殺害後、何ヵ月もの間、警察にも他の友人たちにも萌愛の秘密を漏らさず自分一人の胸の内に守り通したみくるが、大々的に報道されるだろう公開法廷で萌愛を裏切るような証言をするだろうか？　それも、自分とはまったくかかわりのない増山という他人のために。

だが――みくるの証言が加われば、沼田峯男と平野君恵の証言の重みは桁外れに大きくなる。検察側が増山の犯人性を示すために提示するソフトボールの試合映像が、百八十度反対の効果を裁判員たちに及ぼすはず。その光景を想像するとアドレナリンが噴き出した。

みくるの証言を証拠請求できるのは公判前整理手続の間だけ。公判前整理手続が終われば彼女に法廷へ証人として出廷してもらうこともできなくなる。

そう。公判前整理手続は終わっていない。志鶴たち弁護人にとって最大の難所がまだ控えている。裁判官による証拠の採否決定だ。裁判長の能城は間違いなく「証拠の厳選」という題目を掲げて弁護側にとって有利な証拠を可能な限り排除しようとしてくるはず。前回の、検察官に対する証拠収集要請への反応を見れば、沼田や平野の供述調書についても「関連性が低い」などとして証拠として認めず排除しようとする可能性は高い。

だが——もし後藤みくるの証言が加われば？

二人の証言について関連性を否定できる余地はなくなる。違うだろうか？

脳味噌(のうみそ)が焼き切れそうだった。

冷めきったコーヒーを飲む。味がしなかった。

スマホを取り上げロックを解除する。

ＬＩＮＥを起(た)ち上げたまましばらく考えた。いったんぎゅっと目をつぶって開けた。

親指を走らせ、後藤みくるのアイコンをタッチした。


「——ごめんね、出てきてもらっちゃって」

店に入ってきた後藤みくるを、志鶴は立ち上がって迎えた。

彼女の家に近い北千住辺りで会うか打診したが、「近すぎる」からと上野を指定したのはみくるだった。志鶴と会っているのを地元の友達に見られたくないのだろう。自分と会って話していることを、彼女は友人にも家族にも話していない。

制服姿の彼女を座らせ、メニューを開いて差し出した。

「ここ、タルトが美味(おい)しいらしいよ」

「……相談、って何？」みくるはメニューを見ずに言った。

表情に乏しい子だが志鶴を警戒しているのはわかった。中学三年生。大人のことが一番信用できない年頃だ。

「みくるちゃんの話を聞いてから、トキオを見つけ出そうとできる限り手を打った」守秘義務違反覚悟で、沼田と平野への聴取、23条照会、カスタムショップでの聞き込みについて語った。「検察官——警察官の仲間みたいな人たち——に、萌愛さんのＬＩＮＥやインスタブックの履歴を調べるよう頼んだけど断られた。袖ヶ浦ナンバーの白いネオエースを探すよう頼んだけどこっちも断られた」

アレルギー体質らしいみくるは何度か鼻をくすんと鳴らしただけで何も言わなかったが、真剣に耳を傾けているようだった。

「このままだと、トキオを見つけられないまま裁判が始まる」

「……で？」

「私はトキオが萌愛さんと、もう一人の被害者である絵里香さんを殺した真犯人だと思ってる。でもこのまま行けば、トキオの代わりに増山さんが裁判で犯人にされてしまうかもしれない」

みくるは軽く口を開いたまま黙って志鶴を見ていた。

「みくるちゃん——裁判でトキオのこと証言してもらえないかな」

みくるは脱力したように肩を落とした。「約束したじゃん。萌愛のこと誰にも言わないって」

「汚い大人と思われてるのはわかってる。萌愛さんのためにも——って言ったら嘘になる。私の勝手なお願い——聞いてもらえないかな」

どうせ彼女の信頼を裏切ることになる。だからといって騙したりすかしたりせず、真正面からぶつかっていく。そう決めていた。

「……はは」うつろな目で乾いた笑いを漏らした。「そっか……大人ってみんなおんなじじゃん。わかった」

「わかった、って——」

「川村さん？　のこと。うちの周りにいないような大人かなって思ったけど……ごめん、うち、ムリ……帰るね」

みくるは席を立った。

「みくるちゃん——」志鶴は両脚に活を入れ立ち上がった。

みくるが振り向いた。目線は志鶴の胸の辺りに向けられていた。

「電車賃——」志鶴は用意していた千円札を差し出した。「受け取って」

みくるは千円札をしばらく見ていたが、「もらっとく」と手に取ると、志鶴に背を向けた。痩せた猫背の後ろ姿が店を出て行くのを見送って——志鶴はどっかりと椅子に腰を下ろし、両手に額を埋めた。

6

「本日は検察側による、弁護側の取調べ請求証拠に対する証拠意見、及び、裁判所による証拠採否の決定を予定している」

裁判長の能城が言った。

東京地裁刑事部の会議室。第五回公判前整理手続期日だ。

「が——その前に、裁判所から弁護側に予定主張に対する求釈明をしたい。前回弁護側は、検察官が証明を予定する事実についての認否を明らかにすることがなかったばかりか、被告人の他に真犯人が存在すると主張して取調べ証拠を請求した。裁判所としては、弁護人の主張及び証拠請求はポイントが絞り込まれておらず、争点が不必要に拡散するおそれがあると考える。充実した審理の実現を目標とし、訴訟指揮権に基づいて証拠の自然的関連性、証拠調べの必要性について釈明を求める」

弁護側の主張をすんなり通すつもりはないということだ。

「裁判長」志鶴は口を開いた。「それは、証拠の推認力についてこの場で評価するという意味でしょうか」

「弁護側の釈明を聞いたうえで、裁判所の暫定的な考え方を示すということはあろうかと思う」能城はまっすぐ前の中空を見たまま答えた。

「その『暫定的な考え方』を形成すること自体、公判の前に先入的心証を抱くことにならないでしょうか。だとすればそれは裁判所の中立性・公平性を損ねるものと考えます」

「求釈明に応じるつもりはない、ということでよろしいか」

志鶴は都築を見た。都築がうなずく。

志鶴は「はい」と答えた。

「であれば、裁判所としては、弁護側に主張の再検討を促したい」

「相談させてください」

志鶴は席を立たず、また都築に目をやった。都築がうなずく。田口に目を向ける。公判前整理手続期日ではほぼ発言をしていない田口も、しぶしぶといった様子でうなずいた。

「検討を加えた結果、弁護側は主張を維持します」

「主張を撤回するつもりはないと？」

「ありません」

「検察官。弁護側取調べ請求証拠に対する証拠意見を」

「はい」世良が答えた。「まず、勾留理由開示期日の調書については不同意とします。弁護人が被告人を聴取して作成した供述調書及びその様子を撮影した映像記録媒体についても不同意――」

二人の専門家による鑑定書も不同意とした。鑑定書がそのまま証拠として出されることはなくなった。裁判官によって証拠が却下されなければ法廷で証人尋問が行われる。

「目撃証言のうち、平野君恵氏の供述調書については不同意。沼田峯男氏の供述調書については、自然的関連性――証拠としての証明力を欠いており、証拠として採用されるのは適正でないと考えます」

「弁護人、釈明は？」

「はい」志鶴が答える。「弁護側は、増山さんの他に真犯人がいることを立証しようとしています。沼田峯男氏の証言はその蓋然性を高めるもの。自然的関連性は十分にあると考えます」

「裁判所の判断は後に。検察官、続けるように」

「二人の被害者の遺体から採取された漂白剤の成分を分析した鑑定書。これについて、主張との関連性について釈明を求めます」

こちらの鑑定書は捜査機関による捜査の過程で科捜研の研究員が作成したものだ。

「弁護側は増山さんが犯人でないことを立証しようとしています。漂白剤についての鑑定書はその蓋然性を高めるものです」

世良が探るように志鶴を見た。「漂白剤の鑑定書からどのように被告人が犯人でないと立証する？」

「公判での立証責任はほぼ検察官が負っていると考えます。公判前整理手続で弁護側が取調べ請求証拠についてそこまで立ち入った言及をするのは不適当と考えます」

「では、自然的関連性がないとして証拠は採用するべきでないと考えます」

世良がすべての証拠について意見を述べたところで、都築が口を開いた。

「裁判長！」都築は立ち上がった。「証拠の採否決定の前にひと言申し上げたい」

「――何か」能城は視線を向けずに応じた。

「まず、これまでの私の無礼な態度をお許しいただきたい――」都築は腰を折り、深くお辞儀をした。

能城が都築を見た。眼鏡の奥でかすかに目が開かれた。

都築が長いお辞儀から顔を起こした。顔には穏やかな笑みが浮かんでいる。

「依頼者である増山さんのため、弁護人として最善を尽くそうと必死のあまり、失礼な言動が多々あったかと思います。裁判長にはさぞやご不快だったに違いありません。ですが、私があのような無礼千万と思われても仕方のない振る舞いをほしいままにできたのも、裏返せば裁判長の公明正大なる訴訟指揮に絶大な信頼があったればこそだったのです――」

都築の朗々たる声が会議室を満たす。正面に座る三人の検察官は舞台役者を観る観客のように見上げていた。右陪席と左陪席、書記官はぽかんと口を開けている。田口は信じられない様子で眉をひそめていた。

「法曹三者の最高位に裁判官が位置することに異論を挟む者はいないでしょう。能城裁判長はその中でも頂点に立つべき高潔な裁判官であることを私は信じて疑いません。傍聴マニアなどといった下賤な輩が好んで読むような低俗な雑誌には、裁判長を『検察と一体化したような』などという表現で貶めようとする不当極まりない記事も散見されますが、とんでもない！　法曹三者にあって最も崇高にして何物にも侵されざる権力を持った裁判官が、せいぜい法の番犬に過ぎない検察官ごときにすり寄る必要などどこにありましょうや。能城裁判長――あなたは誰よりも明晰な頭脳と高邁な精神を持った、さながら法の精神が受肉したかのごとき正義の申し子、この上なき人格者です。どうか――どうかくれぐれも正道にかなった公正中立なるご判断を下さいますよう、不肖弁護人この都築賢造、僭越ながら平に平にお願い申し上げまする――！」

都築は脚を交差させて膝を曲げ、片手を前に、片手を横に差し出しながら深々と腰を折って能城に頭を下げた。

会議室がしんと静まり返る。能城が上を見て何度かまばたきした。初めて見せるリアクションだ。

都築が顔を上げ、「お耳汚し、失礼いたしました」と言って着席した。

「……蟇目さんも何かないんですか、ああいう持ちネタ」青葉薫が上長の蟇目繁治をつついた。

「あるわけねえだろ」蟇目は渋いものを口にしたような顔になった。

「証拠採否の決定を行う」能城が言った。平素の仮面に戻っている。

胃がきりきりした。都築があんなパフォーマンスに打って出たのも、ひとえに、証拠の採否の決定権という絶大な権限を一手に握っているのが裁判官であるという、弁護人にとっておよそ受け入れがたい現実があるからだ。

案の定、検察官が請求した証拠については、弁護側が却下を求めたものについてもすべて採用が決定されてしまった。

「――弁護人が被告人を聴取して作成した供述調書及びその様子を撮影した映像記録媒体については、争点である自白の任意性に自然的関連性があると思われる。検察官が不同意とし、弁護人が証人請求した。証人採用を決定したので公判で人証を調べる」

増山を取り調べた刑事たちの証人尋問を行うということだ。だが、北警部へのそれは認められなかった。

「勾留理由開示請求期日の調書についても同様に人証を調べる――」弁護側が申請した他の二人の専門家証人についても証人尋問されることとなった。「次に目撃者の供述調書。平野君恵氏の供述調書については、必要性がないと判断して裁判所はこれを却下する」

「裁判長――」志鶴は声を発した。「その証拠について、検察側は供述調書の証拠採用について不同意とはしましたが自然的関連性については否定していません。証拠として採用していただけませんか？」

能城が志鶴を見た。「もう一度言う。裁判所は必要性がないと判断する」

想定内の答えだ。が、引き下がるわけにはいかない。

「必要性って何ですか――？」

「文字どおり。証拠調べをする必要性がないという意味だ」

「そのご判断について釈明を求めます」

「よかろう。自然的関連性は当該証拠が要証事実に対して必要最小限度の証明力を有するかどうかを問題とするが、要証事実には事件の経緯や背景事情なども含まれ、これまでその範囲が相当に広く解されてきたことによって証拠調べの範囲がいたずらに拡大した。とくに迅速な審理が求められる裁判員裁判では、訴訟経済の観点からも証拠の削減は必須であり、証拠調べの範囲を画するために必要性という概念が機能するようになった」

「つまり――裁判官の胸一つで却下できてしまうってことじゃないですか」

「弁護人は裁判所が証拠の証明力について評価することにさんざん異議を唱えてきた。必要性を判断するに当たっては、自然的関連性の場合と異なり証拠の証明力を評価しない。それでもまだ難癖をつけるか？」

言葉に詰まった志鶴に能城は続ける。

「沼田峯男の供述調書についても、必要性がないと判断して裁判所はこれを却下する――」

志鶴はすかさず却下決定に異議を発したが、能城はそれを棄却した。最悪の想像が現実になってしまった。

だが――漂白剤の鑑定書については人証を調べることになった。絶望するにはまだ早い。

7

「何なんですかね、俺の人生って……」

アクリル板の向こうで増山淳彦が目を落とした。接見室に重い空気が垂れ込める。

「まともな仕事もつけなかったし友達もできなかったし、恋人も。俺だけこんな……何もしてないのに道歩いてるだけでキモがられたり笑われたり……先生だって俺のことキモいデブだと思ってるっしょ?」

増山は体が大きい。威圧感を覚える女性は少なくないだろう。志鶴は否定しようとしたが、増山はいきなり声を荒らげた。

「もっと違う人間に生まれたかった。それが無理なら生まれなきゃよかった……。俺が女に相手にされる普通の人間だったら、あんとき中学生の制服なんか盗もうと思わなかった。それだって失敗したし。俺……女の子なんか触ったこともない」泣き笑いのような顔になった。

相弁護人である都築と田口の都合がつかず、志鶴は一人で拘置所にいた。志鶴自身、心がぐらついていた。裁判長の能城に貴重な二人の証言の証拠採用を却下されたダメージは尾を引いている。

「先生たちは頑張ってくれてるけど、検察官も裁判官も、俺がこんなだから犯人だろうって決めつけてるとしか思えない。ガキの頃のいじめと同じじゃん。俺なんか誰も助けてくれないって――」

増山は顔を歪め嗚咽した。

増山には四十代の男性なりの成熟が欠けているように感じられることもあった。それを得る機会を奪われたのかもしれない。

「……ほんと、この世界は不平等ですよね。みんな強い人、美しい人、優秀な人が大好きだし、自分が好まない人間には人権なんかなくていいと本音では思ってる。高学歴の人が占めるマスコミも、犯罪者や前科のある人間には人権など存在しないかのように報道する。踏みにじられたことのない者に人権の大切さなんてわからない。法律の専門家でも裁判官みたいなエリートには腹の底からは理解できないんだと感じることはしょっちゅう。あの裁判長を見て増山さんが不安になるのも不思議じゃないです。ただ――絶望するのはまだちょっと早いかもしれません」

増山がゆっくりと顔を上げた。

「増山さんも出廷した公判前整理手続では裁判長と二人の裁判官しかいませんでした。でも本番――公判では、その他に六人の裁判員が加わって審議する。裁判長の意見だけで判決が決まるわけではない」

「裁判員って、普通の人たちなんじゃ……？」

「一般人から選ばれます」

「そいつらもどうせ俺のこと犯人だと思うって」

「おそらくそうでしょう。だから弁護士がいるんです」

増山が目を上げた。

「弁護士を英語で〝ハイヤード・ガン〟――雇われガンマンと呼んだりします。私たちは増山さんのために法廷で検察官と闘います。あの裁判長とも。最後の一秒まであきらめず。裁判員も全力を尽くして説得します。頼りないと思われるかもしれない。でもわれわれにできるすべてで――ベストを尽くすことだけはお約束します」

どうにかそれだけ言った。


増山が接見室を出てからも志鶴はその場に残った。しばらくするとアクリル板の向こうでドアが開き、刑務官に促されて星野沙羅が現れた。志鶴は立ってあいさつを交わし、星野と同じタイミングで座った。刑務官がドアを閉めた。

「あれ？」志鶴を見て星野が首をかしげた。「何か元気なくないですか、川村先生……？」

「え、そうかな」

「ひと目見ればわかりますって。落ち込むことあったとか？」

接客業に就いていた星野は他人の気持ちに敏感だ。

「そんなことない。大丈夫。私が星野さんに心配されるのは、立場が逆でしょう」

「あ、そっか。無実の罪で捕まってひどい目に遭ってるの、私だった」星野が舌を出した。

いつも人懐っこいとはいえ、ことさらにおどけてみせるのはそうでもしないと自分を保っていられないからだろう。こちらが落ち込んでいる場合じゃない。

「いよいよ明後日です」志鶴は言った。

「あー緊張する。私が出るわけじゃないのに」

「星野さんにお話ししたとおり、できる限り準備はしています。明後日も全力で臨みます」

二日後、東京高裁で星野沙羅の控訴審の公判へ向けた事前打合せが行われる。裁判所へ提出する控訴趣意書の作成に時間をかけ、受訴した裁判所の裁判長も慎重に検討すると言明した結果、一審の判決が下されてから九ヵ月という長い時間が経っている。星野の心労もさぞやと察せられるが、志鶴のプレッシャーも日ごとに大きくなっていた。

星野が真顔になる。

「先生が私のために頑張ってくれていることはよーくわかってます。今さらこんなこと言うのは失礼かも。けど――お願いします、頑張ってください、川村先生――！」

勢いよく頭を下げ、なかなか上げようとしなかった。

「信じてます――私、川村先生のこと」

顔を上げ、まっすぐにこちらを見る目は澄みきって、まぶしくさえ見えた。彼女が変わらず寄せてくれる信頼が、今は重かった。


二日後。

東京高裁会議室。志鶴の向かいの席には東京高検の十和田という検察官。四十代くらいに見える女性だ。

「では事前打合せを始めます」志鶴と十和田を左右に見る位置に座る寺越という男性の裁判長が告げた。

控訴趣意書を作る段階から志鶴が助力を求めた全国冤罪事件弁護団連絡協議会のメンバーによれば、寺越はこれまで控訴審で二件の逆転無罪判決を下している。職権を発動して事件を再調査することもあったという。高裁の裁判長は普通、経験年数三十年くらいの裁判官が務めることになっている。年齢は六十歳前後だろうが、丸顔で黒縁の大きな丸眼鏡をかけた寺越はそれより若く見えた。

右陪席と左陪席の裁判官もそれなりに経験を積んだ年齢に見える男女だ。部屋には他に書記官がいた。

弁護人として控訴審を担当するのはこれが初めてだった。志鶴は緊張していた。

「本件についてはすでに弁護人から控訴趣意書が裁判所に提出され、検察官からそれに対する答弁書が提出されています」寺越は甲高い声で早口に言った。「本日の打合せの議題は二つ。弁護人から取調べ請求されている証拠についての検討と、検察官から要請された被害者参加についての検討を予定しています。まず被害者参加の方からやってしまいましょうか。検察官、被害者の意向を話してください」

「はい」黒いパンツスーツ姿の十和田が答えた。「本件で被害者参加を希望しているのは、被告人に殺害された来栖学さんの妻であった来栖未央さんです。彼女は第一審でも被害者参加しましたが、控訴審でも参加を強く要望しています」

「具体的には？」寺越が訊ねた。

「公判期日への当事者としての出席、事実又は法律の運用に関する意見陳述、また、もし証人尋問が行われるのであれば証人への尋問。以上の三点です」

「ふむ。弁護人、ご意見は？」寺越がこちらを見た。

「弁護人としては、来栖未央氏の公判への参加には強く反対します」

「それはどうしてですか？」

「理由は三点あります。まず本件では被告人である星野沙羅さんは第一審から一貫して、正当防衛による無罪を主張しています。無罪を主張する事件に被害者は存在しません。一審の裁判長にもそう主張しました。第二は、本来被害者ではない来栖未央氏の公判への参加が、裁判員裁判だった第一審の判決結果に大きな影響を与えたと考えられるからです」

「どういう影響ですか？」

「端的に言えば、来栖学氏の遺族である彼女への事実認定者——とくに裁判員らの共感や同情の念が、星野さんへの有罪心証を形成させる大きな要因になったと考えます。第三は、控訴審が第一審の判決の成否を審査する事後審だからです。第一審と同様の被害者参加がその目的に資するとは思えません」

「なるほど。では裁判所の意見を述べます。被害者参加については刑事訴訟法で定められており、控訴審でも準用されるというのが当裁判所の見解です。また当裁判所は、被告人が無罪を主張していることをもって、ただちに被告事件への被害者の参加を許さないとするのは適当でないと考えます。当裁判所は、控訴審への来栖未央氏の被害者参加を認めます」

胃がぎゅっと縮まる感覚。今でも夢に見る第一審の判決場面が脳裏に蘇（よみがえ）った。

「次に具体的な参加の内容について。公判期日への当事者としての出席は当然に認められる。事実又は法律の運用に関する意見陳述——これに関する規定が控訴審に準用されるかどうかは立法当初から議論がありますが、控訴審で事実の取調べがなされる場合には控訴裁判所の裁量により可否を判断すると解されています。事実の取調べを行うかどうかについては本日結論を述べる予定はないので、これについては判断を留保します。最後に証人尋問ですが、この規定も控訴審にも適用されると考えます。が、被害者参加人ではなく検察官を通じて行うという運用が望ましいというのが当裁判所の立場です」

「それで問題ありません」十和田がすかさず言った。

くそ――志鶴は奥歯を噛み締めた。

「では弁護人から取調べ請求されている証拠について」

寺越が進める。「弁護人は控訴趣意書で、第一審で証拠調べ請求をしたが採否決定において採用が却下された証拠について、控訴審で事実の取調べを行うよう請求しています。請求している証拠は二点。一点は警察によるＬＩＮＥの通信履歴の解析報告書。もう一点は被告人の当時の同僚女性の供述調書一通。間違いないですね？」

「間違いありません」志鶴は答えた。

「それぞれの具体的な内容と事実の取調べを請求する理由を説明してください」

予断排除の原則により、第一審では公判前に裁判官が証拠について予断を抱いてはならないとされている。が、控訴審ではその原則は適用されない。

「はい。ＬＩＮＥの解析報告書の内容は、来栖学氏が亡くなる一週間前、来栖氏から星野沙羅さんに送信されたトークの記録です。来栖氏はこの一日で五百八十三通のメッセージを星野さんに一方的に送りつけています。その中には『返事をくれないなら死ぬ』『一緒に死のう』などというメッセージも含まれています。この証拠の事実の取調べを請求する理由を述べます。第一審の論告で検察官は、星野さんは、妻子がありながらそれを隠して自分と交際していた来栖学氏に裏切られたと思い、その怒りから来栖氏を殺害しようと考えるに至ったと主張しました。この証拠は、殺意を抱くほど執着していたのは星野さんではなく来栖氏の方だったという事実を示すものです」

検察官と同様に、すでに証拠には目を通しているはずだが、寺越は興味深そうに耳を傾けている。志鶴は続ける。

「次に星野さんの当時の同僚女性の供述調書。こちらは、事件直後の星野さんについてと、事件が起きるひと月ほど前、同僚女性が職場であるキャバクラで目撃した事実を供述したものです」

「目撃したというのは、どのような事実ですか？」

「星野さんを指名した別の客が星野さんの体を触っていたところ、激昂した来栖氏がその客に詰め寄って胸ぐらをつかんで『殺すぞ』と恫喝したという事実です」

寺越は素早くメモを取った。「請求する理由は？」

「来栖氏が激昂しやすい暴力的な人物であったこと、他人に対して殺意を抱くほど星野さんに執着していたという事実を示すためです」

「なるほど。以上ですか？」

「以上です」

「検察官、意見は？」

「どちらも不同意です。いずれも関連性、必要性を認めません」

「わかりました。弁護人、検察官、他に何かありますか？」

「裁判長」志鶴が言った。「公判期日で被告人質問を行うよう請求させてください」

「第一審の記録と判決文を精査しましたが、被告人質問は弁護側、検察側、被害者参加人から再三にわたり、数開廷に及んで行われています。控訴審でも行うべき理由はありますか？」

「裁判長、右陪席、左陪席の皆さんは、星野沙羅さんに対して書面からしか心証を得ておられません。彼女の発言を聞いて改めて心証を形成していただきたいと思います。生身の星野さんを見れば、嘘を言っていないことを理解していただけるはずです」

「ふむ。裁判所の回答は第一回公判期日で述べます。では、他になければ以上をもって本日の打合せを終了します」


「そうですか……」アクリル板の向こうで星野沙羅の顔が曇った。

来栖未央の被害者参加は彼女にとってもトラウマになっているのだろう。

「ただ控訴審は第一審と違って裁判員裁判じゃありません。三人の裁判官だけで判断する。被害者参加の影響は裁判員裁判のときよりは小さいと考えていいと思います」

増山に言ったのとは正反対の内容だが事実だ。

「そうか……」星野の目に光が戻る。「あとはＬＩＮＥの記録と夏希の証言が採用されるかどうか、ですよね？」

酒井夏希は星野の元同僚だ。有罪判決後も東京拘置所へ足しげく訪れ星野と面会している。もし控訴審で証人尋問が行われることになれば証人として出廷すると約束してくれていた。

「今回一番のポイントはそこだと思います」慎重に答える。

平成二十九年のデータで、第一審が裁判員裁判の控訴事件では三百六十人中無罪を勝ち獲ったのはわずかに三人。二百九十四人という大多数は控訴棄却されている。

控訴審の壁も一審と同様高くぶ厚い。
だが――四日後の第一回公判期日で前回採用されなかった証拠が採用されれば、希望はある。そう信じて闘うしかない。

8

「審理を始めます」法壇で法衣姿の寺越が告げた。

星野沙羅の控訴審第一回公判期日。

東京高裁の法廷は、第一審と同様公開されている。傍聴席には一般の傍聴人の他、酒井夏希など星野沙羅の友人たちもいた。第一審では来栖学の母親もいたが、今日は彼女の姿は見えなかった。

二人の刑務官に付き添われて入廷した星野は紺のパンツスーツ姿だ。裁判長の寺越に呼ばれて証言台に立つと型通りの人定質問が行われ、ふたたび志鶴の並びに座った。緊張しているはずだが、志鶴の助言どおり、検察官側の席に座って彼女をにらみつける来栖未央には目を向けず、落ち着いて受け答えをしていた。

「弁護人、控訴理由について弁論しますか？」寺越が志鶴に言った。

「はい」志鶴は立ち上がり、裁判官裁判と同じように弁論する。

控訴理由は刑事訴訟法３７９条の訴訟手続の法令違反及び３８２条の事実誤認。第一審の裁判官は公判前整理手続において、判決に重大な影響を及ぼす弁護側請求証拠二点につき採用を却下したが、証拠能力のある証拠をそうでないとしたこの証拠調べ請求の却下は合理性を欠くため、刑事訴訟法３７９条に定められた訴訟手続の法令違反に相当する。また、第一審の判決は亡くなった来栖学の司法解剖鑑定書の記載内容を等閑視しているため、来栖の死因を急性硬膜下血腫ではなく出血性ショックとした事実誤認がある――というのが、その骨子だ。

「検察官、意見は？」志鶴の弁論が終わると、寺越が口を開いた。

十和田が立ち上がった。「控訴の理由はないと考えます」

「弁護人、証拠二点と被告人質問を請求しますか？」

「請求します」志鶴は答えた。

「検察官、意見は？」

「いずれも不同意。関連性、必要性がないと考えます」

「被告人質問の請求は却下します」寺越が志鶴を見た。「ＬＩＮＥの解析報告書と被告人の元同僚の供述調書については証人尋問を行います」

よし――！　志鶴は星野と目を合わせた。来栖が十和田を見た。十和田が彼女に何事かを話した。来栖が顔を歪め志鶴と星野をにらんだ。第一審で裁判員の前では見せなかった表情だ。彼女自身も夫に裏切られていたが、何としても星野を許す気はないのだろう。

「証人尋問については次回公判期日に譲ることにします。弁護人、検察官――」

志鶴と十和田はそれぞれが手帳を手に法壇へ向かう。三者の相談で次回の期日が一週間後と決まった。


「――酒井さん、あなたがここに呼び出された理由が何かおわかりですか？」

星野沙羅の控訴審第二回公判期日。

証言台に向かって座る酒井夏希に、法壇の斜め前から志鶴は訊ねた。減刑を求める情状証人ではないので、星野との関係についての質問は最小限にして本題に入る。

「私が職場で見た事件のことだと思います」髪の毛は明るくカラーリングされているが、落ち着いたグレーのスーツ姿だ。

「あなたの職場とは、先ほどお聞きしたキャバクラ店のことですね？」

「はい」

「そこで事件を目撃された。そうですか？」

「はい」

「どんな事件だったか、まず簡単にご説明いただけますか？」

酒井はちらっと来栖未央に目を向けてから視線を正面に戻した。「亡くなった来栖学さんが、他のお客さんにつかみかかって『殺すぞ』と脅した事件です」

「嘘――！」来栖が声をあげた。

「被害者参加人は不規則発言を控えてください」裁判長の寺越が彼女に注意した。「弁護人、どうぞ」

「酒井さん」志鶴は再開する。「来栖学さんが他のお客さんにつかみかかって『殺すぞ』と脅した事件が起きた日付を言うことができますか？」

「はい」

「その日付を覚えている理由は何かありますか？」

「同じ店の女の子同士で作っているグループＬＩＮＥで、その日店に出ていなかった子たちにも教えようと、私がすぐ投稿しました。それで日付がわかります」

「なるほど」志鶴はうなずく。「来栖学さんが他のお客さんを脅した日付を教えてください」

酒井はよどみなく日付を答えた。

「来栖さんが亡くなるひと月ほど前ですね。では、そのときのことについて詳しく聞かせてください――」

当時の状況を酒井は明瞭に語った。その内容は星野が志鶴に語ったことと一致している。今日のために酒井には事務所で一度リハーサルをしてもらっていたが、記憶に刻まれており嘘をつく必要もないからだろう、初めて法廷で証言するとは思えないほど堂々としていた。

「酒井さん、あなたがここに呼び出されたもう一つの理由について思い当たることがありますか？」

「はい……」彼女は星野の方をちらっと見た。「来栖学さんが亡くなったときのことについてだと思います」

志鶴はその日付と時刻について、誘導尋問とならぬよう酒井の証言を引き出した。

「――来栖学さんが倒れたまま動かないと星野さんが酒井さんに言った。そのときの星野さんはどんな様子だったか覚えていますか？」

「忘れっこないです」酒井は目をしばたたいて星野を見た。「すごく怖そうで……声も苦しそうで咳き込んでました。泣きながら、『来栖さんに首を絞められて……殺されそうになった』って――」

十和田は異議を唱えたくてじりじりしていそうだった。来栖未央はものすごい目で酒井をにらみつけていた。

「尋問を終わります」志鶴は言った。

代わって十和田が反対尋問に立つ。

「被告人の爪やすりで来栖学さんが腹部に損傷を負った日についてお訊ねします。先ほどのあなたの証言では、倒れたまま動かない来栖さんを見て、被告人がまず最初に電話で連絡したのはあなただった。間違いありませんか」

「はい」

「あなたと被告人の関係は、たんなる職場の同僚に留まらない、親友と言えるものですね」

酒井はちらっとこちらを見た。志鶴は異議を発しなかった。

「はい――親友です。だから私が一番よく知ってます。沙羅は――人なんか殺してない！」星野を見る目が潤んでいた。

「証人は訊かれたことだけ答えるように」寺越が注意し

た。

「来栖学さんが倒れて動かなくなったあと、被告人はまず最初にあなたに電話して事情を話した。そのときあなたは被告人に救急車を呼ぶよう助言した。そうですね？」

「はい」

「警察に通報するようにという助言はしなかった。違いませんね」

「……はい」

「被告人に助言をしたとき、あなたは、来栖学さんの腹部に被告人の爪やすりが刺さっていたことを知っていましたね？」

「……はい」

「来栖さんの腹部から出血していたことも知っていた。そうですね？」

「……はい」

「尋問を終わります」十和田が寺越に言い、席に戻った。

「裁判長」志鶴は立ち上がった。「再主尋問をさせてください」

「どうぞ」寺越が言った。

志鶴は法壇の斜め前に立った。酒井は不安げな顔をしていた。反対尋問で何か失言をしてしまったのではないかと思っているのかもしれない。志鶴は安心させるように微笑みかけた。

「来栖学さんが星野沙羅さんの部屋で転倒して意識を失った日のことをうかがいます」少し間を取った。「星野さんから電話で連絡を受けた際、事情を聞いた酒井さんは救急車を呼ぶよう星野さんに助言をした。なぜそう助言したのですか？」

「だって——来栖さんが怪我をして動かないって聞いたから」

「でもそのとき、星野さんは来栖さんに首を絞められて殺されそうになったとも酒井さんに話していたんですよね？」

「はい」

「あなたは星野さんの状況についてどう考えていましたか？」

「心配でした、すごく。来栖さんが意識を取り戻したらまた沙羅——星野さんを襲うんじゃないかって」

「酒井さんは星野さんの身の安全を危惧されていた。それなのになぜ警察に通報するよう勧めなかったんですか」

「来栖さんが意識をなくして動かないって聞いたからで

す。だったらすぐ沙羅を襲う心配はないかなって。救急隊員がいれば、もし来栖さんが意識を取り戻しても沙羅はその人たちに守ってもらえると思ったんです。警察にはそのあと通報すればいいって」

志鶴は寺越に「尋問を終わります」と告げ、席に戻った。

「検察官、再反対尋問はしますか？」寺越が十和田に問う。

十和田は険しい形相の来栖未央としばらく話したあとで「しません」と答えた。

「では証人は傍聴席に戻ってください」寺越が酒井に言った。

酒井が志鶴を見る。志鶴は微笑んでうなずいた。酒井はほっとしたような表情で星野を見た。星野は涙ぐんでいた。酒井が傍聴席に戻り、大きく息を吐いた。

「十五分、休廷します」寺越が告げ、裁判官たちが退廷した。

公判が再開された。

次に召喚された証人は、来栖学から星野へ送ったＬＩＮＥのメッセージを証拠化した警察官だった。当然こちらに敵対的だったが、志鶴は捜査報告書に記載されていた事実――来栖が一日で五百八十三通のメッセージを星野に一方的に送りつけていたこと、その中に『返事をくれないなら死ぬ』『一緒に死のう』などというメッセージも含まれていたこと――を法廷に顕出させ、尋問の目的を達することはできた。

検察側は反対尋問をしなかった。

「では被害者参加人による、事実又は法律の運用に関する意見陳述を行います」寺越が言った。「被害者参加人、どうぞ」

来栖未央が証言台に立った。第一審で清楚な美人という印象を持ったが、当時はなかった荒んだ陰のようなものがそれを変えていた。

「来栖が亡くなったことで、私たち家族はすべてを奪われました。息子は当時まだ生まれたばかりでした。顔も覚えていないうちに父親を奪われてしまったんです。私は夫を奪われ、姑は一人息子を奪われました」

来栖が真っ赤な目で星野をにらんで指を突きつけた。

「私はうつになり、外出することもままなりません。子育ても実家の両親や姑の力を借りてどうにかやっています。それなのにあの人は――罪を認めようとしない。夫を侮辱し、私たち家族全員の名誉をずたずたに切り裂きました――」

来栖が名前を呼ぶのもけがらわしいという顔を星野に向けた。

「裁判長、異議があります」志鶴は立って穏やかに指摘した。「ただいまの陳述は、犯罪の成否に関する事実関係についての意見に当たります。刑事訴訟法第２９２条の2第1項に反するものです」

十和田が立ち上がった。「あくまで被害者参加人が感じた意見の範囲内の陳述です。弁護人の異議には根拠がありません」

「異議を棄却します」寺越が告げた。「被害者参加人、どうぞ続けてください」

「はい。私は……懲役十三年なんて軽すぎると思っています。罪を認めず控訴するなんて――人間の心があるんですか？」

涙がぼろぼろこぼれ落ちた。荒い呼吸を整えた。星野が大きく息を吸い、吐いた。

「裁判長、お願いします」来栖が星野を指さした。「どうかその――その人に、厳罰を与えてください。でないと死んだ夫も浮かばれません。私たち家族だって救われない。お願いします――！」

証言台に両手を突いて頭を下げる。全身がぶるぶると震えていた。三人の裁判官は感じ入ったように見入っていた。

「――以上ですか」寺越が声をかけた。

来栖がうつむいたまま「……はい」と涙声で答えた。

「では被害者参加人は席に戻ってください」

十和田が立ち上がって迎え、よろめく来栖に手を添えて席に戻らせた。

法廷が静まり返る。

寺越が二人の裁判官と何か話してから、「判決は次回公判期日で言い渡します」と告げた。志鶴と十和田が法壇へ出向き、次回の期日が決まった。

「閉廷します」寺越が言い、法廷の全員が立ち上がって一礼し、三人の裁判官が退廷する。

刑務官たちが星野沙羅に手錠をかけ腰縄を打ちはじめた。

「きっと大丈夫だからね、沙羅――！」柵を隔てた傍聴席から酒井が叫んだ。

「うん、ありがと……」星野が洟をすすって志鶴を見る。「わかってもらえますよね、川村先生？　私はやってないって、今度こそ――」

とっさに返事が出てこなかった。証人尋問の手ごたえはあった。だが――第一審でもそう感じたのだ。検察官側の席からこちらを見据える来栖未央と目が合った。志鶴は腹に力を込め、星野に言った。

「そう信じましょう」

9

気がつけば十二月も終わりが押し迫っていた。年末年始の休みを挟んで、星野沙羅の控訴審第三回公判期日は一月八日と決まった。増山の審理計画を策定する公判前整理手続も東京地裁で持たれる中、ばたばたと年を越した。


一月八日午前九時。

志鶴は東京高裁の法廷にいた。刑務官二人に挟まれた星野沙羅も弁護側に座っている。正面には検察官の十和田と被害者参加人として参加した来栖未央がいた。満席の傍聴席には来栖学の母親の他、報道関係者の姿も見えた。星野の親友である酒井夏希もいる。三人の裁判官が入ってくると一斉に立ち上がり、一礼して席に着く。

緊張をはらんだ沈黙が満ちた。

「判決を言い渡します」法壇で裁判長の寺越が判決書を手にした。「被告人は前に出てください」

「はい」星野が証言台の前に立って法壇を見上げた。

「主文――」

控訴審の判決は控訴棄却か原判決破棄のいずれかだ。無罪になるとすれば原判決破棄でなければならない。志鶴は息を詰め、胸の内で祈りの言葉を発していた。

「――原判決を破棄する」

傍聴席がどよめいた。星野が口を開く。来栖が「嘘」と声をあげた。志鶴も信じられなかった。本当にそう言ったのか。「ええ――ッ」雄叫(おたけ)びのような声が傍聴席からあがった。来栖学の母親だ。

「静粛に――!」寺越が声を張った。「静かにできない人はただちに退廷してください」

「だっておかしいですよ裁判長――」来栖の母親が食い下がった。

「あなたに退廷を命じます」

母親は立ち上がると、寺越をにらみつけて出て行った。

法廷が静かになった。

「主文を最初から言い渡します」寺越が再開する。「主文、原判決を破棄する。被告人を懲役三年に処する――」

「え――」星野が声を発する。

志鶴も耳を疑った。原判決が破棄された時点で当然無罪判決を期待していた。原判決の十三年という懲役が減刑されただけだったとは。傍聴席がざわつく。来栖が十和田を見た。十和田は寺越に集中している。寺越は上記刑に算入する未決勾留日数を告げたところで間を取った。

志鶴は息を呑んだ。

「この判決が確定した日から五年間、上記刑の執行を猶予する――」

星野が眉をひそめる。傍聴席で酒井が「どういうこと……」とつぶやいた。執行猶予付き有罪。まさかの判決だった。星野が志鶴を見る。どんな顔をしていいかわからなかった。来栖が十和田に何か言った。十和田が手で黙らせた。寺越は星野を座らせ、判決書の理由部分の朗読を始めた。

「弁護人川村志鶴の控訴趣意は、原判示の殺人に関する、訴訟手続の法令違反及び事実誤認の主張であり、検察官の答弁は、原審の訴訟手続に法令違反はなく、原判決に事実誤認はないというものである。控訴趣意の第一点、訴訟手続の法令違反について。弁護人は原審が弁護人請求証拠二点を採用しなかったことにつき、証拠能力のある証拠を証拠能力がないとしたこの証拠調べ請求の却下は合理性を欠くため、刑事訴訟法379条に定められた訴訟手続の法令違反に相当すると主張する。この二点について当審では証拠採用し、いずれも証人尋問により事実の取調べを行った。まず被告人友人酒井夏希による証言――」

星野がため息をついて両手で頭を抱えた。

志鶴は腿の上で固く拳を握り締めた。なぜだ。なぜ勝てなかった。法壇を見上げ、判決文に全神経を集中する。

「――また、酒井証人は被告人と親友であることを自ら認めており、来栖学氏が意識を失った直後に被告人が最初に連絡、相談した相手であったことからもこの点に疑問はないと判断できる。酒井証人の証言には親友である被告人を窮地から救いたいという意図が介在している可能性は否定できないと言うべきである。職場であるキャバクラ店パラディーソにおいて来栖氏が起こしたという事件Bへの証言の真偽についてはこの点に鑑みて慎重に判断すべきであろうところ、仮にこの事件Bが真実起きたものであるなら来栖氏が他の客Xの胸ぐらをつかんで『殺すぞ』と恫喝するまで、パラディーソの男性従業員が制止に入らないのは不自然ではないかという疑問がまず生じるし、恫喝の被害を受けたとされるXが暴行・脅迫の被害を警察に訴え出なかったのかという疑問も生じる。よしんばこの証言にある事件Bが真実起きたものだったとして、酒井証言には親友である被告人を慮って の主観による偏頗が介在している可能性は否定できないことは考慮すべきであろう——」

　星野の親友である酒井の証言には信憑性に疑問が残るという判断だ。

「最後に、この事件Bについての酒井証言が真実であったとして、それをもってただちに来栖学氏が殺意を持って被告人の首を絞めたと推認できるかという点が畢竟の問題となる。すなわち事件Aの発生時に被告人が急迫不正の侵害を受けたと推認できるかどうかであるが、時間的にも空間的にも大きな径庭のある事件Bにおける来栖氏の行為をもってそれを推認することには合理的な疑いを生じさせる余地がある。しかるにこの酒井証言には被告人の正当防衛に関する判断に影響を与えないと判断せざるを得ない。したがってこの証拠を採用しなかった原審に手続の法令違反があったとする弁護人の所論は失当である——」

　寺越の朗読は続いた。志鶴が控訴審で取調べ請求した二人の証人の証言がもし第一審で採用されていたとしても、来栖学の星野への殺意を推認させることはできず、星野に下された判決は変わらなかったであろうというのがその骨子だった。来栖学の死因についても、死亡診断書の死因を採用した原審の判断を「是認できる」とした。

「——しかしながら、凶器である爪やすりは殺傷能力が高いとは言えず、計画性を持って被害者を殺害したとする原判決の評価は是認することができない。また、被告人は犯行行為に及ぶ一週間前に、被害者からＬＩＮＥで一日で五百八十三通という多大な数のメッセージを一方的に送りつけられており、別れたくないという内容のものが複数あることから、被告人に強い執着を抱いていたのは被害者の方だったと推認できる」

　来栖が今度は寺越をにらみつけていた。星野は頭から手を離し、うなだれていた。

「よって、被害者に対する強い執着から殺意を抱くに至ったとする原判決の評価も是認できない。さらに、被害者が被告人に送りつけたメッセージの中には『返事をくれないなら死ぬ』『一緒に死のう』という文言も含まれていたことから、被告人が被害者に対して恐怖心を抱いていたと推認することは可能である。こうした状況下にあって、思い詰めた被告人は被害者に対し殺意を抱くに至った――」

「違う……」星野が発して首を振った。涙ぐんでいる。

「その経緯や動機は、一面では独りよがりと非難されるべきだが、被害者が被告人の要請を受け恋愛関係を解消していれば本件犯行は避けられたと考えられる。また、被告人が被害者を自宅マンションに入れたのは、直前に被害者からＬＩＮＥで受け取った『わかった。別れる。でも最後にちゃんと謝らせて。今から行く』というメッセージの文言を信じたからであること、被害者のメッセージが虚偽であったことは認められる。こうした経緯を踏まえると、被害者に裏切られたと感じた被告人を強く非難することはできない。以上の諸事情を総合して勘案するに、被告人を直ちに実刑に処することを相当とする事案とは認めがたく、被告人を主文の刑に処した上、量刑傾向を踏まえ、その刑の執行を法律上許される最長期の五年間、猶予するのが相当であると判断した。よって当審は主文のとおり判決する」

判決文の読み上げが終わった。

「検察官、被告人は上告する意思があるのであれば、明日より十四日以内に行ってください」

「裁判長――」十和田がすかさず立ち上がった。「検察は上告します。引き続き被告人の勾留を求めます」

星野の顔が歪んだ。傍聴席で酒井が「嘘でしょ！」と叫んだ。

「認められません――！」志鶴は席を立った。「刑事訴訟法３４５条。執行猶予の判決が下れば勾留状は効力を失う。星野さんはただちに釈放されるべきです」

寺越が十和田を見た。「上告については上告状を提出してください。被告人のこれ以上の勾留については当裁判所は必要を認めません。では閉廷します」

裁判官たちが立ち上がり、志鶴や傍聴人も起立し、一礼した。星野はよろよろとこちらへ戻ってきた。二人の刑務官をおそろしげに見る。彼らの間の席に戻るべきか迷っているようだ。刑務官たちは彼女など存在しないかのように正面を向いて事務官を待っている。

「大丈夫ですよ、星野さん。あなたは自由の身です」志鶴は声をかけた。「拘置所には戻りません」

「で、でも……有罪って」

「執行猶予がついたんでしょ」傍聴席で立ち上がった酒井が言った。メイクが涙で流れている。「出られたんだよ、とにかく……」

星野が志鶴を見た。わずかの間に驚くほど憔悴していた。今度こそわかってもらえる——控訴審にそう期待していたが、今度もその思いは踏みにじられた。

「……どうしたらいいんですか、私」血の気の引いた唇がわななないていた。

三月の初め、公判前整理手続で増山淳彦の裁判員裁判の審理計画が定まった。

第八章 審理

1

夜の八時過ぎ。志鶴は事務所の会議室のテレビで『緊急特番！ 女性ヘイト大国ニッポン』という番組をリアルタイムで観ていた。

日本社会が女性に対していかに差別的であるかというのが番組のテーマだった。「刑事司法から見る女性差別」という話題がメインになっている。

『まずは被害者の視点から女性差別について語っていただきます』女性キャスターが言った。『最初のゲストは、これまで数多くの性犯罪被害者の代理人を務めてこられた弁護士の天宮ロラン翔子さんです――』

天宮は、日本で警察や検察、裁判所に性犯罪を認めさせるハードルがどれだけ高いか、諸外国の法律と比較して語った。『さて、女性へのヘイトクライム――憎悪犯罪の中でも最も重いのは殺人です。番組ではこれについても採り上げます。天宮さんには残っていただき、新たなゲストをお招きします。浅見奈那さんと弁護士の永江誠さんです――』

浅見奈那は中学二年生の娘がいたとは思えないほど若く見える。つやのない髪を後ろでまとめ、襟ぐりのたるんだTシャツの上に薄地のフードつきパーカーを着ていた。部屋着に見えなくもなかった。落ち着かなげな様子で席に着いた。

彼女の出演を予告する番宣を観た森元に教えられたことが、増山の公判期日が始まる四日前にテレビをつけた理由だ。

『こちらのお三方には共通点があります』キャスターが神妙な顔をカメラに向ける。『荒川河川敷女子中学生連続殺人事件。約半年の間を置いて、足立区の荒川河川敷の同じ場所で、二人の女子中学生の遺体が発見された凶悪事件です――』

事件についての報道をまとめた映像が流れた。

『この事件で最初の犠牲者となった浅見萌愛さんのお母様が、浅見奈那さんです。一人娘の萌愛さんをあのような形で奪われてまだお辛いと思いますが、今日はようこそおいでくださいました』

浅見は身を固くしたまま小さくうなずいた。

『本当はね、出たくないって泣いてたんですよ』永江がしゃしゃり出た。『そりゃそうでしょ。さらし者になんかなりたくない。けど僕が説得したの。このままだと殺され損になっちゃうよ！　って。あの増山って男、いったん自白したのに弁護士ついたら図々しく無罪を言い張るようになったでしょ。示談金も寄越さないし、裁判でも無罪を主張してのらりくらりと逃げるつもりかもしれない。そんな非道を通さないためにも、奈那さんは堂々とテレビで訴えなきゃ駄目だ！　って。だよね？』

永江が水を向けると、浅見が涙目になった。キャスターが素早く引き取る。

『ご紹介が遅れてしまいましたが、永江さんは浅見奈那さんの被害者参加弁護士です』

『あ、失敬』永江が手を後頭部に当て、にやにやした。

『段取り、忘れちゃってた』

番組は録画しているが、志鶴は手元のリーガルパッドに永江の発言のメモを取った。

『そして天宮さんは、二人目の犠牲者である綿貫絵里香さんご遺族の被害者参加弁護士を務めていらっしゃいます。永江さんがおっしゃったように、この事件で、一度は綿貫絵里香さんに対する殺人の罪を認めた増山被告は、その後黙秘から、勾留理由開示公判では無罪主張に転じています。天宮さん、この番組の放映日の四日後、いよいよ公判が始まるわけですが、増山被告が引き続き無罪を主張する可能性は？』

『高いと考えます』天宮が答えた。

『この事件では、犯行現場から被告のDNAという決定的な証拠も見つかっていますよね？　なぜそう思われるのでしょう』

『通常であれば、情状酌量を求めて罪を軽くしようとするのがセオリーと思われるケースです。が、弁護団にそのような動きはなさそうに思えます』

　守秘義務もあってか言葉を濁している。綿貫絵里香の遺族に雇われた直後、天宮は電話で志鶴に宣戦布告し、永江とは対照的に、裕福な自分のクライアントは示談交渉に一切応じるつもりはないと情状を訴える道を潰してきた。志鶴が反応しなかったのでそう判断したのだろう。

『犯人が犯人なら、弁護士も弁護士だよね』永江が割って入る。『菓子折り持って被害者に土下座してでも示談金を受け取ってもらおうとするのがまともな弁護士の務めでしょうが』

　恨みがましい永江をキャスターは無視した。

『増山被告の弁護団には、これまで何回も無罪を勝ち獲(と)った、業界では著名な都築賢造(つづきけんぞう)弁護士がいます。天宮さん、このことについてはどうお考えですか？』

『彼の存在も、無罪主張の可能性が高い理由の一つです』

『浅見さんにお訊(たず)ねします』キャスターが顔を向けた。『もし増山被告が公判でも無罪を主張したら、どんなお気持ちになるでしょう？』

『……あ、あの、うちは母子家庭で――母子家庭、でした』浅見がおずおずと口を開く。八重歯が目立った。『私、体が弱くて、スーパーのパートしてるけどずっとお金がなくて、萌愛にはかわいそうだったと思います――』

　同じ被害者参加人でも綿貫絵里香の母親は番組に出演していない。公判期日でも法廷で遮蔽措置を施すよう検察官を通じて申し入れがあった。被害者であっても衆目にさらされるリスクについて、浅見は無自覚な印象を受ける。

『私はいい母親じゃなかった……でもあの子は私のこと心配してくれて、中学出たら働くって言ってくれてました。勉強は苦手だけど、優しい子で――私なんかと違ういい人生を送ってほしいと思ってました。なのに』言葉を詰まらせ、咳(せき)をするように身を震わせた。

『しっかり、奈那さん！　ちゃんと言わなきゃわかんないよ』永江が叱咤(しった)する。

『――なのに、なのにあんなことに……』洟(はな)をすすった。

『体、全身火傷(やけど)みたいになってて……かわいい子だったのに』息を詰まらせた。『な、なんでこんなひどい目に遭わなきゃいけないの？　あの子そんなに悪いことした……？　意味わかんなくて頭ん中真っ白になって……』うっ、うっと嗚咽(おえつ)する。『あの子は――萌愛はもう帰ってこないけど、せめて知りたいです。萌愛がなんであんな目に遭わなきゃいけなかったのか。だから――犯人には嘘をつかず、本当のことを言ってほしいし、自分の命で罪を償ってほしい』

浅見が娘を殺した犯人を増山だと信じているのは仕方ないが、テレビが一方的に流すのは問題だ。視聴者は増山を犯人視して疑わない。裁判員は彼らの中から選ばれるのだ。

『浅見さんは仕事の合間を縫って、亡くなった萌愛さんのために街頭に立ち、増山被告の極刑を求める署名活動を行っています』キャスターが補足する。『その活動を支える思いについてお聞かせください』

『はい……死んだ萌愛のためにできるのは、それしかないと思って。ネットと合わせて、何とか二万人分集めました。それだけの人が、増山って人のこと許せないって思ってくれるんだって、勇気もらえました。みんな見てるんだから嘘はつけないよってこと、犯人にわかってほしい。それだけです……』

『ほんとは死刑でも足りない！　萌愛ちゃんは還ってこないんだから』永江が興奮する。

浅見の目からぼたぼたっと涙が落ちた。

番組の制作意図は明確だ。増山を犯人扱いし、遺族の被害者感情に視聴者を巻き込んで処罰感情を煽り立てる悪意に満ちたプロパガンダ、報道の名を借りた私刑だ。公判直前というタイミングで爆弾を落としてきた――増山を地獄へ突き落とすために。

『……ありがとうございます』キャスターが沈痛な面持ちで声をかけた。『天宮さん。四日後に初公判を控える裁判について、弁護士であり一人の女性でもあるお立場からご意見を』

『もし増山被告が犯人なら、二件のいたましい連続殺人事件は性差別的な日本社会が生んだ女性へのヘイトクライムです。そして、量刑判断的には極刑もありうるこの事件の裁判でもし軽い判決が出てしまえば――間違いなくこの国の女性蔑視・女性ヘイトは許されるものだという強烈なメッセージとして働くでしょう』

『それは、被害者のご遺族の弁護士という立場からのご意見でもありますか？』

『違います』きっぱり否定した。『この国の司法に関わる専門家であり、一人の女性としての客観的な意見です。視聴者の皆さんには、ぜひそうした意識を持って四日後から始まる公判を見守っていただきたいと思います』

『われわれメディアもしっかり監視します。犯行を認める自供を翻して無罪主張に転じた被告と著名な刑事弁護士。裁判官や裁判員は正しい判決を下せるのか。この国の女性差別的な司法を変えていくためにも見逃せない裁判になると思います。視聴者の皆さんもぜひ注視して、正義のために声をあげてください。天宮さん、浅見さん、永江さん、ありがとうございました――』

ペンを走らせる志鶴の手は止まらなかった。報道は「法の支配」をたやすく脅かす。裁判官や検察官でさえ動かす力を持つ。あの番組を真に受けた人間が裁判員になれば、喜んで増山を有罪にするだろう。弁護人として抗議しなければ。この番組については都築にも知らせてあった。相談するためスマホをつかんだ。呼び出し音が途切れて通話状態になり、「もしもし――」と切り出すと『川村さん？』と都築ではなく女性の声で返ってきた。『都築の妻です』彼女には何度か会ったことがあった。

「あ、こんばんは――ご無沙汰しています」いやな予感がした。「都築先生は？」

『それが――』

一時間ほど前、自宅で急に胸などが激痛に襲われ、救急車で病院へ向かったところ急性心筋梗塞の診断を受け、現在手術中だという。

「大丈夫ですか？」自分の声でないようだった。

『あの人、前にも一度発作起こしたことがあって。今回はカテーテルじゃなくバイパス手術で、体への負担は大きいけど体力はありそうだから手術はそれほど心配しなくていいって先生が――』

「……そうですか」半年ほど前だったろうか、増山の事件の公判前整理手続で、検察官相手に激昂した都築が「うっ」と呻いて胸を押さえたことがあったのを思い出す。

『でも、しばらく入院が必要だって』声を落とした。

『もうすぐ、よね……増山さんの公判？』

2

「いやあ、面目ない」起こした電動ベッドに背をもたせ、患者衣姿の都築が息をついた。

昨夜の手術はうまくいったらしい。

「前に一度同じ病気をやったのに、自分を過信していたよ」

「奥様からお話を聞いたときはびっくりしましたが、ご無事で何よりです」

「うむ——」都築は豊かな髭の下で口を引き結んだ。

「医者から、三週間は退院できないと言われた」

足下の床に裂け目が生じたような感覚。三日後に始まる増山の公判期日の審理日程は八日間。土日を挟んで最終日は十四日後だ。冒頭陳述に始まり、各証人への主尋問と反対尋問、最終弁論など、十日分の膨大な弁護活動について都築と念入りに打ち合わせ、分担を決めてあった。もう一人の相弁護人である田口に都築の代わりは不可能だ。

「……そうですか」

志鶴の内心と裏腹に、個室の窓からは爽やかな五月の朝の陽射しが差し込んでいた。

「川村君、すまない」都築が頭を下げ、なかなか上げなかった。見たことのない姿だった。

「先生……」

都築が顔を上げた。「増山さんのことを思えば、期日は延期できない。申し訳ないが、増山さんの裁判は僕抜きで闘ってもらうしかない」

膝から力が抜けそうになる。引きつった笑みが出た。

「……できるかな」

「できる。君ならできる。僕の代わりは君じゃなきゃ駄目だ」すかさず返ってきた。少年のように澄んだ瞳がこちらを見る。「君も知ってのとおり、僕はこれまで大学や法科大学院、弁護士会の研修会などで刑事弁護人を志す多くの後進の指導に当たってきた。その経験の中でわかったことが一つある。優れた刑事弁護士になるための技術は教えることができる。だが——弁護人としてのスピリットは違う」

「スピリット……?」

「ここだ」右拳を心臓の前にかざした。「初めて出会ったのは、君がまだ弁護士になる前、ロースクール生の頃だったな、川村君。インターンとしてうちの事務所に来た君を見て、こう感じたよ——ああ、また一人、日本の未来の刑事弁護を担う本物の弁護人の原石が現れたって」

鼓動が高まった。陽射しの中で都築は穏やかな笑みを湛えて志鶴を見ている。

「どう判断するかって? 簡単だよ。自分が被告人になったと想像して、法廷で横についてもらいたいと思えるかどうかだ。日本の刑事裁判の被告人ほど絶望的に孤独な状況にある人間はそういない。もし僕がそうなったとき、川村君が弁護してくれれば目の前の暗黒の向こうにうっすら希望の光が見える。君はそう思える人だ。増山さんもきっとそう思ってる」

「先生――」

「日本の刑事裁判の有罪率が九九・九パーセント？　上等だ。魂ある弁護人に熱い血が流れる限り、不可能はない。さあ行け川村志鶴、この都築賢造の分まで、法廷で存分に暴れてくれ――！」

　都築は胸の前から振り上げた手で、太陽の方をまっすぐ指さした。


　病院を出た志鶴は秋葉原にある事務所へ出勤した。都築が入院した話を聞くと、田口司（つかさ）は案ずる顔をした。

「……大丈夫か？」

「――きっと。手伝ってほしいことがあります」志鶴はプリントアウトしたコピー用紙をかざした。「裁判所から、増山さんの公判の裁判員候補者名簿が送られてきました。ウェブで検索してＳＮＳアカウントがないか調べていただけますか？」

「なぜ？」

「特定できれば職業や家族構成、思想の傾向などがわかるかもしれない。そこからプロファイリングして、増山さんにとって不利と思われる人を選任手続で外すようにするんです。私がテレビ局への抗議書面を作る間だけでもお願いします」

「――承知した」名簿を受け取った。

　志鶴は自分のデスクで『緊急特番！　女性ヘイト大国ニッポン』を放映したテレビ局への抗議文を内容証明の書式で作成し、内容証明郵便で発送するよう森元逸美（いつみ）に頼んだ。ＢＰＯ（放送倫理・番組向上機構）のウェブサイトからも人権侵害の申立用紙の書式をダウンロードし、書面を作成して封入した。あの番組が多くの人に植えつけた、増山こそ犯人であるという先入観が払拭されるとは思わない。が、見過ごせはしない。

　田口から引き継ぎ、裁判員候補者のウェブ検索にかかる。裁判所が呼出状を送った名簿の氏名は約六十名分。同姓同名が多ければ特定はできないし、検索に引っかからない者もいる。それでも最終的にはＳＮＳやブログで十名ほど特定できたと思われた。娘を持つ者、「正義感」が強く他罰的傾向があると思われる者をチェックした。

　裁判員を決める選任手続期日は公判期日が始まる前日に行われる。当日、志鶴は一人で朝から東京地裁に出向いた。選任手続期日には、能城（のしろ）を裁判長とする三人の裁判官の他、検察官、弁護士も立ち会う。三人の検察官のうち、世良義照（せらよしてる）と青葉薫（あおばかおる）の二人が同席した。選任手続に先立ち、呼び出した候補者たちから事前に回収していた質問票の写しを志鶴と検察官が閲覧し、欠格事由がないことを確認した。

　呼び出しに応じて出頭した五十名弱の裁判員候補者たちは、集められた会場で初めて対象となる事件の内容を知らされ、事件の関係者でないか等の欠格事由、不適格事由の有無、辞退の意思を当日質問票により確認される。その後、志鶴たちがいる部屋で対面での質問に移る。

「裁判長、加えていただきたい質問が二つあります」志鶴は能城に言った。

「何か」

「一つは、増山さんを厳罰に処すべきと考えているかどうか。もう一つは、娘を持つ親、あるいは孫娘を持つ祖父母であるかどうか」

「一つ目については、よかろう。だがもう一つは却下する」

「必要性はあります。増山さんに対して公平な裁判ができるかどうか――」

「必要性は関係ない。弁護人が請求した質問は個人情報に関するものだ。論外である」

　引き下がるしかなさそうだ。仕事と病気を理由に辞退の意思を示した二人を個別に面談したあと、係員が能城に確認し、残りを五つのグループに分けてまず十人ほどの候補者を入室させた。能城の様子が変わった。能面のように無表情だった顔が緩んで自然な笑みが浮かび、パイプ椅子に座った候補者たちを温かなまなざしで眺め渡す。冷徹な威厳が、慈愛を感じさせる父性へと一変したようだった。

「皆さん、おはようございます」能城が会釈する。金属を思わせるいつもの固い声音ではなく、ビロードのように滑らかで豊かな発声だ。感心するほど見事な豹変（ひょうへん）ぶりだった。

　候補者たちも会釈やあいさつを返す。

「本日はお忙しい中、呼び出しに応じていただき、ありがとうございます。全国の裁判官、書記官その他裁判所関係者を代表して御礼申し上げます。私は皆さんが裁判員候補者となった事件を担当する裁判長の能城と申します」ここでまた会釈した。「お呼び立てしたうえに質問票の記入をお願いしたり、質問したり、裁判所は何様だと思われている方もいるかもしれません。が、こうした手続は法律で決められています。私たち裁判官が法律を破っちゃうといろいろ問題がありまして――」

候補者から笑いが起こった。

「これもすべては公平な裁判を実現するためとご理解いただければ幸いです。二つ質問させてください。まず一つ目。皆さんの中に、公平な裁判をできる自信がないとお考えの方はいらっしゃいますか？　いたら挙手を願います」

誰も手を挙げなかった。

「では二つ目。皆さんの中に、今回の事件の被告人は厳罰に処されるべきであるとお考えの方はいらっしゃいますか？　やはり回答は挙手で願います」

一人が手を挙げた。六十歳くらいに見える男性だ。志鶴は胸につけられた名札の数字を見た。裁判所から送られた候補者名簿の氏名には番号が振られている。同じ番号の氏名に×印をつけた。

すべてのグループへの質問が終わると、志鶴は、二つ目の質問で挙手した一名を不公平な裁判をするおそれがあるとして裁判員候補から外すよう能城に請求した。認められなければ裁判員法を盾に闘うつもりだったが、能城は請求を認めた。さらに志鶴は裁判員法に定められているとおり、四人の候補者を理由を示さず不選任請求した。ウェブ検索でチェックした三人の男女と志鶴を執拗(しつよう)ににらみつけていた五十代くらいに見える女性だ。検察側も同様に四人を不選任請求した。すべて中高年男性だった。残った候補者からコンピュータによる抽選で裁判員六名と補充裁判員三名が選ばれた。裁判員は男性が二名で女性が四名、補充裁判員はすべて女性。増山には不利と思われる構成だ。が、やるしかない。

東京地裁を出た志鶴は東京拘置所へ向かい増山と接見した。都築が入院して出廷できなくなったと告げると増山は「えっ……」と目を丸くし、「マジすか」と言ったきり絶句した。青ざめて見える。

「増山さん。この接見室で何度も被告人質問の練習をしてもらいましたよね？　私が弁護人、都築先生が反対質問をする検察官役で」

増山がうなずいた。

「あのシナリオは私と都築先生で作りました。他の証人に対しても同じように二人でシナリオを作って何度も練習しています。冒頭陳述や最終弁論も。都築先生がやるはずだったことは全部私にもできる。体に叩(たた)き込んである。明日からの公判では、私が都築先生の分まで二人分、闘います」

増山が志鶴を見る。志鶴は微笑(ほほえ)んだ。

「法廷で不安になったら、私を見てください。検察官に怒りを感じたら、私を見てください。被害者参加人や傍聴人にプレッシャーを感じたら、私を見てください。裁判長が怖くなったら、私を見てください。そして思い出してください――私がなぜそこにいるのかを」

増山が口を開く。志鶴はゆっくりうなずきかけた。

拘置所を出た志鶴は事務所ではなく横浜へ向かい、東横線の白楽駅で降りた。坂を上ったところにある寺に入り、篠原尊(しのはらたける)が眠る墓の前に立った。

チェリーコークの缶を墓前に供えて手を合わせる。

「君が亡くなって十年以上経(た)つのに、この国の刑事司法は何も変わってないよ――」

志鶴が弁護人となり正当防衛を主張した星野沙羅は一審で殺人の有罪判決、控訴審でも執行猶予はついたがやはり有罪判決が下った。執行猶予を不服とする検察側はすかさず上告し、三たび弁護人として選任された志鶴は星野と相談した結果、こちらも職権発動による再判断を促す理由を主張して上告した。が、約三ヵ月の最高裁での審理の結果、検察側、弁護側どちらも上告に理由がないとして棄却された。星野の有罪が確定した。

自由の身にはなっていたものの彼女は元の接客業には戻れず、自動車の大型免許を取得し知り合いのつてで運送会社に勤めている。本人の真面目さに幸運も手伝って社会復帰できたが、犯してもいない、それも殺人という重い罪を背負わされた社会的、精神的な傷はこれから先も決して癒えることはないだろう。

「けど闘うよ。星野さんの冤罪の重み、私も一緒に背負ってるつもり。あきらめず闘い続ける限り、その重さは私の力になる。今度こそぶち抜いてみせる――力を貸して」

風が立った。届いた気がした。墓をあとにすると事務所へ戻り、明日からの公判期日へ向けて最終準備にかかった。

3

五月二十三日。増山淳彦の第一回公判期日。

朝、森元逸美から、ＬＩＮＥでチアリーダーに扮したパンダのキャラクターに『ＦＩＧＨＴ！』とメッセージのついたスタンプが届いた。都築とは昨夜電話で簡単に打合せをしたが今朝、『頼みます』とメールが届いた。

重いキャリーカートを引いて地下鉄の出口付近で相弁護人の田口司と待ち合わせ、東京地裁が入った合同庁舎へ向かう。入り口前の歩道は大勢の報道陣やプラカードを掲げた女性たちであふれ返っていた。プラカードには「女性ヘイト犯罪の無罪は禁止！」「ロリコンの鬼畜に極刑を！」といった文字が躍っていた。増山の公判の傍聴席の抽選は、裁判所ではなく隣接した日比谷公園で行われる。それだけ多くの傍聴希望者が想定されているということだ。

警備員に弁護士バッジと身分証を見せてセキュリティを抜け、地下一階の接見室で拘置所から押送されてきた増山と接見する。志鶴が差し入れた黒いスーツと白いシャツ姿だ。脱着式ネクタイと黒い革靴のように見えるスリッパは拘置所から貸与された。ベルトも革靴も着用を許されていない。そうした不自然さが裁判員にマイナスの先入観として働くのは防げないだろう。

「びしっとして見える。いいですよ、増山さん」

今日行われる審理日程について確認し、自分が裁判長役になって想定される被告人の動きを増山に実際に練習させた。

「うん、ばっちり。人定質問は勾留理由開示期日と公判前整理手続で二回やってますもんね。今日の法廷は大きくて傍聴人も多いので最初は緊張するかもしれませんが、そんなときは深呼吸をして、やるべきことを思い出してください。私も助け船を出すので安心して」

雑談をしてリラックスさせようとしたが、増山の緊張は解けなかった。志鶴のスマホに着信があった。増山文子からのショートメッセージだ。顔を上げる。

「増山さん、お母さんから『頑張れ』って——！」

増山が大きく息を吸って上体をそらした。

十時からの開廷まで二十分を切っている。増山を退出させ、志鶴と田口は一階の一〇四号法廷へ向かった。傍聴人用のドアの前にはまだ傍聴人は並んでいない。志鶴と田口はその先にある当事者用のドアを開け入廷した。

天井が高い。弁護人として初めて経験する大法廷だ。傍聴席は九十八席。もっともその三分の一以上の席は被害者遺族や記者クラブ所属のマスコミのために確保され、背もたれに白いカバーがかかっている。一般人に開放されるのは残りの席だ。傍聴席の背後では、法廷内撮影のため事前入場を許された報道各社のカメラマンたちが機材のセッティングをしていた。

志鶴と田口は入り口から遠い弁護人席に着いた。志鶴はキャリーカートに詰まった膨大な資料をデスクや背後の壁際のファイルラックに並べ、目の前にノートパソコンを置きリーガルパッドを開いた。事務官に確認しながら法廷ITシステムにケーブルでパソコンを接続し、プレゼンテーションソフトを起動する。法壇の下の書記官席で法服姿の女性の書記官が証言台の方を向き、パソコンディスプレイの手前に座った。

事務官の一人が当事者席と木の柵で隔てられた傍聴席側のドアを開けると、報道関係者に続き傍聴人が次々と入ってきて空いている席を埋めていく。特別傍聴券が交付される文子もいた。志鶴を見て頭を下げる。志鶴はうなずいた。

最前列の検察側に確保された四人分の被害者関係者席には、老夫婦らしき二人と、中年男性、大学生くらいに見える青年が座っていた。いずれも身なりが上質で品がいい。被害者の一人である綿貫絵里香の家族だろう。老夫婦は冷ややかな目を志鶴に向けてきた。中年男性は無視しようとしているようだった。青年は志鶴を見て目をいからせた。志鶴は視線を外した。

当事者用のドアが開き、大きな風呂敷包みやバッグを提げた三人の検察官が入ってきた。裁判官席に近い側にエースの世良義照、真ん中に最年長の蟇目繁治（ひきめしげはる）、傍聴席側に最年少の青葉薫が座った。蟇目が同期の田口に「よお」と声をかけ、田口はうなずいて応じた。検察官席と法壇の間には遮蔽措置のための衝立（ついたて）が立てられている。綿貫絵里香の母・麻里（まり）のためのものだ。この衝立は傍聴人や被告人である増山、弁護人はもちろん、裁判官や裁判員の目からも被害者参加人を守る。

満席の傍聴席から咳払いや会話の声が聞こえてくる。志鶴の緊張が高まった。

法壇の背後のドアが開いて法服姿の三人の裁判官が姿を見せた。

「ご起立ください」事務官の言葉で全員が席を立って一礼する。裁判官たちが座ると着席した。静かになった。

事務官が傍聴人に向かって口を開く。

「この裁判では最初の二分間、報道機関によるカメラ撮影が行われます。映りたくない方は、席を立って一度退出してください」

何人かが席に物を置いて退室し、傍聴席の後ろのカメラマンたちが撮影を始めた。裁判官たちは微動だにしない。志鶴は今一度デスク周りのセッティングを確認した。スーツの上着のポケットに手を入れ、RAIN&BOZE（レインアンドボウズ）のシリコン製リストバンドを握る。

「五秒前――終了です」事務官が告げた。カメラマンたちが機材を持って退廷し、入れ代わりに退出していた傍聴人が戻ってきて着席した。

検察官の青葉が立って当事者用ドアを開け、外へ出た。しばらくすると他に三人を伴って戻ってきた。被害者参加人の一人である浅見奈那、その弁護士である永江誠、綿貫絵里香側遺族の被害者参加弁護士である天宮ロラン翔子。遮蔽措置の衝立の向こうでも物音がした。綿貫麻里も入廷したのだろう。浅見と永江、天宮の三人は、検察官席の後ろに置かれた椅子に座った。浅見は喪服のような黒いワンピース姿だ。緊張している様子で法廷内のあちこちに視線を巡らせた。永江は腕組みしてふんぞり返っている。天宮は席を立って衝立の陰に消えた。

弁護人席の側の壁のドアが開き、手錠腰縄を打たれた増山淳彦が二人の刑務官に連れられて入ってきた。大きな体をすくめるように歩く。傍聴人がいっせいに顔を向ける。増山はおずおずと傍聴席に目を向け、母親の姿を認めるとはっとした顔をした。傍聴席の文子が顔を歪め、手で顔を覆った。息子の姿を目にするのは去年三月終わりの勾留理由開示期日から、じつに一年二ヵ月ぶりだった。増山は腰縄を解かれ、志鶴の左隣に置かれたパイプ椅子に腰を下ろした。刑務官がその左と後ろの椅子に座る。

正面の浅見が眉根を寄せて増山を凝視していた。増山はそれに気づいて目を落とした。永江が顔をしかめ、首を左右に振った。席に戻っていた天宮は超然として穏やかな表情を崩さない。

「解錠してください」

能城の言葉で刑務官が増山の手錠を外した。

しばらくすると法壇の背後のドアがふたたび開き、事務官に案内されて六人の裁判員と三人の補充裁判員が現れた。裁判官とは異なりカジュアルな服装だ。ゆるい弧を描く法壇の中心に裁判官、裁判員が三人ずつその左右に配された裁判員席に座った。補充裁判員はその斜め後ろ、二人と一人で左右に分かれた。初めて法壇の上から法廷を見下ろす彼らも戸惑っているように見えた。

志鶴と田口、そして増山が立ち上がり、裁判員に一礼した。裁判員たちの何人かが増山を凝視する。裁判員と補充員すべてが着席してから志鶴たちも腰を下ろした。法廷にいる間は常にこうするよう増山に伝えてあった。裁判員は敵ではない。増山の命運を左右する重要な人たちだ。礼を失してはならない。

全員がそろった。

「開廷します」能城が沈黙を破った。「被告人は証言台に」

増山が志鶴を見た。志鶴はうなずく。増山が立ち上がった。法廷内のすべての視線が一身に集中する。増山の視線は定まらずスリッパの足取りはおぼつかなかった。証言台の前にたどり着くと、打ち揚げられた魚のようにあえいでいる。無実なのだから法廷では堂々とするよう志鶴は助言し、増山は受け入れた。が、今の彼は、いじめっ子たちの前で怯(おび)える小学生のようにも見えた。証言台に立ったらまっすぐ裁判長を見るよう言ってあったが、増山はうなだれたままだった。額にびっしり汗の粒。裁判員には罪を認めているように見えているかもしれない。

「被告人、氏名は？」能城が高圧的に訊(き)く。

増山はうつむいたまま答えた。能城は続けて本籍、住居と職業を訊(たず)ねた。勤務していた新聞販売店は解雇されたので職業は無職だ。証言台に備えつけられたマイクがかすれ気味の声を拾った。

「席に着いて」

能城に言われ、増山がそのままベンチに腰を落とす。

「検察官、起訴状の朗読を」

「はい」世良が立ち上がり、捜査担当検事の岩切(いわきり)が作成した起訴状を読み上げた。

世良が着席すると、能城が増山に向かって、

「被告人には、答えたくない質問に答えなくてよい黙秘権がある。今検察官が読み上げた起訴状について意見を述べなさい」

「はい」増山は立ち上がった。法壇を見上げようとしたが、できなかった。「お、お、俺——私は、そ、そのようなことは、していません」

志鶴が助言し、練習したとおりの回答だ。傍聴席のマスコミに動きがあった。メモを走らせている。

「していないというのは、どの罪状について？　まず第

一の事件の殺人、これについて否認するのかね」

公判期日の冒頭手続での被告人陳述で被告人に詳しく罪状の認否を迫ることは本来認められない。もし能城がそうしたら答えなくていい——増山にはそう指示してあった。増山は答えようとして口ごもり、志鶴に目を向けてきた。志鶴は「裁判長」と呼ばわって起立した。

能城がこちらに顔を向ける。

裁判員の前でのっけから反抗的に見えるようなことはしたくないが、やむを得ない。

「刑事訴訟法291条4項から明らかなように、被告人の陳述は義務ではなく権利です」穏やかに指摘する。「増山さんの陳述は、以上です」

能城は数秒沈黙し、「座りなさい」と増山に命じた。

「弁護人、起訴状に対する意見は？」

「弁護人の意見を申し上げます。増山淳彦さんは、ご自身が今おっしゃったとおり、起訴状に書かれているようなことはしていません。増山さんは、浅見萌愛さんの殺害・死体遺棄にも綿貫絵里香さんの殺害・死体遺棄にも、まったく関与していません。本件は極めて重大な冤罪事件です。増山さんは無実です」

「ひどい……」浅見がつぶやく。

「何考えてんだ！」永江が怒鳴った。

能城は二人を無視した。「以上か」

「以上です」志鶴は着席した。

能城が増山を志鶴の隣に帰らせた。刑事裁判において形骸化している冒頭手続と呼ばれる部分が終わった。白いカバーがかかった傍聴席から何人もが席を立ち、ドアから出て行った。増山の無罪主張の速報を打つためだろう。

「検察官、冒頭陳述を」

世良が立ち上がった。

「被告人に対する二件の殺人及び死体遺棄事件につき、検察官が証拠により証明しようとする事実は以下のとおりです——」

公判前整理手続で主張したのと同じ内容だ。

法廷には傍聴席に向いた数台の大きな壁掛けタイプの他、証言台、裁判官や裁判員それぞれの前にディスプレイが設置されている。世良はプレゼンテーションソフトで重要なポイントを示しながら冒頭陳述を行った。その内容はプリントとしても事実認定者たちに配られている。裁判員たちは随時、手元のプリントや目の前のディスプレイを見ながら世良の話に耳を傾けていた。

「綿貫絵里香さんが被害者となった第二の事件で、被告人が犯行に至った経緯について次の六点が挙げられます――」

公判前整理手続で主張されていない内容がないか注意しながら、志鶴は傍聴席の綿貫の遺族をうかがった。増山を凝視している。裁判員の中にそれに気づいたらしき者もいた。

「――三点目は、被告人が絵里香さんにはっきり目星をつけていたことです。被告人は、犯行に及ぶ九日前、星栄中学校で行われたソフトボールの練習試合をグラウンドの外から観戦し、試合に出場していた絵里香さんに二人目の犠牲者として狙いを定めました――」

うつむいた増山の顔が真っ赤になり肩がこわばった。怒りや後悔や羞恥といった感情が膨れ上がっているのだろう。裁判員の何人かが注目していた。

「六点目は、被告人が絵里香さんの殺害現場にいたという犯人性についてです。犯行現場に、被告人が自身のDNAがついた煙草の吸い殻を残していたことを示します。以上により、二件の殺人及び死体遺棄について、被告人の動機、犯行の機会、犯人性を明らかにします」

世良が着席した。

要点を押さえたわかりやすい陳述だった。裁判員の心証は真っ黒だろう。圧倒され萎縮しきった増山の反応もそれを補強してしまっている。

「弁護人」能城が言った。「冒頭陳述を」

「――はい」プレゼンテーションソフト用のリモコンを右手の指に嵌めて立ち上がる。

反撃開始だ。

4

法壇の斜め前に進んで、事実認定者たちを見上げる。息を吐いて力を抜く。説き伏せようと力めば反発される。国家の代理人である検察官と対照的に、裁判員にとって弁護士は「悪人」を擁護するうさん臭い存在だ。被告人の増山同様、志鶴に対する彼らの心証はマイナス、それもどん底にある。無罪を勝ち獲るためにはそれをプラスに転じ、志鶴自身が彼らから信頼を獲得する以外に方法はない。気が遠くなるほど遠く、険しく、細い道――勇気を奮って一歩を踏み出す。

「皆さんは、弁護士を主人公とするドラマや映画をご覧になったことはありますか？」反響から声量を調整する。

「われわれ弁護士という人種は、お互い忙しさ自慢をしがちなわりに、弁護士もののフィクションについてはよくチェックしています。自分たちの仕事がどのように描かれているのか興味があるからです。その結果、ほとんどの作品に弁護士同士同じ感想を抱きます——またこれもリアルじゃなかったね、と。お茶の間で人気を博したあるドラマでは無実の依頼人を救うため、主人公の弁護士は隠された真相を名探偵のごとく探り当て、法廷に証拠を提出して依頼人の冤罪を晴らしていました。それも毎週です。面白くてすかっとしますが、弁護士としては複雑な気持ちになる。刑事弁護士は探偵ではない。事件の真相を推理するのが仕事ではないからです。ですが——増山さんが被告人となったこの事件について、弁護人である私は、検察官の今しがたの冒頭陳述で触れられていなかった、そこには登場しない、最も重要な人物が存在することを示さずにはいられません」

リモコンを操作して、プレゼンテーションソフトのスライドの一枚目を画面に呼び出し、傍聴席向けのディスプレイで確認した。大きな太文字でこう書かれている。

真犯人は、外にいる

「この事件には増山さんではない真犯人が存在します。その人物は男性で、増山さんに自らが犯した犯罪の濡衣を着せ、自分は今も自由の身で街を闊歩しています。皆さんは今疑問に思われたはずです——そんなことが起こり得るのか？　もしそれが事実なら、なぜそんなことが起きたのか？　と。順を追って説明します。この真犯人を以下Xと呼ぶことにします。二年前の九月、Xは浅見萌愛さんを手にかけ、荒川河川敷に彼女のご遺体を遺棄しました。この際、警察に逮捕されないよう、注意深く証拠隠滅を図っています——」

Xがどうやって萌愛と知り合ったのか、殺害に至るまで二人の間でどんな経緯があったのか、萌愛の親友だった後藤みくるを通じて志鶴は知っている。「トキオ」と自称していたことも。が、その話はできない。証拠を提示できないからだ。萌愛とXらしき男が一緒にいるのを目撃した人物もいる。だが、裁判長の能城が証人の喚問を却下したのでそれも話せない。

「この事件がすべての始まりでした。警察は膨大な捜査員を投入して大々的に捜査を行いましたが、三ヵ月、四ヵ月と時間が過ぎても犯人を逮捕できませんでした。そして——運命の日が訪れます。去年の二月十一日、日曜日。星栄中学校のグラウンドで、二人目の被害者である綿貫絵里香さんが出場したソフトボールの試合が行われた日です。真犯人Xはグラウンドの外に車を停め、車内からこの試合を観戦していました。車の車種もわかっています。トミタ社製の白いネオエース。カスタムパーツが取りつけられています」

スライドの二枚目を呼び出す。

真犯人X＝トミタの白いネオエースの男

「しばらくするとネオエースの後ろにスクーターが停まり、降りた男性がスクーターを押し歩いて車の前に出るのに気づきました。窓ごしに目が合うと、Xは男性に向かって顔を歪めて威嚇しました。男性はスクーターをXの車の前に停め、ヘルメットを外してXと同じようにソフトボールの試合の観戦を始めました。観戦しながら男性は煙草を二本喫い、吸い殻を足下に捨てました。これを見たXはとんでもない計画を思いつきます。男性がまたスクーターに乗って現場を去るのを待って、男性が捨てた二本の煙草の吸い殻を、自分の指紋がつかぬよう気をつけて拾うと、またネオエースに乗り込んで星栄中学校を離れたのです。Xが拾った吸い殻を捨てた男性は、増山さんでした」

スライドを切り替える。

運命の日——2月11日
星栄中学校でソフトボールの試合
真犯人X、増山さんの煙草の吸い殻2本を入手

「ソフトボールの試合から九日後、Xは部活を終えた綿貫絵里香さんを、荒川河川敷で殺害し、彼女のご遺体を遺棄しました——」

自転車で下校する彼女が友人と別れて一人になるのを待って転倒させ、自転車ごと車で拉致したのだ。その一部を見たと思われる目撃者からじかに話を聞いて志鶴はそう確信している。だが能城はその証人の喚問も却下したので触れられない。足かせをされてマラソンを走るようだ。

「約五ヵ月前、浅見萌愛さんのご遺体を遺棄した同じ場所です。浅見さんのときと同じようにXは綿貫さんのご

遺体に漂白剤をかけ、注意深く証拠隠滅を図りました。漂白剤にはＤＮＡを破壊してＤＮＡ鑑定ができないようにする働きがあります。しかしその後、浅見さんの殺害時にはしなかった行動を取ります。ソフトボールの試合の日に入手し、保管していた増山さんの煙草の吸い殻二本を取り出すと、綿貫さんのご遺体から流れた血液の上に置いたのです」

裁判員たちが自分の言葉に耳を傾けているのを確認しながら、次のスライドを出す。

第二の事件
真犯人Ｘ、自分のＤＮＡは隠滅するようご遺体に漂白剤をかけた
（漂白剤には、ＤＮＡ鑑定をできなくする働き）
一方、現場に増山さんの煙草の吸い殻を２本、残した
（漂白剤はかけなかった→なぜ？）

「星栄中学校で行われたソフトボールの試合中、増山さんが煙草の吸い殻を捨てるのを見たＸがひらめいた計画とは何だったのでしょう？　吸い殻に含まれる増山さんのＤＮＡを利用して警察の捜査を誤らせ、自分にとって都合がよい方向へと誘導することです。浅見さんのご遺体が発見されたのと同じ場所で、同じ中学生女子である綿貫さんのご遺体が発見されたら、警察はどう考えるでしょう？　そう、同一犯による連続殺人事件です。その現場で被害者の血液のついた煙草の吸い殻が見つかったらどうか。警察は当然犯人が捨てたものと考え、検出されたＤＮＡの持ち主こそ二件の連続殺人の犯人と考える。Ｘはそう計算したのです。一件目の殺人でうまくいったように自分のＤＮＡの痕跡を消し、現場に増山さんの吸い殻を残せば、警察は増山さんを犯人と信じるに違いないと。もちろん、増山さんの姿がソフトボールの試合映像に映り込んでいることも計算のうえです」

リモコンを操作する。

真犯人Ｘの計画
①同じ場所にご遺体を遺棄→警察は同一犯の連続殺人と考える
②血液の付着した吸い殻→警察は犯人が捨てたものと考える
③吸い殻から検出されたＤＮＡ→警察は犯人の

DNAと考える

④現場に増山さんの吸い殻を残す→警察は増山さんを犯人と考える

⑤増山さんは試合映像にも映っていた→警察はやっぱり犯人だと断定する

裁判員たちの理解が追いつくよう間を取る。ストーリーを語れ。検察側の冒頭陳述を凌駕し上書きする、力強いストーリーを。

「当時事件についての報道をご覧になっていた方は、おかしいとは思わなかったでしょうか？　犯人がお二人のご遺体に漂白剤を撒いたのは、自分のDNAを破壊して警察がDNA鑑定をできなくするのが狙いだと考えられます。にもかかわらず、綿貫さんのご遺体のすぐそばに、警察が容易にDNAを鑑定できる吸い殻が——それも一本ならまだしも二本もです——残されていたのは矛盾するではないかと。漂白剤で入念に自分のDNAの痕跡を消そうとした用心深い犯人が、現場に自分のDNAが含まれる吸い殻だけを二本も残すのは不自然極まりないではないかと。納得のいく説明は一つしかありません。真犯人が、増山さんに罪を着せるためわざと置いたのです」

現場に残された2本の吸い殻＝真犯人Xによる、警察をだます罠（偽装工作）

「一件目の事件から約五ヵ月もの間、警察は犯人を見つけられずにいた。それでも真犯人Xは安心できなかった。被害者である浅見さんとの間に何らかの接点があったのかもしれません。たとえばLINEとか。弁護人である私は浅見さんのLINEの通信履歴について検察官に請求し、LINEにも直接請求しましたが入手できませんでした。Xには警察の手がいずれ自分に及ぶのではないかという不安がつきまとっていた。増山さんが煙草の吸い殻を捨てるのを見た瞬間、その不安から自由になる計画を思いついた。偽の証拠で警察を罠にかけ、増山さんを犯人と思わせることです。綿貫さんを手にかけた二件目の事件は計画的なものだった。増山さんが観戦した試合に出場した選手から綿貫さんに目をつけた。実行まで九日という時間が空いたのは、その間綿貫さんをこっそり観察・尾行して生活や行動のパターンを調べていたからです。そして二月二十日——部活を終え自転車で下校した綿貫さんが一人になるのを待ち、自転車ごとネオエースに拉致して荒川河川敷の現場で綿貫さんを手にかけた。計画的だったので今回は素手ではなく凶器を用いて。綿貫さんを殺害したのは、自らの欲望を満たすためと、増山さんに二件の殺人の罪を着せ、警察の捜査の手が自分に及ばないようにするためでした」

真犯人Xの目的

綿貫さんを殺害した現場に増山さんの煙草の吸い殻を残すことにより、増山さんに二件の殺人・死体遺棄の罪を着せること

被害者遺族から罵声が飛んできても動じぬよう覚悟は決めていた。が、ここまで邪魔は入らなかった。もちろん気は緩めない。

「ここで増山さんの話をします。増山さんには十七年前、星栄中学校に侵入して逮捕された過去があります」裁判員たちの目が増山に集まった。「罪が軽いとして不起訴になりましたが、不法侵入したのは事実です。なぜそんなことをしたのか？　中学生の女子に性的な興味があり、制服を盗もうとしたのです。増山さんは中学の頃学校でひどいいじめに遭い、不登校になった経験があります。これが原因で人づきあいが苦手になり、女性との交際経験はありません。ジュニアアイドルのＤＶＤを集め、少女に性的な興味を抱いていたのは事実です。ＤＶＤを観ながらマスターベーションをして性欲を解消したり、インターネットで女子中学生がレイプされる漫画を検索し、そうした空想をしながら自慰にふけったこともあります――」

裁判員たちがおぞましげに顔を歪めた。ハンカチを口に当てる者もいる。傍聴席から下卑た笑いが起こった。

志鶴は増山の方に歩み寄った。増山は紅潮した顔を下に向け、精一杯体を縮めていた。いずれ証拠が提示され、被告人質問で検察側から追及される。痛いところだからこそ弁護人が先に言及してダメージを減らす。冒頭陳述でこの点に触れることは本人にも納得させていた。裁判員たちの視線の先で志鶴は増山の肩をしっかり手でつかんだ。スーツはじっとり熱く筋肉はこわばっていた。法壇に向き直る。

「ですが、増山さんがそうした欲望に駆られて現実に行動を起こし、法を破ったのは十七年前の不法侵入ただ一度限りです。増山さんはそれ以上の加害行為を誰に対しても働いていません。増山さんは現実世界では女性に触

れた経験すらありません。十七年前の事件のあと増山さんは長い間、星栄中学校には近づかないようにしていました。が、当時勤めていた新聞販売店で配達ルートが変わり、配達中に星栄中の前を通るようになりました。配達の最中、ソフトボール部が練習しているのを見て久しぶりに興味が蘇った。日曜日、スクーターでグラウンドに出向き、煙草を二本喫う間だけ観戦した。増山さんが目で追っていた選手の一人に綿貫さんがいた。それも事実です。ですが、事件との接点はそれだけです。増山さんが、綿貫さんが殺害された事実を知ったのは事件発覚後の報道によってでした。もちろん真犯人であるXが、増山さんが捨てた吸い殻を拾っていたことも知りません」

　増山さんと綿貫さんの接点
　2月11日のソフトボールの試合観戦のみ（約10分）

増山から離れて法壇に近づく。呼吸を整える。冒頭陳述で最も危険な箇所に差しかかろうとしている。

「皆さんは弁護人である私を、お金か思想か自己顕示欲のため悪い人を弁護するいかがわしい人間だと思われているでしょう。その印象をこれ以上悪くするようなことは、依頼人である増山さんのためにも本当はしたくありません。ですが、冤罪を防ぐためにどうしても指摘しなければならない事実があります。この事件で、増山さんの事情聴取と取調べを行った警察官と検察官が重要な役割を果たしています。われわれ市民には到底受け入れがたいことですが、弁護人として指摘せざるを得ない事実は、彼らが不当な手段で無理やり増山さんの自白を引き出したこと、そしてそれを隠していることです」

　裁判員たちに生じる反発や不信を受け止める。

「日本の警察と検察は優秀です。そのおかげで世界でも類を見ない治安のよさが保たれている。その中に、自分たちが怪しいと思った人物から強引に、脅してでも自白を引き出そうとする警察官や検察官がいるなど信じられません。拷問が普通だった江戸時代ならまだしも現在は二十一世紀です。優秀な日本の警察や検察に、自分たちが逮捕した人を有罪にするため、この法廷で裁判官や裁判員を嘘の証言で騙そうとする人がいるなんて考えたくもないことです。普通の人が偽証するより、法と秩序を維持すべき警察官や検察官が偽証すると考える方が、われわれにはよほど耐えがたい。では『警察官や検察官が嘘をつくなんてあり得ない』と片づけてしまっていいのでしょうか？　それとも『警察官や検察官という立場だからこそ、こうした場所で嘘をつかなければいけない理由があるかもしれない』と、彼らの言動を注意深く見守るべきなのでしょうか？」

スライドを変える。

「警察官／検察官が嘘をつくなんてあり得ない」？

「警察官／検察官の立場だからこそ、法廷で嘘をつく理由がある」？

「さて、綿貫さんのご遺体が発見されたあと、警察はどうしていたでしょうか？　まず現場で発見された吸い殻からDNAを採取し、鑑定しました。ご遺体には浅見さんのときと同様、真犯人が自身の痕跡を消すため漂白剤が撒かれていたにもかかわらず、警察はこの偽の証拠に飛びついてしまいました。もう一つ。星栄中に関する過去の記録を調べていたところ、遺体発見時から十六年前に盗難目的で不法侵入した人物の名前が挙がった。増山さんです。さらに、関係者から入手したソフトボールの試合映像に、外から試合を観戦する中年男性が映っていることを知った。増山さんを内偵したところ、映像に映っていた人物とぴたりと一致する」

裁判員がついてこられるよう、スピードを緩める。

「浅見さんの事件から五ヵ月以上経っても犯人を逮捕できず、手をこまねくうち二人目の被害者を出してしまった警察は世間からの非難をおそれ、一刻も早く事件を解決しようと焦っていました。『こいつが怪しい——！』増山さんに目星をつけたのは当然でしょう。まさに真犯人Xの思惑どおり、いや、それ以上でした。過去星栄中に侵入したという事実が、警察がXの思惑どおり間違った方向へとさらに突き進む後押しをしたのです。綿貫さんのご遺体発見から十九日後、増山さんの家を足立南署の刑事たちが訪れ、増山さんに任意での事情聴取を求めました。増山さんは拒絶したでしょうか？　いえ、快く応じて彼らの車に乗りました。増山さんは不安だったでしょうか？　いえ、何も心配していませんでした。後ろめたいことなどなかったからです」

裁判員たちが増山を見る。

「残念ながら増山さんは、警察というもののおそろしさを知りませんでした。優秀であるがゆえ、ひとたび犯人だと疑った相手に対して彼らがどんなひどいことをするのか知りませんでした。捜査員たちと一緒にバンに乗り込んだ瞬間から、増山さんは、冤罪という地獄へ一直線のベルトコンベアにそうと知らず乗ってしまっていたのです。警察と検察が一緒になって走らせる地獄行きベルトコンベアを動かす一番強力なエンジン――それは、自白強要です」

自白強要

警察官／検察官が、被疑者に、やってもいない犯罪をやったと認めるよう強要すること

「初日の事情聴取で、刑事たちはまだその本性を隠していました。ここでの目的は増山さんからＤＮＡを採取することだったからです。ＤＮＡの採取に応じることは義務ではありません。刑事たちに要求されたとき、増山さんは拒否したでしょうか？　いえ、快く応じました。事情聴取が終わり、増山さんは自宅に帰ります。警察でのＤＮＡ鑑定の結果、綿貫さんのご遺体発見現場で見つかった煙草の吸い殻から検出されたＤＮＡと、増山さんのＤＮＡがほぼ一致しました。十六年前の事件、ソフトボールの試合映像、そして現場で見つかった吸い殻のＤＮＡ。犯人逮捕に焦る警察は、たったこれだけの符合で増山さんを綿貫さんを殺した犯人だと思い込んでしまいます。警察も知らぬ間に乗せられていたのです――真犯人Ｘが敷いたジェットコースターのレールの上に」

この部分をまとめたスライドを示す。

「そして二日目の事情聴取が始まります。昨日と同じように刑事たちが乗る車が増山さんを迎えに来ます。悪いことなどしていない増山さんは、自分が犯人と思われているなどとは夢にも思わず、予約し忘れた番組の録画予約をお母さんに頼んで車に乗り込みます。このとき、刑事たちの様子が昨日と違うことに初めて気がつきます。取調室に入り、昨日はずっと開けっ放しだったドアを閉めたとたん、彼らは豹変します。密室の中でまず最初に牙を剥いて増山さんに襲いかかったのは、足立南署刑事課強行犯係係長の柳井貞一警部補でした」

取調室で刑事同士は名前を呼び合わない。だが誰かが一度「係長」と呼ぶのを増山が聞き、そう認識していた人物だ。

二日目の事情聴取での自白強要①

柳井警部補による増山さんへの執拗な暴言・恫喝

「昨日はさんづけだったのに、いきなり『増山あ――！』と声を荒らげ、『お前、もう金輪際逃がさねえからな』『死ぬほど後悔させてやる』と恫喝してきました」

裁判員の何人かが顔をしかめて志鶴と増山を見比べ、男性の一人が歪んだ笑みを浮かべた。にわかには信じがたいはず。だからこそここで絶対に印象づけねばならない。

「柳井警部補は、綿貫さんのことを知らなかったと答える増山さんに、もしそれが嘘だったら、事件に関係ないという証言も嘘になるという理屈を押しつけたうえで、増山さんが映っている星栄中学校でのソフトボール部の試合映像を確認させました。このとき増山さんは、ソフトボール部の試合を観戦していた事実を警察に伏せていました。怖かったからです。黙っていればわからないのではないかという期待もありました。正直に認めなかった増山さんは間違っていたでしょう。刑事たちはそれを盾にいっそう激しく増山さんを責め立て、綿貫さんの殺害を認めさせようとします。想像してみてください。逃げ場のない密室の椅子に座らされ、自分が本当にやっていないことをやっていないと正直に訴えても絶対に聞き入れず、自分を犯人と決めつける男性の刑事たちに何時間もやったと認めろと怒鳴り続けられることを。それこそ二日目の事情聴取で増山さんが経験したことです」

スライドを切り替える。

二日目の事情聴取での自白強要②
灰原（はいばら）巡査長による「作文調書」
＝話してもいない内容を刑事が勝手に供述調書に作文する

「増山さんが疲れ切って混乱し、正常な判断力を失いつつあるのを見て取った刑事たちは、次の手を打ってきます。作文調書です。事情聴取で話した内容を刑事が文章で記録したものを供述調書と言います。日本の警察はこれを供述者の一人称を使って『私は〇〇しました』というようにノートパソコンのワープロソフトで記述していきます。この日供述調書を担当していたのは、足立南署刑事課強行犯係の灰原弘道（ひろみち）巡査長です」

増山が志鶴に語った供述と警察で作成された書面等から、増山の事情聴取や取調べを担当した刑事たちを特定した。灰原は増山が「ノッポ」と認識していた刑事だ。

柳井に命じられ、助言を受けながら灰原は増山の一人称で綿貫を尾行し刃物で殺害し遺体を遺棄したという、事実とかけ離れた、増山が言ってもいない内容の供述調書を作文する。柳井はこのプリントを増山の前で読み上げ、署名と指印を迫った。増山は混乱し、どうしていいかわからなくなる。

「――そこで助け舟を出したのが、警視庁捜査第一課第二強行犯捜査・殺人犯捜査第一係に所属する、北竜彦警部です」

二日目の事情聴取での自白強要③
北警部による恫喝及び「言葉のトリック」

北は、判断力の低下した増山に、ここで犯行を認めても裁判で裁判官に無実を訴えればいいとアドバイスする――そうすれば家に帰れるという事実に反する報酬をちらつかせつつ。それでも署名を渋ると、殺人を外し死体遺棄だけを認める供述調書に書き直させてやると大きな譲歩であるかのように告げ、灰原に新たな供述調書を作らせた。死体遺棄なんて軽い罪だ――そう言われた増山は、言われるまま署名と指印をしてしまう。逮捕されたのはその直後だ。

「皆さんにご記憶いただきたいのは、増山さんが逮捕されるまでのこの事情聴取は、その後の取調べとは異なり、録音も録画もされていないという点です。事情聴取の段階では録音・録画が義務づけられていません。刑事たちはそれを承知で増山さんに恫喝などの違法行為を働き、さらに署名すれば解放されると錯覚までさせて、刑事が作文した供述調書に署名させたのです。もちろんこの時点で、増山さんは弁護士を呼ぶこともできませんでした」

逮捕後、当番弁護士として志鶴が接見したあとも増山は黙秘に転じることができなかった。取調べの場に働く圧力に抗えなかったのだ。その事実をしばらくの間は志鶴に話すことさえできなかった。志鶴の助言で数日は黙秘できたが、捜査担当検事の岩切に録画前に脅され、心をくじかれた増山は絶望のどん底で綿貫への殺人の罪まで認めてしまう。

「――増山さんがやってもいない死体遺棄を認める供述調書へサインしてしまったのは、刑事たちによる恫喝が原因でした。これがきっかけとなり、殺人を認めるまで追い込まれてしまったのも刑事たちや検察官による脅しが原因です。増山さんがふたたび黙秘することができるようになったのは、警察の支配下にある足立南署の留置場から東京拘置所へと身柄が移されてからでした。増山さんの『自白』と呼ばれているものはすべて警察官と検察官によって無理強いされ、やってもいないことを彼らの恫喝と誘導のまま認めてしまったもの。いわゆる『虚偽自白』――事実とかけ離れた捏造です。これまで冤罪だったことがわかった多くの事件で、無実の人が有罪になった原因としてこの虚偽自白があります。冤罪に関していえば、増山淳彦さんもこの事件の被害者です。思い出してください。二件の殺人・死体遺棄事件で本当に罪に問われるべきなのは誰なのか？」

リモコンで最初と同じスライドを提示する。

真犯人は、外にいる

「皆さんは今、弁護士である私が荒唐無稽な話をしていると思っているでしょう。これからこの法廷に、さまざまな証拠や証人が登場します。われわれには解決しなければならない問題が二つあります」

スライドを変える。

問題1
増山さんの「自白」は、自分の意思で自由に語ったものか
警察官／検察官に「強要」「誘導」されたものか
（虚偽自白）

「一つは、増山さんの『自白』とされるものが、自分の意思で自由に語ったものなのか、それとも警察官や検察官に強要・誘導されたものなのか、という問題です」

そこで言葉を切った。

「二つ目について、弁護人である私は、検察官が冒頭陳述であえて触れなかった極めて重大な事実を提示しなければなりません。二人目の被害者である綿貫さんの体内から、綿貫さんのものではない男性のＤＮＡが検出され、ＤＮＡ鑑定されていたという事実です――」

問題2
綿貫絵里香さんの体内から検出された男性のＤＮＡは、増山さんのものか
増山さんではない第三者（真犯人Ｘ）のものか

裁判員の何人かが首をかしげた。傍聴席がざわついた。弁護側も冒頭陳述を簡単にまとめた書面を裁判員に配ってある。何人かがそれを見た。

「われわれが解決すべき二つ目の問題。それは、綿貫さんのご遺体の内部から検出された綿貫さんのものではない男性のＤＮＡが、増山さんのものか、それとも増山さんではない第三者のものか、というものです」

裁判員がこの新事実を吸収する時間を置いた。

「ところで、今回のような刑事裁判は国対個人の裁判です。国家は巨大な存在で強制力を持っています。増山さんはそんな力などない一個人。ゾウとアリほどの力の差があります。ゾウがアリを踏み潰すのは一瞬です。罪のない個人を国家が誤って犯罪者とし、処罰するのはそれに等しい行為です。許してしまっていいでしょうか？　そうしたことを防ぐため、人を有罪にするハードルは高く、厳しい基準が定められています」

スライドを変える。

被告人が無罪である証明をする必要はない
検察官が有罪を「合理的な疑問が残る余地なく」証明できなければ無罪

「被告人が自分で無罪である証明をする必要はありません。国の代理人である検察官が、被告人の有罪は間違いないと証明しなければならないのです。たんに『怪しい』というだけで有罪にはできません。有罪であることに疑問が残るときは、無罪としなければなりません。これが刑事裁判の一番大切なルールです」

有罪基準だ。

「本件の問題に即して言えば、検察官が主張する、綿貫さんを殺害したという増山さんの『自白』なるものが、増山さんが強要・誘導されずに自分の意思で自由に語ったものであるのは間違いないと検察官が証明しない限り、増山さんは無罪とされなければなりません。また、綿貫さんの体内から検出された、綿貫さんのものでない男性のＤＮＡが増山さんのものではないという疑問が残った場合も、増山さんは無罪とされなければならないのです。どちらも皆さんが常識に従って判断しなければなりません。皆さんがこの法廷に集まったのはそのためです。検察官の証明に疑いの余地があることを示すため、弁護側の証人として法医学の専門家とＤＮＡ鑑定の専門家の証人を法廷で尋問します。すべての証拠の取調べが終わったあと、私はもう一度皆さんの前に立って何が正しい結論なのか証明します。増山さんは、検察官が主張するような犯罪を一切犯していません。皆さんの胸に燃える正義感や怒りを、どうか正しい方へ向けていただければと思います。忘れないでください。二件もの痛ましく残忍な殺人を犯したうえ、増山さんに罪をなすりつけて逃げおおせようとしている卑劣極まりない人物が、今も自由の身で街にいて、安全な場所でこの裁判のニュースを見ながら、ほくそ笑んでいます」

最後に今一度スライドを示す。

真犯人は、外にいる

「増山さんは、無罪です。ありがとうございました」

法壇に向かって一礼すると、志鶴は自分の席に戻った。

5

志鶴は弁護人席へ戻った。

「いい陳述だった」

そう聞こえて顔を向けると田口と目が合った。田口がまた前を向く。

裁判員が検察官の冒頭陳述で抱いた強烈な有罪心証を弁護人の冒頭陳述だけで覆すのは不可能だろう。それでも打つべき布石はすべて打った。

「この裁判の争点について整理する——」裁判長の能城が、検察官が立証しようとする内容と、それに対する弁護側の無罪主張をくり返す。「主な争点の一点目は、被告人は取調べ時に二件目の事件について死体遺棄と殺人を認める自供をしたが、これが自発的な意思によるものか、取調官に強制されて虚偽を述べたものであるか。二点目。二件目の事件現場に遺されていた煙草の吸い殻が、被告人の犯人性を推認させるものかそうでないか。検察官は犯人性を推認させると主張し、弁護人はそうではないと主張している。その他も検察官と弁護人の主張には対立する点が複数あるが、それらの争点については以後の証拠調べに応じて裁判員に説明します」

裁判員の何人かが左右でうなずいた。

能城が休廷を告げた。約一時間。昼食のための休憩だ。

審理計画は公判前整理手続で裁判官、検察官、弁護人の三者による協議で策定された。裁判所は検察官にも弁護人にも冒頭陳述や証人尋問などの所要時間を申告させた。陳述や尋問の時間を少しでも多く確保し、取り調べる証人の順番を増山に不利なようにさせないため、ここでも志鶴と都築は能城の強権的な訴訟指揮に抵抗した。

東京地裁に隣接する弁護士会館に入った店で手短かに食事を済ませると、地裁に戻り接見室で昼食を終えた増山と接見した。被告人陳述での態度を褒め、何か気になることはないか訊ねた。

「母ちゃん見えたけど、人が一杯で、頭ん中真っ白で……裁判長に何話したかも」覚えていないようだ。無理もない。

今日このあとの流れについて確認し、増山を退出させ法廷に戻った。

公判が再開された。

「これより証拠の取調べを始める」能城が言った。

今週と来週、八日間の審理日程の最終日には、検察側による論告・求刑、弁護側による最終弁論が予定されている。証人尋問等による証拠調べは、今日を含むそれまでの七日間で行われる。

「証人は証言台へ」

外の通路に面した証人待合室から法廷に入った最初の証人は、足立南署強行犯係の刑事、灰原だった。増山から虚偽自白を引きずり出すのに加担した取調官の一人だ。傍聴席との仕切り柵を通って証言台へ向かうスーツ姿の灰原と目が合うと、増山は視線を落とした。

型どおりの人定質問、宣誓の後、検察官の青葉による主尋問が始まった。灰原は浅見萌愛の死体発見現場の見分調書の作成を担当した。青葉はその調書を提示し、灰原にその真正を証言させたうえで内容を読み上げた。調書はディスプレイにも映し出された。写真が表示されるとき、傍聴席のディスプレイはオフにされ画面は暗転した。写真を見る裁判員たちは眉をひそめたり、目をそむけたり、ゆっくり首を左右に振ったりした。

公判前整理手続で死体の見分調書の証拠採用が決まる前、志鶴と都築は検察側に合同で作成する合意書面を提案した。調書の写真の死体部分を黒塗りにするためだ。が、受け入れられなかった。能城にもそう要求したが、カラー写真をモノクロに加工すればよいだろうと検察側に助言した。

二〇一三年、殺人事件の裁判員になった女性が公判で被害者の遺体のカラー写真を見せられたことなどが原因で急性ストレス障害になったとして、損害賠償を求め国を提訴する事件が起きた。原告は敗訴したが、以降、裁判員裁判では遺体の写真は黒塗りにしたりイラストで代替する運用が主流になっている。二〇二一年には、加工をしなかった遺体写真が裁判員に強い精神的負担を与えるとして、公判期日の途中で残りの公判日程が裁判所によって取り消される事態も起きている。だが能城は、写真を加工した運用で正しく事実認定できたか疑問を抱いている裁判員経験者の声も届いている、と押し切った。

モノクロでも写真は生々しく惨烈を極めた。目を赤らめてハンカチを当てる女性裁判員がいた。浅見奈那は嗚咽して涙を落とした。傍聴席の沈黙が張り詰める。

灰原への主尋問が終わった。志鶴は反対尋問しなかった。

二人目の証人は浅見萌愛の司法解剖を担当した医師だった。モノクロの解剖写真も同じように裁判員に提示された。志鶴は反対尋問しなかった。内容を争うつもりはない。

休憩を挟んで、綿貫絵里香の死体発見現場見分調書と司法解剖についても、浅見萌愛と同様に証人尋問が行われた。目が真っ赤になったままの裁判員がいた。傍聴席の綿貫絵里香の遺族はみな増山を凝視していた。同じ目で増山を見る裁判員がいた。ここは耐える局面だ。

少し長い休憩のあと、この日最後となる証人尋問が始まった。増山が所持していたジュニアアイドルのＤＶＤの押収品リストを調書化した足立南署の女性刑事だ。真正を確認したあと、尋問した世良がリストを読み上げた。ディスプレイに五十七枚のＤＶＤのジャケットの写真が次々に表示された。まだあどけなさを残した少女たちが未成熟な体に水着やレオタードなど肌も露わな衣装をまとって媚態をさらす様子を立て続けに見せられると、志鶴でさえ痛々しさを覚えた。傍聴席からあきれたような笑い声があがった。裁判員たちは法壇上から唾のような視線を増山に浴びせた。志鶴はうつむく増山の肩をつかんだ。

「弁護人、反対尋問を」主尋問が終わると能城が促した。

志鶴は立ち上がった。「反対尋問の必要はありません」

「五人の証人が取調べられてきたが、弁護人は一人も反対尋問していない。反対尋問しないなら、最初から書証の取調べを認めていれば、貴重な時間を割いてくださっている裁判員の皆さんに余計な負担をかけることもなかったのではないか？」

獲得できるものがなければ反対尋問はするべきではな

い。鉄則だ。下手に行えばこちらにとって不利な証拠を裁判員に強く印象づけるだけの結果に終わる。能城は百も承知で言っている。言われっぱなしでも反論しても裁判員に与える弁護人の印象は悪化する。反論すべきだ。腹をくくったとき、「裁判長」とすぐ隣で声があがった。田口だ。立ち上がった。志鶴はびっくりして彼を見上げた。

「失礼ながら、反対尋問は義務ではなく権利です。必ず行わなければならないものではありません」いつもより表情が柔らかく、穏やかな口調だった。「また、この前までに調べられた四点の書証について、公判前整理手続で弁護側は写真のご遺体部分を黒塗りした調書を合意書面として作成するよう検察官に申し入れましたが、断られました。であれば、見分調書や死体検案書がそのまま法廷に出されることに賛成することはできません。また、灰原証人が作成した調書については関連性がないので、証拠採用されるのは適当でないとの弁護側意見を述べました。裁判長もご存じのはずです」

正面を向いた能城は、田口の言葉など聞かなかったかのように「本日の審理を終了する」と告げた。

裁判員と裁判官を見送ってから着席する。志鶴は田口を見た。志鶴の視線に気づくと「憎まれ役は引き受ける」と言われ、「助かります」と応えた。荷物をまとめ、増山が拘置所へ逆送されるまで接見する意思を伝えると「私も行こう」と返答があった。足立南署で田口が初めて増山に接見したとき、裁判では最悪死刑の求刑もあり得るので事実を争わず、罪を軽くしてもらうよう働きかけるべきだと助言した記憶がフラッシュバックした。

「謝罪したい」田口が言った。

接見室に入ってきた増山は、アクリル板のこちらに田口がいるのを見てけげんそうな顔になり、志鶴に目を向けた。

「増山さん」田口が口を開いた。「あなたに謝らせてください」

「え……？」

「以前私はあなたに、無罪を主張するのではなく罪を認めて減刑を求めるべきだと勧めた。あれは、間違いでした。申し訳ありません」

田口は頭を下げた。増山は戸惑っているようだ。田口が頭を上げた。

「約束します。都築先生の代わりは務まらないかもしれない。だが私も、増山さんの無罪を勝ち獲るため、川村先生と共に最善を尽くします」

増山は何度かまばたきをし、ぎこちなく頭を下げた。

「……どうも」

今日の審理の内容は想定内だったので心配する必要はないと増山に話し、明日の審理の内容について説明してから一緒に頑張りましょうと励まして退出させた。

志鶴と田口は事務所に戻って打合せをした。明日と明後日(あさって)で検察側の四人の証人尋問が行われる。その一人の反対尋問をやらせてもらえないかと田口が申し出た。「想定問答は頭に入っている」。本来都築がやるはずだった尋問だ。驚いたが、「オーディションします。私が証人役で」と答えた。三十分後、志鶴は田口の提案を受け入れた。

6

五月二十四日。増山淳彦の第二回公判期日。

最初の証人は、増山から押収したパソコンのウェブ履歴を解析したＩＴ企業の男性エンジニアだった。ニットのジャケットに白いＴシャツ、ワックスで立たせた髪。これまでの証人とは明らかに空気感が異なる。

「――染谷(そめや)さんが勤務している会社の主な業務内容について教えてください」

主尋問を担当するのは青葉だ。

「フォレンジック調査です」染谷が答えた。

「フォレンジック調査？　それはどういったものか説明していただけますか」

「はい。コンピュータなどに関するデータを収集、復元、解析したりして、デジタルな証拠が法的効力を発揮できるようにすることです」

「具体的にはどんなことを？」

「そうですね。たとえば、警視庁からの依頼で、大量のチャイルドポルノを所持していた被疑者が証拠の隠滅を図ったパソコンを解析してデータを復旧し、デジタル証拠として警察に提供したことがあります」

「その案件ではデータの復旧作業はどうなりましたか？」

「問題なく成功しました。あ、弊社の法廷提出用データ復旧技術は業界でも最高レベルと評価されており、経産省の賞も受賞しています」

「復旧したデータを警察に提供したあと、どうなったか教えてください」

「デジタル証拠として裁判で採用されました」

「その裁判でどんな判決が下されたか、覚えていますか？」

「ええ。児童ポルノ禁止法違反の罪で被告人は有罪になりました」

「これまで警察から依頼を受け、デジタル証拠を提供したことは何回くらいありましたか？」

「私が担当した分だけで三十回以上。弊社全体ではその十倍以上あると思います」

「裁判長――」青葉が能城に手にした書類を見せる。

「ここで証拠として甲×号証を示したいと思います」

志鶴は立ち上がり、青葉が手にしていた書類を確認する。

「弁護人、意見は？」能城が言った。

志鶴は、関連性がないとして異議を唱えた。が、能城はその異議を棄却した。

青葉が書類を染谷に見せる。「この書類を知っていますか？」

「はい。私が警視庁の依頼を受けて作成したものです」

「何についての書類でしょう」

「そちらの被告人――」染谷は増山を手で示した。「依頼を受けた時点ではまだ被疑者でしたが、増山淳彦氏から警察が押収したパソコンの解析結果についての報告書です」

青葉は書類を証言台の上に設置された書画カメラの台に載せ、倍率を調整した。ディスプレイに書類の一部が大きく映し出された。

「ここに映し出された内容について、裁判員の皆さんにもわかりやすく説明してもらうことはできますか？」

「できると思います――」染谷はそれが増山のブラウザの履歴であることを説明した。

「ここに『女子中学生　レイプ』という文字があります。これは何でしょうか？」

「それは検索文字列です。パソコンを使っていた人がキーボードで打ち込んだ文字ですね」

法廷内の視線が増山に集まった。

「次のページを示します。ここで書かれている内容について教えてもらえますか？」

「はい。これは、先ほどの『女子中学生　レイプ』というキーワードでの検索結果の一覧から、被告人が一つのサイトのリンクを選んでクリックしたことを示しています」

「被告人がクリックしたリンク先のサイトは何でしょう？」

「『どーじんむら』。漫画同人誌の違法アップロードサイトです」

「『どーじんむら』に何か特徴があれば教えてください」

「特徴はあります」染谷は法壇を見上げた。「『どーじんむら』は、漫画の同人誌の中でも十八禁に特化した違法サイトです。いわゆるアダルトコミック、わかりやすい言葉を使うとエロ漫画ですね。出版社ならとても出版できない過激な内容のエロ漫画がたくさんアップされています」

裁判員たちが増山を見た。

「その『どーじんむら』にアクセスした被告人はどうしたかわかりますか？」

「もちろん。次のページを開いてください」

青葉が開くとディスプレイに『どーじんむら』のキャプチャ画像が映し出された。漫画の表紙だ。『僕を痴漢呼ばわりした生意気女子の調教日記』というタイトルと、胸が露わになるようにセーラー服を切り裂かれ、スカートも下着も身に着けていない少女のイラストが目に飛び込んでくる。首に犬の首輪をはめられて両手両膝をつき、苦しげに顔を歪め口からよだれを流している。傍聴席がどよめいた。

「どんな漫画か説明してください」

「かなりショッキングな内容だとお断りしておきます。主人公は通勤通学の電車内で女性への痴漢を日課にしている無職の中年男性。ある朝、女子中学生に痴漢したところ、抵抗され駅員に突き出されそうになったのでナイフで脅して自宅に拉致監禁し、くり返しレイプする――という内容です」

青葉は裁判員の反応を見ながら少し間を空け、浅見萌愛が殺害された九月十四日の夜にも増山がこのサイトにアクセスしていたことを染谷に証言させた。

「九月十四日の翌日、十五日のパソコンの使用履歴はわかりますか？」

「ええ。午前九時三十九分に起動しています」

「パソコンを起動した被告人はどのような操作をしましたか？」

「ウェブブラウザを起動して、ニュースサイトにアクセスしています。こちらの――」書類を示す。「ヤフーニュースです」

「そのニュースサイトで何かアクションをしましたか？」

「はい。ニュースの一つにアクセスしています」

「どんなニュースだったか教えてください」

「見出しを読めばいいですかね？」

「お願いします」

「えー――『河川敷で女子中学生の遺体発見』です」

「その見出しの記事が公開された時刻はわかりますか」

「ここに書いてあります――九月十五日午前九時十七分です」

「尋問を終わります」青葉は志鶴に一瞥をくれ席に戻った。

傍聴席に熱気が満ちた。法廷内のほとんどの目が増山に集まった。増山はずっとうつむいたまま固くまぶたを閉じていた。こめかみに汗の粒が浮かんでいた。

能城がこちらを向いた。「弁護人、反対尋問は？」

志鶴は立ち上がった。「質問はありません、裁判長」

「弁護人はただ今の証拠につき関連性はないと主張した。この主尋問のあとでもその主張を維持するということでいいか？」

浅見萌愛の死体が発見される前夜と前々夜に増山が女子中学生がレイプされる漫画を見たのはたんなる偶然だ。増山はそれまでにも同じように違法アップロードされた漫画を見ている。「女子中学生　レイプ」で検索した回数も十回や二十回ではきかない。だが反対尋問でそんな事実を引き出せば藪蛇どころかむしろ自殺行為だろう。検察側はそれを織り込んであえて焦点を絞ったのだ。

パソコン同様、増山のスマホのウェブ履歴もフォレンジック調査により証拠化されている。増山は「女子中学生　レイプ」というワードで検索をしているが、たとえば「証拠隠滅　漂白剤」といった語句での検索履歴はない。だが反対尋問でその事実を示しても効果的なカウンターにはならないだろうと志鶴と都築の意見は一致した。

裁判員の視線が集まるのがわかった。口角を上げる。

「考えに変わりありません」

「検察官、次の証人を」能城が志鶴を見ずに言った。

7

昼の休憩を挟んで、二人目の証人は警視庁捜査一課に所属する朝比奈という女性刑事だった。三十代半ばくらいだろうか、顎のラインまでの髪の毛を七三に分け、がっしりした肉体をグレーのパンツスーツが覆っている。盛り上がった頬の血色がよい。

　蟇目が初めて主尋問に立った。浅見萌愛が死体となって発見される前夜の九月十四日、つまり殺害されたと推定される当夜に生前の彼女の姿が記録されたコンビニの防犯カメラ映像を証拠として朝比奈が調書化していた。志鶴は主尋問の受け答えをノートパソコンで速記しながら聴いた。

　蟇目はまず、遺体発見現場とそのコンビニ――ファミリーセブン綾瀬店――との位置関係と距離を地図で示した。両者の間は直線距離にして約八百メートル。

　浅見は午後七時半頃、ファミリーセブン綾瀬店を訪れ買い物をした。このときの姿が入り口付近とレジの後ろに設置された防犯カメラに捉えられていた。法廷のディスプレイに合わせて二分ほどの映像が映し出される。傍聴人が見上げ、浅見奈那がまた嗚咽を漏らした。隣に座る永江誠が彼女の背中を手でさすった。

　朝比奈はこの映像を萌愛の母親である浅見奈那に見せ、娘に間違いないという供述を得てそれも調書化していた。

　次に、同じ二つのカメラが増山を捉えた映像が証拠として流された。増山は煙草を二箱買った。レジを離れたのは午後七時五十二分。浅見萌愛が店を出た二十一分後だ。朝比奈は、映像内で増山にレジで応対していたコンビニの男性店員に聴取し、複数人の写真の中から増山の面割をさせて同一人物だとの供述も得ていた。

「尋問を終わります」蟇目が席に戻った。

　ファミリーセブン綾瀬店は増山の家の最寄りのコンビニだ。増山は少なくとも週に一回はこの店で買い物をしている。煙草を買うのも決まってこの店だ。

　葛飾区にある浅見萌愛の家からこのコンビニまでの直線距離は約五百メートル。徒歩圏内だ。彼女の家とコンビニを結んだ先、百メートルほどの場所に小さな公園がある。萌愛の親友だった後藤みくるによれば、死体となって発見される前の晩、萌愛はその公園でトキオと名乗る男と待ち合わせる約束をしていた。別の日だが、萌愛らしき少女がトキオらしき男とその公園で会っているところを目撃した沼田というタクシー運転手からも志鶴は直接話を聞いている。

　増山の行きつけのコンビニで、増山が行ったのと同じ日、たまたま萌愛が買い物をした。防犯カメラ映像にそれ以上の意味はない。証拠を検討した段階で志鶴も都築もそう評価していた。

「弁護人、反対尋問を」能城が言った。

「はい」志鶴は立ち上がり、証言台のすぐ横に立って法壇を向いた。「荒川河川敷で浅見萌愛さんのご遺体が発見されたのは、令和△年九月十五日の朝のことでした。発見者が一一〇番通報すると警視庁本部の通信指令センターにつながります。この通報の内容は警視庁捜査一課の現場資料班と呼ばれる部署に設置された同報電話でも傍聴できる。最初に現場に駆けつける、いわゆる初動捜査に携わるのは現場を所管する所轄署の警察官、あるいは警視庁の機動捜査隊ですが、捜査一課の庶務担当管理官と現場資料班の主任も、事件性を判断するためこの段階で臨場する――」

　裁判員を置き去りにしてしまう危険はある。詳細に触れるのは朝比奈へのけん制のためだ。

「この二人が事件性が強いと判断すれば、理事官、捜査一課長に連絡され、両者も臨場する。そこで『在庁番』として待機していた、あなたが所属する捜査一課の殺人犯捜査係にも出動命令が下った。浅見さんの事件ではご遺体が発見された十五日には足立南署に『帳場』が立った――つまり警視庁捜査一課幹部の判断により特別捜査本部が設置されました。あなたはこの九月十五日の時点で警視庁捜査一課の殺人犯捜査担当の一人として捜査本部に加わり、浅見さんの事件の捜査に携わった。そうですね？」

「――さっきの主尋問でもそう答えましたが？」太い声が返ってきた。

「日付までは答えていませんでした」穏やかに言う。

「質問に答えてください」

「合ってます」

「特別捜査本部が起(た)ち上がると、まず本部内で捜査員の任務編成――いわゆる組分け――が行われる。捜査員を二人一組ずつの『組』に分ける。違いますか？」

「違いませんね」

「それからその組に担当する仕事を割り振る。殺人事件の捜査の場合、担当は大きく四つに分けられる。『地取り捜査』『鑑取り捜査』『情報捜査』、そして『特命捜査』。そうですね？」

「よく知ってますね」余裕のある笑みを浮かべた。

「質問に答えてください」

「そのとおりです」

「あなたに割り振られた仕事は『地取り捜査』だった。

違いますか？」

「違いません」

蟇目の主尋問ではこうした点までは触れられていなかった。

「地取り捜査というのは、事件の現場付近を地割り――つまり区域分けして、それぞれを担当する捜査員がくまなく聞き込みをする捜査のこと。そうですね？」

「そうです」

「浅見さんの事件では捜査本部が立った時点で捜査員は百五十人態勢でした。私は手に入る限りすべての証拠に目を通しましたが、地取り捜査に関する捜査報告書を作成した捜査員の名前は四十八名確認できました。じつに五十人近くの捜査員が地取り捜査に当たっていた。そういうことですね？」

朝比奈が志鶴の全身に素早く目を走らせた。「ええ」

警視庁捜査一課に所属し殺人犯捜査を担当するのは刑事の中でも精鋭だ。朝比奈の脳は志鶴の質問の意図を推し量ろうと猛然と回転しているに違いない。だが受け答えは堂々としていた。凶悪な犯罪者を何人も相手にしてきた。志鶴のような若い弁護士など脅威に感じていない。彼女は肉体的にも精神的にもタフそのものだ。裁判員の目にもそう映っているだろう。好都合だ。手加減せずに攻められる。

「浅見さんのご遺体が発見されたのが九月十五日。この日から五十人近い捜査員が発見現場を中心にしらみつぶしに地取り捜査を行った。しかしそれから五ヵ月が経っても警察は増山さんのことを、浅見さんの殺害に関係のある人物とは考えていなかった。違いますか？」

「五ヵ月……？　なんでいきなり」

「裁判長」世良が立ち上がった。「異議があります。刑事訴訟規則１９９条の4第1項――〃反対尋問は、主尋問に現われた事項及びこれに関連する事項並びに証人の供述の証明力を争うために必要な事項について行う〃。弁護人のただ今の質問は、主尋問に関連性のないもので認められません」

「弁護人」能城が志鶴に言った。

「関連性はあります。刑事訴訟規則１９９条の６――〃証人の供述の証明力を争うために必要な事項の尋問は、証人の観察、記憶又は表現の正確性等証言の信用性に関する事項及び証人の利害関係、偏見、予断等証人の信用性に関する事項について行う〃。今の質問は証人の証言の信用性に関する事項です」

能城は左右の裁判官と小声で話し合った。「異議を棄却する。弁護人は続けるように」

「九月十五日の五ヵ月後は、翌年の二月十五日です。この時点で警察は、増山さんを浅見さんの殺害に関係があるかもしれないとして疑ってはいなかった。そうですね？」

「一ついいですか」大きな顎を挑戦的に突き出した。「私はたしかに捜査本部に加わりました。が、一介の捜査員としてです。捜査本部に集まったすべての情報を知っているわけではありません」

抵抗している。志鶴が主尋問の弱点に切り込もうとしているのを察したのだ。

「ではあなたが知る範囲で答えてください。浅見さんのご遺体が発見されて五ヵ月が経った翌年の二月十五日の時点で、あなたや他の捜査員は、増山さんのことを浅見さんの殺害に関係のある人物としてマークしていましたか？」

「いきなり日時を特定されても」肩をすくめた。「手元に記録がないので」

「では、あなたが作成した三通の捜査報告書についてお訊ねします。まず一通目、浅見萌愛さんと思われる人物が映っている防犯カメラ映像について捜査報告書を作成したのは令和△年九月二十九日だと証言しました。浅見さんのご遺体が発見された十四日後ですね。次に二通目、浅見萌愛さんと思われる人物が映っている防犯カメラ映像について、お母さんである浅見奈那さんに確認してもらい、その事実を捜査報告書として作成した日時は同じ年の十月一日だとあなたは証言した。浅見さんのご遺体が発見された十六日後、二週間ちょっと経ってからですね。そして三通目、あなたが増山淳彦さんだと主張する人物が映っている防犯カメラ映像について、捜査報告書として作成した日時を、あなたは、翌年の三月十五日であると確認した。間違いないですね？」

「裁判長」青葉が立ち上がった。「異議があります。弁護人の質問は重複質問です。刑事訴訟規則１９９条の13第２項２号により禁止されています」

「弁護人？」能城が訊ねた。

「同じ刑事訴訟規則１９９条の13第２項の但書に〝正当な理由がある場合は、この限りでない〟とあります。証言の信用性を弾劾する前提としての必要があり、正当な質問であると考えます」

能城は左陪席、右陪席と相談し、「異議を認める。弁護人は質問を変えるように」と言った。

「では質問を変えます」想定内だ。「あなたは増山さんが逮捕された年月日を知っていますか？」

朝比奈は目を横に動かした。「三月――十三日？」

「令和×年三月十三日、そのとおりです。あなたが増山さんだと主張する人物が映っている防犯カメラ映像について捜査報告書を作成したのは、増山さんが逮捕された二日後でした。浅見さんのご遺体が発見されてから増山さんが逮捕されるまでじつに五ヵ月と二十数日という長期間に及ぶ地取り捜査を行っていたにもかかわらず、あなたも他の多数の捜査員と同じように増山さんが疑わしい人物であるとはこれっぽっちも考えていなかった。浅見さんを尾行している怪しい人物がいると考えたなら、その時点で証拠として報告書に記載していたはずです――」

真犯人はトキオだ。浅見萌愛の生前最後の姿を捉えた防犯カメラ映像もそれを裏づける証拠なのだと突きつけてやりたかった。だが萌愛がトキオと会っていた公園の白いネオエースやその運転手について警察は証拠化しておらず、トキオと思しき人物についての証言及び証人は公判前整理手続で能城が排除を決めた。

「――増山さんが逮捕され、改めてこれまでの証拠を調べ直してみたら、生前の浅見さんの姿を捉えた防犯カメラ映像の中にたまたま自宅最寄りのコンビニを利用した増山さんが映っているのに気づき、これは使えると後出しじゃんけんのように証拠化した。そういうことですよね？」

朝比奈は前を向いたままむっつり黙り込んだ。

「弁護人」能城だ。「反対尋問は弁護人の揣摩臆測を開陳する場ではない。質問を変えるように」

検察官が適切な異議を発せなかったのを見かねて助け舟を出したようだ。

「――では、弁×号証として申請している住宅地図を示します」

コンビニ店周辺の住宅地図のコピーを書画カメラの台に置く。ディスプレイを見ながら位置と倍率を調整した。

「あなたは地取り捜査でファミリーセブン綾瀬店を含む三十四軒の店舗や住宅について聞き込みをし、その結果を捜査報告書にまとめた。そうじゃないですか？」

答えるまでに間があった。「まとめました」

「ファミリーセブン綾瀬店以外にも、別の防犯カメラ映像について捜査報告書を作成している。そうですね？」

「そうだったと思います」

「あなたは防犯カメラ映像で、ご遺体が発見される前日の浅見さんの足取りをたどっていた。違いませんね」

「――はい」

「裁判長。ここで先ほども示した甲×号証を提示して注意喚起します」

墓目のチェックを経て、ファミリーセブン綾瀬店の防犯カメラに浅見が捉えられていた事実を記録した捜査報告書及び、時刻についての証言をもう一度朝比奈に確かめさせた。

「この地図のファミリーセブン綾瀬店にタッチペンで丸をつけてください」

住宅地図には店舗名が記載されている。タッチペンを手にした朝比奈はタブレット上で店の名を丸で囲んだ。赤い線で表示される。

「その横に、カタカナの『ア』に○をつけた字と、あなたが主尋問で証言した、浅見さんが店を出た時刻を書いてください」

朝比奈は手を止め検察官席を見た。異議は出ない。朝比奈は志鶴に言われたとおりにした――〝○ア19：31〟。志鶴はさらに、その下に〝○マ19：52〟と書かせた。増山が店を出た時刻だ。ディスプレイにも映し出されている。

「ところであなたは、ファミリーセブン綾瀬店の北に位置するコインランドリーの捜査をしましたね？」

「――はい」

「そのコインランドリーの防犯カメラ映像の提供を受けましたね？」

「はい」

「その防犯カメラ映像について報告書を作成しましたね？」

「はい」

志鶴はデスクに向かうと書類を手に取った。

「ここで証人が作成した捜査報告書を示します」

「証拠調べ請求したものか？」能城が言った。

「いえ」

「裁判長、異議があります」世良が立ち上がった。「刑事訴訟法３１６条の32に、〝やむを得ない事由によって公判前整理手続又は期日間整理手続において請求することができなかったものを除き、当該公判前整理手続又は期日間整理手続が終わった後には、証拠調べを請求することができない〟と定められています」

「弁護人」

「刑事訴訟規則199条の10――〝訴訟関係人は、書面又は物に関しその成立、同一性その他これに準ずる事項について証人を尋問する場合において必要があるときは、その書面又は物を示すことができる〞。これは裁判長の許可なしに行えます。またこの捜査報告書は証人が作成したもので、伝聞法則にも抵触(ていしょく)しません」

公判前整理手続で証拠調べ請求をして裁判官に排除された証拠を法廷で取り調べることはできない。法廷で取り調べられる証拠は基本的に、公判前整理手続で証拠調べを請求して裁判官が採用したものだ。それ以外の証拠を示すことはできないと考える弁護士も少なくない。が、一定の条件を満たせばそうでない証拠も法廷に提示できると刑事訴訟規則に規定されている。反対尋問で用いれば証人にあらかじめ準備させることなく不意打ちできる。朝比奈への反対尋問のため、志鶴は証拠調べ請求をしていない、朝比奈が作成した三通の捜査報告書を用意していた。

能城が他の二人と話し合った。「――異議を棄却する。弁護人、続けて」

志鶴は朝比奈に書証の真正を証言させる。


「あなたはコインランドリーの店先に設置された防犯カメラの映像の一部をキャプチャした画像の何枚かをこの報告書に挿入した。そうですね？」

「はい」

「こちらの画像もその一つですね？」志鶴は報告書の画像を指さした。

防犯カメラ映像の一コマをキャプチャしたカラー画像だ。コインランドリー店の前を通る少女の姿が俯瞰(ふかん)した構図で捉えられている。街灯や店先の照明の明かりで比較的明瞭に判別できる。浅見萌愛だ。

「そうです」

「あなたはこの画像に映っている少女について、『被害者』つまり浅見萌愛さんと特定している。違いませんね？」

「――はい」

「この画像の左上に、防犯カメラ映像に記録された日時――タイムスタンプ――が秒単位まで表示されています。そうですね？」

「――はい」

「その日時を読み上げてください」

「二〇二×年九月十四日十九時三十三分二十五秒」

「ここでふたたび先ほどの地図を示します」志鶴は書画カメラが写す報告書を、用意した住宅地図に差し替えた。「あなたが今の報告書で報告した防犯カメラが設置されていたコインランドリー店は、この地図にありますね？」

「あります」

「タッチペンで丸く囲んでください」

朝比奈は該当する建物の名を囲んだ。

「その横に、〝○ア19：33〟と書いてください」朝比奈は言われたとおりにした。

「ここで証人が作成した別の捜査報告書を示します」志鶴はデスクから別の捜査報告書を持ってきて書画カメラで示し、朝比奈に真正であることを確認させた。「ここには、ファミリーセブン綾瀬店を出たあとの、あなたが増山さんだと主張する人物の足取りが報告されている。そうですね？」

「――ええ」

コンビニの南側に位置する個人宅の駐車スペースに停められた自家用車の車載カメラ映像だ。走行中はドライブレコーダーとして機能し、駐車中は防犯カメラとして働く。そのカメラがファミリーセブン綾瀬店を出た増山の姿を捉えていた。

こちらのキャプチャ画像にもその時刻がスタンプされている。志鶴は同じように朝比奈に防犯カメラの所在地を丸で囲ませ、その横に〝○マ19：53〟と書かせた。次に、〝○ア19：31〟から〝○ア19：33〟につながる矢印と、〝○マ19：52〟から〝○マ19：53〟へとつながる矢印をそれぞれ一本ずつ書かせた。

ファミリーセブン綾瀬店を起点とするその二本の矢印の方向は地図上で上下を向いていた。浅見萌愛と増山はそれぞれコンビニが面した道の反対へ向かったのだ。

「ここでもう一度先ほどの捜査報告書を示します」コインランドリーの防犯カメラ映像を証拠化した報告書だ。「あなたはこの報告書の中で、浅見萌愛さんが映っている防犯カメラ映像の録画媒体を持ち主から借り受け、すべてに目を通したと書いています。間違いありませんね？」

「――はい」

「あなたが目を通した映像は何月何日のものですか？」

「九月十四日です」

「開始時刻は何時何分ですか？」

朝比奈は自分の報告書を確認した。「午後四時十一分です」

「終了時刻は何時何分ですか？」

「――午後十一時十分です」

「あなたは約六時間分の映像をチェックして、その間の午後七時三十三分に浅見萌愛さんの姿を確認した。その前後の映像で増山さんの姿を確認しましたか？」

朝比奈が口をつぐんだ。傍聴席が静まり返った。検察官席で蓋目が眉を上げげた。世良はノートパソコンのマウスを走らせ、青葉は証拠書類の束を猛然とめくった。

「もう一度お訊ねします」志鶴は言った。「浅見萌愛さんが映っていたこの日のコインランドリーの防犯カメラ映像に増山淳彦さんの姿は映っていたんですか？」

朝比奈が志鶴を見据える。ふん、と鼻から息を吐いた。

「――映っていませんでした」

視界の端で、ずっと下を向いていた増山が顔を上げるのが見えた。

まだだ。

「ここでもう一度先ほどの地図を示します」志鶴は書類を入れ替えた。地図の位置を少しずらして、これまで映らないようにしていた部分もディスプレイで確認できるようにした。「ここは、先ほどあなたが丸をつけた、増山さんの姿が映ったカメラを搭載した車が駐車していた家です。この家の二軒隣、矢印の先の方向にある家に『増山文子』と書かれているのが読めますか？」

「……はい」

「その名前を丸で囲んでください」

ためらったのち、朝比奈は言われたとおりにした。

「この増山文子という人物が誰か、あなたはよくご存じですよね、朝比奈巡査部長？」

朝比奈は眉をひそめて検察官席を見、ぐっと口を引き結んで志鶴をにらみつけた。「知っています」

「裁判員の皆さんに教えてください」

朝比奈は法壇を見上げ、はっとして視線を落とすと増山に目を向けた。「――被告人の母親です」

「つまりこの家は、増山淳彦さんが生まれてから逮捕されるまで四十四年間住んでいたご実家ですね」

眉間にめりめりと皺が寄った。「――はい」

「終わります」

ファミリーセブン綾瀬店は増山の家の直近にあり、防犯カメラに増山が映っているのは何ら特別なことではない。裁判員にそう印象づけられただろうか。

「——捜査報告書についてお訊ねします」再主尋問に立ったのは世良だった。「捜査報告書を作成するタイミングというのはいつなのか、教えてください」

主尋問同様、再主尋問の受け答えも志鶴はノートパソコンで速記した。

「必ずしも決まっていません」意図を読み取ろうとするかのように世良の顔を見て、朝比奈は慎重に答える。

「それはつまり——捜査をして何か新しい情報を得たらすぐ、捜査報告書を書くとは限らない、ということでしょうか？」

朝比奈が答える前に「裁判長」と田口が立ち上がった。「異議があります。ただ今の検察官の質問は、誘導尋問です。主尋問では許されません」

「異議を認める」能城が言った。「検察官は質問を変えるように」

「わかりました」世良は数秒考えて、「あなたが作成した三通の捜査報告書の日時についてお訊ねします。先ほどの反対尋問で弁護人から、浅見萌愛さんが映っていた防犯カメラ映像について報告した一通目と、萌愛さんのお母さんに話を聞いて作成した二通目のあと、被告人が映っている防犯カメラ映像について報告した三通目を作成するまでに半年近く間が空いた、という指摘がありました。二通目と三通目の間に約半年という時間が空いているのはどうしてか、その理由を教えてもらえますか？」

「はい——」朝比奈は姿勢を正しつつひと呼吸し、「慎重を期した、というのがあると思います」

「慎重を期した？　どういう意味でしょう？」

「特別捜査本部が設置されるような大きな事件では、犯人につながるような重要度の高い証拠ほど慎重に扱うよう捜査員は指示されます。自分たちの仕事は犯人を逮捕することだけではありません。裁判になってからも被告人の犯人性を証明できるような証拠を準備するのも大事な仕事だからです——」世良の表情を見ながら答えをつむぎ出す。「被告人が、浅見萌愛さんと同日に前後してファミリーセブン綾瀬店の防犯カメラに映っていた事実については、もっと早い時点で把握していました。しかし犯人性を示す重要度の高い証拠だったので、すぐには報告書を作成せず、地取り捜査以外の他の捜査でも裏が取れるのを待っていました。被告人の自白によって裏が取れたと判断したので、裁判に向けて防犯カメラ映像についての報告書を作成しました。一通目二通目から時間が空いたのは、それが理由です」

世良はかすかにうなずくのを抑えられなかった。

「反対尋問で弁護人は、浅見萌愛さんのご遺体が発見されてから半年近くの間、地取り捜査をしていたあなた方捜査員の間で、被告人が怪しい人物としてマークされたことはなかったという意味の憶測を述べていましたが、これについて実際のところはどうだったのか話してください」

「はい——地取り捜査が始まって比較的早い段階で、浅見さんの殺害に関して怪しい人物が数名捜査線上に挙がっていました。被告人もその一人です」増山に鋭い視線を投げる。

刑事法廷で警察官ほど偽証が巧みな者はいない。自分たちの証言が疑われることはないという確信が余裕を生むし、何より仕事の一部でもある。彼らと比べれば、職業的犯罪者でさえ法廷ではアマチュアだ。証言台の前で警察官ほど生き生きと嘘をつける人間は他にいない。

「先ほどの反対尋問で弁護人に同じ質問をされた際、そう答えなかったのはなぜですか？」

「答えようとしたんですが——」こちらを見た。「あちらの先生、自分の思い込みを一方的に押しつけるだけで、こっちの話をちゃんと聞いてくれなかったので」

世良の救助によって、再主尋問で朝比奈は完全に息を吹き返していた。

「九月十四日のファミリーセブン綾瀬店の防犯カメラ映像についてお訊ねします」世良が質問を変えた。「ご遺体となって発見される前夜である九月十四日夜、浅見萌愛さんの姿がファミリーセブン綾瀬店の防犯カメラに捉えられていました。その後、被告人の姿も同様に録画されていた。二つの映像の時間差は約二十分あり、店を出た直後の二人の足取りは正反対の方向へ向かっていました。この二つの映像について、あなた方捜査員はどのように判断したのでしょう？」

田口が志鶴を見た。流れを断ち切るために棄却覚悟で異議を差し挟む手もある。が、朝比奈に考える時間を与えてしまうだけだ。志鶴は小さく首を振った。

「はい——」斜め上を見上げた。「アリバイ工作の可能性が疑われました」

「アリバイ工作……？」

「ええ。被告人は、浅見さんが店を出た約二十分後、防犯カメラで撮影されているのを承知で同じコンビニ店を訪れ、買い物をしたあと、浅見さんと反対の方向にある家へいったん帰った。その後もう一度家を出てから犯行に及んだ可能性があるのではないかと自分たちは考えていました」

「なぜそれがアリバイ工作になるんですか？」

「裁判長、異議があります」田口が立ち上がった。「ただ今の検察官の質問は、意見を求めるものです。刑事訴訟規則199条の13第2項3号により禁止されています」

「検察官？」

「──質問を変えます。あなた方捜査員の間で、なぜ被告人のその行為がアリバイ工作だと判断されたのでしょう？」

「ファミリーセブン綾瀬店は、被告人の家に一番近いコンビニ店です。浅見さんとの接点がこの店であることが判明すれば、自分が疑われる可能性が高い。浅見さんが店を出たのと近い時間帯に店を訪れ、店を出たあとあえて反対方向へ向かう姿を防犯カメラに記録させることで、浅見さんの殺害に無関係であるという印象を捜査機関に与えようとしたのではないか。捜査員の間ではそのように判断されました」

「被告人と浅見さんが同時刻にファミリーセブン綾瀬店にいる映像はありません。なぜ二人の接点はこのコンビニ店であると判断したのですか？」

「反対尋問であちらの先生が地図で示したとおり、被告人が住んでいた家とファミリーセブン綾瀬店は近距離に位置しています。二階にある被告人の部屋の窓からファミリーセブン綾瀬店の入り口が見える距離です。被告人はこの窓からコンビニ店を見張り、被害者を物色していたのではないかと判断されたのです」

「──尋問を終わります」世良が席に戻った。

再主尋問での朝比奈の証言は後知恵によるこじつけだ。反対尋問で志鶴が突いた弱点を世良と協働して糊塗した。強引で見え透いているが、裁判員がそう判断するとは限らない。警察官が法廷で嘘をつくはずがないという先入観があればなおのこと。

「弁護人、再反対尋問は？」能城が訊ねた。

「川村が」志鶴は立ち上がり、法壇の斜め前に進んで朝比奈を見る。「先ほどの再主尋問であなたは検察官に、地取り捜査が始まって比較的早い段階で浅見さんの殺害に関して怪しい人物が数名捜査線上に挙がっていた、その中に増山さんもいたと証言しました。そうでしたね？」

「ええ」

「しかし増山さんがなぜ怪しいと疑われていたのか、その根拠については一切説明がなかった。違いませんね？」

「そこまでの質問はなかったので。もちろん根拠はありますよ」

それは何か？　と訊きたくなるが抑える。主尋問と異なり、反対尋問では証人に自由に答えさせず誘導尋問で徹底的にコントロール下に置くのが鉄則だ。

「あなたはこうも話していた――自分たちの仕事は犯人を逮捕することだけではない、裁判になってからも被告人の犯人性を証明できるような証拠を準備するのも大事な仕事だ、と。間違いありませんね？」

「はい」

「ではこの公判で取調べが予定されている防犯カメラ映像は、あなたが報告書を作成したファミリーセブン綾瀬店のものだけだということも当然ご存じのはずですよね？」

わずかに考えた。「そうでしたか――」

「あなたは先ほどの再主尋問で、増山さんと浅見さんの接点はファミリーセブン綾瀬店だったと証言しましたね？」

「しました」

「その根拠として、増山さんの部屋の窓から店が見えるとも証言した。そうでしたね？」

「――はい」

「主尋問で検察官が法廷で示した、あなたが作成した三通の捜査報告書のどこかにそのような記載がありますか？」

朝比奈が言葉に詰まる。「記載というか――地図からも一目瞭然だと思いますが」

「先ほどの住宅地図ですか？」

認めようとして、その地図は志鶴が用意したものだったと気づいたようだ。検察が用意した、浅見の遺体遺棄現場とコンビニ店の位置関係を示した地図に増山の家の表示はない。朝比奈が口ごもった。

「ここで弁×号証として申請している、ご遺体発見現場周辺の防犯カメラの位置を表示した地図を示します――」

森元（もりもと）を伴って現地調査し、現場周辺の防犯カメラの設置状況を写真も使って証拠化した。その一部――ファミリーセブン綾瀬店から遺体発見現場までの最短ルート上に設置されている防犯カメラの位置を住宅地図に記入したものを提示した。

「あなたは地取り捜査で、九月十四日の浅見さんの足取りを追っていた。そうですね？」

「――そうです」

「あなたが捜査報告書に書いたファミリーセブン綾瀬店がここ――」志鶴は地図で示した。「次に浅見さんの姿が防犯カメラに記録され、あなたが報告書に書いたコインランドリーはこの位置です。コンビニ店と発見現場を結ぶルートで次に防犯カメラが設置されているのはこの交差点です。この交差点の防犯カメラ映像は調べましたか？」

「そこは――私の担当ではありませんでした」

「あなたの担当ではなかった。つまり他の捜査員が担当して調べたわけですね？」

「……はい」

「あなたが知る限り、この防犯カメラ映像に浅見さんの姿は記録されていましたか？」

この交差点は、タクシー運転手の沼田が浅見萌愛らしき少女とトキオと思われる男が待ち合わせるのを目撃した公園の先に位置している。

「それは――私は知りません」

「増山さんの姿は記録されていましたか？」

「――知りません」

「この交差点の次に現場に近い防犯カメラが設置されているのは、こちらのコインパーキングです。ここもあなた以外の捜査員が担当して調べたんですね？」

「裁判長、異議があります」世良が立ち上がった。「弁護人の質問は、証人が直接経験しなかった事実についての尋問に当たります。刑事訴訟規則１９９条の13第2項4号で禁止されています」

「弁護人？」

「他の捜査官が調べたかどうかの認識を訊いています」

能城は左右の裁判官としばらく話し合ってから、志鶴を見下ろした。「そもそも弁護人はその地図を証人に示すことで何をしようとしているのか？」

志鶴は法壇を向いた。

「証人が主張する、増山さんと浅見さんとの接点なるものは、たまたま九月十四日に同じコンビニ店で異なった時間に記録された防犯カメラ映像以外の証拠がないことを示し、証人の証言に根拠がないことを明らかにしようとしています」

「裁判官から証人に質問します」能城が志鶴の頭ごしに

朝比奈に声をかけた。「コンビニ店から遺体発見現場までには幾通りものルートがあるはずだが、そのすべてのルートを防犯カメラがカバーしているのですか？」

「あ──いえっ、違います。この地図でもカバーしていないとわかるはずです」

「つまり、防犯カメラに映ることなくコンビニ店──いや次のコインランドリーから遺体発見現場まで歩いていくのは可能ということでよろしいか？」

「はい、そうです──！」

「弁護人」志鶴に目を戻した。「そもそも検察官の立証趣旨において、本証人と証人の作成した書証が立証しようとするのは被告人と被害者との接点ではなく、被告人の犯行可能性である。ことさらに争点を広げ、被告人と被害者との接点に関する証人の証言を弾劾しようとすることに意義はないと裁判所は考える。また、コンビニ店から遺体発見現場まで防犯カメラがカバーしていないルートが存在する以上、防犯カメラに被告人の姿が映っていなかったからといってその犯行可能性が否定されることもない。訴訟経済の観点からもその地図を使っての尋問はいたずらに公判を長引かせ、裁判員の皆さんにも無駄な負担を強いるものであろう。質問を変えるように」

朝比奈が勝ち誇ったような目を向けてくる。志鶴はゆっくり息を吐いた。

「では質問を変えます──」朝比奈に向き直る。「あなたは今日検察官によって証拠調べされた三通の捜査報告書の中で、増山さんを怪しいと思ったという根拠について記載していませんね？」

「記載っていうか──ファミリーセブン綾瀬店で同じ日に、わずか約二十分の差で防犯カメラに捉えられているという時点で、十分な接点だと思いますが？」

「接点というのは、増山さんと浅見さんの間の接点のことですか？」

「そうです」

「あなたは先ほど、あなたが主張する増山さんと浅見さんの接点について、検察官にどのような説明をしたか覚えていますか？」

「──覚えてますよ、もちろん」

「増山さんと浅見さんの間の接点について、あなたはつい先ほど検察官にこう説明しました──『被告人が住んでいた家とファミリーセブン綾瀬店は近距離に位置しています。二階にある被告人の部屋の窓からファミリーセブン綾瀬店の入り口が見える距離です。被告人はこの窓からコンビニ店を見張り、被害者を物色していたのではないかと判断されたのです』。間違いないですね？」

「そう言ったかもしれません」平然と答えた。

「それが『接点』であるというのは、あくまであなたの個人的な認識に過ぎませんよね？」

「いえ——われわれ捜査員の間では共通した認識でした」

よし、予想どおりの答えだ。

「先ほどの再主尋問で、あなたは検察官に、九月十四日、ファミリーセブン綾瀬店の防犯カメラ映像に増山さんが映っているのは、増山さんによるアリバイ工作の一環であると証言しましたね？」

「……はい」

「あなたによれば、そのアリバイ工作の目的とは、『浅見さんが店を出たのと近い時間帯に店を訪れ、店を出たあとあえて反対方向へ向かう姿を防犯カメラに記録させることで、浅見さんの殺害に無関係であるという印象を捜査機関に与えようとしたのではないか』とのことでした。間違いありませんね？」

「——そうでしたか？」検察官席にちらっと目をやった。

「間違いありませんね？」志鶴はくり返した。

こちらに目を戻す。「……はい」

「九月十四日の時点で、あなたや他の捜査員が、増山さんを怪しい人物として捜査していたという事実はありますか？」

「それはありませんよ——まだ犯行が認知される前ですから」

「終わります」志鶴は席へ戻った。

検察側は再々主尋問を請求しなかった。

あらかじめ想定問答は作成するが、反対尋問は基本的に予測不能だ。浅見萌愛と増山が同じ日に同じコンビニの防犯カメラに捉えられていたことは増山の犯人性を証明する証拠とはならない。それを示すため反対尋問で朝比奈から証言の矛盾を引き出そうとした。朝比奈は信用ならない証人だ。裁判員にそれを示すことができただろうか。能城の介入で追及しきれなかっただけでなく、自分が枝葉を追い過ぎたことで、かえって論点や道筋をわかりにくくしてしまったのではないか——強烈な不安がせり上がる。

能城が裁判員から質問を募った。左端で手が挙がった。黒いジャケットに黒いTシャツという姿の、三十歳前後に見える痩せた男性だ。能城が発言を許した。

「裁判員の〝一番〟です」深みのある声だ。手元のメモに視線を落とすと、ウェーブのかかった前髪が落ちた。

「令和△年九月十四日の夜、被害者である浅見さんの足取りが最後に確認された場所ですが——ファミリーセブン綾瀬店を出たあとのコインランドリーだった、ということでいいんでしょうか？」

「——私が知る限りでは、そうなります」朝比奈は慎重に答えた。

「コインランドリーから遺体が発見された場所まで、けっこう距離ありますよね。で、さっき弁護士さんが出した地図を見たら、そこまでの間に防犯カメラがいくつもあった。そのどれにも浅見さんの姿は映ってなかったってことでいいんですか？」

「私も自分ですべてを確認したわけではないので断言できかねますが」

「ですよね。刑事さん——朝比奈さんが知っている限りの話で教えてもらえたら」

「自分が知る限りでは、そういう証拠はなかったかと」

「なるほど……被告人についても、コンビニを出たあと、自宅の二軒隣の家の車載カメラに映っていた以外の映像はなかったんですか？」

朝比奈が首をかしげる。「どうでしょうか、断言できかねますが——」

「朝比奈さんが知っている限りでいいですよ」

「……知る限りでは、なかったかと」

「あ、でしたね。朝比奈さんも、それらで全部だったと理解している、と」

「ええ……」

「よろしいかな」能城が裁判員に訊ねた。

「すみません、もう少し」裁判員男性は朝比奈に、「先ほどのお話で、被告人はアリバイ工作のため最寄りのコンビニ店の防犯カメラに映り、いったん帰宅したとおっしゃいましたよね？」

「——はい」

「被告人と浅見萌愛さんとの接点は、このコンビニ——ファミリーセブン綾瀬店でいいんですよね？」

「……そうです」

「被告人がいったん帰宅した時刻は、えーと——」メモを見る。「コンビニ店を出たあと、自宅の二軒隣の家の車載カメラ映像から、午後七時五十三分以降ってことになりますね？」

「そうなりますか」

「で、そのあとまた家を出て浅見さんをつけ、犯行に及んだと。ってことになるのかな？」

「そうなるかと」朝比奈の表情と声は、志鶴が尋問しているとき以上に硬かった。

「朝比奈さんの前に、染谷さんというフォレンジック調査の専門家の方の証人尋問がありました。染谷さんによると、九月十四日の夜、被告人は午後八時七分から約二十五分——つまり八時三十二分まで、自宅のパソコンで漫画を見ていたということでした。で、検察官の起訴状によると、浅見萌愛さんが殺害されたのは九月十四日の午後九時から十時の間となっています。ちょっと疑問に思ったんですが——いったん家に帰った被告人は、そのあとインターネットで漫画も見たとして、どうやって浅見さんをつけることができたんでしょうか？　唯一の接点がファミリーセブン綾瀬店で、浅見さんがそこを出て反対方向へ進んでから一時間経っているわけですが」

証人尋問をきちんと見ていれば当然浮かぶはずの疑問だ。公判前整理手続の段階で志鶴と都築も、九月十四日夜の増山のパソコンのウェブ履歴をコンビニの防犯カメラ映像に対抗する「アリバイ」として使うか検討した。が、関連性がないとして証拠採用に不同意を主張した以上、ウェブ履歴を証拠とすることはできないという結論に至った。

法廷中の視線が朝比奈に集まる。増山も彼女を見た。

「捜査では明らかになっていません」動じる様子はない。「被告人が黙秘に転じてしまったので」

もしこれが反対尋問で、質問したのが志鶴であれば、朝比奈は、家を出た増山が近所をうろつくうち偶然に浅見萌愛を見つけたと強弁したかもしれない。常識的に考えれば無理のある答えだが、一度法廷に出てしまえば打ち消すのは困難だ。そういう危険があるので、反対尋問では自由な回答の余地がある質問を投げないのが原則なのだ。質問したのが裁判員だったので、朝比奈は強く反発せず増山に責任転嫁することにしたのだろう。

一番の裁判員が眉をひそめる。「うーんと、つまり警察は他に何か被告人が浅見さんを追っていた証拠的なものは発見していないわけですか……？」

「一番の方」能城が割って入る。「証拠については、この後も引き続き取調べを行うので、この場で結論を求めるのは時期尚早だと思いますが」

「あっ、ですよね……」男性はばつの悪そうな顔になった。「質問は以上です。ありがとうございました」

能城が募っても他の裁判員からの質問はなかった。

志鶴は鼓動の高鳴りを感じた。いた——裁判員の中に少なくとも一人は、証人尋問の道筋を追い、論点を把握している者が。

8

五月二十七日。増山淳彦の第三回公判期日。

傍聴席には被害者遺族とマスメディアのための席が確保されているが、今日はその他に最前列の二つの席に証人用と書かれたコピー紙をパウチ加工したものがあらかじめ貼られ、一般の傍聴人が座れないようになっていた。左右に離れたそれぞれに座ったのは、検察側の専門家証人と、弁護側の専門家証人だ。

二人に先立って尋問を受けた一人目の証人は、増山の取調べをし、供述調書を作成した灰原巡査長だった。主尋問に立った青葉が供述調書を示し、取調官に利き手を訊ねられた増山が左利きであると答えた部分を読み上げた。志鶴は再伝聞の異議を発したが、能城に棄却された。

次の証人が傍聴席に座っていた検察側の専門家証人だった。能城に名前を呼ばれ、証言台に進んで宣誓し、着席した。この季節には厚手に見えるグレー地のスーツを着た白髪の痩せた男性だ。青葉に代わって主尋問を行うのは蟇目だった。

「先生のお名前を教えてください」

「江副圭司(えぞえけいし)です」

「現在どちらにご所属を？」

「一ッ橋医科大学法医学教室で教授職に就いております」決して大きくはないがよく通る高い声だった。

「今日こちらにお越しいただいたのは、亡くなった浅見萌愛さんのご遺体の司法解剖の鑑定結果から推測できる犯人の特徴について、医学的見地から先生のご意見をうかがうためです」

「はい、承知しております」

次いで蟇目は江副に自身の学歴、資格、職歴を証言させた。

「これまでにどれくらい死体解剖を経験されましたか？」

「自ら執刀した解剖は二千五百体くらいになりますか」

「裁判所で法医学の専門家として証言された回数はどれくらいでしょう？」

「六十回くらいです」

「まず結論からうかがいます。浅見さんを殺害した犯人の特徴は何ですか。裁判員の皆さんにお話しください」

「浅見さんのご遺体の痕跡を精査した結果、浅見さんを殺害した犯人は左利きであると推測されるという結論になりました」江副は法壇を見上げて答えた。

裁判員の目が増山に集まった。蟇目は少し間を取った。

「裁判長、以下、証人の供述を明確にするため、すでに証言された浅見さんのご遺体の検案を担当した証人の尋問内容と重複する質問をすることをお許しください。さて――浅見さんを殺害した犯人は左利きと推測される、と。なぜそう推測されるのか教えてください」

「はい。まず浅見さんの死因は、死体検案書に記載されているとおり扼死です」

「扼死、というのは？」

「頸部――つまり首ですね――この頸部を手あるいは腕で圧迫すること、専門用語で言えば扼頸によって惹起される死、と定義されています」

「浅見さんの場合は、どう推測されましたか」

「鑑定書にもありましたが、手を用いたと判断できます」

次いで江副は、死に至る起因として気道狭窄による窒息が推測されることを説明した。

「甲×号証の写真を示します――」

蟇目は、傍聴席のディスプレイが暗転するのを確認して、書画カメラの下に浅見萌愛の死体検案書を置いた。裁判官や裁判員向けのディスプレイに、モノクロの写真が映し出される。彼らはすでに一度目にしているはずだが、そう簡単に慣れるものでもないだろう。顔をこわばらせる者もいた。

「この写真から何がわかるか教えてください」

「はい。まず外部所見として、前頸部の――首の前の部分ですね――外表つまり皮膚に扼痕が確認できます」

「扼痕というのは何でしょう？」

「犯人が圧迫を加えた痕です。浅見さんの場合には左右五本ずつの指のものと思われる半月状の爪痕が確認できます」

「なぜそう推測できるのでしょう？」

「過去に蓄積された膨大なデータから、扼頸時、正面から手で首を圧迫したときの爪痕の基本型・パターンが抽出されています。浅見さんの首に確認できる扼痕もそれに当てはまります」

死後に撒かれたと思われる漂白剤により皮膚はところどころ変色しているが、それでも皮膚に食い込んだ手の爪痕は見分けられた。右手の爪痕が下の方についており、左手の爪痕は顎に近い位置についていた。蟇目は十個の爪痕のそれぞれについて、どの指のものか江副にタブレットに書き込ませ、書記官にその画像を保存させた。

「甲×号証の写真を示します」蟇目は次に解剖写真を書画カメラの下に置いた。

検察側席の浅見奈那が「ひっ」というような声をあげた。

「この写真は何でしょう?」

「前頸部の皮膚を切除してその下の皮下と呼ばれる部分を露出したところを撮影したものです」

皮下には皮膚についていた扼痕に対応するように出血が確認された。蟇目は皮下のさらに下の筋肉を剝き出しにした写真を示し、江副に、皮下もその下の筋肉内でも最も出血量が多い部分が左手の親指と中指の爪痕に対応すると証言させた。

蟇目は次に筋肉を切除して前頸部の骨を露出させた解剖写真を示し、舌骨と呼ばれる骨が左手の親指が当たっていたと推定できる部分で砕けていることを証言させた。

「以上のことから何かわかることはありますか」

「はい。犯人は左手の方が右手より握力が強い人間であったと推測できます」

「そのことから推測できることは?」

「犯人は左利きであろうと推測できます」

蟇目は満足げにうなずいた。「尋問を終わります」

「弁護人、反対尋問を」能城が促した。

「予定どおり進める」田口が志鶴に小声で言って立ち上がり、法壇の斜め前に進んだ。

「弁護人の田口からうかがいます。先生はこれまでに、法医学の専門家として法廷で証言されたことが六十回ほどおありだというお話でしたね?」

「はい」

「その六十回の中で、弁護側の依頼を受けて証人になったことは何回ありますか」

「ありません」

「六十回すべてが検察側の依頼を受けてのものだったということでしょうか」

「さようです」

「今回の件について、弁護人の方から先生にお会いしてお話をうかがいたいとお願いしたことがありましたね?」

「ございました」

「それに対する先生のお返事はどうだったか教えてください」

「お断りしました」

「先生はその理由について、弁護人と会うことはしない、とおっしゃいましたね？」

「はい」

江副は警察や検察の御用学者だ。法廷では検察官の意向に沿った証言をする。そのために医学的事実を曲解することもいとわない。だからこうして何度も召喚されるのだ。裁判員にそう示したかった。志鶴と都築が公判に先立って面接を申し込んだのは事実だ。敵性証人であってもそうすることで何かが得られることはある。だが江副の場合、あえて断られた事実を残すために連絡した。

「先生は先ほど、浅見萌愛さんの首についた爪痕について、それぞれが左右のどの指であるかはっきり推測できると証言なさいましたね」

「ええ」

「本当に、そんなにはっきり特定できるものなんでしょうか」

田口は証人への敬意を感じさせる態度を保っていた。もし自分が尋問していたとしたら、こんな風に自然には演技できなかったかもしれない。久しく刑事弁護からは離れていたとはいえ、さすがベテランだ。

「特定は可能であると思います」

田口は弁護側席へ歩み寄るとデスクからさっきとは別の本を手に取った。

「髙取健彦監修『NEWエッセンシャル法医学（第5版）』百七十頁を示します」付箋をつけていたページを開いて書画カメラの下に置いた。

蟇目が立ち上がって近づき、本を確認した。異議はなかった。

「先生はこの本をご存じですね？」

「はい」江副がうなずく。

「百七十頁を読みますので、見ていてください。扼死の外部所見の扼痕についてこう書かれています――〝これらは、圧迫しなおすことなどにより複雑になり、形状・大きさが不定ともなる〟。今私は書いてあるとおりに読みましたね？」

「はい」動じる様子はなかった。

「浅見さんの前頸部についていた爪痕の位置は正確ではなかった。違いますでしょうか」

「いいえ、正確であったと思います」

「前頭部の皮膚は、漂白剤の影響で化学熱傷――やけどのような状態になって赤く腫れているように見えました。それでもですか」

「前頭部に関しては、ご遺体がうつ伏せにされ漂白剤が流れ落ちたためか、赤くはなっておりましたが体の他の部分と比べてほとんど腫れはありませんでした。また、漂白剤による影響がさらに少ない皮下の出血の位置ともぴたりと一致していました。正確であると言っていいと考えられます」

「ですが、爪痕だけで左右すべての指が特定できるものでしょうか」

「可能です。先ほども説明しましたとおり、扼頸時に首を圧迫したときの爪痕の基本型のデータがあり、浅見さんの首の爪痕もそのパターンと合致しました」

「しかし、爪痕というのは、ずれてきちんと判別できていない可能性がある。そうじゃないですか」

「いえ、ずれてはおりません。きちんと判別できます」

ここからだ。志鶴が江副役となってリハーサルはした。が、本番でもうまくいくだろうか。

「先生はあくまで、爪痕は正確に犯人の手の形状を反映していると、そうおっしゃるわけですか」

「はい、そうです」

「先生はつい先ほど、扼頸時に首を圧迫したときの爪痕の基本型のデータがある、とおっしゃいました。でも不思議なんですが、犯人によっては浅くつかんだり深くつかんだりして、それによって形が変わってしまうということはないんでしょうか」

「それはまずないと考えられます」

江副への反対尋問で最も危険な箇所に差し掛かった。誘導尋問によるコントロールを手放し、それはなぜか、と理由を訊ねるオープンクエスチョンを投げるリスクを冒さなくてはならない局面だ。

問いを発する前に田口はうなずいて「なるほど」と言った。すると江副が彼を見上げて口を開いた。

「講義でも学生たちによく言うんですが、凶器を用いずに人間を死に至らしめるのは大変な仕事なんです。扼殺によって窒息死を惹起するには非常に大きな力が必要となります。気道を狭窄して窒息死に至らしめるには、ぴったりと手を首に密着させなければなりません。そのために犯人は可能な限りしっかり深く握ろうとします。したがって、そうしてできた爪痕の形は決まったパターンでできたものだと考え得るということです」

こちらの狙いどおりの回答だ。が、志鶴は困惑もしていた。弁護側は公判前整理手続で弁護側証人による鑑定書を検察官に渡した。こちらがどのような証人と方法論でこのあと江副の証言を弾劾しようとしているか彼らは知っているはず。にもかかわらず、それに対する防御策を講じている気配がない。何かの罠だろうか。

「ありがとうございます。裁判長、尋問を終わります」

田口が弁護側席へ戻ってきた。

「検察官、再主尋問を」能城が促した。

「はい」蟇目は立ち上がった。

「先ほどの反対尋問で弁護人から、浅見さんの首にあった爪痕がずれた可能性はないかという質問がありました。先生はずれていないとお答えになった。その理由を教えてもらえませんか」

「はい。先ほど弁護人が『NEWエッセンシャル法医学』から引用したまさにその文章にありましたとおり、爪痕がずれるのは首を圧迫し直した場合です。首をつかんでいた手をつかみ替えたと言い換えればよりわかりやすいでしょうか。そうした場合には当然、爪痕の位置もずれるし、不明瞭になることが多い。ところが浅見さんを殺害した犯人は、首を圧迫し直していない。爪痕の明瞭さからそのことが推測できるのです。浅見さんの首についていた爪痕は明瞭なものが十個だけ。皮下等の出血箇所もそれに対応するものだけです。ですから爪痕がずれたという事実はなかったと考えられます」

蟇目はまたうなずき、紙を確認した。「尋問を終わります」

蟇目が今引き出した証言は、検察側よりむしろこちらにとって有利なものだった。自分は何か見過ごしているのだろうか。

「弁護人、再反対尋問は？」能城が訊ねた。

「どうする？」田口が小声で訊ねる。

「……必要ないと思います」不安もあったが当初の予定どおりに進めることにする。

「必要ありません」田口が能城に答えた。

裁判官からの補充尋問はなかった。能城が裁判員に補充尋問を募ったが誰も手を挙げなかった。

「休廷します」能城が告げ、腕時計を見た。「次の開廷は、十二時四十五分とします」

9

「開廷します」休憩のあと、能城が告げた。「次の証人を」

傍聴席の最前列で弁護側証人が立ち上がり、証言台に進んだ。長身の男性だった。体にぴったりした鮮やかなロイヤルブルーのダブルのジャケットの下にノーネクタイで白いシャツを着て、白いパンツを穿(は)いている。髪の毛先を遊ばせ、髭を短く刈り込んでいた。四十代の後半。身のこなしはきびきびしている。宣誓を終え証言台の席に着いた。

志鶴が主尋問に立つ。「お名前をどうぞ」

「南郷周平(なんごうしゅうへい)です」よく響く太い声だ。

「現在はどちらに所属されていますか」

「修学院(しゅうがくいん)大学法医学センターの教授でセンター長も務めています」

「どのようなお仕事をされていますか」

「法医学の定義については先ほど江副先生がされたので省略します。私が所属する法医学センターの特徴は、主にデジタル方面の最新のテクノロジーを法医学に導入してさらに進歩させるのを目的としていることです」

「本日ここにお越しいただいた理由について説明していただけますか」

「はい」法壇をまっすぐ見て答えた。「亡くなった浅見萌愛さんの死体検案書を精査し、最新のテクノロジーを使って増山淳彦さんご自身に検証のための実験をしていただいた結果、浅見さんを殺害した犯人が増山さんである蓋然性は限りなく低いという結果が出たことを、裁判員の皆さんにご説明するためです。もっとわかりやすく言えば——先ほどここで証言された江副先生の鑑定結果が、失礼ながら何の根拠もないでたらめだと証明するためです」

傍聴席がざわついた。江副の表情は変わらなかった。

「先生のご意見の前に、まずご経歴をうかがいます。大学以降のご経歴について簡単にご紹介いただけますか」

「平成×年に国家公務員一種試験に合格し、翌年、東京大学法学部を卒業して警察庁に入庁しました。平成×年に退官し、同年にアメリカのハーバード・メディカルスクールに入学、平成×年に同校を卒業し、同年、アメリカの医師国家試験に合格してニューヨーク市検視局に検視官として採用されました。平成×年から二年間、マサチューセッツ工科大学のＭＩＴコンピュータ科学・人工知能研究所に研究員として所属し、その後ニューヨーク検視局に復職しました。平成×年に帰国し、修学院大学で法医学センターの起ち上げに携わり、現在に至ります」

「東大を卒業後、警察庁でキャリア官僚になったあと、渡米して医学の道へ進まれた。その理由を教えてください」

「私は、社会正義を守る一翼を担いたいと志し、警察庁に奉職しました。刑事局に勤務するうち、日本の法医学界に大きな問題があることを知りました。変死体の解剖率が先進国の中でも最低レベルで、結果として、保険金目的の殺人や幼児の虐待死等多くの犯罪を見逃している可能性があるということです。警察官になるまで、そのように深刻で重大な問題があることを知りませんでした。そのような状況を変えることこそ自分の使命であると考えるようになりました。その原因の一つはもちろん警察ですが、組織の中から現状を変えるのは困難だと思い、法医学の専門家となって外部から変革しようと考えたのです」

「渡米された理由は？」

「アメリカの方が日本より法医学研究が進んでいるからです。貧弱な日本の法医学界とは異なり、予算も潤沢で法医学者もはるかに多い。アメリカで最先端の法医学を学ぼうと、世界でもトップレベルと言われるハーバード・メディカルスクールに入学しました」

「卒業後、アメリカの医師国家資格を得て、ニューヨーク市検視局に就職された。日本にはない組織です。検視局というのは何でしょう？」

「正式名称は、オフィス・オブ・チーフ・メディカルイグザミナー・オブ・ザ・シティ・オブ・ニューヨーク――」カタカナ発音でゆっくり話した。「メディカルイグザミナーというのは、殺人や事故、その他の不審死について調査及び捜査する権限を与えられた法医学医のことで、日本語で検視官などと訳されます。ニューヨーク市検視局はニューヨーク市に属する組織で、市内で一定の条件下で亡くなった人たちについて現場検証や死体解剖を行い、死因を決定するのが主な任務です」

「アメリカの検視官も法医学医ということですが、日本の法医学医との違いがあれば教えてください」

「まったく違います。検視官は自ら現場に臨場し、現場検証も行い、そのうえで死体を解剖して死因を決定する。警察官のような捜査権限を持っているという点が日本の法医学医との大きな違いです。少なくとも、裁判で検察官の駒になるようなことは絶対にありません。自らの判断に基づいて法廷で証言します」

検察側席で世良が鼻白むのが見えた。傍聴席の江副の表情は変わらなかった。

「検視官としてのキャリアの中で、二年間、マサチューセッツ工科大学のＭＩＴコンピュータ科学・人工知能研究所に研究員として所属されています。その間は何をされていたのですか」

「ＡＩを使ったフォトグラメトリーという技術の研究開発を進めていました」

「その技術については後ほど詳しくうかがいます。なぜその研究をされていたのか教えてください」

「検視官としての仕事において重要な技術の精度を高めるためです」

「成果があれば教えてください」

「私が開発に携わった技術は、ＦＢＩや全米各州の検視局、警察の科学捜査班で正式に採用され、現在も使われています」

志鶴は少し間を取った。「これまでにどれくらい死体解剖を経験されましたか」

「千八百体くらいです。すべて自分で執刀しました」

「裁判所で法医学の専門家として証言した回数は何回くらいでしょうか」

「ほとんどがアメリカの法廷でですが、五百回くらいです」

次いで志鶴は南郷が浅見萌愛の死体検案書を精査したことを証言させた。

「その資料を見たあとに先生が行ったことは何でしょうか？」

「浅見さんのご遺体の写真を解析して３Ｄモデルのデータを作成し、それを元に３Ｄプリンターで首の部分の人体モデルをシリコンで製作しました。そしてそれを使い、増山さんご自身の手で、指の痕がどのように残るかを実験しました。そこから得られた結果を、浅見さんのご遺体に遺されていた爪痕と比較し、検証しました」

傍聴席がざわめいた。

都築が、この人なら江副を弾劾できるのではないかとウェブ上の英語記事を見せてくれた。イギリスのメディアによる取材で、写真から３Ｄモデルを作成するフォトグラメトリーという最新技術を法医学に応用している先駆者として、修学院大学法医学センターの南郷にインタビューしている内容だった。

志鶴がもっとアナログな手段を使って弾劾しようと考えていた爪痕について、このユニークな経歴と経験を持つ人物ならはるかに強力な弾劾証人になってくれるかもしれない——志鶴の意見も一致した。

検察側の予定主張に目を通すと南郷はこう言った。

「日本国内の法医学者はたかだか百五十人。狭い社会です。その法医学者同士が検察官と弁護人の駒となってやり合うのはじつに不毛だ。だが、検察官の言いなりに彼らに都合のよい証言をする法医学者が存在する限り、日本の刑事司法に正義は実現されない。こんな貧弱な、いや誤った根拠で有罪主張する検察官の片棒を担ぐ法医学者を私は許せない。お引き受けしましょう」

法医学者のような専門家が検察に迎合した鑑定結果を出すことで生まれた冤罪は少なくない。

南郷には江副の証言を弾劾しようという強い意気込みがあった。が、実験と検証には科学者としてあくまで厳正な態度を貫いた。

「まず、実験と検証から先生が導き出した結論を教えてください」

「はい。浅見萌愛さんを扼殺した犯人は、増山淳彦さんとは別の人物である可能性が非常に高い」

「なぜそのような結論に至ったのでしょう？」

「浅見さんのご遺体の首に遺っていた爪痕と、実験で得られた増山さんの爪痕の形がまったく一致しなかったというのがその根拠です」

「先生が行った実験の方法について、専門家でない裁判員の皆さんにもできるだけわかりやすく説明していただきます。まず、今回の実験で先生が用いたのは何という方法ですか」

「フォトグラメトリーです」

「フォトグラメトリー。われわれには馴染みのない用語です。裁判員の皆さんも初めて耳にする言葉だと思いますので、ご説明いただけますか？」

「日本語に訳せば、写真測量法。ざっくりまとめると、写真など二次元の資料を元に、三次元である実世界を測定する技術です」

「たとえばどんなことに使われていますか？」

「皆さんがイメージしやすいのは、地形図ではないかと思います」裁判員を見上げた。「何枚もの航空写真を撮影し、現地で測量したデータと組み合わせて立体的な地形図を作る。他にも建築業や製造業等でも用いられていますし、気象学でも用いられています。アメリカ等では警察の鑑識でも実用化されています」

「アメリカでは、どのような形でフォトグラメトリーが警察の鑑識で用いられているのですか」

「一番多いのは、事件や事故現場の測定です。現場をずっと保存しておくことはできないので、写真やビデオで撮影した二次元のデータから三次元のデジタルモデルを作り、事件や事故を検証するのに用います。あとは、監視カメラやドライブレコーダーの映像から人間の身長や車間距離を割り出すといったことにも使います。これらのデータや解析結果は、捜査過程で用いられるだけでなく、法廷にも証拠として提出されます」

「他にはどんな使い方が？」

「遺体の写真から三次元を測定することもあります。アメリカでは、死亡原因の調査のため死体専用のＣＴスキャン装置を備えた検視局も増えています。これを使えば遺体の３Ｄデータを得られます。が、そうした機器がない状況でも、複数の写真を元にＡＩを使って遺体の正確な立体的モデルを得ることが可能になりました」

「その技術を使って、実際の事件ではどんな成果があったのでしょう？」

「たくさんあるので三つだけ例を挙げます。レイプ未遂事件で、逃走した犯人と疑われる被疑者の腕に残っていた歯型が、噛みついて抵抗した被害者の歯型と一致していることが証明された例があります。日本で傷害致死に当たる事件の凶器として、被害者の首を絞めるのに使われたチェーンと被疑者が所持していたチェーンが一致することが証明されたこともありました。殺人事件の被害者の脚の皮膚に残っていた圧迫痕が、被疑者の車の床からめくれ上がったシート裏の特殊な形状と一致していることが証明されたこともあります。いずれの事件でも、フォトグラメトリーの技術により証拠化された資料が裁判で証拠として採用されています」

裁判員がついてこられるよう間を取った。

「アメリカではすでに刑事裁判でも実用化されている技術ということですね。先生がその技術を、今回の事件でどのように用いたのか、少し詳しくうかがっていきます
——」

浅見の遺体写真を元に３Ｄプリンターで作成したシリコン製の首のモデルを、志鶴たちと南郷は東京拘置所で刑務官を通して接見室の増山に渡し、実際の扼痕に近いよう扼殺をシミュレートさせ爪痕の位置のデータを取っ

た。この場面はアクリル板ごしに動画と静止画で撮影もしている。

過去に、東京拘置所の接見室で、被告人の健康状態の異常に気づいた弁護人が証拠保全のために被告人を撮影したところ、拘置所の職員に撮影を制止され接見を中止させられるという事件が起きた。この弁護士は国に損害賠償を求める裁判を起こしたが、一審を経て二〇一五年、東京高裁は写真撮影や録画は「接見」に含まれないとして職員の行為を適法とし、原告の請求をすべて棄却する判決を下した。

この判例を盾に邪魔されぬよう、あらかじめ拘置所長に接見室で鑑定を行う旨とその際撮影・録画することを伝えておいた。所長は難色を示したが、もし不満なら身柄を扱う裁判官にそう言って増山を保釈させるべしと都築に詰め寄られ、しぶしぶ認めた。

南郷はさらに、死亡当時の浅見と同身長（センチ単位）、同体重（十分の一キロ単位）の十四歳の少女を被験者等を募集するサイトを通じて募集し、集まった四人の首を実際に採寸してシリコンのモデルを作成した。これらについても接見室で増山の爪痕を採取した。

この四つのシリコンに残った増山の爪痕をふたたびパソコンに取り込んで3Dモデル上に配置し、浅見の遺体画像を解析して取り込んで配置した爪痕と比較する。

この一連のプロセスを証人尋問によって法廷にいかに「プレゼン」するかについて、志鶴と都築は南郷にも協力してもらい練り上げた。わかりやすく説明するため、実験や検証の様子を収めた動画や、南郷が作成したプレゼンテーションソフトによるスライド資料なども組み込んで証拠請求した。尋問については志鶴ではなく都築が二度リハーサルをした。南郷のアドバイスを受け内容を変えた質問もある。南郷が法廷で回答する態度は堂々としておりかつ自然だった。アメリカで検視官として何百回も法廷で証言したという経験は伊達ではない。

「──では、この実験から導き出される検証結果について、改めて教えていただけますか？」

「こちらの3Dモデルを見ていただければ一目瞭然と思いますが──」南郷はディスプレイを見上げた。「浅見さんのご遺体の首に遺っていた爪痕と、増山さんの爪痕はまったく一致していません。別人のものだと考えられます」

「たしかに、爪痕の位置が一致しているところは一つもないように見えます。他にわかることはありますか」

「最も顕著な特徴は、手の大きさ、あるいは指の長さです。浅見さんのご遺体に遺っていた爪痕の持ち主は、増山さんよりはるかに手が大きい。あるいはそれぞれの指が長い。一番差が小さいと思われる中指でも、一センチもの違いがあります」

ディスプレイに映し出された画像を見れば、百人中百人が南郷の言葉を認めるに違いない。

「他にはありませんか」

「もう一つ。この二つの爪痕が別人であることを示す際立った特徴があります。人差し指と薬指の長さです。浅見さんの首に遺っていた爪痕は、人差し指より薬指の方が長い。反対に、増山さんは、先ほどの写真からも明らかなように、人差し指の方が薬指より長い。以上の二点だけでも、二つの爪痕がまったく別人のものであると判断できます。浅見さんの首に遺っている爪痕は、増山さんのものではない。百パーセント近い確信を持って私はそう結論します」

「終わります」志鶴は弁護側席へ戻った。

「検察官、反対尋問を」能城が言った。

世良が立った。

「あなたは、浅見萌愛さんのご遺体の写真を元に３Ｄモデルを作り、実験と検証を行った――と、そうおっしゃるんですね？」

「はい」

「あなたは、浅見さんのご遺体を直接見ましたか？」

「いいえ」

「あなたは、浅見さんのご遺体を直接計測しましたか？」

「いいえ」

「終わります」世良が検察側席へ戻った。

拍子抜けするような反対尋問だった。検察側の方針が見えた気がした。

「弁護人、再主尋問を」能城が促した。

志鶴が立った。「先ほど、先生が二年間、マサチューセッツ工科大学のＭＩＴコンピュータ科学・人工知能研究所に研究員として所属していたことについてうかがいました。そこでの研究について、もう少し詳しく教えてください」

「アメリカではすでに、フォトグラメトリーは刑事司法の場で実用されています。私は、最新のＡＩ――人工知能――の機械学習を利用してさらにその精度を高める研究を行っていました。結果、より少ない枚数の写真の解析で、より精緻なモデルを作成することができるようになりました」

「具体的には？」

「遺体に見立てた人間のモデルの身体を実際に計測したデータと、その人間を撮影した写真からフォトグラメトリーによって作成した3Dモデルとの比較をした結果、誤差を最大でも一ミリ以下にとどめることが可能になりました」

「その結果、どのようなことが起こりましたか？」

「私たちが開発した技術が、現時点で最も精度の高いフォトグラメトリー技術として認められ、FBIや全米各州の検視局、警察の科学捜査班で採用され、裁判でも証拠として提出されるようになりました。また、この技術により、コールドケース——過去の未解決事件——への新たなアプローチが可能になり、犯人が明らかになった事件もあります」

南郷の経歴やアメリカでの研究実績を知ったとき、志鶴と都築は検察側へのカウンターとしての『CSIエフェクト』——警察の科学捜査班の活躍を描くドラマ『CSI』が大ヒットした結果増したとされる、陪審員が科学的証拠を確実なものとみなして安易に有罪認定してしまう傾向——に利用できると判断し、公判では積極的にアピールすることにした。

「先生が今回、浅見さんのご遺体の写真から3Dモデルを作成するのに使った技術は何でしょう？」

「私がマサチューセッツ工科大学のMITコンピュータ科学・人工知能研究所で開発した、AIを利用した最新のフォトグラメトリーです」

「終わります」志鶴は席に戻った。

検察側は再反対尋問をせず、その代わり江副の再々主尋問を能城に求めた。南郷が傍聴席に戻り、江副が証言台席に着いた。

「フォトグラメトリーという技術について弁護側証人から言及がありました。これについて先生の専門家としての認識を教えてください」

「はい。フォトグラメトリー、という言葉は日本では一般的ではありません。写真測量、という用語は存じております」

「日本の刑事司法に携わる専門家としてご教示ください。日本では写真測量はどんな位置づけでしょう？」

「はい。たとえば、警察の鑑識が、交通事故等の現場でステレオカメラ——立体写真機と呼ばれるカメラで撮影した写真を元に、解析図化機という機械を用いて図面を作成するという使われ方をしています。また、防犯カメラ映像やドライブレコーダー等の映像を解析して、被写体の身長や自動車の速度等を解析することもあります。画像計測、画像鑑定とも呼ばれる技術です」

「写真測量によって作成された図面はどのような目的で使われますか」

「鑑定資料や、裁判で提出される公判資料となります」

「他に写真測量についてご存じのことがあれば教えてください」

「はい。交通事故等ではステレオカメラで撮影した写真を元に事故現場を作図するようなことはあります。が、ご遺体など人体を写真や映像の資料だけから作図・再現するという運用はなされていないはずです。たとえば、防犯カメラで撮影された犯人の画像から身長を推定する場合、現場で犯人のいた位置に計測用の棒を立て、画像を重ね合わせるといった方法を用います」

「写真の解析だけで人体の数値を導き出すことはない、と。それはなぜでしょう？」

「もちろん、正確性を期すためです。写真はあくまで写真であって、人体のように複雑な曲線で構成されたものを科学的に再現する正確な三次元データを得るのは不可能です」

罠ではなかった。やはり検察側はあくまで、フォトグラメトリーという技術そのものを否定するつもりなのだ。

「写真測量とご遺体の死体検案の関係について教えてください」世良が続ける。

「はい」江副が穏やかな顔を裁判員に向ける。「日本では、ご遺体の数値を計測するのに、二次元の写真を用いるということは一般的に行われておりません」

「終わります」世良が席に戻った。

「弁護人、再々反対尋問は？」能城が訊ねる。

「川村が」志鶴が立った。「先生は今しがた、検察官の質問に対して『科学的』という言葉を使われていました。そうですね？」

「ええ」

「先生のご専門である法医学も科学の一部門である。そういう理解でよろしいでしょうか」

「はい」

「先生にお訊ねします。科学的正確さというものは、国によって変わるものでしょうか」

「国によって……？」

「たとえば、一気圧の場所であれば、水は摂氏百度で沸騰し、零度で氷になる。この科学法則が、日本では正しいが、アメリカでは間違っている――そのようなことはありますか」

「ありません」

「科学的正確さというものが、日本とアメリカとで異なることはない。そういうことですね？」

「――はい」

「先生は先ほど、検察官の質問に対してこうお答えになりました――〝写真はあくまで写真であって、そこから科学的に正確な三次元のデータを得るのは不可能です〟。間違いありませんね？」

「はい」

「しかし、南郷先生への尋問で示したとおり、アメリカでは現に写真を元に三次元データを解析し、モデル化するフォトグラメトリーという技術が警察等の捜査機関で実用化され、裁判でも証拠として採用されています。科学的に正確だとみなされているからです。先生はその技術を科学的に正確ではないと否定されるわけですね？」

江副が志鶴を見て微笑んだ。

「ちょっと誤解されているように思いますが、水が百度で沸騰するというような自然現象から導かれる法則と、現在も開発中である新しい技術とを同列に論ずることはできません。水が百度で沸騰するというのは不変の事実であり法則で、現代世界中で定説として認められている。一方、最新の技術の評価ということになりますと、これは世界中で一致を見ているとは限りません。たとえば医薬品がそうです。アメリカでは医薬品として承認されていても、日本では承認されず薬機法により適用が禁じられているものが現に少なからず存在します。技術ということで言いますと、医療機器についても同様に海外で認められていても日本では承認されていない機器がありま す。かように、最新の科学技術については、実地に運用するに際して各国の基準により変わってくるというのが現実です。私が申し上げた言葉の真意は、日本ではまだフォトグラメトリーという技術が刑事司法の場で正確性を認められているとはおよそ言い難いということです」

うまく切り返された。衝撃を表に出さず、やり過ごす。

「――先生のお言葉を借りるなら、医薬品や医療機器の認可と刑事司法における鑑識技術を同列に語ることもできない。違いますか？」

考えている江副の答えを待たずに弁護側席のデスクか

らＡ４のコピー紙数枚をステープラーで綴(と)じた書類を取って証言台に戻る。

「国立国会図書館がウェブ上で公開している論文集『レファレンス』６６０号所収、岡田薫(おかだかおる)著『ＤＮＡ型鑑定による個人識別の歴史・現状・課題』を示します」

「検察官」能城が言った。

世良が立って書類を改めた。「裁判長、異議があります。弁護人が提示しようとしている書面は、尋問と関連性がありません」

「弁護人？」能城が志鶴を見た。

「関連性はあります。日本の法科学、鑑定技術がアメリカ等諸外国に遅れており、追随してきたことを示して証人の証言の信用性を弾劾するための資料です」

能城が左右の陪席と話し合った。「検察官の異議を棄却する。弁護人、続けなさい」

「この論文の著者である岡田薫氏は、国立国会図書館の行政法務調査室という部署に所属する国家公務員で、他にも刑事司法にまつわる論文を複数執筆し、『レファレンス』に発表しています。十七頁を読み上げますので、見ていてください。〝先進各国での犯罪捜査や親子鑑定等において、ＤＮＡ分析の果たす役割は著しく高まっている。イギリス、アメリカでは、既に２５０万人から３００万人分、ドイツでも、40万人分以上のデータベースが構築され犯罪の捜査や予防に活用されている。我が国では、犯罪捜査のためのＤＮＡ型鑑定には15年の歴史があるにもかかわらず、データベース化はやっと始まったばかりであり、その規模も数千のオーダーでしかない〟。今私は書いてあるとおりに読みましたね？」

「はい」

「ＤＮＡ型鑑定を犯罪捜査に用いるに当たり、日本は先進各国に遅れること五年で導入した。間違いありませんね？」

「そのようです」

「現在日本ではまだ使われていないが、たとえばアメリカで実用化されている鑑識技術が、この先日本にも導入されて実用化される可能性はある。違いませんか？」

江副はしばらく考えてから、「まあ、それを否定することはできないでしょうね」と答えた。

「終わります」志鶴は席に戻った。

検察側は江副への再々再主尋問を行わず、裁判官尋問はなかった。が、裁判員尋問では声があがった。以前にも質問を発した「一番」の男性だ。

「えーと、江副先生も先ほどの南郷先生のフォトグラメトリーによる実験と検証をご覧になっていましたよね？」

「……はい」

「浅見さんのご遺体に遺っていた爪痕と、被告人の爪痕はまったく一致していませんでした。これについて先生はどうお考えですか」

「裁判長、異議があります」江副が答える前に世良が立ち上がっていた。「意見を求める尋問は許されていませんん」

「異議を認める」能城が答えた。「一番の方、質問を変えていただけますか」

「あ、そっか……はい。質問を変えます。日本ではアメリカのような形でフォトグラメトリーを犯罪捜査に取り入れていないんですよね？」

「はい」

「それはどうしてですか」

江副が沈黙する。「……一介の法医学者である私が日本の刑事司法を代表するかのごとき所論を述べるのは適当とは思えませんので、その質問に対する回答は控えさせていただければと思います」

「江副先生ご自身が知っている範囲でお答えいただけませんか」

「であれば、私自身はその理由について知るところはないとお答えします」

「日本の法医学はアメリカに遅れている、という事実はありますか」

「それは――何をもって進んでいるとするか、何をもって遅れているとするかの定義によっても変わってくるでしょう」

「日本の法医学で人工知能を利用した技術が開発されているかどうか、先生はご存じですか」

「……さあ。私は寡聞にして存じあげませんが」

「そろそろよろしいかな」能城が割って入る。

「あと一つだけ」一番が食い下がった。「先生はこれまで六十回も検察側の証人として証言されたということですが、弁護側の証人として出廷されていないのはどうしてですか」

「ふむ……どうしてかという理由についてこれまで考えてみたことはありませんが、現実に即してお答えするならば、これまで弁護側から証人として証言するよう依頼されることがなかった、ということがあるかと思います」

「なるほど。以上です。ありがとうございました」

他の裁判員からの尋問はなく、江副が傍聴席に戻った。

志鶴は南郷の再々主尋問を求めた。南郷が証言台に戻る。

「先ほど、江副先生が、日本で犯罪捜査にフォトグラメトリーが使われるのは交通事故等非常に限られた場合で、しかもその際、必ず現実の計測も行う、という意味のことをおっしゃいました。このことについてお訊ねします。日本の犯罪捜査におけるフォトグラメトリーの現状について、南郷先生がご存じのことがあれば教えてください」

「はい。二ヵ月ほど前から、警察庁の科学警察研究所から派遣された研究員たちにもフォトグラメトリーの技術の研修を行っています」

世良が眉を上げた。傍聴席の江副がまばたきをした。

「科学警察研究所——略して科警研ですね。科警研というのはどういった組織でしょう？」

「全国の警察組織の長である警察庁の付属機関で、科学捜査の研究や開発を行っています」

「南郷先生はなぜ、科警研の研究員にフォトグラメトリー技術の研修を行っているのですか」

「警察庁は早ければ来年にでも、私がアメリカで研究したフォトグラメトリーの技術を警察での犯罪捜査や鑑識に採用することを計画しているからです。今後は科警研だけでなく、全国の警察組織に付属する科学捜査研究所——科捜研の研究員たちにも研修を行う予定です」

「先生が研究・開発されているフォトグラメトリー技術が、今後日本の警察でも犯罪捜査や鑑識の現場で実用化されていく予定だということですね。具体的にはどのような技術が導入される予定でしょう？」

「今回の裁判で浅見萌愛さんのご遺体写真を解析して3Dモデルを作成した技術も、警察が実用化を考えているものの一つです」

「先ほど、江副先生は日本の写真測量では人体の数値を求める場合、写真以外に実地の計測も行うとおっしゃっていましたが、その点についてはどうでしょう？」

「実地の計測を行わず、写真だけを解析して人体の3Dモデルを作成する技術も今後日本の犯罪捜査で実用化されていく予定です」

「終わります」志鶴は席に戻った。

「検察官、再々反対尋問は？」能城が顔を向けた。

「裁判長、しばしお待ちを」スマホを手にした蟇目が慌てた様子で背後のドアから廊下へ出、世良と青葉がノートパソコンを忙しく操作した。傍聴席がざわついた。

「静粛に」能城が告げた。蟇目が法廷に戻ると三人は顔を寄せ話し合った。

「――再々反対尋問は行いません」世良がこわばった表情で能城に答えた。

調べればわかったはずだが、警察庁がフォトグラメトリーの導入を決めたことを知らなかったのだろう。だから、フォトグラメトリーが日本の犯罪捜査でアメリカでのような使われ方をすることはない――その一点で南郷の証言の信用性を突き崩そうとする方策を変えなかった。今になって警察庁に確認してその事実を知ったのかもしれない。

南郷証人について、事前防御策を講じていなかったのは、検察側の罠ではないか――志鶴の懸念は、完全に杞憂だったわけだ。

裁判官からも裁判員からも補充尋問はなく、南郷は傍聴席に戻った。

「休廷します」能城が次の開廷時刻を告げた。

10

江副と南郷は退廷し、二人が座っていた傍聴席は空席になっている。今日三人目の証人は今井克人。増山が勤めていた新聞販売店の店長で、検察側証人だ。皺が目立つスーツを着た痩せた中年男性で、顔は土気色がかっており、髪の毛には寝ぐせが残っているようだった。

主尋問には青葉が立った。

「令和△年九月十五日に、浅見萌愛さんのご遺体が荒川河川敷で発見されました。そのニュースについて記憶していることがあれば話してください」

「はい。新聞を扱う仕事なのでニュースには敏感です。職場でもよくニュースが話題になる。あの事件はまず朝のテレビのニュースで知ってびっくりしました」

「どうしてびっくりされたのですか」

「現場が近所だったからです。私の自宅兼職場からバイクで十分くらいの場所で、現場付近もうちの販売店の配達範囲です」

「事件を知ったあと、被告人の様子について覚えていることがあれば教えてください」

「その日の夕刊に、事件のことが第一面で報じられました。店にトラックで届いた夕刊にチラシを挟み込む作業をみんな——私と従業員たちでやったんですが、そのとき私が、『増山、お前、中学生の女の子が好きなんだよな？　犯人、お前か？』と冗談で言ったら、他の従業員は笑ったのに、増山だけは真っ赤な顔になって慌てて、チラシを挟む作業をミスしたんです——」

裁判員と傍聴人が増山を見る。増山は目を落としていた。

増山はコミュニケーションが得意な人間ではない。むしろ苦手だ。今井の証言からも、そのために職場で周囲からどんな扱いを受けていたか容易に想像できる。中学時代もいじめられっ子だった増山は、大人になっても自分をからかってくる人間に対して否定したり反論したりすることができなかったのだろう。

「他に思い出したことがあれば話してください」

「うーんと——」腕組みをして、青葉を見ながら考え込んだ。「あ、そうだ、漂白剤」

検察官との証人テスト——証人尋問に先立って検察官が自己の側の証人に行う面接——で打ち合わせた内容を思い出したのだろう。青葉が小さくうなずいた。

「漂白剤がどうしましたか」

「そのニュースがあった三日後、九月十八日の朝、被告人が朝刊の配達に出勤したとき、漂白剤を持ってたんです」

裁判員の何人かが身を乗り出した。

「もう少し詳しく教えてください」

「あいつはスクーターで通勤していたんですが、その前かごの中に漂白剤のボトルが入ってたんです」

「何本ありましたか」

「一本です」

「銘柄がわかれば教えてください」

「キッチンホワイトです」

「大きさは？」

「持ち手のないボトルで、六百ミリリットルと書いてありました」

志鶴と田口は顔を見合わせた。検察側が予定主張や検察庁での今井の供述内容を維持して、公判でも漂白剤の銘柄について証言させるかどうかが、弁護側にとって検察側の主張を突き崩す、ＤＮＡ鑑定に次ぐ重要なポイントだった。

「あなたは被告人が通勤してきたとき、スクーターの前かごにキッチンホワイトのボトルが入っているのを見た。

それからどうしましたか」

「『なんで漂白剤なんか持ってるんだ？』と被告人に訊ねました」

「被告人は何と答えましたか」

「『か、母ちゃんに頼まれて……』と」

傍聴席で笑いが起こった。

「それからどうなりましたか」青葉が続ける。

「『母ちゃんに頼まれて持ってきたのか？』と訊ねると、被告人が『コンビニで』と答えました」

「あなたはその言葉をどう理解しましたか」

「母親に頼まれてコンビニで買ってきた、という意味だと理解しました」

「被告人がコンビニで漂白剤を買ったというタイミングについてはどうでしょう？」

「家を出て、うちの店に来る途中で買ったとしか考えられません。だから不思議でした。母親に頼まれたんなら、仕事が終わって帰りに買うのが普通じゃありませんか？」

増山の母・文子が増山に漂白剤を買ってくるよう頼んだことを志鶴は本人に確認している。浅見萌愛の事件の報道を見て、手持ちのものがなくなりかけているのに気づいたという。頼まれた増山は、仕事終わりでは忘れるかもしれないと家を出てすぐコンビニで漂白剤を買い、そのまま通勤した。増山はそう語っていた。

当初、志鶴と都築は、増山の母・文子を証人尋問してその事実を証言させることで今井の証言を潰すつもりでいた。が、検察官に開示させた資料を改めて読み込んだところ、それ以上に決定的な弾劾方法があることに気づいて方針を変えた。

「尋問を終わります」青葉が席に戻った。

「弁護人、反対尋問を」能城が促した。

「川村が」志鶴は席を立った。

「増山さんが逮捕された令和×年三月十三日の夜七時頃、増山さんの弁護人として私はあなたの店に電話をかけ、店長であるあなたを呼び出してもらいました。覚えていますか」

「……ああ、そんなことあったかも」

「『はい』か『いいえ』でお答えください」

今井は顔を歪め、投げつけるように「はい」と言った。

「そのときの通話であなたは私に、『増山が急にパクられたからこっちは配達がとんでもねえことになってんだ。

ただでさえ人手不足だっつーのにあの野郎』と言いましたね？」

今井がぎろっと目を剝いた。「えっ、何の話？」

とぼけようとしている。

「もう一度訊きますね」志鶴は同じ質問をくり返した。

「いや……言ってないな、そんなこと」

「間違いありませんか？」

今井がうかがうように志鶴を見る。「……はい」

「そのときの通話であなたは私に『てんてこまいなところにマスコミが押しかけて近所からも苦情が出てる。会社の偉い人からも新聞販売店が新聞沙汰になるようなマネをしてうちの新聞の名前に泥を塗ったってさんざん絞られた。どこで知ったかクレームの電話までじゃんじゃん来てうちのやつも子供たちも怖がってる。あんた弁護士なんだろ？　こういうのって迷惑料だか慰謝料だか取れるんじゃねえのか、増山の野郎から。さっさと寄越してくれねえか、損害賠償』と言いましたね？」

「いや言ってないってそんなこと！」今井が勢い込んで否定する。「言ってない言ってない」

「間違いありませんね？」

「間違いないって。大体どこにそんな証拠が――？」

今井は自分が放った言葉を覚えている。証拠がないとたかをくくっているのだ。

「ここで、注意喚起のため、令和×年三月十三日、午後六時五十二分に弁護人川村のスマホで録音した通話データを示します――」

当日の今井との通話を志鶴は録音していた。ノートパソコンにコピーしたそのデータを再生しようとする。今井の顔色が変わった。動揺している。

「裁判長、異議があります」青葉が立ち上がった。「弁護人の質問及び提示しようとしている証拠には関連性がありません」

「弁護人？」能城が言った。

「関連性はあります。証人が増山さんに対して敵対的であることを示し、証言の信用性を弾劾するのが目的です」

「検察官の異議を認める」能城が告げた。「弁護人は質問を変えるように」

「質問を変えます」頭を切り替える。「あなたは、増山さんが逮捕されたあと、関係者として検察庁で二回、岩切検事による事情聴取を受けていますね？」

「――えー、はい」

「その二回とも検察官は、あなたの証言をまとめた供述調書というものを作りましたね」

「はい」

「あなたは二回とも作成された供述調書を自分の目でも確認し、署名捺印した。そうですね」

「はい」

志鶴は弁護側デスクから書面を取って証言台に近づいた。

「令和×年三月二十三日付検察官作成の供述調書を読み上げます」

「検察官？」能城が言った。

青葉が立ち上がり、志鶴が手にしていた書面を確認した。「異議はありません」

「読み上げます――〝浅見さんの事件が報じられた数日後、私は、増山がスクーターの前かごに漂白剤のボトルを一本入れて通勤するのを見ました。漂白剤の銘柄は覚えていません〟」

署名と捺印が自分のものであることを今井に証言させると、志鶴はデスクに戻って書面を取り換えた。

「次に、先ほどの調書が作成された六日後、三月二十九日付検察官調書を読み上げます」先ほどと同じやり取りがくり返された。「読み上げます――〝浅見さんの事件が報じられた三日後の九月十八日、私は、増山がスクーターの前かごに漂白剤のボトルを一本入れて通勤するのを見ました。六百ミリリットル入りのキッチンホワイトでした〟」

志鶴はまた署名と捺印が自分のものであると今井に認めさせた。

「あなたは、最初に検察官の事情聴取を受けたとき、増山さんが漂白剤を買って通勤した日にちを特定していませんでした。しかし、六日後の事情聴取では九月十八日だったと特定している。検察官にその日にちだと教えられたからではありませんか」

「異議があります」青葉が立った。「誤導尋問です」

「検察官の異議を認める」能城が言った。「弁護人、質問を変えるように」

「質問を変えます。あなたは、最初に検察官の事情聴取を受けたとき、漂白剤の銘柄について覚えていないと証言し、またボトルの容量についても話していませんでした。しかし、六日後の事情聴取では漂白剤の銘柄がキッチンホワイトであり、容量は六百ミリリットルであったと詳しく語っている。検察官にその銘柄と容量を教えられたからではありませんか」

青葉が異議を唱え、能城が異議を認めて質問を変えるよう志鶴に命じた。だが——これでいい。

「終わります」志鶴は席へ戻った。

再主尋問にも青葉が立った。

「あなたは一回目の事情聴取では被告人が漂白剤を買って通勤した日にちを特定しませんでした。が、二回目の事情聴取では九月十八日と特定されました。その理由を教えてください」

「記憶が確認できたからです」

「あなたは一回目の事情聴取では漂白剤の銘柄を覚えておらず、容量についても話していませんでした。が、二回目の事情聴取では銘柄と容量をはっきり断定されています。それはなぜでしょう?」

「やっぱり記憶が確認できたからです」

「記憶が確認できた。どういう意味でしょう?」

「日にちも、漂白剤の銘柄と容量も、最初から覚えていました。けど、最初の事情聴取で聴かれたとき、いい加減なことを言ってはいけない、私一人の記憶だけで断定するのは不安だと思って検事さんに言いませんでした。でも、そのあと妻や従業員たちと話して、自分の記憶が間違っていなかったことを確認できたので、二回目の事情聴取では日にちも漂白剤の銘柄と容量も具体的に答えたんです」

「尋問を終わります」青葉が席に戻った。

志鶴は再反対尋問をしなかった。獲得目標は達成できた。裁判官尋問はなかった。能城が裁判員に訊ねると「はい」と手が挙がった。一番の男性の隣に座っている、三十歳前後に見える女性だ。

「裁判員の二番です」彼女が今井に言った。傍聴人の視線を感じて緊張したように見えた。「ええと、被告人は否定しなかった、っておっしゃってましたよね……あっ、浅見さんのご遺体が発見されたニュースのあと、今井さんや販売店の他の従業員の人が、被告人に向かって犯人じゃないか、って冗談を言ったときです。そう言われても、被告人は否定しなかった、って」

「はい」今井が答えた。

「それを聞いて思ったんですが……被告人、って、わりとふだんから職場でイジられ役っていうか、みんなからからかわれるキャラだったんでしょうか」

今井は増山に目を向けた。「あいつ——被告人は無口で職場仲間に自分から積極的に話しかけるタイプじゃないから……まあ、コミュ障、てやつですか」

「『はい』か『いいえ』で答えると、どうなりますか」

能城が割って入った。

「あれ、どういう質問でしたっけ？」

「被告人は、イジられキャラだったか……」二番がくり返した。

「そうか。ごめんなさい。答えは『はい』かな」

「そうですか」二番が能城を見た。「もう一つ、質問してもいいですか」

「どうぞ」能城が寛大にうなずいた。

「ふだん、からかわれたときの被告人のリアクションって、どんな感じだったのか教えてもらっていいですか。そのノリに乗っかって冗談で返すのか、それともキレたりする感じなのか」

「冗談で返すってのはまずないです。そういうタイプじゃないんで。キレるっていうのも……内心はわからないけど、そういう感じでもないですね」

「じゃあ一番多いリアクションって……？」

「うーん……」増山を見て腕組みする。「リアクションてほどのリアクションは……せいぜいニヤついたり、顔が赤くなったり、かな」

「ということはつまり、黙ったまま、っていうことでしょうか」

「まあ、そうなるかな」

「ありがとうございます。それだけです」

いい質問だ。自分がすべきだったかもしれない。だが今井の証言を弾劾することは検察側に対する防御あるいは攻撃の本筋ではない。

他の裁判員からの尋問はなく、今井は退廷した。

今日最後の証人は足立南署の刑事だった。今井が最初に検察庁で事情聴取を受けた五日後、増山が漂白剤を購入したファミリーセブン綾瀬店を訪れ、経営者からその前年の九月十八日未明に六百ミリリットル入りのキッチンホワイト一本の売り上げがあったデータを得て証拠化していた。防犯カメラ映像のデータはとっくになくなっていたが、店のレジには当時「年齢ボタン」と呼ばれるボタンがあり、接客に当たった従業員がキッチンホワイトを購入した客を四十代の男性と判断して入力したことが記録されていた。買ったのは増山で間違いないだろう。

岩切はこの調書を読み、その翌日に行われた今井の二回目の事情聴取でその内容を今井に吹き込んで調書を作成した。今井の供述内容を具体化し、強固にする有力な材料だと判断したのだろう。

主尋問に立った蟇目は、調書に書かれていたその内容――漂白剤の銘柄――を刑事の証言を通じて法廷に示した。志鶴と田口は顔を見合わせ、うなずき合った。これで検察側は完全に引き返せなくなった。漂白剤の銘柄に関する検察側の主張の弾劾については、南郷のような専門家証人を用意しておらず鑑定書も提出していなかった。公判を担当する三人の検察官も、起訴時に岩切が犯したミスに気づいていないか、そうでなかったとしても志鶴たちが見逃していると高をくくっているのかもしれない。あるいは――南郷への対応から想像できるように――こちらがもしその間違いを指摘したとしても自分たちの主張に与えるダメージは低いと見積もっている可能性もある。

いずれにせよこちらにとっては狙いどおりだ。漂白剤についての今井の証言の証拠力は、二日後の証人尋問でひっくり返す。

「弁護人、反対尋問を」能城が志鶴を見た。

志鶴は立ち上がった。内心の昂揚を隠し、無表情に答える。「反対尋問の必要は、ありません」

公判期日の三日目が終わった。

11

五月二十八日。増山の第四回公判期日。

浅見萌愛の事件の証拠調べは昨日までで終わり、今日からは綿貫絵里香の事件の残りの証拠調べを中心に行う。浅見は扼殺だが綿貫は刺殺。浅見の事件では増山の自白はなかったが綿貫では虚偽自白をしてしまっている。浅見の事件とは証拠、争点が異なり、証人尋問での攻防はさらに苛烈になると見込まれた。

一人目の証人は警視庁捜査一課に所属する男性刑事だった。十七年前、足立南署の刑事課に勤務し、星栄中学校に侵入して逮捕された増山の取調べを行った。世良は事件の状況について供述調書も使って法廷に示した。志鶴は反対尋問しなかった。

その証人の退廷後、当時増山の取調べを行った検察官が作成した検面調書を蟇目が朗読した。公判前整理手続で志鶴たちは不同意、かつ悪性格立証で関連性はないと却下を求めたが、動機の立証――女子中学生への性的好奇心を満足させるため――として許容されると、能城は証拠採用を決定した。

二人目の証人も警察官だった。星栄中学校で行われたソフトボールの試合映像を所有していた顧問教師の事情聴取を担当し、映像を証拠化した足立南署の女性刑事だ。綿貫の遺体が発見されたちょうど一週間後、増山が逮捕される二週間前だ。

青葉の尋問の主眼は彼女自身の言葉ではなく、グラウンドの外から試合を観戦する増山の姿を裁判員たちに印象づけることだった。ここまでの公判期日で検察側立証に多少なりとも疑問を持つようになった裁判員がいたとしても、心証がまた黒へと逆戻りしたに違いない。

志鶴は反対尋問に立った。「先ほどの試合の記録映像で、増山さんの後ろに白い車が停まっていましたね？」

「はい」刑事が答えた。

「車種はわかりますか」

「……わかりません」その話題を避けようとしている気配があった。

「トミタ社製のネオエースです。この車について捜査はしましたか」

「それは——本職はそのような命令を受けておりません」

「捜査をしたんですか、してないんですか」

息を吸った。「本職の担当ではないので、お答えできかねます」

「答えられない、というのはどうしてでしょう？」あえてオープンな問いを投げた。

「本職は知りません」

「あなたは先ほどの試合映像を証拠化した。にもかかわらず、映像にしっかり映っていた白いネオエースについてあなた以外の捜査員が捜査したかしていないか知らない。そういう意味ですか」

一瞬口ごもった。「——そうです」硬い表情だ。

公判前整理手続で類型証拠開示請求をかけたが該当する証拠は提出されなかった。だが当然捜査していたはずだ。車の持ち主にたどり着く前に増山の存在が浮かび上がり、その線を打ち切った。志鶴はそう推測している。彼女も当然知っているはずだが、正直に答えても否定しても捜査を十分に尽くしていないと思われる危惧があるのではぐらかしているのだろう。トキオの存在を示せない歯がゆさは募る一方だ。しかしこれ以上深追いしても得るものはない。

「終わります」

再主尋問で青葉は白いネオエースについては一切触れなかった。無視するのが最善の策だと判断しているのだろう。予想どおりだ。志鶴は再反対尋問しなかった。

三人目の証人は携帯電話会社の社員だった。綿貫と増山はたまたま同じ携帯キャリアでスマホを契約していた。その会社に勤務する男性だ。スマホに電源が入っていると基地局と呼ばれる最寄りのアンテナと自動的に通信して記録が残る。この記録によりスマホの所持者の大まかな位置を推測できるとされている。

証人は、綿貫が行方不明になった二月二十日の午後六時頃、彼女のスマホが増山のスマホと同じ基地局と通信していたことを証拠と共に証言した。一つの基地局で通信をカバーできる範囲は限られるので、その時間、二人が近くにいたと検察側は主張したいのだ。だがあまりに強引なこじつけだった。

基地局アンテナにはいくつか種類がある。証人が示したのは小型基地タイプと呼ばれるもので通信をカバーする範囲は半径約五百メートル。直径約一キロという円の中には綿貫の遺体発見現場と増山の自宅もぎりぎり入っている。

反対尋問に立った田口はまずその事実を示したうえ、一キロ平米当たりの足立区の人口密度から基地局がカバーする面積内の推定人口を導き出し、さらにその携帯キャリアの市場占有率をかけ、当時同じ基地局と通信していた人数がざっと三千人いると推測できるのではないかと訊ねた。証人は否定せず、再主尋問で青葉もあえてその点をフォローすることはなかった。ごり押しするには弱過ぎる証拠だという自覚があったのかもしれない。

この日最後の証人は足立南署の久世正臣（くぜまさおみ）という警察官だった。取調べで増山が「イガグリ」と認識していた刑事だ。志鶴は、取調状況報告書と増山の話とを突き合わせて名前を知った。久世が証言台に着くと増山の顔がこわばった。久世は増山への現場引き当たり捜査に加わって「引当捜査報告書」を作成していた。現場付近の河川敷で大勢の警察官が両手で青いビニールシートを持って増山を隠そうとしていた場面を、志鶴もテレビのニュース映像で観ていた。

主尋問に立った世良は、久世に、増山が自ら捜査員たちを綿貫絵里香の死体遺棄現場へと先導し、それが真犯人しか知り得ない「秘密の暴露」であったと証言させた。さらに、その現場で増山に、綿貫を刃物で殺害する様子を「再現」させたことも。

反対尋問で志鶴は、移動距離に比して現場にいたのが長時間だったことから、増山に対して捜査員による誘導があったことを示そうとした。また、最終弁論の布石として、現場付近の一般道と河川敷の道路との境目に回転式の車止めゲートがあり、南京錠を外さないと車が入れないことを久世に証言させた。

「あなた方捜査員は増山さんに、綿貫さんの着衣の刺し傷が集中していた辺りに、綿貫さんの着衣とは異なる布繊維が発見されたことについて訊ねませんでしたか」

　綿貫絵里香の着衣の刺し傷の周辺部から、彼女の着衣――制服の上下と下着――には使用されていない布繊維が採取されていた。

　採取された繊維片は生物顕微鏡による表面形態の観察と混用率試験により、天然の植物繊維である木綿百パーセント、繊維長からアメリカまたはメキシコまたはオーストラリア製と推定された。顕微分光光度計による可視部分光分析を行った結果得られた可視部吸収スペクトルのグラフから、色見本で「テラコッタ」と呼ばれる茶系統の色に近い色であると鑑定された。目視できる撚糸（ねんし）の太さから、タオル地などの生地である可能性が高いとも。

　この繊維片は真犯人――トキオ――が、綿貫絵里香殺害の際、返り血が飛び散るのを抑えるために使用したタオルに由来するものではないかと志鶴と都築は考えている。

「――訊いたと思います」

「その繊維がどういう布製品に由来するか、訊ねませんでしたか」

「訊いたと思います」

「その繊維が由来する布製品をどうしたか、訊ねませんでしたか」

　久世が坊主頭を片手でするっとなで下ろして苦笑いを浮かべた。「犯人が訊かれたことに何でも答えるなら、われわれ警察官の仕事はもっと楽なんだよなあ」

「質問に答えてください。あなた方捜査員は、綿貫さんの着衣とは異なる繊維が由来する布製品をどうしたか、訊ねませんでしたか」

　久世が「訊きました」とかぶせ気味に答えた。感情的になっている。揺さぶりは効いている。

「あなたが作成した現場引き当たり捜査報告書には、今私が列挙した質問をした事実も、それに対して増山さんが回答したという事実も記載されていません。そうですね」

「報告書には不完全な事実は記載しないことになって――」

「質問に答えてください」

「——答えは『はい』です」

「あなた方は五時間以上かけて、さっきあなたが証言した内容の他、増山さんにそれらの質問を問い続けた。にもかかわらず、増山さんからあなた方が満足して報告書に記載できる答えを引き出すことができなかった。それは増山さんが真犯人でなく、凶器についても自転車についても、どうやって綿貫さんを現場に連れてきたかについても、綿貫さんの着衣についていた繊維が何に由来するのかもすべて知らなかったから。そう判断して捜査を打ち切ろうという捜査員はいなかったんですか」

「異議があります！」世良が立った。「誤導尋問です」

「異議を認める」能城だ。「弁護人は質問を変えるように」

「質問を変えます。あなた方捜査員は増山さんに、『刃物を使ったんだろ、刃物。それで何度もお腹を刺した。そうだよな？』と言いましたね？」

世良が誤導尋問だと異議を放った。

「誤導尋問ではありません。根拠はあります」志鶴は能城に言った。「増山さんに被告人質問で証言してもらう予定です」

能城は世良の異議を棄却した。志鶴は改めて久世に質問する。

「言っておりません」久世は平然と答えた。

「あなた方捜査員は増山さんに、『しゃがんだだけでお腹の深くまで刺せるのか？』と言いましたね？」

「言っていません」

「あなた方捜査員は増山さんに『片膝ついただけじゃバランス悪いだろう』と言いましたね？」

「言ってません」

「あなた方捜査員は増山さんに『片手で握って、しっかり力入るのか？』と言いましたね？」

「言ってません」

「あなた方捜査員は増山さんに『振りかぶらなかったら力入らないだろう？』と言いましたね？」

「言ってないですねえ」平然を装っているが、こめかみにさっきまでなかった汗の粒が浮かんでいる。

「あなた方捜査員は増山さんに『そう、しっかり振り下ろす』と言いましたね？」

「いやー、言わないなあ」

「あなた方捜査員は増山さんに『返り血を浴びたよな？それはどうしたんだ？』と言いましたね？」

「いいえ」

「あれ？　増山さんを犯人と断定していたのに、返り血について訊かなかったんですか」

「あー、そうだった。訊きましたね、それは」こめかみから汗が流れ落ちた。久世はそれをごまかすかのように頭を手でなで下ろした。

久世にぶつけた言葉はすべて、現場で増山が捜査員たちに言われたものだ。久世は自分たちが誘導したことを否定するのに必死なあまり、誘導ではない、訊いて当然の質問まで否定してしまった。それを示すのが狙いだった。

「終わります」

再主尋問にも世良が立った。世良は久世に捜査員による増山への誘導はなく、増山による秘密の暴露があったと改めて証言させた。志鶴は再反対尋問をしなかった。左陪席の裁判官と裁判員一人から核心を衝いたとは言えない質問があがった。

この日最後の証人は、弁護側が請求した科捜研化学科の研究員だった。綿貫絵里香の着衣の刺し傷の周辺部から採取された繊維片を鑑定した担当者だ。

この繊維片から真犯人――トキオ――が存在する可能性を示すのが研究員を証人尋問した目的だった。検察側は反対尋問せず、公判期日の四日目が終了した。

事務所へ戻った志鶴は翌日の準備にかかった。争点としての重要さとボリュームと複雑さという点で最もハードな尋問になることが見込まれている。田口の助けは借りずに一人で乗り切るつもりだった。すでに十分時間をかけて準備してきていたが、改めて一連の流れとポイント、反対尋問での想定問答を確認し、体に叩き込む。

スマホの呼び出し音が鳴ったのは、午後九時過ぎだった。未登録の携帯電話番号。

「――はい」

『弁護士の川村先生ですか？　ご無沙汰してます、富岡です。ネオエース専門のカスタムショップの――』

「ああ、富岡さん――」思い出した。トキオのネオエースを追跡していたとき情報を求めて訪れた店の店長だ。

「ご無沙汰してます。今日は何か……？」

『川村先生、半年くらい前に白いネオエース探してましたよね、カスタマイズされた。あの情報ってもう必要ないですか？』

息を呑んだ。「いえっ――まだ探してます」

『そっか……見つけたっぽいんですよね、じつは』

「本当ですか――⁉」

『すみません、時間かかっちゃって』

「でもどうやって……？」

『インスタです。「#ネオエースカスタム」のハッシュタグでなかなか見つからなかったんだけど、今日たまたま「#街で見かけた車」っていうハッシュタグ見たら、これじゃん、てなって』

富岡は志鶴のメール宛てにその投稿のリンクを送ってくれた。リンク先を開くと、住宅街の交差点で信号待ちをしている白いネオエースの写真があった。対向車線の車内のウィンドウ越しに撮影されており、車の前面がしっかり写っている。運転席の人影はフロントウィンドウへの光の反射でよく見えず、プライバシーを尊重してだろう、ナンバープレート部分にはボカシ加工が施されていてナンバーは読み取れなかった。が、「#街で見かけた車」の他、「#千葉」さらには「#袖ヶ浦」というハッシュタグも並んでいた。心臓が高鳴った。投稿日はおよそ三ヵ月前。

『探してる車、袖ヶ浦ナンバーっておっしゃってましたよね？』

「ええ」

『それもあるし、カスタムパーツを見てもその車でビンゴだと思います』

「――ありがとうございます！」

『その写真をアップしたアカウント、最後の投稿が二ヵ月くらい前なんですよね。あんまりアクティブじゃないから、連絡してもレスポンス遅いかもです。あ、でも開示請求とかは弁護士さんの方が専門か』

「ここから先は自分で何とかします。本当に助かりました」

『お役に立ててよかったです。約束どおり、もしうちに何かあったときは無料相談お願いできますか』

「もちろんです――！」

電話を切ると志鶴は早速、仕事の情報収集用に開設した自分のアカウントからトキオのものと思われるネオエースの写真を投稿したアカウントにダイレクトメッセージを送った。身分を明かし、名乗ったうえで、ネオエースの未加工の画像データがあるか、もしあれば送ってもらえないかという内容だ。守秘義務があるので詳しい事情を話すわけにはいかないが、もし提供してもらえたら些少（さしょう）ながら謝礼を出すとも。

田口と都築にもメールでその事実を連絡する。ＳＮＳの提供業者に対する発信者情報開示請求はしなかった。それが必要になるかどうかは明日の公判期日にかかっている。

志鶴はふたたび作業に戻った。

12

五月二十九日。増山の第五回公判期日。

能城が開廷を告げた直後、志鶴は立ち上がった。

「裁判長、本日の証人尋問に先立って、弁護人から要請があります」

能城が険しい目で見下ろしてくる。「何か」

「綿貫絵里香さんのソフトボールの試合映像に映っていた白いネオエースと思われる車の情報を入手しました。ＳＮＳに投稿された写真です。ナンバープレート部分にはボカシ加工がされていてナンバーは判読できません。弁護人は、このネオエースの持ち主こそ浅見萌愛さんと綿貫絵里香さんを殺害して遺体を遺棄した真犯人であると確信しています。裁判長、職権を発動して検証により、写真を投稿したＳＮＳのアカウントに連絡し、白いネオエースの未加工の写真を入手したうえで持ち主を特定してください」

富岡が案じたとおり、写真を投稿したアカウントからＤＭへの返信は今朝になってもまだ来ていなかった。

能城は志鶴を見下ろしたまま、しばらく微動だにしなかった。法廷に沈黙が降りる。「川村弁護人」口を開いた。「弁護人は冒頭陳述で、弁護士は探偵ではないと述べた。弁護人には未知の事実であったかもしれないが、裁判官もまた、探偵ではない――」

傍聴席で笑いが生じた。裁判員にも微笑む者がいた。

「憲法及び刑事訴訟法で裁判官の職権行使について規定されているのは、裁判官が独立した地位を保障され、その職務上の判断に関して他から干渉を受けることはないという理念による。探偵の真似事をするというのは本分ではなく、まして弁護人に命令されて職権を行使するなどという事態はおよそこの理念と乖離している。弁護人の請求を却下する。今後二度と同様の不当な請求をすることのないよう厳に命じる」

「裁判長のその裁定に異議を申し立てます」

「検察官？」

世良が立った。「弁護人の異議には理由がありません」

「弁護人の異議を棄却する」

「では――ネオエースの写真につき、検察官の補充捜査を請求します」

「弁護人――！」能城が声を荒らげた。「刑事訴訟法、刑事訴訟規則のどこにも、弁護人が公判期日で検察官に補充捜査を請求できるなどと規定している条文は存在しない。これ以上法を度外視して放縦恣横に振る舞うことは許されないと心せよ。弁護人の請求を却下する。証人尋問を始める」

志鶴は席に着いた。能城の反応は想定内ではあった。が、徒労感を拭いきれない。頭を切り替えるよう努める。

今日の証人は五人。警察官二人を除いた三人はいずれもＤＮＡ鑑定に関わる技官と専門家だ。検察側が二人、弁護側が一人。三日目の鑑定証人のときと同様、傍聴席の最前列に彼らの席が確保されている。今日は通常の交互尋問だけでなく、検察側と弁護側の証人同士を相対させて行う対質尋問も予定されている。

現場に遺されていた煙草から採取された増山のＤＮＡ、そして、綿貫絵里香の膣内から採取された精子のＤＮＡについて一日がかりで争う。

「裁判員の皆さんに説明します」能城が口を開いた。「本日の証人尋問の焦点は、本件のＤＮＡ鑑定に関わる三人に対して行われるものです。この尋問は本件で最も重要な争点の一つ。多くの人にとってＤＮＡ鑑定というのはごく専門的な分野の話で馴染みがないと思われます。いきなり証人尋問を開始しても、そこで問われていること、争点となっていることの理解がしづらいことが想定されます。そこで裁判官、検察官、弁護人の三者で協議した結果、証人尋問の開始に先立って、証人の一人にＤＮＡ鑑定について基本的な内容を解説してもらう時間を設けました。方法としては講義形式で行います」

能城は解説を行う一人目の証人を呼んだ。

検察側の傍聴席から立ち上がって証言台に進んだのは黒いスーツ姿の男性だった。髪の毛をべったりとなでつけ、黒縁の眼鏡の下でぎょろっと目を剝いている。額と眉間とむっつりへの字型に結んだ口の両端に皺が刻まれていた。能城は人定質問を行い、宣誓させた。青葉が証人台の前に進むと、改めて証人の名前を訊ねた。

「現在の所属は？」

「剱持陣馬です」低いが太く張りのある声だった。

「警視庁科学捜査研究所の第一法医科長を務めています。

また、一ツ橋医科大学法医学教室にも教授職として籍を置いています」

　科捜研に勤務しつつ大学の法医学研究室などに在籍し、研究者としての実績を積んでいくというキャリアパスは存在する。が、教授職にまで至る者は少数だろう。青葉は劔持のＤＮＡ鑑定に関する豊富な経験の他、ユニークな経歴も裁判員に印象づけた。

「――では、ＤＮＡ鑑定の基礎知識について解説をお願いします」青葉が席に戻った。

「わかりました」劔持が席を立ち、裁判員の前に進んだ。スライドを利用して、ＤＮＡ鑑定の基礎知識を十五分ほどで説明した。


　休憩後、一人目の証人尋問が始まった。

　足立南署刑事課鑑識係に所属する女性警察官だった。綿貫の遺体遺棄現場で煙草の吸い殻を採取し、証拠として保管して報告書を作成した。蟇目は、その一連の手続きが国家公安委員会規則である犯罪捜査規範に則（のっと）った適正なものであったことを証言させた。尋問の途中では綿貫から出血した血がついた吸い殻の写真も法廷に示された。

　二人目は増山からのＤＮＡの採取を担当しＤＮＡ採取に関する報告書を作成した足立南署の刑事、灰原だった。こちらも刑事訴訟法に則った適正な手続きで、増山は任意つまり本人の意思で採取に応じ綿棒で自ら口腔（こうこう）内のＤＮＡを採取したと蟇目が証言させた。

　昼の休憩を挟んで、三人目の証人尋問が始まった。

　検察側の傍聴席から証言台に歩み寄ったのはネイビーのスーツ姿の男性だ。遠藤拓斗（えんどうたくと）。警視庁科学捜査研究所第一法医科研究員副主査。科捜研に勤務して十五年。科警研の研修所で所要の研究課程を修了し、ＤＮＡ型鑑定資格認定書の交付を受けた。その後も豊富なＤＮＡ型鑑定の経験を持っている。綿貫の遺体遺棄現場で採取された煙草のＤＮＡと、増山から採取したＤＮＡの鑑定作業を担当した。主尋問に立った青葉は、ＤＮＡ型鑑定に先立って証拠物である煙草の吸い殻からＤＮＡを抽出する過程について質問した。使用した機器、器具等について異常がなかったこと、再鑑定が可能なよう、吸い殻のフィルター部分のごく一部を切り取った小片から遠心分離機と自動核酸抽出装置を用いてＤＮＡを抽出したことを証言させた。鑑定のために必要なＤＮＡの定量化という作業についても簡単に説明させた。

「では次に、証人が令和×年三月十二日に行ったDNA型鑑定について質問します――」

　青葉は、増山から採取したDNAについても煙草の吸い殻と同様、証拠が厳重に管理され、汚染や混入の危険のない環境で適正にDNA型鑑定が行われたことを遠藤に証言させた。そのうえで、DNA型を判定するエレクトロフェログラムというチャートと、それに基づく表も示した。

　さらに青葉は、吸い殻に付着していた血液をDNA型鑑定にかけた結果、遺体から採取した綿貫絵里香のDNAと完全に一致することも遠藤に証言させた。

「尋問を終わります」青葉が席に戻った。

　志鶴は反対尋問しなかった。通常であれば、DNA型鑑定が犯人性を示す証拠として請求された場合、鑑定不正やミス、あるいは証拠の捏造がなかったか、データの解釈に誤りがないかを疑い、その線で切り崩すことを考える。今回そうしないのには二つ理由があった。一つは鑑定書やそれに付随する資料を見ても鑑定ミスや不正が疑われる可能性は低いこと。煙草の吸い殻のDNA型鑑定は、警察が増山に目をつけるはるか以前に行われていたので、捏造の可能性も低い。もう一つは、綿貫の膣内から採取された精液のDNA型鑑定を、増山の犯人性を否定する証拠として請求したからだ。その鑑定をしたのも遠藤だった。

　裁判官と裁判員による補充尋問が行われた。裁判官と裁判員から、DNA型鑑定についていくつか質問が出、遠藤が答えた。


　休憩のあと公判が再開された。

　遠藤はまだ傍聴席に残っている。四人目の証人は剱持だった。世良が尋問に立った。遠藤が作成した二点のDNA型鑑定の鑑定結果について、鑑定書に記載されたエレクトロフェログラムを始めとする各資料を剱持が検討して二つを比較したDNA型鑑定書を作成したことを証言させた。

「まず二つのDNAの型鑑定を比較しての結論を教えてください」

「煙草の吸い殻から採取されたDNA型と被告人の口腔内から採取したDNA型は、検査した十六のローカス――先ほど説明しましたね――で完全に一致しています。同一人物のDNAであると強く推認できます」

　世良は、二点のDNA型鑑定が適正に行われたことを剱持にも語らせたうえで、遠藤が鑑定した煙草の吸い殻のＤＮＡのエレクトロフェログラムと表、増山の口腔内細胞のＤＮＡのエレクトロフェログラムと表を同時にディスプレイに表示させた。

傍聴席がどよめいた。

「先生は、二つのＤＮＡ型が『検査した十六のローカスで完全に一致』した、とおっしゃいました。実際一つ一つのローカスを見ると、先ほどご説明いただいたピークの数と位置が完全に一致しています。この結果の意味するところは何でしょうか？」

「ここからはＤＮＡ型鑑定の確率の話になります。ＤＮＡ型による個人識別では遺伝子の出現率というものを計算に用います。出現率というのはある特定のＤＮＡ型が検出される確率のことです。今ディスプレイに映し出されているのが出現率を示した表です。これらの数字を掛け合わせた答えは三十六・四。十六あるローカスの一つのローカスの型の出現率を計算しただけで、日本の人口一億三千万人の中で共通しているのはたった三十六・四人という確率にまで絞り込まれたということです」

傍聴席からため息のような声が聞こえた。

「十六あるローカスのすべてが一致する確率は、日本においてもっとも出現率が高い型の組み合わせでも四兆七千億人に一人と言われています。なので、すべての型が一致した時点で本来計算する必要はありません。が、実際にすべてのローカスのすべての型の出現率をかけ合わせる計算もしました」

「その結果はどうなりました？」

「この地球上の全人口の十万倍以上の人間がもし存在していたとしても、一致するのはその膨大な人数の中のただ一人というくらいに低い確率だということです」

目を見開く裁判員、感心したように口を開ける裁判員がいた。

「その確率から言えることは何でしょう？」

「綿貫絵里香さんのご遺体の遺棄現場で採取された煙草の吸い殻のＤＮＡは、被告人増山淳彦のＤＮＡでほぼ百パーセント間違いないという結論です」

「――終わります」世良が席へ戻った。

13

公判前整理手続で綿貫絵里香の膣内から採取された精

液のＤＮＡ型鑑定書の証拠採用を請求したが、検察側から不同意とされ、鑑定書を作成した遠藤が証人尋問されることになった。今度は志鶴が主尋問に立つ。

「すでに遠藤証人の氏名、所属、資格、経歴等については先ほどの尋問で明らかになっておりますので省略します。あなたが令和×年三月二日に行ったＤＮＡ型鑑定についてお訊ねします。どのように採取された試料か教えてください」

「綿貫絵里香さんのご遺体の司法解剖を担当された医師が、綿貫さんの体内から採取したものです」

「綿貫さんの体内の、具体的にはどの部分ですか」

「――膣内です」

傍聴席がざわついた。

「どのように採取されましたか？」

「綿棒で採取されました」

「その後はどのように保管されましたか？」

「滅菌バッグに封入され、いったん足立南署の証拠品係の冷蔵庫に保管されました。その後、検体輸送箱に入れられ、警視庁科捜研内のＤＮＡ型検査専用施設へ持ち込まれました」

「その後のＤＮＡ型鑑定の作業を教えてください。まず作業を行ったのは誰ですか」

「私です」

「ＤＮＡ型鑑定に先立って行った作業があれば教えてください」

「綿棒の一部を切り取って精液の予備検査を行いました」

「ここで証人が作成した鑑定書を示します――」志鶴は精液の予備検査について記載された部分を法廷カメラの下に置いた。

「精液の予備検査はどのように行うのでしょう？」

「ＳＭテストというものを行います。まず綿棒の一部を切り取ります。そこに二種類の試薬を混ぜて希釈したものを滴下、つまり垂らします」遠藤の証言は鑑定書の記載と一致している。「すると鮮やかな紫色に変わりました」

「その意味は何でしょう？」

「アゾ色素が生成されたということで、つまり精液の予備検査は陽性と判定できます」

「綿貫さんの膣内から採取された試料は精液と判定されたわけですね。その他にＤＮＡ鑑定に先立って行った作業があれば教えてください」

「確認検査を行いました」

「それはどんな検査ですか」

「顕微鏡を使っての目視と写真撮影です」

「証人が証言した部分の画像を示します」志鶴は、精液を顕微鏡で拡大した、複数の精子が確認できる写真画像を法廷に示した。画像の下には「Ｏｐｐ・ｉｔｓ法による発色　４００倍」というキャプションがあった。

「結果はどうでしたか」

「目視でも精液の存在が確認できました」

「その後はどうなりましたか」

「ＤＮＡ型鑑定の作業に入りました」

　志鶴は、先ほどの主尋問で青葉がしたのと同様に、それが適正な環境下で適正な機器・器具・薬剤により実施されたことを証言させようとした。

「ＤＮＡ型鑑定の一連の作業が行われた場所はどこですか？」

「警視庁科捜研内のＤＮＡ型検査専用施設です」

「なぜ専用の施設で行うのですか」

「異議があります」青葉が立った。「重複質問です」

「検察官の異議を認める」能城だ。「弁護人は質問を変えるように」

「質問を変えます。あなたが綿貫さんの膣内から採取された精液のＤＮＡ型鑑定を行ったのは、綿貫さんのご遺体の発見現場で採取された煙草の吸い殻のＤＮＡ型鑑定を行った場所とどのような関係がありますか」

「同じ施設です。でも――だからといって同じ条件とは言えません」

　牽制（けんせい）しようとしている。遠藤は直属の上司である剱持同様敵性証人だ。綿貫の膣内から検出された精子は当初有力な証拠だったはず。しかしその後、精子のＤＮＡ型と増山のＤＮＡ型とが一致しないことがわかった時点で、不要な、あるいは積極的に否定しなければいけない証拠となった。

　法廷では、自らが行った精子のＤＮＡ型鑑定について、最終的にはその信用性を否定する方向で証言するに違いない。ここまで志鶴のオープンな質問にも鑑定書の記載どおりに答えてきたが、素直にその内容のすべてを認めるつもりはない――そう宣言したに等しい。

「予備検査と確認検査で間違いなく精液だと確認できたあと、どうしましたか」遠藤の答えを無視して続ける。

「二段階細胞融解法を実施しました」

「それは何のために行うのですか」

ためらいがあった。「精液と膣液が混合している場合に、精子DNAを分離して精製するためです」

「膣液本体にはDNAが含まれていないが、女性の上皮細胞が膣液内に存在する可能性があり、上皮細胞には女性のDNAが含まれているので、精液だけをDNA型鑑定できるよう、分離・抽出することで精製するためですね」補足したうえでその手順を簡単に説明させた。

「その後はどうしましたか」

「DNA型鑑定を行いました」

この後検察側は遠藤に、綿貫の膣内で採取された精子のDNAは漂白剤によって汚染、破壊されているので、鑑定結果の信用性は低い、という方向で証言させ、証拠価値を潰そうとしてくるはずだ。だがそれこそ志鶴の狙いだった。

「検察官、反対尋問を」能城が言った。

「青葉が——」青葉が立った。「あなたは先ほどの主尋問で、煙草の吸い殻のDNA型鑑定を行ったときと、精子のDNA型鑑定を行ったときとは同じ条件だったとは言えないという回答をしました。その意味を教えてください」

「はい。煙草の吸い殻のDNA型を鑑定したときは、採取された試料の管理状態は申し分のないもので汚染の可能性は考えられませんでした。ですが、精子の方は汚染されている可能性が高い、という意味です」

「汚染されている可能性が高い、というのはどういうことでしょう？」

「綿貫さんの膣内には漂白剤と思われる液体が注入されていました。その漂白剤に汚染されている可能性が高いという意味です」

「ここで弁×号証の薬物鑑定書を示します——」

青葉が書面を法廷カメラの下に置いた。遠藤と、警視庁科捜研化学科の研究員との連名で作成された鑑定書だ。

「あなたはその漂白剤と思われる液体についても鑑定されていますね？」

「はい」

浅見萌愛と綿貫絵里香の司法解剖を担当した医師や、遺棄現場に臨場した鑑識係員たちが採取した皮膚や衣服から漂白剤の成分を抽出し、鑑定にかけた——遠藤はそう証言した。

「どのような方法で鑑定しましたか」

「ガスクロマトグラフ質量分析計による質量分析と、液体クロマトグラフ質量分析計による質量分析という方法を用いました」

青葉はそれぞれの方法について簡単に説明させた。

「その結果はどうなりましたか？」

「どちらのご遺体にかけられたものも、同じ成分で構成された漂白剤である可能性が極めて高いという結論になりました」

「どのような成分でしょう？」

「次亜塩素酸ナトリウムと水酸化ナトリウムです」

「その成分の構成から液体は何であったと考えられますか」

「塩素系漂白剤と考えられます」

「塩素系漂白剤と思われる液体は、綿貫さんの膣内からも検出された。塩素系漂白剤に汚染されると精子のDNAにはどのような影響が出ますか」

「先ほどDNA鑑定の基礎知識の解説で、塩基対という言葉が出ました。DNAの二重らせんのA、G、C、Tの結合部分のことです。この部分の結合を化学的には水素結合と呼びます。塩素系漂白剤の成分の一つである次亜塩素酸ナトリウムはこの水素結合部分と化学反応し、結果的に水素結合を断ち切って組織を分解します。つまり、DNAを破壊するということです」

「もし塩素系漂白剤に含まれる次亜塩素酸ナトリウムが精子のDNAを破壊していた場合、先ほどのDNA鑑定書についての判断にはどのような変化が生じますか？」

「鑑定は破壊されたDNAに対して行われたもので、犯人を示す証拠としての価値がなくなることになります」

「終わります」

青葉が遠藤に小さくうなずきかけた。打合せどおりにうまくできたと手応えを感じているのだろう。こちらの思うつぼとも知らずに。

志鶴が再主尋問に立った。相手が攻撃してきた武器を逆用して決定的なダメージを与える。逆転のターンだ。

「あなたが行った、塩素系漂白剤と思われる液体、の鑑定についてお訊ねします。鑑定書は同じ科捜研の化学科研究員との連名になっています。あなたは法医学科ですよね。先ほどの尋問でガスクロマトグラフ質量分析計と液体クロマトグラフ質量分析計を使ったと言っていましたが、それらの機器がある科はどこですか」

「化学科です」

「ほほう、法医学科にはその機器は存在しない。漂白剤の成分の鑑定作業が行われた場所は、どこだったでしょう？」

「化学科です」

「鑑定作業が行われた場所は、分析機器が設置されている化学科だった。ふだんそれらの機器を使って分析作業を行っているのはどこの科の研究員ですか」

「――化学科です」

「この場で嘘をつくと偽証罪に問われる可能性がありますので注意してくださいね。漂白剤の成分の鑑定作業は、あなたが所属する法医学科ではなく、分析機器のある化学科で行われた。ふだんその機器を用いて鑑定作業を行っているのは化学科の研究員である。お訊ねします――ただ今問題となっている漂白剤の鑑定作業を行ったのは誰ですか」

「作業を行ったのは化学科研究員です。が、私も終始その場におりました」

「実際に漂白剤の成分の鑑定作業を行ったのは、あなたではなく化学科の研究員だった。あなたはその場にいた――つまり、見ていただけ、と」

遠藤の反論も検察側の異議もなかった。

「そしてその鑑定結果を元に鑑定書が作成された。もし鑑定書の作成も作業を行ったのと同じ化学科の研究員だけで行っていた場合、鑑定書は伝聞例外の要件を満たさず法廷に示すことができなくなります。鑑定書を作成したのが誰か、教えてください」

「――二人で作成しました」そう答えるしかないだろう。

「先ほどの尋問であなたは大学の理学部生物学科出身だと答えていた。生物学すなわちバイオロジー。化学すなわちケミストリーは専門外。漂白剤の成分の鑑定作業についてどれくらい理解していましたか？」

遠藤は眉をひそめ、苦笑いした。「生物学科出身だからって化学がわからないわけじゃないですよ。鑑定のプロセスについては完全に理解しています」

志鶴は意味ありげに笑みを浮かべ、しばらくじっと遠藤の顔を見た。遠藤が困惑と不快を露わにする。まさにそうした感情を引き出すための演技が功を奏したようだ。漂白剤の鑑定結果をこちらにとって有利な決定打となるよう逆転させるには、遠藤のプライドに徹底的に揺さぶりをかけ精神的に追い込んでいくこの過程が不可欠だ。

「あなたは先ほど、漂白剤から次亜塩素酸ナトリウムが検出された、とおっしゃった。次亜塩素酸ナトリウムは消毒や殺菌などにも用いられる、われわれにとって比較的身近な化学物質です。しかし、鑑定作業においては一筋縄ではいかない存在としても専門家には知られている。時間経過した液体試料や液体をかけられ変色・脱色した乾燥試料からは検出されない場合もある。もっと決定的な点は、質量分析計にかけると熱分解されてしまい、検出できないということ。もし生物学科出身で化学科の研究員ではないあなたに答えられるなら、答えてください。そうした性質を持つ次亜塩素酸ナトリウムを、一体どうやって検出したのか」

「先生も文系にしてはよく調べてるじゃないですか」遠藤が挑発的な笑みを浮かべた。「たしかに、そのままの状態では次亜塩素酸ナトリウムは検出が難しい。今回鑑定に用いた方法は、不安定な次亜塩素酸ナトリウムにp-スチレンスルホン酸ナトリウムを誘導体化剤として加え、安定的なクロロヒドリンという物質に誘導体化したうえで液体クロマトグラフで分析するというものです。この方法を用いれば、次亜塩素酸ナトリウムを検出することが可能なんですよ。証拠開示された鑑定書、読んでも理解できませんでした？」

「少なくともあなたも鑑定書に目を通すことはしていた、と」志鶴の粘着質な当てこすりに、遠藤の表情が尖った。おかまいなしに続ける。「ところで、あなたが今言った方法で次亜塩素酸ナトリウムの検出に成功する可能性は何パーセントくらいでしょう？」

「可能性も何も、今回一度で実際に検出できたんですよ」あきれたように口を開いた。感情的になっている。

志鶴は眉を上げ、しばらく間を取った。遠藤が怒気をはらんだ目を向けてくる。

「ではあなたの申告どおり、仮に次亜塩素酸ナトリウムが本当に検出されたとしましょう。鑑定によりもう一つ、水酸化ナトリウムという成分も検出されたということです。この二つの成分が検出されたという情報だけで、液体が塩素系漂白剤であると推測できる根拠は何でしょう？」

「先生もよほど疑り深い。ご専門外でしょうから説明しますと、質量分析装置は各成分をイオン化――ざっくり説明すると、それぞれの物質ごとに質量を同じ条件で比較できる状態にしたうえで、その成分をコンピュータで解析する装置です。その解析はさまざまな物質のデータが蓄積されたデータベースを参照して行う。二種類以上の元素が結びついた化合物に関しても膨大なデータベースがあり、今回はその中でも法医学に関する『法薬毒物』というデータベースなどを用いてコンピュータ解析をしたうえで塩素系漂白剤という解析結果を得ました。信頼性は非常に高いと言えます」

志鶴はまだ信じられないというように首を傾(かし)げてみせた。

「あなたの申告どおり、データベースから塩素系漂白剤だったという解析結果が導かれたと仮にそうしてみます。その場合、次亜塩素酸ナトリウムと水酸化ナトリウム以外の物質が混入していた可能性についてはどうでしょう？」

「検出されていないんです。混入しているわけが——」

遠藤はそこでいくらか冷静さを取り戻した。「質量分析装置の検出感度——どれだけ少ない量から検出できるか——は非常に高いです。あるメーカーではそのたとえとして、地球総人口の中から一人を見つけ出すことより、はるかに感度が高いと表現しています。もしその二つ以外の成分が混入していたとしたら、検出されていないはずがないと断言できます」

「断言、というのは強い言葉ですね。生物学科出身で化学科の研究員ではないのに、そこまで強く言い切れるものなんですか」

「私の学歴と質量分析装置の性能との間には何の関係もない。先生もしつこいですね。在籍する科はともかく、科捜研の一員である以上私が科学のスペシャリストであることはわかりますよね？　解析結果に間違いはありません」

志鶴が執拗に疑いの針をちくちく刺し続けたことで、専門家としてのプライドも逆なでされた遠藤はどんどん鑑定結果へのコミットメントを強めていった——科学的に中立な立場を越えるほどに。退路を断って袋小路に自らを釘付けにした。これを待っていた。

志鶴は弁護側席へ向かうとデスクの手前で立ち止まった。待ち受けていた田口がすかさずデスクの下からプラスチックのボトルを出して天板にどんと置く。志鶴はそれを手に証言台に戻った。

「キッチンホワイト六百ミリリットル入りボトルを示します」

検察側席で世良がはっとしたような顔になった。「い——異議があります！　関連性がありません」

「弁護人？」能城が訊ねた。

「関連性はあります。第三回公判期日で検察官は、増山さんの犯人性を示す証拠として、関係者証人に増山さんが九月十八日にキッチンホワイトを職場に持って行ったことを証言させ、足立南署の刑事に、当日、ファミリーセブン綾瀬店でキッチンホワイト一本が四十代の男性に売られたと証言させました。その二つの証言を弾劾するのが目的です」

能城は左右の陪席と話し合った。「――検察官の異議を棄却する。弁護人は続けて」

志鶴はボトルの背面ラベルの「成分」と記された部分を法廷カメラで映してアップにし、書記官に画像を保存するよう頼んだ。傍聴席がざわついた。

『成分』を読みます――『次亜塩素酸ナトリウム（塩素系）、界面活性剤（アルキルエーテル硫酸エステルナトリウム）、水酸化ナトリウム（アルカリ剤）』。今私は書いてあるとおりに読みましたね？」

「――はい」遠藤はボトルのラベルをまじまじと見ていた。

「先ほどあなたは、浅見さんと綿貫さんのご遺体にかけられていた液体は同じ成分を持つ漂白剤と思われると証言した。そして、その成分は次亜塩素酸ナトリウムと水酸化ナトリウムの二つだけで、他の成分は入っていないと断言した。一方、このキッチンホワイトにはそれ以外にアルキルエーテル硫酸エステルナトリウムという成分が入っている。あなたが鑑定した漂白剤がこのキッチンホワイトである可能性について、裁判員の皆さんに教えてください」

遠藤は口を開け、法壇を見上げた。ためらって検察側席を見た。世良は目と口を開いていた。青葉は手元の書類を猛然とめくっていた。蟇目は首を傾げている。

「私が鑑定した漂白剤がこのキッチンホワイトである可能性は――低いと思います」

検察側の別の証人が、増山の有罪方向の証拠としてキッチンホワイトの存在を証言したことを、遠藤は知らなかった。検察官が知らせなかったからだ。自分が関わった漂白剤の鑑定結果と齟齬が生じるのを今知った。青天の霹靂（へきれき）。キッチンホワイトについて言及しなかった検察官の失態に内心舌打ちしているに違いない。それでも志鶴に精一杯抵抗している。一抹のけなげさを感じたが、手を緩めてやるつもりはない。

「『低い』？　あなたはさっき、あなたが鑑定した漂白剤には二つの成分しか入っていないと『断言できます』と言ったんですよ？　ついさっき二つの成分以外の成分は入っていないと断言し、解析結果に間違いないと証言したのに、『可能性は低いと思います』ですか。科学のスペシャリストだからと言って日本語を論理的に正確に使えるとは限らないのかなあ。科捜研ってそういう集団なんだ？」遠藤に冷ややかな目を向けた。「生物学科出身でも化学はわかる、鑑定のプロセスは完全に理解している。あなたはそう啖呵を切った。科学すなわちサイエンスの専門家の良心に従って正確に答えていただきます。あなたが鑑定した漂白剤がこのキッチンホワイトである可能性について、裁判員の皆さんに、パーセンテージで教えてください」

遠藤は志鶴をにらんで口ごもった。視線を落とす。横目で検察官たちを見て目を戻した。うつむいた肩に力が入っている。大きく息を吐いた。「……ゼ、ゼロパーセントです」

裁判員の何人かが目を見開いた。傍聴席から「おー」という声があがった。傍聴席の綿貫の遺族たちが顔を見合わせた。検察側席で浅見奈那と永江が何か話し合っている。三人の検察官も深刻な顔で言葉を交わし合っていた。傍聴席の剱持はふんぞり返って腕組みをし、志鶴をいまいましげににらみつけた。志鶴はキッチンホワイトのボトルを弁護側席のデスクに戻した。田口と目が合い、小さくうなずき合った。

「終わります」

再反対尋問でも検察側は遠藤の受けたダメージを回復することはできなかった。検察官にとっても完全に予想外だったのだろう。

公判前整理手続で証拠を検討しているとき、遠藤が鑑定した漂白剤の成分とキッチンホワイトの成分の違いに気づいた。遠藤の鑑定は警察が増山に目をつける前に行われていた。鑑定不正や捏造の可能性は低い。鑑定結果は塩素系漂白剤。

増山が逮捕されたあと、捜査担当検事の岩切は、関係者である新聞販売店店長の今井から増山が漂白剤を職場に持って来た話を聞いた。おそらくそこで今井は銘柄までは思い出せなかった。岩切は足立南署の刑事を使ってファミリーセブンを調べさせ、増山らしき中年男性が漂白剤を買った日時と銘柄を割り出した。漂白剤には塩素系と酸素系の二種類がある。キッチンホワイトが塩素系だったので岩切はそれ以上成分を確かめることなく証拠として起訴状を書いた。あるいは、成分の違いには気づいていたものの、それでも押し切れると踏んだか。

同じ次亜塩素酸を主成分とする塩素系漂白剤でも、衣料用など漂白だけを目的とするものには界面活性剤は入っていない。台所で使うキッチンホワイトには洗浄成分をプラスするため界面活性剤が加えられている。真犯人であるトキオが証拠隠滅を図って使った漂白剤は前者だったのだ。

公判を担当した三人の検察官は成分の違いに気づいていなかったか、気づいていたとしても問題視していなかった。今井にキッチンホワイトについて証言させた時点で志鶴と田口はそう確信した。漂白剤の鑑定を行った遠藤はDNA型鑑定の証人でもある。反対尋問を利用して綿貫の膣内から採取された精子のDNA型鑑定の信用性を自ら否定させ、証拠価値を弾劾する――その戦術が見えた時点で視野狭窄に陥った可能性もある。遠藤にキッチンホワイトの成分について話をしなかったのはそのためではないか。今井への反対尋問の際、志鶴が自己矛盾供述による弾劾で目立った成果を挙げられなかったことで、検察側は漂白剤が自らに有利な証拠だという思いをさらに強くした。

検察側の失策も手伝って、漂白剤への弾劾は成功した。だが、DNA型鑑定についてはここからが正念場だ。

14

休憩を挟んで開廷された。遠藤の席は空席になっている。

「裁判員の皆さんに説明します。本日の残りの証人尋問は、綿貫さんの体内から採取された精子のDNAを争点としています。検察側は、精子のDNAは漂白剤によって破壊されているので鑑定結果は信用性が低く、精子のDNAに証拠価値はないと主張しており、弁護側は反対に、精子のDNAは漂白剤によって破壊されておらず、鑑定結果は信用性が高く証拠価値があると主張しています。争点をわかりやすくするため、対質尋問という形式で行います。まず弁護側証人の主尋問、次に検察側証人の主尋問、その後、二人の専門家証人への対質尋問という流れになります」

能城が五人目の証人を呼んだ。傍聴席から証言台へ進んだのは小柄な女性だった。ベージュのジャケットとスカートにタートルネックのニットのインナー。六十代だがどこか少女のような雰囲気を残している。人定質問と宣誓のあと、席に着いた。

志鶴が主尋問に立った。「先生のお名前を教えてください」

「園山陽子(そのやまようこ)です」にこやかな丸顔に片えくぼが浮かんだ。柔らかいがはつらつとした声。

検察側は、増山とは別に真犯人が存在するという弁護側の主張を潰したい。志鶴たちが類型証拠開示請求をかけていなければ、「消極証拠」として闇に葬るつもりだったはずの、綿貫の膣内から採取された精子のＤＮＡ型鑑定について破壊などと主張し、信用性を否定しようとしている。

園山に残余試料の鑑定を依頼したところ、遠藤による鑑定とまったく同じ結果が出た。やはり綿貫の膣内から採取された――おそらくトキオの――精子のＤＮＡは、漂白剤によって破壊されていなかったのだ。

煙草の吸い殻のＤＮＡより、綿貫の膣内から採取された精子のＤＮＡの方がより直接的に犯人性を示す、はるかに強力な証拠だ。検察側の専門家証人である剱持はそれを全力で弾劾すべく、本当は正しかったと承知のうえで、部下である遠藤による精子のＤＮＡ型鑑定は間違っていたと証言してくるだろう。その攻撃をはねのけ、精子のＤＮＡこそ真犯人の存在を示す最大の物的証拠であり、それが増山のＤＮＡと一致しない以上、増山は真犯人ではあり得ないのだと法廷に知らしめる――園山はその乾坤一擲(けんこんいってき)を一身に担う証人だ。

「現在の所属は？」

「千葉県立市原大学付属法医学教育研究センターの教授をしております」

「法医学教育研究センターの教授とは、どのようなお仕事でしょう？」

「先日ここで証言された修学院大学法医学センターの南郷先生も語っていたと思いますが、日本は先進国の中でも変死体の解剖率が低く、死因究明という分野では後れを取っています。このような状況を改善しようと文部科学省内部にも法医学に携わる人材の育成や法医学教育の充実を目指す動きがあり、弊学でもそれに応える形で法医学教育研究センターを起ち上げました。私はそこで、学生や院生に法医学の指導をしながら、法医学教育の改革も行っています」

「法医学教育の改革というのは、具体的にはどのような？」

「とくに注力しているのが臨床法医学という分野です。亡くなった方の死因究明ではなく、生きている人の損傷等について法医学的に評価する学問です。被虐待児や性犯罪の被害者などの診察を行うことも含まれています。先進諸国の中で日本はこの分野では大きく後れを取っていますが、それを充実させることで虐待や性犯罪の防止にも貢献しようとしています」

「本日ここへおいでいただいた理由を教えてください」

「綿貫絵里香さんの膣内から採取された男性のＤＮＡについて、法医学的見地から意見を述べるためです」

「先生のご意見の前に、まず経歴をうかがいます。大学以降の経歴を簡単に紹介してください」

「昭和×年に東京大学理学部を卒業し、同年、警察庁科学警察研究所生物第四研究室に技官として入所しました——」傍聴人の何人かが意外そうな顔をした。「その後平成×年に法科学研修所に異動、平成×年、科警研を退所しました。昭和×年から在籍していた市原大学法医学部で平成×年、教授になり、令和×年、市原大学付属法医学教育研究センターの発足以来こちらに勤務しております」

「大学卒業後は警察庁の科警研に勤務されていた。が、三十年ほど勤めたのち退職された。その理由を教えてください」

「簡単にまとめると、二つの事件が影響しています」

「二つの事件、というのは？」

「一つ目は、一九九七年に起きたいわゆる東電ＯＬ殺人事件です。女性を殺した容疑で逮捕されたネパール国籍のＧさんは無罪を主張して第一審で無罪となりましたが、検察側が控訴した結果、控訴審で逆転有罪の無期懲役判決を受け刑務所に収監されました。最高裁に上告したが棄却され、無期懲役の判決が確定。その後再審を請求し、結果的に二〇一二年に再審で無罪が確定します。決め手の一つとなったのは、被害者女性の膣内から採取された精液のＤＮＡ型が現場で発見された体毛のＤＮＡ型と一致したこと、そのＤＮＡ型がＧさんのものではなかったという鑑定結果です——」園山は裁判員が追いついてこられるよう間を取った。「つまり完全な冤罪事件だった。にもかかわらず、検察側は、この鑑定の元となった重要な証拠合わせて八十点以上もの存在を、二〇一一年になるまで——Ｇさんが逮捕されてからじつに十四年もの間、隠し続けていたのです。科警研もＧさんのＤＮＡ型は鑑定しながら、被害者の膣内にあった精液はＤＮＡ型鑑定していなかったんです。信じられますか——」裁判員たちに訴えかける。「科警研がさっさとその精液をＤＮＡ

型鑑定していれば、Gさんは刑務所に入ることなどなかったかもしれないんですよ」

「二つ目の事件は？」

「二〇一〇年に再審で無罪が確定した足利事件です。女児を殺害したとして一九九一年に逮捕されたSさんは、科警研によるDNA型鑑定の結果、真犯人とされ、第一審で無期懲役の判決を受けました。が、当時はまだDNA型鑑定の技術が確立されておらず、科警研が行ったDNA型鑑定は完全に誤りであったことが後にわかっています。にもかかわらずそれが証拠として採用され、再鑑定がされないまま控訴審でも無期懲役の判決が覆ることはありませんでした。そのせいで無実のSさんは逮捕から十八年も自由を奪われていたんです。ですが、再審で無罪が確定したあとも、完全に間違ったDNA型鑑定を行った科警研の所長は一切謝罪しませんでした。ひどい話でしょう？」

「その二つの事件が、どんな風に科警研の退職に影響したんですか？」

「よくぞ訊いてくれました」園山がにっこり笑う。「科警研ってね、全国の都道府県の科捜研の研究員たちが研修に集まる、科捜研より上位の組織なんですよ。DNA型鑑定の資格も、科警研の研修を受けないともらえないんです。言ってみれば日本の科学捜査の最高峰、総本山。あれっ、でも変ですね。世間の注目を集めたさっきの二つの大事件で、科警研、何してました？　肝心の証拠のDNA型鑑定をしないで冤罪を生んだり、まだ確立されていないDNA型鑑定で間違った結果を出して冤罪を生んだり——完全に検察の先棒担ぎになっちゃってますよね？」裁判員に微笑みかけた。「私、犯罪被害者のために真実を明らかにしたくて科警研に入ったんです。でも実際には科警研って、警察や検察が犯人視した人を有罪にするのをサポートするのが仕事、みたいになっちゃってるんですよ。もちろん全員がそうとは言いませんけど、警察とか検察の意向に迎合しちゃう研究員が少なくないんです。捜査官は同じ警察官同士だし、検察官も同僚みたいな感じになりがちなんですよね。私は一切忖度（そんたく）しなかったので、捜査官や検察官と険悪になったこともしょっちゅうでした。それだけじゃなくて、同じ科警研の同僚たちとも」

「二つの事件の影響を具体的に教えてください」

「端的に言えば、科警研という組織に幻滅しました。今例に挙げた二つ以外にも科警研が中立的でない事件は数えきれないほどあって、そのたびに。でもその結果、組織が変わるどころか私自身が同僚や上司からうとまれるようになり、やがて事件捜査の第一線から外され法科学研修所へ異動させられました。どう頑張ってもこの組織の体質は変えられない——そう断念して退職しました」

フォトグラメトリーに関する南郷への尋問では、科警研をある種の権威として援用した側面があった。が、本筋は実地測量なしのフォトグラメトリーは日本の警察では実用化されていないという検察側の主張へのカウンターだ。園山への尋問では、劔持への対抗策として科警研、ひいては科捜研に対する一般人の——無知あるいは無関心による——信頼感に徹底して揺さぶりをかける。園山本人もそれを望んでいた。

次いで志鶴はDNA型鑑定に関する園山の豊富な経験について証言させた。

「では、綿貫さんの膣内から採取された精液のDNA型鑑定についてお訊ねしていきます——」

園山は、死体検案書や司法解剖鑑定書、遠藤が作成した鑑定書などを読んだうえで、同じ精液の試料の再鑑定を行った。志鶴はその鑑定が適正な環境、器具等により、遠藤が行ったのとまったく同じ手順で行われたと証言させた。

「なぜその方法で鑑定したのでしょう？」

「理由は二つあります。一つは再現性のためです。同じ手順、同じ試薬を使うことで遠藤鑑定が、少なくとも精子のDNA型鑑定方法については正しかったことを検証できます。再現によって、精子DNAが漂白剤に汚染されたり破壊されたりしていなかったことも証明できる。もう一つは、裁判長の命令によります」

「裁判長の命令とは？」

「DNA型鑑定の技術は日進月歩です。二人以上のDNAが混ざった試料を混合試料と言いますが、現在、この混合試料の鑑定に最も有効なアプローチは次世代シーケンサーという機器を使う方法です。この方法ならSTR検査などよりはるかに簡単に、しかもはるかに精確な結果を得ることができます。世界でもどんどん次世代シーケンサーへと移行する流れになっています。公判前整理手続で私は、遠藤鑑定と同じ方法の他、次世代シーケンサーを使った鑑定を行うことも提案しました。が、裁判長から遠藤鑑定と同じ方法でのみ行うようにと命じられ、提案を棄却されました」

裁判官はDNA型鑑定の専門家ではない。彼らの知識はせいぜいＳＴＲ検査止まりだろう。次世代シーケンサーなどという未知の方法を理解する力はない。そんな鑑定方法を許せばそのために新たに勉強するという労力が発生する。裁判官には、事実認定をするのはあくまで自分たちであるという強固なプライドがある。自らの権威を脅かしかねない専門家の提案など受け入れるはずがない、というのは想定内だった。

私的鑑定なので本来能城に従う義務はない。が、園山とも相談して再現性を優先することにした。

「ここで甲×号証、精液に関する園山教授による鑑定書を示します――」志鶴はディスプレイに園山が作成した鑑定書のエレクトロフェログラムと、それを表にしたものを示した。「鑑定結果について教えてください」

「ＳＴＲ検査の結果とＹ‐ＳＴＲ検査の結果は、科捜研で行われた遠藤鑑定と、ＤＮＡ型鑑定についてはどちらも完全に一致しました」

志鶴は遠藤鑑定と園山鑑定の結果を同時にディスプレイに表示させた。

「そこから言えることは何でしょう？」

「綿貫さんの膣内から採取された精子から、一人の男性のＤＮＡ型が検出されたということが言えます。遠藤さんが行った精子のＤＮＡ型鑑定は適正になされ、成功していたということが、私の鑑定によって裏づけられた、ということです。この結果から、精子のＤＮＡは漂白剤に破壊されていなかったということも推定できます」

志鶴は園山鑑定を引き下げ、遠藤による精子のＤＮＡ型鑑定結果だけを残した。次に、遠藤が鑑定した増山のＤＮＡ型鑑定結果を、それと比較できるように示した。

「綿貫さんの膣内から採取された精子のＤＮＡ型と、増山さんの口腔内から採取された細胞のＤＮＡ型を並べています。これら二つの鑑定結果から、どのようなことが言えるでしょう？」

「孤立否定と言いますが、理論上、二つのＤＮＡ型の間にどこか一つのローカスで不一致があればその時点で同一由来のＤＮＡでないと判断することができます。ご覧のとおり、精子のＤＮＡ型と増山さんのＤＮＡ型は三つのローカスでしか一致していません。つまり、アメロゲニンを除く残り十二のローカスで不一致です。型が不一致の場合、何の計算もする必要なく同一性が排除される――百パーセント不一致であるということです」

「つまり――？」

「綿貫さんの膣内から採取された精液のＤＮＡは増山さ

んのものではなく、明らかに別の男性のものであると言えます。司法解剖の結果、綿貫さんは不同意性交の被害を受けた直後に殺害された可能性が高いと判断されています。であるとすれば、この精液の持ち主こそが真犯人であると考えられる。増山さんが綿貫さんを殺害した犯人であるとは考えられません」

「終わります」志鶴は弁護側席へ戻った。

園山がいったん傍聴席へ戻り、剱持と入れ替わる。世良が主尋問に立った。漂白剤のダメージからは持ち直しているように見える。

「先ほどの遠藤証人への尋問で、塩素系漂白剤の成分である次亜塩素酸ナトリウムはDNAを破壊する、という証言がありました。次亜塩素酸は、法医学など検査や実験を行う現場ではどのような位置づけのものでしょうか」

「次亜塩素酸ナトリウムは生化学の世界ではとてもなじみ深い試薬の一つで、検査室には何本もの容器が常備されています」

「なぜ常備されているのでしょう?」

「主な用途は二つ。殺菌作用を活かした微生物などの殺菌と、もう一つは遠藤が証言したDNAを破壊する酸化作用を活かした、DNA型検査に使用する機器の洗浄です。DNA型鑑定をより正確に行うため、不要なDNAによる汚染を防ぐために機器を洗浄するのに次亜塩素酸が用いられている、ということですね」

「なるほど。では、遠藤証人による精液の鑑定結果について剱持証人にお訊ねします。まず結論からうかがいます。この鑑定結果についての評価をお聞かせください」

「端的に言って、この鑑定結果のデータの科学的信用性は非常に低いですね」

「それはどういう意味でしょう?」

「遠藤も証言していましたが、試料である精液DNAが漂白剤の次亜塩素酸ナトリウムによって破壊され、正しく鑑定できなかったということが考えられます。そのような試料のことを専門用語で劣化試料と呼びますが、われわれ専門家は基本的に、劣化試料からの鑑定結果を証拠とするのは適正ではないと考えています。こんな鑑定結果をわざわざ証拠請求した弁護士さんがどういう神経をしているのか疑うレベルです」あざけるような笑みを浮かべた。

「終わります」

ここでふだんは司法修習生のために用意されている一組のデスクと椅子が裁判所事務官によって、証言台と弁護側席との間に並んで設置され、机上にはマイクがセットされた。

「これより対質尋問を始めます」能城が告げた。

園山が傍聴席を立って、設置された椅子に座った。対質尋問は、相反する二人の証人に対し、弁護人、検察官の順に行う。志鶴は立ち上がった。

「精液のDNA型の争点として、漂白剤に汚染された劣化試料である、というのが剱持証人の主張です。園山証人、この点についてご意見を聞かせてください」

「結論から申し上げると、劣化試料であるとは考えられません」

「それはなぜでしょう？」

「遠藤鑑定でも私の鑑定でも、STR検査もY－STR検査も同様に、すべてのローカスでピークが出ており、その高さも十分にある。もしDNAが破壊されていれば、たとえば検出されないローカスがあったり、検出されても不自然にピークが低かったりして、不完全なDNAであることがわかります。精液のDNA型にそのような特徴はなく、劣化していないDNAであったと判断できます」

「そこから言えることは何でしょう？」

「綿貫さんの膣内に射精した真犯人は、彼女を殺害した後、精子のDNA型鑑定を不可能にすべく、証拠隠滅のため膣内に漂白剤を散布した。が、その意図に反して、精子のDNAは漂白剤に汚染されることも破壊されることもなく良好な状態のまま温存された。そう推測できます」

「剱持証人、どうでしょう？」

「危険だなあ、そういう安直な考えは。劣化したDNAであっても、PCR増幅の際にもし他の夾雑物が混じっていたりすれば、それが干渉しちゃう可能性だってあるだろうに」

「園山証人？」

「ふふっ」園山は噴き出した。「いくら何でも反論が雑過ぎませんか、剱持先生？　裁判員の皆さんがDNA型鑑定に詳しくないからって、あんまり適当なことを言ってもらっては困ります。劣化試料のDNA型鑑定の最大の特徴は、結果が不規則なこと。もしあれが本当に劣化試料なら、二段階細胞融解法という前処置まで行っているにもかかわらず、遠藤鑑定と私の鑑定がすべてのローカスでぴったり一致することなどまずあり得ません」

剱持が眉間に皺を寄せた。

「剱持証人、意見はありますか？」

「さっきも遠藤が先生にネチネチ責め立てられてつい『断言』なんて口を滑らせちゃってたけど、科学の世界に『絶対』なんて言葉はないんだよ。園山証人の態度はとても科学的とは言えないなあ」

「あなたも先ほど煙草の吸い殻のDNA型鑑定では、『ほぼ百パーセント間違いない』という言葉を使っていましたが？」志鶴は指摘した。

「はあ、あれとこれを同じレベルで語っちゃう？」剱持が挑発的に眉を上げた。「あのさ、煙草の吸い殻には漂白剤なんかかかっていなかっただろ。だから状態のいいDNAが採取できたの。もう一つ。あっちの試料には被告人のDNAっていう、答え合わせできる対照試料があった。そういうの、味噌も糞も一緒ってんだよ。これだから素人は」

「園山証人？」志鶴は園山に言った。

「とっても誘導がお上手ですよねえ、いいえ、誤導と言った方が正確だな。今の剱持証人の証言には『劣化試料』と『対照試料』という二つの論点が含まれています。まず劣化試料について反論します。剱持証人は、煙草の吸い殻のDNAの方が精液のDNAより状態がいい、というように誤導しています。口腔内細胞から採取したDNAなどと異なり、野ざらしの現場のDNAは時間や周囲の環境の影響でどんどん劣化していきます。煙草の吸い殻と増山さんの口腔内細胞のDNA型鑑定のエレクトロフェログラムを見せてください」

志鶴は二つが比較できるよう法廷カメラの下に置いた。

「たしかにどちらもすべてのローカスで型は一致している。でもよく見てください。この二つの間に違いがあるのがわかりませんか？　同じローカスの同じ型に注目すると、すべてのピークの高さは煙草の吸い殻より口腔内細胞のDNAの方が高い。ピークの高さはRFUという単位で示してありますが、これはDNAの濃さを示しています。煙草の吸い殻のDNAのピークが低い理由としては、時間の経過やたとえば日光や空気に触れての酸化など周囲の環境の影響が考えられます。つまりこれも、広い意味で言えば劣化試料なんです。現場で採取された試料はすべてそう」

剱持に目を向けた。「さっき剱持証人は『劣化試料からの鑑定結果を証拠とするのは適正でない』と証言しましたが、まったくそんなことはありません。科警研も科捜研も、劣化試料からの鑑定結果をこれまで当たり前にばんばん証拠として法廷に提出して、それで有罪にされた人がごまんといるというのが真実です。川村先生、今度は、煙草の吸い殻と精子のＤＮＡを並べてください」

志鶴は言われたとおりにした。

「すでに述べたように、吸い殻と精子のＤＮＡは別人に由来するので、ほとんどの型が一致していませんが、一番高いピークと一番低いピークを比べてみると、あることがわかります」園山は具体的に注目すべきピークを指定した。「どちらも精子のピークの方が高い。私がすべてのピークの高さを集計して平均を割り出した表も出してください」志鶴は言われたとおりにした。「これを見てもわかるとおり、煙草の吸い殻のＤＮＡより精子のＤＮＡの方が濃いということです」

「そこから考えられる結論は？」

「煙草の吸い殻のＤＮＡより、精液のＤＮＡの方が状態がよい、良質な試料だということです」

「その理由は何が考えられるでしょう？」

「三つ考えられます。一つは、精液が屋外ではなく綿貫さんの体内で保存され、日光や空気による酸化などの影響を受けなかったこと。二つ目は、煙草の吸い殻のＤＮＡより新鮮、つまり新しかったこと。もう一つは精子という細胞の特性です。ＤＮＡの塩基配列はどの細胞でもすべて同じですが、安定性に関しては細胞の種類によって大きく異なります」裁判員に向かってゆっくり語りかける。「精子というのは、男性の体外へ単体で出たあとでも三日から五日間は死なずに生き続ける、細胞の中でも非常にユニークな存在です。さらにヒトはたった一つの精子と卵子の結びつきから無限とも言うべき細胞分裂をくり返して成長する。精子はそれだけの生命力を秘めている。そうした唯一無二の特徴を持つ精子のＤＮＡと、すでに細胞が死滅しつつある唾液のＤＮＡとでは分子としての安定性はまったく違ってきます。劣化という点では、煙草の吸い殻のＤＮＡの方が精液のＤＮＡよりはるかに劣化が進んでいると言えます」

志鶴は裁判員たちが消化できるよう間を取った。

「そこから言えることは他にありますでしょうか」

「煙草の吸い殻のＤＮＡは、綿貫さんの殺害が行われたときより前に付着したものであろうと推測されます」

「わかりやすく言うと？」

「綿貫さんの殺害及び死体遺棄後に喫煙され、棄てられた煙草の吸い殻である可能性は極めて低い」

「その吸い殻に綿貫さんの血液が付着していた理由とし

ては、何が考えられるでしょう？」

「真犯人が犯行以前に入手していた吸い殻を、わざと血液が付着するよう現場に遺した可能性が考えられます。劣化試料の問題については、以上です。もう一つの問題である対照試料について訊いてください」

「剱持証人は、対照試料というものについて、どのように誤導したのでしょう？」

「いやあ、語るに落ちるというか」苦笑いをした。「剱持証人のその言葉こそ、日本の科警研や科捜研という組織と、刑事司法におけるＤＮＡ型鑑定の最大の闇を露呈しちゃってるんですよ」

「ＤＮＡ型鑑定の最大の闇？　どういう意味でしょう？」

「剱持証人が言った対照試料というのは、基本的には警察や検察が犯人視している人のＤＮＡのことです。警察や検察が対照試料を先に入手していれば、ＤＮＡに関する他の証拠も、その鑑定結果に合わせるように鑑定や評価が行われ、恣意的に取捨選択される危険性が高い、ということです」

「具体的にそのような例があれば教えてください」

「いくらでもありますよ。でも裁判員の皆さんのご負担になるでしょうから一つだけ。袴田事件です。強盗殺人放火の罪で死刑判決を受けた袴田さんはその後死刑執行が停止、釈放されましたが、四十五年以上も拘置所に収監されていました。拷問じみた取調べで罪を認める自白をしたが無実だと再審の請求をし、ようやく認められましたが、検察はそこでも死刑を求刑しました。警察が証拠として四十四年前に示した着衣の血液について、以前、捏造を疑う弁護側は専門家によるＤＮＡ型鑑定を実施し、検察側も専門家を立て鑑定しました。どちらも証拠試料からの鑑定を先に行って、その後袴田さんのＤＮＡを鑑定して結果を照合するという手順です。検察側専門家は、証拠試料の鑑定を行った際にはいくつかのＤＮＡ型を示していましたが、その後、袴田さんのＤＮＡ型が証拠試料と不一致であるとわかると、『鑑定内容には自信がない』と法廷で証言したんです。わかりやすいですよね？」

「今回の事件に話を戻します。剱持証人による、対照試料の誤導とはどのようなものでしょう？」

「煙草の吸い殻のＤＮＡ型鑑定を絶対視し、精液のＤＮＡ型鑑定を必死に否定しようとする剱持証人が、なぜ対照試料による『答え合わせ』を声高に訴えるのか。

警察がDNA型鑑定した順番を思い出してください。まず煙草の吸い殻と精液のDNA型鑑定を行って、その後、対照試料となる増山さんのDNA型を鑑定しました。対照試料の結果が出るまでは、吸い殻のDNAも精液のDNAもどちらも犯人のものである可能性があった。ところが、増山さんのDNA型を鑑定して吸い殻と一致したとたん、精液のDNA型鑑定の結果を、なかったものにすることにした。公判前整理手続でもし川村先生が証拠開示請求していなければ、検察側は隠し通していたに違いありません。剱持証人の言動は、明らかにその検察側のストーリーに沿ったもので、およそ科学的に中立と言えるものではありません」

　専門家証人への反対尋問では、権威ぶった証人がそれらしい言葉で言い逃れしたり裁判員を煙に巻いたとしても、その分野の素人である弁護人にはすぐその場で首根っこをつかんでねじ伏せるのは難しい。対質尋問ではこちら側の専門家証人の力を借りてそれができる。剱持がぬらぬらと身をくねらす狡猾（こうかつ）なキングコブラだとしてもこちらには園山という俊敏なマングースがいる。

「――剱持証人、いかがですか」

「いやあ、よくもまあ、自分がお世話になっていた組織をそこまであしざまに言えるもんだねえ。よっぽど同僚に嫌われてたのかな、恨み骨髄ってやつですなあ。妄想癖もあるんじゃねえか？　それこそ科学的って言えるのか疑問だね」

　論点をずらそうとしている。逃がさない。

「対照試料ありきのDNA型鑑定の問題点について、園山証人が指摘しました。それについて反論は？」

「反論なんかする必要ないんだって。煙草の吸い殻のDNAは被告人のDNAと一致した。それによって、吸い殻の方は劣化していない試料であることが初めて証明された。精子のDNAは？　答え合わせできる別の試料、つまりあなた方が主張する真犯人とやらのDNAがない限り、劣化していないことは永遠に証明できない。そんなの誰だってわかるだろう」

「園山証人？」

「まさに今の剱持証人の証言が、対照試料ありきという警察の闇を雄弁に物語ってしまっています。答え合わせできる別の試料がない限り、精子のDNAが劣化していないことは永遠に証明できない――？　そんな理論初めてうかがいました。もしそうなら、証拠のDNA型鑑定をやる意味がまったくなくなってしまうんですが、それこそご自身の仕事や職場を完全に否定しちゃってませんか？　まあ科警研だけじゃなく科捜研もたいがいですもんね。和歌山カレー事件でヒ素の鑑定をした和歌山県警科捜研の主任研究員なんか、変死事件など七件の鑑定で鑑定結果を捏造して証拠隠滅、有印公文書偽造・同行使の疑いで書類送検されたにもかかわらず、三ヵ月の停職処分で済んじゃってるくらいモラルの低い組織なんですから」

「対照試料にこだわることへの問題点が他にあれば教えてください」

「そもそも捜査機関がＤＮＡ型鑑定を行うこと自体に問題があります。中立的な第三者である大学等が行うべきです。ところが現実には、警察庁がＤＮＡ型鑑定について大学への委託を減らし、科警研や科捜研で独占させようとする動きがあります。さらに科警研は長年、ＤＮＡ型鑑定において再鑑定が行われることに否定的でした。自分たちの鑑定が第三者に覆されるのを嫌がってです。最近の警察内部での規定には再鑑定のため残余試料を確保するよう明記されていますが、それまでは試料を全量消費するのが当たり前でした。こうした科警研、科捜研の本来の体質と対照試料ありきという方法論が一致すれば、ＤＮＡ型鑑定については警察内部でいかようにも鑑定結果をコントロールできてしまい、これまで以上に多くの冤罪を生み出す危険があります。ちなみに、オーストラリアやカナダでは、殺人事件を含む死因調査等の検査は、捜査機関から独立した法医学者や法律家が協働して鑑定することになっています」

「精子のＤＮＡが劣化試料でないという理由が他にあれば教えてください」

「科警研は科捜研に、ＤＮＡ型鑑定については判定キットのプロトコル——手順——を遵守するよう指導しています。そして、このプロトコルは状態のよいＤＮＡに適するように作られています。プロトコルに従って鑑定し、その十六のローカスで明確な検査結果が得られた以上、そのＤＮＡは状態がよいものだと考えることができるわけです。また、精子のＤＮＡ型を鑑定した遠藤証人の鑑定書にも、その際のメモ等いずれの資料にも、精子のＤＮＡが破壊された、不十分な試料であるということは記されていませんでした。もしそうしたことがわかっていれば、メモなりノートなりに記録するよう科警研は指導しています。遠藤証人も、状態のよいＤＮＡだと判断して鑑定書を作成していたことがわかります。精子のＤＮＡに対する剱持証人の証言はすべて、根拠のない後づけの言いがかりであると断言します。綿貫さんの膣内で採取された精子のＤＮＡの持ち主こそ、綿貫さんを殺害した真犯人と考えて間違いありません」

「――終わります」志鶴は弁護側席へ戻った。

世良が尋問に立った。緊張しているように見える。

「剱持証人にお訊ねします。園山証人は、劣化試料から十六のローカスで明確な検査結果が出る可能性は低い、という意味のことを証言しています。これについて反論があれば教えてください」

「ＰＣＲエラーが考えられます」人差し指を立てた。

「ＰＣＲエラー。それは何でしょう？」

「ＰＣＲ増幅の過程で起きる現象のことです」裁判員たちを見上げた。「鑑定の過程では少量のＤＮＡを十万から百万倍まで増やす。その際、二種類のエラーが生じ得る。一つは目的外――つまりＤＮＡ型鑑定のターゲットではないＤＮＡが増えてしまうエラー。もう一つは、目的のＤＮＡが増えたが、塩基配列が間違ったものに置き換わってしまうエラー」

世良の目が輝いた。「それが起きた場合、鑑定結果にどんな影響がありますか」

「鑑定結果も当然、間違ったものになります。エラーっていうくらいですからね」

「はーい」園山が手を挙げた。「私にも訊いてください」

世良は一瞬躊躇する様子を見せた。「――園山証人？」

「ＰＣＲエラーは考えられません」

世良はさっと能城を見てから、「――その理由は？」

「ＰＣＲエラーを疑うような現象を観察できないからです。逆に、剱持証人に何をもってＰＣＲエラーと判断できるか訊いてください」

「剱持証人？」

「ちょっと精液のエレクトロフェログラムを見せてもらえます？」

世良は法廷カメラにエレクトロフェログラムを映した。

「うーん――」剱持はしかめ顔でタブレットの上に身を乗り出した。「Ｄ１３Ｓ３１７のローカス、九型と十二型に二本ピークが出てるけど、これ、アリル・ドロップアウトじゃないかなあ」

「アリル・ドロップアウトとは何でしょう？」

「あるローカスで二つの型が出ているにもかかわらず、一つの型のみが増幅されてしまう現象のことです。これ見ると、どう見ても九型の方が不自然に短いでしょ」

「そう見えます。アリル・ドロップアウトが生じていた場合、鑑定結果はどうなりますか」

「鑑定結果には当然、疑いが生じます。間違っていると考えるべきでしょうな」

「はい」園山がまた手を挙げ、世良がびくっとした。

「私にも訊いてください」

「――園山証人？」

「まーた適当なこと言って。困りますよー、剱持さん」笑顔でたしなめた。「アリル・ドロップアウトの定義をご存じないのかしら？　ピークの高さが二百五十ＲＦＵを超える場合には、アリル・ドロップアウトを考慮する必要はないっていう基準が提唱されてるんですけど。九型のＲＦＵは五百。どう見てもアリル・ドロップアウトじゃありませんね」

世良の顔がこわばった。「剱持証人？」

「あのさあ、ドヤ顔してるけど、何度も言うけど、答え合わせできる別の試料がないんだからそれだけでアリル・ドロップアウトじゃないって決められないっての。そっちの態度こそまったく科学的じゃない。こんな人間が法医学の教育に携わってるなんて大丈夫なのかな、市原大学は」

「園山証人――？」

「馬鹿の一つ覚えみたいに『答え合わせできる別の試料』をくり返すんですねえ。ＰＣＲエラーが起きた場合、不規則な鑑定結果が出るというのが何よりの特徴です。少量のＤＮＡを何度も増幅して十万から百万倍にする過程で、そっくり同じエラーが起こる可能性は天文学的に低い。遠藤鑑定と私の型鑑定がまったく同じ結果になっている以上、ＰＣＲエラーが起きた可能性はまずあり得ないと判断するべきです」

世良が剱持を見た。剱持は眉間に皺を寄せ、右手で顎をなでていたが、世良を手で呼び寄せると小声で何か言った。世良が目を見開き、それから意を決したようにうなずいた。

「――尋問を終わります」世良が言った。「裁判長、精液を採取した状況について、司法解剖を担当した医師への証人尋問を改めて請求します。また、漂白剤の成分につきましても再鑑定を請求します――」

何を言っている。信じられない。志鶴が動こうとしたとき――

「異議ありッ――――！」デスクを両手で叩いて立ち上がった田口の怒号が轟(とどろ)き渡った。法廷中の視線が集まる。

田口は、これまで保ち続けてきた穏やかな雰囲気をかなぐり捨て、仁王のごとき覇気を総身から発して眼鏡のレンズ越しに眼光の切っ先を世良に突きつけていた。しんと静まり返った法廷でふたたび口を開く。

「司法解剖を担当した医師は精液採取時に漂白剤との関係を示す写真その他記録を残しておらず、証言もしていない。精子のＤＮＡ型鑑定に対する自分たちの弾劾が失敗したがゆえ、精液に漂白剤が付着していたと医師に証言させようという魂胆は火を見るより明らかである――！　同様に、漂白剤の成分についても、弁護側による弾劾が成功したため、自分たちの望む結果を得るべく不正な再鑑定をしようとしていることも明々白々！　これまでさんざん刑訴法３１６条の32〝やむを得ない事由〟を金科玉条、錦の御旗と掲げ、真実追求のための弁護側からの補充捜査には頑として応じなかったにもかかわらず、自分たちが不利になれば追加で証人尋問、再鑑定を請求する――そんな不正義は断じて許されない――！」

びりびりと獅子吼に打たれた世良の顔が青ざめている。劔持は口の端を歪めてうろんな目で田口を見た。田口の勢いは止まらない。

「あなた方検察官は、税金を使っていくらでも好きに再鑑定して自分たちに都合のいい証拠を作れる。だが、われわれ弁護人の依頼人は一人の例外もなく、一つの鑑定をしてもらうためにその都度莫大な出費を余儀なくされる。その費用が用意できなければ、味方になってくれる専門家証人に証言してもらうことも不可能だ。あなた方にわかるか。これまで何人の被疑者被告人が、そうした金を用意できなかったがために反証できず、泣く泣く冤罪という奈落の底へ突き落とされていったか」田口が顔を歪め、唇を引き結んだ。能城を見上げる。

「裁判長。本来被告人に無罪を立証する必要はありません。しかし現実には、日本の刑事裁判では被告人側が無罪を立証しなければ無罪判決を勝ち獲るのは不可能です。検察官と被告人との間に当事者間の平等など存在しないというのが実情。刑訴法３１６条の32〝やむを得ない事由〟が存在しないのも明白ですが、それ以上に、これまでいくらでも検証できたはずの検察官による放縦極まりない請求が認められていいはずがありません。そんな訴訟指揮は断じて許されません。正義の心に反する！　もう一度申し上げます――異議あり！」

裂帛の気合いが能城を打った。笑顔の園山が胸の前で音を立てない小さな拍手をした。世良の額に汗。剱持が唇を嚙んでいる。能城はしばらく田口を見ていたが、やがて左右の陪席と小声で話し合った。傍聴席がざわめいた。自分がじっと肩に力を入れ息を止めていたことに志鶴は気づいた。田口を見上げる。静かに呼吸していた。これほど渾身の異議はかつて見たことがなかった。田口が発したのだ。

「――弁護人の異議を認める」能城が告げた。「検察官の請求を二つとも棄却する」

傍聴席がどよめいた。田口が一礼して席に着く。裁判官と裁判員から補充質問があった。園山は朗らかに答え、剱持は投げやりな態度で応じた。

「本日の審理を終了する」能城が告げ、これまでで最もタフな公判期日が終わった。

「最後の異議、助かりました」地裁の接見室で増山への接見を終え、事務所に戻るタクシーの中で、志鶴は田口に言った。

「――刑事弁護士を志して司法試験を受けた」意外な言葉が返ってきた。「だが挫折した。二年目に担当した被疑者事件が原因だ。飲食店の経営者が自宅兼店舗への放火の疑いで逮捕された。当初は否認しており、私は黙秘を勧めたが、取調べに耐え切れずお決まりの虚偽自白に落ちてしまい起訴された。検察側は火災の研究者を鑑定証人に立て放火を立証しようとしたが、結論ありきで事実を無視し、依頼人の虚偽自白とすら矛盾する問題鑑定だった。弾劾するためこちらも専門家に燃焼実験を依頼したかったが、依頼人にその費用が払えず断念した。裁判所鑑定の鑑定人は検察側鑑定を肯定する鑑定書を作成した。公判で二つの鑑定を弾劾したが、裁判官は鑑定結果から被告人の犯人性を認定できるとした。判決は放火と詐欺未遂で懲役十三年。控訴も上告も棄却され刑が確定した」

「再審請求は――?」

「した。が、棄却された。再審請求したため刑期の短縮もなく満期で刑務所を出た依頼人はすべてを失っていた――妻子、仕事、財産。もちろん社会的信用も。二週間後、駅のホームから線路に飛び込んだ……珍しくもない、ありふれた出来事だ。いちいち気に病んでいたらこの国で刑事弁護などしていられない。頭ではそうわかっていたが、私はもう刑事事件を受けられなくなった」

タクシー内に沈黙が満ちた。

「またできるとも思っていなかった……君と都築先生を見ていたからかもな」田口はそう言うと窓の外へ顔を向けた。

「何ていうんですか、その人の名前？」志鶴は訊ねた。

「藪本。藪本廉治」即答だった。片時も忘れたことはなかったに違いない。

「無罪を獲って、藪本さんの仇も討ってやりましょう」

田口の目が一瞬遠くを見るようになった。眉が盛り上がる。白くなった唇の端が震えた。志鶴を見た。

小さく、だが強くうなずいた。

第九章 終結

1

五月二十日。増山の第六回公判期日。

昨日、事務所に戻るとすぐ、志鶴はトキオのものと思われるネオエースの写真が投稿されたインスタブックのアカウントに、もう一度メッセージを送った。が、相変わらず反応はなかった。弁護士会に対して運営会社への23条照会の申出を行い、駄目元で会社に直接発信者情報開示請求をかけたが、こちらも結果が出るまで時間がかかるだろう。

「本日は、被告人の供述を巡り、自白の任意性という争点についての審理を行います」能城が裁判員に説明する。

「被告人を取り調べた捜査官への尋問を行いますが、その際、争点を明確にするため、補助証拠として取調べを録音録画したブルーレイディスク映像を適宜再生します」

「裁判長」志鶴は立ち上がった。「録画再生の注意点について説明させてください」

公判前整理手続で、取調べ録画映像の法廷での再生が阻止できそうにないとわかった志鶴と都築は、再生を認める条件として再生に先立ってその危険性について説明させるよう能城に要求していた。

「手短に」能城が言った。

志鶴は法壇の前に進み出た。

「これから何回かに分けて増山さんの取調べ映像が再生されますが、弁護人として裁判員の皆さんにぜひ記憶に留めておいていただきたいことがあります。冒頭陳述でもお話ししましたが、これから法廷で再生される録画映像は、すべて増山さんが綿貫さんの死体遺棄容疑で逮捕されたあとに撮影されたものです。増山さんが最初に罪を認めさせられる場面は収められていません。増山さんの取調べの全過程が録画されているわけではありません。そのことをご記憶し、その意味を考えながら取調べ映像をご覧くださいますよう、お願いします」

裁判員に一礼して席に戻った。言いたいことは他にいくらでもあった。が、能城が許さないだろう。

自白の任意性を争うのは困難だ。まず取調べを行った警察官や検察官が自ら取調べに任意性がなかったと認めることは絶対にない。録音録画がされていない取調べは完全に密室の出来事なので、取調官が口裏を合わせたら弁護側が強制や脅迫を証明するのはほとんど不可能だ。本来は検察官が自白が任意になされたことを立証するのが筋だが、実務上は弁護人が自白に任意性がないことを立証しなければならないようになっている。

任意性が否定されるハードルの高さも理由の一つだ。弁護人からすれば明らかに任意性がないと思える自白であっても、裁判官がそれを認めてしまっている過去の判例は無数にある。取調べに当たる警察官は自白の任意性に対する意識が信じられないほど低いが、法の専門家たる裁判官が彼らのやり方にお墨付きを与える形になってしまっているのだ。専門家証人への尋問を含めた今日からの三日間は、増山の無罪がかかった最大の正念場であり、最悪の難所だった。

ＤＮＡ型鑑定では検察側に一矢報いた手応えがあった。が、ここでも同様にうまくいくとは限らない。

一人目の証人は灰原弘道（はいばらひろみち）巡査長だった。尋問の主眼となるのは増山の逮捕前の事情聴取――任意の取調べ――なので、録画の再生はない。増山が綿貫の死体遺棄を認めた供述調書は公判前整理手続で弁護側が不同意かつ任意性を争ったので、灰原が証人として尋問された。

青葉（あおば）が主尋問に立った。

「令和×年三月十三日に行われた、被告人に対する任意の取調べについてお聞きします――」午前七時半から十一時半頃まで、足立南署の第一取調室で行われたことを灰原に証言させ、証拠として灰原が作成した取調べ状況報告書を示した。「取調べを行った取調官は何人でしたか」

「私を含めて四人です」

「その四人全員が同時に取調室にいたのですか」

「いいえ、入れ代わりで取調べを行いましたので、四人全員が同時に取調室にいたことはありません。同時に取調室にいたのは常に三人です」

「あなたはどうでしたか」

「私は取調べの間ずっと取調室にいました。壁際の机に向かい、ノートパソコンで被告人の供述を記録していたからです。私以外の二名が被告人の取調べに当たりました」

灰原は嘘をついている。このときの取調べでは増山が「ボス」と認識していた北警部、「係長」と認識していた柳井、「イガグリ」と認識していた久世の三人が増山を取り囲み、詰め寄ったのだ。一般的に警察での取調べは警察官二名で行われることが多い。大人数で威迫した事実を隠すため嘘をついているのだ。手元のノートパソコンでそのことをメモしておく。

「あなたは直接取調べを行っていないが、最初から最後まで取調室にいて被告人の供述内容を記録していた。では具体的な取調べの内容についてお訊ねしていきます。開始直後、取調べに当たったのは誰ですか」

「北竜彦警部と久世正臣巡査部長です」

「被告人に対してどんな質問をしましたか」

灰原は、当時から十六年前の逮捕時の供述調書や、星栄中学校でのソフトボール試合映像を突きつけられた増山が当初の否認から、言葉に窮して「ごめんなさい、もう許してください」と懇願するに至った経過を証言した。それが、犯人が観念して犯した罪を認める典型的なパターンである、とも。

志鶴は傍聴席にいる増山文子を見た。目をしばたたき、息子を見ていた。視線を上げていた増山が彼女を見た。増山の目に涙が滲んできた。

「それからどうなりました？」

「綿貫絵里香さんの遺体遺棄について訊ねると、犯行を認める供述を始めました」

嘘だ。灰原の証言には重大な欠落がある——それも、間違いなく意図的な。志鶴は増山を見た。目を潤ませながらも灰原を注視していた。灰原がちらっと増山を見ても目をそらさなかった。

「終わります」青葉が席に戻った。

志鶴は主尋問で裁判員にも注意を払っていた。彼らが灰原の証言に疑問を持っている様子はなかった。

反対尋問に立つ。

「あなたは、日本の警察官が犯罪の捜査を行うに当たって守るべき心構え等について、国家公安委員会が定めた、犯罪捜査規範を知っていますか」

「知っています」

「第168条にどう書いてあるか教えてください」

「——えー」目を泳がせ息を吸った。

「裁判長、異議があります」青葉が立ち上がった。「関連性のない質問です」

「関連性はあります」志鶴は答えた。「犯罪捜査規範第168条は、取調べの心構えの中で、任意性の確保について定めた条文です」

能城が青葉の異議を棄却した。

「もう一度お訊ねします。犯罪捜査規範第168条にどう書いてありますか」

「えーと……取調べに当たっては、任意性を確保することが大切である、でしょうか？」

「違います。第168条——〝取調べを行うに当たつては、強制、拷問、脅迫その他供述の任意性について疑念をいだかれるような方法を用いてはならない〟。どうやらあなたは、自白の任意性を確保する重要な判断基準を知らずに取調べを行っているようですね」

灰原が渋い顔になった。出鼻のジャブはヒットした。

法廷で、取調べに当たった捜査官が、被疑者に自白を強要あるいは誘導したと認めることは絶対にない。録音録画がされていない部分であればなおのこと。密室内の出来事については取調官と被告人との間で言った言わないの平行線をたどることになる。すでに虚偽自白を取られてしまって圧倒的に不利な状況を挽回するためには、強要や誘導の事実そのものを示すことができなかったとしても、取調官の証言の信用性を削げるだけ削ぐことが獲得目標となる。

「増山さんへの取調べで、あなたはそれを守っていましたか」

「守っていました」まっすぐ前を見て答えた。

「あなたは先ほど、取調室には常に三人の取調官がいたと証言しました。それは嘘で、本当は常時四人いたんじゃないんですか？」

「いえ、三人でした」

「久世巡査部長と柳井係長は入れ代わってなどいませんよね？」

「入れ代わってました」

「北警部が増山さんの正面に座り、久世刑事と柳井刑事は増山さんを取り囲むように立っていたんじゃないですか」

「違います」

「どう違うんですか」

「久世巡査部長と柳井係長が同時に被告人を取り囲んだことはありません」

「立っていたことは認めるんですね？」

「それは——」まばたきをした。「必要に応じてでした」

「あなたは犯罪捜査規範第168条を守ったと答えた。あなた自身は取調べで強制や脅迫はしていない。増山さんもそうおっしゃっています。でも柳井係長はいかがでしょう？　三月十三日の任意取調べ中、増山さんを大きな声で恫喝したことはありませんでしたか」

無表情になった。「ありません」

「本当に？　その前日はさんづけだったのに、いきなり『増山あ——！』と声を荒らげ、『お前、もう金輪際逃がさねえからな』『死ぬほど後悔させてやる』と大きな声で言っていませんでしたか」

この取調べで取調官たちから増山が受けた仕打ちについては、録音録画もされておらず、裁判員が簡単に信じることはないだろう。だからこそ、こちら側が主張する真実の取調べ実態については冒頭陳述の内容をまとめて配布した書面にも記載して裁判員に印象づけるようにした。取調官への尋問でも、その内容に沿った質問をしていく。

「いいえ」

「ところであなたは、その前日、三月十二日の任意取調べで、増山さんからDNAを採取していますよね」

「——はい」

「増山さんから採取したDNAをすぐ警視庁の科捜研に送りましたね？」

「はい」

「科捜研ではその日のうちに、法医学科の遠藤技官がDNA型鑑定を行い、綿貫さんの遺体遺棄現場で発見された煙草の吸い殻のDNA型と一致することがわかった。そうですね？」

「はい」

「三月十三日の任意取調べを行う前に、あなた方取調べに当たった四人の警察官はみな、その事実を知っていた。そうでしたか」

「知っていました」

「三月十三日の任意取調べの際、柳井係長は、増山さんが、ニュースを観るまで綿貫さんのことを知らなかったと答えたのを、嘘だと追及しましたね？」

少し考えた。「追及というか、本当は知っていたのではないか、と質問していたと思います」

「その質問を、一度だけではなく何度もくり返していたんじゃありませんか」

「被告人がなかなか認めなかったので――」

「『はい』か『いいえ』で答えてください」

「――はい」

「あなたは主尋問で、『被告人は目を閉じたり耳をふさいだりして、認めようとしませんでした。柳井係長は自分が犯した罪を認めるよう被告人を諭しました。すると被告人は、もう許してください、とうやむやにするような言葉を発するようになりました』と証言しました。増山さんは何度も、綿貫さんの事件と自分は無関係であると答えた。にもかかわらず、柳井係長は増山さんが嘘を言っているとして絶対に聞き入れようとしなかった。そうですね？」

「絶対に聞き入れないというか――本当のことを答えてもらおうと、粘り強く説得していたというか」

「同じ取調べ中、柳井係長は、増山さんの前の机を手で強く叩きませんでしたか」

「叩いていません」

「おかしいなあ。あなたは取調べ中、壁際の机に向かって、ノートパソコンで増山さんの供述を記録していたんですよね？　増山さんではなく、ノートパソコンのディスプレイやキーボードを見ていたはず。なぜ柳井係長が机を手で叩いたりしていないとそんなに強く断言できるんですか」

言葉に詰まった。「お――音がしなかったからです。取調室は狭いので、もし柳井係長がそんなことをしていれば、本職もわかったはずです」

志鶴は少し間を取って、灰原が狼狽（ろうばい）する様を裁判員に印象づけた。

「増山さんが『ごめんなさい、もう許してください』と言ったというあなたの証言を確認します。同発言は、綿貫さんが行方不明になった日の夕方、星栄中学校でソフトボール部の練習を見ていたのではないかと柳井係長が増山さんに訊いたからとのこと。増山さんがそれ以前の二月十一日にソフトボール部の試合を観戦している様子はビデオカメラの録画映像に記録されていました。増山さんはその映像を突きつけられ、試合を観ていたことを認めた。綿貫さんが行方不明になった日の夕方についても、増山さんが星栄中学校にいたことを立証できる、防犯カメラ映像のような証拠はあるんですか？」

「――本人がそう自供しました」

「もう一度質問をくり返しますね。綿貫さんが行方不明になった日の夕方についても、増山さんが星栄中学校にいたことを立証できる、防犯カメラ映像のような証拠はあるんですか？」

「……ありません」

「増山さんに、綿貫さんが行方不明になった日の夕方の行動を訊いたとき、ソフトボールの試合映像のような証拠を突きつけましたか？」

「……いいえ」

「証拠がなく、増山さんに突きつけてもいなかった？なのに増山さんは『ごめんなさい、もう許してくださ い』とあなた方に懇願したんですか」

「そうです」

「本当は柳井係長が増山さんに、綿貫さんを殺害したんだろうと執拗に質問責めにしたから耐えかねた増山さんが、『ごめんなさい、もう許してください』と言ったんですよね？」

「違います」

プレッシャーを与えることには成功しているようだ。少し緩急をつける。

「ところで、柳井係長と違ってあなたは、ストレス下にあった増山さんに無理に自白を迫ったりせず優しく接してくれたと聞いています。『もう許してください』と懇願したあと、増山さんはパニック状態に陥って席を立ったことがある。覚えていますか？」

目をぐるっと動かした。青葉が異議を唱えるか迷う様子を見せた。取調べに立ち会った刑事たちは事前の証人テストで、増山に自白を強要した事実は口裏を合わせて検察官にも隠していたはず。増山が立ち上がったことは青葉には初耳なのだ。

「……覚えています」

「立ち上がったとき、増山さんが何と言ったか覚えていますか」

増山を見た。「何と言ったかまでは……」

「『帰りたいです。帰してください』――増山さんはそう言って立ち上がったんです」

「そうでした」うなずいた。

検察官が異議を出せないうちに灰原が認めてしまった。取調べの最中に増山が立ち上がったことが自白の任意性判断でマイナスに働くという認識もなく、この質問で志鶴が本当に獲得したい目標へと至る射程の長さにも考えが及んでいない。

獲得目標を一つゲット。

実際の取調べではこのあと灰原は、北警部と柳井係長の手引きの下、増山が綿貫の殺人を認める旨を記した供述調書を作成した。増山にプレッシャーをかけ、罠に嵌める目的のためだけに作文されたものだ。北警部はそれを使い、より罪が軽い死体遺棄を認めれば家に帰れると虚偽の利益供与をちらつかせて増山を誤導し、灰原が打ち直した死体遺棄の供述調書に署名指印させた。

志鶴が冒頭陳述でも指摘したこの事実こそ、灰原にとって何としても死守しなければならない本丸となる秘密だ。北や柳井からもそう厳命されているはず。ここを突き崩すのは容易ではない。

「犯罪捜査規範第１６８条２項にどう書いてあるか教えてください」

青葉は異議を出せなかった。

「……わかりません」灰原が答えた。

「第１６８条２項――〝取調べを行うに当たつては、自己が期待し、又は希望する供述を相手方に示唆する等の方法により、みだりに供述を誘導し、供述の代償として利益を供与すべきことを約束し、その他供述の真実性を失わせるおそれのある方法を用いてはならない〟。この条文の意味はわかりますか？」

「わかります」むっとしたような顔になった。

「どういう意味か、裁判員の皆さんにわかりやすく教えてください」

法壇を見上げたが、すぐ視線を落とした。「被疑者を誘導したり――利益供与を餌にして自白を求めてはいけない、っていう意味です」

「増山さんの取調べで、あなたはそれを守っていましたか」

挑むように志鶴を見上げた。「守っていました」

灰原の注意は北警部の差し金で作った一通目の供述調書に集中しているはずだ。緊張が高まっているのがわかる。じわじわと圧力を高めてやる。

「あなたの主尋問での証言によると、増山さんは、ソフトボールの試合映像を見せられると観念して、綿貫さんの遺体遺棄を認める供述を始めた、ということでしたよね？」

「――はい」

「増山さんが遺体遺棄を認めた直接の原因は、ソフトボールの試合映像ということですか？」

「そうだと思います」

「ところで、取調べ状況報告書によると、任意取調べは約四時間がかりで行われたことになりますね？」

「はい」

「増山さんが、綿貫さんの遺体遺棄を認める供述調書に署名指印した直後、増山さんは逮捕されましたね？」

「――だったと思います」

「あなたが作成した供述調書は、非常に短いですね。わずか三行しかありません。この文章を打ち込むのにかかった時間はどれくらいでしたか」

「――十分くらいでしょうか」

「そんなにかかるんですか、たったこれだけ打つのに？」

「……五分くらい、でしたか」

「増山さんに読み聞かせ、また閲覧してもらった時間はどれくらいでしたか」

「二十分くらい、かな」

「えっ、そんなにかかりますか？」

「十五分くらいでしたかね」

「ほんの三行で？」

「……十分はかかったと思います」

「合わせて十五分。それだけの供述を得るのに、あなた方は取調官が四人がかりで三時間半以上費やしている。なぜそんなに時間がかかったんですか」

「被告人がなかなか認めようとしなかったからです」

「何を認めようとしなかったのですか」

「綿貫さんの遺体を遺棄したことをです」

「あなたの証言によると、柳井係長や久世巡査部長は、増山さんが生前の綿貫さんをニュースで観る前から知っていたかどうかをくり返し訊ねていましたよね」

「……そうなりますか」

「あなたはさっき私にもそう答えています。三時間くらい押し問答があったんですか」

「時間まではちょっと」

「犯罪捜査規範の第13条にどう書かれているか教えてください」

「え……いや、わかりません」

「第13条――〝警察官は、捜査を行うに当り、当該事件の公判の審理に証人として出頭する場合を考慮し、および将来の捜査に資するため、その経過その他参考となるべき事項を明細に記録しておかなければならない〟。普通であれば、取調べ状況報告書と供述調書の他、取調官は取調べの状況について随時記録した取調べメモを取っているはず。しかし、公判前整理手続で弁護側がそれについて証拠開示請求をかけたところ、三月十三日の任意取調べだけは取調べメモが残っていないということでした。あなた方が実際の取調べで犯罪捜査規範を軽んじているのは明らかです」

「異議があります――！」青葉だ。「取調べメモが犯罪捜査規範第13条に該当するかどうか、最高裁の判例では、裁判所の判断によるとされています」

能城は異議を認め、志鶴に質問を変えるよう命じた。

「質問を変えます。なぜこのときだけ取調べメモを取っていなかったんですか」

「それは――その必要がないと思ったからだと思います」

「必要がない？　なぜですか」

「任意の取調べで質問する内容はあらかじめ決まっていました」

「どんな風に？」

「まず、事件との関係を否定する被告人に、十六年前星栄中学校に侵入して逮捕された事実を突きつける。それでも認めなかった場合、ソフトボールの試合映像を見せ、生前の綿貫さんを知っていたという事実を突きつける。十三日の任意の取調べではそこまで行うと決まっていました。実際の取調べもそのように進んだので、メモを取る必要はなかったと思います」

録音録画の義務がない段階で違法な取調べを行うつもりだったので、最初からメモは取らないことにしていた。志鶴はそう踏んでいる。同時に、灰原の言葉も嘘ではないのかもしれない。

「ＤＮＡ型鑑定の結果を知ったあなた方取調官は、増山さんが綿貫さんを殺害した犯人だと疑っていましたか」

「――はい」

「疑いというよりは確信に近かった？」

「何せ現場の煙草の吸い殻と一致しましたからね」

「疑いというよりは確信に近かった？」

「はい」

よし。検察側から異議が飛んでくるとばかり思っていたが来なかった。取調官の証人の中で灰原が一番若く経験が少ない。警察官にしては感情が表に出やすい。ノックアウトやダウンは難しいとしても、ここで獲得目標というポイントを稼げるだけ稼いでおきたい。公判前整理手続で専門家による鑑定書を出しているので検察側にもこちらの狙いはわかっているはずだが、浅見萌愛（あさみもあ）の首の爪痕を争ったときと同様、それにしてはガードが甘い印象を受ける。もちろん気は緩めない。

「あなたの証言によれば、少なくとも三時間以上事件との関係を否定していた増山さんが、ソフトボールの試合映像を見せたとたん、観念して綿貫さんの遺体遺棄を認めたということになります。そうですね？」

「とたん、というのは違うと思います。試合映像を見せても、被告人はすぐ遺体遺棄を認めたわけではなく、抵抗していました」

「あなたの証言では、取調官が遺体遺棄について追及したという表現はありませんでした。増山さんが生前の綿貫さんを知っていただろうと執拗に追及したのと対照的にです」

「言ってませんでしたか？　ソフトボールの試合映像のあと、遺体遺棄についても質問をしていました」

「殺人についても訊いたんじゃないですか」

「えっ――」

「増山さんが『ごめんなさい、もう許してください』と言った本当の原因は、柳井係長に綿貫さんの殺害について追及されたことでした。その後『帰りたい。帰してください』と立ち上がったのは、柳井係長があなたに、増山さんが実際には供述していない、綿貫さんの殺害を認める内容の供述を作文し、調書を作るよう命じたからでした――」

青葉が異議を発したが、志鶴が被告人質問で増山が証言する旨を主張すると能城が棄却した。

「あらためて質問します。増山さんが否定しているにも関わらず、綿貫さんの殺害を認める内容の供述を作文し、調書を作るよう、柳井係長はあなたに命じましたね？」

「していません」険しい顔で答えた。

「この法廷で嘘を述べると偽証罪に問われる可能性があります。ご存じですか」

「知っています」目をすがめた。

「あなたは作成した供述調書を机の上のプリンターで印刷した。そうですね？」

「いいえ」

「印刷した調書を柳井係長が増山さんに向かって読み聞かせた。そうですね？」

「いいえ」

「読み聞かせたあと、柳井係長は増山さんに署名するよう迫り、増山さんの手にボールペンを握らせた。そうですね？」

「いえ」目は一点を見つめたままだった。

「増山さんは涙を流して、『ごめんなさい、もう許してください』と懇願した。すると柳井係長に代わって北警部が増山さんに、どうしても無実を主張したければ裁判で裁判官に訴えればいい、と言った。そうですね？」

「いえ」

「特別に罪を軽くした、死体遺棄だけの調書を作り直す――増山さんに、それに署名すればいいと北警部は言った。裁判員の目を見て答えてください。そうですね、灰原巡査長？」

灰原は目を上げたが、裁判員たちに焦点を合わせることなく、「いえ」と答えた。相手が否定するしかない質問を続けると、否定したことが積み重なって裁判員に既成事実のような印象を与えてしまう危険もある。だからといって弁護側の事実をぶつけないわけにはいかない。ぶつける際にはプレッシャーを最大限にかける。安穏と嘘はつかせない。

「あなたは北警部に命じられ、死体遺棄を認める供述調書を作成した。そうですね？」

「いえ――」

「えっ、あなたは死体遺棄の供述調書を作っていないんですか？」ことさらに驚いて見せた。

「あ、いえっ――作りました」こめかみに汗が浮かんだ。

「何で嘘をついたんですか」

「う、嘘じゃなくて間違えただけ――」

「なぜ間違えたんですか？」

「何でって……」

「それまでの質問で事実を否定し続けていたから、事実に即した私の質問も否定してしまったんじゃないですか」

青葉が異議を発し、能城が認めた。灰原の動揺は収まらない。流れを切らさず質問を変える。

「ところでこの日、任意取調べでは取調室のドアが閉まっていた。閉めたのはあなたですか」

「私ではありません――あっ」はっとして目を見開く。

「あなたが閉めたのではない。では誰が閉めたのですか」

灰原はしまったという顔のまま、口ごもった。現在警察では取調べの最中、取調室のドアは開けておく決まりになっている。ドアが閉まっていたという一点をもって、密室で取調官による威圧的な取調べが行われたことを推定できる。

「閉めたのは柳井係長ですね？」

「異議があります！」青葉だ。「誤導尋問です」

能城が異議を認めた。志鶴はその裁定に異議を申し立てた。志鶴の異議は棄却された。

一通目の供述調書に意識が向いていた灰原は虚を衝かれて守るべきラインを一瞬見失った。異議を受けた質問の前までのやり取りは記録に残る。灰原は動揺を隠せていない。

再主尋問で青葉は灰原に、取調室のドアは開いていたと証言させた。さらに、灰原の反応をうかがいつつ、殺人についての供述調書を作成したこと、北警部がそれを餌に増山を誤導し、死体遺棄の供述調書にサインさせたことを改めて否定させた。

志鶴は再反対尋問をしなかった。裁判員からいくつか質問が挙がった。どれも彼ら自身の記憶を補完するためのものだった。

2

休憩を挟んで二人目の証人は柳井貞一（ていいち）係長だった。増山が「係長」と認識していた刑事だ。

尋問に先立ち、三月十三日に増山が綿貫の死体遺棄容疑で逮捕されたあとの取調べの録画映像が約四十分再生された。検察側が施設管理の都合で反対したため、傍聴席のディスプレイは暗転して音声だけが流された。

増山が死体遺棄を認めたことを受け、柳井は地図を使って遺棄した場所について増山に証言させた。明らかな誤誘導によるものだが、先入観のある裁判員なら、真犯人による秘密の暴露と捉えるかもしれない。

続いて柳井が綿貫の遺体をどのような形で遺棄したのか増山に訊く場面となる。増山は途中で何度か『わかりません』と答えるものの、柳井に卑怯だと難詰されて最終的には分岐路の川側に頭が、その反対側に脚が位置する形で仰向けに遺棄したと語るに至った。映像はそこで終わった。

再生された音声を聞く増山は辛そうに顔を歪めていた。傍聴席の文子は涙を流し、ハンカチで鼻を押さえていた。

続いて、三月十九日、増山に煙草の吸い殻のDNA型判定結果をぶつける場面を中心とした、約二十分の映像が流された。

主尋問は蟇目（ひきめ）が行った。一本目の映像について、逮捕後最初の取調べが完全に録音録画されていたこと、遺体遺棄場所と遺体を遺棄した状況について、増山の説明が実際の犯行現場の状況と一致していたことを柳井に証言させた。

増山が自白に至ったプロセスについても証言させた。基本的には灰原が語ったのと同じ内容だった。蓁目はさらに、二本目の映像の取調べについても、取調べが完全に録音録画されていたことを同様に証言させた。

反対尋問に志鶴が立った。

「あなたは三月十二日のＤＮＡ型の鑑識結果をいつ知りましたか？」

「その日のうちに」

「その結果を知って、増山さんが綿貫さんの死体を遺棄した犯人だと疑ったんですか」

「はい」

「疑うというよりは確信に近かった？」

「ＤＮＡ型鑑定は確実な物証ですからね。はい」

「先ほど一本目に映像が再生された取調べの前、三月十三日の任意取調べについてまずお訊ねします。録音録画設備のない第一取調室で、増山さんを入れるとすぐ、あなたは取調室のドアを閉めましたね？」

「いいえ。取調べの際、ドアを閉めることはありません」

「その前日はさんづけだったのに、いきなり『増山あ——！』と声を荒らげ、『お前、もう金輪際逃がさねえからな』『死ぬほど後悔させてやる』と大きな声で言っていませんでしたか」

「していません」

柳井は薄笑いを浮かべた。「昭和の刑事ドラマじゃあるまいし、今どきそんな取調べを行うことはありません。われわれ警察官は、犯罪捜査規範に従って適切に取調べしていますよ。第１６８条を読み上げましょうか？」

休憩時間の間に、検察官と灰原からレクチャーを受けたのだろう。

「増山さんに、ニュースで観る前から綿貫さんのことを知っていただろうと訊きませんでしたか」

「——それは訊きました」

「何度訊きましたか」

「さすがにそこまでは」苦笑した。

「さすがにそこまでは——何ですか」

「覚えてないです」何の問題もないという態度で答えたが、これも志鶴の獲得目標の一つだった。

「その後あなたは増山さんに、お前が自分の罪を認めるまで、地獄の果てまで追い込んでやる——という意味のことを言いましたね？」

「そんなこと——」苦笑して増山を見る。「言うわけないです。すごい想像力、妄想だな」

「ではあなたは増山さんに、綿貫さんが行方不明になった二月二十日午後五時半頃のアリバイについて訊きませんでしたか？」

蟇目からも他の二人からも異議は飛んでこなかった。柳井は、増山が殺人を認める内容の供述調書をいったん書かせた。しかし北警部ら取調官たちはその事実を検察官に話していない。検察官たちはそうした事実があったかもしれないと、灰原への志鶴の反対尋問で初めて知った。今の志鶴の質問がそれにつながるものであるととっさに判断できなかったのだろう。

増山のアリバイについて訊いたことを柳井に認めさせられれば、取調官たちが口裏を合わせてなかったことにしている、いわば囮の調書の存在が存在していたことを示せるのではないか。それが志鶴の意図だ。現場にいた柳井にはその狙いを見透かされ、否定される可能性もある。それを覚悟のうえの質問だった。

が、「——訊きましたよ、それは」柳井が認めた。

「増山さんは何と答えましたか」驚きを隠し、間髪を入れずに続ける。

柳井はちらっと増山に目を向けた。「わかりませんとか、覚えてませんとか」

「あなたは灰原巡査長に命じて、増山さんが綿貫さんを殺害したという供述を作文させ、調書を作成させませしたね？」

「しておりません」余裕の感じられる表情で即答した。

「灰原巡査長は、増山さんが『ごめんなさい。もう許してください』と懇願したことをこの法廷で証言しました。それはあなたが増山さんに、綿貫さんを殺害したのではないかと迫ったからですね？」

「殺害？　任意の取調べの段階で、被告人にそんなことは訊いておりません」心外そうな顔をした。増山の話を信じていなければ、とても演技には見えなかった。

「『もう許してください』と言ったあと、増山さんはパニック状態になって立ち上がった。そのときあなたは増山さんの前に立って、『逃げられると思うんなら、やってみろよ増山』という意味のことを言いましたね？」

少し考えて検察官を見た。「そんなことあったかな？」

「そんなこと、とは？」

「被告人が立ち上がったことです」

「灰原巡査長がこの法廷で先ほど証言しています」

舌打ちのように口が動いた。「だとしても、私はそんな言葉は被告人に言っていません」

「増山さんの目を見て言えますか」

柳井が増山に目を向けた。増山は柳井から目をそらさなかった。柳井の目が険しくなった——増山を脅しつけるように。増山がひるんだ。

「言えますよ、もちろん」増山から目をそらさず柳井が言った。凄むような声だった。

「任意の取調べでもそんな風に増山さんを威迫したんですね？」

柳井がはっとしたように法壇を見上げた。

「異議があります！」世良が立った。「誤導尋問です」

能城が異議を認め、志鶴に質問を変えるよう命じた。

取調べ当日、席に戻った増山に、綿貫の殺害を認める内容の供述調書を柳井が読み聞かせ、増山の手にボールペンを握らせ署名を迫ったことを、志鶴は訊ねた。柳井は灰原より上手にしらを切った。

「では、先ほど一本目に映像が再生された三月十三日の逮捕後取調べについてお聞きします。国家公安委員会が定めた『被疑者取調べ適正化のための監督に関する規則』の第3条2項に何と書いてあるか教えてください」

柳井が口ごもった。世良が異議を発したが、志鶴の意見を聞いた能城はそれを棄却し、「証人は答えてください」と促した。

「えー、『被疑者取調べ適正化のための監督に関する規則』は、取調べを適正に行うために定められた規則です。第3条の2項には——監督対象行為について記されている」

「そのとおりです」志鶴は言った。「『被疑者取調べ適正化のための監督に関する規則』が定められたきっかけは、鹿児島県で起きた志布志事件です。公職選挙法違反容疑で十五人が逮捕され、うち十三人が起訴されたが、裁判で警察による拷問じみた違法な取調べの実態が明らかにされ、亡くなった一人を除く十二人全員に無罪判決が言い渡された最悪の冤罪事件でした。あなたはさっき『昭和の刑事ドラマじゃあるまいし』と発言しましたが、この事件が起きたのは平成十五年です。監督対象行為として何が定められているか教えてください」

「えー、被疑者の身体への接触」

「それだけですか。他には？」

目を閉じた。開けた。「便宜の供与」

「他には？」

柳井が沈黙した。犯罪捜査規範については休憩時間に復習したのかもしれないが、こちらまではカバーできなかったらしい。

「『被疑者取調べ適正化のための監督に関する規則』第3条2項で定められた監督対象行為は証人が挙げた二つだけでなく全部で六つあります。〝イ―やむを得ない場合を除き、身体に接触すること。ロ―直接又は間接に有形力を行使すること（イに掲げるものを除く。）。ハ―殊更に不安を覚えさせ、又は困惑させるような言動をすること。ニ―一定の姿勢又は動作をとるよう不当に要求すること。ホ―便宜を供与し、又は供与することを申し出、若しくは約束すること。ヘ―人の尊厳を著しく害するような言動をすること〟。あなたはイとホしか思い出せなかった」

柳井は不興げな顔で黙り込んでいる。

「監督対象行為とは何か。この規則では、取調べの際、監督対象行為が確認できた場合には、取調べ監督官と呼ばれる立場の者が、被疑者の取調べに係る捜査主任官と呼ばれる立場の者に対して取調べの中止等の措置を求めることができると定められている。つまり取調べにおいて適正でないとされている行為のことです。あなたは、有形力を行使することも、ことさらに被疑者を不安にさせたり困惑させたりすることも、一定の姿勢や動作をとるよう不当に要求することも、人の尊厳を著しく害するような言動をすることも適正な行為ではないと頭に入れていない。そういう認識で増山さんの取調べを行ったんですね？」

「被告人の取調べをしていたときは六つとも全部覚えていました」ぬけぬけと強弁した。「今失念しているだけです」

「小学生みたいな言い訳ですね。あなたは『被疑者取調べ適正化のための監督に関する規則』をきちんと理解していない状態で増山さんの取調べを行いましたね？」

「いいえ。適正に取調べを行いました」

「警察官としての自らの姿勢に恥じるところはありませんか」

「ありません」堂々と答えた。

志鶴は弁護側デスクへ向かい、一冊の本を手に取った。

「水野谷幸夫・城祐一郎共著『Q&A　実例　取調べの実際』立花書房を示します」

「その目的は？」能城が訊ねた。

「この本の共著者はどちらも検事でした。こちらの本は、警察官に対して取調べの心構えやテクニックを教授するマニュアルあるいは参考書です。この本の内容を示すことで、取調べに臨む証人の警察官としての姿勢を明らかにすることが目的です」

世良は異議を出したが能城は棄却した。

「あなたはこの本を知っていますか」

「知っています」

「読んだことは？」

「あります——が、内容をすべて諳んじることはできません」牽制してきた。

「十二ページを示します」書画カメラの下で本を開く。

「読み上げるので聞いてください『自白は「証拠の王」であるという言い方がある。（中略）それゆえ、取調官においては、被疑者から自白を得るように努めなければならないのは当然のことである。具体的に被疑者の自白を獲得しなければならない理由を明らかにする。それは、まず、第一に、被疑者こそが事件の真相を知るものであり、その自白により、真相が明らかにされ得るからである』——今私は書いてあるとおりに読み上げましたね？」

「ええ」

「あなた方警察官にとって、被疑者から自白を得るよう努めなければいけないのは当然のことなんでしょうか」

待ち受けていたが異議は飛んでこなかった。本の記載が自白の証拠価値を高める内容だと判断したのかもしれない。あるいはこちらの射程を見誤っているか。

柳井はちらっと検察官の方を見てから目を戻し、「もちろんです」と答えた。この本から引用する部分はじつは弁護側が弾劾するための布石なのだが、それまでに「被疑者取調べ適正化のための監督に関する規則」を示して圧力をかけたことでこの本も同列だと錯誤させる。それが志鶴の狙いだったが、うまくいったようだ。

「三十九ページを読み上げます。『ただ、ここで忘れてはならないことであるが、取調官として、被疑者から取調べの任意性について争われることを恐れるあまり、追及が不十分になるようなことだけは、絶対に避けなければならないということである』。あなた方警察官は、このような意識を持って取調べに臨んでいるのでしょうか？」

「異議があります」世良だ。「誤導尋問です」

「誤導尋問ではありません」能城に訊かれて志鶴は答えた。「本の記載を前提にした質問です」

　世良の異議は棄却された。

「どうですかね――」世良に目をやってから柳井は慎重に答えた。「先生は、われわれが自白の任意性になんかこだわらず取調べに臨んでいるんだぞ、と裁判員の皆さんに印象づけたいのかもしれませんが、そんなことはありませんよ。この本にもそんなことは書いていない。任意性はあくまで確保しつつ、追及の手は緩めるなという意味でしょう。そうであれば答えは、はい、です」

　また一つ獲得目標をゲット。柳井は灰原より老練だが、だからといって遵法意識が高いわけではない。キャリアが長い分、むしろ警察官らしい慢心にどっぷり侵されているようにすら感じられる。自分たちのやり方に問題があるなどとは微塵も思っていないのだろう。世良はとうかがえば、柳井の切り返しに満足している様子が見えた。やはりこちらの射程が見えていないのだ。

　柳井への尋問の仕上げにかかる。

「あなたがさっき言及した犯罪捜査規範の第１６８条は取調べにおける任意性の確保についてのものです。あなたは増山さんへの取調べで、任意性を確保していましたか」

「いました」

「強制はしていませんでしたか」

「はい」

「脅迫も？」

「していません」

「誘導はしていませんか」

「していません」

　二本目に映像が流された三月十九日の取調べについても同様の質問を重ねた。柳井の回答も同じだった。

　よし。「終わります」

　再主尋問で、世良の口授を受けた蟇目は、あくまで取調べにおいて任意性を確保していたことを柳井に証言させた。志鶴は再反対尋問をしなかった。裁判員と裁判官から、証言内容を確認する質問がいくつか挙がった。

3

　遅い昼の休憩を挟んで公判が再開された。

　ここからは岩切による検事調べの検証となる。

まず映像が流された。三月十五日、増山が最初に検察庁へ送られた際に録画されたものだ。綿貫との接点についての供述が中心となる。時間は約三十分。柳井による取調べとは明らかに変化があった。室内が明るい。警察の取調室と異なり、窓の開口部が大きいからだろう。カメラが捉える増山の様子も、柳井に取り調べられていたときとは違って見えた。

『こんにちは。君が増山か。私は検事の岩切だ。よろしくね』警察の取調べ録画映像と同じく、岩切は後頭部の一部しか映っていない。

『……こんにちは』増山が頭を下げた。

『体、大きいなあ。待合の椅子、硬いから尻が痛かったんじゃゃない？』志鶴が対決したときとは別人のような声音と言葉遣いだ。

増山がうなずいた。

『狭くて身動きもろくにできないから、背中も痛い。違う？』

増山がまたうなずいた。

『十六年前もそうだったかな？』

増山が緊張する。

『あんまり覚えていないかな？　十六年前、逮捕されて、やっぱりここで検事調べを受けた。それは覚えてる？』

『……はい』

『起訴猶予処分になって釈放されたんだよね？』

『はい』

『そのとき君は、自分がやったことを検察官に素直に話したの？　それとも、やったことを認めなかったの？』

『認めました』

『認めて、素直に話した』

増山がうなずいた。

『増山が、自分が犯した罪をしっかり認め、やったことを包み隠さず素直に話した結果、当時の検察官が起訴するまでもないと判断して起訴猶予処分にした。同じ検察官として彼のことを誇りに思うよ。なぜかわかる？』

増山が首を振った。

『われわれ検察官は常に、ものすごいプレッシャーに晒されてる。警察が誰かを逮捕したら、その人を起訴する。世間ではそれが当然ってことになってる。だから、警察が逮捕した人間を不起訴にすると、何で釈放したんだって猛烈なバッシングを受ける。わかるかな？』

増山がうなずいた。

『逮捕された人を不起訴にするのはわれわれ検察官にと

って大変勇気の要ることだ。まずはそれを理解してほしい』

　増山がまたうなずいた。

『増山は素直だな。こんな仕事をしていると、素直じゃない、嘘つきや強情な人間ばかり見てきてるから新鮮だよ』

　岩切はそこで笑みでも浮かべて見せたのだろうか。つられたように増山の表情がわずかに緩んだ。柳井に対している時のような緊張や恐怖、苦痛の色がその顔には見てとれない。北風と太陽の寓話ではないが、警察で厳しい取調べを受けた増山は、まだ真の顔を見せていない岩切の上辺だけのフレンドリーさにすっかり騙されている。

　岩切はそれから自分が増山の立場を理解できる中立的な検察官であることを印象づけたうえで、増山には黙秘する権利があることを認めつつ、自白しない限り起訴猶予にするのは難しいと、あくまで客観的事実であることを強調して説明した。

『言いたいことがあるなら何でも言ってくれてかまわないよ。さっきも言ったように、私としては君の言い分を聞かせてほしいと思ってる』

　すると増山は口を開け、『お、俺……やってないです』と言って視線を上げた。

『やってない？　絵里香さんの死体遺棄をしていないということかな？』穏やかな口調だ。

『は……はい』

『そうか。やってないのか。ならなぜ足立南署の取調べではやったと認めたのかな？』

『さ、最初はやってないって言ってたんです。でも、全然聞いてもらえなくて。お前がやったんだろうって何度も何度も言われて――』苦しげな顔になった。

『そうか。増山も辛かった。そうだね？』

　増山はうなずいた。目に涙が滲んでいた。

『だが警察官も君が憎くてそうしたんじゃない。罪を憎んで人を憎まず。絵里香さんをあんな目に遭わせた犯人をどうしても捕まえたくて必死なんだ。それはわかってやってほしい』

　岩切はそこで、生前の綿貫のソフトボールの試合を観ていたことを増山に確認し、その理由を訊ねた。増山は、新聞配達のエリアが変わったのがきっかけだと答えた。

『なるほど。たしかに、そんなエリアを担当させられたら、気になるよね。十六年前も、ソフトボールの試合を観て中学校に侵入したって記録にあるけど、中学生くらいの女の子に興味があるの？』

増山の目が泳ぎ、顔の筋肉が引きつった。『べ、べつに……そういうわけじゃないと思います』

『人間っていうのは、自分にないものに憧れる。いい年をした男が中学生の女の子に興味があっても、私は恥ずかしいこととは思わない。江戸時代なんか、女の子が十四歳くらいで結婚して子供を産むのも当たり前だった。生物としても、哺乳類のオスが若いメスを求めるのは至って自然なんだよ。私の前では、自分の好みについて恥ずかしく思う必要はない。むしろ、中学生の女の子が好きです、って堂々と胸を張るくらいでいなさい』

増山の表情が和らいだ。瞳孔が開いているのがわかる。たとえ口先だけだったとしても、ありのままの自分を受け入れてくれるような言葉を他人からかけてもらうという経験が乏しかったのかもしれない。

続いて岩切は、ソフトボールの試合で綿貫に興味を持ったのではないかと訊ねた。増山はそのときは彼女の名前は知らなかったと答えた。すると岩切は質問を変え、遺体遺棄現場の地図と写真を見せて行ったことがあるか訊ね、増山は行ったことがあると認めた。最後に行ったのはいつかと訊かれた増山は、思い出せないと答えた。自転車に乗っていた高校生くらいまでは河川敷をぶらぶらしたことがある、だがその後、スクーターに乗るようになってからは行っていない、と。なぜかと訊かれた増山は、スクーターが進入禁止になっていて入れないと答えた。

次いで岩切は増山に、自宅から新聞販売店までの通勤ルートを地図に書き込ませた。岩切は千住新橋を通っていることを確認し、橋から遺体遺棄現場までは近く、橋の上から現場が見えるだろうと訊ねた。増山は否定しなかった。岩切はまた、増山が本当に河川敷に降りていないかを訊ねたが増山は否定した。

最後に岩切は、ソフトボールの試合についてまた質問した。試合で女子たちを見ても「ムラムラ」しなかったのかと。

『さっきも言ったけど、それは男として健康な証拠だから、恥ずかしがらなくていいんだよ、俺には正直に話してよ』岩切の口調がさらに砕けた。

増山の口が横に広がった。照れ笑いのように見えた。

『……ちょっとそうなったかもしれないです』

『はっはっは。そうか、正直に答えてくれてありがとう』

『あ――』増山が慌てて、『けど、そんな感じになったからって、十六年前とは違って、学校に入ったりしようとか、何かしようとは思いませんでした』

　増山が安堵の笑みを浮かべたところで映像が終わった。続いて、検事調べの二本目の録画映像が再生された。三月二十日。二回目の検事調べだ。志鶴の助言を受け、足立南署の取調べで一度は黙秘に成功した増山が、ふたたび自白に落ち、死体遺棄だけでなく綿貫の殺害を自供してしまう決定的な場面が収録されている。

　映像が流される。増山の様子は前回の検事調べのときとは明らかに異なっていた。顔に血の気がなく、肩の筋肉が硬直し、唇がかすかにわなないていた。

『――増山、君は綿貫絵里香さんの死体を遺棄したことをはっきり認めた。そうだな？』初回のときの表面的な甘さを一切かなぐり捨てた口調だ。

　岩切は、自己陶酔に満ちた説教を滔々と垂れ流したあと、遺体遺棄現場で発見された吸い殻のＤＮＡが増山のものと一致する事実を示し、増山の否認が不合理極まりないもので、裁判官も裁判員も誰一人納得しないだろうと断じた。

　増山が愕然としたような顔になった。

　さらに岩切は、増山が否認を続けることで、世間の矢面に立たされている母・文子がいっそう苦しむことになると諭し、『増山、君はおふくろさんなんかちっとも心配せず、どうにか法律の抜け穴を探して罪を逃れようとしている親不孝の極道息子だ』と非難した。

　増山の顔が間延びしたようになった。白目の部分が大きくなったように見えた。突然、『うあああああああ
あ』という声が喉からほとばしり出て、『おいっ、騒ぐな！』と隣にいた警察官が制止する声が聞こえた。増山は下を向き、口を閉ざしたようだが、声が溢れ出すのを抑えることはできなかった。ガチャガチャガチャ――増山の全身が震えてパイプ椅子が鳴る音が聞こえた。『おいっ！』警察官が怒鳴って増山の体が急に横へ傾いだ。腰縄が引っ張られたようだ。

『いいんだ！』それまで微動だにしなかった岩切が声をあげ警察官を制した。『苦しいんだよな、増山？』

　増山は歯を食い縛ったままうなずいた。

『それはお前が人間だという証拠だよ。人間らしい感情があるから、犯した罪に対して罪悪感を感じることができる。君にはまだ更生の余地があるということだ――』

　増山の体が小刻みに震え、頭が激しく左右に揺れる。

『うああああ――』鋭利な刃物で動脈を切られれば血

が噴き出すのと同様の、精神に受けたダメージへの生理的反応かのごとき、動物の咆哮じみた悲鳴が吐しゃ物のように口から噴き出し続ける。

『大丈夫だ、増山』岩切が声をかける。『俺が君を助けてやる。どうだ、この岩切のこと、信じてくれるのか？』

岩切の言葉が耳に届いているかすら疑問だったが、増山は口を開けたまま顎を落とした。うなずいたようだ。

『じゃあ認めるんだ。自分のため、おふくろさんのために——自分が犯した罪を。綿貫絵里香さんの殺人についても認める。それでいいな？』

増山は半眼を岩切に向け、うなずいた。

『いいぞ。ちゃんと自分の言葉で言ってみろ。「綿貫絵里香さんを殺したのは、私、増山淳彦です」って』

『わ……綿貫絵里香さん、を……殺したのは……私、増山淳彦です……』言われるままくり返した。

『——よし！』岩切の頭が動いた。『すぐに調書を作れ！』事務官に命じたのだろう。増山に向き直る。『それでいい。よく言ったぞ、増山。大丈夫だ、君にはまだちゃんと人間の心が残っていた。〝善人なほもて往生をとぐ、いはんや悪人をや〟。わかるか増山、今君は、仏への道に向かって大いなる一歩を踏み出したんだ——！』

映像はそこで終わった。傍聴席で誰かが「ぷぷっ」と笑った以外、法廷は静まり返っていた。遮蔽措置の衝立の向こうから、押し殺したような嗚咽が漏れ聞こえるほどに。傍聴席の綿貫絵里香の遺族の誰しもが衝撃や増山への怒りを隠そうとしなかった。増山は彼らの視線に気づいて顔をそむけた。

作り物でないだけに、どんな映画やドラマをも超える迫力があった。ディスプレイが暗転して音声だけの再生だったとしても、岩切の気迫に満ちた取調べの熱気は伝わったはずだ。法廷にいるほとんどすべての者が、岩切の説得により、否認や黙秘を続けていた増山がついに完落ちし、正直に罪を認めたと考えているに違いない。これこそ、公判前整理手続で都築と志鶴が何としても取調べの録音録画映像を再生させまいとした理由に他ならなかった。

実際には、撮影を始める前、岩切は、もし増山が黙秘を続けるようなら何時間でも怒鳴りつけると示唆し、大声で増山を恫喝するデモンストレーションもして供述を引き出した。それを目撃しているはずの検察事務官の証人喚問も公判前整理手続で請求したが能城に棄却された。

検察官席の後方にいる天宮（あまみや）ロラン翔子（しょうこ）は志鶴の視線を捉え、芝居がかった様子で胸を張った。志鶴は奥歯を嚙み締めた。

続いて、本日最後となる、検事調べの三本目の映像が再生された。三月二十二日。綿貫の殺害時の状況についての増山の供述が中心となる。

増山は無表情、というより感情が死んでいるように見えた。目の下に隈（くま）ができている。無精ひげも目立った。

『おはよう、増山。調子はどうだ？』岩切が声をかけた。

『昨日は足立南署で、絵里香さんを待ち伏せたときのことについて訊かれたんだな。今日は、絵里香さんを殺害したときの状況について話を聞かせてもらう。よろしくな』

増山は泣き笑いのような表情を浮かべた。

抵抗を諦めた増山の口から、岩切は凶器を使って綿貫を殺害したという証言を引き出した。さらに、その凶器が「家にあった」「果物ナイフ」であったこと、処分方法について現場から「持ち帰って近所に棄てた」ことをあからさまな誘導によって引き出した。

凶器の処分方法については、増山の供述が法廷に提出されてしまった。圧倒的な劣勢を挽回することもできないまま、能城が閉廷を告げた。

だが——岩切は増山から、綿貫が乗っていたはずの自転車をどう「処分」したのかについては虚偽供述を引き出すことに成功していない。それについて検事調べで触れたことはあったが、どんなに誘導されても増山には答えることができなかったのであきらめるしかなかったのだろう。この点は、検察側立証の明らかな弱点となる。

4

五月三十一日。増山の第七回公判期日。

今日は増山への被告人質問と、被害者参加制度による被害者の意見陳述が行われる。残りは検察側による論告・求刑と弁護側による最終弁論等を残すのみ。公判もいよいよ大詰めだ。

被告人質問では、文字どおり被告人に対して弁護側・検察側が、証人尋問と同様に交互に質問を行う。否認事件の被告人質問では被告人が検察官から直接、徹底的な攻撃を受ける。裁判員はその姿を生で目にする。たとえ被告人が本当のことを言っていたとしても、攻撃を受けて動揺したり、あるいはその言動自体に不快感や不信感を持たれてしまうだけで、彼らの心証がマイナスに傾く危険が大きい。

増山に関して言えば、捜査官による強制的な自白誘導を主張して自白の任意性を争う以上、被告人質問で本人にそう語らせることは大前提となる。これまでの公判期日で、もし自分と田口の弁護が、当初は最悪だったはずの裁判員の心証を少しでもプラスに転じさせることができていたとしても、被告人質問でその努力が一瞬にして水泡に帰すおそれはある。だが、被告人質問が、煮えたぎる溶岩の上に張り渡された細いロープだったとしても、勝つためには渡りきる以外に選択肢はない。

「増山さん、いよいよです」今朝、裁判所の接見室で志鶴はアクリル板ごしに言った。田口は伴わず一人での接見だ。「これまでは、『雇われガンマン』の私たちや、専門家証人の先生方が敵を迎え討ってきました。でも今日は、ついに増山さんがご自身で検察官と闘わなければいけません」

増山はごくりと唾を飲んだ。

「緊張していますか?」

増山はこくりとうなずいた。

「当然です」志鶴は微笑んだ。「緊張しても問題ありません。私が注意したこと、覚えてますか?」

増山がうなずく。「……正直に答える」

「そう。増山さんは無実。正直に答えることが最大の防御になる。もう一つ大事なことをくり返します。検察官たちは、裁判員の前で、増山さんがうろたえたり慌てたり、怒ったりするよう仕向けてくるでしょう。増山さんが感情的になって反応すれば、裁判員の心証が悪くなるからです。彼らがおかしな質問をしたら、われわれはすぐ異議を出して増山さんを助けるようにします。それでも能城裁判長が異議を棄却することがあるかもしれません。そんな場合は、深呼吸して落ち着きましょう」

「深呼吸……」増山がくり返す。

「でも、それをやっても、どうしても感情に振り回されてしまうことがあるかもしれません。それでも大丈夫。厳しい話、被告人質問で被告人に対する裁判員の心証がよくなることは期待できない。増山さん、キツいことを言いますね。裁判員たちはあなたのことを、女子中学生に性的に興奮し、ジュニアアイドルのＤＶＤでオナニーをする変態の、キモい中年男だと思っているでしょう。とくに女性は、あなたに嫌悪感を抱いている可能性が高い」

志鶴はあえて突き放すような言葉を使った。増山は苦痛を我慢するような顔になった。これまでの打合せで話していないことをぶつける。

「この裁判が始まってから、検察官はあなたの性的嗜好を暴き立て、裁判員に最悪のイメージを刷り込んだ。その点で増山さんへの印象がこれ以上悪くなることはない。裁判員が増山さんを、綿貫さんを殺害した犯人だと疑うとすれば、その根底には増山さんの性的嗜好がある。増山さんと綿貫さんの接点として、検察は星栄中でのソフトボールの試合映像を流した。裁判員にはあの映像での増山さんの印象が強烈に残っています——いやらしいことを考えながら女子中学生を眺める変態中年として。あの映像が残っており、検察側が、ジュニアアイドルのDVDや女子中学生がレイプされる漫画を裁判員に見せた以上、そのイメージを覆すのは不可能でしょう。いくら今さらかっこつけて否定しようとしても、信じてくれる人はいないはず。そう思いませんか？」

増山は不快そうに顔を歪めた。

「逆に考えてみましょう。増山さんが、自分の性的嗜好や女子中学生への性欲を認めても、これ以上裁判員の心証が悪くなることはない」本当かどうかはわからないが、そう断言する必要があった。「あの日なぜ星栄中にソフトボールの試合を観に行ったのか、なぜ綿貫さんに目をつけていたのか、その理由については、絶対に嘘を言ってはいけません。どんなに恥ずかしくても、どんなに認めるのが苦しくても、絶対に本当のことを話してください。試合を観に行った理由について、増山さんは接見で私にも言葉をぼかしていましたね。性的な欲求があったという言い方はしませんでした。でも本当はそうだったんじゃないですか」

増山は返事をしなかった。

「あなたを取り調べた刑事たちは、録画映像を調べて、試合に出ていた女子の中でも増山さんがとくに綿貫さんに長い時間目を向けていたと言った。試合を観ていたとき、増山さんは綿貫さんに目を惹かれていた。そうですね？」

被告人質問についてリハーサルはしていたが、一言一句「台詞」を覚えさせるようなことはしていない。裁判員はそういう不自然さに敏感だ。

増山が志鶴をにらんだ。「あんたどっちの味方だよ？」

「増山さんはどう思います？」

増山は口を尖らせた。「何でそんなこと、自分で言わなきゃなんないんだよ」

「肝心なところでもし増山さんが本当の理由を隠したり、ごまかして答えると裁判員にはわかります。彼らは増山さんを嘘つきだと判断し、その他のことについて、増山さんがどんなに本当のことを話しても、これもまた嘘を言っていると信じないでしょう。録音録画されていないところで、刑事たちや検事が増山さんにどんなことをしたのか、増山さんがいくら本当のことを訴えても、耳を傾けてもらえない。するとどうなるか。増山さんが綿貫さんを殺して死体を遺棄したと認めたあの自白には任意性があった——強制されたものではないとされ、証拠として採用されてしまう。そうなれば、無罪を勝ち獲るのはほとんど不可能になる。だから、私から質問しようと思うんです」

「もう十分惨めな思いしてるじゃん、俺。みんなの前でクソみたいに生き恥晒されて。その質問どうしても必要なわけ？」

「私が質問しなかったら、検察官が質問します。増山さんにとって最大の弱点だから。その方がいいですか？」

増山は両手で頭を抱えた。

「増山さん、裁判は闘いです。これまでの公判で、増山さんは悔しい思いをたくさんしたはずです。検察官に恥ずかしいプライバシーを公然と晒されたり、取調官たちに平然と嘘をつかれたり。これまで増山さんは一方的に攻撃を受け続ける側だった。被告人質問は増山さんが唯一直接反撃するチャンスです。増山さんも闘わなくてはいけない。闘って勝たなくてはならない。何に勝つのか？　最終的な目的はこの裁判ですが、今日の被告人質問ではまず、自分にです」

「自分……？」

「そう。自分の恐怖心や羞恥心や後悔といった感情にです。そういうものに打ち克たなくては、この裁判には絶対に勝てない。むかつく刑事や検事や検察側の専門家たちを倒すためには、増山さんも勇気を出して自分の殻をぶち破らなければなりません。最大の弱点を自分で正直に認めることこそが最大の武器となる」

「あんたまで俺に説教すんのかよ……」失望した顔。

「私はどう思われてもいい。お母さんのことを考えてください。増山さんを愛し、信じ、犠牲を払って支えてくれている人を。お母さんのためにも、勇気を出して闘ってください。できますね、増山さん？」

増山は目を合わせずうつむいた。背後のドアが開いて刑務官が顔を出した。「そろそろ時間だ。行くぞ」増山が立ち上がり、志鶴に背を向けドアへ進んだ。

「増山さん、お願いします——！」その背中に声をかけた。


刑務官に付き添われて出廷した増山は、志鶴と目を合わせようとしなかった。が、傍聴席にいる文子の姿に気づくと、しばらく彼女を見ていた。

裁判官と裁判員が入ってきた。能城が開廷を告げ、増山を呼んだ。増山が立ち上がり、証言台へ向かった。能城が人定質問をし、増山が答えた。声がかすれていた。能城が増山を着席させた。法廷はしんとしている。皆が増山に注目していた。増山はがちがちに緊張している。前を向いていたが、法壇を見上げることはできずにいる。

主質問に志鶴が立った。

「増山さん、まず深呼吸をしてください」

咎める者はいなかった。増山は深呼吸しようとした。が、それほど深く呼吸はできなかった。緊張はまったく解けていない。

「増山さん、あなたは、逮捕された去年の三月十三日から今日まで、どれくらいの日数が経ったかわかりますか？」

増山は志鶴を見てきょとんとした顔をした。打合せでは想定していなかった質問だ。

「わ、わかりません……」

「四百四十五日です——四百四十五日」くり返した。「長かったですよね。この四百四十五日間、あなたはずっと身柄を拘束され、自由を奪われていた。裁判官に接見禁止を出され、われわれ弁護士以外とはアクリル板ごしにも話をすることはできなかった。あなたの身を案じているお母さんと言葉を交わすことも許されなかった。増山さん、とてつもない孤独の中、よく頑張りましたね」

傍聴席で文子がハンカチに顔を埋めた。増山の顔が歪んだ。涙が浮かんだ。「う……」と声が漏れ、涙がこぼれ落ちた。声を出さずに泣いた。これで少しは緊張がほぐれたはずだ。

「増山さん。まず最初に一番大事なことをうかがいます。あなたは綿貫絵里香さんを殺害しましたか？」

増山が顔を上げた。「——してません」

「綿貫絵里香さんの死体を遺棄しましたか？」

「してません」声はかすれていない。

「浅見萌愛さんを殺害しましたか？」

「してません」

「浅見萌愛さんの死体を遺棄しましたか？」

「してません」

「裁判員の皆さんの顔を見て答えられますか？」

増山は目線を上げ法壇を見た。裁判員の何人かと目が合った。増山から目をそらす者もいた。「はい」

「次に、少し細かなことをお聞きします。お二人の死体が遺棄されていた荒川河川敷に、あなたが最後に行ったのはいつですか？」

「……はっきりとは覚えてないです」

「なぜ覚えていないのでしょう？」

「もうずっと行ってないから」

「なぜですか？」

「あの河原は原チャリが入れないから。原チャリに乗る前、高校生くらいまではチャリ——自転車でときどき行ってました」

「原チャリとは、原動機付自転車、いわゆる原付バイクのことですね。いつから乗るようになったんですか？」

「高校を卒業してから……だから、たぶん、高校を出てからはあの河原には行ってないと思います」

「河川敷の死体遺棄現場で、あなたがふだん喫っているのと同じ銘柄の、あなたと一致するＤＮＡ型の煙草の吸い殻が二本、綿貫さんの血がついた状態で発見されました。これはなぜでしょう？」

「……わかりません」

「検察官はあなたが捨てたと主張しています」

「俺じゃないです」検察側席を見た。「行ってないのに、そんなところに煙草を捨てるわけない」

「では、あなたと綿貫さんの関係についてお聞きします」増山が身をこわばらせた。「あなたと綿貫さんの関係は、どのようなものでしたか？」

増山は眉根に皺を寄せ、言葉を選ぶように、「関係、っていうか……ソフトボールの試合で見ただけです」

「ソフトボールの試合とは、二月十一日に星栄中学校で行われた試合のことですね。あなたはなぜその試合を観たんですか？」

増山が固まった。法廷に沈黙が流れた。

「被告人、返事は？」能城が促した。

増山は目を落とした。呼吸が速くなった。怯えたような顔。ちらっと法壇を見上げた。背後を気にするそぶり。ぎゅっとまぶたを閉じ唇を引き結んだ。まぶたを開いた。顔が真っ赤になりこめかみに汗が浮かんだ。目が泳いでいる。

「お、俺は……ちゅ——中学生くらいの女の子に、せ、性的興味があります」さっきまでより大きな声だ。あえぐように息をしながら、懸命に言葉を吐き出す。「十七年前、星栄中でソフトボールの部活を見て……ムラムラして……制服を盗もうと学校に入ってつかまりました。それからずっと、星栄中には近づかないようにしてました。けど、去年、新聞配達のコースが変わって……」

「あなたが勤めていた新聞販売店で、あなたが担当する配達先が変わり、配達コースも変わった、ということですか？」

増山はうなずいた。できる限り誘導は避けたい。が、どうしても必要な補足はしなければならない。

「被告人、声に出して答えるように」能城が注意した。

「あ……はい」

「先ほどの弁護人の質問への答えは『はい』でよろしいか？」

「はい」

「続けて」

増山は混乱するような顔になった。どこまで話したか忘れたようだ。

「新聞配達のコースが変わって、どうしたんですか？」

志鶴は促した。

「あ……それで、星栄中学校の前を通るようになって——配達のときに。夕刊を配達しているとき、グラウンドで、ソフトボールの部活がやってて……ちゃんと観たいなって思って」

「なぜ、ちゃんと観たいと思ったんですか」

増山はまた口ごもった。「せ、性的な興味があって……十七年前のことも思い出して。ソフトボールのユニフォームも好きで。昔、日曜日に試合やってた記憶があって、まだやってるかもと思って原チャリで日曜日に行ってみたら、試合がやってました」

「それが二月十一日だったんですね？」

「はい……」

「試合をしていた選手の中には、綿貫絵里香さんもいました。それについて話してください」

「試合を観ながら、女の子たちを見ていたら、星栄中のユニフォームを着た、背番号七番の子に目が留まりました。女子たちの中でもかわいくて、自分好みというか……」大きく息を吐き出した。

ものすごい表情を浮かべる女性裁判員がいた。綿貫の遺族の反応は見るまでもなく想像がついた。増山のこめかみから汗がしたたり落ちた。傍聴席の文子の目には涙が浮かんでいる。志鶴は内心よくやったと喝采を送った。

「星栄中の背番号七は、綿貫さんでした。彼女について何を知っていましたか？」

「何も」首を振った。「そのとき初めて顔を見ただけです。名前も知りませんでした」

「星栄中のソフトボールの試合を見学して、名前を知らない背番号七の女子をかわいいと思って注目した。それからどうしましたか？」

「煙草を二本喫って……また原チャリで帰りました」

「煙草を二本喫って観戦をやめ、その場を離れた。ソフトボールの試合を観ていた時間はどれくらいですか？」

「よく覚えてませんが、煙草二本、立て続けに喫って……十分くらいだと思います」

「約十分。試合の録画映像でもそう確認できました。短い時間ですね。なぜ引き揚げたんですか？」

増山は思い出そうとするように目線を上げた。「何か……虚しくなって。俺みたいなキモいおっさんがいくらかわいい子に憧れても、現実では相手になんてされるわけないし――だったらアニメでも観た方がましだな、って」

増山は正直に内心を吐露している。裁判員の目にもそう映っていることを願う。

「煙草を二本喫う間に、ある意味われに返ったということですね。二本の煙草の吸い殻はどうしましたか？」

「その場で捨てました……道路に」

「二本とも？」

「二本ともです」

「そのとき他に気がついたことがあれば教えてください」

「白いバンが停まってました」

「録画映像にあった白いネオエースですね。それから？」

「俺、その車の後ろで原チャリを停めて、原チャリを押し歩いて車を追い越しました。そのとき、窓から車の中の……人が見えました」

「何人見えましたか？」

「一人」

「どんな人だったか覚えていますか。覚えていれば教えてください」

「覚えてます。髪の毛をチョンマゲみたいにして、日焼けサロンに通ってるみたく日焼けした男の人でした」

「なぜ覚えているんですか」

「俺と目が合ったら、『何だコラァ』みたいな感じで口を動かして凄んできたからです。ヤカラっぽくて怖いな、って」

「ヤカラとは何でしょう？」

「不良とか半グレみたいな連中です」

「増山さんに凄む前、その人は何をしていましたか」

「ちょっとそこまでは……試合観ていたと思います。ソフトボールの」

「裁判長、異議があります」世良が立った。「ただ今の被告人の証言は、憶測を語ったものです」

「異議を認める」能城は書記官に志鶴の質問と増山の回答を削除させた。

「その人について他に覚えていることは？」志鶴は質問を再開した。

増山は首を傾げた。「……とくにないです」

「増山さんが原付バイクに乗って星栄中を離れたとき、白いネオエースはまだ停まっていましたか」

「停まってました」

第一関門はクリアした。

「では、取調べについてお聞きしていきます。まず、令和×年三月十三日の任意の取調べから。この取調べについて覚えていますか」

「よく覚えてます」

「どうしてですか？」

「ものすごく怖くて辛かったからです」

「その理由について詳しく聞いていきます——」

誘導にならないよう注意して、増山自身の口から当時の状況をじっくり語らせた。柳井がドアを閉めたこと、恫喝や罵詈雑言、でまかせの供述調書、北警部による誤導等々。自分がソフトボールの試合を観ていないと嘘をついた理由についても正直に答えた。増山は緊張を忘れてある限りの記憶を呼び覚ました。雄弁ではないが自然で迫真性があった。これまで弁護側が主張したり、反対尋問で志鶴が取調官たちにぶつけた質問の内容とも矛盾しない。

いくら弁解しても聞き入れてもらえなかったときの心理について「最初は何かのドッキリかと思いました」、「この人たち本気なのかよ？　何で俺が犯人と思ってるんだよってマジで信じられなくて頭がヘンになりそうでした」と訴えた。

任意の取調べでいつでも帰っていいとは知らなかったので、思わず立ち上がった際、北警部に座れと命じられ従った。心身共に疲れ果て、取調室を出て家に帰るためなら何でもするという気分になった。北警部に、無実なら裁判で裁判官にそう訴えればいいと言われ、その気になった。二度目に作成された死体遺棄の供述調書に署名すれば帰れると思い込んだ――以上を語った。そうしたことでまさか逮捕されるとは夢にも思わなかったとも。

「では次に、逮捕の直後に行われた取調べについてお訊ねします。増山さんはここで、柳井係長に、自分が綿貫さんの遺体を遺棄した犯人であるかのように認めてしまっています。なぜでしょうか？」

「それは――その前の取調べで、自分がやったって言っちゃったから。今さら取り消せない感じになって」

「本当はやっていないのに、任意の取調べで、綿貫さんの遺体を遺棄したと認めてしまったので、撤回できなくなったと。なぜ撤回できなかったんですか」

「だって」語気を強めた。「刑事さんたちは最初っからずっと俺のことを犯人と決めつけて、『お前がやったんだろ』って責め立て続けてた。一度やったって言ったら、もうそうやって責め立てられるのはなくなった。でももし犯人じゃありませんって言ったら、また逆戻りして、責め立てられるに決まってる」

「もし犯人でないと訴えたら、いくら否認しても決して聞き入れてもらえず、追及がやまない状態に逆戻りすることになる。嘘の自白を撤回できなかったのは、その苦痛を避けるため。しかし増山さんは犯人ではない。柳井係長から綿貫さんの遺体を遺棄した場所について訊かれたとき、どんな風に思ったのでしょう？」

「犯人になりきるしかないって思いました」

「犯人になったつもりで取調べに受け答えをしたと。ところで増山さんは、綿貫さんの遺体が遺棄されていた場所について、その取調べの時点で何を知っていましたか」

「荒川の河川敷に棄てられてたことは知ってましたけど、それくらいかな」

「しかし、取調べでは詳しい場所まで特定しているように思えます。なぜそんなことができたのでしょう？」

「それは……刑事さんがヒントをくれました」

「その『ヒント』について具体的にお聞きしていきます。三月十三日の逮捕後の取調べ映像を再生します」志鶴はまた、柳井による取調べ映像を再生した。「まず、増山さんが、綿貫さんの遺体が遺棄されていたのが荒川河川敷の『舗装道路』だとわかったのはなぜですか」

「その前の取調べで、刑事さんが作った調書にそう書いてあったからです。俺はそんなこと話してないけど、調書にそうあったから、そうなのかなって」

「次に、千住新橋の近くだったと話していますが、なぜわかったのでしょう？」

「刑事さんがヒントをくれたから。『近くに何があった？』とか、『川っていうと、何がある？』って。それで、橋かなって」

「荒川にかかる橋はたくさんあります。なぜ千住新橋だと特定できたんですか」

「たしか、うちからそう遠くない場所だったよなあと思って。刑事さんの反応見たら、当たってたっぽかった」

「刑事さんの反応、とは？」

「あ、あの刑事さんが俺の答えを確認して、『そういうことか』って言ったら、正解っぽくて。逆に『間違いないか？』って言ったときは、俺の答えが正解じゃないいって思ったんです」

柳井によるその他の誘導についても一つ一つ証言させた。

「では改めて、この取調べで綿貫さんの遺体が遺棄されていた場所を示すことができた理由を教えてください」

「俺は本当は知りませんでした。でも、犯人になりきって必死に考えて、刑事さんのヒントを頼りに答えて、刑事さんの反応を見て正解かそうでないかを見極めたので、何とか答えることができました」

増山は黙秘できるようになった心境についても語った。

「川村先生が励ましてくれたおかげです。川村先生だけは、俺がやってないって信じてくれました。だから、駄目元でやってみようと思いました」

岩切による二度目の検事調べでは、カメラを回す前、岩切に脅されたことも証言した。この取調べで綿貫の殺人までをも認める自白をしてしまったときの心境について増山は「どうすればいいかわかりませんでした。頭の中がぼうっとしてました。もう何を言っても無駄だと思いました。最初に警察で死体遺棄を認めた時点で自分は終わったんだと思いました。認めなければ永遠に責められる、頭がおかしくなると思いました。体の中や頭の中がむずむずして限界でした。気がついたらぶるぶる震えて叫び声が出ていました」と語った。涙の粒がぼたぼたとこぼれ落ちた。裁判員たちは引き込まれるように聞いていた。

志鶴は続いて三回目の検事調べについて質問した。ここで岩切は綿貫の「殺害方法」について増山に訊いている。増山は当初、綿貫が凶器で殺害されたことすら知らなかった。増山は当初、綿貫が凶器で殺害されたことすら知らなかった。凶器に関する増山の自白内容は——先入観を排し、注意して観れば映像から推察できる人もいるはずだが——岩切の誘導によるものだったと、増山自身の口から語らせた。

志鶴は、他の取調べでも、取調官らの誘導によって増山が偽りの供述をしていたことを証言させた。

「次に、三月二十四日に行われた現場引き当たり捜査についてうかがいます。この報告書を作成した久世刑事は、増山さんが綿貫さんの遺体が遺棄されていた場所を知っていた、と証言しました。それについて意見があれば教えてください」

「俺——私は、知りませんでした。遺体があった場所」

「久世刑事は、捜査車両を降りた増山さんが、捜査員たちの前に立って、遺体が遺棄されていた場所まで案内したという意味の証言をしていますが？」

「……何ていうか、壁みたいでした」

「壁？」

「はい。車を降りたら、車の後ろ側の方に刑事さんたちが並んで壁を作ってるみたいな感じで。道路の反対、車の前の方に進むのを皆で待ち構えているんだと思いました。だから俺は、車の前の方に歩いてみました。そしたら、外から俺を目隠ししているブルーシートも、俺が進むにつれて同じように動いたんです。で、振り返ったら、刑事さんたちも俺を追って進んできてた。だから、間違ってなかったんだと思ったんです」

引き当たり捜査でも、取調べと同様に捜査員たちによる明らかな誘導があった。裁判員にそう示したかった。

増山の受け答えは上出来と言えるだろう。

志鶴は続いて、その後、ふたたび黙秘できるようになった理由について訊ねた。

「川村先生が……勾留理由開示？　の裁判をやってくれて……そこで、母ちゃん——母の顔を見て、声も聞くことができて……」涙ながらに言葉を詰まらせた。「母ちゃんのためにも頑張らないと、と思って。この裁判のあと、警察の留置場を出て拘置所に移してもらえたこともあって、黙秘できるようになりました」

傍聴席の文子はハンカチを顔から離せなくなっていた。

「では事件について改めてお訊ねします。あなたは生前の浅見萌愛さんを見たことがありますか」

「ありません」

「綿貫絵里香さんについてお聞きします。二月十一日のソフトボールの試合で彼女を見たとき以外に、生前の綿貫さんを見たことがありますか」

「ありません」

「星栄中学校で、綿貫さんが下校するのを待ち伏せしていたことは？」

「ありません」

「下校する彼女を原付バイクで尾行したことは？」

「ありません」

「綿貫さんを刃物で脅したことは？」

「ありません」

「では、増山さんと綿貫さんの接点は？」

「ソフトボールの試合で見ただけです」

「終わります」

志鶴は席に戻った。能城が休廷を告げた。

休憩後、ふたたび開廷した。

反対質問に立ったのは青葉だった。増山に向かって微笑みかけた。増山は赤面した。

「あなたは女子中学生に性的興味があり、ジュニアアイドルのDVDを大量に保持しており、女子中学生が監禁・レイプされる漫画を愛読していた。そうしたものを観たり読んだりしながら自慰行為に耽った。そうですね？」

増山の全身が硬直し、顔が紅潮した。うつむいて眉根を寄せた。

「被告人？　答えなさい」能城だ。

「……はい」増山は小さな声で答えた。

青葉の顔に嗜虐的な笑みが浮かんだ。

「自慰行為に及んでいる際は、性的な空想も思い浮かべている。そうじゃないですか？」

「裁判長、異議があります」田口が立った。「誤導質問です」

「弁護人の異議を棄却する」能城が言った。「被告人、答えて」

増山が助けを求めるようにこちらを見た。

志鶴も立った。「検察官の質問は意図が不明瞭です」

「もう一度訊き直します」青葉だ。「女子中学生が監禁・レイプされる漫画を読みながら自慰行為に及んでいる際、あなたは、漫画の主人公を自分に置き換えて、自分自身が女子中学生をレイプすることを空想しているのではないですか？」

増山は顔を歪めた。まぶたをきつく閉じた。小さく首を振っている。認めたくないのだ。

「あなたは自分が女子中学生をレイプしている想像をしながら何度も何度も自慰行為に及んだ。そうですね？」

「——はい」うつむいたまま答えた。顔から汗がしたたり落ちている。

「しかししだいに、自慰行為だけでは満足できなくなり、やがて現実でも女子中学生をレイプしたいと考えるようになった。違いますか？」

「ち——違います」

「裁判員の皆さんの目を見て答えられますか？」

増山はいったん目を上げ、すぐに下ろした。が、歯を食い縛るようにしてもう一度目を上げ、目を剝くようにして法壇を見た。「違います」

「ちょっと無理がありません？　自分自身が女子中学生をレイプする空想をしていたことは認めましたよね。あなたは生身の人間であって漫画の登場人物ではない。ということは、レイプする対象である女子中学生も同じ生身の人間ということになるのですが？」

「なりません」増山の声が大きくなった。

「なぜならないんです？」

「ま、漫画を読んでるときは……」裁判員と目が合ったのか、はっとした様子で目を泳がせた。まばたきをする。声が小さくなった。「二次元は二次元で……三次元じゃないから」

傍聴席で笑いが起こった。青葉が眉を上げ口を尖らせた。

「いずれにせよあなたは女子中学生に対してレイプ願望を持っていた。星栄中学校で行われたソフトボールの試合で、あなたは綿貫絵里香さんを見て性的な空想を抱いていたんじゃないですか？」

「裁判長、異議があります」田口だ。「誤導質問です」

「弁護人の異議を棄却する。被告人、答えて」

増山は「……わかりません」と答えた。

「おかしいなあ」青葉が芝居がかった様子で首を傾げた。「あなたは先ほど弁護人の質問に対して、ソフトボールの試合を観に行った理由として『性的な興味があって』と認めていたんですが。絵里香さんに対して性的な興味を持っていましたよね？」

　増山が目を左右に動かした。「……そうかもしれません」

「持っていた、ということでいいですか？」

「……はい」

「性的な興味、というのはつまり、絵里香さんを相手に性的な行為に及びたいという気持ちのことですよね？」

　田口が誤導質問だと異議を唱えたが、能城に棄却された。

「……そうかもしれません」

「具体的にはどんな興味ですか」

　田口が関連性のない質問だと異議を唱えたが、能城に棄却された。

　増山が口ごもった。能城に促され「に……匂いを嗅いだり、とか」と答えた。

「どこの匂いを嗅ぐんですか？」

　田口がまた、関連性がないとして異議を唱えたが、能城に棄却された。

「髪の毛……」

「他には？　髪の毛の他に、絵里香さんのどこの匂いを嗅ぎたかったんですか」

「……べつに」また汗がしたたり落ちた。

「本当かなあ」にこっと笑った。「ま、いいです。匂いを嗅いだり——その他には？　その他にはどんな性的行為を想像した？」

　増山はうなだれた。動揺したら志鶴を見るようにというアドバイスを思い出せないほど動揺している。

「被告人？　答えなさい」能城が迫った。

　増山が志鶴を見て、すぐ目をそらした。息を吸って、吐いた。青葉を見た。「ば、馬鹿じゃねえの？」

「は？」青葉が目を丸くした。

「おたくら、この裁判で俺をいたぶることしかしてねえじゃん——」増山が鼻の穴をふくらませ、早口でまくし立てた。「まともな証拠がないから、川村先生に論破されてるし。真犯人も探そうとしてくれないし、弱い者いじめしてるだけじゃん」

　増山がこれほど滑らかに反論できるとは思っていなかった。志鶴が知っている増山ではないようだった。逮捕されてからこれまでの間——いや、いじめを受けるようになってから数十年間、自分を殺して生きてきた増山の中で沈殿し、年月と共に凝縮されてきたやり場のない情念が溜まりに溜まって圧力が臨界まで達し、今この場で、言葉のマグマとなって噴出したかのようだった。

傍聴席がざわついた。青葉はとっさに答えられなかった。動揺している。完全に舐めていた相手から思いがけぬ反撃を受けたのだ。経験値の低さを露呈してしまっている。

「被告人！」能城だ。「不規則発言を控えなさい！　弁護人、被告人に注意するように」

「裁判長」田口が立ち上がった。「お言葉ですが、検察官の質問は些末に過ぎ、増山さんに対して侮辱的です。増山さんはすでに性的関心があってソフトボールの試合を観たことは認めている。しかし、綿貫さんとの接点がそこでのわずか十分しかなく、その後は彼女とまったく接触していないと回答しています。弁護人にも、検察官の質問は、これはという決め手に欠けるがゆえ増山さんを晒し者にし、性的嗜好に対して攻撃を加えているだけの、まさしく弱者をいたぶるためにする質問にしか思えません」

右陪席が能城に声をかけ——能城のこめかみがわずかにぴくっと引きつった——しばらく二人で話し合っていた。能城の表情が消えた。

「検察官、被告人にその質問をする意図は？」

青葉はちらっと世良を見た。世良がうなずいた。

「——被告人がレイプ願望を現実の女子中学生に対して抱いていたことを認めさせるのが目的です」

「その質問に関して被告人はすでに否定している」無表情に言った。「質問を変えるように」

「——わかりました」明るい声とは裏腹に、一瞬、据わった目が増山をきつくにらんだ。証言台を中心に弧を描いて歩く。「あなたは、三月十三日の任意の取調べで、良心の呵責に耐えかねて、絵里香さんの死体遺棄を正直に認めた。そうですね？」

「さっきの質問だけど、俺は、確かに性的な目でソフトボールの試合を観ていた。けど、現実に女の子に何か性的なことをするなんて考えてない。十七年前逮捕されたとき、母ちゃんがものすごく悲しんだ。俺はもう絶対、法律を破るような真似はしないって決めた。だから二次元や想像の中でしか性欲は発散していない——」

傍聴席の文子が体を震わせた。

「被告人、質問の答えから外れた不規則発言は認められない」能城だ。「書記官、ただ今の被告人の発言は記録から削除するように。検察官、もう一度質問を」

青葉が質問をくり返した。

「違います」一度感情を爆発させたせいか、増山はさっきまでより落ち着いて見えた。

「でも逮捕されると、この先に待ち受ける処罰を想像して怖くなり、取調べで本当のことを答えないようにした。違いますか？」

「違います」法壇を見上げたまま答えた。

「その日の夕方、足立南署に当番弁護士が接見に来た。そうですね？」

「――はい」

「川村弁護士はあなたから話を聞き、取調べに対してどう臨むべきか助言した。違いませんか？」

　志鶴は、秘密交通権の侵害だと異議を発した。が、能城は棄却した。青葉が質問をくり返す。

「……そうです」増山が答えた。

「川村弁護士はあなたに、たとえ一度本当のことを自白してしまったとしても大丈夫、何とか切り抜ける方法がある、と入れ知恵をした。取調べでの自白を、あとから、あれは、取調官に無理に言わされた虚偽自白だった、とひっくり返せばいい――そう助言したんじゃないですか？」増山に迫る青葉の目がぎらぎらと光った。

「違います。先生はそんなこと言ってません」

「虚偽自白という言葉は使わなかったかもしれない。でも、裁判になったら自白は本心ではなかった、と否定すればいいと助言したんですよね？」

　増山は考えた。「……いや。そんなことは言わなかった」

「じゃあ何て助言したんです？」青葉が言った。

「黙秘しろ――川村先生は俺に、頑張って黙秘するように、って助言してくれました。警察は、俺のことを犯人と決めつけているから、俺がどんなに弁解しても聞く耳を持たない、何を言っても俺の不利になるだけだから、黙秘しろ――そういう意味のことを言っていました」

「でもあなたはすぐには黙秘しなかった。良心の呵責があったから、一度認めてしまった罪を否定することができなかった。違いますか？」

「違います。黙秘できなかったのは、刑事さんたちが怖かったからです――さっきも言ったように」悔しそうに顔を歪めた。

　青葉は空気を変えようとするかのように大きく息を吸った。「あなたのその主張は北警部と灰原巡査長の二人の証人の口からこの法廷できっぱり否定されています。川村弁護士がそう主張するよう助言したんじゃないですか？」

「違います——！」増山が青葉をにらんだ。「何で信じてくれないんですか？　俺がキモいおっさんだから？　これじゃ取調べと一緒じゃん」

青葉は増山の視線を受け止め、微笑んだ。「あなたには自分が『キモいおっさん』であるという自覚があり、開き直っている。社会に対して強い被害者意識から来る恨みと、それに根差した復讐心があった。性犯罪の根底にあるのは性欲だけでなく支配欲。あなたはその恨みと復讐心を社会の弱い部分である、罪のないいたいけな女子中学生にぶつけた。あなたが浅見さんと綿貫さんをレイプして殺害した動機は、復讐心に由来する支配欲だった。そういうことですね？」

「違う——！」増山が叫んだ。

田口が誤導質問で異議を発したが、能城に棄却された。

「被告人」能城だ。「マイクがあるので、必要以上に大きな声を出さないように」

増山が肩を上下させている。興奮が収まらない。志鶴を見た。志鶴は胸を手で押さえて呼吸するゼスチャーをした。増山が呼吸を整えようとした。

「川村弁護士の助言を受け、あなたは一度は黙秘に成功した。取調官に対して少しでも供述を取らせないようにすることが、虚偽自白を主張するためには必要だと理解できたからそうした。違いますか？」

田口が誤導質問で異議を発したが、能城に棄却された。

「違います」増山の顔から憤りの色は消えていなかったが、声は抑えられている。「そんなに簡単に黙秘できたら苦労しねえって——」

「質問にだけ答えてくださいね」青葉が遮った。「一度は黙秘に成功したが、二度目の検事調べであなたは、岩切検事の人間力に感化され、今度は正直に絵里香さんの殺害を認めた。そうでしたね？」

田口が誤導質問で異議を発したが、能城に棄却された。

「人間力とか、そういうんじゃないから」増山は激しく首を振った。「カメラを回す前、岩切検事が俺を脅した。自分は検事仲間から『鬼の岩切』を縮めて『鬼岩』ってあだ名で呼ばれてる。若い頃、被疑者が口から泡を吹いて倒れるまで取調べしたからだって。他の階にも届くほど大声で取調べをしたって。俺にもやってやろうかって——」

「被告人、余計な話をしないように」能城だ。「『はい』か『いいえ』で答えなさい」

「——いいえ。けどおかしいじゃん。俺が、あんたが言うように――」青葉を見た。「計算ずくで黙秘できる人間だったら、良心の呵責とか岩切検事の人間力とかに左右されるか？」

「被告人！」能城だ。「不規則発言を控えよ！」

増山は口をつぐんだ。が、これまでのように怯えて目をそらすことはなかった。憤りが恐怖に勝っている。増山の反抗的な態度は、裁判員の目には犯罪者の開き直りに映るかもしれない危険がある。志鶴は注意深く見ていたが、これまで見せなかった増山の新たな側面を、彼らがどう受け止めているかは見当がつかなかった。青葉は思ったような成果を上げられず、フラストレーションを感じているように見えた。

「それでもあなたは、自白があとで虚偽自白だと主張する余地が残るよう、肝心の情報については積極的に答えず、まるで岩切検事に誘導されて答えたかのような演技をした。そうじゃないですか？」

「違います」

青葉はさらに、他の取調べや引き当たり捜査についても、あとから虚偽自白を主張できるよう、捜査員から誘導を受けたかのような演技をしたのではと質問を重ねた。増山はすべて否定した。相手の手の内が見えたからか、落ち着いていた。青葉は証言台の周囲を歩きながらさらに切り込む質問を考えているようだったが、世良の合図を受け「終わります」と席へ戻った。

志鶴は再主質問に立った。

「増山さん。あなたは二月十一日に行われたソフトボールの試合を、女子中学生への性的興味もあって観戦した。そのことと、今回罪に問われている事件についての関係を、裁判員の皆さんにもう一度説明してください」

「はい」法壇をまっすぐに見上げた。「俺は――私が綿貫さんを見たのは、その試合のときだけで、彼女を待ち伏せしたり、殺したりとかは一切していません」

視線はぶれず、声も震えなかった。増山は堂々としていた。

「でも、十七年前、あなたは性欲に駆られて星栄中学校に侵入した。そのことがあなたに与えた影響があれば教えてください」

「母ちゃんが――母親がすごく悲しんで、俺が悪いのに、俺に『ごめんね』って言ったんです――」増山の目に涙が浮かんでいる。「中学校のとき、いじめから守ってやれなくて、あたしが強い子に産んでやれなくて、あんたの人生がつまずいたのは、母親であるあたしの責任でもある、って……。それを見て俺は――」はなをすすった。「もう二度と、母ちゃんを悲しませるようなことはしない、って誓ったんです」

傍聴席から嗚咽が聞こえた。見なくても誰のものかわかる。

「終わります」

再反対質問に世良が立った。が、青葉と同様、質問は重ねたものの、攻めあぐねて目立った成果を上げることはできなかった。

休憩を挟んで、裁判員からの質問を能城が代わって訊ねた。質問者として注目されるのを嫌う裁判員や、被告人と直接話をしたくないという裁判員は少なからず存在する。

「被告人は、十七年前、もう二度と法律を破るような真似はしないと誓ったと述べ、星栄中学校にも近づかないようにしていたと述べたが、現実には、その十六年後、ソフトボールの試合を観に星栄中学校に出向いている。それは、性欲に負けて自分自身の誓いを破ったということではないのか？」

増山はじっと考え込んだ。「……そうです。けど――」

「質問にだけ答えるように」

「……そのことは認めます」

「もう一つ。被告人は中学時代にいじめに遭い、他の人たちとは違って恋人を作ったり、正社員になったり、結婚したりというまともな社会人としての成功体験がない。そのことにより劣等感を抱き、社会に対して復讐心や恨みを抱いているのではないか？」

増山はゆっくり何度かうなずいた。「かもしれません。認めます」

「もう一つ。被告人が女性として未熟な女子中学生に対して性欲を抱くのは、彼女たちなら自分にも支配できるという幻想、支配欲があるからではないか？」

増山はしばらく考えて、「そういう側面もあるかもしれません。認めます」と答えた。

続いて一番の裁判員が質問した。

「増山さんのアリバイについてお聞きしたいんですが――まず、浅見萌愛さんの死体が発見された前日の夜は、何をしていたんですか？」

「――覚えてないです」

「綿貫絵里香さんが行方不明になった夜は？」

「覚えてません」

「手帳とかスマホとかでスケジュール管理はしていない？」

「してません」

「どうしてですか？」

「どうしてって……予定がないから」

「ええっと……失礼ですが、ふだんの生活ってどんな感じなんですか？　あ、どんな感じだったんですか、逮捕前は？」

　増山は、朝夕の新聞配達の時間と、帰宅してからの食事や入浴、部屋でパソコンを使っている時間や就眠時間について、思い出しながら語った。

「……あとは近くのコンビニで煙草を買ったり」

「こんなこと言ったらあれですけど、新聞配達以外はほとんどひきこもりみたいな生活パターンですよね。外食とかもほとんどしないんですか？」

「しないです。飯は母ちゃんが作ってくれるし、外食とか好きじゃないです」

「なるほど……もし覚えていたとしても、肉親であるお母さんしかそれを証明してくれる人がいないから、いずれにしてもアリバイは成立しない、と。わかりました。ありがとうございます」

　増山はうなずいた。他に質問はなかった。

「では次に――」能城が告げる。「被害者参加制度による、被害者参加人等による被告人への質問を行う」

　検察側の席から浅見奈那と代理人である永江（ながえ）誠（まこと）が立ち上がり、証言席の前に進んだ。傍聴席が静まり返り、黒いワンピース姿の浅見に視線が集中した。浅見の目には泣き腫らしたような跡があった。もともと痩せて影が薄い印象だが、この七日間でさらにやつれたように見える。増山を見る目に怯えの色があった。鎖につながれていない猛獣の前で背中を押されているかのような足取りで近づき、足を止めた。

「さ、しっかり、奈那さん」永江が浅見の背中を叩いた。

「浅見萌愛の母の、浅見奈那です」弱々しい声だった
「ひ、被告人に質問します。どうして――どうして萌愛に目をつけたんですか？」

「目なんかつけてない。俺は、おたくの娘なんか見たことない」

「何で嘘をつくの⁉」浅見が悲痛な叫びをあげた。

「嘘なんかついてない！」増山の声も大きくなった。

「俺はあんたの娘なんかニュースでしか見てない。全然知らない。あんたの娘が殺されたせいで俺だって迷惑し

てんだ」

傍聴席がざわつき、浅見がショックを受けた顔になった。裁判員の何人かがあぜんとしたような表情を浮かべた。

「増山さん——！」志鶴は注意した。

「弁護人は不規則発言をしないように」能城が注意した。

「おい増山、人殺しの分際で俺の依頼人を『あんた』呼ばわりしやがったな、この野郎！」永江が唾を飛ばし、増山に近づくと指を顔に突きつけてすごんだ。「お白洲(しらす)でも往生際悪く嘘をつくなんて、お天道様はすべてお見通しだ」

時代劇みたいな啖呵(たんか)だ。永江は真顔そのものだったが、傍聴席で笑い声と拍手が生じた。増山の顔から表情が消えた。うんざりしているようだ。

「裁判長」田口が立った。「被害者代理人の不規則発言を注意してください」

「被害者代理人、不規則発言を控えてください」能城が言った。

「あ、すみません。ほら奈那さん、続けて」

「は、はい——あなたが萌愛を殺したんですよね？」

「異議があります」田口が立った。「重複質問です」

「異議を認める。浅見さん、質問を変えてもらえますか？」能城が優しく言った。

浅見が永江を見て小声で何か言った。永江が小声で返した。浅見が増山に向き直った。

「被告人、あたしの目を見て、それでもまだ嘘を言えますか？　お願いです、本当のこと、言ってください——」

浅見は増山の目を見つめて訴えた。増山は彼女をじっと見ていたが、天井を見上げ、大きくため息をついてうなだれた。顔を上げた。

「本当のことを言う。俺はおたくらとは違う。俺はこの年まで——女とも男ともセックスなんかしたことない。俺は——童貞だ」真っ赤な顔で、目に涙を滲(にじ)ませて振り絞るように言った。

傍聴席から笑いは起こらなかった。浅見が眉をひそめて考えるような顔になった。永江が怪訝そうな表情を浮かべた。

「何で嘘つくの？」浅見が増山を咎めた。「ほんとのこと言ってよ」

「だから嘘じゃないんだって——！」増山が苛立(いらだ)った。

「教えて、あの子は最後何て言ってた？」目が赤くなっている。

「知らない」

「何で殺したの？　そこまでする必要あった？」

「殺してない」

「何で漂白剤かけたの？」

「かけてない」

「あなた、いじめられっ子だったんでしょ？　何で人の痛みがわからないの？　たった一人の子供を殺された親の気持ち、わからない？」

「異議があります」田口が立った。「たんなる個人攻撃です」

　能城が異議を棄却した。

「あんたこそ俺の気持ちがわかるのかよ？」

「異議ありぃッ！」永江が増山を指さして叫んだ。「被告人は質問に答えろ！」

「何度も答えてるだろ。俺はやってない。俺はあんたの娘なんて、見たことも会ったこともない」

　浅見は信じられないというような顔で増山を見つめた。その顔から力が抜け、顎がだらんと下がった。

「……ひどい」両手に顔を埋め、その場に泣き崩れた。永江が彼女の肩に手を置いた。

「被害者参加代理人、被告人質問は終わりでよろしいか？」能城が訊ねた。

　永江が浅見の耳元で何か言った。浅見は両手を顔に当てたまま首を振った。

「質問を終わります」永江が能城に答え、増山をにらみつけた。「この野郎――よくもぬけぬけと」

　浅見が立ち上がり、永江と共に席へ戻った。

　能城が天宮ロラン翔子に呼びかけた。天宮は遮蔽措置の衝立の陰に入り、しばらくすると出てきた。いつもの自信たっぷりの様子に変化があった。当惑しているようだ。

「公判前整理手続では、検察官に被告人質問の申立てをしておりましたが――ただ今確認しましたところ、私のクライアントは、被告人質問の必要はないとの意向です」

　その後、長い休憩のあとで公判が再開された。

「先ほど、裁判員を交えて、被告人の自白の任意性について中間評議を行った――」能城が告げる。

　志鶴は緊張して続きを待った。

「評議の結果、被告人の自白の任意性は認められるという結論となった。よって、被告人の供述調書については証拠として採用することを決定する――」

予期していたが頭を殴られたような衝撃。世良が「はい！」と勢いよく答えた。青葉が小さくガッツポーズをし、永江が「よしっ」と膝を叩いた。弁護側席の増山が天を仰いだ。傍聴席でひそひそと言葉が交わされた。

志鶴は裁判員と補充裁判員を見た。一番の裁判員がうなだれ、額を手で支え首を振っている。まるで能城に反対しているかのように。

「裁判長のその裁定に異議を申し立てます」志鶴は言った。

「検察官？」

「弁護人の異議には理由がありません」世良が答えた。

「弁護人の異議を棄却する」

増山が綿貫絵里香の死体遺棄及び殺人を認める供述調書が、世良によって朗々と読み上げられた。裁判員たちは真剣な顔で耳を傾けていた。増山はがっくりうなだれている。志鶴にもその気持ちがわかった。

この証拠の採用決定は、公判期日の中で最大最悪のダメージだ。

「――では、本日の審理を終了する」能城が告げた。

自身のショックを隠して、接見室で増山の頑張りをねぎらったあと、志鶴と田口は東京地裁を出てタクシーに乗り込んだ。

「――綿貫さんから質問がなかったこと、気になりますね」運転手の耳を気にしつつ志鶴は言った。

「質問が尽きたのかもしれない」田口が冷静に分析する。「敵も最後には投げるべき質問がなくなっていた。君と依頼人が踏ん張ったからだ」

増山の言動には、裁判員の心証にマイナスとなるものもあったに違いない。しかし、恐怖心や羞恥心を克服し、最初から最後まで正直に答えたのは確かだ。増山は増山なりに勇気を振り絞って自らを乗り越えた。

「あるいは気が変わったか。こちらの弁護活動を見て、依頼人の無実を信じるようになった可能性がないとは言えない」

「そうだといいんですが――」

明日明後日の土日を挟んで、月曜日、公判期日の最終日にも検察官による論告・求刑のあと、被害者参加人は意見陳述することができる。綿貫の母・麻里には何か期すところがあるのかもしれない。

5

六月三日。増山の第八回公判期日。

能城が開廷を告げた。傍聴席には今日も文子の姿があった。

「本日は公判期日の最終日となる。検察官による論告・求刑と被害者参加人による意見陳述、弁護人による最終弁論、被告人による最終陳述が予定されている。検察官、論告・求刑を」

世良が立ち上がり、法壇の前に進んだ。

「裁判員の皆さんにお配りした、論告メモに基づいて説明いたします」ディスプレイにも同じメモを表示させた。

「まず『第1　事実関係』――」

浅見萌愛と綿貫絵里香の殺害及び死体遺棄について、公判期日で主張してきた内容により、客観的に証明できると語った。綿貫についてはさらに増山による自白及びDNA証拠があったことを強調した。

「――以上により、本件公訴事実の証明は十分であるという結論になります。次、『第2　情状関係』――」

星栄中学校へ侵入した、少なくとも十七年前から、増山は女子中学生に対する異常な性的執着を保持し続けていた。女子中学生を監禁・レイプする内容の漫画をくり返し読んでいたことからも、増山には同様の犯行に関して常習性と習癖があり、もし逮捕されていなければ第三、第四の事件を起こしていた可能性が高い。世良はそう述べた。

また、一度は自ら犯行を犯したことを認めながら、その後否認していることから、増山は、罪を認めて更生しようとする意思のない、規範意識に欠けた反社会的な人間である――世良はそう断じた。

動機や経緯についても「酌むべき」点がないこと、完全責任能力があることもつけ加えた。

「次に、量刑について。本件については、犯行に及んだ被告人の動機は極めて身勝手なものであること、計画的に遂行された犯行の残虐さは明らかです。ここで、犠牲となったお二人について考えてみましょう」

世良はちらっと浅見奈那の方へ目を向けた。それに誘導されるように彼女に目を向ける裁判員がいた。

「浅見萌愛さんは十四歳。非行歴などもなく、真面目に学校に通う中学生でした。もう一人の被害者である綿貫絵里香さんも十四歳。中高一貫の星栄中学校に通い、勉学にも部活にも打ち込んでいました。被告人に目をつけられることさえなければ、お二人とも今も元気に学校に通い、ご家族や友人たちと平和に楽しく過ごしていたでしょう。ご遺族の無念を考えても、将来ある二人の被害者の未来を、身勝手な動機と残虐な暴力行為によって奪った被告人の責任や罪科は非常に重いと言わざるを得ません」

これまでに何度かその可能性を指摘し、今朝の接見でも志鶴はくり返していたが、死刑についての基準の話を聞いてから、増山の呼吸が荒くなっていた。傍聴席の文子の顔が青白くなっている。

「基準となる過去の判例との比較で、被害者が一人であっても死刑判決が確定し、刑が執行されたことがありました。被害者のご遺族の遺族感情について考慮すると、浅見さんのご遺族も綿貫さんのご遺族も、公判が始まるはるか以前から被害者参加し、八日間という長い公判期日にもすべて出席されています。ご遺族は最初から犯人に対して厳罰を望んでいます。本件が社会に与えた影響についても考えてみましょう。本件では、女子への支配感情が残虐な犯行の動機となっています。これを女性へのヘイト犯罪であると考察する専門家もいて、日本の社会が二十一世紀の今になってもなお女性差別的であり、本件に感化され、さらに女性に対する性犯罪や殺人事件が増えるのではないかと警鐘を鳴らしています。本件が社会に与える影響は極めて大きいと断言できます」

世良はここで言葉を切り、裁判員を見渡して大きく息を吸った。

「以上のすべてを考え合わせると、被告人・増山淳彦に対する求刑は、極刑以外の選択肢はあり得ません――」

傍聴席がどよめき、記者たちが何人も法廷を飛び出していった。増山が呆然と目と口を開いた。信じられないという顔をこちらに向けた。傍聴席で文子が手で口を押さえようとした。顔が蒼白(そうはく)になっている。志鶴は唇を引き結んだ。都築とも相談し、覚悟していたつもりだったが、膝が小刻みに震えるのを抑えることができなかった。弁護士の間でも意見は分かれるが、志鶴は死刑制度に反対の立場だった。何よりの理由はまさに今増山がそうなっているように、無実の人の命を奪うおそれがあるからだ。

世良が増山に向き直った。

「求刑――諸事情を考慮し、相当法条適用の上、被告人を死刑に処するのが相当である――!」

傍聴席がまたざわめいた。戸惑ったような裁判員がいた。腕組みをして考え込む裁判員がいた。目を閉じる裁判員がいた。大きく息を吐く裁判員がいた。

論告の内容にはいくらでも異論がある。が、この法廷で「正義」を担う検察官として、「犯罪者」である増山に対して完璧な糾弾のパフォーマンスを行ったという評価はせざるを得なかった。内容以前にそのパフォーマンス自体に説得性を感じる裁判員がいたとしても不思議ではない。

しかし、呆然としている増山とは異なり、志鶴はまったく打ちのめされてはいなかった。むしろ体の内部にどんどんエネルギーが湧いてくるのを感じた。自分はこのためにこそ弁護士になり、このためにこそここにいるのだ。絶対にぶちのめす——混じりっけのない闘志が清らかに冴え渡った。

世良が席へ戻った。

「被害者参加人による意見陳述を行う」能城が言った。

浅見奈那が立ち上がった。すでに泣き腫らしたように目が赤い。少しふらついていた。

「頑張れ、奈那さん！」永江が自席から声をかけた。

浅見は証言席に座った。

「わ、私は、十五歳のとき萌愛を生みました」

昨日の被告人質問のときのように取り乱してはいなかった。考えながらゆっくり言葉をつむいでいる。貧しい暮らしの中でも、娘の萌愛が不平も言わず自分を支えてくれたと話した。

裁判員の中に涙ぐむ女性がいた。

「中学二年生になると、バイトができない代わりにって、得意じゃなかった料理も作ってくれるようになりました。スマホで節約レシピを探して、あの子なりに一生懸命に作ってくれました。最初はあまり上手じゃなかったですが、夏休みの間に、料理が上手になっていって——これ、一食いくらでできたんだよ、って」しゃくり上げた。

「あの日——九月十四日は、私がパートから帰ってくると、冷蔵庫にご飯が作ってありました……冷凍うどんともやしとちくわで作った、得意の焼きうどんでした……」傍聴席ではなをすすり上げる音がした。「友達と約束があるからって出かけて、帰ったら自分でも食べるつもりで、二人分……でも、萌愛が自分の分を食べることはありませんでした——」浅見はハンカチを顔に当てた。しばらくするとハンカチを離し、息を吸った。「萌愛が帰ってこなくて、スマホも通じなくて、警察に電話してもすぐには見つからなくて、その夜は眠れませんでした……朝になって警察から電話があって、警察署へ行ったら萌愛が——服なんて着てなくて、体のあちこちが火傷みたいになって……かわいかったのに……」嗚咽した。懸命に息を整えた。「あんなにいい子が、何であんなひどい目に遭わなきゃいけなかったのか、私にはわかりません。今でも全然信じられない——」

浅見は増山を見た。

「あの子がなぜあんな目に遭わなきゃいけなかったのか、どんな風に殺されたのか、その前に何があったのか——母親である私には知る権利があると思います。けど、捜査の段階では何もわかりませんでした。被告人が黙秘してしまったからです。裁判になれば本当のことがわかるかもしれない——そう期待していました。でも昨日の被告人質問で、被告人は自分はやってない知らないの一点張りで、本当のことを話してくれませんでした。何があったかわかっても、萌愛はもう帰ってきません。でも、被告人が真実を話して、反省してくれていたら、母親である私も少しは救われたはずです……」浅見は唇を噛んだ。「この期に及んでまだ罪を認めない被告人は、絶対に許せない。本当は、萌愛と同じ目に遭わせてやりたいくらいです。それが無理なら、せめて犯人——被告人には死刑になってほしいです」

最後は増山を見据えたまま力強く言い切った。

「よく言った！　頑張った」永江が立ち上がり、満面の笑みで拍手を送った。

能城が天宮に声をかけた。天宮は遮蔽措置の衝立の中へ入り、しばらくすると出てきた。天宮が法壇に歩み寄った。

「私の依頼人は、被告人の最終陳述のあとで陳述させてほしいとおっしゃっています」

「裁判長、異議があります」志鶴はすかさず立ち上がった。「刑事訴訟規則第２１７条の38。〝法第３１６条の38第１項の規定による意見の陳述は、法第２９３条第１項の規定による検察官の意見の陳述の後速やかに、これをしなければならない〟」

「刑訴規則第２１７条の39に、裁判長は、意見の陳述に充てることのできる時間を定めることができると規定されている。弁護人の異議を棄却する」能城が天宮を見た。「では、綿貫被害者参加人の意見陳述は、被告人陳述のあとに行う」

「ありがとうございます、裁判長」

志鶴の脳裏に、星野沙羅の第一審の悪夢が蘇った。意思と関係なく顔が引きつるのがわかった。

能城が休廷を告げた。

「弁護人、最終弁論を」休憩後、能城が命じた。

先ほどのショックはまだ尾を引いている。ポケットの中のシリコンバンドを握った。

篠原尊のことを思い出せ。星野沙羅のことを思い出せ。田口に聞いた藪本廉治のことを思い出せ。これまで冤罪によって地獄に突き落とされていった数々の被害者たちのことを思い出せ。巻き込まれて同じように人生を狂わされた人たちのことを思い出せ。彼らが奪われて二度と取り返すことのできないものに思いを馳せろ。彼らの無念と悲しみと怒りに思いを馳せろ。そのすべてを己の闘う力に変えろ。

増山を見た。すっかり血の気の引いた顔で、すがるように志鶴を見ていた。志鶴は腹に力を込め、うなずいて見せた。

立ち上がった。全身にエネルギーが満ちる感覚が蘇っている。法廷の中央に進み出て、三人の裁判官、六人の裁判員、三人の補充裁判員を見上げた。ゆっくり呼吸した。迷いも不安もない。晴れ渡った青空のように精神が澄んでいる。

「この公判が始まった初日、冒頭陳述で私は皆さんに、すべての証拠の取調べが終わったあと、もう一度皆さんの前に立って何が正しい結論なのか証明することを約束しました。その約束を果たします。そのためにまず、検察官の立証が正しかったかについて語ります。次に法律について語ります。そして最後に正義について語ります。長期間に及ぶ審理で皆さんもお疲れとは思いますが、今少しお時間をください。まず検察官の立証が正しかったかどうか。浅見萌愛さんの殺害及び死体遺棄について、検察官が示した証拠はこのようなものです――」

志鶴はディスプレイにスライドを表示させた。

浅見萌愛さんの事件で検察官が示した証拠

①死体の見分調書
②防犯カメラ映像
③関係者による供述
④増山さんのパソコンのウェブ履歴及びＤＶＤ

「殺人罪の構成要件を簡単に言うと、殺意を持って人の生命を絶つことです。検察官が示した証拠で、増山さんが殺意を持って浅見萌愛さんの生命を断ったと疑いなく証明されていると言えるでしょうか？」

裁判員たちは手元の書面やディスプレイを見て考えている。

「証拠を詳しく検証してみましょう。検察官は、③関係者による供述と④増山さんのパソコンのウェブ履歴及びＤＶＤから、増山さんには浅見さんを殺害する動機があった、と主張していますが、こんなものは殺人の証拠とはなりません。どうしてか。動機は殺人罪の構成要件ではないからです。これらの証拠が示しているのは、増山さんの個人的な性的嗜好だけです。それ以上の意味はまったくありません。性的嗜好というのはその人が持つ属性の一つに過ぎません。

なるほど、増山さんの性的嗜好は世間一般には好ましいと考えられるものではないでしょう。犯罪的であると考える人もいるかもしれません。しかし――その人の個性を根拠として犯罪を犯しただろうと推測することは法律的には許されません」

志鶴は裁判員を見渡した。

「人を属性で判断して犯罪者と決めつける考え方には名前がついています――差別という名前が。性的嗜好を根拠に増山さんが殺人を犯したと考えることは、人種や国籍を根拠としてその人が殺人を犯したと考えるのと同じことです。皆さんは、誰かが有色人種であるからという理由で犯罪を犯したと判断するのでしょうか？　あるいは、その人がアメリカ人であるからという理由で犯罪を犯したと判断するのでしょうか？　増山さんの性的嗜好を殺人罪の根拠とするというのはそれと同じことです」

一番の裁判員がうなずいた。

「次に接点。浅見さんと増山さんの接点として検察官が挙げたのは、②防犯カメラ映像です。浅見さんと増山さんは同じコンビニ店の防犯カメラ映像に映っていました。しかし二人が一緒にいたわけではありません。浅見さんが店を出てから増山さんが入店するまでには、約二十分もの時間差があります。しかも、店を出た浅見さんと増山さんが向かった方向は正反対でした。また、店を出た浅見さんの姿を次に捉えていたコインランドリーの防犯カメラ映像には、浅見さんが店を出た夜七時半頃から十一時頃までの約三時間半の間、増山さんの姿は映っていませんでした。

このコンビニ店は増山さんのご自宅の最寄りのコンビニで、増山さんはここで必ず煙草を買っており、少なくとも週に一回は通っています。この日浅見さんがこのコンビニ店を訪れたのはたんなる偶然です。この防犯カメラ映像をもって浅見さんと増山さんに接点があったとする主張は、はっきり言って滅茶苦茶です。皆さん、自分に置き換えて考えてみてください。ふだん一番よく利用する行きつけのコンビニ店の防犯カメラ映像に、自分がまったく知らない人が、自分が行ったのとまったく異なる時間帯に映っていたことを根拠として殺人の罪を問われたら？　皆さんは納得できますか？」

　上を見て考えているような裁判員がいた。

「検察官が示した防犯カメラ映像は、むしろ逆に、増山さんが浅見さんを殺害した犯人ではないことを示す証拠となっています。コンビニ店から、浅見さんの死体が発見された荒川河川敷までは直線距離でも約一キロあり、そこに至るまでの道のあちこちには数えきれないほどの防犯カメラが設置されています。河川敷へ入るために通らなければならない交差点のすべてに防犯カメラが設置されています。浅見さんの死体が発見されると、その日のうちに警察は捜査本部を起ち上げました。現場を中心として防犯カメラはしらみつぶしにチェックしているはずです。

　二〇一八年、ハロウィーン直前に、大混雑していた渋谷のセンター街で軽トラックが複数の人間にひっくり返されるという事件が起きました。現場付近には四万人もの人出があったそうですが、警察はほんの一ヵ月ほどで、その中から事件に関与した十五人の身柄を割り出し、そのうちの四人を逮捕しました。逮捕された四人には互いに面識がなく、住所は山梨県、神奈川県、東京都の世田谷区と目黒区といった具合に離れていました。互いに面識のない四人を、警察はどうやって特定したのか？　防犯カメラ映像をリレーする人物認証システムによってです。防犯カメラはそれほど普及しており、警察にはそれだけの能力がある。まして浅見さんの場合は、殺人という大事件です。増山さんが浅見さんの事件に関与しているのであれば、現場に至るどこかの時点で必ず防犯カメラに捉えられ、警察はその映像を把握していたはずです。検察官が当日の夜、現場付近で捉えられた増山さんの防犯カメラ映像を証拠として示していないのは、増山さんが犯人ではないからに他なりません」

　裁判員の何人かが増山を見た。

「すでにここまでの時点で、検察官による、増山さんが浅見さんを殺害した犯人であるという立証は完全に失敗しています。が、これ以上に、増山さんが犯人ではないことを示す決定的な証拠が存在します。検察官の論告を聞いていて、皆さん、おやっ？　と思いませんでしたか？　浅見さんの事件の証人尋問で、検察側は、専門家証人として法医学者の先生に尋問を行いました。その先生は、浅見さんのご遺体の首に遺された手の跡から、犯人は左利きであり、増山さんの可能性があると証言しました。首の跡に関して、増山さんの犯人性を示すためと専門家証人の鑑定を先に求めたのは検察側です。ですが検察官は、論告ではそこにはまったく触れていませんでした。なぜか？」

考えさせる間を取った。

「弁護側が、検察側の専門家証人の鑑定のおかしさを指摘するために依頼した専門家証人である法医学者――南郷周平先生――の鑑定と法廷での証言によって、増山さんの犯人性が完全に否定されたからです。たしかに真犯人も増山さんと同様に左利きであったかもしれない、しかし、その手の指は長さから何から、増山さんと手の指とは似ても似つかないものだと南郷先生は証明されました。だから検察官は論告でそこに触れなかった、いや、触れることができなかったんです。南郷先生の鑑定によって、検察官による立証が失敗していることが、ぐうの音も出ないほど証明されたことがおわかりいただけたと思います」

一番の裁判員が微笑んでいる。

「以上、動機は殺人罪の構成要件とはならず、接点も証明されていないので検察官が増山さんが浅見さんを殺害・死体遺棄したことを立証したという主張にはまったく根拠がない、という結論になり、それだけでも検察官の立証は失敗していると言える。さらにそのうえ、浅見さんのご遺体の首に遺された手の指の跡という物証も、増山さんが犯人であることを完全に否定していると断言できます」間を取った。納得しているような裁判員も、そうではないように見える裁判員もいた。「次に、検察官が、増山さんが綿貫絵里香さんを殺害したと立証できたか検証してみます――」

綿貫絵里香さんの事件で検察官が示した証拠

①現場に落ちていた煙草の吸い殻のＤＮＡ型

②増山さんの自白及び供述調書
③17年前の増山さんの逮捕記録

「まず③。十七年前の増山さんの逮捕記録が何の証拠にもならないことは、先ほど証明しました。残りの二点を考えてみましょう。冒頭陳述で私は、われわれには解決しなければならない問題が二つある、と申し上げました。もう一度くり返します」

問題1
増山さんの「自白」は、自分の意思で自由に語ったものか
警察官／検察官に「強要」「誘導」されたものか
（虚偽自白）

「一つ目は、増山さんの『自白』とされるものが、自分の意思で自由に語ったものなのか、それとも警察官や検察官に強要・誘導されたものなのか、という問題です」

問題2
綿貫絵里香さんの体内から検出された男性のDNAは、増山さんのものか
増山さんではない第三者（真犯人X）のものか

「二つ目は、綿貫さんの体内から検出された男性のDNAが増山さんのものであるかどうか、という問題です。まず一つ目を検証してみましょう」スライドを「問題1」に戻す。

「日本の刑事司法には『人質司法』という問題があると言われています。被疑者や被告人に、民主主義国家の中では異例なまでに厳重な身体拘束が課されるという問題です。民主主義世界では人権侵害とみなされるような人質司法が、なぜ日本ではいまだにまかり通っているのでしょう？　その答えは、日本の捜査機関が自白を『証拠の王』と考える自白偏重の立場にあるからです。怪しいと目星をつけた人は逮捕して身柄を自分たちの管理下に置き、何が何でも自白を取る――これが日本の捜査機関の典型的なやり方です。自白という強力な証拠さえ得てしまえば、裁判になっても被告人を有罪にできる確率がぐんと上がる。彼らがその目的のために被疑者被告人の身柄を拘束する許可を求めると、ほとんどの場合裁判官はそれを認める勾留状という令状を発行します。被告人

が犯行を認めて自白がある事件では裁判の手続も迅速に進む。被告人が犯行を否認している事件と比べて大幅に手間が省けるので裁判官にとっても都合がいいんですね。こうして警察・検察・裁判所によって温存されてきたこの人質司法こそ、冤罪の原因となる虚偽自白を生み出す最大の温床です」

　検察側に目をやる裁判員がいた。

「取調官に対する私の反対尋問を思い出してください。灰原巡査長は、任意性の確保について規定されている犯罪捜査規範の第１６８条を知りませんでした。誤導や利益供与を禁ずる第１６８条2項についても知りませんでした。録画映像のない三月十三日の任意の取調べで取調室のドアを閉めたのはあなたかと訊ねると、『私ではありません』と答え、慌てて『あっ』と叫んで絶句しました。ドアが閉められていたことを事実上認めてしまっています。

　最近では、取調べをしている間、取調室のドアは開けておく決まりになっています。ドアが閉まっていたという一点だけでも、密室で取調官による威圧的な取調べが行われたことが推定できます。増山さんが殺人を認める内容の供述調書を作ったか訊いた流れで、死体遺棄を認める供述調書を作成したか訊いたところ、つい『いえ』と答えてしまった。殺人を認める供述調書を作成したことを否定する嘘をつくことに必死だったからです」

灰原巡査長

①任意性の確保・誤導や利益誘導を禁じる犯罪捜査規範を知らなかった

②3月13日の任意の取調べで、ドアが閉められていたことを事実上認めた

③増山さんが殺人を認める供述調書を作成していないというのは嘘

④「秘密の暴露」はなく、すべて捜査機関が把握していた事実

「次に、柳井係長。彼も、灰原巡査長に増山さんが殺人を認める内容の供述調書を作成させたことを否定しました。が、増山さんに、綿貫さんの死体遺棄だけでなく、綿貫さんが行方不明になった時間帯のアリバイを訊ね、星栄中学校で彼女を待ち伏せしていたかどうか訊ねたことを認めています。つまり、死体遺棄だけでなく殺人に

ついても増山さんから自白を取ろうとしていた。増山さんを誤導するため、先に増山さんが殺人を認める供述調書を灰原巡査長に取らせた可能性は高いということです。灰原巡査長、柳井係長は、前日に出たＤＮＡ型鑑定の結果を知り、増山さんこそ綿貫さんを殺害した犯人であると確信していたと証言しました。柳井係長は、自白が証拠の王であり、任意性を確保しつつ被疑者への追及を緩めないことを認めました。増山さんに対して、ニュースで観る前から綿貫さんを知っていたのだろうと何度追及したか私が訊ねると、『さすがにそこまでは』『覚えてないです』と答えました。増山さんを犯人と決めつけ、思い出せないほど何回も何回も執拗に訊ねたということです」

増山の目に涙が光るのが見えた。

「増山さんに対する強制や誤導は強固に否定していた彼ら取調官は、なぜ追及を認めたのでしょうか？　それが自分たちの取調べの任意性を否定するとは思っていなかったからです。ふだんから当たり前のように強制的な取調べを行っているから、これくらいは問題ないだろうと信じ込んでいるからです。自白の任意性を確保することについて、彼ら取調官は信じられないほど鈍感です。岩切検事についても証人尋問を請求しましたが、裁判長により却下されできませんでした。岩切検事は意図的に、カメラを回す前に増山さんを恫喝し、増山さんから綿貫さんを殺害したという自白を力ずくで引きずり出しました。増山さんへの被告人質問で、柳井係長、北警部、岩切検事による取調べで、取調官や捜査員による増山さんへの誘導がありました。また、久世巡査部長は、取調べや引き当たり捜査で『秘密の暴露』があったと証言していますが、増山さんが語ったり示したりしたことはすべて、真犯人だけが知る未知の情報ではなく、捜査機関ですでに把握していたものばかりでした。重要な物証である、綿貫さんが亡くなった日に乗っていた自転車は発見されていません。その所在を知っているのは真犯人だけだからです。綿貫絵里香さんの殺害と死体遺棄を認める増山さんの自白は、取調官によって強制・誤導された虚偽自白だったことは明らかです。これでわれわれが解決しなければならない一つ目の問題が解決されました」

志鶴はスライドを「問題２」に切り替えた。

「二つ目の問題を検証してみましょう。弁護側の証人である園山先生の鑑定及びこの法廷での証言によって、綿貫さんのご遺体から採取された精子のＤＮＡは、増山さんではない、別の男性のものだと証明されました。検察側も専門家証人を立て、精子のＤＮＡは漂白剤によって破壊され、ＤＮＡ型の鑑定結果は信用できないと主張しました。その専門家証人は科捜研に所属する研究員で、まったく中立的ではありません。園山先生が証言されたとおり、破壊されたＤＮＡからあのようにはっきりＤＮＡ型が検出されることはあり得ません。しかも、遠藤証人と園山先生の二人が行った、精子のＤＮＡ型鑑定の結果は十六個すべてのローカスでぴたりと一致したのですから。殺害される直前に綿貫さんをレイプした犯人は、増山さんではない別の男性であり、その男こそ綿貫さんを殺害した真犯人だと断定できます。

浅見さんのときと同様に、漂白剤によって証拠隠滅を図ったが、綿貫さんのときは失敗したのです。これで二つ目の問題も解決されました。本当はここまでで、検察側による立証が失敗していることは明らかです。が、まだあります。漂白剤について、検察側は増山さんが近所のコンビニで買った漂白剤であると関係者証人に証言させましたが、科捜研での鑑定結果から、遺体に撒かれていたのは別の漂白剤であったことがはっきりしました。検察側が、現場に落ちていた煙草の吸い殻のＤＮＡ型だけに引きずられ、他の証拠の検証を怠っていることも明白です。検察官による立証は、極めてお粗末であると言わざるを得ません」

裁判員の何人かが検察側に目を向けた。

「しかし問題の根源は、訴訟を担当する彼ら三人ではなく、真犯人の目論（もくろ）みどおりに増山さんを犯人と信じ込み、違法な取調べで虚偽自白を引きずり出した警察官や、同じく虚偽自白を強要したばかりでなく、間違った証拠を根拠として増山さんの起訴に踏み切った岩切検事にあります。彼らが協働したことで、今回のおそろしい冤罪事件が生み出されたのです。真犯人であるＸは、増山さんがソフトボールの試合を観戦していたとき、グラウンドの前に駐車していたあの白いネオエースに乗っていた、『チョンマゲ』で日焼けした、増山さんの言う『ヤカラ』のような男です。増山さんが煙草を二本喫ってその場を引き上げたあと、Ｘは自分の指紋をつけないよう注意して二本の吸い殻を拾い、綿貫さんを殺害したあと、わざと綿貫さんの血がつくよう現場に遺したのです。何のためか。もちろん増山さんに罪を着せるためです。警察官も検察官も、まんまとＸの目論みに乗せられ、綿貫さんを殺害したのは増山さんだと信じ込んでしまった。

そして、浅見さんを殺害したのも同じ増山さんであるとやはり信じ込んでしまった。煙草の吸い殻とソフトボールの試合映像という証拠があれば、あとは増山さんを逮捕さえしてしまえば、じっくり時間をかけて浅見さんの殺害を認める自白も引きずり出せる——そう確信していたに違いありません。これこそ、人質司法がまかり通っている日本で冤罪が生み出される典型的な構図です」

志鶴はスライドを非表示にした。

「常識的に考えて、おかしいと思いませんか？　漂白剤は、証拠を隠滅するために撒かれたものです。そこまで注意深い犯人が、なぜ現場に、綿貫さんの血が付着した煙草の吸い殻を、それもご丁寧に二本も遺していったのでしょう？　そこら中に防犯カメラがあるのに、なぜ増山さんと浅見さん、増山さんと綿貫さんが一緒に映っている防犯カメラ映像がないのでしょう？　星栄中学校の校門には、学校が防犯カメラを設置しています。道路の向かいにはコンビニがあり、防犯カメラが設置されています。増山さんが綿貫さんを待ち伏せていたなら、なぜその姿を記録した防犯カメラ映像がないのでしょう？」

裁判員の一人が首を傾げた。

「なぜ増山さんの自宅や原付バイクを捜索しても、浅見さんや綿貫さんと結びつく証拠が何一つ発見されなかったのでしょう？　増山さんが犯人ではないからです。なぜ現場付近で浅見さんや綿貫さん、それに増山さんが映っている防犯カメラ映像がないのでしょう？　答えは、二人とも現場へは、真犯人であるXが運転する白いネオエースで連れて行かれたからです。綿貫さんの自転車が発見されなかった理由もそれで説明できます。ネオエースのように大きな車なら自転車の一台くらい余裕で積んで移動できる。現場から離れた場所で処分すれば、警察には見つけられないでしょう。警察が最初からそう考えて捜査していれば、Xを見つけられたはずです。

ではなぜ警察は犯人が車で移動したと考えなかったのか？　私が反対尋問した久世巡査部長の証言を思い出してください。荒川河川敷の現場周辺では、一般道と河川敷の道路が接する場所には車止めゲートがあり、ふだんは南京錠がかかっていて一般車両が出入りできないようになっているからです。真犯人のXはこのゲートの南京錠の鍵を、何らかの方法で入手した。だから白いネオエースで自由に出入りできたのです。車を持たない増山さんにはそんな芸当はできません。すべての証拠が、真犯人は増山さんではなく、白いネオエースの持ち主である

Xであることを指し示しています。証拠についての話は、以上です」

志鶴は息を吸った。

「――お約束どおり、今度は法律の話をします。冒頭陳述でもお話ししたとおり、被告人が間違いなく有罪であると検察官が証明しない限り、被告人は無罪とされなければなりません。検察官は国を代表しています。国家権力や、膨大な税金や、多数の捜査官や取調官という強大なバックを持っています。一方、訴えられている側の増山さんは、何の権力も持たない無力な一個人です。自らの資力で弁護士や専門家証人を雇うことでしか自分の身を守ることはできません。弁護人には警察や検察のような特別な権限はなく、税金のような豊富な資力もありません。刑事裁判では、訴える国と、訴えられる個人との間に、気が遠くなるほどの力の差が存在している。だからこそ、有罪を認めるハードルは高く設定されているのです。被告人である増山さんには、本来、自分の無実を証明する必要はありません。刑事裁判は、検察官が間違いないと言える程度に証明できたかどうかを、証拠に基づいて検証するものです。このことを今一度思い出し、心に留めておいてください」

志鶴は間を取った。

「最後に正義についての話をします。正義なんていう言葉を聞くと、うさん臭く感じる人もいるかもしれません。私もふだんはそんな言葉は使いません。ですが、皆さんがこの法廷にいるのは、正義を果たすため。そこから逃れることはできません。裁判員にとっての正義は、はっきりしています。法律に則って正しい判断をすることです。もし冤罪であれば、これまでに積み重なってきた過ちを正すことも、裁判員にとっての正義です。警察官も、捜査や公訴を担当する検察官も、公判を担当する検察官も、この事件に関わった誰一人、増山さんが真犯人ではない可能性を一切考えず、増山さんは逮捕・起訴され、公判でも検察官から攻撃を受け、さらには死刑まで求刑されています。彼らは悪意を持って増山さんを犯人に仕立て上げたのでしょうか？　いいえ。善意と正義感に駆られてそうしたのです。ですが、最悪の過ちが善意や正義感から生じてしまうことも事実です。善意や正義感に駆られている人は、自分が間違っているかもしれないと考えないからです」

志鶴は検察官を見てから、法壇に目を戻した。

「公判を担当する検察官は、公判期日の初日から、徹底して増山さんの性的嗜好を攻撃し続けました。なぜでしょう？　本来、裁判員は先入観を持って判断してはいけないことになっています。建前はそうなっていますが、皆さんはすでに、増山さんに対して先入観を持っているに違いありません。賭けてもいいですが、それはプラスではなくマイナスのものでしょう。浅見萌愛さんと綿貫絵里香さんの殺人は、おそろしく、憎むべき凶悪犯罪です。被告人として、マイナスの先入観を抱いている人物が目の前にいる場合、道徳的に中立的であるのは難しい。一つ覚えていていただきたいことがあります。それは——この裁判であなたが下した判断は、あなたの人生の一部となります。あなたはこの先ずっと、一生の間、この裁判で下した判断と共に生きていくことになる。私は皆さんを脅しているわけではありません。事実を述べているに過ぎません——とても重い事実ではありますが」

志鶴は裁判員をゆっくり見渡した。緊張している顔、不快そうな顔があった。

「われわれが生きているのは複雑な世界で、社会には不正義が満ちみちています。政治家は堂々と嘘をつき、それがバレても平然と開き直っている。政治家も官僚も財界人も、自分たちの利益を追求することだけに夢中で、大衆から搾取し、踏みつけにすることに何ら恥じるところがない。自由競争の名の下、競争社会で勝ち残れない人たちは弱者として切り捨てられ、顧みられない。私はそれを不正義だと思います。不公正と言い換えてもいい。不公正はがんのようにこの国の隅々にまではびこり、また暗雲となってこの国全体を覆っている。この法廷はどうでしょう？」志鶴は能城を見てから裁判員に目を移した。「皆さんは選ばれてここにいます。正義の届かない暗黒に正義の光をもたらすことができる力を持っています」

裁判員は皆、真剣な顔で聴いている。

「アメリカの陪審制度と異なり、日本の裁判員制度では、裁判員だけでなく、裁判官との合議によって有罪か無罪かを決めます。言うまでもなく裁判官は法律の専門家であり、プロフェッショナルです。裁判官は増山さんの自白の任意性を認め、証拠として採用しました。皆さんはどうですか？　もし皆さんの意見が裁判官と異なった場合、専門家である裁判官の方が正しいと思ってしまいがちではないでしょうか。そうではありません。裁判官がいつでも絶対に正しいのであれば、皆さんが選ばれてここにいる必要はないのです。この法廷で皆さんは、いくつもの実在する冤罪事件のことを知りました。そのすべては、プロフェッショナルであるはずの裁判官が下した間違った判断・判決によって起きています」

法壇の前をゆっくり歩いた。

「裁判官は神様ではありません。皆さんの保護者でも上司でもありません。彼らの給料はどこから出ていますか？　皆さんが納めている税金です。皆さんこそ彼らの雇い主なのです。裁判官は国に仕えています。この国に住む皆さんに仕えているということです。正義をなすのに法律の知識は必要ありません。法律にはそれ自体で正義をなすことはできません。正義をまっとうするのは、健全な常識と、正しいことを行おうという意思と、善良な心を持った人間——つまり皆さんです。皆さんが果たすべき最も重要な正義について具体的にお話しします。今からでもかまいません。もし増山さんの自白が虚偽自白だと思ったら、自白の信用性には疑いがあると主張してください。虚偽自白は、国家が生み出す被告人にとって最も不利な虚偽の証拠だからです。裁判官は日常多くの自白事件を取り扱っています。そのほとんどは虚偽自白ではありません。そのため、たまに虚偽自白を主張されても信用してしまいがちという心理的惰性が働きます。虚偽自白については、職業的な裁判官より、裁判員である皆さんの方がよほど優れた判断力を持っています」

一人ひとりと目を合わせ、語りかける。公判期日を通じて弁護人が目指すべき目標は、裁判員の中に、これから行われる評議の中で、自分の主張を代弁してくれる、強力な支持者を作り出すことだ。

「今、間違った逮捕や起訴によって、増山淳彦さんという一人の人物の自由と生命が脅かされています。危機に瀕しているのは増山さん一人の自由と生命だけでしょうか？　いいえ、違います。間違いを見過ごし、許してしまえば、同じような危機はこの国に住むすべての人たちにいつまた降りかかってもおかしくありません。あなたや、あなたの大切な人たちだって例外ではないのです。冤罪は国家が犯す最悪の犯罪です。皆さんはそこにブレーキをかけることのできる、唯一のパワーを持った存在です。われわれすべての人間の自由や生命を押し流そうとする国家の暴力を防ぎ止める、最後の防波堤が皆さん一人ひとりなのです。どうかお願いします——国家の犯罪に、悪に加担せず、勇気を出して正義を果たしてください。私の依頼人・増山淳彦さんは無罪です。皆さんが正しい判断を下し、正しいことを行ってくれることを信じています。――ありがとうございました」

志鶴は最後に一番の裁判員と目を合わせ、法壇に向かって一礼して弁論を終えた。

能城に、証拠採用済みの増山の供述調書について、刑訴規則207条に基づく証拠排除を求めた。検察官から異議は出なかった。これについては裁判官は判決で応答することになる。志鶴は弁護側席へ戻った。

田口が志鶴を見て、力強くうなずいた。裁判員の反応はわからない。だが――これで、増山の弁護人としてやるべきことはすべてやりきった。

「被告人、最終陳述を」能城が増山に促した。

増山が証言台に立つ。ひるむ様子もなく法壇を見上げた。

「私は――綿貫絵里香さんのことも、浅見萌愛さんのことも、殺したり、死体を遺棄したことはありません」しっかりした声だ。「私は無実です」

「――以上か?」

「はい」

「では戻って」

増山が席に戻った。

能城が休廷を告げた。

休憩後、公判が再開された。

「被害者参加人による意見陳述を行う」能城が告げた。

天宮が衝立の陰に入り、ほどなく出てきた。表情は読めなかった。「私のクライアントは――遮蔽措置なしに証言台で陳述したいとおっしゃっています」

「承知した」

傍聴席がざわめいた。志鶴は胃がきりきりするのを感じた。これまで遮蔽措置をしていたのになぜ今になって自ら顔を出す気になったのか。

天宮が衝立の陰に入り、出てきて、検察側の自席へ戻った。衝立から一人の女性が現れ、法廷中の目が集まった。上品なグレーのジャケットとスカートのセットアップを着て、黒いストレートの髪をバストまで伸ばしている。メイクはほとんどしていない。派手ではなかったが、同年代の中年女性と比べて、生活の匂いが感じられなかった。自分のクライアントはエスタブリッシュメント層であると語った天宮の言葉を思い出した。

綿貫麻里(まり)は落ち着いた足取りで証言席に進んだ。

「どうぞ、席についてください」能城が促した。

綿貫が席に着いた。

「被害者である綿貫絵里香の母親、綿貫麻里です」丸みはあるが凛とした声だった。「絵里香は私にとって最愛の娘です。親である私が言うのも何ですが、素晴らしい子でした。何より心のきれいな子で、他人を思いやる優しい気持ちも持っていました。絵里香には素晴らしい将来が待っていると信じていました。まさか――まさかあんな形で奪われてしまうなんて想像できませんでした」目が潤んでいる。が、口調はしっかりしていた。「犯人は絶対に許せません。正直に言えば、死刑でも足りないくらいだと思っています――」

　裁判員の何人かが増山を見た。増山が不安そうな顔になった。志鶴の心臓の鼓動が速まった。

「ですが――罰は、受けるべき人間に受けてほしいと思います。被告人が逮捕されたとき、私は、絵里香を殺した犯人が捕まったと信じていました。この公判が始まるまで、ずっとそう信じていました。でも、公判に参加しているうちに、しだいに疑問が生じてきました。本当に被告人が犯人なのか、と」

　傍聴席がざわめいた。びっくりしたような顔をする裁判員がいた。能城の顔が白くなったように見えた。

「その疑問は、公判が進むにつれどんどん強くなっていきました。それと同時に、なぜ警察は、被告人以外に真犯人がいるかもしれないと考え、その方向で捜査をしていないのだろうと思うようにもなりました。私には真実はわかりません。正直、被告人に同情する気持ちもない。でも――何だか気持ちがもやもやします。もしこのまま、被告人が犯人として処罰されたら、絵里香の事件は解決したとされ、警察もこれ以上捜査をしないでしょう。絵里香を愛する母親として、私はそれでは納得できないと思います。この先もずっと、もやもやした気持ちを抱えて生きていくことになると思います。足利事件について調べてみました。冤罪だったとして、一度は有罪になった人は自由の身になりましたが、その後、真犯人は捕まっていません。いたいけな少女を欲望のために手にかけたけだもののような人間が、自由の身で大手を振って歩いているということです。まだ小さかった娘さんを殺されたご両親の身になって考えると、おそろしいことです。もし間違った人を逮捕しなければ、真犯人の捜査が続いていたかもしれません。この場でこうしたことを言っていいかどうかはわかりません。が、私の希望を申し上げます。私は、絵里香の事件の捜査はまだ不十分だと思います。警察にはもっと徹底的に捜査をしてほしい。そのために――裁判官の皆さん、裁判員の皆さん、どうか間違った人を罪に問わないでください！」

傍聴席がどよめいた。検察官たちが狼狽している。増山も信じられないという江と浅見奈那が目を見開いていた。志鶴と田口は目を見合わせた。お互い同じ思いだろう。綿貫麻里の家族には驚いている様子はない。

「――以上でよろしいですか」能城が氷のように冷えきった声で問うた。

「はい」綿貫が答えた。

「では席へ戻ってください」

綿貫が衝立の陰に戻った。

まだざわついている傍聴席を能城は黙って眺め渡していた。検察側席へ目を向けた。正面に視線を戻す。法廷が静かになった。

「以上をもって本件の審理を終了する。次回は六月二十四日午前十時から判決を申し渡す予定です」

傍聴人が次々と席を立って退廷を始めた。

「――検察官」能城が言った。

世良が慌てて立ち上がり、法壇へ向かう。何だ？　志鶴は田口と顔を見合わせ、立ち上がると二人で法壇へ近づいた。

「協議したい件がある。明後日、裁判所に来られたし」能城が言った。

「――はい」世良は目を輝かせた。

検察官と裁判官との距離は、弁護士と裁判官のそれよりはるかに近い。法廷外での接触も多い。裁判官が公判の直後に検察官に助言を与えたり、検察官が訴訟手続外に裁判官室に頻繁に出入りしていることを問題視する弁護士もいる。

「裁判長」志鶴はすかさず割って入った。「公判外での協議なら弁護人も立ち会います」

能城が初めて存在に気づいたかのように志鶴に目を向けた。しばらくすると口を開いた。「しかるべく」

世良が意外そうな顔をした。

6

二日後、指定された時間に志鶴と田口は能城たちがいる裁判官室に三人の検察官と一緒に入室した。能城が言う「協議」の内容を田口と推測したが、答えは出なかった。もし能城が検察側に肩入れするような発言をしたら、そのときは裁判官忌避の申立てをする――都築とも電話で相談して三人の間でそう合意に達していた。

決して広くない裁判官室には検察官と弁護人の人数分の椅子が用意されていた。右陪席と左陪席はいつも以上に緊張しているように見えた。

「審理が終了した本件の評議は三日後に行われる」全員が着席すると前置きなしに能城が言った。「それに先立って本日の協議を提案した理由だが――」世良を見た。「検察官に訊ねたい。本当にあの立証で死刑を求刑できると考えているのか」

三人の検察官の顔色が変わった。だが驚いたのは志鶴も同じだった。田口もだろう。

「そ、それは――」世良の表情はこわばっていた。「裁判長はどうお考えですか……？」

「検察官による立証が合理的疑いを挟む余地がないほど強固なものであるかどうかを判断するのはわれわれ三人と、六人の裁判員の合議体である」

「被告人の自白の任意性については認めていただけましたが――？」

「過去の判例と照らし合わせれば、被告人の自白には任意性があると判断せざるを得ない、というのが裁判官の一致した意見だ。しかし――中間評議で裁判員にも心証を訊いたところ、彼らの間では、自白の任意性はなかったとする意見が四対二で反対意見を上回る結果となった」

右陪席と左陪席がうなずいた。世良が口を開けて固まった。志鶴と田口は顔を見合わせた。思いもよらぬ話だ。

「一昨日、すべての審理が終わったあと、評議室で裁判員からその時点での有罪無罪に関する心証を訊いてみた。するとやはり四対二で被告人は無罪とする意見が有罪とする意見を上回った」

検察官たちが愕然（がくぜん）とした様子で顔を見合わせた。世良の顔は真っ白になっている。

「――裁判長もおっしゃったとおり」世良が必死な様子で言った。「裁判員の四人が無罪でも、過半数にはなりません」

全員一致を前提とするアメリカの陪審制度とは異なり、日本の裁判員裁判の判決は、裁判官と裁判員全員の意見が一致しなかった場合は多数決となる。裁判官も裁判員もそれぞれ等しく一票を持つ。もし裁判員のうち四人が無罪意見でも、三人の裁判官がいずれも有罪意見だった場合、裁判員二人と合わせて有罪意見の方が多数となる。

能城はじっと世良を見つめた。右陪席と左陪席も同じく無言で世良を見た。世良が衝撃を受けた様子で目を見開いた。青葉が眉をひそめ、蟇目は天を仰いだ。

「この場限りという条件で裁判所の見解を述べる」能城が口を開いた。「本件において、検察官立証には常識的に考えて合理的疑いを挟む余地がある。弁護人が指摘したとおり、検察側は、浅見萌愛氏の事件について当初証拠としていた物証の一つを論告において取り下げた」浅見の遺体の首に遺っていた手の指跡のことだと補足した。「浅見氏の事件において被告人の犯人性を立証するに足る証拠構造は存在しない。綿貫絵里香氏の事件について、被告人の犯人性を示す証拠として被告人の自白が存在する。しかしそれを補強する補助証拠は被告人の犯人性を推認させるには弱い。のみならず、被害者の体内から採取されたＤＮＡ型鑑定の結果、及び、関係者証人が証言した漂白剤の成分の関係結果は、むしろ被告人の犯人性を否定し、検察官立証の不十分さを示す証拠である」

世良は太ももの上で両手を握り締めた。呼吸が荒い。だが穏やかでないのは志鶴も同じだった。能城の言葉がにわかには信じられない。

「本件においてはもう一つ、看過できないことがある」能城は続けた。「すなわち、綿貫麻里氏による被害者の意見陳述である。本来、被害者参加人の陳述が判決を左右することがあってはならず、あくまで情状を斟酌するための参考とするべきであろう。しかしながら、一般に被告人を犯人とみなして糾弾する被害者参加人が大多数であって、本件のように被害者遺族が被告人の犯人性について疑問を抱いているかのごとき陳述は極めて特異な例であり、裁判所としては同様の陳述の存在を寡聞にして知らない。裁判員よりも被告人に対してはるかに強い処罰感情を有しているはずの被害者遺族をしてそのように発言せしめた背景には、検察官立証の不十分さがあると判断せざるを得ない。被害者参加人である綿貫氏の陳述をたんに情状の参考として切り捨てるのは適当ではないと思料する」

審理の最終日の報道では、検察官による死刑求刑に次いで、綿貫麻里による意見陳述の内容も大々的に報じられ、話題となっていた。いわく『被害者遺族による異例の陳述』『警察の捜査は不十分と訴え』『真犯人が存在する可能性も？』『捜査機関の今後の動きに注目』等々。テレビでも報じられ、法学関係者クラスタ——略して「法クラ」——と総称される、弁護士等を中心とする法曹関係者のSNSのコミュニティを通じて広く拡散された。

その流れから、綿貫麻里の陳述でも触れられた足利事件が掘り起こされ、警察が同じような失態をくり返すことがあってはならないという世論もわずか二日の間に盛り上がりを見せている。今や、公判の直前に生まれた「女性へのヘイト判決を許さない」という、増山を有罪にしようとするムーヴメントを上回る勢いだ。

増山のためにベストを尽くしたつもりでいたが、こうした反響についてはまったく想定外だった。

裁判官室が静まり返った。能城ははたしてどんな意図を持ってこんな話をしているのか。判決前にこんな協議が持たれるなど聞いたことがない。どう考えるべきか判断がつかなかった。

世良が志鶴と田口をちらっと見て、「裁判長」と言った。「もしこれまでの立証が不十分だったのであれば、われわれは一体どうすれば——?」すがるような目を向けた。青葉と蟇目も同じように能城を見た。

能城はしばらく黙っていたが、眼鏡の奥で目を光らせると、口の両端を吊り上げて笑った。

いやな予感に志鶴の胸が締めつけられた。

「以上である」能城が告げた。

「どういう意図でしょうか」裁判所を出ると志鶴は田口に疑問をぶつけた。

「考えられるのは——無罪判決の回避」田口が言った。

裁判官の独立は憲法で定められている。が、現実には日本の裁判官は常にお互い監視し合い、組織の論理からの逸脱は許されず、上司が絶対の世界で、人事評価と人事異動によって支配されている。刑事訴訟で無罪判決を連発したり、国家損害賠償訴訟で国を負けさせたりすると、上司の覚えが悪くなり報復人事を受けて年俸が同期と比べていつまでも上がらなかったり、僻地の裁判所を転々と異同させられたりする。裁判所も司法権力として政治体制の一翼を担っているからだ。

無罪判決を出すことはその体制に弓を引くことに等しい。組織内で突き上げを食うだけではない。無罪を出そうものならすぐ控訴してやろうという検察官からの圧力もある。判決文を書くに当たっても、有罪判決以上に詳細かつ緻密に説得力のあるものを書かなければならず、膨大な時間と手間がかかる。常に多くの事件を抱え、事件処理数の多さが人事評価に直結する裁判官にとって、無罪判決を出すことは一般の人の想像をはるかに絶する大変な勇気と決断が必要になるのだ。

能城は裁判長になってからこれまで一度も無罪判決を出していない。増山の事件でもそうするつもりはなく、検察官と協議したのはそれを避けるため——だとすれば。

「——まさか」志鶴は思わず足を止めた。

田口も足を止め、うなずいた。

志鶴と田口の考えは同じだった。

刑事訴訟法第257条——〝公訴は、第一審の判決があるまでこれを取り消すことができる〟。起訴が取り消されれば、公判もなかったこととなり、有罪無罪の判決が下ることもなくなる。

能城の目は節穴ではなく、志鶴が信じ込んでいたほど頑迷でもなかった。無罪判決の見込みを示すことで、能城は世良たちに究極の選択を突きつけた。

だが、これほど世間の注目が集まる大事件で、審理がすべて尽くされたこんなタイミングで起訴が取り消されることなど前代未聞だ。無罪判決が出ると公判を担当した検事は検察組織内部で激しく突き上げられるが、検察の権威が失墜するという意味では無罪判決に劣らぬ、いやそれ以上のダメージがあるはず。まして起訴を決定したのは捜査検事のエリートと目される岩切だ。検察という組織がそんな「暴挙」を許すとはとても思えない。

事務所に戻って志鶴と田口は今後の見通しについて相談した。

「何か裏があるとは考えられませんかね？」志鶴は疑念を口にした。

「たとえば？」

「いったん起訴を取り下げさせて、警察や検察に増山さんにとって不利な証拠を準備させるとか」

「なるほど。無罪が確定した場合には、いわゆる一事不再理の原則により同じ事件で刑事上の責任を問われることはなくなる。だが——公訴が取り消された場合にはその限りではなく、新たに重要な証拠が見つかれば同一事件についてふたたび起訴することは可能だと刑訴法340条は規定している。そのリスクは一考に値する」

「もし裁判長にその意図がなかったとしても、日本の警察や検察の体質を考えれば、再捜査で増山さんにさらに不利な証拠が探されたり、捏造されたりする危険は無視できません」

「個人的には今の世論を無視してそうする可能性は低いと思うが、もちろん楽観は禁物だろう。現時点で考えられる見通しは三つ。無罪判決、有罪判決、そして起訴の取り消し。これに対してわれわれが増山さんのために何ができ、何をすべきかが問題だ」

「現実には——先日の協議を問題視して裁判官忌避の申立てをするくらいしか選択肢はなさそうですね」

「逆ならともかく、裁判長が告げたのは無罪判決の見込みだ。忌避したいのは検察官の方だろう。都築先生にも相談してみよう」

志鶴は都築とオンラインミーティングを開いた。まだ病院のベッドの上だったが、術後の経過も順調とのことで顔色もよく、声も元気だった。

『能城が無罪判決の見込みを示した？』やはり都築も信じられないようだった。『こちらの弁護活動が終わってから嘘をつく理由はない。あの男にも裁判官としての良心がわずかでも残っていたということだろう。忌避を申し立てる必要はないと思うが、どうかな？』

志鶴と田口は顔を見合わせ、うなずき合った。「われわれも同意見です」田口が言った。

『しかし——検察がこの段階で起訴を取り下げるなんぞできるかね』

二日後、事務所へ志鶴宛てに電話があった。左陪席の佐々木だった。

『検察側が、起訴を取り消しました。よって、今後の評議も判決申し渡しも行われません』

まさかと思っていたことが現実になった。「わかりました」

『以上です』

どう受け止めてよいかわからなかった。喜ぶべきなのかもしれない。だが、田口と話し合ったような懸念は残る。すぐ田口と都築に報告し、そして——増山文子に電話した。

『起訴を取り消し……どういうことですか？』怯えているような声だった。

志鶴は説明した。

『え、じゃあ淳彦は……？』

「増山さんは釈放され、自由の身になります」

電話の向こうではっと息を吸う音がして、文子が声を詰まらせた。「……やっと会えるんですね、あの子に」

想定されるリスクについて、志鶴は説明できなかった。拘置所にいる増山にも連絡は行っているはずだが、急ぎ接見に向かうことにした。その前にやるべき仕事を片づけながら、本当にこれでよかったのか——という思いが消えなかった。二時間ほど経った頃だろうか、森元逸美が「志鶴ちゃん」と興奮した様子で声をかけてきて、田口も一緒に会議室へと引っ張った。所長の野呂加津子が椅子の一つに座っていて、大型のテレビでニュースが流れていた。

『たった今入ったニュースです』男性キャスターが興奮を抑えた様子で告げた。『四日前に結審を迎えた、荒川河川敷女子中学生連続殺人事件について、東京地検は、増山淳彦被告への公訴を取り消したと発表しました——』

東京地検の建物の外観に映像が切り替わり、またスタジオに戻った。

『公判で、検察官は増山被告に対して二件の殺人と死体遺棄の罪で死刑を求刑していました。このような事件で、結審のあとに起訴が取り消されるのは極めて異例のことですが、検察は、取り消しの理由については明らかにしていません。くり返します——』

速報で、専門家のコメントもない。マスメディアもまだどんな事情かつかんでいないのだろう。これまで増山の死刑を確実視したような報道をしてきた彼らは、まさかこんなタイミングで起訴が取り消されるなど夢にも思わなかったはず。スタジオの混乱した空気が画面ごしにも伝わってきた。

「『極めて異例』、ねえ」野呂が皮肉な笑みを浮かべた。「前代未聞でしょう。やってくれたわね、川村さん、田口君」

「おめでとう、志鶴ちゃん！　田口先生！」森元がぱちぱちと手を叩いた。

が——志鶴も田口もまだ喜ぶ気持ちにはなれなかった。

終章 余震

都築が車寄せにバンを停めた。

大型のバンはレンタカーだ。都築は予定より少し早く昨日退院したばかりだが、至って元気でステアリングを握るのが楽しそうだった。

都築と志鶴、田口、そして増山文子が車を降りた。

東京拘置所の正面玄関。しばらくすると刑務官に付き添われた増山淳彦の姿が自動ドアのガラスごしに見えた。文子が胸元で手をぎゅっと握り締めた。増山は差し入れた紺色のスーツに白いワイシャツ姿だ。面会所出入り口の外で陣取って巨大な望遠レンズを向ける大勢の報道陣を考慮してそうした。

増山に対する不起訴処分のニュースは、野呂が指摘したように、検察庁による前代未聞の極めて異例な対応として、テレビでも多くの時間を割いて報道され、ウェブ上でもＳＮＳのトレンドに挙がるほど話題となった。

マスメディアは自分たちの過去の報道の是非を顧みることなくこのニュースに飛びつき、「識者」たちにコメントさせた。懐疑的な内容がほとんどだった。なぜ公判の審理が終わり、死刑まで求刑したあとになって、張本人である検察がそれを引っ込めて公訴を取り消したのか。一番肝心なその点について確信を持って答えられる者はいなかった。被害者遺族への配慮があったとする等、根拠を欠いた憶測ばかりが飛び交った。無罪判決が見込まれたので、それを避けるためだったのでは、と真実に近い推測をする者もいたが、本人も確信が持てないようだった。

そんな彼らが口をそろえて言えるのは、今回の検察の判断は極めて不可解なものである、ということだけだった。自然、否定的な立場のコメントが多数を占めることになった。

どんな事情があったかは不明だが、このタイミングで公訴を取り消したことこそ、検察として勇気ある行為だったと評価した刑事弁護士による短いコメントは例外中の例外だった。ネットのマイナーなニュースサイトでは、傍聴マニアとして知られるライターが、公判で弁護人が再三、増山の他に真犯人が存在すると主張していた事実を改めて喚起したが、新聞社をはじめとする大手のメディアはウェブ上でも追随することはなかった。

綿貫麻里（わたぬきまり）による陳述で一度は盛り上がった冤罪（えんざい）かもしれないという論調は、皮肉なことに、増山の公訴が取り消されたことで一気に沈静化する結果となった。世間が増山の身の潔白を認めたとは思えなかった。むしろ増山は、明らかに疑わしいにもかかわらず、前代未聞のタイミングで公訴を取り下げられたという新たな疑惑の渦中の人物としてさらなる注目を集めることになったのだ。今日も多くのカメラマンやリポーターが待ち伏せていることが何より雄弁にそれを物語っている。

「淳彦……」文子だ。ささやくような声だが、万感の思いが伝わってきた。

自動ドアが開いて増山が出てきた。文子を見ていた。文子がおぼつかない足取りで増山に歩み寄り、両腕を広げて抱いた。増山の体が大きいので、しがみついているようにも見えた。増山の胸に顔を埋（うず）めるようにして、「お帰り、よく頑張ったね……よく頑張った」と涙ながらに言った。増山は足を止め、自分よりはるかに小さな母を見下ろして顔を歪（ゆが）め、「母ちゃん」と言った。あとはもう言葉にならず、子供のようにしゃくり上げた。

目の前のような光景を、これまで何度想像してきたことだろう。

志鶴の胸にも熱く込み上げるものがあった。田口が眼鏡の下で目頭の辺りをつまんで目を細めた。都築は抱き合う母子を見てうなずいていた。

増山が一歩前に進み出た。

志鶴と田口、そして都築を真っ赤な目で見た。唇を引き結んでいる。

「川村（かわむら）先生、田口先生、都築先生——先生方のおかげです。お、俺……助けてくれて、本当にありがとうございました」そう言ってしっかり頭を下げた。

ふいに目の前がぼやけて熱いものが目からあふれ出し、志鶴はびっくりする。止まらなかった。膝から力が抜けて崩れ落ちそうになるのは何とかこらえたが、全身が震えて声が漏れ出すのを止めることはできなかった。

令和×年六月八日。

長く苦しい闘いがついに――ひとまずは終わった。

十月。志鶴は白楽にある篠原尊の墓を訪れていた。

増山の身柄が解放されてからも、志鶴は彼の代理人となっていくつかの仕事をした。

国に対して弁護士報酬等の費用や、身体拘束に対する補償を請求した。後者については、拘束された期間について一日当たり一万二千五百円という最高額を請求したが、無罪判決が出されたときと同じように、どちらについても認められ、給付された。

だが――北警部と柳井係長に対する、取調べでの増山への特別公務員暴行陵虐及び公務員職権濫用、法廷での偽証罪の刑事告訴は受理されていない。冤罪に対する補償を求め、東京都を相手に国家賠償請求訴訟を起こしているが、警察や検察の捜査に違法があったことを証明せねばならず、勝てる見込みは限りなく低い。

増山は新聞配達の職を失い、他に仕事を求めたがなかなか決まらず、現在も無職のままだ。いやがらせの電話や手紙は今も続いている。増山の逮捕や裁判で心身ともに消耗した結果か、文子はそれ以前にはなかった体の不調や病気をいくつも抱えている。増山自身も糖尿病になった。間違った逮捕や起訴で奪われたものを回復することなどできない。

志鶴は増山の名誉のために都筑や田口と会見を開き、マスメディアの取材にも相手を選んで応じてきた。だがそれだけでは増山を犯人視する論調を変えることはできなかった。

トキオのものと思われる白いネオエースについては、増山が釈放されたあとすぐ、志鶴が問い合わせていたインスタブックのアカウントから連絡があり、ぼかしなしの写真を送ってくれた。袖ヶ浦ナンバーのプレートがはっきり写っていた。弁護士として照会をかければ持ち主の身元は特定できる。

増山を冤罪から救った以上、もはやそうする必要はない。警察の捜査に協力する義務も感じなかった。

志鶴が動いたきっかけはスマホに届いた一通のショートメッセージだった。

『やっぱりトキオが犯人だったんだね』

後藤(ごとう)みくるからだった。

　信頼を裏切る結果になってしまった彼女や、被害者遺族のことを思い、志鶴は「トキオ」と思われる人物の身元を特定し、その情報を岩切(いわきり)と北警部に提供した。が、検察からも警察からもすぐには反応はなく、自分のしたことは無意味だったのだろうかと考えるようになった。

　ようやく動きがあったのは、それから一月半も経った頃だった。スクープを連発することで知られる週刊誌二誌が相次いで、増山が公訴を取り消された事件について警察が再捜査を開始したと報じたのだ。テレビが大々的に、新聞が小さく後追いした。ウェブ上でも話題となった。

　すぐに増山の母文子から志鶴に連絡があり、不安そうな声で、再捜査は事実なのか、また淳彦が疑われているのではないかと訊かれたが、志鶴には答えようがなかった。秋葉原の事務所に思いがけぬ来客があったのはその数日後だ。

　志鶴と田口に会いに来たのは、足立南署の刑事、灰原(はいばら)弘道(ひろみち)巡査長だった。

「私は今日、個人の一存でここへ来ました。このことは内密に願います」会議室へ入ると、驚く志鶴と田口に、灰原は落ち着かなさそうだがどこか大胆な態度で釘を刺した。「これから話す内容も」

　録音も控えてほしいと言われた。志鶴も田口も灰原の要求を呑んだ。

「今回の処分のおかげで――私の職場は蜂の巣をつついたような騒ぎになりました。関係者はみな裏切られた思いでした。自分たちが必死でやってきたことが、よりによってあんな土壇場で同じ側だと信じていた連中にひっくり返されたんだから当然でしょう。でもすぐそうしなければならなかった事情が伝わってきて、われわれも頭を冷やすことになった」

　肝心なところはぼかしているが話の内容は理解できた。灰原はそこでためらうそぶりを見せた。が、意を決したように口を開いた。

「これだけは言える。われわれはベストを尽くしました。弁護士先生と俺たちじゃ、犯罪への立場が百八十度違う。裁判のことまで考えてたらホシなんて挙げられないと思ってる人間もいるでしょう。ただ個人的に――あくまで個人的に、行き過ぎたところも少々あったかもしれないという気もしている。それが今日ここへ来た理由です」

灰原は他の刑事たちのようにはすれていない。やはり葛藤があったのかもしれない。それでも今日、組織がすべてである警察の一員であるにもかかわらず、ここへ訪れるにはよほどの覚悟が要ったはずだ。

おそらく、志鶴たちがこっそり録音していた場合のために、言葉を選んで話している。違法捜査を認めるようなことは明言していない。だがここへ来てこんな話をしていることがもし明るみに出れば、法的な問題はともかく、その時点で彼は警察組織に居場所をなくすだろう。そこまで織り込んでの行動だ。

灰原はそこで言葉を切り、スマホを取り出した。画面を志鶴と田口に向ける。メモ帳のアプリが開かれていた。文字が入力されていた。

『白いネオエースの持ち主の名は、鴇田音嗣——真犯人Xだ』

志鶴は息を吸った。田口と目が合った。息をつく。

これでもう増山が起訴されることはないだろう。ようやく本当に肩の荷が下りた気がした。

その後の捜査の進展についてまだ詳しい報道はない。術後間もない都築はアルコール抜きだったが、増山の弁護団を中心に開催した祝いの席にも駆けつけてくれた。

田口は刑事弁護を再開し、先日、当番弁護士として接見した、二十年近く介護を続けてきた実の母を殺害した六十代男性の弁護人を受任した。

志鶴は篠原尊の墓に仏花とチェリーコークを供え、しゃがんで手を合わせた。

「——ありがとう。おかげで増山さんは何とか冤罪から救うことができた。でも今日はそれだけじゃない」

尊の両親が原告となってX県を訴えた国家賠償請求訴訟は一審で原告側が敗訴し、控訴審でも判決は覆らなかった。最高裁に上告したが棄却され、三審を経て原告の敗訴が確定した。

これでもう、X県警が尊の死亡事故に関して行ったと思われる証拠の捏造や隠蔽行為を法的に追及するのは不可能——十一年前、尊の両親と志鶴は不条理のどん底で絶望を味わった。

だが二年前、尊の遺品である携帯本体から解析されたメールと画像のデータが、暗闇の中に希望の火を灯した。尊の両親からそれを見せてもらった志鶴は、弁護士になるとすぐ、国賠訴訟で彼らの代理人となった小池弁護士に連絡を取り、もう一度尊のために共に闘ってくれるよう頼んだ。

　快諾してくれた小池弁護士と志鶴は尊の両親の代理人として、一年半ほど前、X県を相手取った国賠訴訟で証人として出廷した白バイ警官を法廷での偽証罪で刑事告訴した。が、受理されなかった。志鶴と小池弁護士はやはり法廷での偽証を焦点に、今度は民事に闘いの場を移して不法行為に基づく損害賠償請求訴訟を起こして白バイ警官を法廷に引きずり出した。

　尊の携帯からサルベージされたメールと画像のデータは、国賠訴訟での白バイ警官の証言が虚偽であったことを証明している――志鶴と小池弁護士はそう主張し、国賠訴訟で小池弁護士が提示したその他の証拠も同様に示した。当事者尋問で白バイ警官は必死に抵抗したが、一年と数ヵ月の審理を経て、今年の六月下旬、X県地裁で下された判決は、白バイ警官に原告への損害賠償を求めるものだった。三人の裁判官からなる合議体は、国賠訴訟での彼の証言は嘘だったと判断したのだ。

　判決が言い渡された瞬間の、白バイ警官や、傍聴席に詰めかけたX県警の関係者らしき連中の愕然とした表情は、今でもありありと思い出すことができる。志鶴はシリコンバンドをつけた手を拳に固めてから、小池弁護士と握手を交わした。尊の両親は抱き合って泣いた。

　この判決がきっかけとなって十二年前にはほとんど注目されなかった事件がマスメディアによって検証され、亡くなった尊が被疑者となったことを疑問視する報道が相次いだ。

　白バイ警官は判決を不服として控訴し、高裁で審理が持たれた。注目を集める裁判だけに控訴審の傍聴席は抽選となり、報道関係者も多く詰めかけた。当事者である白バイ警官と尊の両親も出廷した。五十代の男性裁判長が言い渡した判決は、一審の判決を支持する、というものだった。判決文を読み上げたあと、彼はまるで、刑事裁判で裁判長が被告人に対して説諭するかのように、蒼白な顔の白バイ警官に向かって語りかけた。

「裁判所の判断は、十二年前のあなたの法廷での証言が嘘であったというものです。これはつまり、亡くなった篠原尊さんが事件の被疑者とされたことに疑いの余地があるということ。そればかりか、尊さんは加害者ではなく被害者であった可能性が高い。もしそうなら、あなたは、本来正義をなすべき警察官として二重に罪を犯しているということになる。今からでも遅くはありません、私はあなたに、自らの良心に照らして正しい行動を取ってほしいと願うところであります」

傍聴席がざわめいた。十二年前とは別人のように老け込んだ白バイ警官は堅くまぶたを閉じて、うなだれた。

裁判長は、原告側席を向いた。

「尊さんのご両親、この十二年間、さぞやおつらかったでしょう。大切な一人息子を亡くされたばかりか、事故の被害者ではなく、犯罪の被疑者とされた。真実を明らかにしようにもその手段は限られ、唯一の途であった国家損害賠償訴訟も極めて不本意な形で絶たれてしまった。当時お二人が感じたであろう無念や絶望は余人の想像の及ぶところではなかったに違いありません。当法廷はあくまで、十二年前の裁判で被告の証言に偽りがあったかどうかを判断する一審の判決を審理することを管轄としています。ですが私は、尊さんの死の真相が明らかにされることが法による正義の実現であると信じています——」

傍聴席がまたざわめく。尊の両親は、目を見開いて裁判長の言葉に耳を傾けていた。

「——最後に、この国を支配する刑事司法を担う一人として、お二人に謝罪します。お父様、お母様、本当に申し訳ありませんでした」

着座したままではあったが、裁判長は深々と頭を下げた。右陪席と左陪席も同じようにした。傍聴席が静まり返った。尊の両親は小刻みに体を震わせていた。志鶴は、信じられない思いで法壇を見上げていた。

裁判長の立ち入った発言はニュースとなり、賛否両論の反応を世間に巻き起こした。白バイ警官は上告したが、最高裁はその上告を棄却した。

昨日のことだ。

「やっと——やっと君にいい報告をすることができたよ、尊」墓石の前でしゃがんだまま、志鶴は声を詰まらせた。

脳裏に、親指を立ててポーズを取る生前の篠原の記憶が鮮やかに蘇(よみがえ)る。曇り一つない笑顔だ。

と——バッグの中でスマホが鳴った。事務所の番号だ。志鶴は立ち上がった。

「もしもし——」

『志鶴ちゃん、傷害致死の容疑で逮捕された被疑者に接見した当番弁護士から連絡。被疑者が私選で川村志鶴弁護士を選任したいって——!』森元(もりもと)は前置きなしに用件を切り出した。

（完）

参考文献

『入門刑事手続法　第6版』三井誠＋酒巻匡＝著（有斐閣）
『刑事法廷弁護技術』高野隆＋河津博史＝編著（日本評論社）
『弁護のゴールデンルール』キース・エヴァンス＝著／高野隆＝訳（現代人文社）
『刑事弁護ビギナーズver.2』（現代人文社）
『法廷弁護技術』日本弁護士連合会＝編（日本評論社）
『実務体系現代の刑事弁護1　弁護人の役割』後藤昭＋高野隆＋岡慎一＝編著（第一法規）
『実務体系現代の刑事弁護2　刑事弁護の現代的課題』後藤昭＋高野隆＋岡慎一＝編著（第一法規）
『刑事弁護の基礎知識』岡慎一＋神山啓史＝著（有斐閣）
『新時代の刑事弁護』浦功＝編著（成文堂）
『捜査と弁護　シリーズ刑事司法を考える第2巻』佐藤博史＝責任編集／指宿信＋他＝著（岩波書店）
『実践！弁護側立証』大阪弁護側立証研究会＝編（成文堂）
『聞いた！答えた！なるほど刑事弁護　メーリングリストQ＆A集』大阪弁護士会刑事弁護委員会＝編（現代人文社）
『ベーシック刑事弁護実務』三木祥史＋遠藤常二郎＋他＝著（三協法規出版）
『全訂　刑事弁護マニュアル』東京弁護士会法友全期会刑事弁護研究会＝編（ぎょうせい）
『実務家に必要な刑事訴訟法　入門編』椎橋隆幸＝監修／寺本吉男＋大野勝則＋山上秀明＝編著（弘文堂）
『先を見通す捜査弁護術』服部啓一郎＋淺井健人＋他＝著（第一法規）
『刑事訴訟法の思考プロセス』斎藤司＝著（日本評論社）
『刑事公判の理論と実務　第二版』三好一幸＝著（司法協会）
『GENJIN刑事弁護シリーズ5　公判前整理手続を活かす　第2版』日本弁護士連合会裁判員本部＝編（現代人文社）
『起訴前・公判前整理・裁判員裁判の弁護実務』日本弁護士連合会刑事調査室＝編著（日本評論社）
『公判前整理手続の実務』山崎学＝著（弘文堂）
『裁判員裁判記録教材（第1号　強盗致傷等事件）』法務省法務総合研究所＝編（法曹会）
『裁判員制度の下における大型否認事件の審理の在り方』司法研修所＝編（法曹会）

『科学的証拠とこれを用いた裁判の在り方』司法研修所＝編（法曹会）
『ＧＥＮＪＩＮ刑事弁護シリーズ24　刑事弁護人のための科学的証拠入門』科学的証拠に関する刑事弁護研究会＝編（現代人文社）
『法律家のための科学捜査ガイド　その現状と限界』平岡義博＝著（法律文化社）
『ＤＮＡ鑑定は魔法の切札か　科学鑑定を用いた刑事裁判の在り方』本田克也＝著（現代人文社）
『ＧＥＮＪＩＮ刑事弁護シリーズ13　Ｑ＆Ａ　見てわかるＤＮＡ型鑑定』押田茂實＋岡部保男＝編著（現代人文社）
『被疑者取調べ録画制度の最前線　可視化をめぐる法と諸科学』指宿信＝著（法律文化社）
『取調べのビデオ録画　その撮り方と証拠化』牧野茂＋小池振一郎＝編（成文堂）
『ＧＥＮＪＩＮ刑事弁護シリーズ11　実践！　刑事証人尋問技術　事例から学ぶ尋問のダイヤモンドルール』ダイヤモンドルール研究会ワーキンググループ＝編著（現代人文社）
『ＧＥＮＪＩＮ刑事弁護シリーズ20　実践！　刑事証人尋問技術　事例から学ぶ尋問のダイヤモンドルール　ｐａｒｔ２』ダイヤモンドルール研究会ワーキンググループ＝編著（現代人文社）
『実践！　刑事弁護異議マニュアル』大阪弁護士会刑事弁護委員会公判弁護実務部会＝著（現代人文社）
『改訂版　刑事尋問技術』山室惠＝編著（ぎょうせい）
『刑事控訴審の理論と実務』石井一正＝著（判例タイムズ社）
『法医学者が見た再審無罪の真相』押田茂實＝著（祥伝社新書）
『自白の心理学』浜田寿美男＝著（岩波新書）
『虚偽自白を読み解く』浜田寿美男＝著（岩波新書）
『検察講義案』司法研修所検察教官室＝編（法曹会）
『検事失格』市川寛＝著（新潮文庫）
『司法権力の内幕』森炎＝著（ちくま新書）
『警視庁捜査一課殺人班』毛利文彦＝著（角川文庫）
『Ｑ＆Ａ　実例　取調べの実際』水野谷幸夫＋城祐一郎＝著（立花書房）
『犯罪捜査１０１問』増井清彦＝著（立花書房）

『犯罪者プロファイリング　犯罪を科学する警察の情報分析技術』渡辺昭一＝著（角川ｏｎｅテーマ21）
『正義の行方　ニューヨーク連邦検事が見た罪と罰』プリート・バララ＝著／濱野大道＝訳
『あの時、バスは止まっていた　高知「白バイ衝突死」の闇』山下洋平＝著（ソフトバンク クリエイティブ）
『無罪　裁判員裁判、３７２日間の闘争…その日』吉野量哉＝著／影野臣直＝構成／高野隆法律事務所＝協力（竹書房）
『殺人犯はそこにいる　隠蔽された北関東連続幼女誘拐殺人事件』清水潔＝著（新潮文庫）
『再審無罪　東電ＯＬ事件　ＤＮＡが暴いた闇』読売新聞社会部＝著（中公文庫）
『逮捕されたらこうなります！　知らないと犯罪者にされてしまう!?　権力から身を守るための法律知識』Ｓａｔｏｋｉ＝著（自由国民社）
『前科おじさん』高野政所＝著（スモール出版）
『冲方丁のこち留　こちら渋谷警察署留置場』冲方丁＝著（集英社インターナショナル）
『男が痴漢になる理由』斉藤章佳＝著（イースト・プレス）
『ＤＮＡ鑑定　犯罪捜査から新種発見、日本人の起源まで』梅津和夫＝著（ブルーバックス）
『冤罪と裁判』今村核＝著（講談社現代新書）
『人質司法』高野隆＝著（角川新書）
『季刊刑事弁護』第十四号、第七十六号、第八十三～百一号（現代人文社）
『冤罪Ｆｉｌｅ』№15～23（希の樹出版）

※その他各種ウェブサイトを参考

謝辞

本作の構想は、当時北千住パブリック法律事務所に在籍していた、須﨑友里弁護士（現在は高野隆法律事務所所属）への取材から生まれた。大学在学中はバンド活動に勤しんだという彼女は、卒業後、フリーターの身から一念発起して刑事弁護士を志し、ロースクールへ進んだ。私は彼女から刑事弁護への揺るぎない信念を感じ、その頼もしさに刮目させられた。法廷で須﨑弁護士が弁護人として依頼者のために闘う姿を何度も傍聴し、その感懐はいっそう強まった。単行本化するに際し、須﨑先生には監修をお引き受けいただくことができた。ここに記して感謝を申し上げる。なお、本作はあくまでフィクションであり、文責は作者にある。

初出

文芸ウェブサイト「小説丸」（二〇一八年九月〜二〇二三年四月、連載時タイトル『漂白』）

本書のテキストデータを提供いたします。
視覚障害・肢体不自由などの理由で必要とされる方に、
本書のテキストデータを提供いたします。
こちらの二次元コードよりお申し込みのうえ、
テキストをダウンロードしてください。

里見蘭（さとみ・らん）

一九六九年東京都生まれ。早稲田大学第一文学部卒業。編集プロダクション所属のライターを経て作家デビュー。二〇〇八年、『彼女の知らない彼女』で日本ファンタジーノベル大賞優秀賞受賞。近著に『古書カフェすみれ屋とランチ部事件』（大和書房）、『天才詐欺師・夏目恭輔の善行日和』（宝島社）等。漫画のノベライズや原作も手がける。

人質の法廷

二〇二四年七月八日　初版第一刷発行
二〇二四年十一月十二日　第二刷発行

著者　里見蘭
発行者　石川和男
発行所　株式会社小学館
〒一〇一-八〇〇一　東京都千代田区一ツ橋二-三-一
編集　〇三-三二三〇-四二六五
販売　〇三-五二八一-三五五五
印刷所　萩原印刷株式会社
製本所　株式会社若林製本工場

　ISBN978-4-09-386715-3